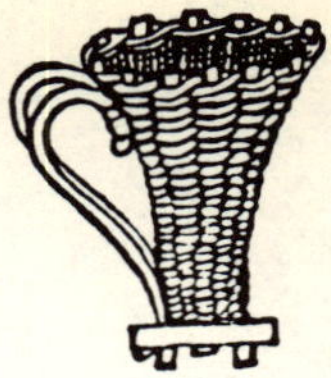

Ein Haus für Mr. Biswas

V. S. Naipaul

Ein Haus für Mr. Biswas

Roman

Aus dem Englischen
von Karin Graf

Kiepenheuer & Witsch

Titel der Originalausgabe *A House for Mr Biswas*
zuerst erschienen bei André Deutsch, London 1961

Aus dem Englischen von Karin Graf

Schutzumschlag Klaus Detjen, München
Satzstudio Hülskötter, Burscheid
Druck und Bindearbeiten May & Co., Darmstadt
ISBN 3 462 01475 7

Inhalt

Prolog

Zehn Wochen, bevor er starb, wurde Mr. Mohun Biswas, ein Journalist aus der Sikkim Street in St. James, Port-of-Spain, gefeuert. Er war schon seit einiger Zeit krank. In weniger als einem Jahr hatte er mehr als neun Wochen im Kolonialhospital verbracht und eine noch längere Genesungszeit zu Hause. Als der Arzt ihm riet, sich einmal richtig auszuruhen, blieb dem *Trinidad Sentinel* keine Wahl. Zum Quartalsende kündigte er Mr. Biswas und belieferte ihn bis zu seinem Tod weiterhin jeden Morgen mit einem Freiexemplar der Zeitung.

Mr. Biswas war sechsundvierzig und hatte vier Kinder. Er hatte kein Geld. Seine Frau Shama hatte kein Geld. Auf dem Haus in der Sikkim Street lagen, und das nun schon vier Jahre, Schulden in Höhe von dreitausend Dollar. Die Zinsen dafür beliefen sich bei acht Prozent auf zwanzig Dollar im Monat; die Grundpacht betrug zehn Dollar. Zwei Kinder gingen zur Schule. Die beiden älteren Kinder, auf die Mr. Biswas sich hätte stützen können, waren beide mit Stipendien im Ausland.

Es gab Mr. Biswas eine gewisse Befriedigung, daß Shama unter den Umständen nicht sofort zu ihrer Mutter rannte, um um Hilfe zu betteln. Vor zehn Jahren wäre das ihr erster Gedanke gewesen. Jetzt versuchte sie, Mr. Biswas zu trösten, und entwickelte eigene Pläne.

»Kartoffeln«, sagte sie. »Wir können anfangen, Kartoffeln zu verkaufen. Der Preis hier in der Gegend liegt bei acht Cent pro Pfund. Wenn wir für fünf kaufen und für sieben verkaufen —«

»Typisch für das schlechte Blut der Tulsis«, sagte Mr.

Biswas. »Ich weiß, daß die Tulsi-Bande aus lauter Finanzgenies besteht. Aber guck dich mal gut um und zähle die Leute, die Kartoffeln verkaufen. Besser, das alte Auto zu verkaufen.«

»Nein, nicht das Auto. Mach dir keine Sorgen, wir kommen schon zurecht.«

»Ja«, sagte Mr. Biswas gereizt, »wir kommen schon zurecht.«

Von den Kartoffeln wurde nicht mehr gesprochen, und Mr. Biswas drohte nie wieder, das Auto zu verkaufen. Er machte sich nun nicht mehr die Mühe, etwas gegen die Wünsche seiner Frau zu unternehmen. Er hatte sich daran gewöhnt, ihr Urteil zu akzeptieren und ihren Optimismus zu respektieren. Er vertraute ihr. Seit sie in das Haus gezogen waren, hatte Shama eine neue Loyalität gelernt, ihm und ihren Kindern gegenüber; weg von ihrer Mutter und ihren Schwestern konnte sie das ohne Scham zum Ausdruck bringen, und das war für Mr. Biswas fast genauso ein großer Triumph wie der Erwerb seines eigenen Hauses.

Er betrachtete das Haus als sein eigenes, obwohl es jahrelang unwiederbringlich mit Hypotheken belastet war. Und in diesen Monaten der Krankheit und Verzweiflung beeindruckte ihn immer wieder das Wunder, in seinem eigenen Haus zu sein, die Verwegenheit, die darin lag: durch sein eigenes Gartentor zu gehen, jedem, dem er wollte, Zutritt zu verweigern, jede Nacht seine Fenster und Türen zu schließen, keine Geräusche außer denen seiner Familie zu hören, ungehindert von Zimmer zu Zimmer zu gehen und in seinem Hof herumzuspazieren, anstatt wie vorher dazu verdammt zu sein, sich in dem einen oder anderen von Mrs. Tulsis Häusern in ein überfülltes Zimmer — überfüllt mit Shamas Schwestern, ihren Männern, ihren Kindern — zurückzuziehen, sobald er nach Hause kam. Als Kind war er von einem fremden

Haus zum nächsten gezogen; und seit seiner Heirat hatte er das Gefühl, nirgendwo anders als in den Häusern der Tulsis gewohnt zu haben, im Hanuman-Haus in Arwacas, in dem verrottenden Holzhaus in Shorthills, in dem klobigen Betonhaus in Port-of-Spain. Und am Ende nun fand er sich in seinem eigenen Haus, auf seiner eigenen halben Parzelle Land, seinem eigenen Teil der Erde. Daß er dafür verantwortlich gewesen sein sollte, kam ihm unfaßbar vor in diesen letzten Monaten.

Das Haus konnte schon zwei oder drei Straßen weit entfernt gesehen werden und war in ganz St. James bekannt. Es glich einem riesigen und kompakten Schilderhaus: hoch, viereckig, zweigeschossig, mit einem pyramidenförmigen Dach aus Wellblech. Es war von einem Anwaltsgehilfen entworfen und gebaut worden, der in seiner Freizeit Häuser baute. Der Anwaltsgehilfe hatte viele Beziehungen. Er kaufte Land, das vom Stadtrat als unverkäuflich deklariert worden war; er überredete Grundbesitzer, ganze Parzellen zu halbieren; er kaufte gerade kultiviertes Sumpfland bei Mucurapo und beschaffte sich eine Baugenehmigung dafür. Auf ganzen oder dreiviertel Parzellen baute er einstöckige Häuser, sechs mal neun Meter, die nicht unbedingt auffielen; auf halben Parzellen baute er zweistöckige Häuser, sechs mal vier Meter, die hervorstachen. All diese Häuser waren hauptsächlich aus dem Balkenwerk der demontierten amerikanischen Kasernen in Docksite, Pompeii Savannah und Fort Read zusammengebaut. Das Gebälk paßte nicht immer zusammen, ermöglichte es aber dem Anwaltsgehilfen, sein Hobby ohne große professionelle Hilfe zu betreiben.

Im Erdgeschoß von Mr. Biswas' zweistöckigem Haus hatte der Anwaltsgehilfe in eine Ecke eine winzige Küche eingebaut; der verbleibende L-förmige Raum war nicht unterteilt und diente als Wohn- und Eßzimmer. Zwischen Küche und Eßzimmer war ein Türbogen, aber keine Tür.

Oben, direkt über der Küche, hatte der Angestellte einen Raum mit Betonwänden errichtet, der eine Kloschüssel, eine Waschschüssel und eine Dusche enthielt; wegen der Dusche war dieser Raum ständig naß. Der verbleibende L-förmige Raum war in Schlafzimmer, Veranda, Schlafzimmer unterteilt. Da das Haus nach Westen sah und nicht vor der Sonne geschützt war, waren nachmittags nur zwei Räume angenehm bewohnbar: unten die Küche und oben das nasse Badezimmer mit der Toilette.

In seinem ursprünglichen Plan schien der Anwaltsgehilfe vergessen zu haben, daß eine Treppe die beiden Stockwerke verbinden mußte, und was er geliefert hatte, schien ihm nachträglich eingefallen zu sein. In die Ostwand hatte man Türlöcher geschlagen und ein ungehobeltes hölzernes Treppenhaus — schwere Planken auf einem unebenen Gerüst mit einem krummen, ungestrichenen Geländer, das ganze mit einem schräg abfallenden Wellblechdach versehen — etwas wackelig hinten ans Haus gehängt, alles in scharfem Kontrast zu dem weißgefugten, spitz zulaufenden Ziegelwerk der Vorderfront, dem weißen Holzwerk und dem mattierten Glas der Fenster und Türen.

Für dieses Haus hatte Mr. Biswas fünftausend Dollar bezahlt.

Mr. Biswas hatte selbst zwei Häuser gebaut und viel Zeit damit verbracht, sich Häuser anzuschauen. Aber er war unerfahren. Die Häuser, die er gebaut hatte, waren rohe Dinger auf dem Land gewesen, nicht viel besser als Hütten. Und auf seiner Suche nach einem Haus hatte er immer angenommen, daß neue und moderne, mit hellen Anstrich versehene Betonhäuser seine Möglichkeiten überstiegen, und er hatte sich deshalb wenige angesehen. Also war er, als er einem gegenüberstand, das er sich leisten konnte und eine solide, respektable, moderne Front hatte, sofort geblendet. Er hatte das Haus nie gesehen, wenn die

Nachmittagssonne darauf schien. Das erste Mal war er an einem Nachmittag, an dem es regnete, hingegangen, und das nächste Mal, als er die Kinder mitbrachte, war es Abend. Natürlich konnte man auch für zwei- oder dreitausend Dollar Häuser kaufen, auf einer ganzen Parzelle, in aufstrebenden Stadtteilen. Aber diese Häuser waren alt und verkommen, ohne Zäune und irgendwelche sanitären Anlagen. Oft ballten sich auf einer Parzelle zwei oder drei elende Häuser, in denen jedes Zimmer an eine andere Familie vermietet war, die man auf legalem Weg nicht hinausbekam. Was für ein Wechsel von diesen Hinterhöfen, mit Hühnern und Kindern überfüllt, zum Wohnzimmer des Anwaltsgehilfen, der ohne Rock und Krawatte und in Pantoffeln in seinem Morris-Stuhl ein entspanntes und behagliches Bild bot, während die schweren roten Vorhänge, die sich in dem gebohnerten Boden spiegelten, die Szene so gemütlich und prächtig wie in einer Reklame machten. Was für ein Wechsel von Haus der Tulsis!

Der Anwaltsgehilfe wohnte in jedem Haus, das er baute. Während er in dem Haus in der Sikkim Street wohnte, baute er in taktvoller Entfernung, in Morvant, ein anderes. Er hatte nie geheiratet und lebte zusammen mit seiner verwitweten Mutter, einer graziösen Frau, die Mr. Biswas Tee und selbstgebackenen Kuchen reichte. Zwischen Mutter und Sohn herrschte große Zuneigung, und das rührte Mr. Biswas, dessen eigene Mutter, von ihm selbst vernachlässigt, vor fünf Jahren in bitterer Armut gestorben war.

»Ich kann Ihnen nicht sagen, wie traurig es mich macht, aus dem Haus hier wegzugehen«, sagte der Anwaltsgehilfe, und Mr. Biswas bemerkte, daß der Mann, obwohl er Dialekt sprach, offensichtlich gebildet war und Dialekt und übertriebenen Akzent nur benutzte, um Offenheit und Herzlichkeit auszudrücken. »Wirklich, Mensch, nur für meine Mutter. Das ist der einzige Grund, warum ich umziehn muß. Die alte Lady schafft die Treppen nicht mehr.« Er nickte zum hinteren Teil des Hauses hin, wo das Treppenhaus von schweren roten Vorhängen verdeckt wurde. »Das Herz, wissen sie. Kann jeden Tag hinüber sein.«

Shama war von Anfang an nicht einverstanden und nie mitgegangen, um sich das Haus anzusehen. Als Mr. Biswas sie fragte »Nun, was denkst du?«, sagte Shama »Denken? Ich? Seit wann denkst du denn, daß ich überhaupt denken kann? Wenn ich nicht gut genug bin, hinzugehen und dein Haus zu sehen, weiß ich nicht, wie ich gut genug sein könnte, zu sagen, was ich denke.«

»Hach!« sagte Mr. Biswas. »Sich aufblasen. Sauer sein. Ich wette, wenn deine Mutter was von ihrem dreckigen Geld ausgäbe, um das Haus zu kaufen, würdest du was anderes sagen.«

Shama seufzte.

»Eh? Du kannst wohl nur glücklich sein, wenn wir immer weiter mit deiner Mutter und dem Rest deiner großen, glücklichen Familie zusammenwohnen, was?«

»Ich denke gar nichts. *Du* hast das Geld, *du* willst ein Haus kaufen, und *ich* habe nichts zu denken.«

Die Nachricht, daß Mr. Biswas wegen eines eigenen Hauses verhandelte, war in Shamas Familie rundgegangen. Suniti, eine siebenundzwanzigjährige Nichte, die verheiratet war, zwei Kinder hatte und von ihrem Mann, einem gutaussehenden Faulenzer, der nach den Bahnhofsgebäuden an der Haltestelle von Pokima sah, wo zweimal am Tag ein Zug hielt, immer für längere Zeit verlassen wurde, Suniti also sagte zu Shama: »Ich hab' gehört, daß ihr jetzt Senkrechtstarter seid, Tante.« Sie verbarg ihre Belustigung nicht. »Ein Haus kaufen und so was.«

»Ja, Kind«, sagte Shama in ihre Märtyrerart.

Dieser Austausch fand auf der Hintertreppe statt und

drang an Mr. Biswas' Ohr, der in Unterhose und Unterhemd auf dem Schlaraffia-Bett in dem Zimmer lag, das die meisten seiner in einundvierzig Jahren gesammelten Besitztümer enthielt. Mit Suniti hatte er Krieg geführt, seit sie ein Kind war, aber nie konnte seine Verachtung ihren beißenden Spott bezwingen. »Shama«, rief er, »sag dem Mädchen, es soll zurückgehen und seinem nichtswürdigen Mann helfen, die Ziegen an der Haltestelle von Pokima zu hüten.«

Die Ziegen waren eine Erfindung von Mr. Biswas, die ihren Zweck, Suniti zu irritieren, immer erfüllte. »Ziegen!« sagte sie in den Hof und sog die Luft durch die Zähne. »Tja, einige Leute haben wenigstens Ziegen. Das ist mehr, als man von manchen anderen sagen kann.«

»Tsss«, sagte Mr. Biswas leise; und es ablehnend, sich in einen Streit mit Suniti ziehen zu lassen, drehte er sich auf die Seite und las weiter in den *Selbstbetrachtungen* von Mark Aurel.

An dem Tag, an dem sie das Haus kauften, begannen sie, Mängel daran zu erkennen. Die Treppe war gefährlich; das obere Stockwerk hing durch; es gab keine Hintertür; die meisten Fenster schlossen nicht; eine Tür ließ sich nicht öffnen; die Bretter unter der Dachtraufe waren herausgefallen und hatten Lücken hinterlassen, durch die Fledermäuse in den Speicher eindringen konnten. Sie diskutierten diese Dinge so ruhig sie konnten und gaben acht, ihre Enttäuschung nicht offen auszudrücken. Und es war erstaunlich, wie schnell diese Enttäuschung abgeklungen war, wie schnell sie sich an jede Eigentümlichkeit und Unbequemlichkeit des Hauses gewöhnt hatten. Und als es einmal soweit war, blickten ihre Augen nicht mehr kritisch, und das Haus wurde einfach ihr Haus.

Als Mr. Biswas das erste Mal aus dem Krankenhaus kam, fand er das Haus für sich hergerichtet. Der kleine Garten war in Ordnung gebracht worden, die Wände des unteren Stockwerks mit Leimfarbe gestrichen. Der alte Prefect stand in der Garage, ein Freund hatte ihn Wochen vorher vom *Sentinel*-Büro dorthin gefahren. Das Krankenhaus war ein Vakuum gewesen. Von da war er in eine Welt des Willkommens eingetreten, eine neue, gebrauchsfertige Welt. Er konnte nicht ganz glauben, daß er diese Welt geschaffen hatte. Er konnte nicht sehen, wieso er einen Platz darin haben sollte. Und alles, was ihn umgab, wurde mit Vergnügen, Überraschung, Zweifeln untersucht und neu entdeckt. Jede Beziehung, jeder Besitz.

Der Küchenschrank. Der war über zwanzig Jahre alt. Kurz nach seiner Heirat hatte er ihn weiß und neu vom Schreiner in Arwacas gekauft, das Drahtgeflecht ungestrichen, das Holz noch duftend; damals und noch einige Zeit danach blieb Sägemehl an der Hand hängen, wenn man damit über die Borde fuhr. Wie oft hatte er ihn gebeizt und lackiert! Und auch angestrichen. Im Drahtgeflecht waren Stellen verstopft, und Lack und Farbe hatten das Holz mit einer dicken, ungleichmäßigen Haut überzogen. Und in welchen Farben er ihn gestrichen hatte. Blau und grün und sogar schwarz. 1938, in der Woche, in der der Papst starb und der *Sentinel* mit einem schwarzen Rand erschien, war er auf eine große Büchse mit gelber Farbe gestoßen und hatte alles gelb angemalt, selbst die Schreibmaschine. Die war erworben worden, als er mit dreiunddreißig beschlossen hatte, reich zu werden, indem er für englische und amerikanische Zeitschriften schrieb; eine kurze, glückliche, hoffnungsvolle Periode. Die Schreibmaschine war ungenutzt und gelb geblieben, und ihre Farbe verblüffte schon lange niemanden mehr. Und warum, abgesehen davon, daß sie überall mit ihnen hingezogen war und als eins ihrer Besitztümer betrachtet wurde, hatten sie die Hutablage behalten, deren Glas nun grindig, deren Haken fast alle abgebrochen, deren Holz vom Überpinseln häßlich war? Der Bücherschrank war von einem arbeitslosen Schmied in Shorthills gemacht worden, den die Tulsis als Schrankmacher beschäftigten; die Geschicklichkeit, die er in seinem ursprünglichen Handwerk besaß, offenbarte sich bei jedem Stück Holz, das er bearbeitet hatte, jeder Fuge, die er gemacht hatte, jedem Ornament, an dem er sich versucht hatte. Und der Eßtisch: billig gekauft von einem bedürftigen Bürger, der aus dem *Sentinel*-Fond für bedürftige Bürger etwas Geld bekommen hatte und sich Mr. Biswas dankbar erweisen wollte. Und das Schlaraffia-Bett, auf dem er nicht mehr schlafen konnte, weil es oben stand und man ihm das Treppensteigen verboten hatte. Und die Glasvitrine: gekauft, um Shama eine Freude zu machen, immer noch exquisit und immer noch so gut wie leer. Und die Morris-Garnitur: die letzte Neuerwerbung, sie hatte dem Anwaltsgehilfen gehört und war von ihm als Geschenk zurückgelassen worden. Und in der Garage draußen, der Prefect.

Aber größer als all das war das Haus, sein Haus.

Wie schrecklich wäre es gerade zu der Zeit gewesen, ohne es zu sein: unter den Tulsis, mitten in der Verschlamptheit dieser großen auseinanderbrechenden und gleichgültigen Familie gestorben zu sein; Shama und die Kinder mit ihnen zusammen in einem Raum zurückgelassen zu haben; schlimmer noch, gelebt und nicht einmal versucht zu haben, einen Anspruch auf seinen Teil der Erde geltend zu machen; gelebt zu haben und gestorben zu sein, wie man geboren wurde, überflüssig und unversorgt.

Erster Teil

1. *Ländliche Idylle*

Kurz bevor er geboren wurde, hatte es wieder einmal Streit zwischen Mr. Biswas' Mutter Bipti und seinem Vater Raghu gegeben, und Bipti hatte ihre drei Kinder genommen und war in der heißen Sonne den ganzen Weg zu dem Dorf, in dem ihre Mutter Bissoondaye lebte, zu Fuß gegangen. Dort hatte Bipti geweint und die alte Geschichte von Raghus Geiz erzählt: wie er über jeden Cent Buch führte, den er ihr gab, jedes Plätzchen in der Büchse zählte und lieber zehn Meilen zu Fuß ging, als einen Cent für einen Karren auszugeben.

Biptis Vater, wegen Asthma zu nichts nütze, rückte auf seinem Flechtbett ein Stück höher und sagte, wie er es immer bei unglücklichen Ereignissen tat: »Schicksal. Da kann man nichts machen.«

Keiner achtete auf ihn. Das Schicksal hatte ihn aus Indien auf die Zuckerplantage verschlagen, ihn schnell altern lassen und ihn schließlich zum Sterben in einer zerfallenen Lehmhütte im Sumpf zurückgelassen; aber er sprach oft und voll Zuneigung vom Schicksal, als sei er einfach durchs Überleben besonders begünstigt.

Während der alte Mann weiterredete, schickte Bissoondaye nach der Hebamme, machte Biptis Kindern etwas zu essen und ein Bett. Als die Hebamme kam, schliefen die Kinder. Eine Weile später wurden sie von den Schreien von Mr. Biswas' und dem Kreischen der Hebamme geweckt.

»Was ist es?« fragte der alte Mann. »Junge oder Mädchen?«

»Ein Junge, ein Junge«, schrie die Hebamme. »Aber was für ein Junge? Mit sechs Fingern und verkehrt herum geboren.«

Der alte Mann stöhnte, und Bissoondaye sagte: »Ich wußte es. Es gibt kein Glück für mich.«
Obwohl es Nacht war und der Weg einsam, verließ sie auf der Stelle die Hütte und ging ins nächste Dorf, wo eine Kaktushecke war. Sie brachte Kaktusblätter mit, schnitt sie in Streifen und hing über jede Tür, jedes Fenster, jede Öffnung, durch die ein böser Geist herein kommen konnte, einen Streifen.
Aber die Hebamme sagt: »Egal, was du machst, dieser Junge wird seine eigene Mutter und seinen Vater auffressen.«
Am nächsten Morgen, in dessen hellem Licht es so aussah, als hätten alle bösen Geister die Erde mit Sicherheit verlassen, kam der Pandit, ein kleiner, dünner Mann mit einem spitzen, spöttischen Gesicht und einer herablassenden Art. Bissoondaye hieß ihn auf dem Flechtbett, aus dem der alte Mann hinausgeworfen worden war, Platz nehmen und erzählte ihm, was geschehen war.
»Hm. Verkehrt herum geboren. Um Mitternacht, sagen Sie.«
Bissoondaye war außerstande, die Zeit anzugeben, aber sowohl sie als auch die Hebamme hatten angenommen, daß es Mitternacht, die unheilvolle Stunde, war.
Urplötzlich, während Bissoondaye mit gebeugtem und bedecktem Kopf vor ihm saß, hellte sich die Miene des Pandits auf. »Nun ja. Das macht nichts. Es gibt immer Mittel und Wege, solche unglücklichen Dinge hinter sich zu bringen.« Er knüpfte sein rotes Bündel auf und entnahm ihm seinen astrologischen Almanach, ein Bündel dicker, loser Blätter, lang und schmal, zwischen zwei Pappdeckeln. Die Blätter waren braun vor Alter, und ihr moderiger Geruch mischte sich mit dem der rot und ockerfarbenen Sandelpaste, die auf sie gesprenkelt war. Der Pandit hob ein Blatt, las ein wenig, benäßte mit der Zunge seinen Zeigefinger und hob ein anderes Blatt hoch.

Schließlich sagte er: »Erst einmal die hervortretenden Züge dieses unglückseligen Knaben. Er wird gute Zähne haben, aber sie werden ziemlich weit auseinanderstehen und Lücken dazwischen haben. Ich vermute, Sie wissen, was das bedeutet. Der Junge wird ein Wüstling und Verschwender sein. Ein Lügner außerdem, vermutlich. Es ist schwer, sich über diese Lücken zwischen den Zähnen klar zu werden. Sie können nur eins dieser Dinge bedeuten, oder sie können alle drei bedeuten.«

»Was ist mit den sechs Fingern, Pandit?«

»Das ist natürlich ein erschreckendes Zeichen. Ich kann nur raten, ihn von Bäumen und Wasser fernzuhalten. Besonders von Wasser.«

»Ihn nie baden?«

»Das meine ich nicht gerade.« Er hob seine rechte Hand, schloß die Finger zusammen und sagte mit zur Seite gelegtem Kopf langsam: »Man muß deuten, was das Buch sagt.« Er klopfte mit der linken Hand auf den losen Almanach. »Und wenn das Buch »Wasser« sagt, heißt das, glaube ich, Wasser in seiner natürlichen Form.«

»Natürlichen Form.«

»Natürlichen Form«, wiederholte der Pandit, aber unsicher. »Ich meine«, sagte er schnell und mit einiger Verärgerung, »haltet ihn von Flüssen und Teichen fern. Und dem Meer natürlich. Und noch etwas«, fügte er befriedigt hinzu, »er wird verhängnisvolle Niesanfälle haben.« Er begann, die langen Blätter seines Almanachs einzupacken. »Viel von dem Unheil, das dieser Junge zweifelsohne stiften wird, kann gemildert werden, wenn sein Vater ihn einundzwanzig Tage lang nicht sehen darf.«

»Das wird leicht sein«, sagte Bissoondaye und zeigte zum ersten Mal eine Gefühlswallung.

»Am einundzwanzigsten Tag *muß* der Vater den Jungen sehen. Aber nicht leibhaftig.«

»In einem Spiegel, Pandit?«

»Das würde ich für einen schlechten Rat halten. Benutzen Sie einen Messingteller. Polieren Sie ihn gut.«
»Natürlich.«
»Diesen Messingteller müssen Sie mit Kokosöl — das Sie übrigens aus selbstgesammelten Kokosnüssen selber herstellen müssen — füllen, und in diesem Öl widergespiegelt muß der Vater das Gesicht seines Sohnes sehen.« Er band den Almanach zusammen und rollte ihn in die rote Baumwollhülle, die auch mit Sandelpaste bestrichen war. »Ich glaube, das ist alles.«
»Eins haben wir vergessen, Panditji. Den Namen.«
»Da kann ich Ihnen nicht ganz helfen. Aber mir scheint, *Mo* würde eine vollkommen sichere Vorsilbe sein. Es liegt an Ihnen, sich etwas auszudenken, das man daran anhängen kann.«
»Oh. Panditji, Sie müssen mir helfen. Mir fällt nur *hun* ein.«
Der Pandit war überrascht und aufrichtig erfreut. »Aber das ist ausgezeichnet. Ausgezeichnet. *Mohun*. Ich selber hätte nichts besseres auswählen können. Denn Mohun, wie Sie wissen, heißt ›der Geliebte‹ und ist der Name, den die Milchmädchen dem Gott Krishna gaben.« Bei dem Gedanken an diese Legende wurde sein Blick weich, und für einen Augenblick schien er Bissoondaye und Mr. Biswas zu vergessen.
Aus dem Knoten im unteren Ende ihres Schleiers nahm Bissoondaye ein Zweischillingstück und bot es, ein Bedauern, daß sie nicht mehr geben konnte, vor sich hinmurmelnd, dem Pandit an. Der Pandit sagte, sie hätte ihr Bestes getan und sollte sich keine Gedanken machen. In Wirklichkeit war er erfreut; er hatte weniger erwartet.
Mr. Biswas verlor seinen sechsten Finger, ehe er neun Tage alt war. Er fiel eines Nachts einfach ab, und Bipti hatte ein unangenehmes Erlebnis, als sie eines Morgens die Bettücher ausschüttelte und den winzigen Finger zu Boden

purzeln sah. Bissoondaye hielt das für ein vortreffliches Zeichen und begrub den Finger hinter dem Kuhstall hinten am Haus, nicht weit von der Stelle, wo sie Mr. Biswas' Nabelschnur begraben hatte.

An den folgenden Tagen wurde Mr. Biswas mit Aufmerksamheit und Respekt behandelt. Seine Brüder und seine Schwester bekamen Ohrfeigen, wenn sie seinen Schlaf störten, und die Beweglichkeit seiner Glieder wurde als wichtige Angelegenheit betrachtet. Morgens und abends wurde er mit Kokosöl massiert. Alle seine Gelenke wurden trainiert; seine Arme und Beine wurden quer über seinen rotglänzenden Körper gefaltet; der große Zeh seines linken Fußes mußte seine rechte Schulter berühren, und beide Zehen mußten die Nase berühren; schließlich wurden alle seine Glieder über dem Bauch zusammengebündelt und mit einem Klaps und Lachen wieder losgelassen.

Mr. Biswas reagierte gut auf diese Übungen, und Bissoondaye wurde so zuversichtlich, daß sie beschloß, an seinem neunten Tag eine Feier abzuhalten. Sie lud Leute aus dem Dorf ein und versorgte sie mit Essen. Der Pandit kam und war unerwartet huldvoll, obwohl sein Benehmen durchblicken ließ, daß es keine Feier gegeben hätte, wenn er nicht eingeschritten wäre. Jhagru, der Barbier, kam und brachte seine Trommel mit, und Selochan, den Körper ganz mit Asche eingerieben, tanzte im Kuhstall den Shivatanz.

Einen unerfreulichen Augenblick gab es, als Raghu, Mr. Biswas' Vater, auftauchte. Er war zu Fuß gelaufen; sein Dhoti und seine Jacke waren verschwitzt und verstaubt.

»Nun, das ist ja schön«, sagte er. »Ihr feiert. Und wo ist der Vater?«

»Verlaß auf der Stelle dieses Haus«, sagte Bissoondaye, aus der Küche an der Seite herauskommend. »Vater! Was für einen Vater nennst du dich denn, wenn du deine Frau jedesmal, wenn sie schwerfüßig wird, vertreibst?«

»Das geht dich nichts an«, sagte Rhagu. »Wo ist mein Sohn?«
»Mach nur. Gott hat dir deine Prahlerei und deinen Geiz vergolten. Geh und guck dir deinen Sohn an. Er wird dich auffressen. Mit sechs Fingern, verkehrt herum geboren. Geh rein und guck ihn dir an. Außerdem hat er verhängnisvolle Niesanfälle.« Raghu blieb stehen. »Verhängnisvolle Niesanfälle?«
»Ich habe dich gewarnt. Du darfst ihn erst am einundzwanzigsten Tag sehen. Wenn du jetzt Dummheiten machst, trägst du die Verantwortung.«
Auf seinem Flechtbett brummte der alte Mann Schmähungen gegen Raghu: »Schamlos, gottlos. Wenn ich das Benehmen dieses Mannes sehe, kriege ich das Gefühl, das finstere Zeitalter ist gekommen.«
Der anschließende Streit und die Drohungen reinigten die Luft. Raghu gestand, daß er Unrecht gehabt und schon viel deswegen gelitten hatte. Bipti sagte, sie sei bereit, zu ihm zurückzukehren. Und er willigte ein, am einundzwanzigsten Tag wiederzukommen.
Zur Vorbereitung auf diesen Tag begann Bissoondaye, trockene Kokosnüsse zu sammeln. Sie enthülste sie, rieb die Kerne und machte sich daran, das Öl herauszuziehen, wie der Pandit es vorgeschrieben hatte. Es war ein langer Prozeß des Kochens und Abschöpfens und nochmaligen Kochens, und es war erstaunlich, wie viele Kokosnüsse man brauchte, um ein bißchen Öl zu machen. Aber das Öl war rechtzeitig fertig, und Raghu kam, ordentlich gekleidet, sein Haar wie angeklebt und glänzend, sein Schnurrbart getrimmt, und er benahm sich äußerst korrekt, als er seinen Hut abnahm und in den dunklen Innenraum der Hütte trat, die kräftig nach Öl und altem Strohdach roch. Er hielt seinen Hut vor seine rechte Gesichtshälfte und sah hinunter in das Öl auf dem Messingteller. Mr. Biswas, durch den Hut vor seinem Vater versteckt und von Kopf

bis Fuß gut eingewickelt, wurde mit dem Gesicht nach unten über das Öl gehalten. Das gefiel ihm nicht; er legte seine Stirn in Falten, schloß fest die Augen und brüllte. Das Öl, klar und bernsteinfarben, kräuselte sich und brach die Spiegelung von Mr. Biswas' Gesicht, das sowieso schon vor Zorn verzerrt war, auseinander, und die Besichtigung war vorüber.

Ein paar Tage später kehrten Bipti und ihre Kinder nach Hause zurück. Und dort nahm Mr. Biswas' Wichtigkeit immer mehr ab. Es kam die Zeit, wo selbst die tägliche Massage aufhörte.

Aber er hatte immer noch Einfluß. Sie vergaßen nie, daß er ein unheilvolles Kind und sein Niesen besonders verhängnisvoll war. Mr. Biswas erkältete sich leicht, und in der Regenzeit bedrohte er seine Familie mit bitterster Not. Wenn Mr. Biswas nieste, bevor Raghu zur Zuckerplantage ging, blieb er zu Hause, arbeitete morgens im Gemüsegarten und verbrachte den Nachmittag damit, Spazierstöcke und Holzschuhe zu machen oder Muster in Machetenhefte und Spazierstockknäufe zu schnitzen. Sein Lieblingsmuster war ein Paar Gummistiefel; er hatte nie Gummistiefel besessen, sie aber beim Aufseher gesehen. Was er auch tat, das Haus verließ Raghu nie. Trotzdem passierten oft kleinere Pannen nach Mr. Biswas' Niesen: man verlor drei Pence beim Einkauf, zerbrach eine Flasche, ein Essen bekam einem nicht. Einmal nieste Mr. Biswas an drei aufeinanderfolgenden Morgen.

»Der Junge frißt seine Familie wirklich auf«, sagte Raghu.

Eines Morgens, als Raghu gerade die Gosse, die zwischen der Straße und seinem Hof verlief, überquert hatte, nieste Mr. Biswas. Bipti lief hinaus und sagte: »Das hat nichts zu sagen. Er hat geniest, als du schon auf der Straße warst.«

»Aber ich habe ihn gehört. Klar und deutlich.«

Bipti überredete ihn, zur Arbeit zu gehen. Ein oder zwei

Stunden danach, als sie den Reis fürs Mittagessen säuberte, hörte sie Geschrei von der Straße, sie ging hinaus und sah Raghu auf einem Ochsenkarren liegen, sein rechtes Bein war mit blutigen Verbänden umwickelt. Er stöhnte, nicht vor Schmerzen, sondern vor Wut. Der Mann, der ihn gebracht hatte, weigerte sich, ihm in den Hof zu helfen: Mr. Biswas' Niesen war allzu gut bekannt. Raghu mußte sich auf Biptis Schulter stützen und hereinhumpeln.

»Dieser Junge wird uns alle bettelarm machen«, sagte Raghu.

Er sprach aus einer tiefsitzenden Angst. Obwohl er sparte und er und seine Familie deshalb manches entbehren mußten, verlor er nie das Gefühl, daß bitterste Armut sie bedrohte. Je mehr er hortete, desto mehr, dachte er, hatte er zu vergeuden und zu verlieren, und desto sparsamer wurde er.

Jeden Samstag reihte er sich mit den anderen Arbeitern vor dem Plantagenbüro auf, um seinen Lohn abzuholen. Der Aufseher saß an einem kleinen Tisch, auf dem sein khakifarbener Tropenhelm aus Kork lag, der zwar viel Platz wegnahm, aber ein Symbol des Reichtums war. Zu seiner Linken saß der indische Sekretär, wichtig, streng, steif, mit kleinen, ordentlichen Händen, die mit schwarzer und roter Tinte kleine, ordentliche Zahlen in das große Geschäftsbuch schrieben. Während der Sekretär Zahlen eintrug und mit seiner hohen, präzisen Stimme Namen und Beträge ausrief, wählte der Aufseher Münzen aus dem Stapel Silber und dem Haufen Kupfer vor ihm und zog — sorgsamer abwägend — Scheine aus dem blauen Eindollarstoß, dem kleineren roten Zweidollarstoß und dem ganz dünnen grünen Fünfdollarstoß. Fünf Dollar die Woche verdienten nur wenige Arbeiter; die Scheine lagen da, um die auszubezahlen, die neben ihrem eigenen den Lohn für die Frau oder den Mann abholten. Um den Korkhelm des

Aufsehers lagen, als würden sie ihn bewachen, steife blaue Papiertüten, oben sauber ausgezackt, mit großen Zahlen bedruckt und vom Gewicht der Münzen darin aufrechtstehend. Saubere runde Perforationen gaben einen Blick auf die Münzen frei und erlaubten ihnen, hatte man Raghu erzählt, zu atmen.
Diese Tüten faszinierten Raghu. Er hatte es geschafft, an ein paar heranzukommen, und nach vielen Monaten und ein bißchen Pfuschen — zum Beispiel, indem er einen Schilling in zwölf Pence wechselte — hatte er sie gefüllt. Danach konnte er nie mehr aufhören. Niemand, selbst Bipti nicht, wußte, wo er diese Beutel versteckte; aber man munkelte, daß er sein Geld vergrub und wahrscheinlich der reichste Mann im Dorf war. So ein Gerede alarmierte Raghu, und um ihm entgegenzutreten, verstärkte er seine Sparmaßnahmen.

Mr. Biswas wuchs. Die Glieder, die zweimal täglich massiert und eingecremt worden waren, blieben nun tagelang staubig und schlammverschmiert und ungewaschen. Die Unterernährung, der er seinen sechsten Unglücksfinger verdankte, verfolgte ihn nun mit Ekzemen und Entzündungen, die anschwollen und platzten und verschorften und wieder platzten, bis sie stanken; seine Knöchel und Knie und Handgelenke und Ellbogen waren besonders betroffen, und die Entzündungen hinterließen Male wie Impfnarben. Unterernährung versah ihn mit dem eingefallensten Brustkasten, den dünnsten Gliedern, die man sich vorstellen kann, sie hemmte seinen Wuchs und gab ihm einen leicht hervortretenden Bauch. Und doch wuchs er merklich. Er war sich nie bewußt, daß er Hunger hatte. Er machte sich nie etwas daraus, daß er nicht zur Schule ging. Das Leben war nur unerfreulich, weil der Pandit ihm verboten hatte, in die Nähe von Teichen und Flüssen zu gehen. Raghu konnte ausgezeichnet schwimmen, und

Bipti wollte, daß er es Mr. Biswas' Brüdern beibrachte. Also nahm Raghu Pratap und Prasad jeden Sonntagmorgen zum Schwimmen an einen nahegelegenen Fluß mit, und Mr. Biswas blieb zu Hause, um von Bipti gebadet zu werden und sich von ihrem kräftigen Reiben mit der blauen Seife alle Geschwüre aufreißen zu lassen. Aber in ein oder zwei Stunden waren die entzündeten Stellen nicht mehr so rot und wund, und Mr. Biswas war wieder glücklich. Er spielte zu Hause mit seiner Schwester Dehuti. Sie mischten gelbe Erde mit Wasser und bauten Feuerstellen aus Lehm; in leeren Milchbüchsen kochten sie ein paar Körner Reis, und sie backten, indem sie Büchsendeckel als Backsteine benutzten, Rotis.

An diesen Vergnügungen nahmen Prasad und Pratap nicht teil. Mit ihren neun beziehungsweise elf Jahren waren sie über solche Unsinnigkeiten hinaus und arbeiteten bereits, freudig den Plantagenbesitzern helfend, das Gesetz über die Beschäftigung von Kindern zu brechen. Sie hatten ein gekünsteltes Erwachsenenauftreten entwickelt. Sie sprachen mit einem Grashalm zwischen den Zähnen; sie tranken geräuschvoll und seufzten danach, sich mit dem Handrücken über den Mund wischend; sie aßen ungeheure Mengen Reis, klopften sich den Bauch und rülpsten; und jeden Samstag reihten sie sich in die Schlange ein, um ihren Lohn in Empfang zu nehmen. Ihre Aufgabe war es, die Büffel zu hüten, die die Karren mit dem Rohr zogen. Der Lustgarten der Büffel war ein schlammiger, klebrig süß riechender Teich nicht weit von der Fabrik; hier liefen Pratap und Prasap mit einem Dutzend anderer feingliedriger Jungen den ganzen Tag lärmend, glücklich, überenergisch und sich ihrer Wichtigkeit ganz und gar bewußt zwischen den Büffeln herum. Wenn sie nach Hause kamen, klebte Büffelkot an ihren Beinen, der beim Trocknen weiß geworden war, so daß sie aussahen wie die Bäume in Feuerwehr- und Polizeiwachen, die bis zur Mitte des Stamms mit Kalk geweißt werden.

So sehr er es auch wünschte, es war unwahrscheinlich, daß Mr. Biswas, wenn er ins richtige Alter kam, seinen Brüdern am Büffelteich zugesellt wurde. Da war die Verfügung des Pandits gegen Wasser; und obwohl man argumentieren könnte, daß Schlamm kein Wasser sei und obwohl ein Unfall dort die Quelle von Raghus Unruhe vielleicht hätte beseitigen können, hätten weder Raghu noch Bipti irgend etwas gegen den Rat des Pandits getan. In zwei oder drei Jahren, wenn man ihm eine Sichel anvertrauen konnte, würde Mr. Biswas sich den Jungen und Mädchen von der Gras-Gruppe anschließen müssen. Zwischen ihnen und den Büffeljungen gab es ständig heftigen Streit, und es bestand kein Zweifel, wer überlegen war. Die Büffeljungen mit ihren Gamaschen aus weißem Kot, die die Büffel kitzelten und mit Stöcken schlugen, sie anbrüllten und unter Kontrolle hielten, übten Macht aus. Während die Kinder der Gras-Gruppe eine leichte Zielscheibe des Spotts waren, wenn sie mit den großen, umfangreichen nassen Grasbündeln, die die Gesichter fast verdeckten, munter im Gänsemarsch über die Straße marschierten und dabei kaum sehen und wegen des Gewichtes auf ihren Köpfen und dem Gras über ihren Gesichtern Schmähungen nur kurz und undeutlich erwidern konnten.

Und für Mr. Biswas sollte es die Gras-Gruppe sein. Später würde er auf die Zuckerrohrfelder wechseln, um zu jäten und zu säubern, zu pflanzen und zu ernten; er würde nach jeder verrichteten Arbeit bezahlt werden, und sein Arbeitspensum würde von einem Fahrer mit einer langen Bambusgerte bestimmt werden. Und da würde er bleiben. Fahrer oder Waagemeister würde er nie werden, weil er nicht würde lesen können. Später, nach vielen Jahren, würde er vielleicht genug gespart haben, um ein paar Morgen zu pachten oder zu kaufen, wo er sein eigenes Zuckerrohr anpflanzen könnte, um es zu einem von ihnen festgesetzten Preis an die Plantagen zu verkaufen. Aber das würde er nur erreichen, wenn er die Kraft und den Optimismus seines Bruders Pratap hätte. Denn genau das tat Pratap. Und Pratap, zeit seines Lebens ein Analphabet, sollte reicher werden als Mr. Biswas; er sollte Jahre vor Mr. Biswas ein eigenes Haus, ein großes, stabiles, solide gebautes Haus haben.

Aber Mr. Biswas ging nie auf den Plantagen arbeiten. Ereignisse, die binnen kurzer Zeit stattfinden sollten, brachten ihn davon ab. Sie führten ihn nicht zu Reichtümern, aber ermöglichten ihm, sich in seinem späteren Leben mit den *Selbstbetrachtungen* des Mark Aurel zu trösten, während er in dem einen Raum, der die meisten seiner Besitztümer enthielt, auf dem Schlaraffia-Bett lag.

Dhari, der nächste Nachbar, kaufte eine trächtige Kuh, und als das Kalb geboren war, bot Dhari, dessen Frau arbeiten ging und der selbst keine Kinder hatte, Mr. Biswas einen Job an. Für einen Penny in der Woche sollte er dem Kalb tagsüber Wasser bringen. Raghu und Bipti freuten sich.

Er liebte das Kalb wegen seines großen Kopfes, der aussah, als sei er nur locker an dem schmächtigen Körper befestigt, wegen seiner knotigen, wackligen Beine, seiner großen, traurigen Augen und der rosafarbenen, törichten Nase. Er beobachtete gern, wie das Kalb ungestüm und nachlässig am Euter seiner Mutter zog, seine dünnen Beine auswärts gebogen, den Kopf fast unter dem Bauch der Mutter verborgen. Und er tat mehr, als dem Kalb Wasser zu bringen. Er führte es über feuchte Felder mit scharfem Gras und die zerfurchten Wege zwischen den Zuckerrohrfeldern spazieren, nur darauf bedacht, es mit vielen verschiedenen Grassorten zu füttern, und unfähig zu verstehen, warum das Kalb sich nicht von einem Platz zum anderen führen lassen wollte.

Bei einem dieser Spaziergänge entdeckte Mr. Biswas den

Bach. Es konnte nicht der Bach sein, in dem Raghu Pratap und Prasad das Schwimmen beibrachte: er war zu flach. Aber es war sicherlich der Bach, in dem Bipti und Dehuti sonntags nachmittags wuschen und von dem sie mit weißen und klammen Fingern zurückkamen. Zwischen kleinen Bambusdickichten floß der Bach über flache Steine in vielen Größen und Farben, das gelassene Geräusch des Wassers vermischte sich mit dem Rascheln der scharfen Blätter, dem Knarren der schwankenden hohen Bambusrohre und ihrem Ächzen, wenn sie sich streiften.

Mr. Biswas stand im Bach und sah hinunter. Die schnelle Bewegung des Wassers und das Geräusch ließen ihn vergessen, wie seicht er war, die Steine fühlten sich schlüpfrig an, und in panischer Angst krabbelte er das Ufer hoch und betrachtete das jetzt wieder harmlose Wasser, während das Kalb, das sich nichts aus Bambusblättern machte, müßig und unglücklich neben ihm stand.

Er ging weiter an den verbotenen Bach. Er schien endlose Vergnügungen zu bieten. In einem kleinen Wirbel, dunkel im Schatten des Ufers, stieß er auf eine Schule kleiner schwarzer Fische, die sich ihrem Hintergrund so gut anpaßten, daß man sie leicht für Wasserpflanzen halten konnte. Er legte sich auf die Bambusblätter und streckte langsam eine Hand aus, aber sowie seine Finger das Wasser berührten, zuckte und zappelte es, und die Fische waren weg. Danach versuchte er nicht mehr, die Fische zu fangen, wenn er sie sah. Er beobachtete sie und ließ dann etwas aufs Wasser fallen. Ein trockenes Bambusblatt verursachte bei den Fischen vielleicht ein kurzes Zittern; eine Bambusrispe konnte sie mehr erschrecken; aber wenn er sich danach nicht mehr rührte und nichts mehr fallen ließ, beruhigten die Fische sich wieder. Dann spuckte er. Obwohl er nicht so gut spucken konnte wie sein Bruder Pratap, der seine Spucke, wo immer sie hinfiel, mit beiläufiger Heftigkeit hören lassen konnte, machte es Mr. Biswas Spaß zu sehen, wie seine Spucke langsam über den schwarzen Fischen kreiste, bevor sie in den Hauptstrom getragen wurde. Auch zu fischen versuchte er manchmal, mit einer dünnen Bambusgerte, einem Stück Kordel, einer umgebogenen Nadel und ohne Köder. Die Fische bissen nicht an; aber wenn er die Schnur stark hin und her bewegte, bekamen sie Angst. Wenn er die Fische lange genug angeschaut hatte, warf er einen Stock ins Wasser; dann tat es gut, die ganze Schule sofort davonschießen zu sehen.

Dann, eines Tages, kam Mr. Biswas das Kalb abhanden. Während er die Fische beobachtete, hatte er es vergessen. Und als er sich daran erinnerte, nachdem er den Stock fallen gelassen und die Fische zerstreut hatte, war es weg. Er durchstöberte die Ufer und angrenzenden Felder nach ihm. Er ging wieder zu dem Feld, auf dem Dhari das Kalb am Morgen zurückgelassen hatte. Der eiserne Weidepflock mit dem vom vielen Einschlagen zusammengedrückten und glänzenden Kopf war da, aber kein Seil war daran festgebunden, kein Kalb. Er suchte lange Zeit, in Feldern voll hoher Pflanzen mit flaumigen Spitzen, in den wie saubere rote Wunden aussehenden Abzugsgräben, zwischen den Feldern und im Zuckerrohr. Er rief nach ihm, leise muhend, um nicht die Aufmerksamkeit der Leute auf sich zu lenken.

Plötzlich beschloß er, das Kalb sei endgültig verloren, das Kalb könne sowieso auf sich selber aufpassen und würde irgendwie den Weg zu seiner Mutter in Dharis Hof zurückfinden. In der Zwischenzeit würde er sich am besten verstecken, bis das Kalb gefunden oder vergessen war. Es wurde spät, und er beschloß, das beste Versteck für ihn sei zu Hause.

Der Nachmittag war beinah vorüber. Im Westen war der Himmel gold- und rauchfarben. Die meisten Dorfbewohner kamen von der Arbeit, und Mr. Biswas mußte den

Nachhauseweg vorsichtig zurücklegen, sich an die Hekken drücken und manchmal in Abflußgräben verstecken. Ungesehen gelangte er direkt bis an die hintere Grenze ihres Grundstücks. Auf einem Podest zwischen Hütte und Kuhstall sah er Bipti, die mit Asche und Wasser Emaille-, Messing- und Blechgeschirr spülte. Er versteckte sich hinter der Hibiskushecke. Pratap und Prasad kamen, Grashalme zwischen den Zähnen, ihre enganliegenden Filzkappen feucht von Schweiß, die Gesichter von der Sonne versengt und von Schweiß verschmiert, die Beine von Kot umhüllt. Pratap warf ein Stück weißen Baumwollstoff um seine schmutzigen Hosen und zog sich mit der erfahrenen Schamhaftigkeit des Erwachsenen aus, ehe er mit der Kalebasse Wasser aus dem großen schwarzen Ölfaß über sich schüttete. Prasad stellte sich auf ein Brett und begann, den weißen Kot von seinen Beinen zu kratzen.

Bipti sagte: »Ihr Jungs müßt noch gehen und Holz holen, ehe es dunkel wird.«

Prasad geriet in Wut; und als hätte er mit dem Abkratzen des weißen Kots auch die gefaßte Haltung des Erwachsenen verloren, schmiß er seinen Hut auf die Erde und schrie wie ein Kind: »Warum fragst du mich das *jetzt?* Warum fragst du mich *jeden Tag?* Ich gehe nicht.«

Raghu kam nach hinten, in der einen Hand einen noch nicht fertigen Spazierstock und in der anderen einen glühenden Draht, mit dem er Muster in den Stock gebrannt hatte. »Hör mal, Junge«, sagte Raghu. »Glaub bloß nicht, weil du jetzt Geld verdienst, bist du ein Mann. Tu, was deine Mutter will. Und geh schnell, bevor ich den Stock hier für dich brauche, auch wenn er noch nicht fertig ist.« Er lächelte über seinen Scherz.

Mr. Biswas wurde mulmig zumute.

Prasad hob immer noch tobend seinen Hut auf, und er und Pratap gingen um das Haus herum fort.

Bipti brachte ihr Geschirr in die Küche auf der vorderen Veranda, wo Dehuti ihr mit dem Abendessen helfen würde. Raghu ging wieder zu seinem Feuer im Garten vorne. Mr. Biswas schlüpfte durch den Hibiskuszaun, sprang über die enge, seichte Gosse, die von dem aschiigen Wasser des Spülpodests und dem schlammigen Wasser von Prataps Bad noch grauschwarz und matschig war, und schlich zur hinteren Veranda, wo ein Tisch stand, das einzige geschreinerte Möbelstück in der Hütte. Von der Veranda ging er ins Zimmer seines Vaters, glitt unter den Volant des Betts — Bretter, die auf Klötzen ruhten, die man senkrecht in den Boden eingelassen hatte — und bereitete sich darauf vor, zu warten.
Er mußte lange warten, ertrug es aber ohne Beschwerde. Unter dem Bett verband sich der Geruch nach altem Stoff, Staub und dem alten Strohdach zu einem bezwingend muffigen Geruch. Um sich die Zeit zu vertreiben, versuchte er träge, einen Geruch aus den anderen herauszulösen, während seine Ohren die Geräusche in und um die Hütte auffingen. Sie waren entfernt und dramatisch. Er hörte, wie die Jungen wiederkamen und das trockene Holz, daß sie mitgebracht hatten, auf die Erde warfen. Prasad tobte immer noch, Raghu warnte, Bipti schmeichelte. Dann auf einmal wurde Mr. Biswas wachsam.
»He, Raghu«, er erkannte Dharis Stimme. »Wo ist dein jüngster Sohn?«
»Mohun? Bipti, wo ist Mohun?«
»Bei Dharis Kalb, denke ich.«
»Nun, da ist er nicht«, sagte Dhari.
»Prasad!« rief Bipti. »Pratap! Dehuti! Habt ihr Mohun gesehen?«
»Nein, Mai.«
»Nein, Mai.«
»Nein, Mai.«
»Nein, Mai. Nein, Mai. Nein, Mai«, sagte Raghu. »Wo zum Teufel, denkt ihr, steckt er? Geht und sucht ihn.«

»O *Gott!*« schrie Prasad.
»Und du auch, Dhari. Es war deine Idee, Mohun dazu zu kriegen, nach dem Kalb zu gucken. Ich mache dich verantwortlich.«
»Dazu wird der Richter was anderes sagen«, sagte Dhari. »Ein Kalb ist ein Kalb, und für einen, der nicht so reich ist wie du —«
»Ich bin sicher, daß nichts passiert ist«, sagte Bipti. »Mohun weiß, daß er nicht ans Wasser darf.«
Mr. Biswas wurde von einem Klagelaut aufgeschreckt. Er stammte von Dhari. »Wasser, Wasser. Oh, der Unglücksknabe. Nicht zufrieden damit, seinen Vater und seine Mutter aufzufressen, frißt er auch mich auf. Wasser! Oh, Mohuns Mutter, was hast du gesagt?«
»Wasser?« Raghu klang verwirrt.
»Der Teich, der Teich«, jammerte Dhari, und Mr. Biswas hörte ihn den Nachbarn zurufen: »Raghus Sohn hat mein Kalb im Teich ertränkt. Ein schönes Kalb. Mein erstes Kalb. Mein einziges Kalb.«
Schnell versammelte sich eine schnatternde Menge. Viele unter ihnen waren an dem Nachmittag am Teich gewesen; eine Reihe davon hatte ein Kalb herumlaufen sehen, und ein oder zwei hatten sogar einen Jungen gesehen.
»Unsinn!« sagte Raghu. »Ihr seid ein Lügnerpack. Der Junge geht nicht in die Nähe von Wasser.« Er machte eine Pause und fügte hinzu: »Der Pandit hat ihm besonders verboten, in die Nähe von Wasser in seiner natürlichen Form zu gehen.«
Lakhan, der Fuhrmann, sagte: »Das ist ja ein feiner Mann. Es ist ihm anscheinend egal, ob sein Sohn ertrunken ist oder nicht.«
»Woher weißt du, was er denkt?« sagte Bipti.
»Laß ihn, laß ihn«, sagte Raghu in gekränktem, verzeihenden Ton. »Mohun ist *mein* Sohn. Und wenn es mir egal ist, ob er ertrunken ist oder nicht, dann ist das *meine* Sache.«

»Und was ist mit meinem Kalb?« sagte Dhari.
»Dein Kalb ist mir egal. Pratap! Prasad! Dehuti! Habt ihr euren Bruder gesehen?«
»Nein, Vater.«
»Nein, Vater.«
»Nein, Vater.«
»Ich gehe und tauche nach ihm«, sagte Lakhan.
»Du bist ja *sehr* begierig, dich großzutun«, sagte Raghu.
»Oh!« schrie Bipti. »Hört auf mit dem Hickhack und laßt uns den Jungen suchen gehen.«
»Mohun ist *mein* Sohn«, sagte Raghu. »Und wenn irgend jemand nach ihm taucht, dann bin ich das. Und ich bete zu Gott, Dhari, daß ich dein erbärmliches Kalb finde, wenn ich auf den Grund des Teichs komme.«
»Zeugen!« sagte Dhari. »Ihr seid alle meine Zeugen. Das muß vor Gericht wiederholt werden.«
»Zum Teich! Zum Teich!« sagten die Dorfbewohner, und denen, die gerade erst hinzukamen, wurde die Neuigkeit zugerufen.
»Raghu taucht im Teich nach seinem Sohn.«
Unter dem Bett seines Vaters hatte Mr. Biswas erst mit Vergnügen, dann mit einem unguten Gefühl zugehört. Schwer atmend und auf das Dorf fluchend kam Raghu ins Zimmer. Mr. Biswas hörte, wie er sich entkleidete und dann nach Bipti rief, sie solle kommen und ihn mit Kokosöl einreiben. Sie kam und rieb ihn ein, und dann verließen sie beide das Zimmer. Von der Straße klang Schwatzen und Fußgetrappel herein und wurde langsam leiser.
Mr. Biswas kam unter dem Bett hervor und war entsetzt, die Hütte dunkel zu finden. Im Zimmer nebenan begann jemand zu weinen. Er ging bis zum Türrahmen und guckte. Es war Dehuti. Von dem Nagel an der Wand hatte sie sich sein Hemd und zwei Unterhemden genommen und preßte sie an ihr Gesicht.
»Schwester«, flüsterte er.

Sie hörte und sah, und ihr Schluchzen verwandelte sich in Kreischen.
Mr. Biswas wußte nicht, was er tun sollte. »Ist schon gut, ist schon gut«, sagte er, aber die Worte waren zwecklos, und er ging ins Zimmer seines Vaters zurück. Gerade rechtzeitig, denn genau in dem Moment kam Sadhu, der uralte Mann, der zwei Häuser weiter wohnte, und fragte, durch seine Zahnlücken pfeifend, was denn los sei.
Dehuti schrie weiter. Mr. Biswas steckte die Hände in die Hosentaschen und grub durch die Löcher darin seine Finger in die Schenkel.
Sadhu führte Dehuti weg.
Draußen quakte von irgendwoher ein Frosch und machte dann ein saugendes, gurgelndes Geräusch. Die Grillen zirpten schon. Mr. Biswas war allein in der dunklen Hütte und fürchtete sich.

Der Teich lag in Sumpfland. Seine Oberfläche war ganz mit Wasserpflanzen überwachsen, und aus der Ferne schien es sich nur um eine leichte Landsenke zu handeln. In Wirklichkeit ging er an vielen Stellen jäh in die Tiefe, und die Dorfbewohner dachten gern, daß er dort unermeßlich sei. Drum herum gab es weder Bäume noch Hügel, so daß der Himmel, obwohl die Sonne schon weg war, noch hoch und hell blieb. Die Dorfbewohner standen schweigend am sicheren Ufer des Teichs. Die Frösche quakten, und das Käuzchen begann, die trauernden Töne auszustoßen, die ihm seinen Namen gaben. Auch die Moskitos waren schon tätig; von Zeit zu Zeit klatschte ein Dorfbewohner auf seinen Arm oder hob ein Bein und schlug darauf.
Lakhan, der Fuhrmann, sagte: »Er ist schon zu lange da unten.« Bipti sah ihn finster an.
Bevor Lakhan sein Hemd ausziehen konnte, kam Raghu an die Oberfläche, blies seine Backen auf, spie einen langen

dünnen Wasserstrahl aus und holte tief und laut Luft. An seiner eingefetteten Haut perlte das Wasser ab, aber der Schnurrbart über seiner Oberlippe war in sich zusammengefallen, und sein Haar fiel ihm zottig in die Stirn. Lakhan half ihm heraus. »Ich glaube, da unten ist etwas«, sagte Raghu. »Aber es ist sehr dunkel.«
Die niedrigen Bäume in der Ferne waren schwarz gegen den Dämmerhimmel; die orangefarbenen Lichtstreifen des Sonnenuntergangs waren grau beschmiert wie von einem schmutzigen Daumen. Bipti sagte: »Laß Lakhan tauchen.«
Jemand anders sagte: »Warte bis morgen.«
»Bis morgen?« sagte Raghu. »Und für alle das Wasser vergiften?«
Lakhan sagte: »Ich gehe.«
Raghu, der immer noch keuchte, schüttelte den Kopf: *»Mein* Sohn. *Meine* Pflicht.«
»Und mein Kalb«, sagte Dhari.
Raghu ignorierte ihn. Er fuhr sich mit den Händen durchs Haar, blies die Backen auf, legte die Hände an und rülpste. Im nächsten Moment war er wieder im Wasser. Elegantes Tauchen ließ der Teich nicht zu; Raghu ließ sich einfach hinunter. Die Wasserfläche brach auf und kräuselte sich. Der schwache Widerschein, den sie vom Himmel bekam, ließ nach. Während sie warteten, kam von den Hügeln im Norden ein kühler Wind auf; zwischen den zitternden Gräsern schimmerte das Wasser wie Goldmünzen.
Lakhan sagte: »Jetzt kommt er hoch. Ich glaube, er hat was.«
Was es war, erfuhren sie von Dharis Schrei. Dann begann Bipti, gellend zu schreien, ebenso Pratap und Prasad und sämtliche Frauen, während die Männer halfen, das Kalb ans Ufer zu heben. Eine seiner Flanken war schlammbedeckt; um seine dünnen Glieder ringten sich rankenartige Pflanzen, noch frisch und dick und grün. Raghu setzte sich

ans Ufer, sah zwischen seinen Beinen ins dunkle Wasser.
Lakhan sagte: »Laß mich jetzt runtergehen und nach dem Jungen gucken.«
»Ja, Mann«, bat Bipti, »laß ihn gehen.«
Raghu blieb, wo er war, tief atmend, mit am Körper klebendem Dhoti. Dann war er im Wasser, und die Dorfbewohner schwiegen wieder. Sie warteten, betrachteten das Kalb, betrachteten den Teich.
Lakhan sagte: »Es ist was passiert.«
Eine Frau sagte: »Kein dummes Geschwätz jetzt, Lakhan. Raghu ist ein guter Taucher.«
»Ich weiß, ich weiß«, sagte Lakhan, »er taucht aber schon zu lange.«
Dann waren alle still. Jemand hatte geniest.
Sie drehten sich um, nur um in einiger Entfernung Mr. Biswas in der Dämmerung stehen zu sehen, der sich mit dem Zeh des einen Fußes den Knöchel des anderen kratzte.
Lakhan war im Teich. Pratap und Prasad rannten, um Mr. Biswas hastig wegzutreiben.
»Dieser Junge!« sagte Dhari. »Er hat mein Kalb ermordet, und jetzt hat er seinen eigenen Vater aufgefressen.«
Lakhan brachte den bewußtlosen Raghu hoch. Sie rollten ihn auf das feuchte Gras und pumpten Wasser aus Mund und Nasenlöchern. Aber es war zu spät.

»Anzeigen«, sagte Bipti immer wieder. »Wir müssen Anzeigen verschicken.« Und die Anzeigen wurden von willigen und aufgeregten Dorfbewohnern überall hingebracht. Die wichtigste Botschaft ging an Biptis Schwester Tara in Pagotes. Tara war eine Person von Rang. Ihr Schicksal war es, keine Kinder zu haben, aber es war auch ihr Schicksal, einen Mann geheiratet zu haben, der sich mit einem Satz vom Land befreit und Reichtum erworben hatte; einen Rumausschank und ein Haushaltswarenge-

schäft besaß er schon, und er war einer der ersten auf Trinidad, der sich ein Auto kaufte.
Tara kam und übernahm sofort das Kommando. Ihre Arme waren vom Gelenk bis zum Ellbogen in Silberreifen eingeschlossen, die sie Bipti oft empfohlen hatte: »Sehr schön sind sie nicht, aber ein Hieb mit dem Arm erledigt jeden Angreifer.« Sie trug auch Ohrringe und einen *Nakphul*, eine »Nasenblume«. Um den Hals hatte sie ein Joch aus reinem Gold und an den Knöcheln dicke Silberspangen. Trotz ihres ganzen Schmucks war sie energisch und tüchtig und hatte die kommandierende Art ihres Mannes angenommen. Sie überließ Bipti das Trauern und regelte alles andere. Sie hatte ihren eigenen Pandit, den sie ständig mit Reden bestürmte, mitgebracht; sie wies Pratap an, wie er sich während der Feierlichkeiten zu verhalten habe; und selbst einen Photographen hatte sie mitgebracht.
Sie drängte Prasad, Dehuti und Mr. Biswas, sich würdevoll zu benehmen und niemandem im Weg zu stehen, und sie befahl Dehuti, darauf zu achten, daß Mr. Biswas anständig angezogen war. Als der Kleinste und Jüngste der Familie wurde Mr. Biswas von den Trauernden respektvoll und wohlwollend, wenn auch mit ein wenig Grauen gemischt, behandelt. Verlegen wegen ihrer Aufmerksamkeit zog er durch Hütte und Hof und dachte, er könnte einen neuartigen Geruch nach etwas Rohem in der Luft feststellen. Auch ein seltsamer Geschmack war in seinem Mund; er hatte noch nie Fleisch gegessen, hatte jetzt aber ein Gefühl, als hätte er rohes weißes Fleisch gegessen; hinten in seiner Kehle stieg in einem fort ekelerregender Speichel auf, und er mußte andauernd ausspucken, bis Tara sagte: »Was ist los mit dir? Bist du schwanger?«
Bipti wurde gebadet. Ihr noch nasses Haar wurde ordentlich gescheitelt und der Scheitel mit rotem Henna ausgefüllt. Dann wurde das Henna herausgeholt und der Scheitel mit Holzkohlenstaub gefüllt. Nun war sie für immer

eine Witwe. Tara stieß einen kurzen Schrei aus, und auf ihr Signal hin begannen die anderen Frauen zu klagen. Auf Biptis nassem schwarzen Haar waren noch Flecken wie Blutstropfen vom Henna.
Einäscherungen waren verboten, und Raghu mußte beerdigt werden. Mit seinem besten Dhoti, mit Jacke und Turban bekleidet, um den Hals und bis hinunter auf die Jacke seine Gebetsperlen, war er in einem Sarg im Schlafzimmer aufgebahrt. Der Sarg war mit Ringelblumen bestreut, die zu seinem Turban paßten. Pratap, der älteste Sohn, vollzog, indem er um den Sarg herumging, die Begräbnisriten.
»Photo jetzt«, sagte Tara. »Schnell. Sie alle zusammen. Das letzte Mal.«
Der Photograph, der unter einem Mangobaum geraucht hatte, ging in die Hütte und sagte: »Zu dunkel.«
Bei den Männern erwachte das Interesse, und sie gaben Ratschläge, während die Frauen jammerten.
»Bringt ihn raus. Lehnt ihn gegen den Mangobaum.«
»Macht eine Lampe an.«
»Es *kann* doch nicht zu dunkel sein.«
»Woher wollt ihr das wissen? Ihr seid doch nie photographiert worden. Also, *ich* würde vorschlagen —«
Der Photograph, ein Mischling mit chinesischem, europäischem und Negerblut, verstand nicht, was gesagt wurde. Am Ende brachten er und ein paar Männer den Sarg auf die Veranda und lehnten ihn an die Wand.
»Vorsicht! Laßt ihn nicht herausfallen.«
»Meine Güte! Die ganzen Ringelblumen sind herausgefallen.«
»Laßt sie«, sagte der Photograph auf Englisch, »macht einen netten Eindruck. Blumen auf der Erde.« Er stellte im Hof direkt unter der ausgefransten Strohdachkante sein Stativ auf und steckte seinen Kopf unter das schwarze Tuch.

Tara rüttelte Bipti aus ihrem Kummer, ordnete Biptis Schleier und trocknete Biptis Augen.
»Fünf Leute alle zusammen«, sagte der Photograph zu Tara.
»Schwer zu wissen, wie man sie hinstellen soll. Sieht für mich so aus, als müßten zwei auf der einen und drei auf der anderen Seite stehen. Sind Sie sicher, daß Sie alle fünf wollen?«
Tara blieb hart.
Der Photograph schnalzte, aber nicht vor Tara. »Guckt, guckt. Warum stellt denn keiner was hin, um den Sarg aufzuhalten, und paßt auf, daß er nicht runterrutscht?«
Tara veranlaßte, daß man sich darum kümmerte.
Der Photograph sagte: »Also dann: Mutter und größter Sohn auf die beiden Seiten. Neben die Mutter kleiner Junge und kleines Mädchen. Neben den großen Sohn der kleinere Sohn.«
Von den Männern kamen noch mehr Ratschläge.
»Lassen Sie sie auf den Sarg gucken.«
»Auf die Mutter.«
»Auf den jüngsten Sohn.«
Der Photograph erledigte die Angelegenheit, indem er Tara sagte: »Sagen Sie ihnen, sie sollen mich angucken.«
Tara übersetzte, und der Photograph ging unter sein Tuch. Er kam beinahe sofort wieder darunter hervor. »Wie wäre es, wenn man die Mutter und den größten Jungen dazu brächte, ihre Hände auf den Sargrand zu legen?«
Das wurde gemacht, und der Photograph verschwand wieder unter seinem Tuch.
»Halt!« schrie Tara und kam mit einer frischen Girlande aus Ringelblumen aus der Hütte gerannt. Sie hing sie um Raghus Hals und sagte auf Englisch zu dem Photographen: »In Ordnung. Machen Sie jetzt Ihr Photo.«

Mr. Biswas besaß nie einen Abzug des Photos, und er sah es erst 1937, als es, in ein Passepartout gerahmt, auf der Wand im Wohnzimmer von Taras schönem neuen Haus in Pagotes erschien, ein wenig verloren zwischen vielen anderen Fotos von Begräbnisgruppen, vielen am Rand verschwommenen, ovalen Porträts von weiteren Freunden und Verwandten und vielen Farbstichen von englischen Landschaften. Das Foto war zu einem ganz hellen Braun verblaßt und zum Teil durch den großen Heliotropstempel des Fotografen, der immer noch glänzte, und seine verschmierte kritzelige Signatur mit weichem schwarzen Stift entstellt. Mr. Biswas war erstaunt darüber, wie klein er war. Die verschorften Entzündungen und Ekzemnarben auf seinen knotigen Knien und überaus dünnen Armen und Beinen zeigten sich deutlich. Jeder auf dem Photo hatte unnatürlich große, starr blickende Augen, die schwarz umrandet zu sein schienen.

Tara hatte recht, als sie sagte, das Foto sollte ein Dokument für das letzte Beisammensein der ganzen Familie sein. Denn innerhalb weniger Tage hatten Mr. Biswas und Bipti, Pratap und Prasad und Dehuti Parrot Trace verlassen, und die Familie war endgültig auseinandergerissen.

Es begann am Abend der Beerdigung.

Tara sagte: »Bipti, du mußt mir Dehuti geben.«

Bipti hatte gehofft, daß Tara das vorschlagen würde. In vier oder fünf Jahren mußte Dehuti verheiratet werden, und es war besser, sie Tara zu geben. Sie würde gute Umgangsformen lernen, anmutige Verhaltensweisen erwerben und könnte, mit einer Mitgift von Tara, sogar eine gute Partie machen.

»Wenn man schon jemanden haben muß«, sagte Tara, »ist es besser, jemanden aus der eigenen Familie zu haben, sage ich immer. Ich will nicht, daß Fremde ihre Nase in meine Küche und mein Schlafzimmer stecken.«

Bipti pflichtete ihr bei, daß es besser sei, Dienstboten aus der eigenen Familie zu haben. Und Pratap und Prasad und selbst Mr. Biswas, der nicht gefragt worden war, nickten, als hätten sie lange über das Dienstbotenproblem nachgedacht.

Dehuti sah zu Boden, schüttelte ihr langes Haar und murmelte ein paar Worte, die bedeuteten, daß sie viel zu klein sei, um gefragt zu werden, sich aber freue.

»Ich kaufe ihr neue Kleider«, sagte Tara, den Georgetterock und Unterrock aus Satin befingernd, den Dehuti bei der Beerdigung getragen hatte. »Ich kauf' ihr ein bißchen Schmuck.« Sie legte Daumen und Zeigefinger um Dehutis Handgelenk, hob ihr Gesicht und drehte ihr Ohrläppchen hoch. »Ohrringe. Gut, daß du sie hast durchstechen lassen, Bipti. Diese Stöckchen braucht sie jetzt nicht mehr.« In den Löchern in ihrem Ohrläppchen trug Dehuti Stückchen von dem dünnen, harten Blattstiel der Kokospalme. Tara zog spielerisch an Dehutis Nase. »Auch ein *Nakphul.* Du hättest doch gern eine Nasenblume?«

Dehuti lächelte scheu, sah aber nicht auf.

»Nun«, sagte Tara, »heutzutage ändert die Mode sich ja andauernd. Ich bin bloß altmodisch, das ist alles.« Sie strich über ihre goldene Nasenblume. »Es ist teuer, altmodisch zu sein.«

»Sie wird dich zufriedenstellen«, sagte Bipti. »Raghu hatte kein Geld, aber er hat seine Kinder gut erzogen. Erziehung, Gottesfurcht —«

»Genau«, sagte Tara. »Die Zeit des Weinens ist vorbei, Bipti. Wieviel Geld hat Raghu dir hinterlassen?«

»Nichts. Ich weiß es nicht.«

»Was meinst du damit? Versuchst du, etwas vor mir geheimzuhalten? Jeder im Dorf weiß doch, daß Raghu viel Geld hatte.«

Pratap schnalzte. »Das war ein Geizhals, der. Er hat sein Geld immer versteckt.«

Tara sagte: »Ist das die Erziehung und Gottesfurcht, die euer Vater euch beigebracht hat?«
Sie suchten. Sie zogen Raghus Schachtel unter dem Bett hervor und suchten nach falschen Böden; auf Biptis Vorschlag durchsuchten sie jede Fuge, die ein Versteck im Holz selbst bieten konnte. Sie stocherten in dem rußigen Strohdach und tasteten die Balken mit den Händen ab; sie klopften den festgestampften Boden und die Wände aus Bambus und Lehm ab; sie untersuchten Raghus Spazierstöcke und nahmen die Stockzwingen, Raghus einzige Extravaganz, herunter; sie nahmen das Bett auseinander und gruben die Klötze aus, auf denen es stand. Sie fanden nichts.
Bipti sagte: »Vielleicht hat er wirklich kein Geld gehabt.«
»Du bist eine Närrin«, sagte Tara, und in dieser verärgerten Stimmung befahl sie Bipti, Dehutis Bündel zu packen, und nahm Dehuti mit.

Weil in ihrem Haus nicht gekocht werden konnte, aßen sie bei Sadhu. Das Essen war ungesalzen, und sobald er zu kauen begann, hatte Mr. Biswas das Gefühl, er äße rohes Fleisch, und übelkeiterregender Speichel füllte wieder seinen Mund. Er raste nach draußen, um seinen Mund zu entleeren und sauberzumachen, aber der Geschmack blieb. Und wieder in der Hütte, schrie Mr. Biswas, wenn Bipti ihn ins Bett steckte und Raghus Decke über ihn warf. Kratzende Härchen standen aus der Decke heraus; sie schien die Quelle dieses Geruchs nach Rohem, Frischem zu sein, den er den ganzen Tag gerochen hatte. Bipti ließ ihn schreien, bis er müde war und im Licht der gelben, flackernden Öllampe, die die Ecken im Dunkeln ließ, einschlief. Sie beobachtete, wie der Docht immer niedriger brannte, bis sie das Schnarchen von Pratap, der wie ein erwachsener Mann schnarchte, und das schwere Atmen von Mr. Biswas und Prasad hörte. Sie selbst schlief nur unregelmäßig. In der Hütte war es ruhig, aber die Geräusche draußen waren laut und anhaltend: Moskitos, Fledermäuse, Frösche, Grillen, das Käuzchen. Wenn die Grille einmal nicht zirpte, hatte das eine beunruhigende Wirkung, und sie wachte auf.

Ein neues Geräusch holte sie aus ihrem leichten Schlaf. Zuerst war sie sich nicht sicher. Aber daß das Geräusch so nahe war und unregelmäßig erfolgte, beunruhigte sie. Es war ein Geräusch, das sie jeden Tag hörte, aber jetzt, so vereinzelt in der Nacht, schwer einzuordnen war. Es kam wieder: ein dumpfer Anprall, eine Pause, ein anhaltendes Klicken, dann eine Reihe gedämpfterer Töne. Und wieder kam es. Dann gab es noch ein Geräusch; Flaschen wurden zerbrochen, verhalten, als wären die Flaschen gefüllt. Und sie wußte, die Geräusche kamen aus ihrem Garten. Irgend jemand stolperte zwischen den Flaschen herum, die Raghu mit dem Hals nach unten um die Blumenbeete gesteckt hatte.

Sie rüttelte Prasad und Pratap wach.

Mr. Biswas, der wach wurde und unterdrücktes Reden hörte und ein Zimmer voll tanzender Schatten sah, schloß die Augen, um die Gefahr draußen zu halten; und wie neulich wurde auf einmal alles dramatisch und entrückt.

Pratap gab Prasad und Bipti Spazierstöcke. Vorsichtig zog er den Riegel vor dem kleinen Fenster weg, dann stieß er es mit unvermutetem Nachdruck auf.

Der Garten war von einer Sturmlampe hell erleuchtet. Ein Mann trieb eine Forke in die Erde zwischen der Flaschenumrandung.

»Dhari!« rief Bipti.

Dhari sah weder auf noch antwortete er. Er grub weiter, rüttelte an seinem Werkzeug in der Erde, riß an den Wurzeln, die die Erde festhielten.

»Dhari!«

Er begann, ein Hochzeitslied zu singen.

»Die Machete!« sagte Pratap. »Gib mir die Machete.«
»O Gott! Nein, nein!« sagte Bipti.
»Ich gehe raus und erschlage ihn wie eine Schlange«, sagte Pratap mit sich überschlagender Stimme. »Prasad? Mai?«
»Mach das Fenster zu«, sagte Bipti.
Das Singen hörte auf, und Dhari sagte: »Ja, macht das Fenster zu und geht schlafen. Ich bin hier, um auf euch aufzupassen.«
Heftig zog Bipti das kleine Fenster zu, verriegelte es und ließ die Hand auf dem Riegel liegen.
Das Graben und Zerbrechen der Flaschen hielten an. Dhari sang:

Geh beherzt an deine tägliche Pflicht,
fürchte keinen und traue Gott.

»Da steckt Dhari nicht allein hinter«, sagte Bipti. »Provozier ihn nicht.« Dann, als verharmlose das nicht nur Dharis Benehmen, sondern verleihe ihnen allen Schutz, fügte sie hinzu: »Er ist nur hinter dem Geld eures Vaters her. Laßt ihn suchen.«
Mr. Biswas und Prasad schliefen bald wieder ein. Bipti und Pratap blieben auf, bis sie auch das letzte von Dharis Liedern gehört hatten und seine Forke nicht mehr in die Erde stach und Flaschen zerbrach. Sie sprachen nicht. Nur einmal sagte Bipti: »Dein Vater hat mich immer vor den Leuten im Dorf gewarnt.«
Wie immer erwachten Pratap und Prasad, als es noch dunkel war. Sie sprachen nicht über das, was geschehen war, und Bipti bestand drauf, daß sie wie gewöhnlich zum Büffelteich gingen. Sobald es hell war, ging sie hinaus in den Garten. Die Blumenbeete waren umgegraben; Tau lag auf der aufgewühlten Erde, die zum Teil entwurzelte Pflanzen, bereits schlaff und welk, unter sich begrub. Das mit Gemüse bepflanzte Stückchen war nicht umgegraben, aber Tomatenstauden waren niedergeschnitten, Stützstäbe abgebrochen und Kürbisse aufgeschlitzt worden.

»Oh, Frau Raghus!« rief ein Mann von der Straße, und sie sah Dhari über den Abwassergraben springen.
Geistesabwesend pflückte er ein taunasses Blatt vom Hibiskusstrauch, zerrieb es zwischen den Handflächen, steckte es in den Mund und kam kauend auf sie zu.
Sie wurde wütend. »Hinaus! Sofort! Nennst du dich einen Mann? Du bist ein unverschämter Vagabund! Unverschämt und feige!«
Er ging an ihr vorbei, an der Hütte vorbei in den Garten. Kauend besah er sich den Schaden. Er war in Arbeitskleidern, seine Machete in ihrer schwarzen Lederhülle an der Seite, der Essensbehälter aus Emaille in der Hand, seine Kalebasse mit Wasser hing über die Schulter.
»Oh, Frau Raghus, was haben sie getan?«
»Ich hoffe, du hast was gefunden, was dich glücklich macht, Dhari.«
Auf die ruinierten Blumenbeete schauend, zuckte er die Schultern: »Sie werden weitersuchen, *Maharajin.*«
»Jeder weiß, daß du dein Kalb verloren hast. Aber das war ein Unfall. Was ist mit —«
»Ja, ja. Mein Kalb. Unfall.«
»Ich werd' es mir merken, Dhari. Und Raghus Söhne werden dich auch nicht vergessen!«
»Er war ein guter Taucher.«
»Unmensch! Mach, daß du rauskommst!«
»Gern.« Er spuckte das Hibiskusblatt auf ein Blumenbeet. »Ich wollte dir nur sagen, daß diese niederträchtigen Männer wiederkommen. Warum hilfst du ihnen nicht, *Maharajin?*«
Es gab keinen, den Bipti um Hilfe bitten konnte. Der Polizei mißtraute sie, und Freunde hatte Raghu nicht. Außerdem wußte sie nicht, wer mit Dhari im Bunde sein konnte.
In der Nacht rafften sie Raghus sämtliche Stöcke und

Macheten zusammen und warteten. Mr. Biswas schloß die Augen und lauschte, aber als die Stunden vergingen, fand er es schwer, munter zu bleiben.
Flüstern und Bewegung in der Hütte weckten ihn. Weit weg, schien es, sang jemand ein langsames, trauriges Hochzeitslied. Bipti und Prasad standen da. In höchster Aufregung lief Pratap zwischen Fenster und Tür hin und her, so schnell, daß die Flamme der Öllampe hierhin und dorthin wehte und auf einmal mit einem kleinen Knall ausging. Der Raum versank in Dunkelheit. Einen Augenblick später war die Flamme wieder da und rettete sie.
Der Gesang kam näher, und als er fast bei ihnen war, hörten sie, daß sich Schwatzen und leises Lachen hineinmischte.
Bipti schob den Riegel vor dem Fenster weg, öffnete es einen Spalt und sah den Garten von Laternen funkeln.
»Drei von der Sorte«, sagte sie. »Lakhan, Dhari, Oumadh.«
Pratap stieß Bipti zur Seite, riß das Fenster weit auf und schrie: »Haut ab! Haut ab! Ich bringe euch um.«
›Schsch‹, sagte Bipti, Pratap wegziehend, und versuchte, das Fenster zu schließen.
»Raghus Sohn«, sagte ein Mann aus dem Garten.
»›Schsch‹ mich nicht«, schrie Pratap, sich gegen Bipti wendend. Tränen traten ihm in die Augen, und seine Stimme löste sich in Schluchzen auf. »Ich bringe sie alle um.«
»Ein kleiner Krakeeler«, sagte ein anderer Mann.
»Ich komme wieder und bringe euch alle um«, schrie Pratap. »Das verspreche ich euch.«
Bipti nahm ihn in die Arme und tröstete ihn wie ein Kind und sagte mit derselben sanften, ruhigen Stimme: »Prasad, mach das Fenster zu und geh schlafen.«
»Ja, Sohn.« Sie erkannten Dharis Stimme. »Geh schlafen. Wir werden jede Nacht hier sein, um auf euch aufzupassen.«

Prasad schloß das Fenster, aber die Geräusche hielten an: das Singen, das Reden und das gemächliche Einstechen von Forke und Spaten. Bipti saß da und starrte auf die Tür, neben der Pratap auf dem Boden saß, eine Machete neben sich, deren Heft in Form von einem Paar Gummistiefel geschnitzt war. Er saß bewegungslos. Seine Tränen waren versiegt, aber seine Augen waren rot und die Lieder geschwollen.

Am Ende verkaufte Bipti Hütte und Land an Dhari, und sie und Mr. Biswas zogen nach Pagotes. Dort lebten sie von Taras Wohltätigkeit, jedoch nicht bei Tara, sondern mit ein paar Verwandten, die abhängig waren von Taras Ehemann, in einer Hintergasse weit ab von der Hauptstraße. Pratap und Prasad wurden zu einem entfernten Verwandten nach Felicity, im Herzen der Zuckerplantagen, geschickt; sie waren schon an die Plantagenarbeit gewöhnt und zu alt, etwas anderes zu lernen.

Und so kam es, daß Mr. Biswas das einzige Haus verließ, auf das er irgendwie Anspruch hatte. Die nächsten fünfunddreißig Jahre sollte er ein Wanderer sein, ohne einen Platz, den er sein eigen nennen konnte, ohne Familie, außer der, die er aus der alles verschlingenden Welt der Tulsis heraus zu schaffen versuchte. Denn da die Eltern seiner Mutter tot, sein Vater tot, seine Brüder auf der Plantage in Felicity und Dehuti als Dienstmädchen bei Tara waren und er sich von Bipti rasch entfremdete, die, einmal gebrochen, immer nutzloser und unzugänglicher wurde, schien es ihm, daß er wirklich ganz alleine war.

2. *Vor den Tulsis*

Mr. Biswas konnte danach nie genau sagen, wo die Hütte seines Vaters gestanden hatte oder Dhari und die anderen gegraben hatten. Er erfuhr nie, ob jemand Raghus Geld gefunden hatte. Viel konnte es nicht gewesen sein, weil Raghu so wenig verdient hatte. Aber einen Schatz gab der Boden her. Denn das alles war in Südtrinidad, und das Land, das Bipti Dhari so billig verkauft hatte, sollte sich später als ölhaltig erweisen. Und als Mr. Biswas, an einem Leitartikel für die Beilage des *Sunday Sentinel* arbeitend — RALEIGHS TRAUM WIRD WAHR, lautete die Überschrift, »Aber das Gold ist schwarz, nur die Erde ist gelb, nur der Busch grün« — den Ort suchte, an dem er seine ersten Jahre verbracht hatte, sah er nichts als Bohrtürme und schmutzige Pumpen, die endlos auf und ab stampften, umgeben von roten Schildern, die das Rauchen verboten. Das Haus seiner Großeltern war ebenfalls verschwunden, und wenn Hütten aus Lehm und Gras abgerissen werden, hinterlassen sie keine Spuren. Seine Nabelschnur, in jener unheilvollen Nacht dort begraben, und sein sechster Finger, nicht viel später begraben, waren zu Staub geworden. Den Teich hatte man entwässert, und das ganze Sumpfgebiet war nun eine Gartenstadt voll weißer Holzbungalows mit roten Dächern, Zisternen auf hohen Stelzen und ordentlichen Gärten. Der Bach, in dem er die schwarzen Fische beobachtet hatte, war eingedämmt und zu einem Reservoir gelenkt, und sein sich windendes, unregelmäßiges Bett von geraden Rasen, Straßen und Auffahrten umschlossen. Nichts auf der Welt zeugte von Mr. Biswas' Geburt und früher Kindheit.

Wie er in Pagotes merkte.
»Wie alt bist du, Junge?« fragte Lal, der Lehrer an der kanadischen Missionsschule, während seine kleinen behaarten Hände mit dem zylindrischen Lineal auf seiner Namensliste spielten.
Mr. Biswas zuckte die Schultern und trat von einem nackten Fuß auf den anderen.
»Wie ihr Leute wollt weiterkommen, he?« Lal war aus einer niedrigen Hindukaste zum presbyterianischen Glauben übergetreten und verachtete alle nicht bekehrten Hindus. Zu dieser Verachtung gehörte es, daß er in gebrochenem Englisch mit ihnen sprach. »Morgen ich will, daß du bringst deine Geburtsurkunde. Du verstehst?«
»Gebuutsukunde?« Bipti sprach die englischen Worte nach. »Hab' ich nicht.«
»Haben Sie nicht, ha!« sagte Lal am nächsten Tag. »Ihr Leute wißt noch nicht mal, wie geboren geht, so sieht es aus.«
Aber sie einigten sich auf einen annehmbaren Termin. Lal vervollständigte sein Namenverzeichnis, und Bipti ging zu Tara, um sie um Rat zu fragen.
Tara brachte Bipti zu einem Anwalt, dessen Büro ein kleiner Holzschuppen war, der schief auf acht groben Klötzen stand. Die Temperafarbe auf seinen Wänden hatte sich in Staub aufgelöst. Ein Schild, offensichtlich von dem Mann selbst gemalt, besagte, daß F. Z. Ghany Anwalt, Notar und berechtigt sei, eidesstattliche Erklärungen abzunehmen. Er sah gar nicht danach aus, während er vornübergebeugt auf einem kaputten Küchenstuhl an der Tür seines Schuppens saß und mit einem Streichholz in den Zähnen stocherte, wobei seine Krawatte senkrecht nach unten hing. Auf dem staubigen Fußboden stapelten sich staubige Bücher, und auf dem Küchentisch hinter seinem Rücken lag ein ebenfalls staubiges Blatt Löschpapier in Grün, auf dem ein reich verzierter neumodischer

Metallapparat stand, der wie eine Miniaturausgabe des Karussells aussah, das Mr. Biswas auf dem Weg nach Pagotes auf dem Spielplatz in St. Joseph gesehen hatte. Von diesem Spielzeugkarussell hingen zwei Gummistempel, und direkt darunter stand eine rot bekleckste Büchse. Den Rest seiner Büroausstattung trug F. Z. Gahny in der Hemdentasche; sie war mit Schreibfedern, Bleistiften, Papierbögen und Umschlägen prall gefüllt. Er mußte seine Ausrüstung herumtragen können; das Büro in Pagotes war nur am Markttag, Mittwoch, geöffnet; andere Büros, die auch an Markttagen offen waren, hatte er in Tunapuna, Arima, St. Joseph und Tacarigua. »Gebt mir nur jeden Tag drei oder vier Fälle von Prügeleien oder beißenden Hunden«, pflegte er zu sagen, »und mir geht's gut, wißt ihr.«

Als er die drei Inder der Reihe nach über das Brett, das über den Abwassergraben führte, kommen sah, stand F. Z. Ghany auf, spuckte das Streichholz aus und begrüßte sie mit gutmütigem Spott: *Maharajin, Maharajin,* Kleiner.« Er verdiente das meiste Geld mit Hindus, aber als Moslem traute er ihnen nicht.

Sie stiegen die zwei Stufen in sein Büro hinauf. Es wurde voll. So mochte Ghany es; das zog Kunden an. Er stellte den Stuhl hinter den Tisch, setzte sich darauf und ließ seine Klienten stehen.

Tara begann, Mr. Biswas' Fall zu erklären. Durch den mokanten Ausdruck auf Ghanys schwerem schwammigen Gesicht ermutigt, wurde Tara weitschweifig.

In eine von Taras Pausen sagte Bipti: »Gebuutsukunde.«

»Aha!« sagte Ghany und änderte sein Verhalten. »Urkunde der Gebuut.« Das war ein vertrautes Problem. Er setzte eine juristische Miene auf und sagte: »Eidesstattliche Erklärung. Wann hat die Gebuut stattgefunden?«

Bipti erklärte Tara auf Hindi: »Kann ich wirklich nicht sagen. Aber Pandit Sitaram sollte es wissen. Er hat

Mohuns Horoskop erstellt, am Tag, nachdem er geboren war.«

»Ich weiß nicht, was du an dem Mann findest, Bipti. Er hat *keine* Ahnung.«

Ghany konnte ihrer Unterhaltung folgen. Er mochte die Art, in der indische Frauen in der Öffentlichkeit Hindi als Geheimsprache benutzten, nicht und fragte ungeduldig: »Gebuutsdatum?«

»Achter Juni«, sagte Bipti zu Tara. »Das *muß* es sein.«

»In Ordnung«, sagte Ghany. »Achter Juni. Wer sollte nein sagen.« Lächelnd griff er nach der Schublade in seinem Tisch und zog ein paarmal daran, ehe sie nachgab. Er nahm ein großes Blatt Papier heraus, riß es in zwei Hälften, steckte eine Hälfte in die Schublade zurück, stieß sie ein paarmal hin und her, um sie zu schließen, legte das halbe Blatt auf das staubige Löschpapier und machte sich daran, zu schreiben.

»Name des Jungen?«

»Mohun«, sagte Tara.

Mr. Biswas wurde verlegen. Er strich sich mit der Zunge über die Oberlippe und versuchte, sie seine knubbelige Nasenspitze berühren zu lassen.

»Nachname?« fragte Ghany.

»Biswas«, sagte Tara.

»Schöner Hinduname«. Er stellte noch mehr Fragen und schrieb. Bipti machte ihr Zeichen, und Tara unterschrieb sehr bedächtig und ihre Feder über das Papier tanzen lassend, mit ihrem Namen. F. Z. Ghany kämpfte noch einmal mit der Schublade, nahm die andere Hälfte des Blattes heraus und ließ jeden noch einmal unterschreiben.

Mr. Biswas lehnte sich nun gegen eine der staubigen Wände und stellte seine Füße weit nach hinten. Er spuckte vorsichtig, und versuchte, seinen Speichel bis auf den Boden hinunterhängen zu lassen, ohne daß er riß.

F. Z. Ghany hing seinen Namensstempel auf und nahm

seinen Datumsstempel herunter. Er drehte an ein paar Sperrwerken, hämmerte auf das fast trockene dunkelrote Kissen und schlug hart auf das Papier. Zwei Stückchen Gummi fielen ab. »Jetzt ist das verdammte Ding kaputt«, sagte er und untersuchte es ohne Verdruß. Er erklärte: »Das Jahr könnte man schon drucken, weil man das nur einmal im Jahr bewegt. Aber das Datum und die Monate, Mann, die muß man die ganze Zeit wie bekloppt drehen.« Er nahm die Gummistückchen auf und betrachtete sie nachdenklich. »Hier, gebt sie dem Jungen. Kann damit spielen.« Er schrieb das Datum mit einer seiner Federn und sagte: »In Ordnung, das könnt ihr jetzt alles mir überlassen. Teure Angelegenheit, eidesstattliche Erklärungen. Stempel und alles, wißt ihr. Alles in allem zehn Dollar.«
Bipti fummelte am Knoten ihres Schleiers herum, und Tara bezahlte.
»Noch mehr Kinder ohne Geburtsurkunde?«
»Drei«, sagte Bipti.
»Bringen Sie sie«, sagte Ghany. »Bringen Sie sie alle. An jedem Markttag. Nächste Woche? Es ist besser, sowas sofort zu regeln, wissen Sie?«
Auf diese Weise wurde von Mr. Biswas' Existenz amtlich Kenntnis genommen, und er betrat eine neue Welt.

Null mal null ist null
Null mal zwei ist null

Das leiernde Heruntersingen der Kinder gefiel Lal. Er glaubte an Gründlichkeit, Disziplin und was er gerne »Bei-der-Sache-Bleiben« nannte, Tugenden, an denen es nichtbekehrten Hindus besonders mangelte.

Ein mal zwei ist zwei
Zwei mal zwei ist vier

»Halt!« schrie Lal, mit seiner Tamarindengerte fuchtelnd. »Biswas, null mal zwei ist wieviel?«
»Zwei.«
»Komm hier rauf. Du, Ramguli, null mal zwei ist wieviel?«
»Null.«
»Komm rauf. Der Junge mit dem Hemd, das aussieht wie ein Mieder seiner Mutter. Wieviel?«
»Vier.«
»Komm rauf.« Er hielt die Gerte an beiden Enden und bog sie schnell vor und zurück. Die Ärmel seines Jacketts fielen über schmutzige Manschetten und dünne, schwarzbehaarte Handgelenke zurück. Das Jackett war braun, aber an den Stellen, wo es von Lals Schweiß durchtränkt wurde, war es safranfarben geworden. Während der ganzen Zeit, in der er zur Schule ging, sah Mr. Biswas Lal nie ein anderes Jackett tragen.
»Ramguli, geh an deinen Platz zurück. Also, ihr zwei. Entscheidet nun mal zusammen, wieviel null mal zwei ist.«
»Null«, wimmerten sie zusammen.
»Ja, null mal zwei ist null. Ihr habt zwei gesagt.« Er schnappte sich Mr. Biswas, zog ihm den Hosenboden stramm, brachte die Tamarindengerte auf ihm zur Anwendung und sagte, während er schlug: »Null mal zwei ist null. Null mal null ist null. *Ein* mal zwei ist zwei.«
Mr. Biswas, wieder freigelassen, ging weinend an sein Pult.
»Und jetzt du. Ehe wir irgend etwas besprechen, sag mir, woher du das Mieder hast.«
Mit seiner flammend roten Farbe und den Puffärmeln handelte es sich offensichtlich um ein Mieder und war von den Jungen auch kommentarlos als solches erkannt worden, denn die meisten trugen Kleidungsstücke, die ursprünglich nicht für sie bestimmt waren.
»Wo hast du das her?«
»Von meiner Schwägerin.«

»Und du hast dich bei ihr bedankt?«
Keine Antwort.
»Egal, wenn du deine Schwägerin siehst, will ich, daß du ihr etwas ausrichtest. Ich will —« und hier ergriff Lal den Jungen und fing an, sich der Tamerindengerte zu bedienen — »Ich will, daß du ihr sagst, daß null Zweien nicht vier machen. Ich will, daß du ihr sagtst, daß null Nullen null sind, null Zweien null sind, eine Zwei zwei sind, und *zwei* Zweien vier sind.«
Mr. Biswas wurde noch mehr beigebracht. Aus der *King George V. Hindi Fibel* lernte er das »Vater unser« auf Hindi, und aus der *Königlichen Fibel* lernte er viele englische Gedichte auswendig. Auf Lals Geheiß machte er sich wortreiche Notizen, denen er nie recht glaubte, über Geysire, Senkungsgräben, Strömungen, den Golfstrom und eine Reihe von Wüsten. Er erfuhr von Oasen, die Lal ihn »Öse« auszusprechen lehrte, und sein Leben lang hieß Oase für ihn nicht mehr als vier, fünf Dattelpalmen um einen kleinen Frischwasserteich, von endlosen Meilen weißen Sands und heißer Sonne umgeben. Er erfuhr von Iglus. Im Rechnen kam er bis zur einfachen Zinsrechnung und lernte, Dollar und Cent in Pfund, Schilling und Pence umzurechnen. Die Geschichte, die Lal ihnen beibrachte, betrachtete er einfach als Schulfach, eine Disziplin, ebenso unwirklich wie Erdkunde. Vom Weltkrieg hörte er mit ungläubigem Erstaunen zum ersten Mal von dem Jungen mit dem roten Mieder.
Mit diesem Jungen, sein Name war Alec, freundete Mr. Biswas sich an. Die Farbe von Alecs Kleidern überraschte immer wieder, und eines Tages schockierte er die Schule, weil er blau, ein klares, helles Türkis, pinkelte. Auf erregte Nachfragen antwortete Alec: »Ich weiß nicht, Jungs. Ich glaube, das ist, weil ich Portugiese oder so was bin.« Und tagelang gab er feierliche Vorführungen, die die meisten Jungen mit Abscheu vor ihrer Rasse erfüllten.

Es war Mr. Biswas, vor dem Alec zuerst sein Geheimnis lüftete, und eines Morgens in der Pause, nachdem Alec seine Vorstellung gegeben hatte, knöpfte Mr. Biswas sich dramatisch die Hose auf und gab seine. Ein Tumult erhob sich, und Alec wurde gezwungen, die Flasche mit Dodds Nierenpillen herauszuholen. Im Nu war die Flasche leer, abgesehen von vielleicht einem halben Dutzend Pillen, die Alec behalten mußte, wie er sagte. Die Pillen gehörten wie das rote Mieder seiner Schwägerin. »Ich weiß ja nicht, was sie macht, wenn sie das rauskriegt«, sagte Alec, und den Jungen, die immer noch bettelten, sagte er: »Kauft euch selbst welche. Der Drugstore ist voll davon.« Und viele kauften tatsächlich ihre eigenen, und eine Woche lang floß es türkis durch die Pissoirs der Schule; und der Drogist schrieb den plötzlichen Verkaufsanstieg dem Erfolg von Dodds Nierenpillen-Almanach zu, der neben Witzen Geschichte auf Geschichte von den schnellen Heilerfolgen der Pille bei den Bewohnern Trinidads enthielt, die dem Hersteller alle äußerst ausgefeilte, überschwengliche Dankesbriefe geschrieben hatten und fotografiert worden waren.
Mit Alec legte Mr. Biswas zehn Zentimeter lange Nägel auf die Eisenbahngleise hinter der Hauptstraße und ließ sie zu Messern und Bajonetten flachwalzen. Zusammen gingen sie zum Pagotes-Fluß und rauchten ihre ersten Zigaretten. Sie rissen sich die Hemdknöpfe ab und tauschten sie gegen Murmeln ein, mit denen Alec wiederum weitere gewann, immer darum bemüht, die Plünderungen Lals wiedergutzumachen, der das Spiel für primitiv hielt und auf dem Schulhof verboten hatte. Sie saßen in derselben Schulbank, schwätzten, wurden verprügelt und getrennt, aber kamen immer wieder zusammen.

Und durch diesen Umgang endeckte Mr. Biswas auch seine Begabung fürs Schriftenmalen. Wenn Alec es leid wurde, ungenaue erotische Zeichnungen zu verfertigen, entwarf er Buchstaben. Mr. Biswas imitierte sie mit Vergnügen und wachsendem Erfolg. Während einer Rechenarbeit eines Tages, als er sich, um eine Aufgabe über Zisternen zu lösen, mit einer astronomischen Stundenzahl konfrontiert sah, schrieb er sehr ordentlich UNGÜLTIG quer über die Seite und vertiefte sich in das Sperren und Schattieren der Buchstaben. Als die Stunde um war, hatte er nichts anderes gemacht.

Lal, der Mr. Biswas' Fleiß beifällig bemerkt hatte, bekam einen Wutanfall. »Hach! Ein Schildermaler. Komm rauf!« Er verprügelte Mr. Biswas nicht. Er befahl ihm, ICH BIN EIN ESEL an die Tafel zu schreiben. Mr. Biswas zeichnete stilvolle, verachtungsvolle Buchstaben, und die Klasse kicherte zustimmend. Lal, der im Klassenzimmer herumlief und mit der Tamarindengerte wedelnd Ruhe verlangte, streifte Mr. Biswas' Ellbogen, und ein Strich war verpatzt. Den verwandelte Mr. Biswas in einen zusätzlichen Schnörkel, der ihm gefiel und die Klasse beeindruckte. Für Lal war es zu spät, Mr. Biswas zu verprügeln oder ihm zu befehlen, die Tafel sauberzumachen. Zornig stieß er ihn zur Seite, und lächelnd, ein Held, ging Mr. Biswas an seinen Platz zurück.

Mr. Biswas ging fast sechs Jahre lang in Lals Schule, und die ganze Zeit war er mit Alec befreundet. Aber von Alecs Leben zu Hause wußte er wenig. Alec sprach nie über seine Mutter oder seinen Vater, und Mr. Biswas wußte nur, daß er bei seiner Schwägerin lebte, der Besitzerin des roten Mieders und unfotografierten Kundin von Dodds Nierenpillen und Alec zufolge, einer großen Schlägerin. Diese Frau sah Mr. Biswas nie. Er ging nie zu Alec nach Hause, und Alec kam nie zu ihm. Zwischen den beiden bestand ein stillschweigendes Übereinkommen, ihr Zuhause geheimzuhalten.

Es hätte Mr. Biswas schmerzlich berührt, wenn einer von

der Schule gesehen hätte, wo er lebte, in einem einzigen Raum einer Lehmhütte in der Hintergasse. Er war nicht glücklich dort und betrachtete sie selbst nach fünf Jahren als vorübergehende Unterkunft. Die meisten Leute in der Hütte blieben ihm fremd, und seine Beziehung zu Bipti war unbefriedigend, denn in einem Haus voller Fremder hatte sie Hemmungen, ihm Zuneigung zu zeigen. Außerdem beklagte sie immer öfter ihr Schicksal; wenn sie das tat, fühlte er sich unnütz und entmutigt, und anstatt sie zu trösten, ging er hinaus, um Alec zu suchen. Manchmal hatte sie wirkungslose Wutanfälle, stritt mit Tara, murmelte tagelang vor sich hin und drohte, wann immer ihr jemand zuhörte, daß sie weggehen und eine Arbeit bei einer Straßenkolonne annehmen würde, wo man Frauen brauchte, die Steine in Körben auf dem Kopf transportierten. Wenn er bei ihr war, mußte Mr. Biswas ständig gegen Wut und Niedergeschlagenheit ankämpfen.

Weihnachten kamen Pratap und Prasad aus Felicity, jetzt erwachsene Männer mit Schnurrbärten; in ihren besten Kleidern, gebügelten Khakihosen, braunen Schuhen, die nicht blank gerieben waren, blauen, am Kragen zugeknöpften Hemden und braunen Hüten waren auch sie wie Fremde. Ihre Hände waren hart wie ihre rauhen, sonnenverbrannten Gesichter, und sie hatten wenig zu sagen. Wenn Pratap unter viel selbsttadelndem Seufzen, kleinem Lachen und Pausen, durch die er einen kurzen Satz in bequemen Fortsetzungen vortragen konnte, ohne sein Gefüge irgendwie kaputtzumachen, von dem Esel, den er gekauft hatte, und der Arbeitszeit, in der jeweils eine Aufgabe erfüllt werden mußte, erzählte, war Mr. Biswas nicht wirklich interessiert. Der Kauf eines Esel war für ihn eine rein komische Handlung, und es war schwer zu glauben, daß der mürrische Pratap der rasende Junge gewesen war, der durch das Zimmer in der Hütte gelaufen war und gedroht hatte, die Männer im Garten umzubringen.

Was Dehuti betraf, so sah er sie kaum, obwohl sie ganz in der Nähe, bei Tara, wohnte. Dort ging er selten hin, außer wenn Taras Mann auf ihr Drängen hin eine religiöse Zeremonie abhielt und Brahmanen brauchte, denen er zu essen geben konnte. Dann wurde Mr. Biswas ehrenvoll behandelt; seiner zerlumpten Hosen und Hemden ledig und in einem sauberen Dhoti wurde er ein anderer Mensch, und er hielt es nie für unziemlich, daß die Person, die ihm so ehrerbietig das Essen vorsetzte, seine eigene Schwester war. In Taras Haus wurde er als Brahmane verehrt und verwöhnt; aber sobald die Zeremonie vorüber, er sein Geld und Tuch zum Geschenk bekommen hatte und weggegangen war, wurde er wieder das Arbeiterkind — *Beruf des Vaters: Arbeiter* lautete die Eintragung in der Geburtsurkunde, die F. Z. Ghany geschickt hatte —, das mit einer bettelarmen Mutter im Zimmer einer Lehmhütte lebte. Und so blieb seine Stellung sein Leben lang. Als einer der Tulsi-Schwiegersöhne und als Journalist fand er sich unter Leuten mit Geld und manchmal auch anziehenden Eigenschaften; bei ihnen war sein Benehmen ungezwungen lässig, und er konnte luxuriöse Neigungen entwickeln; aber am Ende kehrte er immer wieder in sein beengtes, schäbiges Zimmer zurück.
Taras Ehemann, Ajodha, war ein dünner Mann mit dünnem, verdrießlichem Gesicht, das eher Gunst als Wärme ausdrücken konnte, und Mr. Biswas fühlte sich nicht wohl bei ihm. Ajodha konnte lesen, hielt es aber für würdevoller, wenn ihm vorgelesen wurde, und manchmal wurde Mr. Biswas ins Haus gerufen, um für einen Penny eine Zeitungskolumne, die Ajodha besonders gern mochte, vorzulesen. Es handelte sich um eine in mehreren Zeitungen erscheinende amerikanische Kolumne mit dem Titel *Dein Körper*, die sich jeden Tag mit einer anderen Gefahr für den menschlichen Körper befaßte. Mit Ernst, Besorgnis und Angst hörte Ajodha zu. Mr. Biswas ver-

wirrte es, daß er diesen Qualen unterworfen sein sollte, und es erstaunte ihn, daß der Autor, Dr. Samuel S. Pitkin, die Kolumne mit solcher Regelmäßigkeit unterhalten konnte. Aber der Doktor gab nie nach; zwanzig Jahre später gab es die Kolumne immer noch, Adjodha hatte sein Gefallen daran nicht verloren, und gelegentlich las Mr. Biswas Sohn sie ihm vor, für sechs Cent.

Jedesmal wenn Mr. Biswas in Taras Haus kam, war es als Brahmane oder Vorleser, hatte er einen Status, der sich deutlich von dem Dehutis abhob, und er hatte wenig Gelegenheit, mit ihr zu sprechen.

Wegen ihrer Kinder hatte Bipti ganz besondere Sorgen: weder Pratap noch Prasad noch Dehuti waren verheiratet. Für Mr. Biswas hatte sie keine Pläne, weil er noch jung war und sie annahm, daß er durch die Erziehung, die er erhielt, geschützt und versorgt genug war. Aber Tara dachte anders. Und gerade, als Mr. Biswas anfing, Wertpapiere und Aktien durchzunehmen, Transaktionen, die für Lal genauso unwirklich waren wie für ihn und er für den Besuch des Schulinspektors »Bingen am Rhein« aus *Bell's Standard Elocutionist* lernte, nahm Tara ihn aus der Schule und teilte ihm mit, daß ein Pandit aus ihm werden sollte. Erst als seine Besitztümer zusammengebündelt wurden, endeckte er, daß er immer noch das der Schule gehörende Exemplar vom *Standard Elocutionist* hatte. Es wiederzugeben, war zu spät, und er tat es nie. Wo er auch hinging, begleitete ihn das Buch und landete schließlich in dem vom Schmied gebauten Bücherschrank in der Sikkim Street.

In einem kahlen, geräumigen, ungestrichenem Holzhaus, das nach blauer Seife und Weihrauch roch, dessen Böden vom ständigen Schrubben weiß und glatt waren, dessen Sauberkeit und Heiligtum durch Regeln aufrechterhalten wurde, die jedem außer ihm selbst lästig waren, unterrichtete Pandit Jairam Mr. Biswas acht Monate lang in Hindi, führte ihn in die wichtigeren Schriften ein und unterwies ihn in verschiedenen Zeremonien. Jeden Morgen und Abend verrichtete Mr. Biswas unter den Augen des Pandits *Puja* für den Haushalt des Pandits.

Jairams Kinder waren alle verheiratet, und er lebte allein mit seiner Frau, einer zerknitterten, hart arbeitenden Frau, deren einzige Pflicht es nun war, nach Jairam und seinem Haus zu sehen. Sie beklagte sich nicht. Unter Hindus war Jairam wegen seines Wissens geschätzt. Auch hatte er skandalöse Ansichten, die ihm, auch wenn sie umstritten waren, doch große Popularität eingebracht hatten. Er glaubte an Gott, inbrünstig, behauptete aber, daß das für einen Hindu nicht unbedingt notwendig sei. Er griff den Brauch einiger Familien an, nach einer religiösen Zeremonie eine Flagge hochzuziehen; aber sein eigener Vordergarten war ein ganzer Wald von Bambusstangen mit roten und weißen Wimpeln in den verschiedensten Stadien des Verfalls. Er aß kein Fleisch, sprach sich aber gegen die vegetarische Lebensweise aus: Wenn Gott Rama auf die Jagd ging, dachten sie etwa, das sei nur des Sports wegen?

Er arbeitete auch an einem Kommentar zum *Ramayana* auf Hindi, und Teile dieses Kommentars wurden Mr. Biswas diktiert, damit er seine Sprachkenntnis erweiterte. Damit Mr. Biswas zusehen und lernen konnte, nahm Jairam ihn auf seinen Runden mit; und wo immer er mit dem Pandit hinging, sah sich Mr. Biswas, mit der heiligen Schnur und all den anderen Kastenabzeichen ausgestattet, wie in Taras Haus als Gegenstand der Verehrung behandelt. Bei diesen Gelegenheiten war es seine Pflicht, die mechanische Seite von Jairams Amt zu erledigen. Er trug den Messingteller mit dem angezündeten Kampfer herum; die Gläubigen legten eine Münze auf den Teller, strichen mit den Fingern durch die Flamme und führten die Finger zur Stirn. Er trug die geweihte, gesüßte Milch herum, und teilte sie sparsam, einen Teelöffel für jeden, aus. Wenn die Zeremonien vorbei waren und die Speisung der Brahmanen begann, wurde er neben Pandit Jairam gesetzt; und wenn Jairam gegessen und gerülpst und um mehr gebeten und noch einmal gegessen hatte, rührte Mr. Biswas das Natron für ihn ein. Danach ging Mr. Biswas zur heiligen Stätte, einem mit Mehl verzierten und kleinen Bananenstauden bepflanzten Erdhügel und beraubte ihn der Münzen, die geopfert worden waren, alles sorgfältig durchkämmend und ohne Respekt für die verbrannten Opfergaben oder ähnliches. Die Münzen, von Mehl oder Erde oder Asche staubig, vom Weihwasser naß oder warm vom heiligen Feuer, brachte er Pandit Jairam, der dann vielleicht in ein philosophisches Streitgespräch vertieft war. Jairam schickte Mr. Biswas mit einer Handbewegung weg, ohne ihn anzusehen. Solbald sie jedoch nach Hause kamen, fragte Jairam nach dem Geld und tastete Mr. Biswas ab, um sich zu vergewissern, daß er nichts zurückbehalten hatte. Mr. Biswas mußte auch die ganzen Geschenke nach Hause bringen, die Jairam bekam, gewöhnlich ein Stück Baumwolltuch, manchmal aber auch unhandliche Pakete mit Obst und Gemüse.

Ein besonders großes Geschenk war ein Bündel Gros-Michel-Bananen. Sie kamen noch grün zu Jairam und wurden in der Küche zum Reifen aufgehängt. Mit der Zeit wurde das Grün heller, gefleckt, und schwache gelbe Stellen zeigten sich. Das Gelb verbreitete und vertiefte sich schnell, und die Flecken wurden braun und satt. Der Geruch reifender Bananen, der den strengen Geruch des klebrigen Saftes aus dem Bananenstengel übertraf, erfüllte das Haus. Jairam und seine Frau ließ er anscheinend gleichgültig, Mr. Biswas aber reizte er. Er folgerte, daß die Bananen alle auf einmal reif würden, daß Jairam und seine Frau sie unmöglich alle essen könnten und viele verderben würden. Er folgerte auch, daß ein oder zwei Bananen nicht vermißt werden würden. Und eines Tages, als Jairam aus war und seine Frau nicht in der Küche, pflückte Mr. Biswas zwei Bananen und aß sie. Die Lücken in dem Bündel verblüfften ihn. Sie waren mehr als auffällig, sie kränkten das Auge. Jairam prügelte nicht. Wenn er wütend war, konnte er Mr. Biswas eine Ohrfeige geben; aber gewöhnlich war er weniger unbeherrscht. Für schlecht verrichtete *Puja* zum Beispiel konnte er Mr. Biswas zwingen, ein Dutzend Verse aus dem *Ramayana* auswendig zu lernen, und ihn so lange ins Haus einsperren, bis er das getan hatte. Den ganzen Tag lang fragte sich Mr. Biswas, während er Sanskrit-Verse, die er nicht verstand, auf Pappkartonstreifen übertrug, weil er Jairam sein Geschick für Schriftenmalen offenbart hatte, welche Strafe auf das Bananenessen folgen würde.

Jairam kam spät an diesem Abend, und seine Frau gab ihm zu essen. Wie jeden Abend nach dem Essen und Ruhen ging er dann schwerfällig auf der kahlen Veranda auf und ab, redete mit sich selbst und ging noch einmal die Debatten durch, die er an dem Tag geführt hatte. Zuerst zitierte er die entgegengesetzte Ansicht. Dann überprüfte er verschiedene eigene Antworten; bei der endgültigen Version der Erwiderung, die er mehrmals wiederholte, wurde seine Stimme schrill, dann brach er ab, um ein Stück aus einer Hymne zu singen. Mr. Biswas, der auf seinem Bett aus Zucker- und Mehlsäcken lag, hörte zu. Jairams Frau spülte in der Küche Geschirr; das schmutzige Wasser lief durch ein Bambusrohr zu einem Abwassergraben, wo es geräuschvoll ins Gebüsch plätscherte.

Wartend schlief Mr. Biswas ein. Als er erwachte, war es Morgen und einen Augenblick lang empfand er keine Furcht. Dann fiel ihm sein Vergehen wieder ein.

Er nahm im Hof sein Bad, schnitt einen Hibiskuszweig ab, zerdrückte ein Ende und machte seine Zähne damit sauber, schlitzte den Zweig auf und kratzte mit den Hälften

seine Zunge ab. Dann pflückte er im Garten Ringelblumen, Zinnien und Oleander für die Morgen-*Puja* und setzte sich ohne religiösen Eifer vor die kunstvoll ausgestattete Gebetsnische. Der Geruch nach Messing und ausgetrockneter Sandelpaste gefiel ihm nicht; es war ein Geruch, den er später in allen Tempeln, Moscheen und Kirchen wiedererkennen sollte, und nie gefiel er ihm. Mechanisch säuberte er die Götterbilder, deren Linien und Vertiefungen von alter Sandelpaste schwarz oder beige waren; es war leichter, die kleinen, glatten Kiesel zu putzen, deren Bedeutung man ihm noch nicht erklärt hatte. Wenn er soweit war, kam gewöhnlich Pandit Jairam, um nachzusehen, ob er das Ritual nicht schludrig vollzöge, aber an dem Morgen kam er nicht. Mr. Biswas sang aus den vorgeschriebenen heiligen Schriften, trug frische Sandelpaste auf die Götterbilder und glatten Kiesel auf, legte frische Blumen auf ihnen ab, läutete mit der Glocke und weihte die gesüßte Milch als Opfergabe. Mit dem noch nassen und kitzelndem Sandelholzzeichen auf der Stirn suchte er Jairam, um ihm etwas von der Milch anzubieten.
Jairam, gebadet und angekleidet und frisch, saß gegen ein paar Kissen gelehnt in einer Ecke der Veranda, die Brille war ihm tief auf die Nase gerutscht, auf seinem Schoß lag ein braunes Hindibuch. Als die Veranda unter Mr. Biswas' nackten Füßen erzitterte, sah Jairam auf und dann durch seine Brille hinab und wendete eine Seite in seinem schäbigen Buch um. Die Brille ließ ihn älter, geistesabwesend und gütig aussehen.
Mr. Biswas hielt ihm den Messingbecher mit Milch hin: »Baba.«
Jairam setzte sich auf, schüttelte ein Kissen auf, streckte die hohle Hand aus, den Ellbogen des ausgestreckten Arms mit den Fingern der freien Hand stützend. Mr. Biswas goß. Jairam führte die Innenseite des Handgelenks zur Stirn, segnete Mr. Biswas, schüttete die Milch in den

Mund, fuhr sich mir der nassen Handfläche durch das dünne graue Haar, rückte die Brille zurecht und sah wieder in sein Buch.

Mr. Biswas ging in sein Zimmer, zog seine Werktagskleider an und kam heraus, um zu frühstücken. Sie aßen schweigend. Plötzlich schob Jairam seinen Messingteller Mr. Biswas zu.

»Iß das.«

Mr. Biswas' Finger, die sich gerade durch etwas Kohl schaufelten, hielten still.

»Das ißt du natürlich nicht. Und ich sage dir weshalb. Weil ich von dem Teller gegessen habe.«

Mr. Biswas' Finger, die sich trocken und schmutzig anfühlten, bogen und streckten sich.

»Soanie!«

Jairams Frau kam aus der Küche gestampft und stellte sich zwischen sie, mit dem Rücken zu Mr. Biswas. Er betrachtete die Falten ihrer Fußsohlen und sah, daß die Sohlen hart und schmutzig waren. Das überraschte ihn, weil Soanie andauernd den Fußboden putzte und sich badete.

»Geh und bring die Bananen.«

Sie zog den Schleier über die Stirn. »Glaubst du nicht, du vergißt es besser? Es ist so eine Kleinigkeit.«

»Kleinigkeit! Eine ganze Hand Bananen!«

Sie ging in die Küche und kam, die Bananen wie in einer Wiege tragend, zurück.

»Leg sie hierhin, Soanie. Mohun, niemand außer dir kann diese Bananen nun anfassen. Wenn Leute mir aus lauter Herzensgüte Geschenke machen, dann sind sie für dich, was?« Dann verlor seine Stimme die Schärfe, und er wurde wieder der gütige, erläuternde Pandit, der er in Gesellschaft war.

»Wir dürfen nichts verschwenden. Das habe ich dir wieder und wieder gesagt. Wir dürfen diese Bananen nicht ver-

derben lassen. Du mußt beenden, was du begonnen hast. Fang jetzt an.«
Mr. Biswas hatte sich durch Jairams ruhige, gelassene Art beschwichtigen lassen, und der abrupte Befehl überumpelte ihn. Er sah auf seinen Teller und bog die Finger, an deren Spitzen trocknende Kohlkrümel klebten.
»Fang jetzt an.«
Soanie stand im Türrahmen, das Licht aussperrend. Obwohl es hellichter Tag war, war der Raum, mit den Schlafzimmern an der einen und dem tiefhängenden Verandadach auf der anderen Seite, düster.
»Schau. Ich habe dir eine geschält.«
In Jairams sauberer Hand bewegte sich die Banane vor Mr. Biswas' Gesicht. Er nahm sie mit seinen schmutzigen Fingern, biß hinein und kaute. Überraschenderweise schmeckte sie. Aber der Geschmack war so örtlich beschränkt, daß er kein Vergnügen machte. Er entdeckte dann, daß Kauen den Geschmack abtötete und kaute absichtlich, ohne zu schmecken, nur dem lauten, platschenden Geräusch, daß seinen Kopf ausfüllte, lauschend. Nie hatte er gehört, daß Bananen mit so viel Krach gegessen wurden.
Im Nu war die Banane aufgegessen, nur nicht der kleine Zapfen im Herzen der Bananenschale, die offen war wie eine riesige, häßliche Waldblume.
»Schau, Mohun. Ich habe dir noch eine geschält.«
Und während er die aß, schälte Jairam langsam noch eine. Und noch eine, und noch eine.
Als er sieben Bananen gegessen hatte, übergab sich Mr. Biswas, worauf Soanie, leise vor sich hin weinend, ihn zu der hinteren Veranda trug. Er weinte nicht, aber nicht aus Tapferkeit: er fühlte sich nur gelangweilt und unwohl. Auf einmal stand Jairam auf und ging abrupt, in einer plötzlichen Wut, in sein Zimmer.
Nie wieder aß Mr. Biswas eine Banane. Dieser Morgen

kennzeichnete auch den Anfang seiner Magenbeschwerden; danach hatte er immer, wenn er aufgeregt oder niedergeschlagen oder wütend war, Magenblähungen, bis er verkrampft war vor Schmerzen.
Ein unmittelbares Ergebnis war, daß er unter Verstopfung litt. Er konnte morgens nicht mehr seine Notdurft verrichten und war sich der Schmach, die er den Göttern zufügte, indem er unentleert *Puja* verichtete, bewußt. Das Bedürfnis überkam ihn zu unvorhersagbaren Zeiten, und das führte zu seinem Weggang von Jairam und brachte ihn in die andere Welt zurück, die er in Pagotes kennengelernt hatte, die Welt, die Lals Schule und die ausgelaugten Gummistempel und staubigen Bücher F. Z. Ghanys bedeutete. Eines Nachts schreckte er in Panik hoch. Die Latrine war weit weg vom Haus, und er fürchtete sich, durch die Dunkelheit dorthin zu gehen. Er hatte auch Angst, durch das knarrende Holzhaus zu gehen, Schlösser zu öffnen, Riegel aufzuziehen und vielleicht Jairam aufzuwecken, der viel Aufhebens um seinen Schlaf machte und oft wütend wurde, selbst wenn er zu einer von ihm selbst festgesetzten Zeit geweckt wurde. Mr. Biswas beschloß, sich in seinem Zimmer auf einem seiner Taschentücher zu erleichtern. Er hatte Dutzende davon, genäht aus dem Baumwollstoff, der ihm bei den Zeremonien, die er mit Jairam besuchte, geschenkt wurde. Als es an der Zeit war, sich des Taschentuchs zu entledigen, ging er aus seinem Zimmer und auf Zehenspitzen über den knarrenden Fußboden durch die offene Tür zu der umbauten hinteren Veranda. Vorsichtig entriegelte er das Fenster, das oben mit Scharnieren befestigt war, und während er das Fenster mit der linken Hand aufhielt, warf er mit der rechten das Taschentuch so weit er konnte. Aber seine Hände reichten nicht weit genug, das Fenster war schwer, der Raum zum Manövrieren zu klein, und er hörte, wie das Taschentuch nicht weit entfernt niederging.

Er hielt sich nicht damit auf, das Fenster zu verriegeln, und eilte in sein Bett zurück, wo er lange wach lag und sich mehrmals einbildete, daß er nochmals mußte. Er war gerade eingeschlafen, wie es ihm schien, als ihn jemand wachrüttelte. Es war Soanie. Jairam stand grollend in der Tür. »Du bist kein Brahmane«, sagte er. »Ich nehme dich in mein Haus auf und erweise dir jeden Respekt. Dankbarkeit erwarte ich nicht. Aber du versuchst, mich zu zerstören. Geh und guck dir an, was du getan hast.«
Das Taschentuch war auf Jairams zärtlich gepflegten Oleanderstrauch gefallen. Nie wieder konnten seine Blüten für *Puja* benutzt werden.
»Aus dir wird nie ein Pandit«, sagte Jairam. »Erst neulich habe ich mit Sitaram gesprochen, der dir das Horoskop gelesen hat. Du hast deinen Vater umgebracht. Ich lasse nicht zu, daß du mich zerstörst. Sitaram hat mich besonders ermahnt, dich von Bäumen fernzuhalten. Mach schon, pack dein Bündel.«
Die Nachbarn hatten alles gehört und kamen heraus, um zuzusehen, wie Mr. Biswas in seinem Dhoti, sein Bündel über die Schulter geworfen, durchs Dorf marschierte.

Bipti war nicht in Willkommensstimmung, als Mr. Biswas nach langem Laufen und Karrenfahren nach Pagotes zurückkam. Er war müde, hungrig und krätzig. Er hatte erwartet, daß sie ihn voll Freude willkommen hieß, Jairam verfluchte und versprach, es nie wieder zuzulassen, daß man ihn zu Fremden schickte. Aber sowie er den Hof der Hütte in der Hintergasse betrat, wußte er, daß er sich vertan hatte. Sie saß mit noch einem von Ajodhas armen Verwandten Mais mahlend in der rußigen offenen Küche und sah niedergeschlagen und gleichgültig aus; und es überraschte ihn dann nicht, daß sie beunruhigt war, anstatt sich zu freuen, ihn wiederzusehen.
Sie küßten sich gewohnheitsmäßig, und sie begann, Fra-

gen zu stellen. Er fand ihr Verhalten gefühllos und hielt ihre Fragen für Angriffe. Seine Antworten waren widerspenstig, abwehrend, wütend. Ihre Wut stieg, und sie brüllte ihn an. Sie sagte, er sei undankbar, alle ihre Kinder seien undankbar und würdigten die Mühe nicht, die der Rest der Welt sich um sie gäbe. Dann legte sich ihre Wut, und sie wurde so verständnisvoll und beschützend, wie er es von Anfang an gehofft hatte. Aber nun war es nicht mehr wohltuend. Sie goß ihm Wasser zum Händewaschen ein, hieß ihn sich auf eine niedrige Bank setzen und gab ihm zu essen — was ihr nicht zustand, denn dies war das Gemeinschaftsessen des Hauses, zu dem sie nichts als ihre Hilfe beim Kochen beigetragen hatte — und sah nach ihm, wie es sich gehörte. Aber sie konnte ihn nicht aus seiner Verstocktheit herauslocken.

Damals konnte er nicht erkennen, wie absurd und rührend ihr Verhalten war: ihn in einer Hütte willkommen zu heißen, die ihr nicht gehörte, ihm Essen zu geben, das nicht ihres war. Aber die Erinnerung daran blieb, und fast dreißig Jahre später, als er Mitglied einer kleinen literarischen Gruppe in Port-of-Spain war, schrieb er über diese Begegnung ein einfaches Gedicht in reimlosen Versen und las es vor. Seine Enttäuschung, seine Schroffheit, all das Unerfreuliche wurde ignoriert, und die Umstände verwandelten sich zur Allegorie: die Reise, das Willkommen, das Essen, der Schutz.

Nach der Mahlzeit erfuhr er, daß es für Biptis Verärgerung noch einen anderen Grund gab. Dehuti war mit Taras Stalljungen davongelaufen und hatte sich so nicht nur Tara gegenüber undankbar gezeigt und ihr Schande bereitet, denn der Stalljunge ist der Niedrigste der Niedrigen, sondern sie auch mit einem Schlag zweier ausgebildeter Dienstkräfte beraubt.

»Und Tara wollte, daß du ein Pandit wirst«, sagte Bipti. »Ich weiß nicht, was wir ihr sagen sollen.«

»Erzähl mir das mit Dehuti«, sagte er.
Bipti hatte nicht viel zu erzählen. Niemand war seitdem bei Dehuti gewesen; Tara hatte geschworen, ihren Namen nie wieder zu erwähnen. Bipti redete, als verdiente sie selbst jeden Vorwurf für Dehutis Benehmen; und obwohl sie erklärte, sie könne nichts mehr mit Dehuti zu tun haben, ließ ihr Verhalten durchblicken, daß sie Dehuti nicht nur gegen Taras, sondern auch gegen Mr. Biswas' Zorn verteidigen mußte.
Er aber fühlte weder Zorn noch Beschämung. Als er nach Dehuti fragte, erinnerte er sich bloß an das Mädchen, das seine schmutzigen Kleider ans Gesicht gepreßt und geweint hatte, als es dachte, sein Bruder sei tot.
Bipti seufzte: »Ich weiß nicht, was Tara jetzt sagen wird. Du gehst besser selbst und kümmerst dich darum.«
Und Tara war nicht wütend. Ihrem Schwur getreu, erwähnte sie Dehuti nicht. Ajodha, dem Jairam Mr. Biswas' Vergehen nur angedeutet hatte, lachte auf seine nervöse, atemlose Art und versuchte, Mr. Biswas dazu zu bewegen, genau zu erzählen, was vorgefallen war. Mr. Biswas' Verlegenheit entzückte Ajodha und Tara, bis auch er lachte; und auf der gemütlichen hinteren Veranda von Taras Haus — obwohl es Lehmwände hatte, stand es auf richtigen Pfeilern, hatte ein ordentliches Strohdach und hölzerne Querbalken an den halbhohen Wänden und glänzte von den Bildern der Hindugötter — erzählte er dann von den Bananen, großmäulig zuerst, aber als er bemerkte, daß Tara ihm Mitgefühl schenkte, erkannte er sein Unrecht ganz klar, brach zusammen und weinte, und Tara drückte ihn an die Brust und trocknete seine Tränen. So daß die Szene, die er sich vorgestellt hatte, nun nicht bei seiner Mutter, sondern bei Tara stattfand.
Ajodha hatte einen Autobus gekauft und eine Werkstatt aufgemacht, und in dieser Werkstatt arbeitete Alec, der keine roten Mieder mehr trug oder blau pinkelte, sondern

geheimnisvolle, ölige Sachen machte. Öl schwärzte seine haarigen Beine; Öl hatte seine weißen Leinenschuhe schwarz gefärbt; Öl machte seine Hände selbst über die Handgelenke hinaus schwarz; Öl machte seine kurzen Arbeitshosen schwarz und steif. Aber er hatte die von Mr. Biswas bewunderte Gabe, zwischen schmierigen Fingern und fettigen Lippen eine Zigarette halten zu können, ohne einen Fettfleck darauf zu machen. Seine Lippen kräuselten sich immer noch schnell, und seine kleinen, humorvollen Augen schielten immer noch, aber die Wangen in seinem kleinen, viereckigen Gesicht waren schon eingefallen, und es lag nun ein lebenslanger Zug von Zerstreutheit und Ausschweifung darin.

Mr. Biswas kam nicht zu Alec in die Werkstatt. Tara schickte ihn in den Rumausschank. Das war Ajodhas erstes geschäftliches Unternehmen gewesen und hatte das Geld für nachfolgende Taten bereitgestellt. Aber mit Ajodhas wachsendem Erfolg wurde der Rumausschank weniger wichtig und jetzt von seinem Bruder Bhandat geführt, über den unerfreuliche Gerüchte im Umlauf waren: offensichtlich trank Bhandat, schlug seine Frau und hielt sich eine Geliebte, die einer anderen Rasse angehörte.

Bipti, die man nicht zu Rate gezogen hatte, war Tara sehr dankbar. Und Mr. Biswas war von dem Gedanken, Geld zu verdienen, begeistert. Er würde nicht viel verdienen. Er sollte im Geschäft wohnen und von Bhandats Frau verköstigt werden; er sollte ab und zu einen Anzug bekommen; und er sollte zwei Dollar im Monat verdienen.

Der Rumausschank war ein langes, hohes, einfach konstruiertes Gebäude zu ebener Erde, aus Betonwänden, auf denen sich ein Steildach aus Wellblech erhob. Schwingtüren ließen nur den nassen Boden des Ladens und die Füße der Trinkenden sehen und gaben dem Gebäude in einem Land, in dem alle Türen weit offen stehen, etwas Lasterhaftes. Die Türen waren nötig, denn viele Leute, die an ihnen vorbeikamen, hatten vor, sich bis zur Bewußtlosigkeit zu betrinken. Zu jeder Tageszeit gab es da Leute, die auf dem nassen Boden zusammengebrochen waren, Männer und auch Frauen, die älter aussahen, als sie waren, Leute, die zu nichts mehr nütze waren und in den Ecken weinten, deren Qual unterging in dem Getöse und Gedränge der Trinker, die im Stehen ihren Rum auf einen Schluck tranken, ein Gesicht zogen, hastig Wasser schluckten und noch mehr Rum kauften. Da gab es Fluchen, Prahlen, Drohen; Streit, zerbrochene Flaschen, Polizei, und stetig fielen Kupfer und Silber und Banknoten in die schmierige Schublade unter den Regalen.

Und jeden Abend, wenn der Laden geleert war, wenn die Schläfer hinausgeworfen und die zerbrochenen Flaschen und Gläser aufgefegt waren und der Fußboden abgespült — obwohl man mit noch so viel Wasser den Geruch nach unverdünntem Rum nicht wegbekam —, wurde die Schublade herausgezogen und die Petromaxlampe von dem langen Drahthaken, der an der Decke hing, abgenommen und neben die Schublade auf die Theke gestellt. Das Geld wurde in ordentlichen Stößen geordnet, und Bhandat notierte die Tageseinnahmen auf einem steifen braunen Blatt Papier, glatt auf der einen, rauh auf der anderen Seite. Bhandat schrieb mit einem weichen, leicht schmierenden Bleistift auf der glatten Seite. Der Laden hatte dicke Ränder von Dunkelheit; es roch durchdringend nach schmutzigen Regalen und abgestandenem Rum; und Bhandat rechnete flüsternd gegen den Lärm der Petromaxlampe an, deren Zischen, das im Getöse des Abends untergegangen war, in der Stille jetzt zu einem Rauschen anschwoll.

Bhandats Stimme war, selbst wenn sie leise war, ein Greinen mit einem verdrossenen, scharfen Ton. Er war ein kleiner Mann mit einer genauso spitzen Nase und einem genauso dünnen Gesicht wie Ajodha; aber sein Gesicht

konnte nie Wohlwollen ausdrücken, es sah immer gequält und gereizt aus und abends schlimmer denn je. Er wurde kahl, und die Wölbung seiner Stirn wiederholte die der Nase. Seine dünne Oberlippe hatte eine starke Kontur und in der Mitte zwei ansehnliche und gleichförmige Wülste, die sich, als wären sie angeschwollen, über die Unterlippe drückten und sie praktisch verdeckten. Während Bhandat rechnete, betrachtete Mr. Biswas diese Höcker.
Bhandat gab klar zu verstehen, daß er Mr. Biswas als Taras Spion betrachtete und ihm mißtraute. Und es dauerte nicht lange, bis Mr. Biswas erkannte, daß Bhandat stahl und diese fieberhaften abendlichen Berechnungen Taras wöchentliche Kontrolle durchkreuzen sollten. Er war nicht überrascht oder kritisch. Ihm waren nur ein paar von Bhandats Methoden peinlich.
»Wenn die Leute drei oder vier Gläser getrunken haben und mehr verlangen«, sagte Bhandat, »gib ihnen nicht das volle Maß.«
Mr. Biswas stellte keine Fragen.
Bhandat sah weg und erklärte: »Es ist zu ihrem eigenen Vorteil, wirklich.«
Mr. Biswas lernte, wann Bhandat das Gefühl hatte, daß er oft genug zu wenig eingegossen hatte, um zu riskieren, das Geld für einen eigenen Drink einzustecken. Bhandat starrte dem Mann, der ihn gerade bezahlt hatte, ins Gesicht, redete einen Augenblick lang unsinniges Zeug und begann dann, die Münze herumwirbeln zu lassen. Jedesmal wenn Mr. Biswas eine Münze durch die Luft steigen und fallen sah, wußte er, daß sie schließlich in Bhandats Tasche landete.
Direkt danach wurde Bhandat zu den Kunden so fröhlich, wie er nur konnte, und argwöhnisch und reizbar zu Mr. Biswas. »Du da«, sagte er zu Mr. Biswas, »wo zum Teufel guckst du hin?« Und manchmal sagte er zu den Leuten vor der Theke: »Guckt ihn euch an. Immer lächelnd, nicht?

Als ob er gescheiter ist als alle anderen. Guckt ihn euch an.«

»Ja«, sagten die Trinkenden, »er ist ein richtig gerissener Bursche. Den behältst du besser im Auge, Bhandat.«

Für die Trinker wurde Mr. Biswas so der »gerissene Bursche« oder das »pfiffige Jüngelchen«, jemand, den man verspotten konnte.

Er rächte sich, indem er in den Rum spuckte, wenn er ihn in Flaschen abfüllte, was er jeden Morgen in der Frühe tat. Der Rum war derselbe, aber die Preise und Etiketten verschieden: »Indische Maid«, »Der weiße Hahn«, »Kakadu«. Jede Marke hatte ihre Anhänger; und für Mr. Biswas war es eine Rache, die ihn unterstützte und eine kleine, aber anhaltende Freude machte.

Der Abfüllraum lag in den Wirtschaftsgebäuden des Ladens, die ein Häusergeviert um einen ungepflasterten Hof bildeten. Bhandat mit seiner Familie und Mr. Biswas wohnten in zwei Räumen. Wenn es trocken war, kochte Bhandats Frau auf den Stufen, die zu einem dieser Zimmer führten; wenn es regnete, kochte sie in einem Schuppen aus Wellblech, den Bhandat in einer nüchternen und verantwortungsbewußten Phase einmal im Hof gebaut hatte. Die anderen Räume wurden als Lagerräume benutzt oder waren an andere Familien vermietet. Das Zimmer, in dem Mr. Biswas schlief, hatte keine Fenster und war ständig dunkel. Seine Kleider hingen an einem Nagel in der Wand; seine Bücher belegten ein Stück des Fußbodens; er schlief mit Bhandats beiden Söhnen auf einer harten, muffigen Matratze aus Kokosfasern auf dem Boden. Jeden Morgen wurde die Matratze zusammengerollt, wobei auf dem Boden eine Ablagerung von grobem Fasergrus zurückblieb, und unter Bhandats Bett im Nebenzimmer geschoben. Wenn dies geschehen war, hatte Mr. Biswas das Gefühl, für den Rest des Tages keinen Anspruch mehr auf das Zimmer zu haben.

Sonntags und Donnerstag nachmittags, wenn das Geschäft geschlossen war, wußte er nicht, wo er hingehen sollte. Manchmal ging er in die Hintergasse, um seine Mutter zu besuchen. Er gab ihr einen Dollar im Monat, aber sie brachte es immer noch fertig, daß er sich hilflos und unglücklich fühlte, und er spürte lieber Alec auf. Alec aber konnte jetzt selten aufgefunden werden, und oft endete es damit, daß Mr. Biswas zu Tara ging. Auf der hinteren Veranda dort war der Bücherschrank unerwarteterweise mit zwanzig großen Bänden des *Book of Comprehensive Knowledge* aufgefüllt worden. Ajodha hatte eingewilligt, die Bücher von einem amerikanischen Handelsreisenden zu kaufen; bevor er noch eine Anzahlung geleistet hatte, wurden die Bücher geliefert und dann anscheinend vergessen. Der Vertreter meldete sich nie wieder, niemand wollte bezahlt werden, und Ajodha sagte glücklich, die Firma sei bankrott gegangen. Er hatte nicht die Absicht, die Bücher zu lesen, aber sie waren ein Schnäppchen; und wenn Mr. Biswas bewies, wie nützlich die Bücher waren, indem er jede Woche kam, um sie zu lesen, war Ajodha entzückt.
Schnell fiel Mr. Biswas in eine Sonntagsroutine. Am Vormittag ging er zu Tara, las Ajodha die Kolumne *Dein Körper* vor, die die ganze Woche über ausgeschnitten worden war, bekam seinen Penny und ein Mittagessen vorgesetzt und hatte dann Muße, das *Book of Comprehensive Knowledge* zu erforschen. Er las Volkssagen aus verschiedenen Ländern; er las und vergaß schnell wieder, wie Schokolade, Streichhölzer, Schiffe, Knöpfe und viele andere Sachen gemacht wurden; er las Artikel, die mit Zeichnungen, die schön aussahen, aber nicht wirklich weiterhalfen, Fragen beantworteten wie: Warum macht Eis Wasser kalt? Warum brennt Feuer? Wieso süßt Zucker?
»Du mußt Bhandats Jungen dazu bringen, diese Bücher auch zu lesen«, sagte Ajodha voller Begeisterung.

Aber Bhandats Jungen lehnten es ab, sich dazu verlocken zu lassen. Sie lernten gerade das Rauchen; sie steckten voller schockierender und unglaublicher Sexenthüllungen und spannen nachts flüsternd wilde Sexphantasien. Mr. Biswas hatte versucht, dazu beizutragen, konnte aber nie den richtigen Ton treffen. Entweder war er so harmlos oder so schlecht informiert, daß sie lachten oder so abstoßend, daß sie drohten, alles zu erzählen. Wochenlang quälten sie ihn mit einer besonderen Unanständigkeit, die er gesagt hatte, bis er sie voll Erbitterung aufforderte, doch hinzugehen und es zu erzählen und zu seiner Überraschung fand, daß er damit ihren Drohungen ein Ende gesetzt hatte. Und als er eines Nachts Bhandats Ältesten fragte, wie er zu seinem ganzen Wissen über Sex gekommen sei, sagte der Junge: »Ich hab' doch 'ne Mutter, oder nicht?«

Bhandat verbrachte immer mehr Wochenenden außerhalb des Geschäfts. Seine Söhne sprachen offen von seiner Geliebten, erst mit Aufregung und ein wenig Stolz; später, als die Kräche zwischen Bhandat und seiner Frau immer häufiger wurden, voller Angst. Es waren Augenblicke voller Entsetzen und Demütigung, wenn Bhandat Obszönitäten schrie, die seine Söhne gelegentlich nachts flüsterten. Das Schweigen von Bhandats Frau dann war schrecklich. Manchmal wurden Sachen herumgeschmissen, und die Jungen und Mr. Biswas brachen in Schreien aus. Ganz ruhig kam Bhandats Frau und versuchte, sie zu beruhigen. Sie wollten, daß sie bei ihnen blieb, aber immer ging sie zu Bhandat ins Nebenzimmer zurück.

Im Laden wirbelte Bhandat jeden Tag mehr Münzen durch die Luft, und oft gab es freitags, wenn Tara kam, um die Buchhaltung zu überprüfen, Szenen.

An einem Wochenende hatte Mr. Biswas dann einmal die beiden Räume für sich. In einem anderen Teil der Insel war einer von Ajodhas Verwandten gestorben. Am Samstag wurde der Laden nicht aufgemacht, und ganz früh am Morgen gingen Bhandat und seine Familie mit Ajodha und Tara zum Begräbnis. Die leeren Zimmer, gewöhnlich bedrückend, boten jetzt unbegrenzte Aussichten auf Freiheit und Verderbtheit; aber Mr. Biswas fiel nichts Lasterhaftes und Befriedigendes ein. Er rauchte, aber das machte nicht viel Spaß. Und allmählich verloren die Räume ihren Reiz. Alec hatte seinen Job in der Werkstatt aufgegeben oder war gefeuert worden und war nicht in Pagotes; Taras Haus war verschlossen, und in die Hintergasse wollte Mr. Biswas nicht gehen. Aber das Gefühl von Freiheit und Zeitdruck blieb. Ziellos lief er herum, die Hauptstraße entlang und Nebenstraßen hinunter, die er nie gegangen war. Er hielt Busse an und fuhr ein Stück mit. An Straßenkiosken nahm er unzählige nichtalkoholische Getränke und Mürbeplätzchen zu sich. Der Nachmittag zog sich hin. Gruppen von Männern, die ihre Arbeit beendet hatten, standen in Wochenendkleidung an den Straßenecken, vor Geschäften, um Kokosnußkarren herum. Als ihn Müdigkeit überfiel, begann er, sich nach dem Ende des Tages zu sehnen, damit er von seiner Freiheit erlöst würde. Müde, leer, elend, aber immer noch erregt, immer noch unwillig zu schlafen, ging er zu den dunklen Räumen zurück.

Er erwachte und sah Bhandat über seine Matratze auf dem Boden gebeugt stehen. Über roten Augen waren Bhandats Lider geschwollen, wie immer, wenn er getrunken hatte. Mr. Biswas hatte nicht erwartet, daß jemand vor Abend zurückkäme; er hatte einen ganzen Tag der Freiheit verloren.

»Komm schon. Hör auf zu heucheln. Wo hast du es hingetan?« Die Wülste auf Bhandats Oberlippe zitterten vor Wut.

»Was getan?«

»O ja, der gerissene Bursche. Du weißt es also nicht?« Und

Bhandat zog Mr. Biswas von der Matratze, packte ihn hinten an der Hose und stellte ihn auf die Füße. Mit diesem Griff, der in Lals Schule als Polizeigriff wohlbekannt war, führte Bhandat Mr. Biswas ins Nebenzimmer. Dort war niemand; Bhandats Frau und Kinder waren noch nicht von der Beerdigung zurück. Über ordentlich gefalteten Hosen hing ein Hemd über einer Stuhllehne. Auf dem Sitz des Stuhls lagen Münzen, Schlüssel und eine Reihe zerknitterter Dollarnoten.

»Gestern abend hatte ich sechsundzwanzig Dollar in Scheinen. Heute morgen habe ich fünfundzwanzig. Na?«

»Ich weiß nichts. Ich habe noch nicht einmal gemerkt, wie Sie hereingekommen sind. Ich habe die ganze Zeit geschlafen.«

»Geschlafen. Ja, geschlafen wie die Schlange. Mit offenen Augen. Große Augen und lange Zunge. Bei Tara und Ajodha steht die Zunge nicht still. Glaubst du, das bringt dir etwas? Erwartest du, daß sie dir dafür ein Pfund und 'ne Krone geben?« Jetzt brüllte er und zog seinen Ledergürtel aus den Schlaufen an seiner Hose. »Was? Erzählst du ihnen denn, daß du meinen Dollar gestohlen hast?« Er hob den Arm und ließ den Gürtel auf Mr. Biswas Kopf fallen. Jedesmal, wenn die Schnalle auf einen Knochen schlug, gab es ein durchdringendes Geräusch.

Plötzlich heulte Mr. Biswas: »O Gott! O Gott! Mein Auge! Mein Auge!«

Bhandat hörte auf.

Mr. Biswas war am Wangenknochen verletzt worden, und das Blut war ihm unters Auge gelaufen.

»Hau ab, du frecher, klatschsüchtiger Tölpel. Mach auf der Stelle, daß du hier rauskommst, ehe ich dir das Fell vom Rücken ziehe.« Die Wülste auf Bhandats Lippe zitterten wieder, und sein Arm bebte, als er ihn hob.

Die Sonne war noch nicht aufgegangen, und die Hintergasse still und leer, als Mr. Biswas Bipti wachrüttelte.

»Mohun! Was ist passiert?«

»Ich bin hingefallen. *Frag* mich nicht.«
»Komm, erzähl's mir. Was ist passiert?«
»Warum schickst du mich immer weg und läßt mich bei anderen Leuten?«
»Wer hat dich geschlagen?« Sie drückte einen Finger unter den Schnitt auf dem Wangenknochen, und er zuckte zusammen. »Hat Bhandat dich geschlagen?« Sie machte sein Hemd auf und sah die Striemen auf seinem Rücken. »Er hat dich geschlagen? Er hat dich geschlagen?«
Sie hieß ihn, sich mit dem Gesicht nach unten auf das Bett in ihrem Zimmer zu legen, und zum ersten Mal, seit er ein Baby war, rieb sie seinen Körper mit Öl ein. Sie gab ihm eine Tasse heiße Milch, die mit braunem Zucker gesüßt war.
»Dahin gehe ich nie wieder zurück«, sagte Mr. Biswas.
Anstatt ihn zu trösten, wie er erwartete, sagte Bipti, als wolle sie ihn überreden: »Wohin willst du dann gehen?«
Er wurde ungeduldig. »Du hast nie etwas für mich getan. Du lebst ja nur von Almosen.«
Er wollte sie verletzen, aber sie war nicht gekränkt. »Das ist mein Schicksal. Ich habe mit meinen Kindern kein Glück gehabt. Und mit dir, Mohun, habe ich das wenigste Glück gehabt. Alles, was Sitaram über dich gesagt hat, stimmte.«
»Ich habe dich und alle anderen schon viel über diesen Sitaram reden hören. Was hat er denn genau gesagt?«
»Daß du ein Verschwender und Lügner würdest und daß du wollüstig werden würdest.«
»Ah so. Verschwender mit zwei Dollar im Monat. Zwei ganze Dollar. Zweihundert Cent. Sehr schwer, wenn man das in die Tasche steckt. Und wollüstig?«
»Daß du ein schlechtes Leben führen würdest. Mit Frauen. Aber dafür bist du zu klein.«
»Bhandats Kinder sind wollüstiger als ich. Und das mit ihrer eignen Mutter.«

»Mohun!« Dann sagte Bipti: »Ich weiß nicht, was Tara sagen wird.«
»Schon wieder! Weshalb sorgst du dich immer darum, was Tara sagt? Ich will nicht, daß du zu Tara gehst. Ich will nichts von ihr. Und Ajodha kann seinen *Körper* behalten. Sollen Bhandats Jungen ihm vorlesen. Damit bin ich fertig.«
Aber Bipti ging zu Tara, und nachmittags kam Tara, noch in Trauerkleidern und Schmuck, direkt von ihren Begräbnispflichten und Auseinandersetzungen mit dem Begräbnisfotografen in die Hintergasse.
»Armer Mohun«, sagte Tara. »Er ist unverschämt, dieser Bhandat.«
»Ich bin sicher, er hat das Geld selbst gestohlen«, sagte Mr. Biswas. »Er hat 'ne Menge Übung. Er stiehlt die ganze Zeit. Und ich weiß immer genau, wann er stiehlt. Er wirbelt die Münze in der Luft herum.«
»Mohun!« sagte Bipti.
»Er ist der Wüstling, Verschwender und Lügner. Nicht ich.«
»Mohun!«
»Und ich weiß alles über die andere Frau. Seine Söhne wissen auch Bescheid über sie. Sie geben damit an. Er zankt sich mit seiner Frau und schlägt sie. In den Laden gehe ich nicht zurück, und wenn er kommt und mich auf den Knien bittet.«
»Ich kann mir nicht vorstellen, daß Bhandat das tut«, sagte Tara. »Aber es tut ihm leid. Der Dollar war nicht weg. Er war unten in seiner Hosentasche, und er hat es nicht gemerkt.«
»Er war zu betrunken, wenn du mich fragst.« Dann schmerzte die Demütigung von neuem, und er begann zu weinen. »Weißt du, Ma, ich habe keinen Vater, der auf mich aufpaßt, und die Leute können mit mir machen, was sie wollen.«
Tara begann, ihm gut zuzureden.

Mr. Biswas, das Schmeicheln und sein Elend genießend, sprach immer noch wütend: »Dehuti hatte ganz recht, von euch wegzulaufen. Ich bin sicher, ihr habt sie schlecht behandelt.«

Mit der Erwähnung von Dehutis Namen war er zu weit gegangen. Tara wurde sofort hart und ging, ohne noch ein Wort zu sagen. Ihr langer Rock bauschte sich um sie, die silbernen Armreifen um ihren Arm klapperten.

Bipti lief ihr in den Hof nach. »Auf den Jungen darfst du nicht achten, Tara. Er ist jung.«

»Ich mache mir nichts draus, Bipti.«

»Oh, Mohun«, sagte Bipti, als sie ins Zimmer zurückkam, »du bringst uns noch alle an den Bettelstab. Du wirst noch erleben, daß ich den Rest meiner Tage im Armenhaus verbringe.«

»Ich beschaffe mir selbst einen Job. Und ich werde mir auch ein eigenes Haus anschaffen. Hiermit bin ich fertig.« Und er schüttelte seinen schmerzenden Arm gegen die Lehmwände und das tiefe rußige Strohdach.

Am Montagmorgen begab er sich auf Arbeitssuche. Wie suchte man einen Job? Er vermutete, man guckte einfach. Er ging die Hauptstraße hinauf und hinunter und guckte. Er kam an einem Schneider vorbei und versuchte, sich vorzustellen, wie er Khakistoff schnitt, aneinanderheftete und eine Nähmaschine bediente. Er kam an einem Friseur vorbei und versuchte, sich vorzustellen, wie er ein Rasiermesser strich; seine Gedanken schweiften auf die Entwicklung eines ausgetüftelten Schutzes für seinen linken Daumen ab. Aber den Schneider, den er sah, ein fetter Mann, der in seinem schmuddeligen Laden mürrisch vor sich hinnähte, mochte er nicht; und was Friseure anbetraf, so hatte er die, die seine Haare schnitten, nie gemocht; er dachte auch daran, daß es Pandit Jairam mit Abscheu erfüllen würde, wenn er erführe, daß sein früherer Schüler

den unausdenkbar niedrigen Beruf des Friseurs gewählt hätte. Er ging weiter.
Er hatte nicht den Wunsch, eins der Geschäfte, die er sah, zu betreten und nach Arbeit zu fragen. Deshalb legte er sich schwierige Bedingungen auf. Er versuchte zum Beispiel, eine bestimmte Strecke in zwanzig Schritten zurückzulegen und deutete Mißlingen als schlechtes Zeichen. Einen Augenblick lang war er widernatürlich angelockt von einem Leichenbestatter, einem einfachen Wellblechschuppen, der keinerlei Zugeständnisse an die Trauer machte, nach neuem Holz, Fischleim und Möbelpolitur roch, und in dem die Särge zwischen Sägemehl, Hobelspänen und unbearbeiteten Brettern auf dem Boden standen. Billige Särge und rohes Holz stand in Reihen gegen die Wand gelehnt; teure polierte Särge ruhten auf Regalen; unfertige Särge lagen um eine Werkbank herum und Sargstücke waren auch überall sonst, in einer Ecke stand ein wackliger Stapel Miniatursärge für Babys. Kinderbegräbnisse hatte Mr. Biswas oft gesehen; an eins erinnerte er sich besonders, wo ein Mann, der langsam auf einem Fahrrad fuhr, den Sarg unterm Arm trug. »Hier einen Job kriegen«, dachte er, »und helfen, Bhandat zu beerdigen.« Er kam an Haushaltswarengeschäften vorbei — seltsamer Name: Haushaltswaren — deren baufällige kleine Räume überquollen von Haushaltswaren, Sachen wie Pfannen und Teller und Stoffballen und Karten mit glänzenden Nadeln und Kartons mit Garn und Hemden, die auf Bügeln hingen, und brandneuen Öllampen und Hämmern und Sägen und Kleiderhaken und allem möglichen, dem Strandgut einer Sturmflut, die die Türen der Läden aufgezwungen und Ablagerungen von Haushaltswaren auf den Tischen und dem Boden draußen zurückgelassen zu haben schien. Die Eigentümer blieben in ihren Läden, verloren in der Düsterkeit und eingekeilt zwischen Haushaltswaren. Die Verkäufer standen draußen, die Bleistifte hinterm

Ohr oder damit auf die Rechnungsblöcke klopfend, unter deren erstem Blatt trauerfarbenes Kohlepapier hervorlugte. Lebensmittelgeschäfte, die dumpf nach Öl, Zucker und gepökeltem Fisch rochen, Gemüsestände, feucht, aber frisch und nach Erde riechend. Die Frauen und Kinder der Lebensmittelhändler standen fettig und zuversichtlich hinter den Theken. Die Frauen an den Gemüseständen waren alt und korrekt mit dünnen Gesichtern voller Trauer; oder sie waren jung und dick mit herausfordernden und zänkischen Blicken, mit ein oder zwei großäugigen Kindern, die hinter den purpurfarbenen Süßkartoffeln, an denen noch Dreck hing, herumlungerten und Babys, die im Hintergrund in Büchsenmilchkartons lagen. Und die ganze Zeit kreischten und ratterten Esel-, Pferde- und Ochsenkarren auf dem Fahrweg, die schweren eisenbeschlagenen Räder knirschten über Kies und Sand und schwankten über die holprige Straße. Ständig pfiffen und knallten die langen Peitschen mit dem geknoteten Ende, bei den Tieren kurze Lebhaftigkeit erweckend. Die erwachsenen Fuhrmänner saßen auf ihren Karren, die jugendlichen standen, ihre Tiere und ihre Rivalen anschreiend und pfeifend; ein halbes Dutzend Rennen waren immer in Gang.

Mr. Biswas Entschlossenheit war erschüttert, er kehrte in die Hintergasse zurück. »Ich nehme überhaupt keine Arbeit an«, erzählte er Bipti.

»Warum gehst du nicht hin und verträgst dich mit Tara?«

»Ich will Tara nicht sehen. Ich bringe mich um.«

»Das wäre das beste für dich. Und für mich.«

»Gut. *Gut.* Ich will nichts zu essen.« Und in großer Wut verließ er die Hütte.

Wut machte ihn energisch, und er beschloß zu laufen, bis er müde war. Auf der Hauptstraße schlug er jetzt die andere Richtung ein und ging am Büro von F. Z. Ghany vorbei, schäbiger, aber noch intakt, geschlossen, weil kein

Markttag war; vorbei an derselben Schar Geschäfte, schien es, denselben Inhabern, denselben Waren, denselben Verkäufern; und alles machte ihn genauso niedergeschlagen.
Am Spätnachmittag, als er schon ein paar Meilen außerhalb von Pagotes war, kam ein schlanker junger Mann mit glänzenden Augen und einem dicken glänzenden Schnurrbart auf Mr. Biswas zu und klopfte ihm auf die Schulter. Es war ihm peinlich, Ramchand, Taras pflichtvergessenen Stalljungen, jetzt Dehutis Ehemann, zu erkennen. Er hatte ihn ein paarmal bei Tara gesehen, aber sie hatten nie miteinander gesprochen.
Ramchand, weit davon entfernt, Verlegenheit zu zeigen, benahm sich, als würde er Mr. Biswas schon seit Jahren gut kennen. Er stellte so schnell so viele Fragen, daß Mr. Biswas nur Zeit zum Nicken hatte. »Wie geht's? Schön, dich zu sehen. Und deine Mutter? Gut? Schön zu hören. Und das Geschäft? Du kennst Kakadu und die Indische Maid und den Weißen Hahn? Ich mache diesen Rum jetzt. Sie sind alle gleich, weißt du?«
»Ich weiß.«
»Für Tara zu arbeiten, hat keine Zukunft. Das kann ich dir sagen. Ich arbeite jetzt in der Rumfabrik da, und weißt du, wieviel ich kriege? Mach schon, rate mal.«
»Zehn Dollar.«
»Zwölf. Und Weihnachtsgeld. Und Rum zum Großhandelspreis noch obendrein. Nicht schlecht, was?«
Mr. Biswas war beeindruckt.
»Dehuti redet die ganze Zeit von dir. Einmal haben alle gedacht, du wärst ertrunken, erinnerst du dich?« Dann, als hätte dieses Wissen jede noch verbleibende Fremdheit zwischen ihnen beseitigt, fügte Ramchand hinzu: »Warum kommst du nicht und besuchst Dehuti? Sie hat erst gestern abend von dir gesprochen.« Er machte eine Pause. »Und vielleicht könntest du auch etwas essen?«
Die Pause fiel Mr. Biswas auf. Sie erinnerte ihn daran, daß

Ramchand einer niedrigen Kaste angehörte; und obwohl es absurd war, auf der Hauptstraße so von einem Mann zu denken, der zwölf Dollar im Monat plus Zulagen und anderen Vorteilen verdiente, war Mr. Biswas geschmeichelt, daß Ramchand ihn als jemand betrachtete, dem man den Hof machen und dessen Achtung man gewinnen mußte. Er willigte ein, Dehuti zu besuchen. Entzückt redete Ramchand weiter und offenbarte, daß er auch über andere Familienmitglieder gut Bescheid wußte. Er erzählte Mr. Biswas, daß Ajodhas Finanzen nicht so gesund waren, wie es aussah, und daß Tara zu viele Leute beleidigte. Tara mochte geschworen haben, Ramchands Namen nie wieder zu erwähnen; er schien bestrebt, ihren so oft wie möglich zu erwähnen.

Mr. Biswas hatte die Hochachtung, die ihm erwiesen wurde, wenn er zu Tara ging, um dort als Brahmane zu speisen, oder bei seinen Runden mit Jairam nie in Frage gestellt. Aber er hatte sie auch nie ernst genommen; er hatte sie als Regeln eines gelegentlich gespielten Spiels betrachtet. Als er zu Ramchand kam, hielt er es noch mehr für ein Spiel. Die Hütte ließ in keiner Hinsicht auf Niedrigkeit schließen. Die Lehmwände waren frisch gekalkt und mit blauen und grünen und roten Handabdrücken dekoriert (Mr. Biswas erkannte Ramchands breite Handfläche und gedrungene Finger); das Strohdach war neu und ordentlich; der Erdboden war hoch und hart gestampft; an den Wänden hingen Kalenderbilder, und auf der Veranda war eine Hutablage. Alles in allem war das weniger deprimierend als die verfallende, vernachlässigte Hütte in der Hintergasse.

Aber es schien, als hätte die Ehe Dehuti keine Freude gebracht. Ihr war nicht wohl dabei, zwischen ihrer Haushaltshabe angetroffen zu werden, und sie versuchte anzudeuten, daß sie nichts mit ihr zu tun habe. Wenn Ramchand anfing, auf ein reizvolles Detail der Hütte aufmerksam zu machen, schnalzte sie, und er ließ ab. Mr. Biswas konnte nicht glauben, daß Dehuti je von ihm sprach, wie Ramchand gesagt hatte. Sie sprach kaum, sah ihn kaum an. Ausdruckslos holte sie aus einem Zimmer drinnen ein häßliches schlafendes Baby und zeigte es vor, gleichzeitig unterstellend, daß sie es nicht herausgeholt hatte, um es vorzuzeigen. Sie sah abgehärmt und mürrisch aus, unberührt von dem sprudelnden Verlangen ihres Mannes zu gefallen. Aber auf ihre gemächliche Art tat sie, was sie konnte, um Mr. Biswas willkommen zu heißen. Er verstand, daß sie Angst vor Zurückweisung hatte und vor den Berichten, die er vielleicht zurückbringen würde, und das machte ihn betreten.

Dehuti, nie schön, war jetzt ausgesprochen häßlich. Ihre chinesischen Augen blickten schläfrig, die Pupillen waren ohne Glanz, das Weiße verschmiert. Ihre von Pickeln roten Wangen bauchten sich nach unten und hingen welk um ihren Mund. Ihre Unterlippe stand vor, als wäre sie vom Gewicht ihrer Backen herausgedrückt worden. Sie saß auf einer niedrigen Bank, die Rückseite ihres langen Rocks fest zwischen Waden und Schenkel geklemmt, die vordere über die Knie drapiert. Mr. Biswas war überrascht, wie erwachsen sie war. Diese Art zu sitzen, die Knie geöffnet, aber sittsam bedeckt; das hatte Mr. Biswas immer nur mit reifen Frauen verbunden. Er versuchte, das Mädchen, das er gekannt hatte, in der Frau zu finden. Aber als er sah, wie sie ganz unnötig ungeduldig wurde, während Ramchand nach ihren Anweisungen das Feuer anmachte und den Reis zum Kochen vorbereitete, bekam Mr. Biswas das Gefühl, daß dieser Anblick Dehutis das alte Bild ausgelöscht hatte. Das war ein Verlust; er machte ihn noch unglücklicher, als er sich schon fühlte, seit er die Hütte betreten hatte.

Ramchand kam aus der Küche und ließ sich ganz entspannt auf dem Erdboden nieder. Er streckte ein kurzbehostes Bein aus und legte die Hände um sein hochstehendes Knie. Die Wellen seines dicken Haars glitzerten von Öl. Er lächelte Mr. Biswas an, lächelte das Baby an, lächelte Dehuti an. Er bat Mr. Biswas, die Inschriften auf den Kalenderbildern und Sonntagsschulkarten an den Wänden vorzulesen, und hörte mit reinem Vergnügen zu, als er es tat.

»Du wirst einmal ein großer Mann«, sagte Ramchand. »Ein großer Mann. In deinem Alter schon so lesen zu können. Hab' oft gehört, wie du Ajodha diese Sachen vorgelesen hast. Einen gesünderen Mann hab' ich in meinem Leben nicht gesehen. Aber eines Tages wird er richtig krank werden, da soll er mal aufpassen. Er fordert es einfach raus. Um dir die Wahrheit zu sagen, er tut mir leid. Mir tun diese ganzen reichen Kerle leid.« Es stellte sich heraus, daß auch viele andere Leute Ramchand leid taten. »Pratap jetzt. Er hat sich in Schwierigkeiten gebracht, weil er immer diese Esel kauft, weiß der Himmel warum. Die letzten zwei sind gestorben. Hast du davon gehört?« Mr. Biswas hatte nicht, und Ramchand erzählte vom blutigen Ende der Esel; einer hatte sich auf einem Bambuspfahl aufgespießt. Er erzählte auch von Prasad und seiner Suche nach einer Frau; mit nachsichtiger Belustigung erwähnte er Bhandat und seine Geliebte. Er wurde zunehmend onkelhafter, es war klar, daß er seine eigenen Umstände für vollkommen hielt, und diese Vollkommenheit entzückte ihn. »Mit den Dekorationen hier bin ich noch nicht fertig«, sagte er, auf die Wände zeigend. »Muß noch ein paar von diesen Sonntagsschulbildern besorgen. Jesus und Maria. Was, Dehuti?« Lachend schnippte er das Streichholz, auf dem er gekaut hatte, auf das Baby. Dehuti schloß verärgert die Augen, blies ihre pickligen Backen noch ein bißchen mehr auf und drehte das Gesicht weg. Das Streichholz fiel ohne Schaden anzurichten auf das Baby.

»Mache auch ein paar Verbesserungen«, sagte Ramchand. »Komm!«

Diesmal schnalzte Dehuti nicht. Sie gingen hinters Haus, und Mr. Biswas sah, daß der Hütte ein weiterer Raum hinzugefügt wurde. Zurechtgeschnittene Baumäste waren in die Erde eingegraben; das Sparrenwerk aus kleineren Zweigen war an Ort und Stelle; zwischen den Trägern war der Bambus geflochten; der Erdboden war aufgeschüttet, aber noch nicht gepreßt. »Extrazimmer«, sagte Ramchand, »wenn es fertig ist, kannst du kommen und bei uns wohnen.«

Mr. Biswas' Niedergeschlagenheit vertiefte sich.

Sie machten eine Runde durch die kleine Hütte, Ramchand wies auf die raffinierten Ergänzungen hin, die er angebracht hatte: in die Lehmwände eingelassene Regale, Tische, Stühle. Zurück auf der Veranda zeigte Ramchand auf die Hutablage. Acht Haken waren auf ihr symmetrisch um ein rautenförmiges Glas angeordnet. »Das ist das einzige hier, was ich nicht selbst gemacht habe. Dehuti hat ihr Herz dran gehängt.« Er plumpste wieder auf den Boden und warf das Kügelchen aus Erde, das er zwischen den Fingern gedreht hatte, auf das Baby.

Dehuti schloß die Augen und maulte: »Ich? Ich wollte sie nicht haben. Ich wünschte, du würdest aufhören, herumzurennen und den Leuten vorzumachen, ich hätte neumodische Ambitionen.«

Er lachte verlegen und kratzte sein nacktes Bein; die Nägel hinterließen weiße Spuren.

»Ich habe keinen Hut, den ich an eine Hutablage hängen kann«, sagte Dehuti. »Ich will auch keinen Spiegel, der mir mein häßliches Gesicht zeigt.«

Ramchand kratzte sich und zwinkerte Mr. Biswas zu. »Häßliches Gesicht? Häßliches Gesicht?«

Dehuti sagte: »Ich stelle mich nicht vor die Hutablage und kämme stundenlang meine Haare. Meine Haare sind nicht schön und lockig genug.«

Ramchand nahm das Kompliment mit einem Lächeln an.

Auf der Veranda, gelb und schwarz im Licht der Öllampe, ließen sie sich auf niedrigen Bänken zum Essen nieder. Aber obwohl er Hunger hatte und obwohl er wußte, daß Dehuti und Ramchand ihn beide sehr gern mochten, merkte Mr. Biswas, daß sein Magen begann, sich zu sträuben und zu schmerzen, und er konnte nichts essen. Ihr Glück, das er nicht teilen konnte, hatte ihn aus der Fassung gebracht. Und dann schmerzte es ihn noch mehr, zu sehen wie sich Ramchands sprunghafte Begeisterung in Unsicherheit verwandelte. Dehutis grämlicher Ausdruck veränderte sich nie; auf eine solche Zurückweisung war sie schon vorbereitet gewesen.
Kurz danach ging er, mit dem Versprechen, eines Tages wiederzukommen und sie zu besuchen, obwohl er wußte, daß er das nicht tun würde, daß die Bande zwischen Dehuti und ihm, die nie stark waren, nun zerrissen waren, daß er sich auch von ihr gelöst hatte. Der Wunsch, weiter nach Arbeit zu suchen, hatte ihn verlassen. Er vermutete, daß er schon immer gewußt hatte, daß er auf Taras Hilfe zurückkommen werde. Sie mochte ihn; Ajodha mochte ihn. Vielleicht würde er sich entschuldigen und sie brächten ihn in der Werkstatt unter.

Dann tauchte Alec wieder in Pagotes auf, und es war keine Spur von Motoröl an ihm. Seine Hände und Arme und das Gesicht waren von bunten Farben gefleckt und gestreift, ebenso seine Khakihose und das weiße Hemd, auf denen jeder Fleck einen Fettkranz hatte. Als Mr. Biswas ihn gegen Ende einer langen, untätigen und ungewissen Woche sah, hatte Alec in einer Hand eine kleine Büchse mit Farbe und in der anderen einen kleinen Pinsel; er stand auf einer Leiter, die gegen ein Café in der Hauptstraße lehnte, und malte ein Schild, auf dem er schon DAS KOLIBRI CA zustandegebracht hatte.
Mr. Biswas war voller Bewunderung.

»Gefällt dir, was?« Alec kam die Leiter herunter, zog ein großes farbbekleckstes Tuch aus der Gesäßtasche und rieb sich die Hände ab. »Muß sie noch schattieren. In zwei Farben. Blau waagerecht, grün senkrecht.«
»Aber das wird es verschandeln, Mann.«
Alec spuckte eine Zigarette aus, die bis an die Lippen abgebrannt und ausgegangen war. »Es wird wie ein kleiner Karneval aussehen, wenn ich fertig bin. Aber so wollen sie's haben.« Er machte eine verächtliche Kopfbewegung zu dem Besitzer des Kolibri-Cafés hin, der hinter seiner Theke lehnte und sie mißtrauisch beäugte. Die Regale in seinem Rücken waren zur Hälfte mit Sprudelflaschen gefüllt. Um ihn herum summten Fliegen, die vom Schweiß auf seinem Nacken und den nicht von seinem Unterhemd bedeckten Körperstellen angelockt wurden; Fliegen mit einem anderen Geschmack hatten sich auf dem groben Zucker der Mürbeplätzchen in seiner Vitrine niedergelassen.
Mr. Biswas erklärte Alec sein Problem, und sie redeten eine Weile darüber. Dann gingen sie in das winzige Café, und Alec kaufte zwei Flaschen Sprudelwasser.
Alec sagte zu dem Besitzer: »Das ist mein Assistent.«
Der Besitzer schaute Mr. Biswas an: »Wieso ist er so klein?«
»Junges Unternehmen«, sagte Alec. »Gibt der Jugend 'ne Chance.«
»Kann er denn Kolibris malen?«
»Er will ganz viele Kolibris auf dem Schild«, erklärte Alec Mr. Biswas. »Sie sollen vor und hinter den Buchstaben herumhängen.«
»Wie das Keskidee-Café«, sagte der Besitzer. »Seht ihr das Schild, das er hat?« Verstohlen wies er über die Straße auf eine andere Erfrischungsbude, und Mr. Biswas erblickte das Schild. Die Buchstaben waren in drei Farben ausgefüllt und in drei anderen Farben schattiert. Keskidee-Vögel

standen auf dem K, saßen auf dem D, hingen von dem C, und auf den beiden E schnäbelten zwei Keskidees.
Mr. Biswas konnte nicht zeichnen.
Alec sagte: »Natürlich kann er Kolibris zeichnen, wenn Sie das wirklich wollen. Die Sache ist bloß, daß es ein bißchen wie nachgemacht aussieht.«
»Und außerdem ist es altmodisch«, sagte Mr. Biswas.
»Bin ich froh, daß du das sagst«, sagte Alec. »Hab' ich schon die ganze Zeit versucht, ihm zu sagen. Modern ist, jede Menge Wörter zu haben. Sämtliche Geschäfte in Port-of-Spain haben Schilder mit nichts als Wörtern. Sag ihm das.«
»Was für Wörter?« fragte der Besitzer.
»Limonade, Kuchen und Eis«, sagte Mr. Biswas.
Der Besitzer schüttelte den Kopf.
»Vorsicht Hund!« sagte Alec.
»Ich hab' keinen Hund.«
»Täglich frisches Obst«, fuhr Alec fort. »Plakate kleben verboten.«
Der Besitzer schüttelte den Kopf.
»Betreten bei Strafe verboten. Gäste aus Übersee willkommen. Wenn Sie nicht sehen, was Sie wünschen, bitte fragen Sie. Unser Personal wird Ihnen gern weiterhelfen.«
Der Besitzer dachte nach.
»Kein Bedarf an Arbeitskräften«, sagte Alec. »Kommen Sie herein und schauen Sie sich um.«
Der Besitzer wurde munter. »Genau dagegen muß ich hier doch immer ankämpfen.«
»Für Faulenzer verboten«, sagte Mr. Biswas.
»Bei Strafe«, sagte der Besitzer.
»Für Faulenzer bei Strafe verboten. Ein gutes Schild«, sagte Alec. »Dieser Junge malt es Ihnen in Null Komma nichts.«
So wurde Mr. Biswas Schildermaler und fragte sich, wieso er vorher nie auf den Gedanken gekommen war, diese

Begabung zu nutzen. Mit Alecs Hilfe arbeitete er an dem Café-Schild, und zu seinem Entzücken und Staunen wurde es so gut, daß es den Besitzer zufriedenstellte. Er war gewohnt, Buchstaben mit Feder und Bleistift zu entwerfen, und hatte Angst, einen Pinsel mit Farbe führen zu können. Aber er fand heraus, daß man den Pinsel, auch wenn er sich zuerst beunruhigend breitdrückte, auf den leisesten Druck reagieren lassen konnte; die Striche waren sauberer, die Kurven genauer. »Du mußt den Pinsel nur langsam in den Fingern drehen, wenn du an eine Kurve kommst«, sagte Alec; und danach waren Kurven kein so großes Problem mehr. Nach FÜR FAULENZER BEI STRAFE VERBOTEN malte er noch mehr Schilder mit Alec; seine Hand wurde sicherer, seine Striche wurden kühner, sein Gefühl für die Buchstaben feiner. R und S hielt er für die schönsten der lateinischen Buchstaben; kein Buchstabe konnte, ohne seine Schönheit zu verlieren, so viele Stimmungen ausdrücken wie das R, und was war dem Rhythmus und Schwung des S vergleichbar? Mit einem Pinsel waren große Buchstaben leichter als kleine, und er war äußerst befriedigt, nachdem er und Alec viele Meter Lattenzaun mit Reklamesprüchen für Pluko, das in verschiedener Hinsicht für die Haare gut war, und Anchor-Zigaretten bedeckt hatten. Um die Zigarettenpackung hatte es etwas Kummer gegeben; sie hätten sie lieber geschlossen gezeichnet, aber die Vertragspartner wollten sie offen haben und verdammten Mr. Biswas und Alec dazu, nicht nur die Packung zu zeichnen, sondern auch die zerknitterte Silberfolie und acht Zigaretten, die alle mit ANCHOR gekennzeichnet und verschieden weit herausgezogen waren.

Nach einiger Zeit begann er wieder, Tara zu besuchen. Sie war ihm nicht böse, aber es enttäuschte ihn zu erfahren, daß Ajodha nicht mehr von ihm verlangte, *Dein Körper* zu

lesen. Das tat jetzt einer von Bhandats Söhnen. Zwei Dinge waren im Rumausschank geschehen. Bhandats Frau war im Kindbett gestorben, und Bhandat hatte seine Söhne verlassen und war zu seiner Geliebten nach Port-of-Spain gezogen. Die Jungen wurden von Tara aufgenommen, die Bhandats Namen denen hinzufügte, die sie niemals aussprach. Jahrelang wußte niemand, wo und wie Bhandat lebte, obwohl es Gerüchte gab, daß er in einem Slum in der Innenstadt lebte; umgeben von allen möglichen zänkischen und verrufenen Leuten.
So zogen Bhandats Söhne aus dem Schmutz des Rumausschanks in den Komfort von Taras Haus. Diesen Gang hatte Mr. Biswas oft selbst gemacht, und es überraschte ihn nicht, daß die Jungen sich bald so gut eingelebt hatten, daß Bhandat vergessen war und man sich nur schwer vorstellen konnte, daß seine Söhne jemals irgendwo anders gelebt hatten.

Mr. Biswas fuhr fort, Schilder zu malen. Es war eine befriedigende Arbeit, aber sie kam unregelmäßig. Alec wanderte von Bezirk zu Bezirk, arbeitete manchmal, manchmal nicht, und die Partnerschaft war etwas sprunghaft. Es gab viele Wochen, in denen Mr. Biswas arbeitslos war und nur lesen und Buchstaben entwerfen und Zeichnen üben konnte. Er lernte, Flaschen zu zeichnen, und zeichnete als Weihnachtsvorbereitung einen Nikolaus nach dem anderen, bis er ihn auf eine einfache Skizze in Rot, Rosa, Weiß und Schwarz reduziert hatte. Wenn Arbeit kam, dann in einem Ansturm. Im September sagten die meisten Geschäftsinhaber, daß sie in diesem Jahr den Unsinn mit der Weihnachtsreklame nicht mitmachten. Bis Dezember hatten sie ihre Meinung geändert, und Mr. Biswas arbeitete bis spät in die Nacht an Nikoläusen und Stechpalmzweigen und schneebedeckten Buchstaben; in der glühenden Sonne warfen die fertigen Reklameschilder schnell Blasen. Manchmal gab es eine unerklärliche Häufung noch zu erledigender Aufträge, und in einem Viertel wimmelte es zwei Wochen lang von Schildermalern, denn kein Geschäftsinhaber wollte einen Mann beschäftigen, dessen sich sein Rivale bedient hatte. Dann mußte jedes Schild ausgetüftelter sein als das letzte, und auf weite Strecken blendete die Hauptstraße mit Werbesprüchen, die kaum zu lesen waren. Einfachheit wurde nur für die Plakate zur Wahl der örtlichen Straßenbaubehörde verlangt. Mr. Biswas machte Dutzende davon, viele auf Baumwolle, die er strecken und an die Lehmwand der Veranda in der Hintergasse heften mußte. Die Farbe sickerte durch, und die Wand wurde ein einziger Farbklecks von sich widersprechenden Botschaften in verschiedenen Farben.

Um den extravaganten Schriftgeschmack seiner Ladenbesitzer zu befriedigen, durchforschte er ausländische Zeitschriften. Nachdem er sich die Zeitschriften immer nur um der Buchstaben willen angesehen hatte, begann er irgendwann, sie um ihrer Geschichten willen zu lesen, und in den langen Mußewochen las er die Romane, die er in den Kiosken von Pagotes finden konnte. Er las die Romane von Hall Caine und Marie Corelli. Sie führten ihn in berauschende Welten. Besonders Landschafts- und Wetterbeschreibungen erregten ihn; sie ließen ihn alle Hoffnung aufgeben, in seinem eigenen grünen Land, das die Sonne jeden Tag versengte, jemals romantische Abenteuer zu finden; an Western fand er nie viel Gefallen.

Er konnte es immer weniger ertragen, in der Hintergasse zu leben, und obwohl sein Einkommen trotz Weihnachten, Wahlen und der Eifersüchteleien der Geschäftsinhaber gering und ungewiß war, hätte er gerne einen Umzug riskiert. Aber Bipti, die immer davon geredet hatte, umzuziehen, sagte nun, sie hätte zu lange dort gelebt und wollte im Alter nicht unter Fremden sein. »Ich gehe hier nicht weg. Eines Tages heiratest du, und wo soll ich dann hin?«

»Ich heirate nie.« Das war seine übliche Drohung, denn Bipti hatte angefangen zu sagen, sie müsse nur noch Mr. Biswas verheiratet sehen, dann sei ihr Lebenswerk vollendet. Pratap und Prasad waren schon verheiratet; Pratap mit einer großen, gutaussehenden Frau, die alle achtzehn Monate ein Kind bekam, Prasad mit einer Frau von erschreckender Häßlichkeit, die zum Glück unfruchtbar war.

»Du sollst so etwas nicht sagen«, sagte Bipti. Sie konnte ihn immer noch verärgern, indem sie alles, was er sagte, ernst nahm.

»Ja, was denn? Du erwartest, daß ich eine Frau hierher bringe?« Er lief in dem vollgestopften Zimmer herum, das nun immer nach Farbe und Öl und Terpentin roch, und trat gegen die staubigen braunen Stapel seiner Zeitschriften und Bücher auf dem Fußboden.

Er blieb in der Hintergasse und las Samuel Smiles. In dem Glauben, es handele sich um einen Roman, hatte er eins seiner Bücher gekauft und war jetzt süchtig danach geworden. Samuel Smiles war genauso romantisch und befriedigend wie irgendein Romancier, und in vielen Samuel-Smiles-Helden sah Mr. Biswas sich selbst: er war jung, er war arm, und er bildete sich ein zu kämpfen. Aber dann kam immer ein Punkt, an dem die Ähnlichkeit aufhörte. Die Helden hatten unbeugsame Vorsätze und lebten in Ländern, in denen Ziele verfolgt werden konnten und einen Sinn hatten. Er hatte keinen Ehrgeiz, und was konnte er, außer ein Geschäft aufzumachen oder einen Autobus zu kaufen, in diesem heißen Land schon tun? Was konnte er erfinden? Pflichtbewußt versuchte er es trotzdem. Er kaufte sich populäre wissenschaftliche Handbücher und las sie; nichts geschah; er wurde nur süchtig auf populärwissenschaftliche Handbücher. Er kaufte die sieben teuren Bände von *Hawkins' Electrical Guide*, bastelte primitive Kompasse, Summer und Türklingeln und lernte, einen Anker zu wickeln. Darüber hinaus kam er nicht. Die Experimente wurden komplizierter und er wußte nicht, wo er die Ausrüstung, die Hawkins so beiläufig erwähnte, in Trinidad finden konnte. Sein Interesse an elektrischen Dingen erstarb, und er begnügte sich damit, von den Helden Samuel Smiles' in ihrem Zauberland zu lesen.

Und doch gab es Augenblicke, in denen er sich einreden konnte, daß er in einem Land lebte, in dem romantische Abenteuer möglich waren. Wenn er zum Beispiel einen eiligen Auftrag erledigen mußte und bis spät in die Nacht beim Schein einer Gaslampe arbeitete und Aufregung und das Licht die Hütte verwandelten; dann konnte er vergessen, daß der ganz gewöhnliche Morgen kommen und das Schild über einem kleinen Kramladen, dessen Türen sich auf eine heiße, staubige Straße öffneten, hängen würde.

Und da waren die Tage, an denen er auf einem von Ajodhas Bussen, die in Konkurrenz mit anderen Bussen auf einer Strecke ohne festgelegte Haltestellen verkehrten, Schaffner war. Er genoß die drängende Bewegung und lärmende Rivalität und brachte sich unnötig in Gefahr, wenn er sich weit vom Trittbrett beugte, um für die Leute auf der Straße zu singen: »Tunapuna, Naparima, Sange Grande, Guayaguayare, Chacachacare, Mahatma Gandhi und zurück«, wobei die prächtigen amerikanisch-indianischen Namen in seinem Kopf eine imaginäre Route formten, die die vier Ecken der Insel und einen Ort, Chacachacare, jenseits des Meeres einschlossen.

Und es gab Zeiten, in denen der schwerfaßbare Alec mit einem Gesicht, das auf Ausschweifungen schließen ließ, nach Pagotes kam, von Vergnügungen erzählte und Mr. Biswas in gewisse Häuser mitnahm, die ihn entsetzten, dann anzogen und schließlich nur noch amüsierten. Mit

Bhandats Jungen ging er auch; aber sie schienen das größte Vergnügen aus dem Gedanken zu ziehen, daß sie etwas Lasterhaftes taten.

Und jetzt erregten ihn auch noch andere Anlässe, die nichts mit der Erregung durch Bücher und Zeitschriften, nichts mit den Besuchen in diesen Häusern zu tun hatten: der flüchtige Anblick eines Gesichts, eines Lächelns, eines Lachens. Aber seine Erfahrungen hatten ihn über das Stadium hinausgeführt, in dem ein Mädchen etwas schmerzlich Schönes war und es wunderbar schien, daß ein so weiches und liebliches Geschöpf die Aufmerksamkeit harter, häßlicher Männer entgegennehmen konnte, jetzt fesselten ihn nur noch wenige Menschen. Irgendwelche Züge stießen ihn schließlich immer ab, der Klang einer Stimme, die Beschaffenheit einer Haut, das betont sinnliche Hängen einer Lippe; einmal war in einem Traum, nach dem er sich unrein gefühlt hatte, eine solche Lippe vulgär und obszön gewuchert. An die Liebe zu denken, machte ihn verlegen; selbst das Wort erwähnte er selten und dann so spöttisch wie Alec und Bhandats Jungen. Aber insgeheim glaubte er.

Alec, der das falsch verstand, sagte: »Du machst dir zu viel Sorgen. Diese Dinge kommen, wenn man sie am wenigsten erwartet.«

Er aber hörte nie auf, sich Sorgen zu machen. Er lebte nicht länger einfach dahin. Er hatte angefangen zu warten, nicht nur auf die Liebe, sondern darauf, daß die Welt ihre Süße und Romantik hergab. Er verschob all seine Vergnügungen im Leben auf diesen Tag. Und in dieser erwartungsvollen Stimmung befand er sich, als er zum Hanuman-Haus in Arwacas ging und Shama sah.

3. *Die Tulsis*

Zwischen den baufälligen Holz- und Wellblechgebäuden in der Hauptstraße von Arwacas stand das Hanuman-Haus wie ein exotisches weißes Fort. Die Betonwände sahen so dick aus, wie sie waren, und wenn die schmalen Türen des Tulsi-Ladens im Erdgeschoß geschlossen waren, wurde das Haus sperrig, uneinnehmbar und undurchdringlich. Die Seitenwände hatten keine Fenster, und die Fenster in den oberen zwei Stockwerken waren bloße Schlitze in der Fassade. Die Balustrade, die das Flachdach sicherte, war von einer Betonstatue des wohlwollenden Affengottes Hanuman gekrönt. Von unten konnte man seine weißgetünchten Züge kaum erkennen, und sie sahen dann, wenn überhaupt, etwas unheimlich aus, denn auf den Vorsprüngen hatte sich Staub abgesetzt und das wirkte von unten wie ein beleuchtetes Gesicht.

Unter Hindus genossen die Tulsis den Ruf einer frommen, konservativen, landbesitzenden Familie. Andere Gemeinden, die die Tulsis nicht kannten, hatten von Pandit Tulsi, dem Gründer der Familie, gehört. Er war einer der ersten, die bei einem Autounfall ums Leben gekommen waren, und er war Gegenstand eines respektlosen und äußerst populären Liedes. Für viele Außenseiter war er daher nur ein Geschöpf der Dichtung. Bei den Hindus gab es noch mehr Gerüchte um Pandit Tulsi, einige waren romantisch, einige skurril. Das Vermögen, das er in Trinidad erworben hatte, entstammte nicht seiner Hände Arbeit, und es blieb ein Geheimnis, weshalb er als Arbeiter ausgewandert war. Ein oder zwei Emigranten aus kriminellen Familien waren gekommen, um dem Gesetz zu entkommen. Ein oder zwei waren gekommen, um den Folgen für die Teilnahme ihrer Familien am Aufstand zu entgehen. Pandit Tulsi gehörte zu keiner Gruppe. Seiner Familie in Indien ging es immer noch gut — regelmäßig trafen Briefe ein —, und es war bekannt, daß er gesellschaftlich höher gestanden hatte als die meisten Inder, die nach Trinidad kamen und wie Raghu, wie Ajodha fast alle den Kontakt zu ihren Familien verloren hatten und nicht gewußt hätten, in welcher Provinz sie sie suchen sollten. Die Hochachtung, die man Pandit Tulsi in seinem Heimatgebiet entgegengebracht hatte, war ihm nach Trinidad gefolgt und nun, da er tot war, auf seine Familie übergegangen. In Wirklichkeit wußte man wenig über diese Familie; Außenstehende wurden nur zu gewissen religiösen Feiern ins Hanuman-Haus eingelassen.

Mr. Biswas ging zum Hanuman-Haus, um Schilder für das Geschäft der Tulsis zu malen, nachdem er eine langwierige Unterredung mit einem großen, überwältigenden Mann mit Schnurrbart namens Seth, Mrs. Tulsis Schwager, gehabt hatte. Seth hatte Mr. Biswas' Preis gedrückt und gesagt, daß Mr. Biswas den Auftrag nur bekäme, weil er Inder sei; er hatte den Preis noch mehr gedrückt und gesagt, daß Mr. Biswas sich glücklich schätzen könne, ein Hindu zu sein; er hatte ihn noch ein Stück gedrückt und gesagt, daß sie die Schilder nicht wirklich brauchten, sondern nur bei Mr. Biswas bestellten, weil er ein Brahmane sei.

Das Geschäft der Tulsis war enttäuschend. Die Fassade, die einen so weitläufigen Raum versprach, verbarg ein trapezförmiges, gar nicht tiefes Gebäude. Es gab keine Fenster, und Licht kam nur durch die zwei schmalen Türen vorn und einer einzelnen Tür in der Rückwand, die sich auf einen überdachten Hof öffnete. Die ungleichmäßig dicken Wände wölbten sich hier nach innen und standen dort hervor, und im Laden wimmelte es von hin-

derlichen, leeren, spinnwebbedeckten Winkeln. Hinderlich waren auch die dicken, häßlichen Säulen, deren Anzahl Mr. Biswas zur Verzweiflung brachte, denn unter anderem hatte er sich verpflichtet, sie alle zu bemalen.
Er begann, indem er den oberen Teil der Rückwand mit einem enormen Schild ausschmückte. Das illustrierte er ganz sinnlos mit der Zeichnung eines Kasperls, der ungehörig lustig und schelmisch in diesem düsteren Laden aussah, in dem die Waren eher verstaut als ausgestellt waren und die Verkäufer ernst und lustlos.
Diese Verkäufer, erfuhr er zu seiner Überraschung, waren alle Mitglieder des Hauses. Er konnte deshalb seine Augen nicht so frei wie sonst über die unverheirateten Mädchen schweifen lassen. Also studierte er sie so vorsichtig wie möglich bei der Arbeit und beschloß, die attraktivste von ihnen sei ein Mädchen von ungefähr sechzehn, das die anderen Shama riefen. Sie war mittelgroß, schlank, aber kräftig, mit feinen Gesichtszügen, und wenn er auch ihre Stimme nicht mochte, war er doch von ihrem Lächeln bezaubert. So bezaubert, daß er sie nach ein paar Tagen, obwohl es anstößig und gefährlich war, gern angesprochen hätte. Die Gegenwart ihrer Schwestern und Schwäger hielt ihn ebenso davon ab, wie das unvorhersagbare und abschreckende Auftauchen von Seth, der mehr wie ein Plantagenaufseher als ein Geschäftsführer gekleidet war. Immerhin starrte er sie mit wachsendem Freimut an. Wenn sie ihn ertappte, sah er weg, wurde sehr geschäftig mit seinen Pinseln und spitzte die Lippen, als pfiffe er leise vor sich hin. In Wirklichkeit konnte er nicht pfeifen; er stieß nur fast lautlos Luft durch die wollüstige Lücke zwischen seinen Schneidezähnen aus.
Als sie ein paarmal auf sein Starren reagiert hatte, hatte er das Gefühl, daß zwischen ihnen eine gewisse Verbindung hergestellt worden sei; und als er Alec in Pagotes traf, wo Alec als Mechaniker und Bus- und Schildermaler wieder in

Ajodhas Werkstatt arbeitete, sagte Mr. Biswas: »Ich hab' in Arwacas ein Mädchen.«

Alec wünschte ihm Glück. »Wie ich gesagt hab', diese Sachen kommen, wenn du sie am wenigsten erwartest. Warum hast du dich bloß so aufgeregt?«

Ein paar Tage später sagte Bhandats Ältester: »Mohun, ich hab' gehört, du hast endlich ein Mädchen, Mann.« Er war gönnerhaft; es war wohlbekannt, daß er eine Affäre mit einer Frau einer anderen Rasse hatte, mit der er auch schon ein Kind hatte; er war auf das Kind ebenso wie auf seine uneheliche Geburt stolz.

Die Neuigkeit mit dem Mädchen in Arwacas verbreitete sich, und Mr. Biswas genoß ein wenig Ruhm in Pagotes, bis Bhandats jüngerer Sohn, ein verachtungsvoller Bursche mit vorstehendem Kiefer sagte: »Ich hab' das Gefühl, du lügst wie der Teufel, weißt du das.«

Als Mr. Biswas am nächsten Tag zum Hanuman-Haus ging, trug er in seiner Tasche einen Zettel, den er Shama geben wollte. Sie hatte den ganzen Morgen zu tun, aber kurz vor Mittag, wenn der Laden wegen der Essenspause schloß, ließ das Geschäft nach, und ihre Theke war frei. Auf seine Art pfeifend, kam er die Leiter herunter. Er begann, seine Farbdosen unnötig zu stapeln und umzustapeln. Dann lief er, ganz in Anspruch genommen und die Stirn runzelnd, auf der Suche nach Dosen, die nicht da waren, durch den Laden. Er kam an Shamas Theke vorbei und legte den Zettel, ohne hinzusehn, unter einen Ballen Stoff. Der Zettel war zerknittert und angeschmutzt und sah nicht sehr wirkungsvoll aus. Aber sie sah ihn. Sie sah weg und lächelte. Es war kein Lächeln der Verbundenheit oder der Freude; es war ein Lächeln, das Mr. Biswas sagte, daß er sich zum Narren gemacht hatte. Er fühlte sich zunehmend töricht und fragte sich, ob er nicht seinen Zettel zurücknehmen und Shama auf der Stelle aufgeben sollte.

Während er noch zögerte, ging eine fette Negerin zu Shamas Theke und verlangte fleischfarbene Strümpfe, die damals im ländlichen Trinidad modern waren.

Immer noch lächelnd holte Shama eine Schachtel herunter und hielt ein Paar schwarze Baumwollstrümpe hoch.

»Ha!« Im ganzen Laden konnte man hören, wie die Frau nach Luft schnappte. »Willst du mich foppen? Wieso zum Teufel bist du so dreist und eingebildet?« Sie begann zu fluchen. »Mich *foppen*!« Sie zog Schachteln und Stoffballen von der Theke und schleuderte sie zu Boden, und jedesmal, wenn etwas aufkrachte, schrie sie: »Mich *foppen!*« Einer der Tulsi-Schwiegersöhne kam herbeigerannt, um sie zu beschwichtigen. Sie stieß ihn zurück: »Wo ist die alte Lady?« rief sie und kreischte, »Mai! Mai!«, als hätte sie starke Schmerzen.

Shama hatte aufgehört zu lächeln. Ihr Gesicht drückte schiere Angst aus. Mr. Biswas hatte kein Verlangen, sie zu trösten. Sie sah so kindlich aus, daß er sich nur noch mehr wegen des Zettels schämte. Der Stoffballen, der ihn verborgen hatte, war auf den Boden geschmissen worden, und der Zettel lag frei, vom Ende des Meßstabs aus Messing, der an die Theke geschraubt war, festgehalten.

Er bewegte sich auf die Theke zu, wurde aber von den fetten, wie Dreschflegel um sich schlagenden Armen der Frau zurückgetrieben.

Dann senkte sich Stille über den Laden. Die Arme der Frau hielten still. Im hinteren Türeingang zur rechten der Theke erschien Mrs. Tulsi. Sie war genauso mit Schmuck behangen wie Tara; sie hatte nicht Taras Frische, war aber stattlicher; ihre Gesicht war zwar nicht feist, aber schlaff, wie untrainiert.

Mr. Biswas zog sich zu seinen Büchsen und Pinseln zurück.

»Ja, Ma'am, *Sie* will ich sehen.« Die Frau bekam vor Wut keine Luft mehr. »*Sie* will ich sehen. Ich will, daß Sie dem

Kind eine Tracht Prügel geben, Ma'am. Ich will, daß Sie Ihrem eingebildeten, patzigen Kind eine Tracht Prügel geben.«
»Ist gut, Miss. Ist gut.« Mrs. Tusli preßte wiederholt ihre dünnen Lippen zusammen. »Erzählen Sie mir, was passiert ist.« Sie sprach ein langsames und präzises Englisch, was Mr. Biswas überraschte und mit einem unguten Gefühl erfüllte. Sie stand jetzt hinter der Theke, und ihre Finger, die wie ihr Gesicht eher zerknittert als faltig waren, rieben an dem Messingmeterstab. Während sie zuhörte, drückte sie von Zeit zu Zeit eine Ecke ihres Schleiers gegen ihre sich bewegenden Lippen.
Mr. Biswas, der jetzt fleißig Pinsel saubermachte, sie trockenrieb und Seife in die Borsten schmierte, damit sie geschmeidig blieben, war sich sicher, daß Mrs. Tulsi nur mit halbem Ohr zuhörte, daß ihre Augen von dem Zettel festgehalten wurden. *Ich liebe dich, und ich will mit dir reden.*
Mrs. Tulsi beschimpfte Shama auf Hindi, so obszön, daß es Mr. Biswas erschreckte. Die Frau sah besänftigt aus. Mrs. Tulsi versprach, die Angelegenheit weiter zu untersuchen und schenkte der Frau ein Paar fleischfarbene Strümpfe. Die Frau begann, ihre Geschichte von vorn zu erzählen. Mrs. Tulsi, die das Problem als erledigt behandelte, wiederholte, daß sie die Strümpfe umsonst gegeben habe. Ohne sich zu beeilen, fuhr die Frau bis zum Ende ihrer Geschichte fort. Dann ging sie langsam aus dem Geschäft hinaus, vor sich hinmurmelnd, übertrieben ihre breiten Hüften schwingend.
Der Zettel war in Mrs. Tulsis Hand. Sie hielt ihn weit weg von den Augen, kurz über der Theke, und las ihn, während sie ihre Lippen mit dem Schleier betupfte.
»Shama, das war sehr frech.«
»Ich habe nicht darüber nachgedacht, Mai«, sagte Shama und brach wie ein Mädchen, das verprügelt werden soll, in Tränen aus.

Mr. Biswas' Ernüchterung war vollkommen.
Mrs. Tulsi nickte geistesabwesend, ihren Schleier vors Gesicht haltend, und betrachtete immer noch den Zettel.
Mr. Biswas stahl sich aus dem Geschäft. Er ging zu Mrs. Seeung, einem großen Café auf der Hauptstraße, und bestellte sich ein Sardinenbrötchen und eine Flasche Sprudelwasser. Die Sardinen waren trocken, die Zwiebel war ihm widerwärtig, und die Kruste des Brotes schnitt in die Innenseite seiner Lippen. Trost zog er nur aus dem Gedanken, daß er den Zettel nicht unterschrieben hatte und leugnen konnte, ihn geschrieben zu haben.
Als er in den Laden zurückging, war er entschlossen, so zu tun, als wäre nichts geschehen, entschlossen, Shama nie wieder anzusehen. Umsichtig bereitete er seine Pinsel vor und machte sich an die Arbeit. Er war erleichtert, daß keiner Interesse an ihm zeigte, und noch mehr erleichtert, zu merken, daß Shama an dem Nachmittag nicht im Geschäft war. Leichten Herzens zeichnete er die Umrisse von Kasperles Hund auf die unregelmäßige Oberfläche der weißgetünchten Säule. Unter dem Hund zog er Linien und skizzierte SONDERANGEBOTE! SONDERANGEBOTE! Den Hund malte er rot, das erste SONDERANGEBOT schwarz, das zweite blau. Er kletterte ein oder zwei Leitersprossen herunter, zog noch mehr Linien, und zwischen diesen Linien führte er einige der Sonderangebote des Tulsi-Ladens auf, in Buchstaben, die er »ausschnitt«, indem er einen Teil der Säule rot strich und die Buchstaben auf dem weißen Putz aussparte. Am oberen und unteren Rand des roten Streifens ließ er kleine Kreise weiß; in die zog er mit einem roten Strich einen Riß, um den Eindruck zu erwecken, auf die Säule sei ein großes rotes Blechschild geschraubt; das war einer von Alecs Kniffen. Die Arbeit fesselte ihn den ganzen Nachmittag. Shama tauchte überhaupt nicht im Geschäft auf, und minutenlang vergaß er die Ereignisse des Morgens.

Kurz vor vier, als der Laden schloß und Mr. Biswas aufhörte zu arbeiten, kam Seth, der aussah, als hätte er den Tag auf dem Feld verbracht. Er trug schlammbedeckte Halbstiefel und einen fleckigen Khakitropenhelm; in der Tasche seines verschwitzten Khakihemdes trug er ein schwarzes Notizbuch und eine Zigarettenspitze aus Elfenbein. Er ging auf Mr. Biswas zu und sagte in barschem Befehlston: »Die alte Lady will Sie sehen, ehe Sie gehen.« Der Ton behagte Mr. Biswas nicht, und es beunruhigte ihn, daß Seth ihn auf Englisch angesprochen hatte. Ohne etwas zu sagen, kam er die Leiter herunter und wusch, sein lautloses Pfeifen ausstoßend, seine Pinsel aus, während Seth ihn überwachte. Die Vordertüren wurden verriegelt und versperrt, und das Tulsi-Geschäft wurde dunkel und warm und geschützt.

Durch die Hintertür folgte er Seth in den feuchten, dämmrigen Hof, in dem er noch nie gewesen war. Hier machte das Geschäft der Tulsis einen noch kleineren Eindruck: zurückblickend sah er zu beiden Seiten des Geschäftseingangs lebensgroße, grotesk bemalte Schnitzereien von Hanuman. Auf der anderen Seite des Hofs war ein großes, altes, graues Holzhaus, das, wie er dachte, das ursprüngliche Haus der Tulsis sein mußte. Vom Laden her hatte er seine Größe nie für möglich gehalten; und von der Straße war es durch das hohe Betongebäude, mit dem es durch eine neu aussehende, ungestrichene Holzbrücke verbunden war, die den Hof überdachte, fast verdeckt.

Sie stiegen eine kurze, rissige Betontreppe hinauf in die Diele des Holzhauses. Sie war verlassen. Seth sagte, er müsse gehen und sich waschen und ließ Mr. Biswas allein. Es war eine geräumige Diele, die nach Rauch und altem Holz roch. Die hellgrüne Farbe war matt und schäbig geworden, und das Holz offenbarte die Verwüstungen der Holzläuse, die das Holz so neu aussehen ließen, wo es verrottet war. Dann erlebte Mr. Biswas noch eine Überraschung. Durch die Tür am anderen Ende sah er die Küche. Und die Küche hatte Lehmwände. Sie war niedriger als die Diele und schien überhaupt kein Licht zu bekommen. Der Türeingang klaffte dunkel; Ruß befleckte die Wände drum herum und die Decke darüber, so daß die Küche mit Schwärze wie mit einer festen Substanz ausgefüllt war.

Das wichtigste Möbelstück in der Diele war ein langer, unlackierter Tisch aus Pechkiefer, stark gemasert und angeschlagen. Über einer Ecke des Raums hing eine Hängematte aus Zuckersäcken. Eine alte Nähmaschine, ein Kinderstuhl und eine trommelförmige Keksdose belegten eine andere Ecke. In der Gegend verstreut standen eine Reihe einzelner Stühle, Hocker und Bänke, von denen eine niedrige, mit groben Ornamenten aus einem massiven Cordienholzklotz geschnitzte Bank noch die Safranfarbe hatte, an der man sah, daß sie bei einer Hochzeitszeremonie gebraucht worden war. Elegantere Stücke — ein Toilettentisch, ein Schreibtisch, ein Klavier, so unter Papieren und Körben und anderen Sachen begraben, daß es wohl kaum je benutzt wurde — verstopften den Treppenabsatz. Auf der anderen Seite der Diele war eine seltsam konstruierte Empore. Sie sah aus, als hätte man oben aus der Wand eine riesige Schublade gezogen; in den freigemachten Raum, dunkel und staubig, waren alle möglichen Sachen, die Mr. Biswas nicht unterscheiden konnte, gezwängt.

Er hörte ein Knarren auf der Treppe und sah über silberberingten Knöcheln einen langen weißen Rock und einen langen, weißen Petticoat tanzen. Es war Mrs. Tulsi. Sie bewegte sich langsam; an ihrem Gesicht sah er, daß sie den Nachmittag im Bett verbracht hatte. Ohne seine Anwesenheit zur Kenntnis zu nehmen, setzte sie sich auf eine Bank und ließ, als sei sie schon müde, ihre juwelengeschmückten Arme auf dem Tisch ruhen. Er sah, daß ihre weiche, beringte Hand seinen Zettel hielt.

»Sie haben das geschrieben?«
Er tat sein Bestes, verdutzt auszusehen. Er blickte angestrengt auf den Zettel und streckte eine Hand aus, um ihn zu nehmen. Mrs. Tulsi zog den Zettel weg und hielt ihn hoch.
»Das? Ich hab' das nicht geschrieben. Warum sollte ich das schreiben wollen?«
»Ich dachte nur, weil jemand gesehen hat, wie Sie es hingelegt haben.«
Die Stille draußen wurde gebrochen. Das hohe Tor in der Wellblechumzäunung an der Seite des Hofes schlug ein paarmal, und der Hof füllte sich mit dem Geschlurfe und Geschnatter von Kindern, die aus der Schule kamen. Sie gingen unter der Galerie, die die hervorstehende Empore bildete, zur Seite des Hauses. Ein Kind weinte; ein anderes erklärte warum; eine Frau verlangte brüllend Ruhe. Aus der Küche kamen Geräusche reger Tätigkeit. Auf einmal gab das Haus das Gefühl, bevölkert und voll zu sein.
Seth kam in die Diele zurück, seine Halbstiefel hallten auf dem Boden. Er hatte sich gewaschen und war ohne Tropenhelm; sein feuchtes, graugesträhntes Haar war glatt gekämmt. Er setzte sich gegenüber von Mrs. Tulsi an den Tisch und drehte eine Zigarette in seine Zigarettenspitze.
»Was?« sagte Mr. Biswas. »Jemand hat gesehen, wie ich *das* hingelegt habe?«
Seth lachte. »Nichts, weswegen man sich schämen muß.« Er preßte seine Lippen über der Zigarettenspitze zusammen und öffnete zum Lachen nur die Mundwinkel.
Mr. Biswas war verblüfft. Es wäre verständlicher gewesen, wenn sie seine Erklärung entgegengenommen und ihm befohlen hätten, nie wieder in ihr Haus zu kommen.
»Ich glaube, ich kenne Ihre Familie«, sagte Seth.
In der Galerie draußen und in der Küche herrschte jetzt ein ständiges Kommen und Gehen. Aus dem schwarzen Türbogen kam eine Frau mit einem Messingteller und

einer blaugerandeten Emailletasse. Sie setzte sie vor Mrs. Tulsi hin und eilte ohne ein Wort, ohne rechts oder links zu schauen, in die Schwärze der Küche zurück. Die Tasse enthielt milchigen Tee, der Teller *Roti* und Currybohnen. Eine andere Frau brachte auf ähnlich zuvorkommende Weise Seth das gleiche Essen. Mr. Biswas erkannte beide Frauen als Shamas Schwestern; Kleidung und Benehmen zeigten, daß sie verheiratet waren.

Mrs. Tulsi, mit dem *Roti* als Schaufel ein paar Bohnen aufnehmend, sagte zu Seth: »Ob's besser ist, ihm was zu essen zu geben?«

»Wollen Sie was essen?« Seth sprach, als würde es ihn amüsieren, wenn Mr. Biswas nicht essen wollte.

Mr. Biswas mochte nicht, was er sah und schüttelte den Kopf.

»Ziehen Sie sich den Stuhl ran, und setzen Sie sich hierhin«, sagte Mrs. Tulsi und rief, kaum die Stimme erhebend: »C, bring eine Tasse Tee für diesen Menschen.«

»Ich kenne Ihre Familie«, wiederholte Seth. »Wer ist Ihre Familie noch einmal?«

Mr. Biswas wich der Frage aus. »Ich bin der Neffe von Ajodha, Pagotes.«

»Natürlich«. Fachmännisch warf Seth die Zigarette aus der Spitze auf den Boden und zertrat sie mit seinen Halbstiefeln, Rauch aus den Nasenlöchern nach unten und aus dem Mund nach oben zischend. »Ajodha kenne ich. Hab' ihm Land verkauft. Dhankus Land«, sagte er zu Mrs. Tulsi gewandt.

»Ach ja«, Mrs. Tulsi aß weiter, ihre gepanzerte Hand hoch über den Teller hebend.

C entpuppte sich als die Frau, die Mrs. Tulsi bedient hatte. Sie sah Shama ähnlich, war aber kleiner und robuster, und ihre Züge waren nicht so fein. Ihr Schleier war sittsam über die Stirn gezogen, aber als sie Mr. Biswas seine Tasse Tee brachte, starrte sie ihn freimütig und unbeeindruckt an. Er versuchte zurückzustarren, war aber zu langsam; sie hatte sich schon umgedreht und ging leichten Fußes flink weg. Er führte die hohe Tasse an die Lippen und nahm einen langsamen und geräuschvollen Schluck, wobei er sein Spiegelbild im Tee betrachtete und über Seths Position in der Familie nachdachte.

Als er jemand anders in die Diele kommen hörte, stellte er die Tasse ab. Es war ein großer, schlanker, lächelnder Mann, der ganz in Weiß gekleidet war. Sein Gesicht war sonnenverbrannt, und seine Hände waren rauh. Atemlos, unter Seufzen, Lachen und Schlucken berichtete er Seth von verschiedenen Tieren. Er schien bestrebt, müde auszusehen und zu gefallen. Seth sah erfreut aus. C kam wieder aus der Küche und folgte dem Mann nach oben; er war offensichtlich ihr Ehemann.

Mr. Biswas trank noch einen Schluck Tee, studierte sein Spiegelbild und fragte sich, ob jedes Paar einen Raum für sich hatte; er fragte sich auch, wie und wo man die Kinder schlafen ließ, die er draußen in der Galerie hörte, wo sie brüllten und kreischten und geohrfeigt wurden (nur von den Müttern?), die Kinder, die er unter der Tür zur Küche sah, von wo sie ihn verstohlen betrachteten, bevor sie von beringten Händen weggezogen wurden.

»Sie mögen das Kind also wirklich?«

Es dauerte einen Augenblick oder so, ehe Mr. Biswas hinter seiner Tasse erkannte, daß Mrs. Tulsi die Frage an ihn gerichtet hatte und noch einen Moment, ehe er wußte, wer das Kind war.

Er hatte das Gefühl, nein zu sagen, wäre taktlos. »Ja«, sagte er, »ich mag das Kind.«

Mrs. Tulsi kaute und sagte nichts.

Seth sagte: »Ich kenne Ajodha. Soll ich hingehen und ihn besuchen?«

Unverständnis, Überraschung und dann Panik befielen Mr. Biswas. »Das Kind«, sagte er verzweifelt, »was ist mit dem Kind?«

»Was ist mit ihm?« sagte Seth. »Es ist ein gutes Kind. Kann sogar ein bißchen lesen und schreiben.«
»Ein bißchen lesen und schreiben —«, echote Mr. Biswas in dem Versuch, Zeit zu gewinnen.
Kauend, *Roti* und Bohnen geschickt mit der rechten Hand schaufelnd, machte Seth mit der linken eine wegwerfende Geste: »Nur ein bißchen. Gerade so viel. Kein Grund zur Beunruhigung. In zwei oder drei Jahren vergißt sie's vielleicht sogar.« Und er stieß ein kurzes Lachen aus. Er trug falsche Zähne, die beim Kauen klapperten.
»Das Kind —«, sagte Mr. Biswas.
Mrs. Tulsi starrte ihn an.
»Ich meine«, sagte Mr. Biswas, »weiß das Kind etwas?«
»Überhaupt nichts«, sagte Seth beschwichtigend.
»Ich meine«, sagte Mr. Biswas, »mag das Kind mich?«
Mrs. Tulsi sah aus, als könnte sie das nicht verstehen. Kauend hob sie mit ihrer freien Hand Mr. Biswas' Zettel und sagte mit nachklingenden, glucksenden Tönen: »Was ist denn los? *Sie* mögen das Kind nicht?«
»Doch«, sagte Mr. Biswas hilflos, »ich mag das Kind.«
»Das ist die Hauptsache«, sagte Seth. »Wir wollen Sie zu nichts zwingen. Zwingen wir Sie?«
Mr. Biswas blieb stumm.
Seth lachte noch einmal geringschätzig auf und goß sich Tee in den Mund, die Tasse hielt er von den Lippen weg, zwischen dem Eingießen kaute und klapperte er. »Na, Junge, zwingen wir Sie?«
»Nein«, sagte Mr. Biswas, »Sie zwingen mich nicht.«
»In Ordnung also. Was regt Sie dann auf?«
Mrs. Tulsi lächelte Mr. Biswas an. »Der arme Junge ist schüchtern. Ich weiß.«
»Ich bin *nicht* schüchtern, und ich bin *nicht* aufgeregt«, sagte Mr. Biswas, und die Schärfe in seiner Stimme verwirrte ihn so, daß er leise fortfuhr: »Es ist nur, daß — also, es ist nur, weil ich kein Geld habe, um ans Heiraten denken zu können.«

Mrs. Tulsi wurde so streng, wie er sie morgens im Laden erlebt hatte. »Warum haben Sie das dann geschrieben?« Sie schwenkte den Zettel.
»Hach! Mach dir keine Sorgen wegen ihm«, sagte Seth. »Kein Geld! Ajodhas Familie und kein Geld!«
Mr. Biswas dachte, etwas zu erklären, wäre sinnlos.
Mrs. Tulsi wurde ruhiger. »Wenn dein Vater sich um Geld gesorgt hätte, hätte er nie geheiratet.«
Seth nickte feierlich.
Der Gebrauch des Ausdrucks »dein Vater« machte Mr. Biswas stutzig. Zuerst hatte er gedacht, sie redete allein Seth an, dann aber erkannte er, daß die Aussage einen tieferen und beunruhigenden Sinn hatte.
Aus der Küchentür lugten die Gesichter von Kindern und Frauen.
Die Welt war zu klein, die Familie der Tulsis zu groß. Er fühlte sich wie in einer Falle gefangen.
Wie oft bereute Mr. Biswas in den kommenden Jahren im Hanuman-Haus oder in dem Haus in Shorthills oder in dem Haus in Port-of-Spain, wo sie in einem Raum lebten und einige seiner Kinder auf dem Bett nebenan schliefen und Shama, die Närrin, die schwarze Baumwollstrümpfe anbot, mit den anderen Kindern unten schlief, seine Schwäche, seine Sprachlosigkeit an dem Abend! Wie oft versuchte er, die Ereignisse großartiger aussehen zu lassen, durchdachter und weniger absurd, als sie waren!
Und das Absurdeste des Abends sollte noch kommen. Als er das Hanuman-Haus verlassen hatte und nach Pagotes zurückradelte, fühlte er sich tatsächlich freudig erregt! In der großen, muffigen Diele mit der rußigen Küche an einem Ende, dem mit Möbeln verstellten Treppenabsatz zur einen und der dunklen, spinnwebverhangenen Empore zur anderen Seite, war er von Seth und Mrs. Tulsi und den ganzen Frauen und Kindern der Tulsis überwältigt und eingeschüchtert gewesen; sie waren fremd und ihm zu

gewaltig vorgekommen; nichts hatte er so sehr gewünscht, als von diesem Haus befreit zu sein. Aber das Hochgefühl, das er jetzt empfand, war nicht das der Erleichterung. Er hatte das Gefühl, in große Ereignisse verwickelt gewesen zu sein. Er hatte das Gefühl, endlich sei er wer.

Sein Weg führte über die Landstraße und die östliche Hauptstraße. Beide waren auf weite Strecken von Häusern gesäumt, die ehrgeizig, nicht fertiggestellt, nicht gestrichen, oft skelettartig waren mit ihrem hölzernen Balkenwerk, das grau geworden war und verschimmelt, während die Eigentümer in einem oder zwei nur unvollkommen abgeschlossenen Räumen lebten. Durch unfertige Zwischenwände, aus Pappkartons, Blech und Leinwand zusammengestoppelt, konnte man die Wäsche der Familie sehen, die wie Flaggen an Schnüren hingen, die quer durch die unbewohnten Räume gespannt waren; Betten waren nicht zu sehen, nur ein Tisch oder Stuhl vielleicht und viele Kartons. Zweimal am Tag radelte er an diesen Häusern vorbei, aber an diesem Abend sah er sie wie zum ersten Mal. Von einem solchen Mißerfolg, der bis zu diesem Morgen auf ihn gewartet hatte, machte er sich mit einem Schlag frei.

Und als ihn Alec an dem Abend auf seine freundlich spöttische Art fragte: »Was macht das Mädchen, Mann?« antwortete Mr. Biswas glücklich: »Tja, ich hab' mit der Mutter gesprochen.«

Alec war wie benommen. »Die Mutter? Aber in was hast du dich da reinmanövriert, um Himmels willen?«

Mr. Biswas' ganze Angst kam wieder, aber er sagte: »Das ist in Ordnung. Ich halte die Augen auf. Gute Familie, weißt du. Geld, jede Menge Land. Kein Schildermalen mehr für mich.«

Alec sah nicht gerade beruhigt aus. »Wieso hast du das so schnell geschafft?«

»Tja, ich seh' das Mädchen, weißt du. Ich seh' das Mädchen,

und sie guckt mich an, und ich guck' sie an. Ich raspel also 'n bißchen Süßholz, und ich sehe, die hat mich auch gern. Und, na ja, langer Rede kurzer Sinn, ich bitte drum, die Mutter zu sehen. Reiche Leute, weißt du. Großes Haus.«
Aber er war beunruhigt und verwandte an dem Abend viel Zeit darauf, sich zu überlegen, ob er zum Hanuman-Haus zurückgehen sollte. Er bekam langsam das Gefühl, daß er es war, der gehandelt hatte, und wollte nicht mehr glauben, daß er sich dumm benommen hatte. Und schließlich sah das Mädchen gut aus. Und es würde eine ansehnliche Brautgabe geben. Dagegen konnte er nur seine Furcht und ein Bedauern setzen, das er keinem erklären konnte: Er würde auf ewig die Romantik verlieren, denn Romantik konnte es im Hanuman-Haus nicht geben.
Am Morgen sah alles so gewöhnlich aus, daß sowohl seine Furcht als auch sein Bedauern unwirklich wurden und er keinen Grund sah, weshalb er sich ungewöhnlich benehmen sollte.
Er fuhr zurück in den Tulsi-Laden und strich eine Säule an.
Zum Mittagessen wurde er in die Diele zu Linsen, Spinat und einem Berg Reis auf einem Messingteller eingeladen. Den ganzen Kieferntisch entlang schwirrten Fliegen über frisch verkleckertes Essen. Er mochte das Essen nicht und mochte auch nicht von Messingtellern essen. Mrs. Tulsi, die selbst nicht aß, saß neben ihm, starrte auf seinen Teller, verjagte mit einer Hand die Fliegen und erzählte.
Einmal lenkte sie seine Aufmerksamkeit auf ein gerahmtes Foto an der Wand unter der Empore. Das am Rand und vielen anderen Stellen verschwommene Foto zeigte einen schnauzbärtigen Mann in Turban, Jackett und Dhoti, mit Gebetsperlen um den Hals, Kastenabzeichen auf der Stirn und einem aufgespannten Schirm in der linken Armbeuge. Es war Pandit Tulsi.
»Wir hatten nie Streit«, sagte Mrs. Tulsi. »Angenommen,

ich wollte nach Port-of-Spain fahren und er nicht. Glauben Sie, wir hätten uns über so etwas gestritten? Nein, wir setzten uns hin und redeten darüber, und er sagte: ›Gut, laß uns fahren.‹ Oder ich sagte: ›Gut, fahren wir *nicht.*‹ So waren wir, wissen Sie.«

Sie war fast rührselig geworden, und Mr. Biswas versuchte, beim Kauen ernsthaft auszusehen. Er kaute langsam und fragte sich, ob er nicht ganz aufhören solle; aber jedesmal, wenn er aufhörte zu essen, hörte Mrs. Tulsi auf zu reden.

»Dieses Haus«, sagte Mrs. Tulsi und schneuzte sich, mit dem Schleier über die Augen wischend und eine matte Handbewegung machend, »dieses Haus — das hat er mit eigenen Händen gebaut. Diese Wände sind nicht aus Beton, wissen Sie. Haben Sie das gewußt?«

Mr. Biswas aß weiter.

»Sie haben wie Beton für Sie ausgesehen, oder nicht?«

»Ja, sie haben wie Beton ausgesehen.«

»Sie sehen für *alle* wie Beton aus. Aber alle vertun sich. Die Wände sind in Wirklichkeit aus Tonziegel. Tonziegel«, wiederholte sie und starrte, darauf wartend, daß er etwas sagte, auf Mr. Biswas' Teller.

»Tonziegel!« sagte er. »Das hätte ich nie gedacht.«

»Tonziegel. Und er hat jeden Ziegel selbst gemacht. Direkt hier. In Ceylon.«

»Ceylon?«

»So nennen wir den Hof hinten. Haben Sie den nicht gesehen? Ein schönes Stück Land. Viele Blütenbäume. Er liebte Blumen sehr, wissen Sie. Wir haben auch noch die Ziegelfabrik und alles da. Viele Leute wissen nicht Bescheid über dieses Haus. Ceylon. Sie fangen besser mal an, diese Namen kennenzulernen.« Sie lachte, und Mr. Biswas durchzuckte Angst. »Und dann«, fuhr sie fort, »fuhr er eines Tages nach Port-of-Spain, um etwas zu organisieren, weil er uns alle nach Indien zurückbringen wollte. Nur für eine Reise, wissen Sie. Und dann kam dieses Auto und fuhr ihn um, und er starb. Starb«, wiederholte sie und wartete.

Mr. Biswas schluckte eilig und sagte: »Das muß ein Schlag gewesen sein.«

»Es war ein Schlag. Nur eine Tochter verheiratet. Zwei Söhne zu erziehen. Es war ein Schlag. Und wir hatten kein Geld, wissen Sie.«

Das war Mr. Biswas neu. Er verbarg seine Bestürzung, indem er auf seinen Messingteller hinabsah und angestrengt kaute.

»Und Seth sagt, und ich stimme ihm bei, daß man, wenn der Vater tot ist, nicht zu viel Aufhebens machen soll, wenn man Leute verheiratet. Wissen Sie« — sie hob ihre schwer mit Armbändern behängten Arme und machte eine ungelenke Tanzbewegung, die sie sehr amüsierte — »Trommeln und Tanzen und große Mitgift. Davon halten wir nichts. Das überlassen wir Leuten, die angeben wollen. Sie kennen diese Sorte Leute. Immer todschick angezogen. Aber gehen Sie mal und gucken, wo die rauskommen. Sie kennen ja diese Häuser an der Landstraße. Halb gebaut. Keine Möbel. Nein, so sind wir nicht. Und dann war dieses ganze Theater ums Heiraten eher etwas für altmodische Leute wie mich. Nicht für Sie. Denken Sie, es ist wichtig, wie Leute heiraten?«

»Eigentlich nicht.»

»Sie erinnern mich ein bißchen an *ihn.*«

Er folgte ihrem Blick auf andere Fotos von Pandit Tulsi an der Wand. Eins davon zeigte ihn flankiert von Topfpalmen vor dem Sonnenuntergang eines Fotografenstudios. Auf einem anderem stand er, eine kleine, undeutliche Figur, unter der Arkade des Hanuman-Hauses; dahinter lag die Hauptstraße, die leer war, abgesehen von einem zerbrochenen Faß, das als klares Detail hervorstach, weil es näher zu der Kamera lag. (Wie haben sie die Straße leer bekommen, fragte sich Mr. Biswas. Vielleicht war es Sonn-

tagmorgen, oder vielleicht hatten sie Seile gespannt, um die Bevölkerung fern zu halten.) Dann gab es noch ein Foto von ihm hinter der Balustrade. Auf jedem Foto trug er den aufgespannten Schirm.
»Er hätte Sie gemocht«, sagte Mrs. Tulsi. »Er wäre stolz gewesen, wenn er gewußt hätte, daß Sie eine seiner Töchter heiraten. Er hätte sich nicht von Dingen beunruhigen lassen wie Ihrem Beruf oder Ihrem Geld. Er sagte immer, das einzige, das zählt, sei das Blut. Ich brauche Sie nur anzusehen und erkenne, daß Sie von gutem Blut abstammen. Eine einfache kleine Zeremonie auf dem Standesamt ist alles, was Sie brauchen.«
Und Mr. Biswas fand, daß er eingewilligt hatte.

Im Hanuman-Haus hatte alles einfach und vernünftig ausgesehen. Draußen war er niedergeschmettert. Er hatte keine Zeit gehabt, über die Probleme nachzudenken, die die Ehe mit sich bringen würde. Jetzt schienen sie gewaltig zu sein. Was würde mit seiner Mutter geschehen? Wo würde er wohnen? Er hatte kein Geld und keinen Beruf, denn Schildermalen war zwar gut genug für einen Jungen, der bei seiner Mutter wohnte, aber wohl kaum ein sicherer Beruf für einen verheirateten Mann. Um ein Haus zu bekommen, müßte er erst Arbeit bekommen. Er brauchte viel Zeit, aber die Tulsis ließen ihm überhaupt keine, obwohl sie seine Umstände kannten. Er nahm an, daß sie beschlossen hatten, mehr als eine Mitgift zu geben, daß sie mit einer Arbeit oder einem Haus oder beidem helfen würden. Er hätte das gerne mit Seth und Mrs. Tulsi besprochen, aber sie waren unerreichbar geworden, seitdem sie das Aufgebot bestellt hatten.
In Pagotes war niemand, mit dem er reden konnte, denn pure Scham hatte ihn davon abgehalten, Tara oder Bipti oder Alec zu erzählen, daß er heiraten würde. Im Hanuman-Haus, in dem Gedränge von Töchtern, Schwieger-

söhnen und Kindern, begann er, sich verloren vorzukommen, unwichtig und sogar verängstigt. Keiner kümmerte sich besonders um ihn. Während der allgemeinen Mahlzeiten wurde er vielleicht schon einmal einbezogen; aber bis jetzt hatte er noch keine Ehefrau, die ihn heraussuchte, um ihm besondere Aufmerksamkeit zu schenken, die kleinen Dienste zu erweisen, die er Shamas Schwestern ihren Männern erweisen sah: den bereitgehaltenen Schöpflöffel, die Erkundigungen, die höfliche Anteilnahme. Shama sah er selten, und wenn, ignorierte sie ihn demonstrativ.

Nie fiel ihm ein, daß er sich zurückziehen könnte. Er dachte, er hätte sich in jeder rechtlichen und moralischen Hinsicht festgelegt. Und eines Morgens erzählte er Bipti, daß er wegen eines Auftrags kurze Zeit weg sei, nahm seine Kleider und zog ins Hanuman-Haus. Es war nur halb gelogen; er konnte nicht glauben, daß die Ereignisse, an denen er teilnahm, irgendeine Beständigkeit hätten und ihn irgendwie ändern könnten. Dafür waren die Tage zu gewöhnlich; nichts Außergewöhnliches konnte ihm widerfahren. Und bald, das wußte er, würde er unverändert in die Hintergasse zurückkehren. Als Garantie für diese Rückkehr ließ er die meisten seiner Kleider und alle seine Bücher in der Hütte; zum Teil hatte er Bipti auch angelogen, um diese Rückkehr zu garantieren.

Nach einer kurzen Zeremonie auf dem Standesamt, die genauso künstlich war wie ein Kinderspiel, mit Papierblumen in verschiedenen Vasen auf einem strohfarbenen, offiziös aussehendem Schreibtisch, wurde Mr. Biswas und Shama ein Teil eines langen Raums im obersten Stock des Holzhauses zugeteilt.

Und jetzt wurde er vorsichtig. Jetzt dachte er an Flucht. Um sich den Weg dafür frei zu halten, hielt er es für wichtig, die letzte Bindung zu vermeiden. Er umarmte oder berührte sie nicht. Er hätte außerdem nicht gewußt, wie er das hätte anfangen sollen bei einer, die noch kein

Wort mit ihm gesprochen hatte und die er immer noch mit dem spöttischen Lächeln sah, das sie ihm an dem Morgen im Geschäft gezeigt hatte. Weil er nicht in Versuchung kommen wollte, schaute er sie nicht an und war erleichtert, als sie das Zimmer verließ. Den Rest des Tages verbrachte er eingesperrt, wo er war, und lauschte auf die Geräusche des Hauses.

Weder an diesem Tag noch an den folgenden Tagen sprach jemand zu ihm von Mitgift, Haus oder Arbeit, und er erkannte, daß keine Diskussion stattgefunden hatte, weil Mrs. Tulsi und Seth keine Probleme sahen, die zu diskutieren waren. Das Haus der Tulsis war einfach organisiert. Mrs. Tulsi hatte nur ein Dienstmädchen, eine Negerin, die von Seth und Mrs. Tulsi Blackie und von allen anderen Miss Blackie gerufen wurde. Miss Blackies Pflichten waren unklar. Die Töchter und ihre Kinder fegten und wuschen und kochten und bedienten im Laden. Die Ehemänner arbeiteten unter Seths Aufsicht auf dem Land der Tulsis, versorgten das Vieh der Tulsis und bedienten im Laden. Als Gegenleistung bekamen sie Essen, Unterkunft und ein wenig Geld, ihre Kinder wurden versorgt, und von den Leuten draußen wurden sie mit Respekt behandelt, weil sie mit der Tulsi-Familie verwandt waren. Ihre Namen waren vergessen; sie wurden Tulsis. Es gab Töchter, die in der Ehelotterie der Tulsis Männer mit Geld und Stellung gezogen hatten; diese Töchter folgten dem Hindubrauch, bei den Familien ihrer Männer zu leben, und gehörten nicht zur Tulsi-Organisation.

Bis dahin hatte Mr. Biswas gedacht, daß die Tulsis ihm besonders wohlgesonnen gewesen wären. Aber als er endlich sah, wie die Familie sich ihrer Töchter entledigte, wunderte er sich, daß Seth und Mrs. Tulsi sich an zwei aufeinanderfolgenden Tagen solche Mühe gegeben hatten, ihm die Ehe attraktiv zu machen. Einfach weil er der richtigen Kaste angehörte, hatten sie Shama an ihn verhei-

ratet, genauso wie sie die Tochter namens C an einen Kokosverkäufer verheiratet hatten, der weder lesen noch schreiben konnte.
Mr. Biswas hatte weder Geld noch Stellung. Von ihm erwartete man, daß er ein Tulsi wurde.
Auf einmal rebellierte er.
Er tat so, als wüßte er nicht, was von ihm erwartet wurde, malte die Schilder für das Tulsi-Geschäft zu Ende und entschied, daß die Zeit reif sei zur Flucht, ob mit oder ohne Shama. Es sah aus, als müßte sie ohne sie stattfinden. Sie hatten immer noch nicht zusammen gesprochen, und getreu seiner Politik der Vorsicht hatte er in dem langen Zimmer nicht versucht, irgendeine Beziehung zu ihr herzustellen. Er war überzeugt, daß sie durch und durch eine Tulsi war. Und er war froh über seine Vorsicht, als sie sich ganz öffentlich in der Diele, von Schwestern, Schwägern, Neffen und Nichten umgeben, aufs Weinen verlegte und sagte, daß Mr. Biswas weniger als zwei Wochen verheiratet sei, aber schon sein Bestes täte, um ihr das Herz zu brechen und Unruhe in der Familie zu stiften.
In einem ungeheuren Wutanfall begann Mr. Biswas, seine Pinsel und Kleider zusammenzupacken.
»Ja, nimm deine Kleider und geh«, sagte Shama. »Mit nichts als einer billigen Khakihose und einem dreckigen alten Hemd bist du in dieses Haus gekommen.«
Er verließ das Hanuman-Haus und ging zurück nach Pagotes.

Er fühlte sich unverändert, unverheiratet. Er hatte einfach einen tüchtigen Schrecken bekommen, aber alles gut geregelt und war noch einmal davongekommen.
In Pagotes jedoch merkte er, daß seine Heirat kein Geheimnis mehr war. Bipti begrüßte ihn mit Freudentränen. Sie sagte, sie hätte immer gewußt, daß er sie nicht im Stich lassen würde. Sie hätte es nie gesagt, aber immer im

Gefühl gehabt, daß er in eine gute Familie einheiraten würde. Jetzt könne sie glücklich sterben. Wenn sie länger leben sollte, hätte sie etwas, das ihr das Alter heiterer machte. Mr. Biswas dürfe sich wegen seiner Verschwiegenheit keine Vorwürfe machen; er solle sich um sie überhaupt keine Gedanken machen; er müsse sein eigenes Leben leben.

Und trotz seiner Proteste zog sie ihre besten Kleider an und fuhr am nächsten Tag nach Arwacas. Überwältigt von Mrs. Tulsis Güte, Shamas Bescheidenheit und der Pracht des Hanuman-Hauses kam sie zurück.

Sie beschrieb ein Haus, das er kaum kannte. Sie erzählte von einem Wohnraum mit zwei hohen, thronartigen Mahagonistühlen, Topfpalmen und Farnen in riesigen Messingvasen auf Tischen mit Marmorplatten, mit religiösen Gemälden und vielen hinduistischen Skulpturen. Sie erzählte von einem Gebetsraum darüber, der mit seinen schlanken Säulen wie ein Tempel aussah: ein niedriger, kühler, weißer Raum, leer bis auf die heilige Stätte in der Mitte.

Sie hatte nur die oberen Stockwerke des Beton-, oder besser, Ziegelgebäudes gesehen. Er sagte ihr nicht, daß dieser Teil des Hauses für Besucher, Mrs. Tulsi, Seth und die beiden nachgeborenen Söhne von Mrs. Tulsi reserviert war. Und er hielt es für besser, über das alte Holzhaus, das von der Familie »die alte Baracke« genannt wurde, Stillschweigen zu bewahren.

Zwei Tage lang versteckte er sich in der Hintergasse, weil er sich nicht traute, Alec oder den Jungen Bhandats unter die Augen zu treten. Am dritten Tag empfand er das Bedürfnis nach wervollerem Trost, als Bipti ihm geben konnte und ging abends zu Tara. Er kam zum Seiteneingang herein. Aus dem Kuhstall kam ein vertrautes frühabendliches Geräusch: das gemächliche Sichdrehen und Wenden und Rascheln von Kühen in einem mit frischem

Stroh ausgelegtem Stall. Auf der hinteren Veranda vor Taras Küche schien ein warmes Licht. Er hörte das gleichmäßige Geleier von jemandem, der laut vorlas.
Er fand Ajodha langsam schaukelnd vor, den Kopf mit gerunzelter Stirn zurückgelegt, die Augen geschlossen, die Augenlider vor Angst zuckend, während Bhandats jüngerer Sohn *Dein Körper* vorlas.
Als er Mr. Biswas sah, hörte Bhandats Junge auf zu lesen, seine Augen strahlten vor Spott auf, und das Lächeln auf seinem Gesicht mit dem vorstehenden Kiefer war ein Hohn.
Ajodha öffnete die Augen und stieß einen schadenfrohen Schrei aus. »Verheirateter Mann!« schrie er auf Englisch. »Verheirateter Mann!«
Mr. Biswas lächelte und sah einfältig drein.
»Tara, Tara«, rief Ajodha, »komm und sieh dir deinen verheirateten Neffen an.«
Würdevoll kam sie aus der Küche, umarmte Mr. Biswas und weinte so lange, daß er mit Trauer und einem tiefen Gefühl des Verlustes zu spüren begann, daß er wirklich verheiratet war, daß er sich auf eine unumstößliche Weise geändert hatte. Sie löste den Knoten im Ende ihres Schleiers und nahm einen Zwanzigdollarschein heraus. Eine Weile machte er Einwände, dann nahm er ihn.
»Verheirateter Mann!« schrie Ajodha wieder.
Tara führte Mr. Biswas in die Küche und gab ihm zu essen. Und während auf der Veranda Bhandats Sohn weiter *Dein Körper* vorlas, wobei ständig die Motten gegen den Glaszylinder der Öllampe schlugen, redeten sie und Mr. Biswas miteinander. Ihr Gesicht konnte nicht verbergen, wie unglücklich und enttäuscht sie war, und das gab ihm Mut, bitter über die Tulsis zu reden.
»Und was für eine Mitgift haben sie dir gegeben?« fragte sie.
»Mitgift? So altmodisch sind die nicht. Keinen Penny haben sie mir gegeben.«

»Standesamt?«
Er biß in eine Scheibe eingelegte Mango und nickte.
»Das ist eine moderne Sitte«, sagte Tara, »und wie die meisten modernen Sitten sehr wirtschaftlich.«
»Sie haben mich noch nicht einmal für die Schilder bezahlt.«
»Du hast nicht gefragt?«
»Doch«, log er, »aber du kennst diese Leute nicht.« Es hätte ihn beschämt, die Organisation des Tulsi-Hauses zu erklären und zu sagen, daß seine Schilder wahrscheinlich als Beitrag zum Familienstreben betrachtet wurden.
»Überlaß das nur mir«, sagte Tara.
Sein Herz sank. Er hatte sich gewünscht, daß sie erklärte, er sei frei, er brauche nicht zurückzugehen, er könne die Tulsis und Shama vergessen.
Und er war kein bißchen glücklicher, als sie zum Hanuman-Haus ging und mit guten Nachrichten, wie sie sagte, zurückkam. Er sollte nicht ewig im Hanuman-Haus leben; die Tulsis hätten beschlossen, ihn sobald wie möglich in einem Geschäft in einem Dorf namens The Chase zu etablieren.
Er war verheiratet. Nichts außer dem Tod konnte das nun ändern.
»Sie haben mir erzählt, daß sie dir nur aus der Not helfen wollten«, sagte Tara. »Sie haben gesagt, du hättest keine Mitgift oder große Hochzeit haben wollen, und sie haben es nicht angeboten, weil es eine Liebesheirat war.« In ihrer Stimme lag ein Vorwurf.
»Liebesheirat!« schrie Ajodha. »Rabidat, hör dir das an.« Er boxte Bhandats Jüngsten in den Bauch. »Liebesheirat!« Rabidat lächelte verächtlich.
Mr. Biswas sah Rabidat wütend und anklagend an. Rabidat machte er mehr als jeden anderen für seine Heirat verantwortlich, und gern hätte er gesagt, daß Rabidats Stichelei ihn veranlaßt hatte, Shama diesen Zettel zu

schreiben. Statt dessen sagte er, Ajodhas Gekichere und Gekreische ignorierend: »Liebesheirat? Was für eine Liebesheirat? Sie lügen.«

Enttäuscht und müde sagte Tara: »Sie haben mir einen Liebesbrief gezeigt.« Sie gebrauchte das englische Wort; es klang verrucht.

Ajodha schrie wieder: »Liebesbrief! Mohun!«

Bhandats Junge grinste weiter.

Ihre Stimmung schien Tara anzustecken. »Mrs. Tulsi hat mir gesagt, daß sie glaubte, du wolltest mit deinem Schildermalen weitermachen und daß das Hanuman-Haus der beste Ausgangsort für die Arbeit sei.« Sie hatte angefangen zu lächeln. »Es ist alles in Ordnung jetzt, Junge. Du kannst zu deiner Frau zurückgehen.«

Die Betonung, die sie dem Wort »Frau« gab, kränkte Mr. Biswas.

»Du hast dich richtig in die Patsche gesetzt«, fügte sie etwas mitleidiger hinzu. »Und ich hatte so schöne Pläne für dich.«

»Ich wünschte, du hättest sie mir gesagt«, sagte er ohne Ironie.

»Geh zurück und hol deine Frau«, sagte Ajodha.

Er schenkte Ajodha keine Beachtung und fragte Tara auf Englisch: »Sie gefällt dir?«

Tara zuckte die Achseln und sagte, es ginge sie nichts an, und das verletzte Mr. Biswas, denn es unterstrich seine Einsamkeit: Taras Interesse an Shama hätte vielleicht alles etwas erträglicher gemacht. Er dachte, er würde jetzt dieselbe Gleichgültigkeit an den Tag legen. Leichthin, Ajodhas Lächeln erwidernd, fragte er Tara: »Ich vermute, die sind sauer auf mich jetzt da drüben, was?«

Sein Ton erzürnte sie. »Was ist denn los? Hast du schon Angst vor ihnen, wie all die anderen Männer in dem Haus?«

»Angst? Nein. Du kennst mich nicht.«

Aber es dauerte ein paar Tage, bevor er sich entschließen konnte, zurückzugehen. Er wußte nicht, was ihm zustand, glaubte nicht an das Geschäft in The Chase, und seine Pläne waren vage. Er bezweifelte nur, daß er in die Hintergasse zurückkehren würde, und als er packte, packte er alles ein, während Bipti die ganze Zeit vor Glück weinte. Als er an den unfertigen, offenstehenden Häusern an der Landstraße vorbeiradelte, fragte er sich, wieviele Nächte er hinter der verschlossenen Fassade des Hanuman-Hauses verbringen würde.

»Was?« sagte Shama auf Englisch. »Du kommst schon zurück? Hast du es satt, in Pagotes Krebs zu fangen?«
Der Krebsfänger galt trotz der Abenteuerlichkeit und Gefährlichkeit seines Berufs als der Niedrigste unter den Niedrigen.
»Ich dachte, ich würde kommen und euch allen helfen, hier ein paar zu fangen«, antwortete Mr. Biswas und brachte das Kichern in der Diele zum Ersterben.
Ein anderer Kommentar wurde nicht gemacht. Er hatte erwartet, von Schweigen, Starren, Feindseligkeit und vielleicht ein bißchen Furcht empfangen zu werden. Das Starren bekam er, der Lärm hielt an, die Furcht war natürlich nur eine verwegene Hoffnung, und der Feindseligkeit konnte er sich nicht sicher sein. Das Interesse an seiner Rückkehr war momentan und oberflächlich. Keiner erwähnte seine Abwesenheit oder Wiederkehr; Seth nicht, Mrs. Tulsi nicht, die ihn beide weiterhin, wie schon bevor er wegging, kaum beachteten. Von Biptis und Taras Besuchen hörte er nichts. Das Haus war zu voll, zu geschäftig; solche Ereignisse waren unwichtig, weil er dem Haus wenig bedeutete. Sein Status dort war jetzt festgelegt. Er war ein Unruhestifter und Verräter, und man konnte ihm nicht trauen. Er war schwach und deshalb verachtenswert.

Er hatte nicht erwartet, noch etwas von dem Geschäft in The Chase zu hören. Und er hörte auch nichts davon. Er begann zu bezweifeln, daß es existierte. Er fuhr mit seinem Schildermalen fort und verbrachte so viel Zeit, wie er nur konnte, außerhalb des Hauses. Aber er war unbekannt in Arwacas, und Aufträge waren rar. Die viele Zeit, die er zur Verfügung hatte, schlich träge dahin, bis er einen gleichermaßen unterbeschäftigten Mann namens Misir kennenlernte, den Korrespondenten des *Trinidad Sentinel.* Sie diskutierten über Arbeit, Hinduismus, Indien und ihre jeweiligen Familien.

Jeden Nachmittag mußte Mr. Biswas sich aufs neue auf seine Rückkehr ins Hanuman-Haus vorbereiten, obwohl es, wenn er einmal das hohe Tor an der Seite aufgestoßen hatte, eine kurze Reise war, über den Hof, durch die Diele, die Treppe hinauf, an der Veranda vorbei, durch das Bücherzimmer zu seinem Teil des langen Raumes. Dort zog er sich bis auf Unterhosen und Unterhemd aus, legte sich auf sein Bettzeug und las, auf einen Ellbogen gestützt. Seine Unterhosen, von Bipti aus Mehlsäcken genäht, waren verhängnisvoll. Obwohl oft gewaschen, leuchteten immer noch Buchstaben und selbst ganze Wörter darauf; sie reichten ihm bis an die Knie und ließen ihn kleiner aussehen, als er war. Es dauerte nicht lange, bis die Kinder über diese Unterhosen Bescheid wußten, aber Mr. Biswas weigerte sich, Gelächter, Kommentaren aus der Diele und Shamas Bitten nachzugeben, und stellte sie weiterhin zur Schau.

Vor den Kindern etwas geheimzuhalten, war unmöglich. Sobald es dunkel wurde, wurden im Bücherzimmer und überall auf der Veranda oben Betten für sie gemacht. Je später es wurde, desto mehr Betten wurden ausgerollt, und das obere Stockwerk im alten Haus wurde mit Schläfern vollgestopft; Schlafende füllten die Holzbrücke, die das alte erste Stockwerk mit dem Betonhaus verband. Jenseits der Brücke, »der neue Raum« genannt, lag abgeschieden und geräumig das Wohnzimmer, das Bipti beeindruckt hatte. Aber selbst wenn der Teil des Hauses nicht für Seth, Mrs. Tulsi und ihre beiden Söhne reserviert gewesen wäre, hätte Mr. Biswas keinen Wert darauf gelegt, dahin zu gehen. Mit seinen großen Messingtöpfen und Tischen mit Marmorplatten war es ein abschreckender Raum. Abgesehen von den zwei Stühlen, die Bipti als thronartig beschrieben hatte, gab es keine Sitzgelegenheit. Und die vielen schweren häßlichen Statuen von Hindugöttern, die Pandit Tulsi von seinen Besuchen in Indien mitgebracht hatte, machten den Raum bedrückend. »Er muß sie en gros in einem Götterhandel gekauft haben«, sagte Mr. Biswas später zu Shama. Darüber lag in noch größerer Abgeschiedenheit der Gebetsraum; man erreichte ihn vom Wohnzimmer aus über eine Treppe, die steil wie eine Kajütentreppe war (ein Mittel, die Gläubigen zu prüfen, oder vielleicht hatte Pandit Tulsi auch nur, wie viele Bauherren auf der Insel, seine Ideen während des Bauens bekommen). Aber im Gebetsraum gab es überhaupt keine Möbel, der Boden war natürlich heilig, und den Geruch nach Weihrauch und Sandelholz fand er unerträglich.

Also blieb er, von Schlafenden belagert, im langen Raum. Sein Anteil daran war kurz und schmal: der lange Raum war ursprünglich eine Veranda, die mit Wänden umgeben und in Schlafzimmer aufgeteilt worden war. Er zwang Shama, sein Essen dort hinaufzubringen, und er aß, auf seinem unterhosenbekleideten Hintern hockend, die linke Hand zwischen Wade und Rückseite des Schenkels eingeklemmt. Bei diesen Gelegenheiten war Shama nicht die Shama, die er unten sah, die echte Tulsi, die Widersacherin, die die Familie ihm zugeteilt hatte. Mit vielen fast unmerklichen Dingen, aber hauptsächlich durch ihr Schweigen, zeigte sie, daß Mr. Biswas, egal wie wunderlich, zu ihr gehörte und sie mit dem, was das Schicksal ihr beschieden hatte, zurechtkommen mußte. Aber es herrschte noch nicht viel Freundlichkeit zwischen ihnen. Sie unterhielten sich auf Englisch. Sie erkundigte sich selten nach seiner Arbeit, und er hütete sich, Informationen preiszugeben, die später gegen ihn verwendet werden konnten; obwohl auch die Scham allein schon ihn davon abhalten mochte, ihr zu sagen, was er verdiente.

Und bei diesen Zusammenkünften übte Mr. Biswas Rache an den Tulsis.

»Na, wie machen sich die kleinen Götter heute?« fragte er zum Beispiel.

Er meinte ihre Brüder. Der ältere besuchte das römischkatholische College in Port-of-Spain und kam jedes Wochenende nach Hause; der jüngere erhielt Privatunterricht, um ins College eingeschrieben zu werden. Im Hanuman-Haus wurden sie von der Unruhe des alten oberen Stockwerks ferngehalten. Sie arbeiteten im Wohnzimmer und schliefen in einem der Schlafzimmer, die davon abgingen; diese Schlafzimmer waren klein und hatten schlechtes Licht, aber ihr Wände fühlten sich dick an, und gerade ihre Düsterkeit deutete Reichtum und Sicherheit an. Die Brüder verrichteten oft die *Puja* im Gebetsraum. Trotz ihres Alters waren sie zu Seths und Mrs. Tulsis Beratungen zugelassen und ihre Ansichten wurden von Schwestern und Schwägern respektvoll zitiert. Um ihre Gelehrsamkeit zu fördern, wurde das beste Essen automatisch für sie beiseite gestellt, und sie bekamen besondere Mahlzeiten für den Verstand, besonders Fisch. Wenn die Brüder in der Öffentlichkeit erschienen, waren sie immer ernst und manchmal finster. Gelegentlich bedienten sie im Laden, saßen dann mit offenen Lehrbüchern vor sich in der Nähe der Kasse.

»Na, wie geht's den Göttern?«
Shama antwortete dann nicht.
»Und wie kommt der ›Big Boss‹ heute voran?« Das war Seth.
Shama antwortete nicht.
»Und die alte Queen?« Das war Mrs. Tulsi. »Das alte Huhn? Die alte Kuh?«
»Also, keiner hat dich darum *gebeten*, in die Familie einzuheiraten, weißt du.«
»Familie? Familie? Diesen verdammten Hühnerauslauf nennst du Familie?«
Und damit nahm Mr. Biswas seinen Messingbecher und ging zum Demerarafenster, wobei er laut gurgelte und dabei gleichzeitig in anstößigen Beschimpfungen der Familie schwelgte, weil er wußte, daß das Gurgeln seine Worte verzerrte. Dann spie er das Wasser voll Gehässigkeit in den Hof unten.
»Paß auf, Mann. Da ist genau die Küche drunter.«
»Das weiß ich. Ich hoffe bloß, ich bespucke einen von deiner Familie.«
»Also, du solltest froh sein, daß keiner sich die Mühe macht, deine Leute zu bespucken.«

In einem Haus voller Menschen zu leben und nur mit einem einzigen Menschen zu sprechen, war eine Belastung, und nach ein paar Wochen beschloß Mr. Biswas, sich nach Verbündeten umzugucken. Die Beziehungen im Hanuman-Haus waren vielschichtig, und bis jetzt verstand er erst wenige, aber er hatte bemerkt, daß zwei befreundete Schwestern für zwei befreundete Ehemänner sorgten und zwei befreundete Ehemänner für zwei befreundete Schwestern. Befreundete Schwestern tauschten Geschichten über die körperlichen Unzulänglichkeiten ihrer Männer aus; auf Englisch, wegen der Namen der Krankheiten und ihrer Heilmittel.

»Im Augenblick hat er Rückenschmerzen.«
»Du mußt Hirschhornsalz nehmen. Meiner hat auch Rückenschmerzen gehabt. Er hat Dodds Nierenpillen und Beechams und Carters Kleine Leberpillen und hundert andere kleine Pillen versucht. Aber Hirschhornsalz hat ihn geheilt.«
»Er mag kein Hirschhornsalz. Er hat lieber Sloans Liniment und Kanadisches Heilöl.«
»Und *er* mag Sloans Liniment nicht.«
Befreundete Schwestern besiegelten ihre Freundschaft, indem sie freimütig über die Kinder der anderen sprachen und sie bei Gelegenheit sogar verprügelten. Wenn das verprügelte Kind, das von der Beziehung zwischen den Müttern nichts ahnte, sich beschwerte, sagte seine Mutter: »Geschieht dir recht. Ich bin froh, daß deine Tante Hand an dich legt. *Sie* wird schon dafür sorgen, daß du keine dummen Sachen machst.« Und die Mutter des geschlagenen Kindes wartete ab, bis sie an der Reihe war, einmal zwischen die Kinder der anderen zu fahren.
Zwischen Shama und C herrschte eine auffallende Freundschaft, und Mr. Biswas beschloß, einen Versuch mit Cs Ehemann, dem früheren Kokosnußverkäufer, zu wagen, dessen Name Govind war. Er war groß und gut gebaut und sah gut aus, wenn auch auf eine konventionelle, nicht bemerkenswerte Art. Mr. Biswas hielt es für ungehörig, daß jemand, der so gut gewachsen war, Kokosnußverkäufer gewesen sein sollte und jetzt manuelle Arbeit auf dem Feld verrichtete. Und es schmerzte Mr. Biswas, Govind in Seths Gegenwart zu sehen. Sein hübsches Gesicht wurde in jeder Hinsicht kraftlos. Seine Augen wurden klein und glänzend und rastlos; er stotterte und schluckte und lachte nervös. Und wenn er sich, freigelassen, danach an den langen Kieferntisch zum Essen setzte, veränderte er sich wieder. Laut und atemlos redend, schnaubend und seufzend, vertilgte er sein Essen, als sei er bemüht, selbst

bei dieser Tätigkeit Begeisterung zu zeigen, bemüht zu beweisen, daß harte Arbeit ihm wahllosen Appetit gemacht hatte, und gleichzeitig bemüht kundzutun, daß Essen ihm nichts bedeutete.

Mr. Biswas betrachtete Govind als einen Mitleidenden, aber als einen, der sich den Tulsis ergeben hatte und erniedrigt worden war. Er hatte jedoch seinen eigenen Ruf als Narr und Unruhestifter vergessen und fand, daß Govind seinen Annäherungen wachsam gegenüberstand. An ein paar Abenden duldete Govind es, von Mr. Biswas hinausbegleitet zu werden. Unter der Arkade sitzend, nervös mit seinen langen Beinen baumelnd und lächelnd, während er mit der Zunge an den Zähnen spielte und sie mit seinen eingerissenen, fleckigen Fingernägeln erforschte, schien Govind sich nicht gerade wohl zu fühlen. Es gab nicht viel, worüber man sprechen konnte. Frauen konnten natürlich nicht erörtert werden, und über Indien und Hinduismus wollte Govind nicht sprechen. Also konnte Mr. Biswas nur von den Tulsis reden. Er fragte, wie es wäre, unter Seth zu arbeiten. Govind sagte, das wäre in Ordnung. Er fragte, was Govind von Mrs. Tulsi hielte. Sie war in Ordnung. Ihre zwei Söhne waren in Ordnung. Alle waren in Ordnung. Also redete Mr. Biswas von Jobs. Govind zeigte ein bißchen mehr Interesse.

»Du solltest das Schildermalen aufgeben«, sagte er eines Abends, und Mr. Biswas war überrascht und sogar ein wenig verärgert, daß ausgerechnet Govind ihm einen Rat geben sollte und das so ausdrücklich.

»Auf der Plantage suchen sie gute Aufseher«, sagte Govind.

»Das Schildermalen aufgeben? Und meine Unabhängigkeit? Nein, Junge. Mein Grundsatz lautet: Rudere dein eigenes Boot«. Mr. Biswas begann, aus dem Gedicht in *Bell's Standard Elocutionist* zu zitieren.

»Und du? Was bezahlen sie dir?«

»Sie bezahlen mir genug.«
»Das sagst du. Aber diese Leute sind Blutsauger, Mann. Ehe ich für die arbeite, fange ich lieber Krebse oder verkaufe Kokosnüsse.«
Bei der Erwähnung seines früheren Berufs lachte Govind nervös und schlenkerte aufgeregt mit den Beinen.
»Die kleinen Götter siehst du nicht auf dem Feld, wette ich.«
»Kleine Götter?«
Mr. Biswas erklärte. Er erklärte noch viel mehr. Govind lächelte, schnalzte mit der Zunge und lachte von Zeit zu Zeit und sagte nichts.

Eines späten Nachmittags kam Shama mit dem Essen für Mr. Biswas herauf und sagte: »Onkel will dich sehen.« Onkel war Seth.
»Onkel will mich sehen? Mann, geh runter, und sag Onkel, wenn er mich sehen will, soll er raufkommen.«
Shama wurde ernst. »Was machst du und sagst du die ganze Zeit? Du bringst alle gegen dich auf. Dir ist das egal, Aber was ist mit mir? Du kannst mir nichts bieten, und du willst alle anderen davon abhalten, was für mich zu tun. Du kannst wohl sagen, daß du einpackst und abhaust. Aber du weißt, daß das nur Gerede ist. Was hast du denn schon?«
»Ich hab' überhaupt nichts, verdammt noch mal. Aber ich geh' nicht runter, um Onkel zu sehen. Ich springe nicht, wenn er ruft, wie jeder andere in diesem Haus.«
»Geh runter und sag ihm das selbst. Du redest wie ein Mann, geh runter und benimm dich wie einer.«
»Ich geh' nicht runter.«
Shama heulte, und am Ende zog Mr. Biswas seine Hosen an. Als er die Treppe hinunterging, begann ihn sein Mut zu verlassen, und er mußte sich sagen, daß er ein freier Mann war und das Haus, wann immer er wollte, verlassen

konnte. In der Diele hörte er sich zu seiner Schande sagen: »Ja, Onkel?«

Seth steckte gerade eine Zigarette in seine Elfenbeinspitze, mit einer Feinfühligkeit, die Mr. Biswas nicht mehr affektiert vorkam. Sie stand nicht länger im Gegensatz zu seiner groben Plantagenkleidung und seinem groben, unrasierten, schnauzbärtigen Gesicht; sie gehörte zu seinem Erscheinungsbild. Mr. Biswas konzentrierte sich auf die eleganten Bewegungen von Seths dicken, gequetschten Finger, konnte aber merken, daß die Diele voll war. Aber niemand erhob seine Stimme, das Flüstern, die Eßgeräusche, das gedämpfte und scheinbar entfernte Schlurfen lief auf Stille hinaus.

»Mohun«, sagte Seth schließlich, »wie lange lebst du schon hier?«

»Zwei Monate, Onkel«, und er kam nicht umhin, zu bemerken, wie sehr er wie Govind sprach. Mrs. Tulsi war da, sie saß auf einer Bank am langen Tisch. Ganz gegen die Gewohnheit waren die zwei Götter, die nie lächelnden Jungen, da, sie saßen zusammen in der Hängematte aus Zuckersäcken, die Füße auf dem Boden. Am anderen Ende des Tisches gaben Schwestern ihren Männern zu essen. An dem schwarzen Kücheneingang hing eine Traube von Schwestern und ihren Kindern.

»Du hast gut gegessen?«

In Seths Gegenwart fühlte sich Mr. Biswas klein. An Seth war alles überwältigend: sein ruhiges Benehmen, sein glattes graues Haar, seine Zigarettenspitze aus Elfenbein, seine harten, muskelprotzenden Unterarme; nachdem er gesprochen hatte, strich er darüber und guckte zu, wie die Haare in ihre ursprüngliche Lage zurücksprangen.

»Gut gegessen?« Mr. Biswas dachte an die jämmerlichen Mahlzeiten, seine Magenkrämpfe, die Gelüste, die selten gestillt wurden. »Ja, ich habe gut gegessen.«

»Du weißt, wer für das Essen gesorgt hat, das du gegessen hast?«

Mr. Biswas antwortete nicht.
Seth lachte, nahm die Zigarettenspitze aus dem Mund und hustete aus tiefer Brust. »Das ist ein Teufelskerl. Wenn ein Mann verheiratet ist, sollte er doch nicht erwarten, von anderen Leuten ernährt zu werden. Er sollte eigentlich seine Frau ernähren. Glaubst du, als ich geheiratet habe, hätte ich gewollt, daß Mai mich ernährte?«
Mrs. Tulsi rieb sich die armreifbehängten Arme auf dem Kieferntisch und schüttelte den Kopf.
Die Götter waren ernst.
»Und doch höre ich, daß du nicht glücklich hier bist.«
»Ich hab' keinem gesagt, daß ich nicht glücklich bin hier.«
»Ich bin der Big Boss, he? Und Mai ist die alte Queen und das alte Huhn. Und die Jungen sind die zwei Götter, he?«
Die Götter wurden streng.
Von Seth wegsehend und ein Dutzend oder mehr Gesichter veranlassend, sich im selben Moment umzudrehen, sah Mr. Biswas zwischen den Essenden am anderen Ende des Tisches Govind. Er nahm sein Essen auf seine lächelnde barbarische Weise in Angriff, anscheinend unbekümmert um das Verhör, während C, gebeugt und verschleiert, pflichtbewußt bei ihm stand.
»Na?« Zum ersten Mal lag Ungeduld in Seths Stimme, und um sein Mißfallen zu zeigen, begann er, Hindi zu sprechen. »Das ist Dankbarkeit. Du kommst ohne einen Pfennig, ein Fremder, hierher. Wir nehmen dich auf, wir geben dir eine unserer Töchter, wir ernähren dich, wir geben dir einen Schlafplatz. Du weigerst dich, im Geschäft zu helfen, du weigerst dich, auf der Plantage zu helfen. In Ordnung. Aber dann herumzugehen und uns zu beleidigen!«
So hatte Mr. Biswas nie darüber nachgedacht. Er sagte: »Tut mir leid.«
Mrs. Tulsi sagte: »Wie kann einem etwas leid tun, das man *denkt*?«
Seth zeigte auf die Essenden am anderen Ende des Tisches:

»Was für Namen hast du denen gegeben, he?« Ohne aufzusehen, konzentrierten sich die Essenden noch mehr aufs Essen.

Mr. Biswas sagte nichts.

»Aha, ihnen hast du keine Namen gegeben. Nur mir und Mai und den zwei Jungen hast du Namen gegeben?«

»Tut mir leid.«

Mrs. Tulsi sagte: »Wie kann einem etwas leid —«

Seth unterbrach sie. »Wir brauchen da also einen, der auf der Plantage arbeitet. Ist doch schön, wenn diese Dinge in der Familie bleiben. Und was sagst du? Du willst dein eigenes Boot rudern. Guckt ihn euch an!« sagte Seth zur Diele. »Biswas, der Paddler.«

Die Kinder lächelten; die Frauen zogen sich den Schleier über die Stirn; ihre Männer aßen und blickten finster drein; die Götter in der Hängematte, mit den Füßen auf dem Boden langsam schaukelnd, blickten grollend auf den Treppenabsatz.

»Es liegt wohl im Blut«, sagte Seth. »Man hat mir erzählt, dein Vater sei ein großer Taucher gewesen. Aber wo hat dich dein ganzes Rudern bis jetzt hingebracht?«

Mr. Biswas sagte: »Es ist bloß, daß ich von Plantagenarbeit keine Ahnung hab'.«

»Oho! Weil du lesen und schreiben kannst, willst du dir deine Hände nicht dreckig machen, was? Guck dir meine Hände an.« Er zeigte Nägel vor, die rifflig, verbogen und überaschend kurz waren. Seine haarigen Handrücken waren zerkratzt und verfärbt; die Handflächen waren hart, glatt abgenutzt an einigen Stellen, aufgerissen an anderen. »Glaubst du, ich kann nicht lesen und schreiben? Ich kann besser lesen und schreiben als sie alle zusammen.« Er winkte mit einer Hand über die Schwestern, ihre Männer, ihre Kinder; die Handfläche der anderen hielt er den Göttern in der Hängematte zugewandt, um zu zeigen, daß sie ausgenommen waren. Seinen Augen blickten jetzt

amüsiert, und er öffnete zu beiden Seiten der Zigarettenspitze seinen Mund, um zu lachen. »Was ist mit den Jungen hier, Mohun? Den Göttern?«
Der jüngere Gott zog seine Brauen hoch, riß die Augen weiter und weiter auf, bis sie ausdrucklos waren, und versuchte, seinen kleinen vollippigen Mund hart werden zu lassen.
»Du glaubst, *sie* können auch nicht lesen und schreiben?«
»Du solltest sie mal im Geschäft sehen«, sagte Mrs. Tulsi. »Lesen und verkaufen. Lesen und essen und verkaufen. Lesen und essen und Geld zählen. Sie haben keine Angst, sich die Hände dreckig zu machen.«
Nicht mit Geld, antwortete Mr. Biswas ihr im Geiste.
Der jüngere Gott stand von der Hängematte auf und sagte: »Wenn er den Job auf der Plantage nicht annehmen will, ist das seinen Sache. Geschieht dir recht, Ma. Du suchst dir deine Schwiegersöhne aus, und sie behandeln dich genau so, wie du es verdienst.«
»Setz dich hin, Qwad«, sagte Mrs. Tulsi. Sie wandte sich an Seth. »Dieser Junge hat ein furchtbares Temperament.«
»Ich mache ihm keinen Vorwurf«, sagte Seth. »Diese Paddler gehen weg und rudern ihr eigenes Boot — so ist es doch, nicht, Biswas? —, und sobald es Ärger gibt, kommen sie hierher zurückgerannt. Seth ist bloß hier, damit die Leute ihn beleidigen können, dieselben Leute, wohlgemerkt, denen er versucht zu helfen. *Mir* ist das egal. Aber das heißt nicht, daß ich nicht verstehe, weshalb es den Jungen nicht egal ist.«
Der jüngere Gott blickte noch finsterer drein. »Bloß weil mein Vater tot ist, sollen die Leute, die das Essen meiner Mutter essen, nicht denken, die könnten sie ein Huhn nennen. Ich will, daß Biswas sich bei Ma entschuldigt.«
»Entschuldigen, huldigen«, sagte Mrs. Tulsi. »das würde überhaupt keinen Unterschied machen. Ich kann nicht

sehen, wie einem etwas leid tun kann, was man *fühlt.*«
In einigen schwachen Menschen, die ihre Schwäche spüren und sich daran stoßen, gibt es einen bestimmten Mechanismus, der plötzlich und ohne bewußte Überlegung wirksam wird und ihnen so die endgültige Erniedrigung erläßt. Mr. Biswas, der seine Blasphemien bis dahin als Akte der schwärzesten Undankbarkeit betrachtet hatte, verlor nun abrupt die Geduld.
»Ihr alle zusammen, die ganze Meute, könnt zur Hölle fahren!« brüllte er. »Ich entschuldige mich bei keinem aus eurer verdammten Sippschaft.«
Erstaunen und sogar Furcht traten auf ihre Gesichter. In einem klaren Augenblick bemerkte er das, drehte sich um und rannte die Treppe hoch zum langen Raum, wo er mit unnötigem Kraftaufwand anfing zu packen.
»Dir ist es egal, in was für einen Schlamassel du andere Leute bringst, was?«
Es war Shama, die barfuß, mit tief in die Stirn gezogenem Schleier in der Tür stand und so verängstigt wie an dem Morgen im Geschäft aussah.
»Familie! Familie!« sagte Mr. Biswas, Kleider und Bücher — *Selbsthilfe, Bell's Standard Elocutionist,* die sieben Bände von *Hawkin's Electrical Guide* — in einen Karton stopfend, dessen Deckel die kreisförmigen Eindrücke von Büchsenmilchdosen trugen. »Ich bleibe keine Minute länger hier. Wo dieser verdammte kleine Junge so mit mir spricht! Redet der mit allen deinen Schwägern so?«
Er packte mit solcher Energie, daß er bald fertig war. Aber sein Zorn fing an, abzukühlen, und er dachte darüber nach, daß er sich, wenn er das Haus so schell schon wieder verließe, albern benähme, wie ein jungverheiratetes Mädchen. Er wartete darauf, daß Shama etwas sagte, was seinen Zorn wieder entfachte. Sie blieb stumm.
»Ehe ich gehe«, sagte er, den Büchsenmilchkarton aus- und wieder einpackend, »will ich, daß du dem Big Boss sagst —

denn mir ist klar, daß er der große Familientyrann ist —, also, ich will, daß du gehst und ihm sagst, daß er mich noch nicht für die Schilder, die ich im Laden gemalt habe, bezahlt hat.«
»Warum gehst du nicht und sagst es ihm selbst?« Nun war Shama wütend und den Tränen nahe.
Er versuchte, sich vorzustellen, wie er Seth nach Geld fragte. Er konnte es nicht. »Du und ihr alle«, sagte er, »fangt nicht an, mich zu provozieren. Glaubst du, ich will mit dem Mann noch reden? *Du* kennst ihn schon lange. Für dich ist er wie ein zweiter Vater. Du mußt ihn fragen.«
»Und angenommen, er fordert, was du ihm schuldest?«
»Ich würde dich ihm glatt zurückgeben.«
»Du schuldest ihm mehr, als er dir schuldet.«
»Er schuldet mir mehr, als ich ihm schulde.«
Sie brachten es zu einem klaren und deutlichen Streit, der nicht nur seiner Wut den Rest gab, sondern ihn sogar erheitert zurückließ, wenn auch ein wenig in Verlegenheit darüber, was er als nächstes tun sollte.
Bevor er sich entscheiden konnte, kamen C und Padma, Seths Frau, ohne anzuklopfen ins Zimmer. C weinte, Padma bat Mr. Biswas, um der Einheit und des Namens der Familie willen in seiner Gereiztheit nichts zu unternehmen.
Er reagierte gekränkt, wandte Padma und C den Rücken zu und lief mit schweren Schritten in dem kleinen Zimmer auf und ab.
Mit der Ankunft der Frauen veränderte sich Shamas Haltung. Sie war nicht länger irritiert und flehend, sondern sah statt dessen gemartert aus. Den Daumen unter dem Kinn, die Ellbogen auf dem Knie saß sie steif auf einer niedrigen Bank und riß die Augen auf, bis sie so groß und leer waren wie vor ein paar Minuten die ihres jüngeren Bruders unten in der Diele.
»Geh nicht, Bruder«, schluchzte C. »Deine Schwester bit-

tet dich.« Sie versuchte, nach seinen Fußknöcheln zu schnappen.

Er hüpfte zur Seite und sah verdutzt aus.

Die schluchzende C bemerkte seine Verblüffung und erläuterte: »Chinta bittet dich.« Sie erwähnte ihren eigenen Namen, um die Tiefe ihres Unglücks und die aufrichtigkeit ihrer Bitte anzudeuten; und sie fing an zu jammern. Dadurch, daß sie heraufgekommen war und ihn anflehte, hatte Chinta so gut wie zugegeben, daß es ihr Mann Govind gewesen war, der Seth Mr. Biswas' Lästerreden hinterbracht hatte; außerdem machte sie geltend, daß Govind die Oberhand gewonnen hatte. Mr. Biswas wußte, wenn Ehemänner sich zankten, war es die Pflicht der Frau des siegreichen Manns, den besiegten Mann zu besänftigen und die Pflicht der Frau des besiegten Manns, keine Wut zur Schau zu stellen, sondern geschickt anzudeuten, daß sie ihr Unglück beiden Männern zu gleichen Teilen verdankte. Nachdem Chinta hereingekommen war, verstand Shama sich selbst als besiegte Ehefrau und wagte einen löblichen ersten Versuch in dieser schwierigen Rolle.

Gegen diese feine Demütigung gab es keine Möglichkeit, aufzubegehren. Bis zu diesem Moment hatte Mr. Biswas nie das Gefühl gehabt, Feinde zu haben. Die Leute waren ihm einfach gleichgültig. Aber jetzt hatte ein Feind, der Feind, sich erklärt. Und er beschloß, nicht davonzulaufen. Und als er diesen Entschluß gefaßt hatte, war er der Meinung, er hätte schon gewonnen. Und, ein Gewinner schon, stand er Chinta und Padma nachsichtig gegenüber. Chinta schluchzte vor sich hin, die Augen mit ihrem Schleier betupfend. Freundlich sagte er zu ihr: »Warum nimmt dein Mann nicht einen Job bei der *Gazette* an, sag? Er ist der geborene Berichterstatter.« Das übte auf den Tränenfluß aus Chintas glänzenden Augen keinerlei Wirkung aus. Shama saß immer noch gemartert und ohne sich zu rühren da, mit großen Augen, geöffneten Knien und darüber drapiertem Rock. »Was zum Teufel, glaubst du, spielst du denn da, he?« Sie hörte nicht. Padma fuhr fort, müde Würde zu zeigen. Zu ihr sagte er nichts. Sie ähnelte Mrs. Tulsi, war aber dicker und sah älter aus. Ihre bläßliche, ungesunde Haut war fettig, und andauernd fächelte sie sich, als würde sie von einer inneren Hitze gequält. Nach ihrer ersten Bitte hatte sie Mr. Biswas nicht mehr angesehen oder angesprochen. Weder heulte sie noch sah sie trauriger aus als sonst. Sie hatte schon zu viele dieser Missionen hinter sich, als daß sie sie erregen konnten, so wie sie Chinta immer noch erregten: es gab keinen Mann im Haus, mit dem Seth sich nicht früher oder später einmal gestritten hatte. Padma kam einfach, trug ihre Bitte vor, setzte sich und sah unwohl aus. Nie, weder in der Diele noch sonstwo, brachte sie zum Ausdruck, daß sie Seths Tun billigte oder das der Männer ihrer Nichten mißbilligte; das erwarb ihr viel Respekt und machte sie zu einem guten Friedensstifter.

Streng und ungeduldig sagte Mr. Biswas: »Schon gut. Schon gut. Trockne deine Tränen. Ich gehe nicht.«

Chinta schluchzte noch einmal laut auf; das signalisierte das Ende ihrer Tränen.

»Aber sagt ihnen bloß, sie sollen mich nicht provozieren, das ist alles.«

Seufzend, schwerfällig und als wäre sie krank, erhob sich Padma; ohne ein weiteres Wort verließen sie und Chinta den Raum.

Shama löste sich aus ihrer Erstarrung. Ihre Augen verengten sich ein wenig, ihre Finger ließen das Kinn los. Sie begann leise zu weinen, und ihr Körper entspannte sich und schmolz in einem Vorgang, der Mr. Biswas faszinierte und wütend machte. Ihre Arme schienen runder zu werden; ihre Schultern rundeten sich und hingen kraftlos herab; ihr Rücken wölbte sich; ihre Augen wurden weich,

bis sie in Tränen schwammen; ihre Handgelenke ruhten wie gebrochen auf ihren Knien; ihre Hände hingen lose herunter; ihre langen Finger baumelten leblos, als wären sie an jedem Gelenk gebrochen.
»Redet bloß von schlechtem Blut«, sagte Mr. Biswas. »*Redet* bloß von schlechtem Blut!«

Von Govind enttäuscht, begann Mr. Biswas, an Schwägern, die er nicht beachtet hatte, Vorzüge zu finden. Da war Hari, ein großer, bleicher, ruhiger Mann, der unter der Aufsicht seiner schwangeren Frau am langen Tisch viel Zeit damit verbrachte, sich auf langsame, nicht gerade begeisterte, aber wirkungsvolle Art durch Berge von Reis zu arbeiten. Noch mehr Zeit verbrachte er auf der Latrine, und deswegen fürchtete man ihn. »Wenn Hari sich entschließt, aufs Klo zu gehen, sollten sie eine Glocke läuten«, sagte Mr. Biswas zu Shama, »genau so wie sie eine Glocke läuten, um den Leuten mitzuteilen, daß das Wasser abgestellt wird.« Im Hanuman-Haus wurde allgemein akzeptiert, daß Hari ein kranker Mann war; voll Kummer und Stolz erzählte seine Frau von den schrecklichen Diagnosen der verschiedenen Ärzte. Kein Mann sah weniger geeignet für Plantagenarbeit aus; es war schwer, sich vorzustellen, daß diese dünne, sanfte Stimme Arbeiter herumkommandierte, die Faulen zurechtwies und die Zanklustigen niederbrüllte. In Wirklichkeit war er von Ausbildung und Neigung her ein Pandit, und nie sah er glücklicher aus, als wenn er aus der Plantagenkleidung in einen Dhoti schlüpfte und sich auf die Veranda oben setzte, um in einem riesigen, plumpen Hindibuch zu lesen, das auf einem stilvoll geschnitzten Bücherständer aus Kaschmir ruhte. Er verrichtete *Puja*, wenn die Götter weg waren, und leitete gelegentlich noch für enge Freunde die Zeremonien. Er beleidigte keinen, und er heiterte keinen auf. Er war von seinen Krankheiten, seinem Essen und seinen religiösen Büchern besessen.

Zwischen seinen Pflichten auf der Plantage, dem Lesen auf der Veranda und den Besuchen auf der Latrine blieb Hari wenig freie Zeit, und man konnte sich ihm nur am langen Tisch nähern.

Aber dann war die Unterhaltung auch nicht einfach. Hari glaubte daran, daß man jeden Bissen vierzigmal kauen mußte, und war ein geräuschvoller und von seiner Tätigkeit vollkommen in Anspruch genommener Esser.

Eines Abend setzte sich Mr. Biswas neben Hari, und nachdem er einen kurzen, wiederkäuenden Blick von ihm und einen besorgt starrenden von seiner Frau erhalten hatte, wartete Mr. Biswas, bis Hari einen Bissen zerkaut und zermahlen und gerülpst hatte. Dann fragte er hastig: »Was hälst du von den Aryas?«

Er sprach von den opponierenden Hindumissionaren, die aus Indien gekommen waren und predigten, daß die Kasten unwichtig seien, daß der Hinduismus Bekehrte aufnehmen sollte, daß die Bilderverehrung abgeschafft werden sollte, daß Frauen eine Ausbildung bekommen sollten, die also gegen sämtliche Doktrinen predigten, die den orthodoxen Tulsis teuer waren.

»Was hälst du von den Aryas?« fragte Mr. Biswas.

»Die Aryas?« sagte Hari und stopfte sich wieder den Mund voll. Sein Ton machte klar, daß das eine vorlaute Frage war, gestellt von einem mutwilligen Menschen.

Das Gesicht von Haris Frau nahm einen gequälten Ausdruck an.

»Ja«, sagte Mr. Biswas, voller Verzweiflung die Pause füllend, »die Aryas.«

»Ich halte nicht viel von ihnen«, Hari biß mit scharfen kleinen weißen Zähnen, die wie die einer Ratte aussahen und bei so einem großen und trägen Mann erstaunten, in eine Paprikaschote. »Ich habe gehört«, fuhr er mit einer Spur von Belustigung und Tadel in seiner Stimme fort, »daß du lange und viel über sie nachgedacht hast.«

Mr. Biswas war beinahe ein Aryasbekehrter.
Misir, der unterbeschäftigte Journalist, hatte ihn ermutigt, sich Pnakaj Rai anzuhören. »Er ist nicht einer von diesen ungebildeten Trinidad-Pandits, weißt du«, sagte Misir. »Pankaj hat obendrein noch einen BA und LLB. Der Mann ist ein richtiger Redner. Ein Purist, Mann.« Mr. Biswas hatte nicht gefragt, was ein Purist sei, aber das Wort, von Misir mit Ehrfurcht ausgesprochen, zog ihn stark an, weil es nicht nur Reinheit und Genauigkeit, sondern auch Eleganz und Bildung verhieß.
Er bot noch einen zusätzlichen Anreiz: die Versammlung sollte im Haus Naths abgehalten werden. Die Naths besaßen Land und eine Seifenfabrik und waren die wichtigsten Rivalen der Tulsis in Arwacas. Zwischen den Naths und den Tulsis bestand von alters her eine Feindschaft, die genauso feststand und unerforscht war wie die Feindschaft zwischen Hindu und Moslem. Seit die Naths ein neues Haus im modernen Stil von Port-of-Spain gebaut hatten, war die Feindschaft noch erbitterter geworden.
Purist, dachte Mr. Biswas, als er Pankaj Rai sah. Der Mann *ist* ein Purist. Er war elegant in einen langen, schwarzen, knapp sitzenden indischen Mantel gekleidet; und als er Mr. Biswas die Hand schüttelte, überließ sich Mr. Biswas seinem Charme, bemerkte aber gleichzeitig mit Befriedigung, daß Pankaj Rai genauso klein war wie er und eine genauso häßliche Nase hatte. Er hatte auch ungewöhnlich schwere, tiefhängende Augenlider, die ihn komisch oder unheimlich, gutmütig oder hochmütig aussehen lassen konnten. Sie senkten sich ein paar Millimeter und verwandelten ein Lächeln in ein schwaches, aber verheerendes Hohnlächeln. Das war besonders wirkungsvoll, wenn er anfing, die Praktiken des orthodoxen Hinduismus lächerlich zu machen. Er sprach ohne Floskeln, als überprüfe er wie ein guter Purist die Wendungen vorher; und für Mr. Biswas war es eine Offenbarung, daß sich Wörter und

Wendungen, die für sich allein so banal waren, zu Sätzen von solcher Ausgewogenheit und Schönheit verschmelzen ließen. Er fand, daß er mit allem, was Pankaj Rai sagte, übereinstimmte: nach jahrtausendealter Religion waren Abgötter eine Beleidigung für die menschliche Intelligenz und für Gott; Geburt spielte keine Rolle; die Kaste eines Mannes sollte nur von seinen Handlungen bestimmt werden.

Nachdem er gesprochen hatte, verteilte Pankaj Rai Exemplare seines Buches *Reform — der einzige Weg,* und Mr. Biswas bat um ein Autogramm für seins. Pankaj Rai tat mehr als das. Er schrieb auch Mr. Biswas' Namen und bezeichnete ihn als einen »teuren Freund«. Unter diese Inschrift schrieb Mr. Biswas: »Mohun Biswas überreicht von seinem teuren Freund Pankaj Rai, BALLB.«

Buch und Inschrift zeigte er Shama, als er zum Hanuman-Haus zurückkam.

»Nur weiter so«, sagte Shama.

»Laß mich hören, was du gegen ihn hast. Ihr Leute sagt, ihr wärt von hoher Kaste. Aber glaubst du, Pankaj würde euch so nennen? Laß mich überlegen. Ich fragte mich, wo Pankaj den großen Tyrannen einordnen würde. Ha! Bei den Kühen. Ihn zum Kuhhirten machen. Nein, das ist eine gute Beschäftigung.« Er erinnerte sich an seine eigene Zeit als Kuhhirte. »Besser, ihn zum Lederarbeiter zu machen, der tote Tiere enthäutet. Ja, das ist es. Der große Tyrann ist ein Mitglied der Lederarbeiterkaste. Und was ist mit den beiden Göttern? Wo denkst du, würde Pankaj sie einordnen?«

»Genau da, wo du deine Brüder einordnen würdest.«

»Straßenkehrer? Kleine Wäscherjungen? Friseure? Ja, kleine Friseure. Pankaj würde sie nur ansehen und das Gefühl haben, er brauchte einen Haarschnitt. Und was ist mit deiner Mutter?« Er machte eine Pause. »Sha-ma! Ich hab's. Pankaj würde sagen, daß deine Mutter gar keine Hinduistin ist. Ich meine, du brauchst dir nur die Tatsachen anzusehen. Verheiratet ihre Lieblingstochter auf dem Standesamt. Schickt die beiden kleinen Friseure auf ein römisch-katholisches College. Und sobald Pankaj deine Mutter sähe, würde er anfangen, das Kreuz zu schlagen. Römisch-katholisch, das ist sie!« »Warum hältst du nicht den Mund?« Shama versuchte, amüsiert zu klingen, aber er konnte merken, daß sie wütend wurde.

»Rö-misch-kath-o-lisch! Römische Katze, dieses Weibsbild. Glaubst du, sie könnte Pankaj hinters Licht führen? Und hier hast du Pankaj, der dieser Frau eine Botschaft der Hoffnung bringt, wenn er sagt, daß die Hinduisten Bekehrte aufnehmen und sie wie ihresgleichen behandeln sollen, wenn er sagt, daß man nicht in einer hohen Kaste geboren werden muß, um zu einer hohen Kaste zu gehören. Eine Botschaft der Hoffnung, Mann. Und was ist? Deine Mutter macht den Mann schlecht, wo sie so dankbar wie nur was sein sollte und dem Mann die Füße küssen müßte. Dankbarkeit, pah!«

»Ich hoffe bloß, dieser Pankaj Rai kommt und holt dich aus dem Schlamassel, in den du dich mit Sicherheit bringst. Mach nur weiter.«

»Shama.«

»Warum gibst du nicht endlich Ruhe und legst dich schlafen?«

»Shama, Mädchen, wir haben noch ein anderes Problem. Glaubst du, ein guter Hindu würde ein römisch-katholisches Mädchen heiraten, wenn er wirklich ein guter Hindu wäre? Shama, weißt du was? Mir scheint, deine ganze Familie ist ein einziges Bündel von Leuten niederer Kaste.«

»Das müßtest du doch wissen. Du hast ja hineingeheiratet.«

»Hineingeheiratet. Ha! Glaubst du, das hat mich glücklich gemacht? *Sehe ich aus*, als wäre ich glücklich?«

»Warum solltest du aussehen, als wärst du glücklich? Es sollte dich unglücklich machen. Es ist das erste Mal in deinem Leben, daß du drei anständige Mahlzeiten am Tag ißt. Das gibt deinem Magen zu viel zu tun, würd' ich sagen.«
»Verzehrt meinen Magen, meinst du. Das meiste, was ich in diesem Haus esse und trinke, ist doch Natronpulver und Wasser.« Er stemmte seinen Fuß gegen die Wand und zog mit seinem großen Zeh Kreise um die verblaßten Lotusverzierungen.

Er hatte vor, mit Hari die Aryas weniger leichtfertig zu diskutieren. Er bildete sich ein, daß Hari wie Pandit Jairam und viele andere Pandits eine Diskussion begrüßen würde. Aber am langen Tisch blieb Hari ablehnend, seine Frau sah entsetzt aus, und Mr. Biswas überließ ihn seinem Essen.
Als Hari sich umgezogen hatte und oben auf der Veranda saß und auf seine freudlose Art etwas aus einem heiligen Buch vor sich hinbrummte, holte Mr. Biswas, gereizt und darauf bedacht, ihm irgendeine Reaktion zu entlocken, sein Exemplar von *Reform — der einzige Weg* und zeigte es vor. Er lenkte Haris Aufmerksamkeit auf die Widmung. Hari betrachtete das Buch kurz und sagte: »mmh«.
Nachdem er bei Hari nicht angekommen war, dachte Mr. Biswas, es wäre gescheit, sich mit der Botschaft der Hoffnung bei den anderen Schwägern, die weniger intelligent und temperamentvoller waren, zurückzuhalten.
Ungefähr eine Woche später traf Seth Mr. Biswas in der Diele und sagte: »Wie geht es deinem *teuren* Freund Pankaj Rai?«
»Weshalb fragst du mich danach?« Im Hanuman-Haus sprach Mr. Biswas fast immer englisch, selbst wenn die anderen Hindi sprachen; es war zu einem seiner Prinzipien geworden.

»Weshalb fragst du nicht Hari, den Sterngucker?«
»Weißt du, daß Rai beinah ins Gefängnis gekommen ist?«
»Manche Leute behaupten einfach alles.« Aber Mr. Biswas war von dieser Neuigkeit über den Puristen beunruhigt.
»Diese Aryas sagen alles mögliche über Frauen«, sagte Seth. »Und weißt du warum? Sie wollen sie erhöhen, um sie zu besteigen. Weißt du, daß Rai sich an Naths Schwiegertochter herangemacht hat? Sie haben ihn aufgefordert, zu verschwinden. Aber es sind auch noch viele andere Sachen aus dem Haus verschwunden, als er gegangen ist.«
»Aber der Mann hat einen BA.«
»Und einen LLB. Ich weiß. Einem Aryas würde ich meine Urgroßmutter nicht anvertrauen.«
»Das ist doch Quatsch. Der Mann ist ein teurer Freund. Ein Purist. Pankaj würde so etwas nicht tun. Du hast ihn nie reden gehört, das ist der Grund.«
»Naths Tochter hat ihn aber gehört. Und was sie gehört hat, gefiel ihr nicht.«
»Verleumdung, Verleumdung. Das ist doch bloß 'ne Klatschgeschichte, die ihr rückschrittlichen Sanatinisten ausgegraben habt.«
»Wenn es nach mir ginge», sagte Seth, »würde ich diesen ganzen Aryas die Eier abschneiden. Haben sie dich schon bekehrt?«
»Das ist meine Sache.«
»Ich hab' gehört, sie haben ein paar Kreolen bekehrt. Brüder für dich, Mohun.«
Auf der Veranda sah Mr. Biswas den lesenden Hari mit Dhoti, Unterhemd und Gebetsperlen.
»Hal*lo*, Pan*dit*«, sagte Mr. Biswas.
Hari starrte Mr. Biswas ausdruckslos an und wandte sich wieder seinem Buch zu.
Durch eine Tür mit vielen farbigen Glasscheiben ging Mr. Biswas ins Bücherzimmer. Hier erstreckte sich über die ganze Längsseite der Wand ein Bücherschrank, vollge-

stopft mit religiöser Literatur, durch die Hari sich hindurcharbeitete. Nur wenige Bücher waren gebunden. Die meisten bestanden einfach aus Stapeln von großen losen braungerandeten Blättern, die eher befleckt als bedruckt aussahen. Auf jedem Blatt hatte sich das Blatt darunter und darüber teilweise abgedruckt; die Tinte war rostbraun geworden; und jeder Buchstabe lag in einem Ölfleck.

Mr. Biswas drehte sich um und ging zur Veranda zurück. Er steckte den Kopf durch eine leuchtend blaue Scheibe und flüsterte vernehmlich die Veranda hinunter zu Hari: »Hallo, Herr Gott.«

Hari, der vor sich hin brummte, hörte nicht.

»Ich hab' noch 'nen Namen für einen deiner Schwäger«, erzählte er am Abend Shama, als er auf seiner Decke lag, den rechten Fuß auf seinem linken Knie, und einen gebrochenen Nagel von seinem großen Zeh pflückte. »Der verstopfte heilige Mann.«

»Hari?« sagte sie, sich aufrichtend und gleichzeitig erkennend, daß sie angefangen hatte, bei dem Spiel mitzumachen.

Er klatschte auf seine gelbe wabbelige Wade und stieß seinen Finger ins Fleisch. Die Wade gab nach wie ein Schwamm.

Sie zog seine Hand weg. »Mach das nicht. Ich kann's nicht ertragen, zu sehen, wie du so was machst. Du solltest dich schämen, so ein junger Mann wie du und so weich.«

»Das ist das ganze schlechte Essen, das ich in dem Haus kriege.« Er hielt immer noch ihre Hand. »Na, in Wirklichkeit hab' ich sogar 'ne ganze Reihe Namen für ihn. Der heilige Geist. Gefällt dir das?«

»Mann!«

»Und wie steht's mit den beiden Göttern? Ist dir schon mal aufgefallen, daß sie aussehen wie zwei Affen. Ihr habt also einen Affengott aus Beton vor dem Haus und zwei lebendige drinnen. Man könnte das Haus einfach das

Affenhaus nennen und Schluß. Ha, Affe, Bulle, Kuh, Huhn. Das Haus ist wie ein verfluchter Zoo, Mann.«

»Und was bist du? Der bellende junge Hund?«

»Der beste Freund des Menschen.« Er warf seine Beine hoch, und seine dünnen, schlaffen Waden wackelten. Mit einem Fingerstoß hielt er sie am Schwingen.

»Hör auf damit!«

Mittlerweile lag Shamas Kopf auf seinem weichen Arm, und sie lagen Seite an Seite.

Mr. Biswas gab die Schwäger ganz auf und begnügte sich mit der Gesellschaft der Aryas bei den Naths. Pankaj Rai war nicht mehr dabei, und keiner wollte über ihn reden. Sein Platz wurde von einem Mann eingenommen, der sich als Shivlochan, BA (Professor) vorstellte. Er war kein Purist. Er sprach ein schwülstiges Hindi und wenig Englisch und ließ sich ständig von Misir drangsalieren. Misir war erpicht auf Diskussionen und Resolutionen, und unter seiner Anleitung verabschiedeten sie Resolutionen, daß Erziehung wichtig sei, die Kinderehe aufgegeben werden sollte und junge Leute ihre Gatten selbst wählen sollten.

Misir, der unter der Wahl seiner Eltern litt, sagte: »Das gegenwärtige System ist nichts anderes als die Katze im Sack.« (Mr. Biswas liebte Misirs Wendungen. »Das ist das einzige, was eure Familie für euch tut«, sagte er an dem Abend zu Shama, »die ganze Meute wie eine Katze im Sack zu verkaufen.«

»Glaub bloß nicht, ich weiß nicht, wo du das alles aufschnappst«, sagte Shama. »Nur weiter so.«)

»Guck dir an, was ich davon habe«, sagte Misir, »die Katze im Sack geheiratet zu haben. Wie ist das bei dir, Mohun? Bist du glücklich bei dieser Katze-im-Sack-Geschichte?«

»Um die Wahrheit zu sagen«, sagte Mr. Biswas, »habe ich nicht die Katze im Sack geheiratet. Ich habe das Mädchen zuerst gesehen.«

»Du meinst, sie haben dich das Kind zuerst sehen lassen?« Der Rest von Misirs orthodoxen Gefühlen war schokkiert.

»Ja, sie war einfach da, weißt du, im Geschäft und hat Stoff und Socken und Bänder verkauft. Und ich hab' sie gesehen und dann —«

»Die ganze übliche Verwirrung, was?«

»Nun, nicht genau. Danach passieren die Dinge einfach.«

»Das wußte ich nicht«, sagte Misir. »Nun, man kriegt, was man verdient. Trotzdem, können wir, glaube ich, sagen, daß wir gegen diese frühe Katze-im-Sack-Geschichte sind.«

»Das können wir sagen«, sagte Mr. Biswas.

»Gut, wie bringen wir nun unsere Ideen unter die Massen?« sagte Misir, und Mr. Biswas bemerkte, daß Misirs Verhalten dem Pankaj Rais immer ähnlicher wurde. »Ich schlage vor, durch Überzeugung.«

»Friedliche Überzeugung«, sagte Shivlochan.

»Friedliche Überzeugung. Fangt an wie Mohammed. Fangt klein an. Fangt mit eurer eigenen Familie an. Geht dann weiter. Ich möchte, daß jeder hier heute abend mit dem Entschluß nach Hause geht, seinem Nachbarn das Wort zu verkünden. Und ich verspreche euch, meine Freunde, daß Arwacas binnen kurzer Zeit eine Feste der Aryas ist.«

»Einen Moment«, sagte Mr. Biswas, »nicht so schnell. Mit der eigenen Familie anfangen? Ihr kennt meine Familie nicht. Ich glaube, die lassen wir besser aus.«

»Das ist ja ein Teufelskerl«, sagte Misir. »Du willst dreihundert Millionen Hindus bekehren und läßt dich von einer rückständigen kleinen Familie von Plantagenaufsehern einschüchtern?«

»Ich sag dir, Mann. Du kennst meine Familie nicht.«

»Nun gut«, sagte Misir, der ein wenig von seinem Enthusiasmus verloren hatte. »Angenommen also, die friedliche

Überzeugung funktioniert nicht. Nur angenommen. Was schlagt ihr vor, meine Freunde? Mit welchen Mitteln können wir die Bekehrung, nach der es uns so ernsthaft verlangt, herbeiführen?« Die letzten beiden Sätze waren in einer von Pankaj Rais Reden vorgekommen.
»Durch das Schwert«, sagte Mr. Biswas. »Das ist das einzige, Bekehrung durch das Schwert.«
»Danach ist mir auch zumute«, sagte Misir.
»Nur einen Augenblick, meine Herren«, sagte Shivlochan, BA (Professor) sich erhebend. »Sie verwerfen die Lehre von der Gewaltlosigkeit. Ist Ihnen das klar?«
»Verwerfen sie nur für eine kurze Zeit«, sagte Misir ungeduldig. »Eine ganz, ganz kurze Zeit.«
Shivlochan setzte sich.
»Ich denke, wir könnten dann eine Resolution des Inhalts verabschieden, daß auf die friedliche Überzeugung die militante Bekehrung folgen sollte. Ist das in Ordnung?«
»Ich denke schon«, sagte Mr. Biswas.
»Ich glaube, das gibt eine gute kleine Geschichte«, sagte Misir. »Werde sie auf der Stelle dem *Sentinel* telefonisch durchgeben.«
Im Lokalteil des *Sentinel* stand am nächsten Tag eine vier Zentimeter große Notiz über die Maßnahmen der Arwacas Aryas Assoziation, der AAA. Mr. Biswas' Name war ebenso wie seine Adresse erwähnt.
Er ließ die Zeitung aufgeschlagen und angestrichen auf dem langen Tisch in der Diele liegen. Und als Shama am Abend heraufkam, während er in *Reform — der einzige Weg* las, und sagte, Seth wolle ihn sehen, gab Mr. Biswas keine Widerworte. Auf seine lautlose Art pfeifend, zog er sich die Hose an und lief hinunter, um dem Familientribunal entgegenzutreten.
»Wie ich sehe, ist dein Name in der Zeitung«, sagte Seth.
Mr. Biswas zuckte die Schultern.
Die Götter schaukelten mit gerunzelter Stirn in der Hängematte.

»Worauf willst du hinaus? Schande über die Familie bringen? Hier sind die Jungen, die versuchen, in dem katholischen College voranzukommen. Glaubst du, daß so etwas ihnen in irgendeiner Weise hilft?«
Die Götter sahen gekränkt aus.
»Eifersüchtig«, sagte Mr. Biswas, »ihr seid alle bloß eifersüchtig.«
»Was hast du, worauf sie eifersüchtig sein können?« fragte Mrs. Tulsi.
Der ältere brach in Tränen aus und stand auf. »Ich bleibe nicht länger hier in dieser Hängematte sitzen und lasse mich von allem und jedem in diesem Haus beleidigen. Ist deine Schuld, Ma. Ist dein Schwiegersohn. Du bringst sie einfach alle hier herein, damit sie das Essen essen, das mit dem Geld meines Vaters gekauft wird, und dann deine Söhne beleidigen.«
Das war eine schwere Beschuldigung, und Mrs. Tulsi drückte den Jungen an sich und umarmte ihn und wischte seine Tränen mit ihrem Schleier weg.
»Ist gut, Sohn«, sagte Seth. »Immerhin bin ich ja noch da, um auf euch aufzupassen.« Er wandte sich Mr. Biswas zu. »Und nun«, sagte er auf Englisch, »du siehst, was du verursachst. Du willst der Familie Ärger machen. Du willst sie ins Gefängnis bringen. Sie ernähren dich, aber du willst mich und Mai ins Gefängnis gehen sehen. Du willst, daß die beiden Jungen, die keinen Vater haben, ohne Bildung durchs Leben gehen. All das ist in Ordnung. Dieses Haus ist sowieso schon wie eine Republik.«
Schwestern und Schwäger erstarrten in einer Haltung dumpfer Zerknirschung. Seths willkürliche Bemerkung über die Republik erteilte ihnen allen einen scharfen Verweis; sie bedeutete, daß Mr. Biswas' Benehmen die anderen Schwäger in Mißkredit brachte.
»So«, fuhr Seth fort, »du willst, daß kleine Mädchen eine Ausbildung bekommen und sich ihren Mann selbst aussuchen, was? So wie deine Schwester das macht?«

Die Schwestern und ihre Männer entspannten sich.
Mr. Biswas sagte: »Meine Schwester ist besser als irgendeiner hier, und sie steht sich auch besser. Und außerdem lebt sie in einem Haus, das bedeutend sauberer ist.«
Seth lehnte die Ellbogen auf den Tisch und rauchte traurig, auf seine Halbstiefel hinuntersehend. »Das Schwarze Alter«, sagte er leise auf Hindi, »zu guter Letzt ist das Schwarze Alter gekommen. Schwester, wir haben eine Schlange aufgenommen. Es ist meine Schuld. Du mußt mir die Schuld dafür zuschieben.«
»Ich bitte ja nicht darum, hierzubleiben, wißt ihr«, sagte Mr. Biswas. »Ich glaube ja auch an die alten Sitten. Ihr zwingt mich, eure Tochter zu heiraten, ihr versprecht mir, dieses und jenes zu tun. Bis jetzt habe ich noch nichts bekommen. An dem Tag, an dem ihr mir gebt, was ihr versprochen habt, bin ich weg.«
»Du willst also, daß kleine Mädchen lesen und schreiben lernen und sich Jungs anlachen? Du willst sehen, daß sie kurze Röcke tragen?«
»Von kurzen Röcken hab' ich überhaupt nichts gesagt. Ich rede davon, was du mir versprochen hast.«
»Kurze Röcke. Und Liebesbriefe. Liebesbriefe! Erinnerst du dich an den Liebesbrief, den du Shama geschrieben hast?«
Shama kicherte. Die Schwestern und ihre Männer, die sich jetzt wieder wohler fühlten, kicherten. Mrs. Tulsi stieß ein kurzes knallendes Lachen aus. Nur die Götter blieben ernst; aber Mrs. Tulsi, die den älteren Gott immer noch im Arm hielt, entlockte ihm ein Lächeln.
Die Begegnung war also eine Niederlage. Aber Mr. Biswas, weit davon entfernt, entmutigt zu sein, war angeregt. Er hatte jetzt keinen Zweifel mehr daran, daß er aus der Kampagne gegegen die Tulsis — denn so betrachtete er es — als Gewinner hervorgehen würde.

Unerwartete Unterstützung erhielt er durch die Aryas Assoziation.
Die Assoziation zog die Aufmerksamkeit von Mrs. Weirs auf sich, der Frau eines kleine Zuckerplantagenbesitzers. Sie bezahlte ihre Arbeiter nicht gut, wurde von ihnen aber wegen ihres Interesses an Religion und ihrer Anteilnahme an ihrem geistigen Wohlergehen geschätzt. Die meisten ihrer Arbeiter waren Hindus, und am Hinduismus war Mrs. Weir besonders interessiert. Man munkelte, sie verfolgte damit die Absicht, letzten Endes die Hindus massenweise zu bekehren, aber Misir leugnete das. Er sagte, er hätte praktisch *sie* bekehrt. Tatsächlich kam sie zu einem Treffen der Aryas. Und einige der Aryas lud sie zum Tee ein. Mr. Biswas, Misir, Shivlochan und noch zwei andere gingen hin. Misir redete. Mrs. Weir hörte zu und widersprach nie. Misir überreichte Bücher und Pamphlete. Mrs. Weir sagte, sie freue sich darauf, sie zu lesen. Kurz bevor sie gingen, beschenkte Mrs. Weir sie alle mit den *Selbstbetrachtungen* des Mark Aurel, den *Unterredungen* des Epiktet und einer Reihe anderer Büchlein.
Danach war das Hanuman-Haus tagelang der Propaganda einer wenig bekannten christlichen Sekte ausgesetzt. Mrs. Weirs Büchlein tauchten auf dem langen Tisch auf, im Tulsi-Laden, in der Küche, den Schlafzimmern. An die Innenseite der Klotür wurde ein religiöses Bildchen geheftet. Als auf dem Allerheiligsten im Gebetsraum eine Broschüre gefunden wurde, bestellte Seth Mr. Biswas zu sich und sagte: »Als nächstes wirst du wohl anfangen, den Kindern Hymnen beizubringen. Ich kann nicht verstehen, wie irgend jemand auch bloß versuchen konnte, dich zu einem Pandit zu machen.«
Mr. Biswas sagte: »Nun, seit ich in dem Haus hier bin, kriege ich langsam das Gefühl, daß man, um ein guter Hindu zu sein, erst ein guter Katholik sein muß.«
Der ältere Gott, der sich angegriffen fühlte, und schon den Tränen nahe war, stand von der Hängematte auf.

»Guck ihn dir an«, sagte Mr. Biswas, »den kleinen Jack Horner. Der braucht doch bloß die Hand ins Hemd zu stecken, um ein Kreuz herauszuziehen.«
Der ältere Gott trug tatsächlich ein Kreuz. Es wurde im Haus für ein exotisches und erstrebenswertes Amulett gehalten. Der ältere Gott trug viele Amulette, und man hielt es für angemessen, daß ein so wertvoller Mensch gut beschützt sein sollte. Am Sonntag vor seiner Prüfungswoche wurde er von Mrs. Tulsi in von Hari geweihtem Wasser gebadet; seine Fußsohlen wurden in Lavendelwasser eingeweicht; er mußte ein Glas Guinness trinken; und als eine ehrfurchtgebietende Gestalt, beladen mit Kreuz, heiliger Schnur und Gebetsperlen, einem geheimnisvollen Duftkissen, einer Reihe merkwürdiger Armreifen, geweihter Münzen und einer Limone in jeder Hosentasche, verließ er das Hanuman-Haus.
»Ihr nennt euch Hindus?« fragte Mr. Biswas.
Shama versuchte, Mr. Biswas zum Schweigen zu bringen. Der Jüngere Gott stand aus der Hängematte auf und stampfte mit dem Fuß. »Ich bleibe nicht länger hier in der Hängematte und höre zu, wie mein Bruder beleidigt wird, Ma. *Du* kümmerst dich nicht darum.«
»Was?« sagte Mr. Biswas. »Ich beleidige jemanden? Im katholischen College muß er die Augen zu und den Mund aufmachen und ›Gegrüßet seist du Maria‹ sagen. Was ist das denn?«
»Mann!« sagte Shama.
Der ältere Gott weinte.
Der jüngere Gott sagte: »*Du* kümmerst dich nicht darum, Ma.«
»Biswas!« sagte Seth. »Willst du meine Hand spüren?«
Shama zog an Mr. Biswas' Hemd, und er strampelte, als würde er von einer tätlichen Auseinandersetzung weggezogen, die er gewänne und fortsetzen wollte. Aber er hatte sich Seths Drohung gemerkt und ließ sich langsam die Treppe hochschieben.

Auf halber Höhe hörten sie Seth nach seiner Frau rufen. »Padma! Komm schnell und guck nach deiner Schwester. Sie wird ohnmächtig.«
Jemand kam die Treppe heraufgerannt. Es war Chinta. Sie ignorierte Mr. Biswas und sagte anklagend zu Shama: »Mai fällt in Ohnmacht.«
Shama sah Mr. Biswas scharf an.
»Ohnmächtig, was?« sagte Mr. Biswas.
Chinta sagte nichts mehr. Sie eilte ins Betonhaus weiter, um Mrs. Tulsis Schlafzimmer, das Rosenzimmer, herzurichten.
Sowie Shama Mr. Biswas sicher in ihr Zimmer gebracht hatte, verließ sie ihn, und er hörte sie durchs Bücherzimmer und die Treppe hinunterlaufen.
Mrs. Tulsi wurde oft ohnmächtig. Jedesmal, wenn das geschah, wurde sofort ein umfassendes Ritual in Gang gesetzt. Eine Tochter wurde losgeschickt, das Rosenzimmer fertigzumachen, und dorthin wurde Mrs. Tulsi unter Anleitung Padmas, Seths Frau, von den anderen Töchtern gebracht. Wenn, was oft vorkam, Padma selbst krank war, nahm Sushila ihren Platz ein. Sushila hatte eine in der Familie einmalige Stellung. Sie war eine verwitwete Tochter, deren einziges Kind gestorben war. Wegen ihres Leids wurde sie respektiert, aber obwohl sie sich mit der Aura der Autorität umgab, blieb ihr Status ungeklärt. Manchmal schien er so hoch wie Mrs. Tulsis, manchmal niedriger als der Miss Blackies zu sein. Nur wenn Mrs. Tulsi krank war, konnte man Sushilas Macht gewiß sein. Nach der Ohnmacht im Rosenzimmer fächelte eine Tochter Mrs. Tulsi Luft zu; zwei massierten ihre glatten, glänzenden und überraschend festen Beine; eine ließ langsam Pimentrum in ihr offenes Haar sickern und massierte ihr die Stirn. Die anderen Töchter standen dabei, bereit, Padmas oder Sushilas Anweisungen auszuführen. Oft waren auch die Götter da und schauten grimmig zu. Wenn

die Massage und das Durchtränken mit Pimentrum vorbei waren, legte Mrs. Tulsi sich auf den Bauch und forderte den jungen Gott auf, auf ihr herumzulaufen, von den Fußsohlen bis zu den Schultern. Früher hatte der ältere Gott diese Pflicht erfüllt, aber er war zu schwer geworden. Die Schwiegersöhne fanden sich im Holzhaus allein mit den Kindern, die, ohne daß man es ihnen gesagt hatte, wußten, daß sie still sein mußten. Jede Tätigkeit war unterbrochen; das Haus wurde totenstill. Unabänderlich trug einer der Schwiegersöhne die Verantwortung dafür, Mrs. Tulsis Ohnmacht herbeigeführt zu haben. Er wurde nun mit Schweigen und Feindseligkeit verfolgt. Wenn er versuchte, ein freundliches Schwätzchen zu halten, tadelten ihn auf der Stelle viele Blicke für seine Oberflächlichkeit. Wenn er lustlos in einer Ecke hockte oder auf sein Zimmer ging, wurde er wegen seiner Gefühllosigkeit und Undankbarkeit getadelt. Man erwartete von ihm, daß er in der Diele blieb und alle Anzeichen von Zerknirschung und Unbehagen zeigte. Er wartete auf das Geräusch von Schritten, die sich vom Rosenzimmer her näherten; er sprach eine geschäftige, gekränkte Schwester an und erkundigte sich, ohne die schroffe Abfertigung zur Kenntnis zu nehmen, im Flüsterton nach Mrs. Tulsis Zustand. Am nächsten Morgen kam er scheu und linkisch herunter. Mrs. Tulsi ging es besser. Sie ignorierte ihn. Aber abends lag Verzeihung in der Luft. Der Missetäter wurde angesprochen, als wäre nichts geschehen, und er ging mit Eifer darauf ein.

Mr. Biswas ging nicht in die Diele. Er blieb auf seiner Decke im langen Raum liegen, zeichnete gedankenverloren und dachte sich Themen für die Artikel aus, die er versprochen hatte, für den *Neuen Aryas* zu schreiben, eine Zeitschrift, deren Herausgabe Misir plante. Er konnte sich nicht konzentrieren, und bald war das Papier mit Wiederholungen der Buchstaben RES in verschiedener

Schreibweise bedeckt, einer Kombination, die er, seitdem er einmal ein Schild für ein Restaurant gemalt hatte, herausfordernd und schön fand.
Das Zimmer roch nach Hirschhornsalz.
»Na, bist du glücklich jetzt, wo Mai wegen dir in Ohnmacht gefallen ist?«
Es war Shama. Ihre Hände waren noch ölig.
»Welchen Fuß hast du massiert?« fragte Mr. Biswas. »Du mußt froh sein, wenn sie dir erlauben, einen Fuß zu berühren. Weißt du, es haut mich um, daß ihr Schwestern euch alle so darum reißt, für die alte Henne zu sorgen. Hat sie sich um euch gekümmert? Sie hat sich euch einfach geschnappt und an einen alten Kokosnußverkäufer oder Krebsfänger verheiratet. Und trotzdem rennt jede hin, um ihr den Fuß zu massieren und den Kopf zu tätscheln und Riechsalz zu geben.«
»Weißt du, keiner, der dich so reden hört, würde glauben, daß du mit nicht mehr, als man an einem kleinen Nagel aufhängen kann, in dieses Haus gekommen bist.«
Das war eine vertraute Attacke. Er ging darüber hinweg.
Am nächsten Morgen ging er hinunter in die Diele und rief munter: »Morgen. Morgen. Morgen, alle zusammen.« Er bekam keine Antwort. Er sagte: »Shama, Shama. Essen, Mädchen. Essen.« Sie brachte ihm eine große Tasse Tee. Zum Frühstück gab es Tee und Kekse. Die Plätzchen kamen in einer riesigen Trommel, die man den Plätzchenbäckern zurückgeben mußte: das war die größte Spargröße, der Großeinkauf von Cafébesitzern. Während er in der Trommel herumkramte, das Stroh wegschob und nach Plätzchen tastete — eine angenehme Aufgabe, denn das Stroh und die Plätzchen zusammen rochen gut und waren besser als die Mahlzeit selbst —, kam Mrs. Tulsi in die Diele, geschwächt und schwerfällig, beinah älter als Padma aussehend. Der Schleier hing ihr tief in die Stirn, und ab und zu drückte sie ein in Eau de Cologne getränktes

Taschentuch an die Nase. Ohne ihre Zähne sah sie hinfällig aus, aber ihre Hinfälligkeit hatte etwas Ewigwährendes.

»Geht's dir besser, Mai?« fragte Mr. Biswas und stapelte ein paar Kekse auf einem lädierten Emailleteller. Er sprach betont fröhlich.

Die Diele verstummte.

»Ja, Sohn«, sagte Mrs. Tulsi, »es geht mir besser.«

Jetzt war Mr. Biswas an der Reihe, überrascht zu sein.

(»Ich hatte unrecht mit deiner Mutter«, sagte er zu Shama, ehe er an dem Morgen das Haus verließ. »Sie ist überhaupt keine alte Henne, auch keine alte Kuh.«

»Ich bin froh, daß du jetzt Dankbarkeit lernst«, sagte Shama.

»Sie ist ein weiblicher Fuchs. Ein alter weiblicher Fuchs. Wie heißt der richtige Ausdruck nochmal? Du weißt doch, was ich meine, Mann. Du erinnerst dich doch an deine *Macdougall's Grammatik.* Abt, Äbtissin. Reh, Rikke, Hirsch, Hindin. Fuchs, was?«

»Das sag' ich dir nicht.«

»Das finde ich schon heraus. In der Zwischenzeit kannst du dir die Namensänderung merken. Sie ist der alte Weibsfuchs.«)

Er blieb auf dem Treppenabsatz, wo er immer tiefer durch das zerrissene Rohrgeflecht des Stuhls vor dem fleckigen, angeschlagenen, mißbrauchten und überflüssigen Klavier rutschte, seinen Tee schlürfte, Plätzchen zerbröselte und Bröckchen in den Tee warf. Er beobachtete, wie die Stückchen aufquollen, und rettete sie mit seinem Löffel, kurz bevor sie sanken. Ehe das aufgeweichte, vom Löffel hängende Plätzchen herunterfallen konnte, stieß er dann schnell den Löffel in den Mund. Rund um ihn herum taten die Kinder dasselbe.

Der jüngere Gott kam die Treppe herunter. Er hatte die Morgen*puja* verrichtet. Mit seinem kleinen Dhoti, der kleinen Weste, den Gebetsperlen und winzigen Kastenabzeichen sah er aus wie eine Spielzeugversion eines heiligen Mannes. Er trug einen Messingteller, auf dem ein Würfel brennenden Kampfers lag. Der Kampfer war gebraucht worden, um die Götterbilder im Gebetsraum zu beweihräuchern; jetzt sollte er jedem Familienmitglied dargebracht werden.

Zuerst ging der Gott zu Mrs. Tulsi. Sie steckte ihr Taschentuch in den Ausschnitt, berührte die Kampferflamme mit den Fingerspitzen und führte die Fingerspitzen zur Stirn. »Rama, Rama«, sagte sie. Dann fügte sie hinzu: »Bring ihn zu deinem Bruder Mohun.«

Wieder verstummte die Diele. Und wieder war Mr. Biswas überrascht.

Sushila, die sich an die Autorität klammerte, die sie am vergangenen Abend im Krankenzimmer gehabt hatte, sagte: »Ja, Owad, bring ihn deinem Bruder Mohun.«

Die Stirn runzelnd, zögerte der Gott. Dann schnalzter er, stampfte zum Treppenabsatz und bot Mr. Biswas die aromatische Kampferflamme dar. Mr. Biswas rettete noch ein bißchen von einem schwammigen Plätzchen aus der Emailletasse. Er hielt seinen Mund unter den Löffel, fing das abbrechende Plätzchen auf, kaute geräuschvoll und sagte: »Das kannst du wegnehmen. Du weißt doch, daß ich nichts von dieser Verehrung von Götterbildern halte.«

Der Gott, einen Augenblick zuvor noch verärgert, war so benommen, daß er fast etwas entgegnet hätte, um ihn umzustimmen, ehe ihm die ganze Entsetzlichkeit von Mr. Biswas' Zurückweisung dämmerte. Regungslos stand er da, während der Kampfer auf dem Teller verbrannte und schmolz.

In der Diele herrschte Stille.

Mrs. Tulsi schwieg. Ihre Gebrechlichkeit und Erschöpfung vergessend, stand sie auf und ging langsam die Treppe hoch.

»Mann!« schrie Shama.
Shamas Schrei schreckte den Gott hoch. Mit Tränen der Wut in den Augen ging er in die Diele hinunter und sagte: »*Ich* wollte nicht gehen und ihm irgend etwas anbieten. Ich nicht. Ich weiß, wieviel Respekt er anderen gegenüber hat.«
Sushila sagte: »Sch! Nicht, solange du den Teller hältst.«
»Mann!« sagte Shama. »Was machst du denn jetzt?«
Mr. Biswas leerte seine Tasse, kratzte mit dem Löffel den Plätzchenbrei vom Boden, aß ihn und sagte, sich erhebend: »Was ich mache? Ich tu nichts. Ich glaube einfach nicht an diese Verehrung von Götterbildern, das ist alles.«
»M-m-m-m. Mm!« Miss Blackie machte ein laut schnurrendes Geräusch. Sie war verletzt. Sie war Katholikin und ging jeden Morgen zur Messe, aber jahrelang hatte sie jeden Tag zugesehen, wie die Riten der Hindus verrichtet wurden, und betrachtete sie als ebenso unverletzlich wie ihre eigenen.
»Götterbilder sind Hilfsmittel für die Verehrung des Wahrhaftigen«, sagte Mr. Biswas, der Diele ein Zitat Pankaj Rais übermittelnd. »Sie sind nur in einer geistig rückständigen Gesellschaft notwendig. Seht euch den kleinen Jungen da unten an. Glaubt ihr, er weiß, was er heute morgen getan hat?«
Der Gott stampfte auf und sagte schrill: »Ich weiß eine Menge mehr darüber als du, du — du *Christ*!«
Miss Blackie schnurrte wieder, jetzt tief gekränkt.
Sushila sagte zum Gott: »Du darfst nie die Geduld verlieren, wenn du *Puja* verrichtest, Owad. Das ist nicht schön.«
»Ist es etwa schön von ihm, mich und Ma und alle anderen auf diese Weise zu beleidigen?«
»Gib ihm nur die Möglichkeit. Er wird noch in sein eigenes Messer rennen.«

Im langen Raum sammelte Mr. Biswas seine Malausrüstung zusammen und sang immer wieder:

In Schnee und Sturm,
in Sturm und Schnee.

Wörter und Melodie erinnerten entfernt an *Roaming in the Gloaming*, das der Chor in Lals Schule einmal zur Unterhaltung wichtiger Besucher von der Kanadischen Mission gesungen hatte.

Aber fast sofort, nachdem er Hanuman-Haus durch das Seitentor verlassen hatte, verschwand Mr. Biswas' gute Laune, und tiefe Niedergeschlagenheit befiel ihn, die den ganzen Tag anhielt. Er arbeitete schlecht. Er mußte ein großes Schild auf eine Wellblechumzäunung malen. Auf einer gewellten Oberfläche Buchstaben zu malen, war schlimm genug; eine Kuh und ein Gatter zu malen, wie er es tun mußte, war zum Verrücktwerden. Seine Kuh sah steif, mißgestaltet und traurig aus und zerstörte die Fröhlichkeit der übrigen Reklame.

Als er zum Hanuman-Haus zurückging, war er überanstrengt und gereizt. Die gekränkten und angriffslustigen Blicke, die ihn in der Diele empfingen, erinnerten ihn an seinen morgendlichen Triumph. Seine ganze Freude hatte sich in Ekel vor seiner Lage verwandelt. Die Kampagne gegen die Tulsis, die er mit so viel Vergnügen geführt hatte, kam ihm jetzt sinnlos und entwürdigend vor. Angenommen, dachte Mr. Biswas im langen Raum, angenommen, daß ich auf ein Wort hin einfach aus diesem Zimmer verschwinden könnte, was bliebe schon Erwähnenswertes von mir? Ein paar Kleider, ein paar Bücher. Das Geschrei und Getrampel in der Diele bestände fort; *Puja* würde verrichtet; der Tulsi-Laden würde morgens seine Türen öffnen.

Er hatte in vielen Häusern gelebt. Und wie leicht war es,

sich diese Häuser ohne ihn vorzustellen! Pandit Jairam war um diese Zeit auf einer Versammlung oder aß zu Hause, sich auf einen Abend mit seinen Büchern freuend. Soanie stand im Türrahmen, verdunkelte den Raum und wartete auf die letzte Befehlsgeste. Auf Taras hinterer Veranda saß Ajodha mit geschlossenen Augen entspannt in seinem Schaukelstuhl und lauschte vielleicht der Serie *Dein Körper*, vorgelesen von Rabidat, der unbeholfen abgewandt vor ihm saß, weil er den Geruch nach Alkohol und Tabak in seinem Atem verbergen wollte. Tara war in der Nähe und hetzte den Schweizer (es war Melkzeit) oder hetzte den Stalljungen oder das Dienstmädchen, hetzte irgend jemanden. An keinem dieser Orte wurde er vermißt, denn an keinem dieser Orte war er je mehr als ein Besucher gewesen, der die Routine durcheinanderbrachte. Dachte Bipti in der Hintergasse an ihn? Aber sie hatte sich selbst aufgegeben. Und noch weiter weg war dieses Haus aus Lehm und Gras im Sumpfland: mittlerweile wahrscheinlich abgerissen und untergepflügt. Dahinter ein Vakuum. Es gab nichts Erwähnenswertes von ihm.

Er hörte Fußschritte, und herein kam Shama mit einem Teller voll Reis, Kartoffeln mit Currysauce, Linsen und Kokoschutney.

»Wie oft soll ich dir eigentlich noch sagen, daß ich diese verdammten Messingteller hasse?«

Sie stellte den Teller auf den Fußboden.

Er ging um ihn herum. »Hat dir eigentlich in der Schule keiner Gesundheitspflege beigebracht? Reis, Kartoffeln. Diese ganze verdammte Stärke.« Er klopfte seinen Bauch ab. »Willst du mich aufblasen?« Beim Anblick Shamas hatte sich seine Niedergeschlagenheit in Wut verwandelt, aber er sprach scherzhaft.

»Ich sage immer«, sagte Shama, »daß du dich erst beschweren darfst, wenn du anfängst, selbst für dein Essen zu sorgen.«

Er ging zum Fenster, wusch sich die Hände, gurgelte und spuckte.
Von unten rief jemand: »He du, da oben! Paß auf, was du tust!«
»Ich wußte's, ich wußte's«, sagte Shama, zum Fenster laufend. »Ich wußte, daß das eines Tages passieren mußte. Du hast auf einen gespuckt.«
Er sah interessiert hinaus. »Auf wen? Den alten Weibsfuchs oder einen der Götter?«
»Du hast auf Owad gespuckt.«
Sie hörten, wie er sich beschwerte.
Mr. Biswas nahm noch einen Mund voll Wasser und gurgelte. Dann lehnte er sich mit aufgeblasenen Backen so weit er konnte aus dem Fenster.
»Glaub bloß nicht, daß ich dich nicht sehe«, rief der Gott. »Ich pass' schon auf, was du da machst, Mr. Biswas. Aber ich bleibe genau hier stehen, und wenn du wieder auf mich spuckst, sage ich es Ma.«
»Sag's ihr doch, du kleiner Hundesohn«, murmelte Mr. Biswas spuckend.
»Mann!«
»O Gott!« rief der Gott aus.
»Glück gehabt, du kleiner Affe«, sagte Mr. Biswas. Er hatte ihn verpaßt.
»Mann!« schrie Shama und zog ihn vom Fenster weg.
Langsam spazierte er um den Messingteller herum.
»Geh nur«, sagte Shama, »geh, bis du müde bist. Aber warte, bis du selber für dein Essen sorgst, ehe du anfängst, das Essen zu kritisieren, das andere Leute dir geben.«
»Wer hat dir die Botschaft an mich aufgetragen? Deine Mutter?« Er zog seine Schneidezähne hinter seine unteren Zähne zurück, sah aber wegen seiner langen Mehlsack-Unterhosen nicht bedrohlich aus.
»Kein Mensch hat mir irgendeine Botschaft an dich gegeben. Das hab' ich mir einfach selbst überlegt.«

»Das hast du dir selbst überlegt, was?«
Er hatte den Messingteller ergriffen und lief, Reis auf den Boden verschüttend, zum Demerara-Fenster. Er würde das ganze verdammte Zeug rausschmeißen, hatte er beschlossen. Aber sein Ungestüm beruhigte ihn, und am Fenster fiel ihm noch etwas ein: wenn du den Teller rauswirfst, könntest du jemanden töten. Er hielt in seiner Schleuderbewegung inne und kippte den Teller bloß um. Leicht rutschte das Essen herunter, hinterließ nur ein paar Reiskörner, die an dünnen Streifen von Linsen und fettigen, blasenwerfenden Spuren von Currysauce hängenblieben.
»O, Gott! Oo — G—o—tt!«
Es begann als leiser Schrei und stieg schnell zu einem anhaltendem Geheul an, das bei den Babys überall im Haus mitfühlendes Gekreische erweckte. Urplötzlich brach das Geheul ab, und Sekunden später — es kam ihm länger vor — hörte Mr. Biswas ein tiefes, mißtönendes, sich entfernendes Schnüffeln. »Das sag' ich Ma«, schrie der Gott. »Ma, komm und guck, was dein Schwiegersohn mir angetan hat. Er hat mich mit seinem dreckigen Essen beworfen.« Nach einem sirenenartigem Luftholen ging das Geheul weiter.
Shama sah gemartert aus.
Unten gab es ein beträchtliches Durcheinander. Mehrere Leute brüllten durcheinander, Babys schrien, unterstützt von Geheul und Geschnatter, und die Diele erschallte von aufgeregten Bewegungen.
Schwere Fußtritte ließen die Treppe erzittern, brachten die Glasscheiben in den Türen zum Rattern, dröhnten durchs Bücherzimmer, und Govind war in Mr. Biswas' Zimmer.
»Du bist's!« schrie Govind, schwer atmend, sein hübsches Gesicht verzerrt. »Du hast auf Owad gespuckt.«
Mr. Biswas hatte Angst.

Er hörte noch mehr Fußtritte auf der Treppe. Das Geheul kam näher.
»Gespuckt«, sagte Mr. Biswas. »Ich hab' auf keinen gespuckt. Ich hab' nur aus dem Fenster rausgegurgelt und 'n bißchen schlechtes Essen weggeworfen.«
Shama kreischte.
Govind warf sich auf Mr. Biswas.
Überrumpelt und vor Angst wie gelähmt, schrie Mr. Biswas Govind weder an, noch schlug er zurück, sondern ließ sich herumknuffen. Er wurde hart und oft gegen den Kiefer geschlagen, und bei jedem Schlag sagte Govind: »Du bist's.« Vage war Mr. Biswas sich der Frauen bewußt, die kreischend und schluchzend ins Zimmer drängten und über Govind und ihn herfielen. Ganz genau war er sich des Gottes bewußt, der anscheinend direkt in sein Ohr heulte: ein hartes, kratzendes, vorsätzliches Geräusch. Abrupt hörte das Geheul auf. »Ja, er ist's!« sagte der Gott. »Er ist's. Darauf hat er schon lange hingearbeitet.« Und bei jedem Faustschlag und Fußtritt, den Govind austeilte, grunzte der Gott, als hätte er selbst zugeschlagen. Über Mr. Biswas und Govind hingen die Frauen, deren Schleier und Haare sich lösten. Ein Schleier kitzelte Mr. Biswas an der Nase.
»Haltet ihn!« schrie Chinta. »Wenn ihr ihn nicht festhaltet, bringt Govind Biswas um. Er ist ein schrecklicher Mensch, sag' ich euch, wenn er wütend ist.« Sie brach in kurzes, scharfes Jammern aus. »Macht Schluß! Macht Schluß! Sie bringen Govind an den Galgen, wenn ihr dem nicht ein Ende macht. Macht ihm ein Ende, ehe sie mich zur Witwe machen.«
Während er gegen seine eingefallene Brust geschlagen, von kurzen Haken auf seinem weichen, vorstehenden Bauch getroffen wurde, merkte Mr. Biswas zu seiner Überraschung, daß sein Kopf recht klar blieb. Wegen was zum Teufel weint diese Frau? dachte er. Sie wird schon Witwe

werden, aber was ist mit mir? Er versuchte, Govind mit seinen Armen zu umfassen, konnte aber nicht mehr, als ihm auf den Rücken klopfen. Govind schien diese Klapse überhaupt nicht zu bemerken. Es hätte Mr. Biswas überrascht, wenn er es bemerkt hätte. Er wollte Govind kratzen und kneifen, dachte aber, daß so etwas unmännlich sei.

»Töte ihn!« rief der Gott. »Töte ihn, Onkel Govind.«

»Owad, Owad«, sagte Chinta, »wie kannst du so etwas sagen?«

Sie zog den Gott zu sich heran und drückte seinen Kopf an ihre Brust. »Auch du? *Willst* du mich zur Witwe machen?«

Der Gott ließ sich umarmen, verdrehte aber seinen Kopf, um dem Kampf zuzugucken, und rief immer weiter: »Töte ihn, Onkel Govind. Töte ihn.«

Die Frauen übten keine große Wirkung auf Govind aus. Es gelang ihnen nur, den Schwung seiner Arme zu bremsen, aber seine kurzen Haken waren kraftvoll. Mr. Biswas spürte sie alle. Sie taten aber nicht mehr weh.

»Töte ihn, Onkel Govind!«

Der braucht keine Ermutigung, dachte Mr. Biswas.

Nachbarn schrien.

»Was ist los, Mai? Mai! Mrs. Tulsi! Mr. Seth! Was ist los?«

Ihre drängenden, erschreckten Stimmen machten Mr. Biswas Angst. Plötzlich hörte er sich selbst heulen: »O Gott! Ich bin tot. Ich bin tot. Er bringt mich um.«

Seine Todesangst brachte das Haus zum Schweigen.

Sie brachte Govinds Arme zum Stillstand. Sie machte den Gott ruhig und gab ihm eine flüchtige Vorstellung von schwarzen Polizisten, Gerichtsgebäuden, Galgen, Gräbern, Särgen.

Die Frauen erhoben sich von Govind und Mr. Biswas. Schwer atmend erhob Govind sich von Mr. Biswas.

Wie ich Leute hasse, die so atmen, dachte Mr. Biswas. Und wie dieser Govind riecht! Es war kein Geruch nach Schweiß, sondern nach Öl, Körperöl, das in Mr. Biswas'

Kopf mit den Pickeln in Govinds Gesicht zusammenhing. Wie unangenehm es sein mußte, mit so einem Mann verheiratet zu sein!
»Hat er ihn umgebracht?« fragte Chinta. Sie war ruhiger, in ihrer Stimme lag Stolz und aufrichtige Teilnahme. »Sag was, Bruder. Sprich. Sprich mit deiner Schwester. Bringt ihn dazu, was zu sagen, einer von euch.«
Nun, da Govind von seinem Brustkasten herunter war, war es Mr. Biswas' einzige Sorge, sich zu vergewissern, ob er anständig bekleidet war. Er hoffte, daß nichts mit seiner Unterhose passiert war. Er bewegte eine Hand abwärts, um das zu erforschen.
»Alles in Ordnung mit ihm«, sagte Sushila.
Jemand beugte sich über ihn. Der Geruch nach Öl, Wick Vaporub, Knoblauch und rohem Gemüse verriet ihm, daß es Padma war. »Alles in Ordnung mit dir?« fragte sie und schüttelte ihn. Er legte sich auf die Seite, mit dem Gesicht zur Wand.
»Alles in Ordnung mit ihm«, sagte Govind und fügte auf Englisch hinzu: »Ist bloß gut, daß ihr alle gekommen seid, sonst würd' ich wegen dem Mann noch am Galgen baumeln.«
Chinta schluchzte auf.

Auf der niedrigen Bank sitzend, ihren Rock über die Knie drapiert, eine Hand unter dem Kinn, die starr blickenden Augen von Tränen verhangen, hatte Shama die ganze Zeit ihre Märtyrerhaltung beibehalten.
»Auf mich spucken, was?« sagte der Gott. »Mach nur weiter. Warum spuckst du jetzt nicht auf mich? Herzukommen und über unsere Religion zu lachen. Mich auszulachen, wenn ich *Puja* verrichte. Ich weiß, was ich mir Gutes antue, wenn ich *Puja* verrichte, hörst du?«
»Ist schon gut, Sohn«, sagte Govind. »Wenn ich da bin, kann keiner dich und Mai beleidigen.«

»Laß ihn in Ruhe, Govind«, sagte Padma. »Laß ihn, Owad.«
Der Vorfall war vorüber. Der Raum leerte sich.
Allein zurückgelassen, blieben Shama und Mr. Biswas, wie sie waren. Shama starrte durch die Tür, Mr. Biswas betrachtete den Lotus auf der hellgrünen Wand.
Sie hörten, wie wieder Leben in die Diele einzog. Das verspätete Abendessen wurde mit ungewöhnlichem Eifer aufgetischt. Babys wurden mit Liedern, Klatschen, Glukken und Kindergerede getröstet. Kinder wurden mit außergewöhnlich guter Laune gescholten. Für den Augenblick bestand zwischen allen da unten ein neues Band, und Mr. Biswas erkannte, daß er selbst dieses Band war.
»Geh und hol mir eine Dose roten Lachs«, sagte er zu Shama, ohne sich von der Wand wegzudrehen. »Und ein bißchen Sauerteigbrot.«
Etwas kitzelte sie im Hals. Sie hustete und versuchte, das Schlucken durch Seufzen zu kaschieren.
Das machte ihn noch überdrüssiger. Mit lose herunterhängender Unterhose stand er auf und schaute sie an. Sie starrte immer noch durch die Tür ins Bücherzimmer. Sein Kiefer fühlte sich schwer an. Er legte eine Hand an die Wange und betätigte den Kiefer. Er bewegte sich schwer. Aus Shamas großen Augen sprangen Tränen und liefen ihre Wangen hinab.
»Was ist passiert? Hat dich auch einer verprügelt?«
Sie schüttelte die Tränen weg, ohne die Hand vom Kinn zu nehmen.
»Geh und hol mir eine Dose Lachs, kanadischen. Und hol ein bißchen Brot und Pfeffersauce.«
»Was ist passiert? Hast du eine krankhafte Begierde? Kriegst du ein Kind?«
Er hätte sie gern geschlagen. Aber nach dem, was gerade geschehen war, wäre das lächerlich gewesen.
»Kriegst du ein Kind?« wiederholte Shama. Sie stand auf,

schüttelte ihren Rock aus und strich ihn gerade. Laut, als versuche sie, die Aufmerksamkeit der Leute unten zu erhaschen, sagte sie: »Geh und hol es dir selbst. *Mich* kannst du nicht herumkommandieren, hörst du?« Sie putzte sich die Nase, wischte darüber und ging.

Er war allein. Er trat nach einer Lotusblüte auf der Wand. Der Lärm schreckte ihn auf, sein Zeh tat weh, und beim nächsten Tritt zielte er auf seinen Stapel Bücher. Er ließ sie durcheinanderpurzeln und staunte, was unbelebte Gegenstände alles aushielten, ohne sich zu beklagen. Die umgeknickte Ecke des Deckels von *Bell's Standard Elocutionist* war wie eine stumme, anklagend ertragene Wunde. Er beugte sich nieder, um die Bücher aufzuheben, beschloß dann aber, es sei ein Zeichen von Selbstverachtung, wenn er das täte. Sie blieben besser liegen, damit Shama sie sähe und sogar wieder aufräumte. Er strich mit der Hand übers Gesicht. Es fühlte sich schwer und tot an. Wenn er hinunter schielte, konnte er sehen, wie die Wange anschwoll. Langsam tat ihm alles weh. Es war seltsam, daß die Schläge, als sie ausgeteilt wurden, so wenig Eindruck auf ihn gemacht hatten. Überraschung glich vieles aus. Vielleicht war das bei Tieren genauso. Das Dschungelleben war also erträglich, war Teil von Gottes Plan. Er ging zu dem billigen Spiegel hinüber, der innen in der Fenstereinfassung hing. Nie konnte er sich darin sehen. Es war ein idiotischer Platz für einen Spiegel, und er war wütend genug, um ihn herunterzureißen. Er tat es nicht. Er ging einen Schritt zur Seite und guckte über die Schulter auf sein Spiegelbild. Er wußte, daß sein Gesicht sich schwer anfühlte; er hatte keine Ahnung, daß es so absurd aussah. Aber er mußte hinausgehen, vorläufig das Haus verlassen, seinen Lachs, sein Brot und Pfeffersauce bekommen — alles schlecht für ihn, aber das Leiden kam später. Er zog seine Hose an, und das Klappern der Gürtelschnalle machte einen so präzisen, männlichen Laut, daß er ihn

sofort unterdrückte. Er zog sein Hemd an und ließ den zweiten Knopf auf, um seine eingefallene Brust offen zu zeigen. Aber seine Schultern waren ziemlich breit. Er wünschte, er könnte sich der Stärkung seines Körpers widmen. Wie konnte er das aber mit dem ganzen schlechten Essen aus dieser finsteren Küche? Lachs hatten sie nur am Karfreitag: zweifellos der Einfluß der orthodoxen römisch-katholischen-hinduistischen Mrs. Tulsi. Er zog den Hut tief in die Stirn und dachte, in der Dunkelheit könne er mit seinem Gesicht gerade noch davonkommen.
Als er die Treppe herunterkam, wurde das Geschnatter zu einem babylonischen Lärm. Unterhalb des Treppenabsatzes wartete er auf die Stille, die Wiederbelebung.
Es geschah, wie er befürchtet hatte.
Shama sah ihn nicht an. Unter lustigen Schwestern war sie die lustigste.
Padma sagte: »Du gibst Mohun besser was zu essen, Shama.«
Govind sah nicht auf. Er lächelte ins Leere, schien es, und aß auf seine barbarische, geräuschvolle Art, Reis und Currysauce waren über seine behaarte Hand verschüttet und liefen sein Handgelenk hinunter. Bald würde er, wußte Mr. Biswas, seine Hand mit einem schnellen schabenden Lecken säubern.
Mr. Biswas sagte, während er allen in der Diele den Rücken zukehrte: »Ich esse nichts von dem Fraß in diesem Haus.«
»Nun, keiner bittet dich darum, hörst du«, sagte Shama.
Er bog die Hutkrempe über sein Auge und ging hinaus in den Hof, der nur vom Licht aus der Diele erleuchtet wurde.
Der Gott sagte: »Hat einer gesehen, wie draußen ein Spion vorbeigangen ist?«
Mr. Biswas hörte das Gelächter.
Unter dem vorspringenden Dach eines Fahrradgeschäftes auf der Hauptstraße gegenüber war ein Austernstand, von

einer Fackel mit einem dicken, schwammartigen Docht gelblich rauchend beleuchtet. Die Austern lagen auf einem glänzenden Haufen, vielfältig facettiert, grau und schwarz und gelb. Zwei Flaschen, mit braunen Papierknebeln verstopft, enthielten Pfeffersauce.
Den Lachs auf später verschiebend, überquerte Mr. Biswas die Straße und fragte den Mann: »Was kosten die Austern?«
»Zwei 'nen Cent.«
»Machen Sie mal welche auf.«
Glücklich, daß er tätig werden konnte, rief der Mann. Irgendwo aus der Dunkelheit kam eine Frau herbeigerannt. »Komm schon«, sagte der Mann »Hilf mir, sie aufmachen.« Sie stellten einen Eimer Wasser auf den Stand, wuschen die Austern, öffneten sie mit kurzen, stumpfen Messern und wuschen sie noch einmal. Mr. Biswas schüttete Pfeffersauce in die Schale, schluckte und hielt die Hand für die nächste aus. Die Pfeffersauce brannte auf seinen Lippen.
Der Austernmann redete wie betrunken in einer Mischung aus Hindi und Englisch: »Mein Sohn ist ein Teufelskerl. Ich hab' das Gefühl, irgendwas stimmt ernstlich nicht mit ihm. Neulich hat er 'ne Büchse auf den Zaun gesetzt und kommt ins Haus gerannt. »Das Gewehr, Pa«, sagte er, »schnell, gib mir das Gewehr.« Ich geb' ihm das Gewehr. Er läuft ans Fenster und schießt. Die Büchse fällt. »Pa«, sagt er, »Ich hab' Arbeit erschossen. Ich hab' Ehrgeiz erschossen. Tot.« Die Fackel ließ die Züge des Mannes dramatisch aussehen, füllte tiefliegende Partien mit Schatten, warf Glanz auf die Schläfen über den Augenbrauen, seine Nase und die Wangenknochen entlang. Plötzlich warf er sein Messer hin und zog unter seinem Stand einen Stock hervor. Er wedelte mit dem Stock vor Mr. Biswas herum. »Allen!« sagte er. »Sag allen, sie sollen nur kommen!«

Die Frau merkte nichts. Sie machte mit dem Austernöffnen weiter, legte sie in ihre aufgekratzte rote Hand, stemmte die häßlichen Schalen auf, löste die lebenden Austern von ihren Vertäuungen an der reinen, frei liegenden inneren Schale.
»Sag's allen«, sagte der Mann, »überhaupt allen.«
»Stop!« sagte Mr. Biswas.
Die Frau zog ihre Hand aus dem Eimer und legte eine noch tropfende Auster wieder auf den Haufen.
Der Mann legte seinen Stock weg. »Stop?« Er sah betrübt aus und war nicht mehr angsteinflößend. Er begann die leeren Schalen zu zählen.
Die Frau verschwand in der Dunkelheit.
»Sechsundzwanzig«, sagte der Mann. »Dreizehn Cent.«
Mr. Biswas bezahlte. Der rote, frische Austerngeruch regte ihn jetzt auf. Sein Magen war voll und schwer, aber noch nicht zufriedengestellt. Die Pfeffersauce hatte seine Lippen mißhandelt. Dann begannen die Schmerzen. Trotzdem ging er weiter zu Mrs. Seeung. Das hohe, höhlenartige Café war schwach erleuchtet. Überall schliefen Fliegen, und hinter der Theke war Mr. Seeung halb eingeschlafen, sein stacheliger Kopf war über eine chinesische Zeitung gesunken.
Mr. Biswas kaufte eine Dose Lachs und zwei Laibe Brot. Das Brot sah altbacken aus und schmeckte auch so. Er wußte, daß ihm Brot in seinem jetzigen Zustand nur Brechreiz verursachen würde, aber es war eine gewisse Befriedigung für ihn, ein Tabu der Tulsis zu brechen, indem er gekauftes Brot aß, eine Gewohnheit, die sie für geistlos, negrid und unsauber hielten. Der Lachs widerte ihn an; er fand, er schmeckte nach Büchse, fühlte sich aber gezwungen, alles aufzuessen. Und während er aß, verschlimmerte sich seine Qual. Heimliches Essen war ihm noch nie bekommen.
Aber was er für seine Schande hielt, war in Wirklichkeit sein Triumph.

Am nächsten Morgen bestellte Seth ihn zu sich und sagte auf Englisch: »Gestern abend bin ich aus Carapichaima gekommen, freue mich nur auf mein Essen und mein Bett, und das erste, was ich höre, ist, daß du versucht hast, Owad zu verdreschen. Ich glaube, wir können dich hier nicht länger ertragen. Du willst dein eigenes Boot rudern. Gut, mach voran und rudere. Aber wenn dir der Arsch naß wird, versuch bloß nicht, zu mir oder Mai zurückzukommen, hörst du. Ehe du gekommen bist, war das eine nette, vereinte Familie. Du machst besser, daß du wegkommst, ehe du noch mehr Unheil anrichtest und *ich* Hand an dich legen muß.«
So zog Mr. Biswas nach The Chase, in das Geschäft. Shama war schwanger, als sie umzogen.

4. The Chase

The Chase war eine langgestreckte, versprengte Ansiedlung von Lehmhütten im Herzen des Zuckerrohrgebiets. Nach The Chase kamen wenige Außenstehende. Die Leute, die hier lebten, arbeiteten auf den Zuckerplantagen und beim Straßenbau. Die Welt hinter den Zuckerrohrfeldern war weit weg, und eine Verbindung zum Dorf bestand nur durch Karren und Fahrräder von Dorfbewohnern, Liefer- und Lastwagen von Großhändlern und ab und zu einem privaten Autobus, der sich an keinen Fahrplan und keine festgelegte Route hielt.

Für Mr. Biswas war es wie eine Rückkehr in das Dorf, in dem er seine Kindheitsjahre verbracht hatte. Nur daß nun das Rätselhafte und das Dunkel, das es umgab, verschwunden waren. Er wußte, was hinter den Zuckerrohrfeldern lag und wohin die Straßen führten. Sie führten zu Dörfern, die genauso aussahen wie The Chase; sie führten zu heruntergekommenen Städten, in denen vielleicht ein Geschäft oder Café mit seinen Schildern geschmückt war. In diese Städte unternahmen die Dorfbewohner beschwerliche und seltene Reisen, um Haushaltswaren zu erstehen, Anzeigen bei der Polizei zu erstatten oder vor Gericht zu erscheinen; denn The Chase konnte weder einen Haushaltwarenladen noch eine Polizeistation und noch nicht einmal eine Schule unterhalten. Seine beiden wichtigsten öffentlichen Gebäude waren die zwei Rumlokale. Und kleine Lebensmittelläden, von denen einer der von Mr. Biswas' war, hatte es im Überfluß.

Mr. Biswas' Geschäft war ein kurzer, schmaler Raum mit einem rostigen Dach aus verzinktem Eisenblech. Der

Betonfußboden, kaum höher als die Erde, war von groben Steinen durchsetzt und schmutzverkrustet. Die Wände waren schief und krumm; der Betonverputz war rissig und in vielen Stellen abgeblättert, an denen Lehm, Tapiagras und Streifen von Bambusblättern zum Vorschein kamen. Die Wände waren leicht zu erschüttern, aber das Tapiagras und die Bambusblattstreifen hatten ihnen erstaunliche Elastizität verliehen, so daß, trotz Mr. Biswas' Angstgefühl, das er in den folgenden sechs Jahres jedesmal empfand, wenn jemand sich gegen die Wand lehnte oder Mehl- oder Zuckersäcke dagegen warf, die Wände umfielen, nie über den Grad an Wackligkeit hinaus verfielen, in dem er sie vorgefunden hatte.

An der Rückseite des Ladens waren zwei Räume mit unverputzten Lehmwänden und einem alten, groben Strohdach, das sich an einer Seite über eine offene Galerie hinzog. Der Fußboden aus gestampfter Erde hatte sich aufgelöst und wurde von den Hühnern aus der Nachbarschaft für ihre Staubbäder in der Hitze des Tages benutzt. Die Küche war eine vernachlässigte Behelfskonstruktion im Hof. Als Pfosten hatte sie verwachsene Baumäste, als Dach bunt zusammengewürfelte Wellblechstücke und für die Wände hatte man so gut wie alles benutzt: Blechstücke, Zelttuchstreifen und Bambus, Bretter von Verpackungskisten. Eine Wand hatte ein Loch für ein Fenster, aber das geplante Rechteck war zu einem Rhombus geworden. Das Fenster selbst war rechteckig, füllte aber das rhombische Loch nicht aus. Es bestand aus schlecht passenden Stücken verschiedener Holzarten, zusammengehalten von zwei Querlatten, die von massiven, flach zurückgehämmerten und rostig gewordenen Nägeln zersplittert waren. Obwohl sie klein war und im Freien stand, war es in der Küche immer dunkel. Tagsüber ließ das Fenster und nachts die Fackel oder das Feuer sehen, daß die Wände schwarz und flockig vor Ruß waren, als wäre dort eine neue Spinnenspezies gezüchtet worden, die Netze spinnen konnte, so schwarz und pelzig wie ihre Beine. Und alles roch nach Rauch von verbranntem Holz. Aber Platz war vorhanden. Nach hinten hinaus war Platz bis zu einer Umgrenzung, die in einem Gewirr hohen Buschwerks unterging, verlassenes Land, das von den Dorfbewohnern und später von Mr. Biswas »Niemandsland« genannt wurde. Neben dem Haus war noch mehr verlassenes Land: ein früher wohlbestelltes Feld, das jetzt eine Weide für die Kühe des Dorfes war, die sich von seinen Unkräutern und Nesseln und rasierklingenscharfen Gräsern, wilden, wuchernden Gewächsen, ernähren konnten.

Die Tulsis hatten diesen unrentablen Besitz auf Seths Rat hin erworben. Er war Mitglied eines lokalen Straßenausschusses und hatte eine sich später als wertlos erweisende Information erhalten, daß genau an der Stelle, wo Mr. Biswas' Geschäft stand, eine Autostraße gebaut werden sollte.

Mr. Biswas zog ohne große Mühe aus dem Hanuman-Haus aus. Er hatte wenig mitzunehmen: seine Kleider, ein paar Bücher und Zeitschriften, seine Malsachen. Shama hatte viel mehr. Sie hatte viele Kleider, und kurz bevor sie auszog, bekam sie von Mrs. Tulsi ganze Stoffballen direkt aus den Regalen im Tulsi-Geschäft. Shama war es auch, die daran gedacht hatte, Töpfe und Pfannen und Tassen und Teller zu kaufen; und obwohl sie sie zum Selbstkostenpreis aus dem Tulsi-Geschäft bekam, beunruhigte es Mr. Biswas, zu sehen, wie seine Ersparnisse, Geld vom Schildermalen, das er während seines Aufenthalts im Hanuman-Haus gehortet hatte, schon dahinschmolzen, ehe er umgezogen war.

Ihre Sachen füllten kaum einen Eselskarren, und ihre Ankunft in The Chase wurde von einer wartenden Menge mit Mitleid und ein wenig Feindseligkeit zur Kenntnis genommen. Die Feindseligkeit kam von konkurrierenden Ladenbesitzern. Und Mr. Biswas, der, schwankend auf einem von Shamas Bündeln thronend, immer das Klappern der trotz Selbstkostenpreis teuren Pfannen im Ohr hatte, kam nicht umhin, zu bemerken, wie feindselig Shama selbst war. Die ganze Reise über hatte sie ihre Märtyrerhaltung aufrechterhalten, schweigend durch die Latten des Karrens auf die Straße gestarrt und auf ihrem Schoß eine Schachtel festgehalten, die ein japanisches Kaffeeservice mit einem verworrenen und fantastischen Muster enthielt. Es war ein Teil aus Kommissionswaren, die das Tulsi-Geschäft auch nach drei Jahren nicht verkaufen konnte, und von Seth als verspätetes Hochzeitsgeschenk gestiftet. Auch versäumte Mr. Biswas nicht, zu bemerken, daß The Chase ganz gut ohne seinen Laden auszukommen schien, der, wie er wußte, viele Monate geschlossen gewesen war.

»Da könnte man was draus machen«, sagte er zu dem Fuhrmann.

Der Fuhrmann nickte unverbindlich, wobei er weder Mr. Biswas noch die Menge, sondern stur seinen Esel ansah und mit einem sanften Peitschenschlag auf das Auge des Tiers zielte.

Und Shama seufzte: das Seufzen, das Mr. Biswas nun verriet, daß sie ihn für dumm, langweilig und beschämend hielt. Der Karren hielt an.

»Whau!« riefen ein paar Jungen.

Streng, ganz in Anspruch genommen und, wie er hoffte, gefährlich aussehend, wurde Mr. Biswas sehr geschäftig und half dem Fuhrmann ausladen. Durch die hinteren staubig riechenden Räume trugen sie Bündel und Schachteln in den dunklen Laden, der am späten Nachmittag warm war und in dem es nach braunem Zucker und abgestandenem Kokosöl roch. Die weißen Lichtstreifen zwischen den Brettern der Vordertür kamen aus einer hellen, offenen Welt; drinnen im Laden klangen die Bewegungen verstohlen.

Auf der Theke ausgebreitet, nahmen ihre Besitztümer nicht viel Raum ein.

»Nur die erste Ladung«, sagte Mr. Biswas zu dem Fuhrmann. »Es kommt noch ein ganzer Stapel mit anderen Sachen.«

Der Fuhrmann sagte nichts.

»Oh«, Mr. Biswas fiel ein, daß der Fuhrmann bezahlt werden mußte. Noch mehr Geld.

Der Mann nahm den schmutzigen blauen Dollarschein und ging.

»Das war das letzte Mal, daß *der* was für mich transportiert hat«, sagte Mr. Biswas. »Das kann ich ihm sagen.«

In dem geschlossenen, stickigen Laden herrschte Stille.

»Da könnte man was draus machen«, sagte Mr. Biswas.

Seine Augen gewöhnten sich an das Dunkel, und er sah sich um. Auf dem obersten Regal sah er ein paar Büchsen, die der vorherige Ladeninhaber offensichtlich aufgegeben hatte. Über diesen Menschen begann Mr. Biswas nun zu spekulieren. Ehrgeiz und Verzweiflung lag in diesen Büchsen — ihre verblaßten Etiketten waren von Ratten angenagt und von Fliegen befleckt, einige Büchsen hatten überhaupt keine Etiketten.

Er hörte, wie der Fuhrman seinen Esel anschrie, als der Karren in der engen Gasse wendete; Dorfbewohner gaben Ratschläge, Jungen schrien ermunternd, mehrmals knallte eine Peitsche, ungeschickt und unregelmäßig erklang Huftrappeln, dann quietschte das Geschirr, die Peitsche knallte, ein Ruf ertönte, und der Karren fuhr ab, umjubelt von den Dorfjungen.

Shama fing an zu weinen. Aber diesmal weinte sie nicht schweigend mit Tränen, die aus ausdruckslosen Augen liefen. Über die Schachtel mit dem japanischen Kaffeeservice auf der Theke gelehnt, schluchzte sie wie ein Kind. »Du hast das gewollt. Du wolltest dein eigenes Boot rudern. In meinem ganzen Leben habe ich mich nicht so geschämt wie heute. Die Leute stehen da und lachen. *Damit* willst du dein eigenes Boot rudern.« Sie bedeckte mit einer Hand die Augen und zeigte mit der anderen auf die Bündel auf der Theke.

Er wollte sie trösten. Aber er brauchte selber Trost. Wie einsam der Laden war! Und wie angsteinflößend! Nie hatte er gedacht, daß es so sein würde, wenn er sich einmal in seinem eignen Haushalt fand. Es war Spätnachmittag; das Hanuman-Haus wäre laut und warm vor Geschäftigkeit. Hier hatte er Angst, die Stille zu durchbrechen, Angst, die Tür des Ladens zu öffnen, ins Licht zu treten. Und am Ende tröstete Shama ihn. Denn sie hörte gleich darauf auf zu weinen, schneuzte sich lange und entschieden die Nase und begann zu kehren, aufzubauen, wegzupacken. Er folgte ihr überall hin, guckte, bot Hilfe an, war froh, wenn sie ihm etwas zu tun befahl, und genoß es, wenn sie ihn tadelte, weil er es schlecht gemacht hatte.

Bei seinem nachlässigen Auszug hatte der vorherige Mieter den Tulsis zwei Möbelstücke hinterlassen; die gingen jetzt an Mr. Biswas über. In einem der hinteren Räume war ein großes gußeisernes Himmelbett ohne Baldachin, dessen schwarze Emailfarbe angeschlagen und stumpf war.

»Riech mal«, sagte Shama und hielt Mr. Biswas ein Brett aus dem Bett unter die Nase. Es hatte den durchdringend beißenden Geruch von Bettwanzen. Sie tränkte die Bretter mit Kerosin. Es würde die Wanzen nicht töten, sagte sie. Aber vorläufig würde es sie in Schach halten.

Und jahrelang sollte Mr. Biswas, besonders am Samstagmorgen, den Geruch von Kerosin und Wanzen wahrnehmen. Die Bretter wurden ausgewechselt, die Matratze wurde ausgewechselt, aber die Wanzen blieben und folgten dem Himmelbett, wo immer es hinging, von The

Chase nach Green Vale nach Port-of-Spain zu dem Haus in Shorthills und schließlich zu dem Haus in der Sikkim Street, wo es nahezu eins der zwei Schlafzimmer im oberen Stockwerk ausfüllte.

Das andere Möbelstück, das ihnen mit dem Laden zufiel, war ein Küchentisch, klein, niedrig und so ordentlich gemacht, daß er nicht in der Küche im Hof, sondern in einem Schlafzimmer stand. Auf diesem Tisch plazierte Shama nach vielem Abstauben und Waschen und Scheuern ihre Kleider und Stoffballen; das Paket mit dem japanischen Kaffeeservice stellte sie darunter auf den Lehmboden. Mr. Biswas hielt das Kaffeeservice und Shamas Einstellung dazu nicht mehr für lächerlich. Weil er Shama dankbar war, wurde er auch dem Kaffeeservice gegenüber weicher. Auf so eine Veränderung in sich selbst war er nicht gefaßt; aber dann war er auch über Shamas Veränderung erstaunt. Bis zuletzt hatte sie sich dagegen gewehrt, das Hanuman-Haus zu verlassen, aber nun benahm sie sich, als zöge sie jeden Tag in ein heruntergekommenes Haus. Ihre Verrichtungen waren nachdrücklich, verschwenderisch und unnötig laut. Sie füllten Laden und Haus, sie bannten Stille und Einsamkeit.

Und — noch ein Wunder — sie brachte aus dieser Küche im Hof ein Essen hervor. Das konnte er nicht als ein einfaches Essen betrachten. Zum ersten Mal wurde eine Mahlzeit in einem Haus zubereitet, das sein eigen war. Er war beschämt und froh, daß Shama das nicht als besonderes Ereignis behandelte. Aber als sie ihm an dem Tisch im Schlafzimmer beim Schein einer funkelnagelneuen Öllampe zum Selbstkostenpreis zu essen gab, seufzte sie nicht oder starrte vor sich hin oder sah überdrüssig und ungeduldig aus, wie sie das immer in dem langen lotusverzierten Raum im Hanuman-Haus getan hatte.

Innerhalb weniger Wochen wurde das Haus sauberer und

bewohnbarer. Wenn die Atmosphäre des Verfalls und Brachliegens auch nicht verschwand, so wurde sie doch zurückgedrängt und unter Kontrolle gehalten. An den Wänden des Ladens konnte man nichts mehr tun; noch so viel Putzen brachte den Öl- und Zuckergeruch nicht weg; die unteren Regale und die zwei Planken auf dem Betonboden hinter der Theke blieben schwarz vor Fett, das eingetrocknet und von klebengebliebenem Staub aufgerauht war. Überallhin schütteten sie Desinfektionsmittel, bis sie an seinen Dünsten beinah erstickten. Aber wie die Tage vergingen, ließ ihr Eifer nach. Sie erinnerten sich immer weniger an die vorherigen Mieter, und der Schmutz, zunehmend vertrauter, wurde allmählich ihr eigener und deshalb erträglich. An der Küche wurden nur kleine Schönheitsreparaturen vorgenommen. »Die steht bloß durch Gottes Gnade aufrecht«, sagte Mr. Biswas. »Ziehst du ein Brett raus, kracht das ganze Ding zusammen.« Der Lehmboden in den Schlafzimmern und der Galerie wurde ausgeflickt, ein bißchen höher gepackt und so lange gestampft, bis er glatt, grau und staublos war. Das japanische Kaffeeservice wurde aus seiner Schachtel genommen und auf dem Tisch zur Schau gestellt, wo es immer in Gefahr zu sein schien, aber Shama sagte, es würde dort nur so lange bleiben, bis ein besserer Platz gefunden wäre.

Und genauso empfand Mr. Biswas ihr Wagnis weiterhin: daß es zeitweilig und nicht ganz wirklich und gleichgültig war, wie sie es angingen. Das hatte er am ersten Nachmittag empfunden, und das Gefühl hielt an, bis er The Chase verließ. Das wirkliche Leben sollte bald und anderswo für sie beginnen. The Chase war ein Innehalten, eine Vorbereitung.

In der Zwischenzeit wurde er Kaufmann. Verkaufen war ihm immer als eine so leichte Art, Geld zu verdienen, vorgekommen, daß er sich oft gefragt hatte, warum Leute sich die Mühe machten, irgend etwas anderes zu tun. An den Markttagen in Pagotes zum Beispiel konnte man sich einen Sack Mehl kaufen, ihn öffnen, sich mit einer Schaufel und einer Waage davor setzen, und, es war lachhaft, die Leute kamen und kauften das Mehl und steckten einem Geld in die Tasche. Es schien ein so einfacher Vorgang zu sein, daß Mr. Biswas das Gefühl hatte, wenn er es versuchte, würde es nicht hinhauen. Aber als er mit dem Rest seiner Ersparnisse Vorräte für sein Geschäft gekauft und seine Türen geöffnet hatte, merkte er, daß die Leute doch zu ihm kamen und kauften und richtiges Geld hergaben. Und an den ersten Tagen hatte er nach jedem Verkauf das Gefühl, üble Bauernfängerei begangen zu haben, und es fiel ihm schwer, sein Frohlocken zu verbergen.

Er dachte an die Büchsen auf dem obersten Regal — er war nicht dazu gekommen, sie herunterzuholen — und war von seinem Erfolg so verwirrt wie begeistert. Am Ende des ersten Monats stellte sich heraus, daß er den ungeheuren Profit von siebenunddreißig Dollar gemacht hatte. Er hatte keine Ahnung von Buchhaltung, und Shama schlug vor, daß er sich auf braunen Packpapierbögen die Waren notieren solle, die er auf Kredit gegeben hatte. Shama schlug vor, diese Zettel aufzuspießen. Shama machte den Spieß. Und Shama machte die Buchführung, schrieb in ihrer runden, stilisierten, langsamen, in der Missionsschule gelernten Handschrift alles in ein Stenonotizbuch für Reporter (das stand auf dem Einband).

Während dieser Wochen war es ihnen weniger fremd, allein zu sein. Aber noch hatten sie sich nicht an ihre neue Beziehung gewöhnt, und wenn sie sich auch nie zankten, blieben ihre Gespräche doch unpersönlich und verkrampft. Mr. Biswas war das Alleinsein wegen der Intimität, die sie aufdrängte, peinlich, besonders, wenn das Essen serviert wurde. Die Atmosphäre von Dienstfertigkeit und Hingabe war schmeichelnd, gleichzeitig aber

auch beunruhigend. Sie bedrückte Mr. Biswas, und als sie abrupt abbrach, war er sogar froh.
Eines Abends sagte Shama: »Wir müssen eine Hausweihe abhalten und Hari dazu bringen, das Geschäft und das Haus zu segnen und Mai und Onkel und alle anderen dazu einladen.«
Er war vollkommen überrascht und geriet in Wut. »Sehe ich so aus, Teufel nochmal?« sagte er auf englisch. »Wie der Maharadscha von Barrackpore? Und warum zum Teufel soll ich Hari dazu bringen, herzukommen und dieses Haus zu segnen? *Dieses* Haus? Sieh doch selbst. »Er zeigte auf die Küche und schlug gegen die Wand des Ladens. »Ist schlimm genug, wie es ist. Außerdem noch deine Familie abzufüttern, das geht, verdammt noch mal, wirklich zu weit.«
Und Shama tat etwas, was er wochenlang nicht mehr gehört hatte: sie seufzte, den alten, überdrüssigen Shama-Seufzer. Und sie sagte nichts.
In den folgenden Tagen lernte er etwas Neues: wie eine Frau einen durch Nörgeln quälte. Allein das Wort »nörgeln« kannte er nur aus ausländischen Zeitschriften. Es hatte ihn vor ein Rätsel gestellt. Da er in einer Gesellschaft lebte, in der es üblich war, Frauen zu schlagen, konnte er nicht verstehen, wieso man Frauen überhaupt erlaubte, zu nörgeln oder wieso Nörgeln überhaupt eine Wirkung erzielen konnte. Er sah, daß es außergewöhnliche Frauen gab, Mrs. Tulsi und Tara zum Beispiel, die nie geschlagen werden konnten, aber die meisten Frauen, die er kannte, waren wie Sushila, die verwitwete Tulsi-Tochter. Sie redete stolz von den Prügeln, die sie von ihrem Ehemann, dem nur kurze Zeit vergönnt gewesen war, erhalten hatte. Sie betrachtete sie als notwendigen Teil ihrer Ausbildung und führte den Verfall der Hindugesellschaft auf Trinidad oft auf die wachsende Zahl furchtsamer, schwacher, nicht schlagender Ehemänner zurück.

Zu ihnen gehörte Mr. Biswas. Also nörgelte Shama; und sie nörgelte so gut, daß er von Anfang an wußte, daß sie nörgelte. Es versetzte ihn in Erstaunen, daß jemand, der so jung war, sich in einer unbekannten Kunstfertigkeit als so fähig erwies. Aber er hätte gewarnt sein sollen. Sie hatte nie einem Haushalt vorgestanden, aber in The Chase hatte sie sich immer wie eine erfahrene Hausfrau benommen. Dann war da ihre Schwangerschaft. Sie nahm sie so leicht hin, als hätte sie schon viele Kinder geboren: nie sprach sie darüber, aß kein besonderes Essen, bereitete sich nicht besonders vor und benahm sich überhaupt so normal, daß er manchmal vergaß, daß sie schwanger war.

Shama nörgelte also. Zuerst durch ihren Trübsinn und die Weigerung, zu sprechen, dann mit einer präzisen, ökonomisch eingesetzten, geräuschvollen Wirksamkeit. Sie ignorierte Mr. Biswas nicht. Sie gab zu erkennen, daß sie seine Gegenwart bemerkte und daß sie daran verzweifelte. Nachts, neben ihm, aber ohne ihn zu berühren, seufzte sie laut und putzte sich die Nase immer, wenn er gerade einschlief. Heftig und ungeduldig wälzte sie sich von einer Seite auf die andere.

An den ersten zwei Tagen gab er vor, nichts zu bemerken. Am dritten Tag fragte er: »Was ist denn mit dir los?« Sie antwortete nicht, saß nur neben ihm am Tisch, seufzte und guckte zu, während er aß.

Er fragte noch einmal.

Sie sagte: »Erzähl du mir was von undankbar« und war auf und davon.

Er aß mit geringerem Appetit.

In der Nacht putzte Shama sich wiederholt die Nase und wälzte sich im Bett.

Mr. Biswas bereitete sich darauf vor, es durchzustehen.

Dann war Shama ruhig.

Mr. Biswas glaubte, er habe gewonnen.

Dann schnüffelte Shama, ganz leise, als schäme sie sich, daß der Laut ihr entwichen sei.

Mr. Biswas wurde ganz still und lauschte seinem eigenen Atmen. Es klang regelmäßig und unnatürlich. Er öffnete die Augen und sah zum Strohdach hoch. Er konnte die Balken und die einzelnen Strohhalme erkennen, die davon herunterhingen und drohten, ihm ins Auge zu fallen.

Shama ächzte und putzte sich laut die Nase, ein-, zwei-, dreimal. Dann kletterte sie aus dem gußeisernen Himmelbett, und es klapperte. Plötzlich still und energisch ging sie aus dem Zimmer. Die Latrine war ganz hinten im Hof. Als sie Minuten später zurückkam, gab er die Niederlage zu. »Was ist los, Mann?« fragte er. »Kannst du nicht schlafen?«

»Ich habe fest und gut geschlafen«, sagte sie.

Am nächsten Morgen sagte er: »Schon gut, schick nach der alten Queen und dem Big Boss und Hari und den Göttern und allen anderen und laß das Geschäft segnen.«

Shama war entschlossen, alles gut zu machen. Drei Tage lang arbeiteten drei Arbeiter, um im Hof ein großes Zelt aufzubauen. Es war eine simple Angelegenheit mit Bambusstützen und einem Dach aus Kokospalmwedeln; aber die Bambusrohre mußten aus dem Nachbardorf geholt werden, und nach langem gekränktem und unverständlichem Gemurmel über das Gesetz zur Entlohnung von Arbeitern mußten die Arbeiter extra bezahlt werden, um für die Blätter auf die Kokospalmen zu steigen. Ungeheure Mengen Lebensmittel wurden gekauft, und um bei ihrer Zubereitung zu helfen, trafen die Schwestern schon drei Tage vor der Einweihungszeremonie in The Chase ein. Mit ihrer Ankunft hörten Mr. Biswas' Proteste auf. Er tröstete sich mit dem Gedanken, daß nicht alle Tulsis kommen würden.

Sie kamen alle, außer Seth, Miss Blackie und den zwei Göttern.

»Owad und Shekkar lernen«, sagte Mrs. Tulsi auf englisch und meinte damit nur, daß die Götter in der Schule waren.

Mit ausdruckslosem Gesicht streifte sie durch den Hof, machte Türen auf, inspizierte alles.
Hari, der heilige Mann, der an dem Tag der Pandit sein sollte, war genauso, wie Mr. Biswas sich seiner erinnerte, genauso leise sprechend und schlaff. Sein Filzhut saß sanft auf seinem Kopf. Er begrüßte Mr. Biswas ohne Groll, ohne Freude, ohne Interesse. Dann ging er in das für ihn reservierte Schlafzimmer und zog sein Pandit-Gewand an, das er in einem kleinen Pappkoffer mitgebracht hatte. Nachdem er als Pandit herausgekommen war, behandelten ihn alle mit neuem Respekt.
Kinder, von denen Mr. Biswas meistens nicht wußte, wohin sie gehörten, schwärmten überall hin, die Mädchen in steifen Satinkleidern und großen kunstseidenen Schleifen im langen dunklen Haar, die Jungen in Pantalons und hellen Hemden. Und Babys gab es: sie schliefen auf dem Arm der Mutter, auf Decken und Säcken unter dem Zelt, in verschiedenen Ecken des Ladens; Babys schrien und wurden energisch im Hof spazierengeführt; Babys krabbelten, Babys kreischten, Babys schwiegen einfach; Babys taten alles, was ein Baby nur tun kann.
Govind nickte Mr. Biswas zu, sagte aber nichts und ging hinein und setzte sich ins Zelt, wo er laut mit den Schwägern redete und lachte.
Chinta und Padma erkundigten sich ohne Herzlichkeit nach Mr. Biswas' Gesundheit. Padma fragte, weil es ihre Pflicht als Vertreterin Seths war; Chinta fragte, weil Padma es getan hatte. Die beiden Frauen waren viel zusammen, und Mr. Biswas argwöhnte, daß zwischen Govind und Seth eine ähnlich enge Beziehung bestand.
Es schien außerdem, daß Sushila, die kinderlose Witwe, gerade wieder einmal eine machtvolle Zeit genoß. Sie hatte sich Mrs. Tulsi angeschlossen, und die beiden wanderten herum, spähend und stochernd und sich gedämpft auf Hindi unterhaltend.

Mr. Biswas kam sich auf seinem eigenen Hof wie ein Fremder vor. Aber war es sein eigener? Mrs. Tulsi und Sushila dachten das anscheinend nicht. Die Dorfbewohner dachten es bestimmt nicht. Sie hatten das Geschäft immer das Tulsi-Geschäft genannt, selbst nachdem er ein Schild:

Lebensmittelgeschäft »BONNE ESPERANCE«
Inh. M. Biswas
Waren zu städtischen Preisen

gemalt und über die Tür gehängt hatte.

Da ein Schlafzimmer für Hari reserviert war, das andere für Mrs. Tulsi und das Geschäft voller Babys war, konnte Mr. Biswas sich nirgendwohin zurückziehen. Er stand vor dem Laden, betätschelte unter dem Hemd seinen Bauch und dachte sich den Streit aus, den er danach mit Shama haben würde.

Ein eiliges Getrappel und eine Serie von Schreien drangen aus dem Laden.

Dann war Sushilas Stimme, in unbezweifelter Autorität erhoben, zu hören: »Macht, daß ihr hier rauskommt. Geht und spielt draußen. Merkt ihr denn nicht, daß ihr die Babys wachmacht? Warum seid ihr großen Kinder eigentlich so gern im Dunkeln?«

Sämtliche Schwestern waren immerfort auf der Hut vor jedem noch so schwachen oder verschleierten Anzeichen einer sexuellen Neigung bei den Kindern.

Mr. Biswas kannte den unangenehmen Trubel, der jetzt folgen würde. Er fand keinen Gefallen daran und spazierte vom Laden zur Grundstücksgrenze. Hier traf er auf eine Gruppe Kinder, die unter einer Hecke »Familie« spielten.

»Du bist Mai«, sagte ein Mädchen zu einem anderen. Und zu einem Jungen: »Du bist Seth.«

Mr. Biswas zog sich zurück. Doch das Mädchen — zu wessen Wurf gehörte es? — sah ihn, und indem es seine

Stimme nach dem Flüstern, mit dem solche »Familienspiele« gespielt wurden, erhob, sagte es mit unverhohlener Bosheit: »Und wer ist Mohun? Du, Bhoj. Du hast dreiviertellange weiße Unterhosen. Und du bist ein großer Kämpfer.«

Die darauf folgende Runde kindlichen Gelächters ließ Mr. Biswas an Mord denken, obwohl er, selbst als er davoneilte, noch das Bedürfnis verspürte, nachzusehen, wie Bhoj aussah.

In den letzten drei Tagen, seit der Ankunft ihrer Schwestern war Shama wieder eine Tulsi und eine Fremde geworden. Jetzt war sie unnahbar. Gleich würde die Zeremonie im Zelt beginnen, und sie saß, mit gebeugtem Kopf seinen Anweisungen lauschend, vor Hari. Ihr Haar war noch naß vom rituellen Bad, und sie war von Kopf bis Fuß in Weiß gekleidet. Sie sah aus wie jemand, der darauf wartete, zum Opfer dargebracht zu werden, und Mr. Biswas glaubte, er könne an der Krümmung ihres Rückens Freude erkennen. Wie der Status von Hari war auch ihrer nur zeitweilig, aber solange die Zeremonie dauerte, überragte er alle.

Mr. Biswas wollte der Zeremonie nicht beiwohnen. Das hieße, mit den Schwägern zusammen im Zelt zu sitzen; und er war sicher, daß der Anblick von Shamas unterwürfigem und frohlockendem Rücken ihn letzten Endes wütend machen würde. Außerdem fiel ihm ein, daß er ein paar Tulsis vom Plündern abhalten könne, wenn er ständig herumliefe.

Genau in dem Augenblick dachte er an den Laden.

Beinah lief er dorthin. Es war dunkel, die Vordertür geschlossen, und er mußte vorsichtig sein. Der Laden roch nach Babys, die überall schliefen: auf der Theke, von Kissen und Schachteln flankiert, damit sie nicht herunterrollten; auf den Planken am Boden hinter der Theke. Dann zeichnete sich in der Dunkelheit langsam eine Gruppe von

Kindern ab, die in einer Ecke hockten. Sie waren leise und angespannt. Genauso leise und angespannt suchte Mr. Biswas sich an den Babys vorbei einen Weg zur Theke.

Die kleine Gruppe zerbrach systematisch Sodawasserflaschen und zog die Glasmurmeln aus dem Hals. Um den Lärm zu dämpfen, waren die Flaschen in Sackleinwand gehüllt. Auf jede Flasche gab es acht Cent Pfand. Die Gläser mit den Süßigkeiten auf dem untersten Regal waren in Unordnung gebracht. Die Paradiespflaumen waren beträchtlich zusammengeschrumpft. Ebenso die Mintips, ein Pfefferminzbonbon, das so elastisch und beständig wie Gummi war. Ebenso die gesalzenen Backpflaumen. Auf vielen Büchsen war der Deckel nicht richtig festgeschraubt worden. Mr. Biswas streckte die Hand aus, um einen Deckel festzumachen. Er war klebrig. Er ließ ihn fallen. Ein Baby brüllte, die Kinder in der Ecke wurden wachsam, und Mr. Biswas schrie: »Raus hier, ehe ich Hand an euch lege.« Und gleichzeitig hob er mit der Behendigkeit des geübten Ladenbesitzers die Klappe der Theke hoch und öffnete die kleine Tür, fast mit einem Handgriff, und stürzte sich auf die Gruppe in der Ecke.

Er hob einen Jungen beim Kragen hoch. Der Junge brüllte, die Mädchen bei ihm brüllten, die Babys im Laden brüllten.

Von draußen fragte eine Stimme: »Was geht da vor? Was geht da vor?«

Mr. Biswas ließ von dem Jungen, den er sich geschnappt hatte, ab, und der Junge lief, noch lauter kreischend als die Babys, nach draußen.

»Onkel hat mich geschlagen, Ma. Onkel Mohun hat mich geschlagen.«

Eine andere Frau, zweifellos die Mutter, sagte: »Aber umsonst wird er dir nichts getan haben.« Ihr Tonfall deutete an, daß Mr. Biswas es nicht wagen würde.

»Ich hab' nichts getan, Ma«, jammerte der Junge auf englisch.

»Er hat nichts getan, Ma.« Das kam von einem der Mädchen. Mr. Biswas kannte sie: ein rundliches kleines Ding mit großen geringschätzig blickenden Augen und üppigen Hängelippen; sie konnte fantastische Grimassen schneiden und führte das Besuchern im Hanuman-Haus oft vor.

»Verdammte Lügnerin!« sagte Mr. Biswas. Er rannte an einer Frau, die girrend zu einem brüllenden Baby kam vorbei aus dem Geschäft. »Hat nichts getan? Und wer hat die ganzen Sodawasserflaschen zerbrochen?«

Im Zelt leierte Hari unerschütterlich weiter. Shama blieb gebeugt in ihrem weißen Kokon. Die Schwäger saßen auf ihren Decken, ehrfürchtig still.

Mr. Biswas war noch klar genug, um zu hoffen, daß er sich keinen Vater zum Widersacher machte.

Padma in ihrer langsamen Art ging in den Laden, kam heraus und sagte unparteiisch: »Ein *paar* Flaschen sind zerbrochen.«

»Und acht Cent die Flasche«, sagte Mr. Biswas. »Hat nichts getan!«

Plötzlich wütend, eilte die Mutter des Jungen zu einem Hibiskusbusch und begann, eine Gerte abzubrechen. Der Busch war unnachgiebig und sie mußte die Gerte mehrmals vor- und zurückbiegen. Abgerissene Blätter fielen auf den Boden.

In das Gebrüll des Jungen mischte sich nun echte Angst. Die Mutter zerbrach zwei Gerten auf dem Jungen und redete beim Prügeln in einem fort: »*Das* lehrt dich, nicht mit Sachen herumzuspielen, die dir nicht gehören. *Das* lehrt dich, keine Leute zu provozieren, die kein Verständnis für Kinder haben.« Die Spuren, die Mr. Biswas' Finger, klebrig von dem Büchsendeckel, auf dem Kragen des Jungen hinterlassen hatte, fielen ihr ins Auge. »Und *das* lehrt dich, dir deine Kleider nicht von großen Leuten dreckig machen zu lassen. *Das* lehrt dich, daß die sie nicht zu waschen brauchen. *Du* bist ein großer Junge. Du weißt,

was *richtig* ist. Du weißt, was *falsch* ist. *Du* bist kein Kind mehr. *Deshalb* schlage ich dich, als wärst *du* ein *erwachsener* Mann, der Schläge wie ein *erwachsener* Mann ertragen kann.«
Die Züchtigung war längst keine einfache Strafe mehr, sondern zum Ritual geworden. Schwestern kamen heraus, um dabeizusein, wiegten weinende Babys auf den Armen und sagten, ohne zu drängen: »Du verletzt den Jungen, Sumati. Hör jetzt auf, Sumati. Du hast ihn genug geschlagen.«
Sumati fuhr mit Schlagen fort und hörte nicht auf zu reden.
Im Zelt rezitierte Hari. Aus Shamas Rückenhaltung konnte Mr. Biswas ihre Ungehaltenheit erahnen.
»Einweihungs-Party!« sagte Mr. Biswas.
Die Züchtigung hielt an.
»Ist bloß 'ne Art anzugeben«, sagte Mr. Biswas. Er hatte genug von diesen Prügeln gesehen, um zu wissen, daß später bewundernd gesagt werden würde: »Sumati züchtigt ihre Kinder wirklich gut« und daß Schwestern zu ihren Kindern sagen würden: »Wollt ihr solche Prügel haben, wie Sumati ihrem Sohn an dem Tag in The Chase gegeben hat?«
Endlich wurde der Junge, der nicht mehr weinte, freigegeben. Er suchte bei einer Tante Trost, die ihr Baby beruhigte, den Jungen beruhigte, zum Baby sagte: »Komm, gib ihm einen Kuß. Seine Mutter hat ihn heute wirklich schlimm geschlagen«, und dann zu dem Jungen: »Komm, guck mal, wie du ihn zum Weinen gebracht hast.« Der wimmernde Junge küßte das weinende Baby, und langsam klang der Lärm ab.
»Gut!« sagte Sumati mit Tränen in den Augen. »Gut! Jetzt ist ja jeder zufriedengestellt. Und die Sodawasserflaschen sind vermutlich auch wieder ganz gemacht. Jetzt verliert keiner mehr acht Cent pro Flasche.«

»Ich hab' keinen gebeten, sein Kind zu schlagen, hörst du«, sagte Mr. Biswas.
»Keiner hat um irgendwas gebeten«, sagte Sumati, an niemand Bestimmten gewandt. »Ich sage bloß, daß jetzt jeder zufrieden ist.«
Sie ging ins Zelt und setzte sich in den für Frauen und Mädchen abgetrennten Teil. Der Junge setzte sich zwischen die Männer.
Die Straße war jetzt von Dorfbewohnern und auch ein paar Leuten von außerhalb gesäumt. Nicht die Prügelstrafe hatte sie angezogen, obwohl das die Dorfkinder ermutigt hatte, sich ein bißchen früher zu versammeln, als vielleicht erwartet wurde. Sie kamen wegen des Essens, das nach der Zeremonie verteilt werden würde. Unter diesen erwartungsvollen, nicht geladenen Gästen bemerkte Biswas zwei Ladenbesitzer aus dem Dorf.
Gekocht wurde unter Sushilas Oberaufsicht über einem offenen Feuerloch im Hof. Schwestern rührten in riesigen schwarzen Kesseln, die für das Ereignis aus dem Hanuman-Haus mitgebracht worden waren. Sie schwitzten und beklagten sich, waren aber glücklich. Obwohl es nicht nötig gewesen wäre, waren einige in der Nacht vorher aufgeblieben, um singend und Kaffee trinkend Kartoffeln zu schälen, Reis zu putzen, Gemüse zu schnippeln. Einen Behälter Reis nach dem anderen hatten sie vorbereitet, eimerweise Linsen und Gemüse, Bottiche voll Tee und Kaffee, Unmengen von Chapattis.
Den Versuch, die Kosten auszurechnen, hatte Mr. Biswas aufgegeben. »Das bringt mich einfach an den Bettelstab«, sagte er. Er spazierte die Hibiskushecke entlang, rupfte Blätter ab, kaute darauf herum und spuckte sie aus.
»Einen schönen kleinen Besitz hast du hier, Mohun.«
Es war Mrs. Tulsi, die, nachdem sie sich auf dem gußeisernen Himmelbett ausgeruht hatte, müde aussah. Sie hatte das englische Wort »Besitz« gebraucht; es hatte einen

gewinnsüchtigen, selbstzufriedenen Beiklang; es wäre ihm lieber gewesen, sie hätte »Geschäft« oder »Haus« gesagt.
»Schön?« sagte er, unsicher, ob sie es ironisch meinte oder nicht.
»Sehr schöner kleiner Besitz.«
»Im Laden fallen die Wände um.«
»Die fallen nicht um.«
»Im Schlafzimmer ist das Dach undicht.«
»Es regnet ja nicht die ganze Zeit.«
»Und ich schlafe auch nicht die ganze Zeit. Brauch 'ne neue Küche.«
»Für mich sieht die Küche gut aus.«
»Und wer ißt die ganze Zeit, na? Ein Zimmer zusätzlich könnten wir gut gebrauchen.«
»Was ist denn los? Willst du von Anfang an ein Hanuman-Haus?«
»Ein Hanuman-Haus will ich überhaupt nicht.«
»Sieh her«, sagte Mrs. Tulsi. Sie standen nun in der Galerie. »Du brauchst gar kein Extra-Zimmer. Du könntest nachts einfach ein paar Zuckersäcke an diese Pfosten spannen und hättest dein Extra-Zimmer.«
Er sah sie an. Sie meinte es ernst.
»Morgens nimmst du sie wieder weg«, sagte sie, »und hast deine Galerie wieder.«
»Zuckersäcke, ja?«
»Bloß sechs oder sieben. Mehr brauchst du nicht.«
Dich möchte ich gern in einem begraben, dachte Mr. Biswas. Er sagte: »Schickst du mir ein paar Zuckersäcke?«
»Du hast doch ein Geschäft«, sagte sie. »Du hast mehr als ich.«
»Keine Sorge. Ich hab' bloß 'nen Witz gemacht. Schick mir einfach eine Kohlentonne. Darin könnte man eine ganze Familie unterbringen. Hast du das nicht gewußt?«
Sie war zu überrascht, um etwas zu sagen.
»Ich weiß gar nicht, warum man überhaupt noch Häuser

baut«, sagte Mr. Biswas. »Heutzutage braucht doch keiner mehr ein Haus. Man braucht bloß eine Kohlentonne. Eine Kohlentonne pro Person. Jedesmal, wenn ein Baby geboren wird, braucht man bloß eine weitere Kohlentonne. Dann sähe man überhaupt keine Häuser mehr. Nur einen Hof, in dem in zwei oder drei Reihen fünf oder sechs Kohlentonnen stehen.«

Mrs. Tulsi betupfte ihre Lippen mit dem Schleier, drehte sich um und trat in den Hof. Schwach rief sie: »Sushila.«

»Und du könntest Hari veranlassen, diese Tonnen direkt im Hanuman-Haus zu segnen«, sagte Mr. Biswas. »Dann brauchte man ihn nicht mehr den ganzen Weg nach The Chase rauszubringen.«

Sushila kam und bot, Mr. Biswas scharf anblickend, Mrs. Tulsi ihren Arm. »Was ist passiert, Mai?«

Im Laden wurde ein Baby wach und schrie und übertönte Mrs. Tulsis Worte.

Sushila führte Mrs. Tulsi zum Zelt.

Mr. Biswas ging ins Schlafzimmer. Das Fenster war zu und der Raum dunkel, aber es kam genug Licht herein, um alles deutlich erkennen zu lassen: seine Kleider an der Wand, das Bett, zerwühlt von Mrs. Tulsis Rast. Seiner Überempfindlichkeit zum Trotz legte er sich aufs Bett. Der modrige Geruch des alten Strohs verband sich mit dem Geruch von Mrs. Tulsis Arzneien: Pimentrum, Pastillen, kanadisches Heilöl, Ammoniak. Er kam sich nicht wie ein kleiner Mann vor, die Kleider aber, die da so traurig von dem Nagel in der Lehmwand hingen, waren einwandfrei die Kleider eines kleinen Mannes, komische, angeberische Kleider.

Er fragte sich, was Samuel Smiles von ihm gehalten hätte. Aber vielleicht konnte er sich ändern. Weggehen. Shama verlassen, die Tulsis vergessen, alle vergessen. Aber wohin gehen? Und was tun? Außer Busschaffner zu werden, als Arbeiter auf den Zuckerplantagen oder beim Straßenbau zu arbeiten, einen Laden zu haben. Hätte Samuel Smiles mehr Möglichkeiten gesehen?

Er war in einem Zustand zwischen Wachen und Schlafen, als jemand an der Tür rappelte, kein gewöhnliches Rappeln, dies geschah mit Absicht: er erkannte Shamas Hand. Er schloß die Augen und tat, als schliefe er. Er hörte, wie der Haken sich hob und fiel. Sie kam ins Zimmer, und selbst auf dem Lehmboden klangen ihre Schritte schwer, absichtlich, damit sie auch ja bemerkt würden. Er spürte, daß sie neben dem Himmelbett stand und auf ihn heruntersah. Er verkrampfte sich; sein Atem veränderte sich.
»Also, heute gibst du mir wirklich Grund, stolz auf dich zu sein«, sagte Shama.
Und das war wirklich ganz und gar nicht, was er erwartet hatte. Er hatte sich so an ihre Ergebenheit in The Chase gewöhnt, daß er erwartete, sie stände zumidnest, wenn sie allein waren, auf seiner Seite. Jegliche Weichherzigkeit fiel von ihm ab. Shama seufzte.
Er richtete sich auf. »Ist das Haus fertig gesegnet?«
Sie warf ihr langes Haar, das immer noch feucht und glatt war, zurück, und er konnte die Sandelholzzeichen auf ihrer Stirn sehen; sehr fremd bei einer Frau. Sie ließen sie furchterregend heilig und fremd aussehen.
»Worauf wartest du? Geh raus und überzeuge dich, daß es anständig gesegnet ist.«
Sie war von seiner Heftigkeit überrascht und verließ, ohne zu seufzen oder etwas zu sagen, das Zimmer.
Er hörte, wie sie ihn entschuldigte.
»Er hat Kopfschmerzen.«
Den Ton erkannte er als den, mit dem befreundete Schwestern die Gebrechen ihrer Männer diskutierten. Damit flehte Shama eine Schwester an, Vertrautheiten auszutauschen, Unterstützung zu zeigen.
Er haßte Shama deswegen, ertappte sich aber dabei, wie er angespannt darauf wartete, daß jemand antwortete, seine Krankheit, wenn es auch nur Kopfschmerzen waren, mitleidig beredete.

Aber keiner sagte auch nur: »Gib ihm ein Aspirin.« Trotzdem, es freute ihn, daß Shama es versucht hatte.

Die Einweihung des Hauses griff Mr. Biswas' Ersparnisse ernstlich an; und nach der Zeremonie fing das Geschäft an, weniger gut zu laufen. Einer der Geschäftsinhaber, die Mr. Biswas bewirtet hatte, verkaufte seinen Laden. Ein anderer zog ein, sein Geschäft florierte. Das war typisch für den Handel in The Chase.
»Also, eins ist sicher«, sagte Mr. Biswas, »das Haus ist gesegnet. Glaubst du, die haben alle auf das Freiessen gewartet, um nicht mehr hierher zu kommen?«
»Du gibst zu viel Kredit«, sagte Shama. »Du mußt die Leute dazu bringen, dich zu bezahlen.«
»Willst du, daß ich hingehe und sie verprügele?«
Und als sie das Stenonotizbuch für Reporter herauszog, sagte er: »Weshalb willst du dein Hirn damit zermartern, Einnahmen zusammenzurechnen? Das kann ich dir auch so sagen. Null mal null ist null.«
Sie errechnete die Kosten der Einweihung und zählte die ausstehenden Posten zusammen.
»Ich will's nicht wissen«, sagte Mr. Biswas. »Ich will's nicht wissen. Wie wär's, wenn wir das Haus entsegnen lassen? Glaubst du, das könnte Hari zustandebringen?«
Sie hatte eine Theorie. »Die Leute schämen sich. Sie haben zu viel Schulden. Das ist zu Hause im Laden oft vorgekommen.«
»Weißt du, was *ich* glaube, was es ist? Es ist mein Gesicht. Ich glaube, ich habe nicht das Gesicht für einen Ladeninhaber. Ich habe das Gesicht eines Mannes, der Kredit gibt, aber keinen kriegt.« Er nahm sich einen Spiegel und studierte sein Gesicht. »Diese Nase mit dem häßlichen Knubbel obendrauf. Diese chinesischen Augen. Guck, Mädchen, angenommen — ich meine, einfach angenommen, du siehst mich zum ersten Mal. Guck mich an und versuch, dir das vorzustellen.«

Sie guckte.
»In Ordnung. Mach die Augen zu. Jetzt mach sie auf. Das erste Mal, daß du mich siehst. Einfach siehst. Was würdest du sagen, was ich bin?«
Sie konnte es nicht sagen.
»Das ist ja das ganze verdammte Dilemma«, sagte er. »Ich sehe nach gar nichts aus. Ladeninhaber, Rechtsanwalt, Arzt, Arbeiter, Aufseher — ich sehe wie keiner davon aus.«
Die Samuel-Smiles-Deprimiertheit überfiel ihn.

Shama war ein Rätsel. In dem Mädchen, das im Geschäft der Tulsis bedient hatte und das Treppenhaus im Hanuman-Haus rauf- und runtergetobt war, dem Witzbold, dem Schelm, steckten andere Shamas, vollkommen ausgewachsen, schien es, und nur darauf wartend, freigelassen zu werden: die Ehefrau, die Haushälterin und nun die Mutter. Bei Mr. Biswas war sie weiterhin munter, ohne sich zu beklagen und beinahe ohne ihre Schwangerschaft zu bemerken. Aber wenn ihre Schwestern sie besuchten, die klarmachten, daß die Schwangerschaft ihre Sache, Tulsi-Sache war und mit Mr. Biswas wenig zu tun hatte, veränderte sie sich. Nicht, daß sie sich dann beklagte, aber sie wurde gleichzeitig jemand, der nicht so sehr litt als ertrug. Sie fächelte sich und erbrach sich oft, was sie nie tat, wenn sie allein war; aber von schwangeren Frauen erwartete man, daß sie sich so benahmen. Es lag nicht daran, daß sie versuchte, ihre Schwestern zu beeindrucken oder ihr Mitleid zu erringen; sie legte Wert darauf, sie nicht zu enttäuschen oder sich selbst zurückzusetzen. Und als ihre Füße anschwollen, wollte Mr. Biswas sagen: »Tja, dann bist du ja jetzt perfekt und normal. Alles läuft, wie es soll. Du bist genau wie deine Schwestern.« Denn es bestand kein Zweifel daran, daß Shama genau das vom Leben erwartete: jedes Stadium mitzumachen, jede Funktion zu erfüllen, ihren Anteil an den fest begründeten Gefühlsregungen zu haben: Freude bei Geburt oder Hochzeit, Sorge bei Krankheit und Not, Gram bei Todesfällen. Wenn das Leben erfüllt sein sollte, mußte es diesem festgesetzten Gefühlsmuster folgen. Kummer und Freude, beide gleichermaßen erwartet, waren eins. Für Shama und ihre Schwestern und Frauen wie sie lag das ganze Streben, wenn man überhaupt davon sprechen konnte, in einer Reihe von Negationen: nicht unverheiratet zu sein, nicht kinderlos zu sein, keine pflichtvergessene Tochter, Schwester, Ehefrau, Mutter, Witwe zu sein.

Heimlich, mit Hilfe ihrer Schwestern, wurden Babykleider gemacht. Eine Reihe von Mr. Biswas' Mehlsäcken verschwanden; später tauchten sie als Windeln auf. Und dann wurde es für Shama Zeit, zum Hanuman-Haus zu gehen. Sushila und Chinta kamen sie abholen; immer noch wurde so getan, als wüßte Mr. Biswas nicht warum.

Dann entdeckte er, daß Shama auch für ihn Vorkehrungen getroffen hatte. Seine Kleider waren gewaschen und gestopft; und er war gerührt, wenn auch nicht überrascht, auf dem Küchenbord kleine viereckige Stücke Packpapier zu finden, auf die Shama in ihrer Missionsschulenschrift, die nach den ersten zwei, drei Zeilen immer schlechter wurde, mit Bleistift Rezepte für die einfachsten Gerichte geschrieben hatte. Die Mißachtung für Grammatik und Zeichensetzung, mit der sie das getan hatte, fand er rührend. Wie drollig außerdem, Wendungen, die er sie nur sprechen gehört hatte, in dieser Schrift zu Papier gebracht zu sehen! In ihren Anweisungen zum Reiskochen beispielsweise wies sie ihn an, »nur eine kleine Prise Salz hineinzuwerfen« — er konnte sehen, wie sie ihre langen Finger zusammenschloß — und »den blauen Emaillekessel ohne Henkel zu benutzen«. Wie oft hatte sie, vor dem *Chulha*-Feuer kauernd, zu ihm gesagt: »Gib mir doch mal den blauen Kessel ohne Henkel.«

Während der müßigen Stunden im Geschäft hatte er angefangen, sich Namen auszudenken, meistens männliche: etwas anderes hielt er überhaupt nicht für wahrscheinlich. Er schrieb sie auf Packpapier, ließ sie auf der Zunge zergehen und probierte sie bei seinen Kunden aus.

»Krishnadhar Haripratap Gokulnath Damodar Biswas. Was halten Sie von dem Namen? K.H.G.D. Biswas. Oder was ist mit Krishnadhar Go*kul*nath Haripratap Damodar Biswas? K.G.H.D.« »Sie lassen dem Pandit nicht viel Auswahl, dem Kind einen Namen zu geben.«

»Meinem Kind gibt kein Pandit einen Namen.«

Auf das hintere Vorsatzblatt des *Collins' Clear-Type Shakespeare*, einem Werk von ermüdender Unlesbarkeit, schrieb er die Namen in großen Buchstaben, als wäre seine Nachfolge schon geregelt. *Bell's Standard Elocutionist,* immer noch seine Lieblingslektüre, wäre ihm lieber gewesen, wenn das Buch bei dem Tritt, dem er ihm in dem langen Raum im Hanuman-Haus versetzt hatte, nicht so gelitten hätte, aber der Deckel hing jetzt lose, die Vorsatzblätter waren zerrissen, und man konnte die khakifarbene Pappe sehen. *Collins' Clear-Type Shakespeare* hatte er nur wegen *Julius Caesar* gekauft, von dem er in Lals Schule Teile deklamiert hatte. Jedes andere Stück war ihm zu hoch; der Band blieb praktisch ungelesen und erwies sich nun auch als Familienstammbuch als Fehlschlag. Das Vorsatzblatt schmierte entsetzlich.

Und das Baby war ein Mädchen. Aber es wurde zur richtigen Zeit geboren; es wurde ohne Komplikationen geboren; es war gesund; und Shama ging es sehr gut. Weniger hatte er nicht von ihr erwartet. Er schloß das Geschäft und radelte zum Hanuman-Haus und fand heraus, daß seine Tochter schon einen Namen hatte.

»Sieh dir Savi an«, sagte Shama.

»Savi?«

Sie befanden sich in Mrs. Tulsis Zimmer, dem Rosenzimmer, in dem alle Schwestern ihr Wochenbett hatten.

»Das ist ein schöner Name«, sagte Shama.
Schöner Name, wie er auf dem ganzen Weg von The Chase über Namen nachgedacht und sich für Sarojini Lakshmi Kamala Devi entschieden hatte.
»Seth und Hari haben ihn ausgesucht.«
»Das brauchst du mir nicht zu sagen.« Sein Kinn gegen das Baby reckend, fragte er auf englisch: »Sie haben es registrieren lassen?«
Auf dem Tisch mit der Marmorplatte neben dem Bett lag unter einem Messingteller ein Stück Papier. Sie reichte es ihm.
»Gut! Bin ich froh, daß sie registriert ist. Weißt du, die Regierung und alle wollten nicht glauben, daß ich überhaupt geboren war. Da mußten die Leute erst schwören und alle möglichen Dokumente unterschreiben.«
»Wir sind alle registriert worden«, sagte Shama.
»Ihr seid *selbstverständlich* alle registriert.« Er sah sich die Bescheinigung an. »Savi? Aber den Namen sehe ich hier gar nicht. Ich sehe nur Basso.«
Sie riß die Augen auf. »Sch!«
»Ich lasse mein Kind von niemandem Basso nennen.«
»Sch!«
Er verstand. Basso war der richtige Name des Babys, Savi der Rufname. Der richtige Name eines Menschen konnte benutzt werden, um diesem Menschen Schaden zuzufügen, während der Rufname keinerlei Gültigkeit hatte und nach Belieben gegeben wurde. Er war erleichtert, daß er seine Tochter nicht Basso nennen mußte. Trotzdem, was für ein Name!
»Der ist Hari eingefallen, was? Dem heiligen Geist.«
»Und Seth.«
»Typisch für den Pandit und den großen Würger.«
»Mann, was machst du da?«
Er schrieb angestrengt auf der Geburtsurkunde.
»Sieh mal«. Oben über die Bescheinigung hatte er ge-

schrieben: richtiger Rufname: *Lakshmi. Unterschrieben von Mohun Biswas, Vater.* Darunter stand das Datum. Sie beide hatten das Gefühl, daß ein Regierungsdokument, das eigentlich unangetastet bleiben sollte, angefochten worden sei.

Er genoß ihre Bestürzung und sah sie zum ersten Mal seit seiner Ankunft richtig an. Ihr langes Haar hing lose und ausgebreitet über das Kissen. Um ihn ansehen zu können, mußte sie ihr Kinn gegen den Hals drücken.

»Du hast ein Doppelkinn gekriegt«, sagte er. Sie antwortete nicht.

Plötzlich sprang er auf. »Was zum Teufel ist das?«

»Zeig mal.«

Er zeigte ihr die Urkunde. »Hier, sieh! Beruf des Vaters: Arbeiter. Arbeiter! Ich! Wo hat deine Familie bloß das ganze schlechte Blut her, Mädchen?«

»Das hab' ich nicht gesehen.«

»Typisch Seth. Sieh nur! Name des Gewährsmanns: R. N. Seth. Beruf: Plantagengeschäftsführer.«

»Ich frage mich, warum er das getan hat.«

»Paß auf, wenn du das nächste Mal einen Gewährsmann brauchst, ja, laß es mich wissen. Lakshmi Basso und Savi zu nennen. Hallo, Lakshmi! Lakshmi, ich bin's, dein Vater, Beruf — Beruf, ja was, Mädchen? Maler?«

»Das hört sich an wie Anstreicher.«

»Schildermaler? Ladeninhaber? Um Gottes willen, das nicht!« Er nahm die Urkunde und begann zu kritzeln. »Besitzer«, sagte er, als er die Urkunde an sie weitergab.

»Aber du kannst dich doch nicht Besitzer nennen. Das Geschäft gehört Mai.«

»Arbeiter kannst du mich auch nicht nennen.«

»Dafür könnten sie dich drankriegen.«

»Sollen sie's doch versuchen.«

»Du gehst jetzt besser, Mann.«

Das Baby rührte sich.

»Hallo, Lakshmi.«
»Savi.«
»Basso.«
»Sch!«
»Erzähl mir nur was von dem alten Würger. Dem alten Skorpion, wenn du mich fragst. Dem alten Skorpion.«
Er verließ den dunklen Raum mit seinen drückenden Arzneigerüchen, seinen Wasserschüsseln und dem Stapel Windeln und trat hinaus in das Wohnzimmer, an dessen einem Ende die zwei hohen Stühle wie Throne standen. Über die Holzbrücke ging er zur Veranda, des alten ersten Stocks, wo gewöhnlich Hari saß und in seinen unhandlichen Schriften las. Schüchtern kam er die Treppe herunter in die Diele, voller Erwartung auf die Aufmerksamkeit, die ihm als Vater des jüngsten Babys im Hanuman-Haus gewidmet würde. Niemand beachtete ihn besonders. Die Diele war voller Kinder, die trübsinnig aßen. Unter ihnen erkannte er die Grimassenschneiderin und das Mädchen, das in The Chase das »Familienspiel« geleitet hatte. Er roch Schwefel und sah, daß die Kinder kein Essen zu sich nahmen, sondern ein gelbes Pulver, vermischt mit etwas, das aussah wie Büchsenmilch.
Er fragte: »Was ist das, he?«
Die Grimassenschneiderin zog eine Grimasse und sagte: »Schwefel mit Büchsenmilch.«
»Das Essen wird teuer, was?«
»Ist für das Ekzem«, sagte die mit dem »Familienspiel«.
Sie tauchte den Finger in Büchsenmilch, in Schwefel und steckte dann den Finger in den Mund. Hastig wiederholte sie das Ganze.
Aus dem schwarzen Kücheneingang war Mrs. Tulsi getreten.
»Schwefel mit Büchsenmilch«, sagte Mr. Biswas.
»Um es zu süßen«, sagte Mrs. Tulsi. Wieder einmal hatte sie ihm verziehen.

»Süßen«, wisperte die Grimassenschneiderin laut. Ihre Fähigkeiten gaben ihr ungewöhnliche Sonderrechte.
»Sehr gut gegen das Ekzem.« Mrs. Tulsi setzte sich neben die Grimassenschneiderin, nahm ihren Teller und schüttelte den Schwefel vom Rand zurück, über den die Grimassenschneiderin die ganze Zeit Schwefel auf den Tisch verschüttet hatte. »Hast du deine Tochter gesehen, Mohun?«
»Lakshmi?«
»Lakshmi?«
»Lakshmi. Meine Tochter. Das ist der Name, den *ich* ausgesucht habe.«
»Shama sieht gut aus.« Mrs. Tulsi strich den verschütteten Schwefel vom Tisch auf ihre Hand und schüttelte die Hand über der Büchsenmilch aus, die die Grimassenschneiderin bis dahin jungfräulich gehalten hatte. »Ich habe sie im Rosenzimmer, meinem Zimmer, untergebracht.«
Mr. Biswas sagte nichts.
Mrs. Tulsi klopfte auf die Bank. »Komm und setz dich hierhin, Mohun.«
Er setzte sich neben sie.
»Der Herr gibt«, sagte Mrs. Tulsi abrupt auf englisch. Seine Überraschung verbergend, nickte Mr. Biswas. Er kannte Mrs. Tulsis philosophische Art. Langsam und mit höchster Feierlichkeit traf sie eine Reihe einfacher Feststellungen, die nichts miteinander zu tun hatten, aber einen rätselhaft tiefsinnigen Eindruck hinterließen.
»Alles kommt nach und nach«, sagte sie. »Wir müssen vergeben. Wie dein Vater immer sagte« — sie zeigte auf die Fotos an der Wand —, »was dir bestimmt ist, ist dir bestimmt. Was dir nicht bestimmt ist, ist dir nicht bestimmt.«
Gegen seinen Willen fand Mr. Biswas sich ernsthaft zuhörend und beipflichtend nickend wieder.

Mrs. Tulsi schnüffelte und preßte den Schleier gegen die Nase. »Wer hätte vor einem Jahr gedacht, daß du heute hier sitzt, in dieser Diele, mit diesen Kindern, als mein Schwiegersohn und als Vater. Das Leben steckt voller Überraschungen. Aber in Wirklichkeit sind sie nicht überraschend. Du bist jetzt für ein neues Leben verantwortlich, Mohun.« Sie begann zu weinen. Sie legte ihre Hand auf Mr. Biswas' Schulter, nicht um ihn zu trösten, sondern damit er sie tröste. »Ich habe Shama mein Zimmer, das Rosenzimmer, gegeben. Ich weiß, daß du dir Sorgen um die Zukunft machst. Das brauchst du mir nicht erzählen. Ich weiß es.« Sie tätschelte seine Schulter.

Ihre Stimmung hatte ihn gefangengenommen. Er vergaß die Schwefel und Büchsenmilch essenden Kinder und schüttelte, wie um zuzugeben, daß er tiefschürfend und verzweifelt über die Zukunft nachgedacht habe, den Kopf. Nachdem sie ihn in dieser Stimmung gefangen hatte, zog sie die Hand weg, putzte sich die Nase und trocknete ihre Augen. »Was immer passiert, man bleibt am Leben. Was auch passiert. Bis der Herr es für richtig hält, dich zu holen.« Der letzte Satz war auf englisch; er brachte ihn zurück und zerbrach den Zauber. »Wie Er es mit deinem lieben Vater tat. Aber bis die Zeit kommt, können sie dich nicht töten, egal, wie sie dich darben lassen oder dich behandeln.«

Sie, dachte Mr. Biswas, wer sind sie?

Dann kam Seth mit seinen schlammbedeckten Halbstiefeln in die Diele gestampft, und die Kinder wandten sich mit Eifer ihrem Schwefelpulver zu.

»Mohun«, sagte Seth, »Hast du deine Tochter besucht? Du überraschst mich, Mann.«

Die Grimassenschneiderin kicherte. Mrs. Tulsi lächelte.

Du Verräterin, dachte Mr. Biswas, du alte Weibsfuchsverräterin.

»Tja, jetzt bist ein großer Mann, Mohun«, sagte Seth.

»Ehemann und Vater. Fang nicht wieder an, dich wie ein kleiner Junge zu benehmen. Ist das Geschäft schon pleite?« »Gib ihm ein bißchen Zeit«, sagte Mr. Biswas aufstehend. »Es ist schließlich erst vier Monate her, daß Hari es gesegnet hat.«
Die Grimassenschneiderin lachte; zum ersten Mal empfand Mr. Biswas Nachsicht mit diesem Mädchen. Ermutigt fügte er hinzu: »Glaubst du, wir könnten ihn dazu bringen, es wieder zu entsegnen?«
Noch mehr Gelächter.
Seth rief nach seiner Frau und dem Essen.
Bei der Erwähnung von Essen sahen die Kinder sehnsüchtig auf.
»Für keinen von euch gibt's heute Essen«, sagte Seth. »Das wird euch lehren, im Dreck zu spielen und euch ein Ekzem zu holen.«
Mrs. Tulsi war an Mr. Biswas' Seite. Sie war wieder feierlich. »Es kommt nach und nach.« Sie flüsterte jetzt, weil Schwestern mit Messingtellern und Geschirr aus der Küche kamen. »Du hättest wohl nie gedacht, nehme ich an, daß dein erstes Kind an so einem Ort geboren würde.«
Er schüttelte den Kopf.
»Denk daran, sie können dich nicht töten.«
Schon wieder dieses »sie«.
»Ach«, sagte Mr. Biswas, »wir haben also jetzt drei in der Familie.«
Sie war durch seinen Ton gewarnt.
»Schick mir eine Tonne«, sagte er laut, »eine kleine Kohlentonne.«

Er kam am Seitentor hinaus und führte sein Rad an der Arkade vorbei, die sich schon mit der abendlichen Schar der alten, in Indien geborenen Männer füllte, die zum Rauchen und Reden dorthin kamen. Er radelte zu Misirs baufälligem kleinen Holzhaus und klopfte an das erleuchtete Fenster.

Unter dem Spitzenvorhang steckte der Misir seinen Kopf heraus und sagte: »Genau der Mann, den ich sehen will. Komm rein.«
Misir sagte, er habe Frau und Kinder zur Schwiegermutter geschickt. Mr. Biswas vermutete, daß ein Streit oder eine Schwangerschaft der Grund war.
»Außerdem habe ich ohne die wie der Teufel gearbeitet«, sagte Misir. »Geschichten geschrieben.«
»Für den *Sentinel?«*
»*Kurz*geschichten«, sagte Misir, ungeduldig wie immer. »Setz dich mal hin und hör zu.«
Misirs erste Geschichte handelte von einem Mann, der seit Monaten arbeitslos war und Hunger litt. Seine fünf Kinder litten Hunger; seine Frau erwartete noch ein Baby. Es war Dezember, und die Geschäfte waren voller Lebensmittel und Spielzeug. Am Heiligen Abend bekam der Mann Arbeit. Auf dem Nachhauseweg am selben Abend wurde er von einem Auto, das noch nicht einmal anhielt, angefahren und getötet.«
»Wahnsinnig«, sagte Mr. Biswas. »Daß das Auto nicht hält, das gefällt mir.«
Misir lächelte und sagte grimmig: »So ist das Leben. Das ist kein Märchen. Kein Es-war-einmal-ein-Radscha-Unsinn. Hör dir die an.«
Misirs zweite Geschichte handelte von einem Mann, der seit Monaten arbeitslos war und Hunger litt. Um seine große Familie zu ernähren, hatte er angefangen, seinen Besitz zu verkaufen, und schließlich hatte er nichts mehr als eine Totokarte für zwei Schilling. Die wollte er nicht verkaufen, aber eins seiner Kinder erkrankte gefährlich und brauche Medizin. Das Kind starb; die verkaufte Karte gewann im Toto.
»Wahnsinnig«, sagte Mr. Biswas. »Was ist dann passiert?«
»Mit dem Mann? Wieso fragst du *mich*? Streng deine Fantasie an.«

»Teufel nochmal, wahnsinnig!«
»Die Leute sollten über diese Sachen Bescheid wissen«, sagte Misir. »Übers Leben Bescheid wissen. Du solltest selbst anfangen, ein paar Geschichten zu schreiben.«
»Dazu hab' ich einfach nicht die Zeit, Junge. Hab' ja jetzt ein kleines Eigentum in The Chase.« Mr. Biswas machte eine Pause, aber Misir reagierte nicht. »Ich bin außerdem ein verheirateter Mann, wie du weißt. Verantwortung.« Wieder machte er eine Pause. »Tochter.«
»Gott!« rief Misir voller Abscheu aus. *»Gott!«*
»Gerade geboren.«
Misir schüttelte mitleidig den Kopf. »Katze im Sack, Katze im Sack. Das haben wir alle von diesem Katze-im-Sack-Geschäft.«
Mr. Biswas wechselte das Thema. »Was ist mit den Aryas?«
»Wieso fragst du? Dir ist das doch wirklich egal. Allen ist es egal. Denen braucht man bloß ein paar Märchen zu erzählen, und schon sind sie glücklich. Sie wollen einfach den Tatsachen nicht ins Gesicht sehen. Und dieser Shivlochan ist ein blöder Dummkopf. Du weißt, daß sie Pankaj Rai nach Indien zurückgeschickt haben? Manchmal lass' ich alles stehen und liegen und frage mich, wie es ihm da drüben geht. Ich vermute, der arme Mann lebt in Lumpen, verhungert in der Gosse, kann keine Arbeit und nichts kriegen. Weißt du, über Pankaj könnte man eine gute Geschichte machen.«
»Wollte ich gerade sagen. Der Mann war ein Purist.«
»Ein geborener Purist.«
»Misir, arbeitest du noch für den *Sentinel?*«
»Immer noch für 'nen lumpigen Cent die Zeile. Warum?«
»Heute ist was verdammt Komisches passiert. Weißt du, was ich gesehen hab'? Ein Schwein mit zwei Köpfen.«
»Wo?«
»Direkt hier. Im Hanuman-Haus. Von ihrem Gut.«

»Aber Hindus wie die Tulsis halten doch keine Schweine.«
»Du würdest staunen. Es war natürlich tot.«
Trotz all seiner reformerischen Tendenzen war Misir entschieden enttäuscht und erregt. »Heutzutage alles fürs Geld. Immerhin ist es eine Geschichte. Ich telefonier' es gleich durch.«
Und als er von Misir wegging, sagte Mr. Biswas: »Beruf Arbeiter. Das wird sie lehren.«

Es dauerte drei Wochen, ehe Shama nach The Chase zurückkam. Er hing in der Galerie eine Hängematte für das Baby auf und wartete. Der Laden und die hinteren Räume gerieten immer mehr in Unordnung und strahlten immer mehr Kälte aus, wie ein verlassenes Lager. Sobald aber Shama mit Lakshmi — »Ihr Name ist Savi«, beharrte Shama, und bei Savi blieb es — zurückkam, wurden diese Räume wieder der Ort, an dem er nicht nur lebte, sondern auch einen Status hatte, ohne seine Rechte durchsetzen und seine Worte erklären zu müssen.
Sofort begann er, sich über die Sachen zu beschweren, die ihm am meisten Freude machten. Savi schrie, und er redete, als sei sie eine von Shamas Schwächen. Das Essen kam zu spät, und er stellte eine Verärgerung zur Schau, hinter der die Freude, die er in Gedanken darüber empfand, daß da jemand war, der Essen für ihn kochte, verborgen blieb. Auf diese Ausbrüche antwortete Shama nicht mehr wie früher. Sie war selbst mürrisch, als zöge sie diese Beziehung einer gefühlsmäßigen Verbindung vor.
Gern sah er zu, wenn das Baby gebadet wurde. Shama tat das so geschickt, als badete sie schon seit Jahren Babys. Mit dem linken Arm und der Hand stützte sie den Rücken und unsicheren Kopf des Babys; mit der rechte seifte sie es ein und wusch es; schließlich wurde das Baby mit einem einzigen schnellen, zärtlichen Handgriff von der Schüssel aufs Handtuch gehoben. Er staunte, daß jemand, der dem

Hanuman-Haus entstammte und von der Hausarbeit aufgerissene Hände hatte, mit diesen selben Händen so viel Zärtlichkeit ausdrücken konnte. Danach wurde Savi mit Kokosöl eingerieben, und ihre Glieder wurden zu gewissen fröhlichen Reimen geübt. Dasselbe hatte man mit Mr. Biswas und Shama gemacht, als sie klein waren; dieselben Reime waren aufgesagt worden; und wahrscheinlich hatte sich das Ritual schon vor tausend Jahren entwickelt.

Das Einölen wurde abends wiederholt, wenn die Sonne untergegangen war und der Busch ringsum zu singen begonnen hatte. Und um diese Zeit kam ungefähr sechs Monate später Moti zum Geschäft und klopfte hart auf die Theke.

Moti gehörte nicht zum Dorf. Er war ein kleiner, bekümmert aussehender Mann mit grauem Haar und schlechten Zähnen. Er trug eine Art schäbiger Angestelltenkleidung. Sein schmutziges Hemd saß korrekt, und die Bügelfalten in seiner Hose konnte man gerade noch erkennen. In seiner Hemdtasche trug er einen Füllfederhalter, einen Bleistiftstummel und ein paar Stücke schmieriges Papier mit sich herum, die Ausrüstung und das Kennzeichen eines des Lesens und Schreibens kundigen auf dem Land. Er bat nervös um Schmalz für einen Penny.

Mr. Biswas' Hinduempfinden erlaubte ihm nicht, Schmalz zu führen. »Aber wir haben Butter«, sagte er und dachte an die hohe stinkige Büchse voll roter, zerlaufener, ranziger Butter.

Moti schüttelte den Kopf und zog seine Fahrradklammern ab. »Geben Sie mir für einen Cent Paradiespflaumen.«

In einem Stück weißen Papier gab Mr. Biswas ihm drei.

Moti ging nicht. Er steckte eine Paradiespflaume in den Mund und sagte: »Ich freue mich, daß Sie kein Schmalz führen. Ich schätze Sie deswegen.« Er hielt inne und zermalmte mit geschlossenen Augen die Paradiespflaume zwischen seinen Kiefern. »Ich freue mich, einen Mann in Ihrer Position zu sehen, der seine Religion nicht für ein paar Cent aufgibt. Wissen Sie, daß einige hinduistische Geschäftsinhaber heutzutage tatsächlich eigenhändig gepökeltes Rindfleisch verkaufen? Nur wegen der paar zusätzlichen Cent.«

Das wußte Mr. Biswas und bedauerte die Zimperlichkeit, die ihn davon abhielt, dasselbe zu tun.

»Und denken Sie nur an diese andere Sache«, sagte Moti, während er die Paradiespflaume zerkrachte. »Haben Sie von dem Schwein gehört?«

»Dem Tulsi-Schwein? Überrascht mich gar nicht.«

»Trotzdem, es ist ein Segen, daß nicht alle so sind. Sie zum Beispiel. Und Seebaran. Kennen Sie Seebaran?«

»Seebaran?«

»Sie kennen Seebaran nicht! L.S. Seebaran? Der Mann, der auf dem Bagatellgericht praktisch die ganze Arbeit erledigt.«

»Ach der«, sagte Mr. Biswas, der immer noch im Dunklen tappte.

»Ganz strenggläubiger Hindu. Und außerdem einer der besten Rechtsanwälte hier, kann ich Ihnen sagen. Wir sollten stolz auf ihn sein. Der Mann, der vor Ihnen hier war — wie hieß er noch mal? —, egal, der Mann vor Ihnen hat Seebaran viel zu verdanken. Er wäre heute bettelarm, wenn Seebaran nicht gewesen wäre.«

Moti steckte sich eine weitere Paradiespflaume in den Mund und betrachtete abwesend die spärlich gefüllten Regale. Mr. Biswas folgte Motis Blick, der an den Büchsen mit den halb zerfressenen Etiketten hängenblieb, die der Mann, dem Seebaran geholfen hatte, zurückgelassen hatte.

»Und jetzt gehen also alle zu Dookhie, was?« sagte Moti, jetzt schon vertraulicher, auf englisch. Dookhie war der neueste Geschäftsinhaber in The Chase. »Es ist eine

Schande. Es ist eine Schande, wie ein paar Leute ihr ganzes Leben lang auf Kredit leben. Ist eine Art Diebstahl. Nehmen Sie Mungroo. Sie kennen Mungroo?«

Mr. Biswas kannte ihn gut.

»Ein Mann wie Mungroo sollte im Gefängnis sein«, sagte Moti.

»Das meine ich auch.«

»Es ist nicht so«, sagte Moti wohl abwägend, die Augen schließend und die Paradiespflaume krachend, »als ob er ein Habenichts wäre und sich nicht leisten könnte zu bezahlen. Mungroo ist reicher, als Sie und ich je hoffen könnten zu sein, wissen Sie.« Das war Mr. Biswas neu.

»Der Mann sollte im Gefängnis sein«, wiederholte Moti.

Mr. Biswas wollte gerade sagen, daß Mungroo ihn nicht hinters Licht geführt hätte, als Moti sagte: »Die rauhen und groben Ladenbesitzer, Leute wie er selbst, die bestiehlt er nicht. Er hat Angst, die geben ihm eine ordentliche Tracht Prügel. Nein, er sucht sich nette Leute mit 'nem schönen weichen Herzen, und die bestiehlt er. Mungroo sieht Sie, er denkt, Sie sehen nett aus, und am *nächsten* Tag kommt Mungroos Frau vorbei und will für zwei Cent von diesem und für drei Cent von dem, und sie hat ganz vergessen, daß sie kein Geld dabei hat, und ob Sie bis zum nächsten Zahltag warten könnten. Nun ja, Sie wickeln die Waren in schöne, starke Papiertüten, schicken sie glücklich nach Hause und setzen sich hin und warten bis zum nächsten Zahltag. Am nächsten Zahltag vergißt Mungroo es. Seine Frau vergißt es. Sie haben zuviel damit zu tun, Hühner zu schlachten und Rum zu kaufen, um sich an Sie zu erinnern. Zwei, drei Tage später, ha-ha, erinnert die Frau sich plötzlich an Sie. Sie heult wieder. Sie will noch mehr auf Pump. Erzählen Sie mir nichts von Mungroo. Ich kenne ihn zu gut. Der Mann sollte im Gefängnis sein, wenn bloß einer den Mumm hätte, ihn dahin zu bringen.«

Der Bericht war verkürzt und dramatisiert, aber Mr. Biswas erkannte seine Wahrheit. Er fühlte sich bloßgestellt und sagte nichts.

»Zeigen Sie mir doch einfach mal Ihre Buchführung«, sagte Moti.

»Bloß um zu sehen, wieviel Mungroo Ihnen schuldet.«

Mr. Biswas nahm den Spieß von dem Nagel zwischen den Regalen, wo er über einer verblichenen Reklame für Cydrax hing, einem Erfrischungsgetränk, das im Dorf nicht angekommen war. Der Spieß war nun ein hoher federiger vielfarbiger Wedel, dessen unterste Papiere so brüchig und eingerollt wie tote Blätter waren.

»Mein Gott», sagte Moti und wurde, wie er die Papiere durchsah, ernster und ernster. Er konnte sie nicht sehr weit durchgehen, denn um an die unteren Papiere zu kommen, hätte er die obersten ganz wegnehmen müssen. Er drehte sich von Mr. Biswas weg und betrachtete sinnend die Schwärze draußen, starrte aus der Tür hinaus, gegen die man das Rückrad seines klapprigen Fahrrades lehnen sehen konnte. Traurig lutschte er an seiner Paradiespflaume. »Schade, daß Sie Seebaran nicht kennen. Seebaran würde das in Null Komma nichts für Sie regeln. Er hat dem Mann vor Ihnen aus der Klemme geholfen. Sonst wäre der jetzt bettelarm. Ein Habenichts. Es ist komisch, aber man sollte nicht glauben, daß es Leute gibt, die auf Kredit immer fetter und reicher werden, während der arme Ladeninhaber, der den Kredit gibt, nicht genug zu essen kriegt, Lumpen trägt, zusieht, wie seine Kinder hungern, zusieht, wie sie krank sind.«

Mr. Biswas sah sich auf einmal als Held in einer von Misirs Geschichten und konnte seine Beunruhigung kaum verbergen.

»Na, gut dann, Mann.« Moti befestigte seine Fahrradklammern um die Knöchel. »Ich muß los. Danke für das Schwätzchen. Ich hoffe, es kommt alles in Ordnung bei Ihnen.«

»Aber Sie kennen doch Seebaran«, sagte Mr. Biswas.
»Kenne ihn, ja. Ich weiß aber nicht, ob ich einfach hingehen könnte, um ihn zu bitten, einem Freund von mir aus der Klemme zu helfen. Hat viel zu tun, der Mann, wissen Sie. Erledigt fast die ganze Arbeit auf dem Bagatellgericht.«
»Sie könnten es ihm aber trotzdem sagen?«
»Ja«, sagte Moti ohne große Überzeugungskraft, »sagen könnte ich es ihm. Aber Seebaran ist ein wichtiger Mann. Man kann ihn nicht mit ein, zwei kleinen Sachen belästigen.«
Mr. Biswas fuhr mit der Hand die Papiere auf dem Spieß herauf und hinunter. »Ich habe hier eine *Menge* Arbeit für ihn«, sagte er scharf. »Sagen Sie ihm das.«
»Ist gut. Ich sag's ihm.« Moti stieg auf sein Fahrrad. »Aber versprechen tu ich nichts.«
Savi schlief, als Mr. Biswas in das hintere Zimmer zurückging.
»Bald werd' ich Mungroo und dem ganzen Rest den Garaus machen«, sagte Mr. Biswas zu Shama. »Setze Seebaran auf sie an.«
»Wer ist Seebaran?«
»Wer ist Seebaran! Willst du sagen, du kennst Seebaran nicht? Der Mann, der auf dem Bagatellgericht praktisch alle Arbeit erledigt.«
»Das weiß ich alles. Ich hab' auch gehört, was der Mann gesagt hat.«
»Warum zum Teufel fragst du mich dann?«
»Meinst du nicht, du holst dir besser einen Rat, ehe du anfängst, Leute vor Gericht zu bringen?«
»Rat? Von wem? Dem alten Würger und dem alten Weibsfuchs? Ich weiß, daß die alles wissen. Das brauchst du mir nicht zu erzählen. Aber kennen sie sich im Recht aus?«
»Seth geht mit vielen Leuten vor Gericht.«
»Und jedesmal, wenn er das tut, verliert er. Das brauchst

du mir auch nicht zu erzählen. Jeder in Arwacas weiß Bescheid über Seth und die Leute, die er vor Gericht bringt. Er weiß nicht alles.«
»Er hat Doktor studiert. Doktor oder Apotheker.«
»Hat Doktor studiert. Pferdedoktor, wenn du mich fragst. Sieht er für dich wie ein Doktor aus? Hast du dir schon mal seine Hände angeguckt? Fleischig, dick. Der kann noch nicht mal richtig 'nen Bleistift halten.«
»Er hat das Geschwür aufgeschnitten, das Chanrouti neulich hatte.«
»Ach ja, das ist was, was ich dir schon lange sagen wollte. Im voraus. Im *voraus.* Ich will nicht, daß Seth einem meiner Kinder irgendein Geschwür aufschneidet. Und ich will nicht, daß er einem davon irgend so einen verdammten Schwefel mit Büchsenmilch verschreibt.«

Mungroo war der Anführer der Stockkämpfer des Dorfes. Er war ein großer, drahtiger, schroffer Mann; sein grimmiges Aussehen verlieh ihm ein Schnurrbart, wegen dem die Dorfbewohner ihn Moush, dann Moach nannten. Als Stockkämpfer war er Meister. Er besaß Reichweite und Geschicklichkeit, und seine Reaktionen waren fantastisch. Eine Parade verwandelte er so flüssig in einen Angriff, daß es eine einzige Bewegung zu sein schien. Jedes Duell focht er, als hätte er jeden einzelnen Bewegungsablauf geprobt. Mungroo hatte die jungen Männer von The Chase zu einer Kampfgruppe organisiert, die bereit war, an den Tagen des christlichen Karnevals und des islamischen Hossein die Ehre des Dorfes zu verteidigen. Unter seiner Anleitung und in seinem Hof trainierten sie abends unverdrossen bei Fackelschein. Die Dorfjungen gingen hin, um dem abendlichen Training zuzusehen. Dasselbe tat trotz Shamas Mißbilligung Mr. Biswas.
Genauso gern wie die Wettkämpfe mochte er das Zurechtmachen der Stöcke. Erst wurden Muster in die Rinde des

Poui geschnitten, der dann in einem Gartenfeuer geschwelt wurde; die verbrannte Rinde wurde abgeschält und hinterließ das ins weiße Holz eingebrannte Muster. Kein Geruch war angenehmer als der eines gerade angerösteten *Poui*: schwach, aber so anhaltend, daß er von weit weg zu kommen schien, aus einer unermeßlichen Tiefe, die das Holz umschloß: schwach wie der Geruch der *Pouis,* die Raghu in einem Dorf wie diesem, einem Hof wie diesem, einem Feuer wie diesem schwelte: Empfindungen, nicht Bilder rief er hervor — von einem Abendessen, das über einem Feuer gekocht wurde, das gegen eine Lehmwand schien und die Nacht draußen hielt; von kühlen, frischen, unverbrauchten Morgen; von Regen, der auf ein Strohdach pladderte und die Wärme darunter: Empfindungen, so schwach wie der Geruch des *Poui* selbst, aber traurig flüchtig, die sich nicht fassen oder in eine konkrete Erinnerung umwandeln ließ.

Danach, wenn die Stockspitzen geschnitzt waren, wurden sie in Kokosöl in Bambusröhren eingeweicht, um sie stärker und elastischer zu machen. Dann brachte Mungroo die Stöcke zu einem alten Stockkämpfer, den er kannte, um sie mit dem Geist eines toten Spaniers »beschlagen« zu lassen. So daß das Ritual in Romantik, Scheu und Geheimnis endete. Denn die Spanier, wußte Mr. Biswas, hatten vor hundert Jahren die Insel abgetreten, und ihre Nachfahren waren verschwunden; doch die Erinnerung an verwegene Kühnheit hatten sie hinterlassen, und diese Erinnerung war auf Menschen übergegangen, die aus einem anderen Erdteil kamen und nicht wußten, was ein Spanier war, Menschen, die in ihren Hütten aus Lehm und Gras, wo Zeit und Entfernung ausgelöscht waren, ihre Kinder immer noch mit dem Namen Alexanders erschreckten, von dessen Größe sie nichts wußten.

Von Beruf war Mungroo Straßenbahnarbeiter. Er sagte aber lieber, daß er für die Regierung arbeitet, und am liebsten arbeitete er gar nicht. Er ließ durchblicken, daß das Dorf ihm den Lebensunterhalt schuldete, weil er die Ehre des Dorfes verteidigte. Er erhob Beiträge für das Pechöl der Fackeln, die »Beschlaggebühren« und die teuren Kostüme, die die Stockkämpfer an Kampftagen trugen. Zuerst steuerte Mr. Biswas willig bei. Dann ließ Mungroo, um sich besser seiner Kunst widmen zu können, seinen Straßentrupp wochenlang im Stich und lebte auf Kredit von Mr. Biswas und anderen Händlern. Mr. Biswas bewunderte Mungroo. Mungroo Kredit zu verweigern, hielt er für verräterisch, ihn an seine Schulden zu erinnern, für unpassend und beides für gefährlich. Mungroo wurde ständig fordernder. Mr. Biswas beschwerte sich bei anderen Kunden; sie erzählten es Mungroo weiter. Mungroo antwortete nicht, wie Mr. Biswas befürchtet hatte, mit Gewalt, sondern mit einer Würde, die Mr. Biswas, obwohl sie ihm oberflächlich vorkam, genauso verletzte wie Shamas Schweigen und Seufzen. Mungroo lehnte es ab, mit Mr. Biswas zu sprechen und spuckte jedesmal, wenn er am Geschäft vorbeikam, beiläufig aus. Mungroos Rechnungen blieben unbezahlt, und Mr. Biswas verlor noch ein paar Kunden mehr.

Früher als Mr. Biswas erwartet hatte, kam Moti wieder und sagte: »Sie sind ein Glückspilz. Seebaran hat sich entschlossen, Ihnen zu helfen. Ich hab' ihm erzählt, daß Sie ein Freund von mir sind und ein guter Hindu. Und er ist selbst ein strenggläubiger Hindu, wie Sie wissen. Er hilft Ihnen. Obwohl er viel zu tun hat.« Er nahm die Papiere aus seiner Hemdtasche, fand, was er suchte, und knallte es auf die Theke. Oben war ein leicht schief sitzender lilafarbener Stempel, der besagte, daß L.S. Seebaran Rechtsanwalt und Notar war. Darunter befanden sich zwischen gedruckten Sätzen viele gepunktete Linien. »Die füllt Seebaran für sie aus, sobald er Ihre Papiere hat«, sagte Moti, Englisch, die Sprache des Rechts, verwendend.

Wird diese Summe, las Mr. Biswas mit freudiger Erregung, *zuzüglich eines Dollar und zwanzig Cent ($ 1.20) Gebühren für diesen Brief nicht innerhalb der Frist von zehn Tagen gezahlt, wird auf dem Rechtsweg gegen Sie vorgegangen.* Und darunter war noch eine gepunktete Linie, auf der L.S. Seebaran selbst hochachtungsvoll unterschreiben sollte.

»Stark, starker Tobak, Mann«, sagte Mr. Biswas, »Rechtsweg, ha. Ich wußte gar nicht, daß es so leicht ist, Leute vor Gericht zu bringen.«

Moti grunzte wissend.

»Ein Dollar und zwanzig Cent Gebühren für den Brief«, sagte Mr. Biswas. »Sie meinen, selbst den brauch' ich nicht bezahlen?«

»Nicht, wenn Seebaran den Fall für Sie austrägt.«

»Ein Dollar und zwanzig Cent. Sie meinen, Seebaran kriegt das alles bloß, weil er die gepunkteten Linien ausfüllt? Bildung, Junge. Es geht doch nichts über einen anständigen Beruf.«

»Man ist sein eigener Herr, wenn man ein Fachmann ist«, sagte Moti, und in seiner Stimme schwang leise Trauer.

»Aber Einszwanzig, Mann! Fünf Minuten schreiben für Einszwanzig.«

»Sie vergessen, daß Seebaran jahrelang alle möglichen dicken und schweren Bücher studieren mußte, ehe man ihm erlaubte, solche Papiere zu verschicken.«

»Wissen Sie, man muß drei Söhne haben. Einen läßt man Arzt werden, einen Zahnarzt und einen Rechtsanwalt.«

»Schöne kleine Familie. Wenn Sie die Söhne haben. Und wenn Sie das Geld haben. An *den* Stellen gibt man keinen Kredit.«

Mr. Biswas brachte Shamas Rechnungen hervor. Moti bat, die Krediteintragungen noch einmal zu sehen, und während er sie durchsah, wurde sein Gesicht immer länger.

»Viele davon sind ja gar nicht unterschrieben«, sagte er.

Mr. Biswas hatte es lange Zeit für unhöflich gehalten, seine

Schuldner darum zu bitten. Er sagte: »Aber die waren das letzte Mal auch nicht unterschrieben.«

Moti lachte nervös. »Keine Sorge. Ich kenne Fälle, wo Seebaran den Leuten selbst ohne Dokumente und alles ihr Geld wieder eingetrieben hat. Aber hier ist das 'ne Menge Arbeit, wissen Sie. Da müssen Sie Seebaran zeigen, daß Sie's ernst meinen.«

Mr. Biswas ging zu der Schublade unter den Regalen. Die Schublade war groß, aber nicht schwer und ließ sich peinlich leicht heausziehen; innen war das Holz fettig, aber erstaunlich weiß. »Ein Dollar und zwanzig Cent?« sagte er.

Jemand räusperte sich. Shama.

»*Maharajin*«, sagte Moti.

Keine Antwort.

Mr. Biswas drehte sich nicht um. »Einszwanzig?« wiederholte er, mit den Münzen in der Schublade klimpernd.

Moti sagte unglücklich: »Sie können einem Mann wie Seebaran nicht Einszwanzig geben, damit er Sie in einer Sache vertritt.«

»Fünf«, sagte Mr. Biswas.

»Das wäre gut«, sagte Moti, als hätte er gehofft, zehn zu bekommen.

»Zwei«, sagte Mr. Biswas, forsch zur Theke gehend und einen roten Schein hinblätternd.

»Ist schon gut«, sagte Moti. »Sie brauchen es nicht vorzuzählen.«

»Und eins ist drei.« Mr. Biswas legte einen blauen Schein hin. »Und eins ist vier. Und eins ist fünf.«

»Fünf«, sagte Moti.

»Sagen Sie Seebaran, daß ich das geschickt habe.«

Moti steckte die Banknoten in die Seitentasche und Shamas Stenonotizbuch für Reporter in seine Hüfttasche. Er legte seine Fahrradklammern an und sagte aufsehend: »*Maharajin*«, wobei er ein kurzes Lächeln über Mr. Biswas' Schulter schickte. Ohne sich umzudrehen, führte er dann energisch sein wackliges Fahrrad über den gelben Hof, dessen Lehmboden staubig und aufgerissen war und in dem hier und da eine verblichene flachgetretene Pakkung von Zigaretten lag. »Also dann«, rief er von der Straße, schwang sich auf den Sattel und radelte eilig davon.

»Also dann, Mann, Moti!« rief Mr. Biswas zurück.

Er blieb, wo er war, die Hände auf die Kante der Theke aufgestützt, und starrte auf die Straße, den Mangobaum und die Seitenwand der Hütte auf dem Grundstück schräg gegenüber, auf die Zuckerrohrfelder, die sich bis zu den niedrigen Hügeln des Central Range erstreckten, nur gelegentlich von einer Baumgruppe unterbrochen.

»Also dann!« sagte er. »Hat dich einer in eine Statue verwandelt?«

Shama seufzte.

»Ich denke doch, ich bin mein eigner Herr.«

»Und ein Fachmann«, sagte sie.

»Ich hätte ihm zehn Dollar geben sollen.«

»Ist noch nicht zu spät. Warum machst du nicht die Schublade leer und rennst ihm nach?«

Und nachdem sie seine Wut und seine Lust auf einen Streit entfacht hatte, ging sie vom Türeingang wieder in das Hinterzimmer, wo sie nach viel Herumgestampfe und Seufzen anfing, ein beliebtes Lied auf Hindi zu singen:

Sachte, sachte,
Brüder und Schwestern,
bringt seinen Leichnam ans Ufer des Flusses.

Er teilte das Entzücken der Hindus an Tragödien und der ausführlichen Behandlung des Todes nicht und hatte Shama oft gebeten, nicht dieses Einäscherungslied zu singen. Jetzt mußte er zuhören, bis sie mit klagender Süße zu Ende gesungen hatte. Und als er, so aufgerieben, daß er klein beigab, ins Hinterzimmer ging, fand er dort Shama in ihrem besten Satinmieder und raffiniertestem Schleier vor, wie sie einer vollständig bekleideten Savi die Wollschühchen anzog.

»Na*nu*!« sagte er.

Shama band den einen Wollschuh zu und zog den nächsten über.

»Geht ihr irgendwo hin?«

Sie band den anderen Schuh zu.

Schließlich sagte sie auf Hindi: »Du kannst ja alles Schamgefühl verloren haben. Aber nicht jeder hat das. Denk daran.«

Er wußte, daß die Tulsi-Töchter, die bei ihren Ehemännern lebten, nach einem Streit oft ins Hanuman-Haus zurückkehrten, wo sie sich beklagten und mitleidig und, wenn sie nicht zu lange blieben, respektvoll aufgenommen wurden. »In Ordnung«, sagte er, »pack zusammen und geh. Ich vermute, in dem Affenhaus geben Sie dir irgendeinen Orden.«

Als sie weg war, stand er im Eingang zum Geschäft, tätschelte seinen Bauch und sah zu, wie seine Schuldner vom Feld kamen. Vergnügen bereitete ihm nur der Gedanke an die Überraschung, die diese Leute in ein paar Tagen erleben würden: ein Wirbel von Aufgeregtheit durch ganz The Chase, für den er, untätig in seinem Laden, verantwortlich sein würde.

»Biswas!« schrie Mungroo von der Straße her. »Komm raus, eh' ich reinkomme.«

Der Tag war da. Mungroo hielt in einer Hand ein Blatt Papier und schlug mit der anderen darauf.

»Biswas!«

Langsam versammelte sich eine Menge. Viele hatten ein Papier in der Hand.

»Papier«, sagte Mungroo, »er hat mir ein Papier geschickt.

Das Papier lasse ich ihn essen. Biswas!«
Ohne große Eile hob Mr. Biswas die Thekenklappe, zog die kleine Tür auf und ging durch zur Front des Geschäftes. Das Recht war auf seiner Seite — er selbst hatte es sogar ins Spiel gebracht —, und das verlieh ihm das Gefühl, vollkommen geschützt zu sein. Er lehnte sich gegen den Türpfosten, spürte die Wand erzittern, unterdrückte seine Befürchtungen, daß sie niederstürzen könnte, und blieb mit gekreuzten Beinen stehen.
»Biswas! Das Papier lasse ich dich essen.«
Von der Straße her kreischten Frauen.
»Faß mich bloß an«, sagte Mr. Biswas.
»Papier«, sagte Mungroo, den Hof betretend.
»Faß mich an, und ich zeig' dich an.«
Immer noch kam Mungroo näher.
»Ich zeige dich an, und du sitzt Karneval im Gefängnis.«
Die Wirkung war verblüffend. Karneval war in weniger als einem Monat. Mungroo blieb stehen. Seine Anhänger, die sich an den zwei wichtigsten Tagen des Stockkämpferjahres ohne Führer sahen, liefen sofort zu Mungroo und hielten ihn zurück.
»Ich nenne euch alle zusammen als Zeugen«, sagte Mr. Biswas, ohne sich der Gründe für seine Erlösung bewußt zu sein. »Soll er mich anfassen. Dann müßt ihr als *meine* Zeugen sämtlich zum Gericht.« Er glaubte, wenn er sie als erster aufforderte, hätte er sie rechtlich festgelegt. »Meine Frau kann ich nicht fragen«, fuhr er fort. »Sie nehmen keine Ehefrauen als Zeugen. Aber euch alle hier nenne ich.«
»Papier. Der Mann hat mir ein Papier geschickt«, brummelte Mungroo, während er sich, ohne sein Ansehen zu verlieren, von seinen Anhängern langsam zur Straße zurückschieben ließ. »Gut«, sagte Mr. Biswas, »ein Mann hat seinen Brief gekriegt. Der hätte schon lange kommen müssen. Ich will euch was sagen. Glaubt nur ja nicht, Hinz

und Kunz könnten mich zum Narren halten, hört ihr. Ein Mann hat seinen Brief. Ehe ich am Ende bin, kriegen noch viel mehr ihre Briefe. Und kommt nicht zu mir, um darüber zu reden. Geht und redet mit Seebaran.«

Als er eine Woche danach ins Geschäft kam, war Moti geschäftsmäßig. Sowie er Mr. Biswas begrüßt hatte, nahm er aus der Hemdtasche ein Blatt Papier, breitete es auf der Theke aus und begann, mit seinem Füllfederhalter Namen abzuhaken. »Also, Ratni hat bezahlt«, sagte er. »Dookhni hat bezahlt. Sohun hat bezahlt. Godberdhan hat bezahlt. Rattan hat bezahlt.«

»Wir haben ihnen Angst eingejagt, was? Gegen die also dann keine gerichtlichen Schritte?«

»Jankie bittet um Aufschub. Pritam auch. Aber die werden bezahlen, besonders, wenn sie sehen, daß die anderen bezahlen.«

»So«, sagte Mr. Biswas.

Moti faltete das Blatt Papier zusammen.

Mr. Biswas tat so, als hätte er auf nichts gewartet. »Und Mungroo?«

»Bin ich froh, daß Sie nach ihm fragen. Um die Wahrheit zu sagen, er macht uns ein bißchen Ärger.« Moti zog einen langen Briefumschlag aus der Hosentasche und überreichte ihn Mr. Biswas. »Das ist für Sie.«

Es war eine auf steifem Papier geschriebene Mitteilung des Generalstaatsanwalt.

Ungläubig, verärgert und besorgt las Mr. Biswas sie.

»Wer ist dieser verdammte Muslim Mahmoud, der hier unten seinen dreckigen Namen hingestempelt hat? Das ist auch ein Rechtsanwalt und Notar, was? Ich dachte, Seebaran erledigt die ganze Arbeit auf dem Bagatellgericht.«

»Nein, nein«, sagte Moti beschwichtigend, »das ist Sache des Schwurgerichts.«

»Schwurgericht. *Schwurgericht*: Da hat Seebaran mich also hingebracht!«

»Seebaran hat Sie nirgends hingebracht. Das haben Sie selbst gemacht. Lesen Sie doch den Anhang.«

»O Gott! Sehn Sie, sehn Sie, Mungroo zeigt *mich* an, weil ich *seine* Kreditwürdigkeit geschädigt habe.«

»Da hat er auch guten Grund zu. Sie sollten nicht rumlaufen und den Leuten erzählen, daß er Ihnen Geld schuldet. Immer wieder höre ich, daß Seebaran den Klienten sagt: »Überlassen Sie alles mir, und halten Sie den Mund. Halten Sie den Mund. Halten Sie den Mund, und überlassen Sie alles mir.« Immer wieder. Aber die Klienten hören nicht. Ich weiß von Klienten, die sich direkt an den Galgen geredet haben.«

»Seebaran hat mir überhaupt nichts gesagt. Ich hab' den verfluchten Kerl ja noch nicht mal gesehen.«

»Jetzt will er Sie kennenlernen.«

»Eins will ich nur klarstellen. Mungroo schuldet mir Geld. Das sage ich und schädige damit seine Kreditwürdigkeit. Also kann er jetzt nicht herumgehen und Sachen auf Pump kaufen und nicht bezahlen. Also zeigt er mich an. Was zum Teufel ist das denn? Und was ist mit den Rechnungen?«

»Die waren nicht unterschrieben. Ich hab' Sie darauf hingewiesen, erinnern Sie sich. Aber Sie haben nicht zugehört. Klienten hören einfach nicht zu. Das ist 'ne ernste Geschichte, Mann. Sie macht Seebaran Sorgen wie nur was. Das kann ich Ihnen sagen.«

»Hören Sie mal! Sie macht Seebaran Sorgen. Und was ist mit mir?«

»Seebaran glaubt nicht, daß Sie außergerichtlich eine Chance hätten. Er sagt, es wäre besser, sich zu einigen.«

»Blechen, meinen Sie. In Ordnung. Pfund, Schilling und Pence, Dollar und Cent. Lassen Sie mich hören, wer wieviel kriegt. Auf die Art und Weise regelt Seebaran wohl die ganze Arbeit auf dem Bagatellgericht, was?«

»Seebaran will Ihnen bloß raushelfen, wissen Sie. Sie

könnten Ihren Fall vor irgendeinen Kronanwalt bringen und ihm hundert Guineen zahlen, ehe er Sie auffordert, Platz zu nehmen. Davon hält sie keiner ab.«

Mr. Biswas hörte zu. Zu seiner Überraschung erfuhr er, daß zwischen Mungroos Rechtsanwalt, Mahmoud, und Seebaran schon freundschaftliche Gespräche stattgefunden hatten; so daß der Fall aufgegriffen und praktisch schon wieder bereinigt war, ohne daß er irgend etwas davon erfahren hätte. Es schien, daß Mungroo bereit war, für hundert Dollar die ganze Aktion abzublasen. Die Gebühren für beide Rechtsanwälte beliefen sich auch auf hundert Dollar, obwohl Seebaran in Anerkennung von Mr. Biswas' Lage gesagt hatte, er würde sich mit dem Geld zufriedengeben, das er von Mr. Biswas' Schuldnern eintrieb.

»Angenommen«, sagte Mr. Biswas, »all die anderen beschließen, es wie Mungroo zu machen. Angenommen, jeder Mensch zeigt mich an.«

»Denken Sie nicht drüber nach«, sagte Moti. »Das würde Sie krank machen.«

Sobald er konnte, radelte Mr. Biswas nach Arwacas, um Shama zu bitten, zurückzukommen. Was geschehen war, erzählte er ihr nicht. Und das Geld lieh er sich nicht von Mrs. Tulsi oder Seth, sondern von Misir, der sich neben seiner journalistischen, literarischen und religiösen Betätigung mit einem Kapital von zweihundert Dollar als Wucherer niedergelassen hatte.

Mehr als die Hälfte der Zeit, die Mr. Biswas noch in The Chase blieb, verbrachte er damit, seine Schulden abzubezahlen.

Alles in allem lebte Mr. Biswas sechs Jahre in The Chase, Jahre, die durch ihre eigene Langweiligkeit und Sinnlosigkeit so zusammengedrückt wurden, daß sie am Ende mit einem Blick erfaßt werden konnten. Aber älter war er geworden. Die Falten, die er erst gefördert hatte, damit er älter aussah, waren nun wirklich gekommen; es waren nicht die entschlossenen Linien, die, wie er gehofft hatte, einem Stirnrunzeln einen gebieterischen Zug verliehen; sie waren kraftlos, kleinlich, enttäuschend. Seine Wangen begannen einzufallen; bei richtigem Licht sprangen seine Wangenknochen leicht vor; und er entwickelte ein Doppelkinn nur aus Haut, das er herrunterziehen konnte, daß es hing wie der steife Bart einer ägyptischen Statue. An seinen Armen und Beinen saß die Haut lose. Sein Magen war nun ständig aufgebläht: das war seine Verdauungsstörung, denn dieses Leiden war nun chronisch, und Flaschen Macleans Magenpulver gehörten zu Shamas Einkäufen wie Säcke mit Reis oder Mehl.

Obwohl das Gefühl, ein edlerer Zweck erwarte ihn, selbst in dieser einengenden Gesellschaft nie nachließ, gab er es auf, Samuel Smiles zu lesen. Dieser Autor deprimierte ihn durch und durch. Er wandte sich der Religion und Philosophie zu. Er las die Hindus; er las Mark Aurel und Epiktet, den Mrs. Weir ihm gegeben hatte; er erwarb sich die Dankbarkeit und Hochachtung eines Kioskbesitzers in Arwacas, indem er ein altes und verflecktes Exemplar von *Das übersinnliche Leben* kaufte; und so nebenbei begann er, sich mit dem Christentum zu beschäftigen, kaufte einen größtenteils in Großbuchstaben geschriebenen Band namens *Steh auf und wandle.* Als Junge hatte er gern Beschreibungen von schlechtem Wetter in fernen Ländern gelesen, sie ließen ihn Hitze und plötzlichen Regen, das einzige, was er kannte, vergessen. Aber obwohl die philosophischen Bücher ihm Trost spendeten, verlor er nun nie mehr das Gefühl, daß sie für seine Lage irrelevant waren. Die Bücher mußten beiseite gelegt werden. Das Geschäft wartete, die Geldsorgen warteten, die Straße draußen war kurz und führte durch flache, stumpfgrüne Felder zu kleinen heißen Ansiedlungen.

Und mindestens einmal in der Woche dachte er daran, Shama zu verlassen, die Kinder zu verlassen und diese Straße zu beschreiten.
Religion war die eine Sache. Malen die andere. Er holte seine Pinsel hervor und bedeckte die Innenseite der Ladentüren und die Vorderseite der Theke mit Landschaften. Nicht mit dem aufgegebenen Feld neben dem Laden, dem verschlungenen Busch dahinter, den Hütten und Bäumen gegenüber oder den niedrigen blauen Bergen des Central Range in der Ferne. Er malte kühle geordnete Waldszenen, in denen das Gras anmutig wogte, freundliche Schlangen sich um kultivierte Bäume ringelten und der Boden von vollkommenen Blumen strahlte; nicht den faulenden, von Moskitos heimgesuchten Dschungel, den er im Umkreis von einer Stunde fand. Er versuchte ein Porträt Shamas. Er hieß sie, auf einem prallen Mehlsack Platz zu nehmen — das Symbolische gefiel ihm: »Paßt zu deiner Familie wie das Tüpfelchen auf dem i, sagte er — und verwandte so viel Zeit auf ihre Kleider und den Sack Mehl, daß Shama ihn, ehe er mit ihrem Gesicht anfangen konnte, im Stich ließ und sich weigerte, ihm weiter zu sitzen.
Er las unzählige Romane, besonders die aus der Bücherei und er versuchte sogar, selbst zu schreiben, ermutigt durch eine verwirrende Geschichte von Misir, die in einer Zeitschrift in Port-of-Spain erschien. (Es handelte sich um die Geschichte eines Hunger leidenden Mannes, der von einem Wohltäter gerettet wurde und es nach einigen Jahren zu Reichtum brachte. Als er eines Tages am Strand entlangfuhr, hörte der Mann jemanden im Meer laut um Hilfe rufen. Er erkannte, daß da sein früherer Wohltäter in Not war, sprang sofort ins Wasser, schlug mit dem Kopf auf einen Felsen unter Wasser auf und ertrank. Der Wohltäter überlebte.) Aber Mr. Biswas konnte sich nie eine Geschichte ausdenken, und Misirs tragische Visionen

fehlten ihm; gleichgültig, wie seine Stimmung und wie schmerzlich sein Thema war, sobald er zu schreiben begann, wurde er respektlos und witzig, und verzerrte und skurrile Schilderungen von Moti, Mungroo, Seebaran, Seth und Mrs. Tulsi waren das einzige, was er zustandebrachte.
Und während ganzer Wochen gab er sich irgendeiner Albernheit hin. Er ließ seine Fingernägel extrem lang wachsen und hielt sie hoch, um Kunden zu erschrecken. Er drückte und quetschte in seinem Gesicht herum, bis Backen und Stirn entzündet und die Lippenränder wie Schmarren waren. Als seine Haut narbig wurde von kleinen Löchern, studierte er diese interessiert und fand die Perfektion ihrer Form gefällig. Und einmal tupfte er Heilsalben in verschiedenen Farben auf sein Gesicht, ging hin und stellte sich in den Geschäftseingang, um Leute, die er kannte, zu grüßen.
Diese Dinge tat er, wenn Shama weg war. Und sie ging immer öfter zum Hanuman-Haus und blieb länger, selbst wenn es keinen Streit gab.
Drei Jahre nach Savis Geburt gebar Shama einen Sohn. Er bekam nicht die Namen, die auf dem Vorsatzblatt vom *Collins Clear-Type Shakespeare* standen. Seth schlug vor, den Jungen Anand zu nennen, und Mr. Biswas, der sich keine neuen Namen zurechtgelegt hatte, stimmte zu. Danach war es Anand, der mit Shama reiste. Savi blieb im Hanuman-Haus. Mrs. Tulsi wollte es so, Shama ebenso, Savi selbst auch. Sie mochte das Hanuman-Haus wegen seiner Geschäftigkeit und seiner vielen Kinder; in The Chase war sie unruhig und benahm sich schlecht.
»Ma«, sagte Savi eines Tages zu Shama, »kannst du mich nicht Tante Chinta geben und dafür Vidiadhar nehmen?«
Vidiadhar war Chintas jünstes Kind, ein paar Monate vor Anand geboren. Und der Grund für Savis Bitte war folgender: kraft einer Tradition, deren Anfänge niemand

verfolgen konnte, war Chinta die Tante, die die ganzen Köstlichkeiten verteilte, die dem Haus von Besuchern geschenkt wurden.
Shama erzählte die Geschichte als Witz und konnte nicht verstehen, daß Mr. Biswas sich darüber ärgerte.
Einmal in der Woche fuhr er auf seinem Royal-Enfield-Fahrrad zum Hanuman-Haus, um Savi zu besuchen. Oft brauchte er nicht einmal hineinzugehen; Savi wartete auf ihn in der Arkade. Bei jedem Besuch gab er ihr ein Sechscentstück und stellte besorgte Fragen.
»Wer hat dich geschlagen?«
Savi schüttelte den Kopf.
»Wer hat dich angebrüllt?«
»Sie brüllen alle an.«
Sie schien keinen Beschützer zu brauchen.
Eines Samstags traf er sie in schweren Stiefeln an, mit Eisenbändern an den Beinen und Gurten um die Knie.
»Wer hat dir das angezogen?«
»Granny.« Sie war nicht bedrückt. Sie war stolz auf die Stiefel, das Eisen, die Gurte. »Die sind vielleicht schwer.«
»Warum hat sie dir das angezogen? Um dich zu bestrafen?«
»Nur um meine Beine grade zu machen.«
Sie hatte O-Beine. Er glaubte, daß man daran nichts ändern könne, und hatte nie versucht, etwas dagegen zu tun.
»Sie sind häßlich.« Das war alles, was er sagen konnte. »Wie ein Krüppel siehst du darin aus.«
Bei dem Wort zog sie die Stirn in Falten. »Na ja, *ich* mag sie.« Dann, während sie die sechs Cent in Empfang nahm: »Es ist mir egal, wenigstens.« Sie machte eine wegwerfende Handbewegung, stützte dann die Hände in die Hüften und sah zur Seite, genau wie eine ihrer Tanten.
Die Zahl der Tulsis stieg ständig. Dort wohnenden Töchtern wurden neue Kinder geboren. Ein Schwiegersohn, der außerhalb lebte, starb, und seine Sippe zog ins Hanuman-Haus ein, wo ihre schwarze, weiße und lilafarbene Trauer-

kleidung sie hervorhob und zu schillernden Gestalten machte. Nicht jedem gefiel dieser christliche Brauch. Und fast sofort brachte Shama Geschichten über die ordinären Sitten und die Sprache der Neuankömmlinge mit nach The Chase. Man flüsterte sogar von Diebstahl und obszönen Gewohnheiten, und Shama berichtete von dem Beifall, den die Witwe allgemein fand, als sie sich, bestrebt zu schlichten, daran gab, ihren verwaisten Kindern besondere Strafen aufzuerlegen.

All das machte Mr. Biswas beklommen, und es verletzte ihn, daß Savi nun von nichts anderem mehr sprach als von den Trauernden, ihren Untaten und Bestrafungen.

»Manchmal«, sagte Savi, »überläßt ihre Mutter einfach alles Granny.«

»Paß auf, Savi. Wenn Granny oder irgendeiner dir was tut, brauchst du es mir bloß zu sagen. Laß dir von ihnen keine Angst einjagen. Ich hole dich sofort nach Hause. Du brauchst es mir nur zu sagen.«

»Und Granny hat Vimla im Rosenzimmer aufs Bett geschnallt und ihr die Augen verbunden und sie überall gekniffen.«

»Gott!«

Das geschieht Vimla recht. Die Sprache, die das Mädchen aufgeschnappt hat.«

Mr. Biswas hätte gern gewußt, ob man Savi auch die Augen verbunden und sie gekniffen hätte, hatte aber Angst zu fragen.

»Och, ich hab' Granny gern«, sagte Savi. »Ich finde, sie ist sehr lustig. Und sie hat mich auch gern.«

»Ja?«

»Sie nennt mich die kleine Paddlerin.«

Er gab keinen Kommentar.

An einem anderen Tag sagte Savi: »Granny zwingt mich, Fisch zu essen. Ich hasse ihn.«

»Ja nun, dann ißt du ihn einfach nicht. Wirf ihn weg. Laß dich nicht mit ihrem schlechten Essen füttern.«

»Ich kann aber nicht anders. Granny nimmt die ganzen Gräten raus und füttert mich selbst.«
Als er nach The Chase zurückkam, sagte er zu Shama: »Guck her, ich will, daß du deine Mutter dazu bringst, damit aufzuhören, meiner Tochter alles mögliche schlechte Zeug zu geben, hörst du?«
Sie wußte Bescheid. »Fisch? Aber das Hirn ist gut für den Verstand, weißt du?«
»Mir scheint, deine Familie ißt einfach zu viel verdammtes Fischhirn, hörst du. Und ich will, daß sie aufhören, das Mädchen die kleine Paddlerin zu nennen. Ich will nicht, daß irgend jemand meinem Kind Spitznamen gibt.«
»Und was ist mit den Namen, die du gibst?«
»Ich will einfach, daß sie aufhören, das ist alles.«

Weil er den Glauben, daß sie nur vorübergehend in The Chase blieben, nie aufgab, hatte er nichts verbessert. Die Küche blieb schief und wacklig; die Galerie teilte er nicht ab, um einen neuen Raum zu schaffen; und er hatte es nicht der Mühe wert gehalten, Bäume zu pflanzen, die in zwei oder drei Jahren Blüten oder Früchte trugen.
Deshalb fand er es seltsam, daß Haus und Geschäft eines Tages so viele Spuren seines Aufenthaltes trugen. Es war, als hätte vor ihm keiner da gelebt, und man konnte sich kaum vorstellen, daß sich nach ihm jemand durch die Räume bewegen und sie so kennenlernen sollte, wie er es getan hatte. Das Seil der Hängematte hatte in den Balken, an denen sie hing, blanke Einkerbungen hinterlassen. Das Seil selbst war dunkler geworden; wo Shamas und seine Hände es gehalten hatten, glänzte es wie die Höcker auf der unteren Hälfte der Lehmwände. Vom Strohdach hingen noch mehr Rußbärte, die hinteren Räume rochen nach seinen Zigaretten und seiner Farbe; Fensterbänke und Galeriepfosten waren durch ständiges Dagegenlehnen blank geworden. Der Laden war düsterer, schäbiger, stin-

kiger geworden, war aber durchaus erträglich. Der Tisch, den sie mit dem Laden zusammen bekommen hatten, war so verändert, daß er das Gefühl hatte, es sei immer seiner gewesen. Er hatte versucht, ihn zu lackieren, aber das Holz, eine örtliche Zeder, saugte alles auf und sättigte sich nie, es trank eine Schicht Beize und Lack nach der anderen, bis er ihn voller Erbitterung in seinem Waldgrün anstrich und Shama ihn davon abhalten mußte, eine Landschaft darauf zu malen.
Und genauso seltsam war es, herauszufinden, daß diese mißachteten Jahre auch Jahre der Bereicherung waren. Mit einem Eselskarren konnten sie nicht von The Chase wegziehen. Sie hatten einen Küchenschrank aus weißem Holz und mit Gitterwerk erworben. Auch der war unangenehm zu lackieren gewesen und war angestrichen worden. Ein Fuß war kürzer als der andere und mußte aufgestützt werden; mittlerweile wußten sie ohne nachzudenken, daß man sich nie auf den Schrank stützen oder ihn mit Gewalt behandeln durfte. Sie hatten eine Hutablage erworben, nicht weil sie Hüte besaßen, sondern weil das ein Möbelstück war, das alle außer den ganz Armen hatten. Als Resultat erwarb Mr. Biswas einen Hut. Und weil Shama darauf bestand, hatten sie einen Toilettentisch erstanden, das Werk eines Handwerkers, poliert, mit einem großen klaren Spiegel. Um ihn zu schützen, hatten sie ihn in einer dunklen Ecke des Schlafzimmers auf Holzplanken gestellt, so daß der Spiegel nahezu nutzlos war. Die ersten Kratzer waren als Katastrophe betrachtet worden. Seitdem hatte er noch viele weitere Kratzer und eine tiefere Kerbe bekommen, und Shama polierte ihn weniger oft, aber immer noch sah er in diesem niedrigen strohgedeckten Raum neu und erstaunlich prächtig aus. Shama, die vor Schulden nie Angst hatte, hatte auch eine Garderobe gewollt, aber Mr. Biswas sagte, daß Garderoben ihn an Särge erinnerten, und ihre Kleider blieben in den Schub-

laden des Toilettentischs, auf Nägeln an der Wand und in Koffern unter dem Himmelbett.

Obwohl das Hanuman-Haus zuerst einen chaotischen Eindruck machte, hatte es nicht lange gedauert, bis Mr. Biswas erkannt hatte, daß es in Wirklichkeit geordnet war, mit allmählichen Abstufungen in der Rangordnung, mit Chinta unter Padma, Shama unter Chinta, Savi unter Shama und ihm selbst weit unter Savi. Ohne eigenes Kind, hatte er sich gefragt, wie die Kinder überlebten. Jetzt sah er, daß Kinder in dieser Gemeinschaftsorganisation als wertvolle Stützen angesehen wurden, eine Quelle für zukünftigen Reichtum und Einfluß. Seine Befürchtungen, daß Savi schlecht behandelt würde, waren unsinnig, ebenso wie seine Überraschung, daß Mrs. Tulsi sich solche Mühe gab, Savi dazu zu bringen, ihre Abneigung gegen Fisch zu überwinden.
Nicht aus diesem Grund allein änderte sich seine Haltung gegenüber dem Hanuman-Haus. Das Haus war eine Welt, die wirklicher als The Chase und weniger schutzlos war; alles hinter seinen Toren war fremd und unwichtig und konnte ignoriert werden. Solch einen Zufluchtsort brauchte er. Und mit der Zeit wurde das Haus für ihn, was Taras Haus ihm als Junge gewesen war. Wann immer er wollte, konnte er zum Hanuman-Haus gehen und in der Menge untertauchen, da er eher mit Gleichgültigkeit als mit Feindseligkeit behandelt wurde. Und er ging öfter dorthin, hielt den Mund und versuchte, für sich einzunehmen. Es war eine Anstrengung, und selbst bei großen festlichen Ereignissen, wenn alle mit Energie und Freude arbeiteten, die Begeisterung ansteckend wirkte, blieb er abseits für sich.
Gleichgültigkeit verwandelte sich in Anerkennung, und er war erfreut und überrascht, zu merken, daß er wie die Grimassenschneiderin, die jetzt auf die Ehe vorbereitet

wurde, wegen seines Benehmens in der Vergangenheit einen gewissen Handlungsspielraum hatte. Bei Gelegenheit forderte man ihn zu spitzen Bemerkungen auf, und dann löste fast alles, was er sagte, ein Lachen aus. Die Götter waren die meiste Zeit fort, und er sah sie selten. Aber wenn er sie sah, freute er sich, denn auch die Beziehung zu ihnen hatte sich geändert, und er hielt sie für die einzigen Leute, mit denen er ernsthaft reden konnte. Nun, da er den Bildersturm der Aryas aufgegeben hatte, diskutierten sie über Religion, und diese Diskussionen in der Diele dienten der Unterhaltung der ganzen Familie. Beständig verlor er, da seine durchschlagenden Argumente als Schalkhaftigkeit abgetan werden konnten, und das stellte alle zufrieden. Sein Ansehen stieg noch mehr, wenn zu wichtigen religiösen Zeremonien Gäste da waren. Es stand bald fest, daß Mr. Biswas wie Hari zu unfähig und zu intelligent war, um die niederen Aufgaben der anderen Schwiegersöhne zugeteilt zu bekommen. Er wurde abgeordnet, mit den Pandits im Wohnzimmer zu disputieren. Er gewöhnte sich an, schon am Nachmittag vor solchen Zeremonien zum Hanuman-Haus zu gehen, so daß er die Nacht dort verbrachte. Und bei diesen Anlässen wurde er an ein altes heimliches Ziel erinnert. Als Junge hatte er Ajodha und Pandit Jairam beneidet. Wie oft hatte er abends beobachtet, daß Pandit Jairam sich badete, einen sauberen Dhoti anzog und sich mit Buch und Brille zwischen den Kissen auf der Veranda niederließ, während seine Frau in der Küche kochte. Damals hatte er gedacht, erwachsen sein hieße, so zufrieden zu sein und sich so wohl zu fühlen wie Jairam. Und wenn Ajodha in einem Sessel saß und den Kopf zurücklegte, sah dieser Stuhl sofort gemütlicher aus als jeder andere. Trotz seiner eingebildeten Krankheiten und Überempfindlichkeit aß Ajodha mit so großem Genuß, daß Mr. Biswas, selbst wenn er mit ihm zusammen aß, immer dachte, das Essen auf Ajodhas Teller sei besser geraten. Spätabends, bevor er zu Bett ging, ließ Ajodha seine Pantoffeln zu Boden fallen, zog die Füße auf den Schaukelstuhl hoch und schlürfte sanft schaukelnd ein Glas heiße Milch, mit geschlossenen Augen und nach jedem Schluck seufzend; und für Mr. Biswas hatte es ausgesehen, als genösse Ajodha den exquisitesten Luxus. Er glaubte, wenn er ein Mann würde, wäre es auch ihm möglich, alles so zu genießen wie Ajodha, und er nahm sich vor, sich einen Schaukelstuhl zu kaufen und abends ein Glas heiße Milch zu trinken. Aber an den Abenden, an denen das Hanuman-Haus vor Lichtern strahlte und vor glücklicher Geschäftigkeit summte, wenn er zwischen den Kissen auf dem gewienerten Fußboden des Wohnzimmers sitzen und nach einem Glas heißer Milch rufen konnte, wurde er nicht von Freude durchdrungen, sondern statt dessen von dem Unbehagen gequält, das er empfunden hatte, wenn er Tara besucht und Ajodha *Dein Körper* vorgelesen hatte. Da wußte er, daß er, sobald er aus dem Hof trat, zum Nichts zurückkehrte, zum Rumausschank in der Hauptstraße und der Hütte in der Hintergasse. Nun war es der Gedanke an das dunkle Geschäft in The Chase, an die Regale mit Konserven, die sich nicht verkauften, die Reklametafeln, die ihren angenehmen Geruch nach neuer Pappe und Druckfarbe verloren hatten und fliegenbeschmutzt und verblichen waren, die fettige Schublade, die lose in ihrer Halterung hing und so wenig Geld enthielt. Und immer der Gedanke an die Zukunft, die Angst davor. Die Zukunft war nicht der nächste Tag oder die nächste Woche oder selbst das nächste Jahr, eine Zeit, die er begreifen konnte und deshalb nicht fürchtete. Die Zukunft, vor der er Angst hatte, konnte nicht mit Zeitbegriffen erfaßt werden. Sie war eine Leere, ein Vakuum wie in Träumen, in das er nach dem Morgen, der nächsten Woche und dem nächsten Jahr hineinfiel.

Vor Jahren einmal begleitete er einen von Ajodhas Autobussen auf seiner unberechenbaren Reise zu abgelegenen und ungeahnten Dörfern. Es war Spätnachmittag, und sie rasten auf der schlechten Landstraße zurück. Die Lichter des Wagens waren schwach, und sie lieferten der Sonne ein Wettrennen. Die Sonne ging unter, und in der kurzen Dämmerung kamen sie an einer einsamen Hütte vorbei, die weit ab von der Straße in einer Lichtung lag. Unter dem zerfledderten überhängenden Strohdach drang Rauch hervor: das Abendessen wurde zubereitet. Und in dem Dämmerlicht stand mit hinter sich verschränkten Händen ein Junge gegen die Hütte gelehnt und starrte auf die Straße. Er trug ein Unterhemd und mehr nicht. Das Hemd leuchtete weiß. Innerhalb eines Augenblicks war der Bus vorbei, lärmend in der Dunkelheit, durch Busch und ebene Zuckerrohrfelder. Mr. Biswas konnte sich nicht erinnern, wo die Hütte stand, aber das Bild hatte er behalten: ein Junge, der sich unter einem Himmel, über den sich Dunkelheit senkte, gegen eine Lehmhütte lehnte, die keinen Grund hatte, da zu sein, ein Junge, der nicht wußte, wohin die Straße und dieser Bus führten.

Und zwischen den Pandits und den Kissen und Skulpturen im Wohnzimmer, wenn er die riesigen Essen, die die Tulsis bei diesen Gelegenheiten bereitstellten, verzehrte, überfiel ihn oft dieses Gefühl äußerster Verzweiflung. Ohne davon überzeugt zu sein, zählte er dann seine Segnungen und zwang sich, wie die anderen den Augenblick zu genießen.

Und während er sich immer mehr anstrengte, im Hanuman-Haus Anklang zu finden, wurde er in The Chase Shama gegenüber immer gereizter. Nach jedem Besuch schimpfte er bei ihr über die Tulsis, und seine Schmähungen enthielten keinerlei Fantasie oder Humor.

»Erzähl du mir was von heucheln«, sagte Shama. »Warum sagst du ihnen das nicht ins Gesicht?«

Er begann zu glauben, daß sie Ränke schmiedete, ihn ins

Hanuman-Haus zurückzubringen, und er fragte sich, ob sie ihn nicht in dem Glauben bestärkt hatte, daß The Chase nur vorübergehend sei. Nie hatte sie ihn gedrängt, Verbesserungen anzubringen, und immer Interesse gezeigt, wenn im Hanuman-Haus etwas getan wurde, die berühmte Ziegelfabrik abgerissen oder Markisen über den Fenstern angebracht wurden. Mehr und mehr war The Chase ein Ort, an dem Shama nur Zeit verbrachte; immer hatte sie das Hanuman-Haus »Zuhause« genannt. Und es war ihr Zuhause und Savis und Anands, nur seins konnte es nie sein. Wie er jedes Jahr Weihnachten feststellte.

Die Tulsis feierten in ihrem Geschäft und, genauso unreligiös, in ihrem Haus Weihnachten. Es war ein reines Tulsifest. Alle Schwiegersöhne, selbst Seth, wurden aus dem Hanuman-Haus ausgeschlossen und kehrten zu ihren eigenen Familien zurück. Selbst Miss Blackie ging zu ihren Leuten.

Für Mr. Biswas war Weihnachten ein Tag erschöpfender Niedergeschlagenheit. Er fuhr nach Pagotes, um seine Mutter, Tara und Ajodha zu besuchen, die alle keine Notiz von Weihnachten nahmen. Seine Mutter weinte so viel und mit so viel Gefühl, daß er sich nie sicher war, ob sie sich freute, ihn zu sehen. Bei jedem Weihnachtsfest sagte sie dasselbe. Er spräche wie sein Vater; wenn sie die Augen schlösse, während er sprach, könne sie sich vorstellen, daß sein Vater wieder lebendig sei. Über sich selbst wußte sie wenig zu sagen. Sie sei glücklich, wo sie sei, und wolle keinem ihrer Söhne zur Last fallen; ihr Leben sei vorüber, sie habe nichts mehr zu tun und warte auf den Tod. Um Mitleid mit ihr zu empfinden, mußte er ihr nicht ins Gesicht sehen, sondern auf ihr ausgedünntes Haar. Es war jedoch immer noch schwarz; und das war schade, denn graues Haar hätte ihm zu einer zärtlicheren Stimmung verholfen. Sie stand plötzlich auf und sagte, sie würde ihm Tee machen, sie sei arm, mehr könne sie ihm nicht bieten.

Sie ging auf die Galerie hinaus, und er hörte, wie sie mit jemandem sprach. Ihre Stimme klang ganz anders: sie war fest und nicht greinend, die Stimme einer noch rüstigen und fähigen Frau. Sie brachte Tee, der lauwarm war, zu wenig Tee, der zu viel Milch enthielt und nach Rauch vom Holzfeuer schmeckte. Sie sagte ihm, er brauche ihn nicht zu trinken. Pflichtbewußt umarmte er sie. Die Geste war ihm schmerzlich, ließ ihn seine eigene Nichtswürdigkeit spüren. Sie reagierte nicht, weinte und redete weiter wie vorher. Sie sagte, sie gäbe ihm Tomaten und Kohl und Salat mit nach Hause. Als sie hinausging, änderten sich Stimme und Verhalten wieder. Er gab ihr einen Dollar, was er sich kaum leisten konnte. Sie nahm ihn ohne ein Zeichen der Überraschung oder ein Wort des Dankes an. Er war immer froh, wenn er die Hintergasse verlassen und zu Tara gehen konnte.

Endlich sagte Shama, sie hielte es in The Chase nicht mehr aus. Sie wollte, daß sie den Laden aufgäben und zum Hanuman-Haus zurückkehrten. Das brachte all ihre alten Kräche zurück. Nur, daß nun alles, was Shama sagte, wahr und beißend war.

»Wir machen hier nichts«, sagte sie.

»Schon gut, Mrs. Samuel Smiles. Sieh mal, ich stehe hier in diesem Laden, hinter dieser dreckigen alten Theke. Sag mir doch genau, was ich hier tun soll. Sag's mir doch.«

»Du weißt, daß ich das nicht meine.«

»Willst du, daß ich die Spinnmaschine und den Schnellschützen konstruiere? Die Dampfmaschine erfinde?«

Und diese Auseinandersetzungen endeten mit Beleidigungen und tagelangem Schweigen.

Die beiden letzten Jahre in The Chase verbrachten sie in diesem Zustand wechselseitiger Feindschaft; Friede herrschte nur im Hanuman-Haus.

Sie wurde das dritte Mal schwanger.

»Noch einer für das Affenhaus«, sagte er und strich mit der Hand über ihren Bauch.
»Du hast damit nichts zu tun.«
Und obwohl er im Scherz gesprochen hatte, führte das zu einem weiteren ernsthaften Streit, der den ganzen beschränkten Anlaß noch einmal durchging, bis er sie, unfähig, seine Wut zu kontrollieren, schlug.
Sie waren beide erstaunt. Sie verstummte mitten im Satz; und noch einige Zeit danach blieb ihm der unbeendete Satz im Gedächtnis haften, als wäre er gerade gesprochen worden. Sie war stärker als er. Ihr Schweigen und ihre Weigerung, es ihm zurückzugeben, machten seine Demütigung vollkommen. Sie zog Anand an und ging nach Arwacas.
Es war die Zeit zum Drachensteigen, und nachmittags, wenn der Wind von den Hügeln im Norden kam, segelten und tänzelten meilenweit bunte Drachen mit langen Schwänzen wie Kaulquappen in dem klaren Himmel über der Ebene. Er hatte gedacht, daß er in zwei, drei Jahren mit Anand Drachen steigen lassen würde.

Er beschloß, daß diesmal Shama den ersten Schritt tun müsse. Also ging er mehrere Monate nicht zum Hanuman-Haus, nicht einmal, um Savi zu besuchen. Als er jedoch schätzte, das Baby sei geboren, brach er seinen Entschluß und verschloß das Geschäft — was war es nur, was ihn, als er den Riegel vorschob, wissen ließ, daß er die Türen zum letzten Mal schloß? —, rollte das Royal enfield aus dem Schlafzimmer und radelte nach Arwacas, ein kleiner Mann, der durch die übertrieben aufrechte Haltung in die Augen fiel, mit der er auf dem niedrigen Sattel saß (um seinen Magen zu strecken und die durch die Verdauungsstörungen hervorgerufenen Schmerzen zu lindern), den Lenker fest umklammernd, die Handgelenke nach außen gedreht. Er radelte langsam und gleichmäßig, die Füße

flach auf den Pedalen. Von Zeit zu Zeit neigte er den Kopf, streckte den Rücken und rülpste ein paarmal. Das verschaffte ihm etwas Erleichterung.
Er erreichte Arwacas im Dunkeln, was ihm zusätzlich Angst machte, denn er fuhr ohne Licht, ein Vergehen, das von müßigen Polizisten eifrig geahndet wurde. Straßenlampen gab es nicht, nur die gelben qualmenden Flammen der Fackeln an nächtlichen Verkaufsbuden und die schwachen Lichter, die durch verhangene Türeingänge und Fenster aus den Häusern kamen. In der Arkade des Hanuman-Hauses, in der Dunkelheit grau und solide, war schon die abendliche Versammlung der alten Männer im Gange, die auf Säcken auf dem Boden und auf Tischen saßen, die jetzt von den Tulsiwaren geleert waren, und an *cheelums* aus Ton zogen, die rot glühten und nach Marihuana und Sackleinwand rochen. Obwohl es nicht kalt war, hatten viele Schals über Kopf und Schultern geworfen; das ließ sie fremdländisch und für Mr. Biswas romantisch aussehen. Das war die Tageszeit, für die sie lebten. Sie konnten kein Englisch, und das Land, in dem sie lebten, interessierte sie nicht; es war ein Ort, an den sie für kurze Zeit gekommen und wo sie länger als erwartet geblieben waren. Sie redeten ständig davon, nach Indien zurückzugehen, wenn sich aber die Gelegenheit bot, lehnten viele ab, aus Angst vor dem Unbekannten, aus Angst, das vertraute Provisorium zu verlassen. Und jeden Abend kamen sie zur Arkade des soliden, freundlichen Hauses, rauchten, erzählten Geschichten und redeten weiterhin von Indien.
Mr. Biswas ging durch das hohe Seitentor hinein. Die Diele war von einer einzigen Öllampe erleuchtet. Trotz der späten Stunde saßen noch Kinder beim Essen. Ein paar saßen an dem langen Tisch, einige auf Bänken und Stühlen, die in der Halle verstreut waren, zwei in der Hängematte, ein paar auf der Treppe, ein paar auf dem Treppenabsatz und zwei auf dem nicht mehr gebrauchten Klavier.

Zwei der untergeordneteren Tulsi-Schwestern und Miss Blackie führten Aufsicht.

Keiner schien überrascht, ihn zu sehen. Dafür war er dankbar. Er suchte Savi und hatte Mühe, sie ausfindig zu machen. Sie sah ihn zuerst, lächelte, verließ aber nicht den Tisch. Er ging zu ihr.

»Dich hab' ich lange nicht gesehen«, sagte sie, und er konnte nicht sagen, ob sie enttäuscht war oder nicht.

»Du vermißt deine sechs Cent, was?« Er betrachtete das Essen auf Savis Emailleteller: Bohnen in Currysauce, gebratene Tomaten und ein trockener Pfannkuchen. »Wo ist deine Mutter?«

»Sie hat noch ein Baby. Weißt du das schon?«

Er bemerkte die vaterlosen Kinder. Sie hatten ihre Anstoß erregende Trauerkleidung aufgegeben, aber trotzdem waren ihre Kleider anders. Er kannte diese Kinder nicht sehr gut, und sie betrachteten ihn, einen Vater zu Besuch, mit Neugier.

»Ma sagt, du hast sie geschlagen«, sagte Savi.

Die vaterlosen Kinder sahen Mr. Biswas mit Grauen und Mißbilligung an. Sie alle hatten große Augen: noch ein Unterscheidungsmerkmal.

Mr. Biswas lachte. »Sie hat nur einen Scherz gemacht», sagte er auf englisch.

»Sie ist oben, reibt Myna ein«, sagte Savi auch auf englisch.

»Myna, so? Noch ein Mädchen.« Er sprach heiter, versuchte,die Aufmerksamkeit der zwei Tulsi-Schwestern auf sich zu ziehen. »Diese Familie ist wirklich voller Mädchen.« Die Schwestern kicherten. Er drehte sich ihnen zu und lächelte.

Shama war nicht im Rosenzimmer, sondern in der hölzernen Brücke zwischen den beiden Häusern. Eine Schüssel mit seifigem, nach Baby riechendem Wasser stand auf dem Boden und wie Savi gesagt hatte, rieb Shama Myna ein, genauso, wie sie Savi selbst eingerieben hatte und Anand (der auf dem Bett schlief: für den Rest seines Lebens kein Eincremen mehr für ihn). Shama sah ihn, konzentrierte sich aber auf das Baby, bog die Glieder hierhin und dorthin, sagte den Reim auf, der in einem Lachen, einem Bündeln der Glieder über dem Bauch, einem Klaps und dem Loslassen der Glieder enden mußte.

Mr. Biswas sah zu.

Während sie Myna anzog, sagte Shama: »Hast du schon gegessen?«

Er schüttelte den Kopf. Sie hätten erst vor einer Stunde auseinandergegangen sein können. Und nicht nur das. Sie hatte von Essen gesprochen, und in ihrer Stimme wies nichts auf die unzähligen Kräche hin, die sie wegen Essen gehabt hatten. Oft hatte er sich Büchsen mit Lachs und Sardinen aus dem Laden aufgemacht, wenn er sich geweigert hatte, ihr Essen zu essen. Manchmal hatte er ihre Speisen, einfallslos wie das, das er gerade auf Savis Teller gesehen hatte, auch weggeworfen. Nicht, daß die Tulsis nicht kochen konnten. Sie fanden, appetitliches Essen sollte religiösen Festen vorbehalten werden; zu anderen Zeiten hieße das, der Fleischeslust zu frönen. Schon mehrmals hatte es Mr. Biswas' Verdauung einen Schock versetzt, von dem einfachen Essen vor einer Zeremonie zu dem über die Maßen reichhaltigen Essen am Tag der Zeremonie überzugehen und am nächsten Tag prompt zu einfachem Essen zurückzuwechseln.

Myna schlief an Shamas Brust ein und wurde neben Anand aufs Bett gelegt. Neben sie wurde ein Kissen gesetzt, damit sie nicht herunterrollte und die Öllampe in dem Halter an der ungestrichenen Wand kleiner gestellt.

Als Mr. Biswas und Shama über die Veranda gingen, war sie gedrängt voll von Kindern, die auf Matten saßen und lasen, Karten oder Dame spielten. Diese Spiele waren erst kürzlich eingeführt worden und wurden äußerst ernst genommen; man hielt sie für einen intellektuellen Drill,

der für Kinder besonders geeignet war. Savi, die für Bücher noch zu klein war, spielte mit einem der großäugigen Kinder Quartett. Alle flüsterten. Shama ging auf Zehenspitzen.
»Mai ist krank«, flüsterte sie.
Das erklärte, warum die Kinder so spät zu Abend aßen und so viele der Schwestern nicht da waren.
Shama servierte Mr. Biswas in der Diele eine Mahlzeit. Das Essen im Hanuman-Haus mochte schlecht sein, aber es gab immer etwas für unerwartete Besucher. Alles war kalt. Die Pfannkuchen sonderten Feuchtigkeit ab, waren außen hart und innen noch teigig. Er beschwerte sich nicht.
»Gehst du heute abend zurück?« fragte sie auf englisch.
Da wußte er, daß er nicht vorhatte, zurückzugehen, nie. Er sagte nichts.
»Dann schläfst du besser hier.«
Solange es Platz auf dem Boden gab, war Platz für ein Bett. Ein paar Schwestern kamen in die Diele. Kartenspiele wurden hervorgeholt; die Schwestern teilten sich in Gruppen auf und richteten sich ernsthaft zum Spiel ein. Chinta spielte stilvoll. Sie spielte mit den Karten herum, ordnete sie oft neu, starrte abwesend und ablenkend auf die andere Spielenden, summte und sagte kein Wort; bevor sie einen Trumpf ausspielte, blickte sie die Karte finster an, zog sie ein wenig heraus, klopfte sie herunter und trommelte mit den Fingern darauf, dann warf sie sie plötzlich knallend auf den Tisch und sammelte, immer noch grimmig dreinschauend, ihren Stich ein. Sie war eine edelmütige Gewinnerin und eine schlechte Verliererin.
Mr. Biswas sah zu.
Shama machte oben auf der Veranda zwischen den Kindern ein Bett für ihn.
Am nächsten Morgen erwachte er in einem Babel, und als er in die Diele ging, fand er die Schwestern vor, die ihre Kinder für die Schule fertig machten. Es war die einzige

Tageszeit, zu der man einigermaßen leicht sagen konnte, welches Kind zu welcher Mutter gehörte. Es überraschte ihn zu sehen, daß Shama einen Ranzen mit Tafel, Griffel, Bleistift, Radiergummi, einem Heft mit dem Union Jack auf dem Umschlag, mit *Nelson's Westindischer Fibel*, Band eins, von Captain J.O. Cutteridge, Direktor des Erziehungswesens, Trinidad und Tobago, füllte. Zuletzt wickelte Shama eine Apfelsine in Seidenpapier und legte sie in den Ranzen. »Für den Lehrer«, sagte sie zu Savi.

Mr. Biswas wußte nicht, daß Savi schon zur Schule ging. Shama saß auf einer Bank, hielt Savi zwischen den Knien, kämmte ihr Haar, flocht es, zog die Zöpfe über der marineblauen Uniform gerade und rückte den Panamahut zurecht.

Das taten Mutter und Tochter nun schon viele Wochen. Und er hatte nichts gewußt.

Shama sagte: »Wenn dir heute die Schuhriemen wieder aufgehen, glaubst du, du kannst sie wieder zubinden?« Sie bückte sich und machte Shamas Schuhriemen auf. »Ich will sehen, wie du sie zubindest.«

»Du weißt doch, daß ich sie nicht binden kann.«

»Mach schnell, aber dalli, oder ich geb' dir 'ne Tracht Prügel.«

»Ich kann sie nicht binden.«

»Komm«, sagte Mr. Biswas, schamlos väterlich in der geschäftigen Diele, »ich mach' sie dir zu.«

»Nein«, sagte Shama, »sie muß lernen, ihr Schuhe zuzubinden. Sonst halte ich sie zu Hause und schlage sie, bis sie sie zubinden kann.«

Das war das übliche Gerede im Hanuman-Haus. In The Chase hatte Shama so etwas nie gesagt.

Bis jetzt achtete noch keiner darauf. Aber als Shama anfing, nach einer der vielen Hibiskusgerten zu jagen, die in der Diele herumlagen, wurden Schwestern und Kinder weniger laut und warteten gutgelaunt, um zu sehen, was passieren würde. Savi würde nicht ernsthaft verprügelt werden, weil ja eher eine Unvernunft als ein Vergehen bestraft wurde; und Shama lief in komischen Sprüngen herum, als wüßte sie, daß sie Darstellerin in einer Farce sein sollte und nicht wie Sumati bei der Einweihung des Hauses in The Chase eine große tragische Gestalt.

Mr. Biswas, der Savi unverwandt anstarrte, ertappte sich dabei, daß er nervös kicherte. Immer noch ihren Panamahut tragend, hockte Savi sich auf den Boden, verschlang die Schnürsenkel miteinander und sah, wie sie wieder auseinanderfielen, oder knotete sie doppelt, hoch und fest und mußte sie dann mit Nägeln und Zähnen auflösen. Auch sie spielte zum Teil für Zuschauer. Ihre Mißerfolge wurden mit beifälligem Lachen begrüßt. Selbst Shama, die, die Peitsche in der Hand, daneben stand, ließ zu, daß ihre halbgespielte Verärgerung von Belustigung durchdrungen wurde.

»Gut jetzt«, sagte Shama, »ich will es dir zum letzten Mal zeigen. Guck mir zu. Und jetzt versuch's.«

Savi fummelte wieder ohne Erfolg herum. Diesmal erfolgte weniger Gelächter.

»Du willst mich nur blamieren«, sagte Shama. »Ein großes Mädchen wie du, das bald sechs wird, und nicht seine eigenen Schuhe zubinden kann. Jai, komm mal her.«

Jai war der Sohn einer unwichtigen Schwester. Er wurde von seiner Mutter, die auf ihrer Hüfte noch ein Baby wiegte, nach vorn gestoßen.

»Guck dir Jai an«, sagte Shama. »Dem brauchte seine Mutter nicht die Schuhe zuzubinden. Und er ist ein ganzes Jahr jünger als du.«

»Vierzehn Monate jünger«, sagte Jais Mutter.

»Also, vierzehn Monate jünger«, sagte Shama, ihren Ärger gegen Savi richtend. »Willst du mir trotzen?«

Savi hockte immer noch.

»Beeil dich jetzt«, sagte Shama so laut und plötzlich, daß

Savi hochschnellte und einfältig mit den Schuhriemen zu spielen begann.
Keiner lachte.
Sich niederbeugend brachte Shama die Hibiskusgerte auf Savis nackte Beine nieder.
Mit einem starren Lächeln auf dem Gesicht sah Mr. Biswas zu. Er stieß mit belegter Stimme kleine Geräusch hervor, während er Shama drängte aufzuhören.
Savi weinte.
Sushila, die Witwe, trat oben an die Treppe und sagte gebieterisch: »Denkt an Mai!«
Alle erinnerten sich. Ruhe für die Kranke. Die Szene war vorbei.
Shama, die zu spät versucht hatte, eine Komödie in eine Tragödie zu verwandeln, geriet plötzlich in Wut und stampfte fast unbemerkt in die Küche davon.
Sumati, die in The Chase geprügelt hatte, zog Savi an ihren langen Rock. Savi weinte hinein und benutzte ihn, um ihre Nase abzuputzen und die Augen zu trocknen. Dann band Sumati Savis Schuhriemen und schickte sie zur Schule.
In The Chase hatte Shama Savi selten geschlagen und wenn, dann waren es nur ein paar Klapse. Aber im Hanuman-Haus erzählten die Schwestern noch stolz von den Prügeln, die sie von Mrs. Tulsi bekommen hatten. Gewisse denkwürdige Prügelstrafen rief man sich immer wieder ins Gedächtnis, alltägliche Einzelheiten wurden durch ihre Verbindung mit einem unerhörten Ereignis schrecklich und legendär gemacht wie ein Detail in einem Mordfall. Und zwischen den Schwestern herrschte sogar ein bißchen Rivalität, wer am schlimmsten verprügelt worden sei.
Mr. Biswas frühstückte: Kekse aus der großen schwarzen Trommel, rote Butter und Tee, lauwarm, stark und mit viel Zucker. Shama, wenn auch entrüstet, war pflichtbe-

wußt und korrekt. Während sie ihm beim Essen zusah, diente ihre Entrüstung ihr immer mehr zum Schutz. Schließlich war sie nur noch ernst.
»Hast du Mai schon gesehen?«
Er verstand.
Sie gingen zum Rosenzimmer. Sushila ließ sie ein und ging sofort hinaus. Eine abgeschirmte Öllampe brannte niedrig. Die Jalousien vor dem Fenster in der tiefen Tonziegelwand waren geschlossen, um das Tageslicht auszuschließen; um die Rahmen hatte man Stoff gestopft, um jeden Zug abzuhalten. Es roch nach Ammoniak, Pimentrum, Rum, Branntwein, Desinfektionsmittel und einer Reihe von Fiebermitteln. Unter einem weißen Baldachin mit roten Apfelapplikationen lag kaum erkennbar Mrs. Tulsi, einen Verband um die Stirn, die Schläfen mit Stückchen von weichen Kerzen betupft, die Nasenlöcher mit irgendeiner weißen Arznei verstopft.
Shama saß auf einem Stuhl in einer im Schatten liegenden Ecke, sie hielt sich bescheiden im Hintergrund.
Auf dem Tisch mit der Marmorplatte neben dem Bett war ein Durcheinander von Flaschen, Gefäßen und Gläsern. Es gab kleine blaue Gefäße mit medizinischen Einreibmitteln, große grüne Flaschen mit Pimentrum und kleine viereckige Flaschen mit Augentropfen und Nasentropfen, eine flache Flasche Branntwein und eine ovale Flasche in Königsblau mit Riechsalzen, eine Flasche mit Sloans Liniment und eine winzige Dose Tigerbalsam, eine Mixtur mit einer rosafarbenen Ablagerung und eine mit einer gelbbraunen, die aussah wie schlammiges Wasser, das man seit der letzten Nacht stehen gelassen hatte.
Mr. Biswas wollte nicht in Hindi mit Mrs. Tulsi sprechen, aber die Worte kamen wie von selbst auf Hindi: »Wie geht es dir, Mai? Ich konnte gestern abend nicht kommen, um dich zu sehen, weil es zu spät war und ich dich nicht stören wollte.« Er hatte nicht vorgehabt, irgendwelche Erklärungen zu liefern.

»Wie geht es *dir*?« fragte Mrs. Tulsi durch die Nase, mit unerwarteter Zärtlichkeit. »Ich bin eine alte Frau, und wie es mir geht, ist gleichgültig.«
Sie langte nach der Flasche mit den Riechsalzen und roch daran. Die Bandage um die Stirn rutschte ihr über die Augen. Ihren zärtlichen Ton an einen der Autorität und des Leidens anpassend, sagte sie: »Komm und massiere mir den Kopf, Shama.«
Shama gehorchte bereitwillig. Sie setzte sich auf die Bettkante und löste die Bandage, löste Mrs. Tulsis Haar, teilte es an mehreren Stellen, goß sich Pimentrum in die Hände und von da in die Scheitel. Sie massierte den Pimentrum in Mrs. Tulsis Kopfhaut und das vollgesogene Haar gluckste. Mrs. Tulsi sah erquickt aus. Sie schloß die Augen, drückte die weiße Arznei etwas höher in die Nasenlöcher und betupfte ihre Lippen mit einem dünnen Schal.
»Deine Tochter hast du gesehen?«
Mr. Biswas lachte.
»Zwei Mädchen«, sagte Mrs. Tulsi. »Damit hat unsere Familie Pech. Denk nur an den Kummer, den ich hatte, als dein Vater starb. Vierzehn Töchter zu verheiraten. Und wenn du deine Mädchen verheiratest, kannst du nicht wissen, was für ein Leben du ihnen da einbrockst. Sie müssen mit ihrem Schicksal fertig werden. Mit Schwiegermüttern, Schwägerinnen, faulen Ehemännern, welchen, die ihre Frauen schlagen.«
Mr. Biswas sah Shama an. Sie konzentrierte sich auf Mrs. Tulsis Kopf. Jedesmal, wenn Shama mit ihren langen Fingern zudrückte, schloß Mrs. Tulsi die Augen, unterbrach, was sie sagte, und stöhnte: »Ah!«
»Damit muß eine Mutter fertig werden«, sagte Mrs. Tulsi. »Es ist mir egal. Ich habe lange genug gelebt, um zu wissen, daß man nicht von jedem alles erwarten kann. Ich gebe dir fünfhundert Dollar. Glaubst du, ich will, daß du dich verbeugst und einen Kratzfuß machst und mir jedesmal,

wenn du mich siehst, die Füße küßt? Nein, ich erwarte, daß du auf mich spuckst. Ich *erwarte* das. Wenn du wieder fünfhundert Dollar willst, kommst du zurück zu mir. Willst du, daß ich sage ›Das letzte Mal, als ich dir fünfhundert Dollar gegeben habe, hast du mich bespuckt, deshalb kann ich dir diesmal nicht fünfhundert Dollar geben‹? Willst du, daß ich das sage? Nein, ich *rechne* damit, daß die Leute, die mich bespucken, wieder zu mir kommen. Ich habe ein weiches Herz. Dein Vater hat immer zu mir gesagt: ›Meine Braut‹ — so hat er mich bis zu dem Tag, an dem er starb, genannt —, ›meine Braut, du hast das weicheste Herz von allen Menschen, die ich kenne. Gib acht auf dieses weiche Herz. Die Leute werden dieses weiche Herz ausnutzen und darauf herumtrampeln.‹ Und ich habe immer gesagt: ›Wenn man ein weiches Herz hat, hat man ein weiches Herz.‹«

Sie preßte die Augen zusammen, bis ihr die Tränen über die Wangen liefen. Ihr feuchtes graues Haar lag ausgebreitet über dem Kissen. Jetzt war sie nur eine grauhaarige Frau und er empfand wenig Zärtlichkeit für sie.

Dann bemerkte er, was ihm in der Dunkelheit entgangen war, daß auch Shamas Wangen naß waren. Sie mußte die ganze Zeit leise vor sich hingeweint haben.

»Es ist mir egal«, sagte Mrs. Tulsi. Sie putzte sich die Nase und verlangte nach Pimentrum. Shama füllte ihre Hand mit Pimentrum, näßte Mrs. Tulsis Gesicht und drückte ihre Handfläche über Mrs. Tulsis Nase. Mrs. Tulsis Gesicht glänzte; sie verdrehte die Augen, damit der Pimentrum nicht hineinlief und atmete laut durch den Mund. Shama nahm die Hand weg, und Mrs. Tulsi sagte: »Ich weiß aber nicht, was Seth dazu sagt.«

Wie auf ein Stichwort kam Seth herein. Er ignorierte Mr. Biswas und Shama und fragte Mrs. Tulsi, wie es ihr ginge, wobei er mit seinen Worten seine Sorge um Mrs. Tulsi und seine Ungeduld mit den Leuten ausdrückte, die sie

aufregten. Er setzte sich auf die andere Seite des Betts. Das Bett quietschte; er seufzte; er trat von einem Fuß auf den anderen, und seine Halbstiefel trommelten verärgert auf den Boden.
»Wir haben uns unterhalten«, sagte Mrs. Tulsi sanft.
Shama schluchzte leise auf.
Seth zog die Luft durch die Zähne. Er klang äußerst gereizt, als fühlte auch er sich unwohl, wegen einer Erkältung oder Kopfschmerzen. »Tätscheln — hätscheln«, sagte er. Seine Stimme war heiser und undeutlich.
»Du darfst dir nichts draus machen«, sagte Mrs. Tulsi.
Seth ließ die Hände auf den Schenkeln liegen und sah zu Boden.
Und nun war Mr. Biswas überzeugt von dem, was er schon aus Mrs. Tulsis Rede und Shamas Tränen erraten hatte: daß die Szene arrangiert worden war, daß es nicht nur Diskussionen gegeben hatte, sondern auch Entscheidungen gefallen waren. Und Shama, die die Szene arrangiert hatte, weinte, um seine Erniedrigung abzuschwächen, um etwas davon auf sich zu nehmen. Auch in anderer Hinsicht waren ihre Tränen rituell: es waren Tränen für die Nöte, die mit dem Ehemann, den das Schicksal ihr zugeteilt hatte, auf sie gekommen waren.
»Was machen wir also mit dem Laden?« fragte Seth auf englisch. Er war immer noch gereizt und seine Stimme, wenn auch geschäftsmäßig, mißmutig.
Mr. Biswas konnte nicht denken. »Ist eine schlechte Lage für ein Geschäft«, sagte er.
»Was heute 'ne schlechte Lage ist, kann morgen 'ne gute Lage sein«, sagte Seth. »Angenommen, ich lasse hier und da ein paar Cent fallen und krieg' die Straßenbaubehörde doch dazu, die Straße da entlang zu führen, hm?«
Shamas Schluchzer vermischten sich mit dem Glucksen des Pimentrums in Mrs. Tulsis Haar.
»Hast du Schulden?«

»Ph, viele Leute schulden mir was, wollen aber nicht bezahlen.«
»Nicht nach der Sache mit Mungroo. Ich glaube, du bist der einzige Mann auf Trinidad, der nicht über Seebaran und Mahmoud Bescheid gewußt hat.«
Shama weinte unverhohlen.
Urplötzlich verlor Seth das Interesse an Mr. Biswas. »Tscha!« sagte er und betrachtete seine Halbstiefel.
»Du darfst dir nichts draus machen«, sagte Mrs. Tulsi. »Ich weiß, daß du kein weiches Herz hast. Aber du darfst dir nichts draus machen.«
Seth seufzte: »Was machen wir also mit dem Laden?«
Mr. Biswas zuckte die Achseln.
»Versichern und abbrennen«, sagte Seth, es zu einem Wort zusammenziehend: *versichernundabbrennen.*
Mr. Biswas dachte, so etwas fiele in den Bereich der Hochfinanz.
Seth kreuzte seine mächtigen Arme vor der Brust. »Das ist das einzige, was du jetzt tun kannst.«
»Versichernundabbrennen«, sagte Mr. Biswas. »Wieviel bringt mir das?«
»Mehr als wenn du das *nicht* heiß abreißt. Der Laden gehört Mai. Die Waren gehören dir. Für die Waren solltest du ungefähr fünfundsiebzig oder hundert Dollar bekommen.«
Das war eine große Summe. Mr. Biswas lächelte.
Aber Seth sagte nur: »Und danach — was?«
Mr. Biswas versuchte, nachdenklich auszusehen.
»Du bist immer noch zu stolz, um dir die Hände auf dem Feld dreckig zu machen?« Und Seth zeigte seine eigenen Hände vor.
»Weiches Herz«, murmelte Mrs. Tulsi.
»Ich brauche in Green Vale einen Aufseher«, sagte Seth.
Shama schluchzte laut auf und lief, Mrs. Tulsis Kopf im Stich lassend, zu Mr. Biswas und sagte: »Nimm an, Mann.

Nimm an, ich flehe dich an.« Sie machte es ihm leicht, einzuwilligen. »Er nimmt an«, rief sie Seth zu. »Er nimmt an.«

Seth sah gereizt aus und drehte sich um.

Mrs. Tulsi stöhnte.

Immer noch weinend ging Shama zurück zum Bett und drückte ihre Finger in Mrs. Tulsis Haar.

Mrs. Tulsi sagte: »Aah.«

»Ich verstehe nichts von Plantagenarbeit«, sagte Mr. Biswas, um etwas von seiner Würde zu retten.

»Niemand bettelt darum«, sagte Seth.

»Du darfst dir nichts draus machen«, sagte Mrs. Tulsi. »Du weißt doch, was Owad immer sagt. Er macht mir immer die Art, wie ich meine Töchter verheiratet habe, zum Vorwurf. Und ich glaube, er hat recht. Aber schließlich geht Owad aufs College und liest und lernt die ganze Zeit. Und ich bin sehr altmodisch.« Sie sprach voller Stolz von Owad und ihrem Altmodischsein.

Seth erhob sich. Seine Halbstiefel scharrten auf dem Boden, das Bett gab Geräusche von sich, und Mrs. Tulsi wurde ein wenig gestört. Aber Seths Gereiztheit war verflogen. Er nahm die Zigarettenspitze aus Elfenbein, die unter der zugeknöpften Tasche auf seinem Khakihemd hervorgeguckt hatte, steckte sie in den Mund und blies pfeifend durch. »Owad. Erinnerst du dich an ihn, Mohun?« Den Mund zu beiden Seiten der Spitze öffnend, lachte er. »Der Sohn der alten Henne.«

»Was vorbei ist, ist vorbei«, sagte Mrs. Tulsi. »Wenn die Menschen noch Jungen sind, benehmen sie sich wie Jungen. Wenn sie Männer sind, benehmen sie sich wie Männer.«

Shama massierte Mrs. Tulsis Kopf energisch und erreichte es, Mrs. Tulsis Rede in eine Reihe von »Ah! Ah!'s zu zerlegen. Sie schüttete Pimentrum in Mrs. Tulsis Haar und Gesicht und hielt ihr die Hand über Mund und Nase.

»Das Versichernundabbrennen«, sagte Mr. Biswas in unbekümmertem Ton, »wer kümmert sich darum? Ich?« Er versetzte sich wieder in seine Rolle des anerkannten Possenreißers.

Shama lachte als erste. Seth folgte. Von Mrs. Tulsi kam ein Krächzen, und Shama nahm ihre Hand von Mrs. Tulsis Mund, damit sie lachen konnte.

Mrs. Tulsi sprudelte los. »Er will«, sagte sie auf englisch, vor Lachen erstickend, »aus — aus dem Regen — in — in —«

Sie alle brüllten vor Lachen.

»— in die Traufe.«

Die lustige Stimmung breitete sich aus.

»Kein Paddeln mehr«, sagte Seth.

»Machen wir es direkt, das Versichernundabbrennen«, sagte Mr. Biswas, indem er seine Stimme hochschraubte und schnell sprach.

»Zuerst mußt du deine Möbel rausholen«, sagte Seth.

»Meine Kommode!« rief Shama aus und schlug die Hand vor den Mund, als erstaunte es sie, daß sie, als sie Mr. Biswas verlassen hatte, vergessen hatte, dieses Möbelstück mitzunehmen.

»Weißt du«, sagte Seth, »es wär' das Beste, wenn du das mit dem Versichernundabbrennen selbst machtest.«

»Nein, Onkel«, sagte Shama, »fang nicht an, ihm solche Ideen in den Kopf zu setzen.«

»Kümmer dich nicht um das Kind«, sagte Mr. Biswas. »Du brauchst es mir nur zu sagen.«

Seth setzte sich wieder aufs Bett. »Also, paß auf«, sagte er, und seine Stimme klang belustigt und gönnerhaft. »Du hattest doch den Ärger mit Mungroo. Du gehst zur Polizei und sagst, Mungroo hätte es auf dich abgesehen.«

»Auf mich abgesehen?«

»Erzähl ihnen von dem Streit. Erzähl ihnen, daß Mungroo gedroht hat, dich umzubringen. Und sobald dir was passiert, schnappen sie sich als ersten Mungroo.«

»Du meinst, sonst wär' ich der erste, den sie sich schnappen. Aber laß mich das mal klarstellen. Wenn ich tot bin und wie eine Küchenschabe auf dem Rücken liege und alle viere in die Luft strecke, dann willst du, daß ich zur Polizei gehe und sage: ›Ich hab's euch doch gesagt.‹ «

Mrs. Tulsi, die immer noch über ihren Witz, den ersten, den sie auf englisch fertiggebracht hatte, kicherte, nahm Mr. Biswas Bemerkung zum Anlaß, um erneut in Lachen auszubrechen.«

»Also, du behauptest, Mungroo hätte es auf dich abgesehen«, sagte Seth.

»Dann gehst du zurück nach The Chase und verhältst dich ruhig. Du läßt ein, zwei, sogar drei Wochen verstreichen. Dann triffst du deine kleinen Vorbereitungen. Du läßt Shama ihre Kommode abholen. Donnerstag, mitten am Tag, schüttest du Pechöl über das ganze Geschäft — nicht dahin, wo du schläfst — und nachts hältst du ein Streichholz daran. Du wartest ein bißchen — nicht zu lange —, und dann rennst du raus und fängst an, nach Mungroo zu brüllen.«

»Du meinst«, sagte Mr. Biswas, »das ist der Grund, warum hier jeden Tag so viele Autos verbrennen? Und all die Häuser?«

5. Green Vale

Immer wenn Green Vale später Mr. Biswas in den Sinn kam, dachte er an die Bäume. Sie waren hoch und gerade gewachsen und so mit langen, schlaffen Blättern überladen, daß die Stämme verdeckt wurden und keine Zweige zu haben schienen. Die Hälfte der Blätter war abgestorben; die anderen, oben an der Spitze, zeigten ein stumpfes Grün. Es sah aus, als wären alle Bäume mitten im üppigen Wuchs gleichzeitig von einer Krankheit befallen worden und als breite sich der Tod gleichmäßig von allen Wurzeln aus. Aber immer wurde der Tod in Schranken gehalten. Langsam wurden die zungenähnlichen stumpfgrünen Blätter hellgelb, wurden braun und dünn, als wären sie versengt, rollten sich nach unten über die anderen toten Blätter und fielen nicht ab. Und es kamen neue Blätter, schwerterscharf, aber ohne Frische; alt, ohne Glanz kamen sie auf die Welt, und wuchsen nur länger, ehe auch sie abstarben.

Man konnte sich kaum vorstellen, daß sich hinter den Bäumen zu beiden Seiten ungehindert die Ebene erstreckte. Green Vale war feucht und schattig und eng. Die Bäume verstopften die grasbewachsenen Abflußgräben. Die Bäume standen rings um die Baracken.

Sowie er die Baracken sah, beschloß Mr. Biswas, daß es jetzt Zeit für ihn sei, sein eigenen Haus zu bauen, egal wie. In den Baracken gab es für jede Familie ein Zimmer, und sie beherbergten zwölf Familien in einem langen Raum, der in zwölf aufgeteilt war. Dieser lange Raum war aus Holz gebaut und stand auf niedrigen Betonpfosten. Die Tünche an den Wänden war zu Staub zerkrümelt und hatte Flecken hinterlassen wie die auf Steinen vom Kleiderbleichen; und diese Flecken sonderten Flüssigkeit ab und waren grau und grün und schwarz gesprenkelt und verschimmelt. Das Wellblechdach stand an einer Seite über, um eine lange Galerie zu bilden, die durch lückenhafte Abgrenzungen in zwölf Küchenräume unterteilt war, so offen, daß, wenn es stark regnete, zwölf Köchinnen zwölf Kohlepfannen mit in zwölf Zimmer nehmen mußten. Die zehn mittleren Räume hatten jeweils eine Tür vorn und ein Fenster hinten. Die Räume am Ende hatten eine Tür vorn, ein Fenster hinten und ein Fenster zur Seite. Als Aufseher bekam Mr. Biswas einen Endraum. Das rückwärtige Fenster war vom vorherigen Mieter zugenagelt und mit Zeitungspapier überklebt worden. Seine Lage konnte man nur erraten, denn die Wände waren von unten bis oben mit Zeitungspapier bedeckt. Es handelte sich offensichtlich um das Werk eines Lesekundigen. Kein Blatt hing verkehrt herum, und Mr. Biswas sah sich ständig dem Journalismus seiner Zeit ausgesetzt, dessen Prahlerei und Aufgeregtheit in diesen alten Zeitungen verhalten und anheimelnd war.

In diesen Raum stellten sie ihre ganzen Möbel: den Küchenschrank, den grünen Küchentisch, die Hutablage, das eiserne Himmelbett, einen Schaukelstuhl, den Mr. Biswas während der letzten Tage in The Chase gekauft hatte, und den Toilettentisch, der durch Shamas lange Abwesenheiten im Hanuman-Haus schließlich stellvertretend für Shama war.

Nur eine kleine Schublade des Toilettentischs gehörte Mr. Biswas. Die anderen waren fremd, und wenn er zufällig eine aufmachte, hatte er das Gefühl, er dringe gewaltsam ein. Beim Umzug nach Green Vale entdeckte er, daß diese Schubladen neben den besseren Kleidern von Shama und den Kindern auch Shamas Trauzeugnis und die Geburtsurkunden der Kinder enthielten, ferner eine Bibel und Bibelbilder, die sie in der Missionsschule bekommen und nicht ihres religiösen Inhalts wegen, sondern als Erinnerung an die Glanzzeit vergangener Tage behalten hatte, und einen Stapel Briefe von einer Brieffreundin in Northumberland, Ergebnis eines der Projekte der Direktorin. Mr. Biswas sehnte sich nach der Welt draußen; er las Romane, die ihn dorthin führten; nie hatte er vermutet, daß ausgerechnet Shama mit dieser Welt in Verbindung gestanden hatte.

»Du hast nicht zufällig die Briefe behalten, die du zurückgeschrieben hast?«

»Die Rektorin hat sie immer gelesen und abgeschickt.«

»Deine Briefe würd' ich *gerne* mal lesen.«

Mit einem Gehalt von fünfundzwanzig Dollar im Monat, zweimal so viel, wie die Arbeiter bekamen, wurde Mr. Biswas also ein Aufseher oder Unter-Verwalter. Wie er Seth gesagt hatte, verstand er nichts von Plantagenarbeit. Sein Leben lang war er von Zuckerrohr umgeben gewesen; er wußte, daß aus den hohen Feldern graublaue pfeilförmige Blüten hochschossen, wenn die Geschäftsschilder mit beerenbehangenen Stechpalmen und Weihnachtsmännern und schneebedeckten Buchstaben in eine grüne und rote Fröhlichkeit ausbrachen; er kannte das Erntefest »crop-over«; aber er hatte keine Ahnung von Abflämmen oder Jäten oder Hacken oder Gräbenziehen; er wußte nicht, wann neue Stecklinge eingelegt oder kleine Erdwälle aus Bagassa um die neuen Pflanzen gebaut werden mußten. Er erhielt Anweisungen von Seth, der jeden Samstag nach Green Vale kam, um alles zu inspizieren und die Arbeiter zu bezahlen. Das tat er von dem Küchenplatz vor Mr. Biswas' Zimmer aus, wobei er den grünen Küchentisch benutzte und Mr. Biswas neben sich sitzen hatte, um die Anzahl der Arbeiten vorzulesen, die jeder Arbeiter geleistet hatte.

Die Bewunderung und den Respekt, den sein Vater Raghu für Aufseher gehabt hatte, kannte Mr. Biswas nicht. Aber die Ehrfurcht, die die Arbeiter vor den blauen und grünen Geldbeuteln mit den perforierten Kanten und kleinen kreisrunden Löchern hatten, die konnte er spüren, und es bereitete ihm Vergnügen, mit diesen Beuteln beiläufig, als wären sie ihm lästig, umzugehen. Manchmal kam ihm der Gedanke, daß vielleicht genau in diesem Augenblick seine Brüder auf anderen Plantagen in ähnlich langsamen, unterwürfigen Schlangen standen. Samstags also genoß er Macht. An den anderen Tagen aber war es anders. Zwar ging er jeden Morgen mit seinem langen Bambusstab früh hinaus und maß die Aufgaben für die Arbeiter ab, aber die Arbeiter wußten, daß er die Arbeit nicht gewöhnt und einfach als Wächter und Vertreter Seths da war. Ihn konnten sie zum Narren halten, und das taten sie auch, weil sie eine Zurechtweisung von Seth am Samstag mehr fürchteten als eine Woche schüchterner Ermahnungen von Mr. Biswas. Mr. Biswas schämte sich, darüber bei Seth zu klagen. Er kaufte sich einen Tropenhelm; er war zu groß für seinen ziemlich kleinen Kopf, und er paßte sich den Helm so schlecht an, daß er ihm bis über die Ohren fiel. Noch eine Weile danach zogen die Arbeiter immer, wenn sie Mr. Biswas sahen, ihre Hüte über die Augen, warfen die Köpfe zurück und sahen in seine Richtung. Zwei oder drei Junge und Unverschämte redeten ihn sogar so an. Er fand, er müßte ein Pferd reiten, wie Seth es tat; und die Aufseher in den alten Geschichten, die zu Pferde ritten und mit der Peitsche nach rechts und links auf die Arbeiter schlugen, wurden ihm sympathisch. Dann, als er samstags einmal den Hanswurst für Seth spielte, bestieg er Seths Pferd, wurde nach ein paar Meter abgeworfen und sagte: »Ich wollte nicht dahin, wo es hin wollte.«
»Hü-hott!« rief am Montag ein Arbeiter einem anderen zu.
»Hopsa!« antwortete der zweite.

Mr. Biswas sagte zu Seth: »Ich kann nicht mehr Tür an Tür mit diesen Leuten leben.«
Seth sagte: »Wir bauen dir ein Haus.«
Aber Seth redete nur so dahin. Er erwähnte das Haus nie wieder, und Mr. Biswas blieb in der Baracke. Er begann, von der Brutalität der Arbeiter zu reden; und anstatt sich wie anfangs zu fragen, wie sie von drei Dollar die Woche leben sollten, fragte er sich jetzt, warum sie so viel bekamen. Er ließ alles an Shama aus.
»Du hast mich hier reingezogen. Du und deine Familie. Sieh mich an. Seh ich aus wie Seth? Kannst du mich ansehn und sagen, das sei eine Arbeit für mich?«
Er kam verschwitzt vom Feld zurück, voller Juckreiz und Staub bedeckt, von Fliegen und anderen Insekten zerstochen, mit aufgerissener und wunder Haut. Der Schweiß und die Müdigkeit und das brennende Gefühl auf seinem Gesicht waren ihm angenehm. Aber das Jucken haßte er, und angetrockneter Schmutz auf seinen Fingernägeln quälte ihn genauso durchdringend wie das Geräusch von Griffeln auf Schiefertafeln oder Schaufeln, die auf Beton schlugen.
Der Hof der Baracke mit seinem Schlamm, Tierkot und dem Schleim, der sich schnell über stehende Pfützen zog, verursachte ihm Übelkeit, besonders wenn er Fisch oder Shamas Pfannkuchen aß. Er gewöhnte sich an, an dem grünen Tisch im Zimmer zu essen, von der Vordertür weggewandt, mit dem Rücken zum Seitenfenster und entschlossen, nicht zu der schwarzen, pelzigen Unterseite des Wellblechdachs hochzusehen. Beim Essen las er die Zeitungen auf der Wand. Der Geruch nach Feuchtigkeit und Ruß, altem Papier und ausgetrocknetem Tabak erinnerte ihn an den Geruch der Schachtel seines Vaters unter dem Bett, das auf Baumästen ruhte, die im Boden eingegraben waren.
Er badete unablässig. Die Baracke hatte kein Badezimmer,

aber hinten unter den Schütten, durch die das Wasser vom Dach ablief, standen Wasserfässer. Egal wie schnell man das Wasser aufbrauchte, auf seiner Oberfläche waren immer irgendwelche Larven, nervöse, gallertartige, zappelnde Dinger, auf ihre Art vollkommen. Mr. Biswas stellte sich in Unterhosen und Holzschuhen auf ein Brett neben dem Faß und schüttete mit einer Kalebasse Wasser über sich. Während er das tat, sang er Lieder auf Hindi und *In Schnee und Sturm*. Danach wickelte er sich ein Handtuch um die Taille, zog seine Unterhose aus und stürzte mit Handtuch und Holzpantinen in sein Zimmer. Da sein Zimmer keine Seitentür hatte, mußte er ums Haus nach vorne rennen, war den Blicken aus allen zwölf Küchen und allen zwölf Räumen ausgesetzt und sprang dann in seinen. Eines Tages fiel das Handtuch herunter.

»Du bist schuld«, sagte er nach einem schrecklichen Tag auf dem Feld zu Shama. »Du und deine Familie, ihr habt mich hier reingebracht.«

Shama, die in den Baracken selbst einen erniedrigenden Tag verbracht hatte, kochte ein besonders schlechtes Essen, zog Anand, mittlerweile ein Junge, der groß genug zum Sprechen war, an und brachte ihn zum Hanuman-Haus.

Am Samstag lächelte Seth, nachdem er die Arbeiter bezahlt hatte, und sagte: »Deine Frau sagt, du sollst in ihrer Kommode in der obersten Schublade rechts suchen und ihr rosa Mieder herausholen und in der mittleren Schublade in der linken Ecke unten nach den Pantalons für den Jungen gucken.«

»Frag meine Frau, was für einen Jungen.«

Aber Mr. Biswas durchsuchte die fremden Schubladen.

»Beinah hätt' ich's vergessen«, sagte Seth, kurz bevor er wegging. »Das Geschäft in The Chase. Es ist also jetzt heiß abgerissen.«

Aus seiner Hosentasche nahm Seth eine Rolle Dollarscheine und zeigte sie vor wie ein Zauberer. Schein um Schein zählte er die Rolle in Mr. Biswas' Hand. Sie belief sich auf fünfundsiebzig Dollar, die Summe, die er im Rosenzimmer im Hanuman-Haus genannt hatte.

Mr. Biswas war beeindruckt und dankbar. Er beschloß, das Geld beiseitezulegen und immer etwas dazu zu tun, bis er genug hatte, um sein Haus zu bauen.

Über dieses Haus hatte er gründlich nachgedacht, und er wußte genau, was er wollte. Erst einmal wollte er ein richtiges Haus, aus richtigem Material gebaut. Er wollte keinen Lehm für die Wände, Erde für den Boden, Baumäste als Stützen und Gras für das Dach. Er wollte Holzwände, alle mit Nut und Feder. Er wollte ein Dach aus verzinktem Eisenblech und eine Holzdecke. Eine Betontreppe hinauf würde er auf eine kleine Veranda gehen, durch Türen mit farbigen Scheiben in ein kleines Wohnzimmer, von da in ein kleines Schlafzimmer, dann noch ein Schlafzimmer und zurück auf die kleine Veranda. Das Haus würde auf hohen Betonpfosten stehen, damit er zwei Stockwerke anstatt eines bekäme und der Weg für zukünftige Ausbauten offen bliebe. Die Küche wäre ein Schuppen im Hof, ein ordentlicher Schuppen, der mit dem Haus durch einen überdachten Gang verbunden wäre. Und angestrichen wäre sein Haus. Das Dach rot, die Außenwände ocker mit schokoladenfarbenen Verblendungen, die Fenster weiß.

Sein Gerede über Häuser machte Shama ängstlich und ungeduldig und hatte sogar schon für Streit gesorgt. Also erzählte er ihr nichts von diesem Bild oder seinem Plan, und sie lebte weiterhin für längere Zeit im Hanuman-Haus. Ihren Schwestern brauchte sie jetzt keine Erklärungen mehr zu liefern. Green Vale, Teil des Tulsi-Landes und direkt außerhalb von Arwacas, wurde fast wie eine Erweiterung des Hanuman-Hauses betrachtet.

Da er das eiskalte Essen, das Shama manchmal aus dem

Hanuman-Haus schickte, zurückwies und der Konserven überdrüssig war, lernte Mr. Biswas, für sich selbst zu kochen; er kaufte einen Primuskocher, weil er mit der Kohlenpfanne nicht zurechtkam. Manchmal ging er am frühen Abend spazieren, manchmal blieb er in seinem Zimmer und las. Aber es gab Zeiten, in denen er, ohne müde zu sein, nichts tun konnte, in denen weder Essen noch Tabak schmeckten und er nur auf dem Himmelbett liegen und die Zeitungen and der Wand lesen konnte. Bald kannte er viele der Geschichten auswendig. Und mit der Zeit beherrschte die erste Zeile einer Geschichte, in atemberaubenden Großbuchstaben, völlig sein Denken: ERSTAUNLICHE SZENEN WURDEN GESTERN BEOBACHTET, ALS. geistesabwesend sprach er die Worte laut vor sich hin, alleine, vor Arbeitern, vor Seth. An manchen Abenden in seinem Zimmer kamen ihm die Worte in den Kopf und wiederholten sich so lange, bis sie bedeutungslos und aufreizend waren und er sie verscheuchen wollte. Er schrieb die Worte auf Packungen mit Anchor-Zigaretten und Schachteln mit Comet-Streichhölzern. Und um diese erschöpfende Gedankenlosigkeit, die ihn mit dem Gefühl zurückließ, literweise abgestandenes, lauwarmes Wasser getrunken zu haben, zu bekämpfen, machte er sich daran, Pappkartonstreifen, die er gegen die Zeitungen auf die Wand hing, mit religiösen Redensarten zu beschriften. Aus einer Hindi-Zeitschrift schrieb er einen Satz ab, der sich auf Pappe quer über die ganze Wand und über das zugeklebte Fenster erstreckte: WER AN MICH GLAUBT, VON DEM WERDE ICH NIE LASSEN, UND ER WIRD NIE VON MIR LASSEN.

Das Zuckerrohr ragte in Pfeilen empor. Die Pfade und Wege zwischen den Feldern waren glatte grüne Schluchten. Und in Arwacas feierten die Geschäftsschilder den Schnee und den Nikolaus. Das Geschäft der Tulsis war mit beerentragenden Stechpalmzweigen aus Papier geschmückt, trug aber keine Weihnachtsschilder. Mr. Biswas' alte Schilder taten es noch. Sie waren verblaßt; die Temperafarbe auf der Wand und den Säulen war an manchen Stellen abgeblättert, und Kasperle hatte ein Stück von seiner Nase verloren, unter der Decke waren die Buchstaben durch Staub und Ruß undeutlich. Savi wußte und war stolz darauf, daß die Schilder von ihrem Vater gemalt worden waren. Aber ihre Fröhlichkeit verwirrte sie; sie konnte sie nicht mit dem mürrischen Mann zusammenbringen, den sie manchmal in seinem schäbigen Barackenzimmer besuchte und der sie manchmal besuchen kam. Mit einem Gefühl des Verlustes, das immer stärker wurde, je näher Weihnachten kam, spürte sie, daß die Schilder zu einer Zeit gemalt worden waren, die vor ihrer Erinnerung lag, in der ihr Vater glücklich mit ihrer Mutter und allen anderen im Hanuman-Haus lebte.

Weihnachten war die einzige Zeit des Jahres, in der die Fröhlichgkeit der Schilder überhaupt eine Bedeutung hatte. Dann wurde das Tulsi-Geschäft ein Ort tiefer Romantik und endlosen Entzückens, umgewandelt aus dem nüchternen Handelsplatz, das es sonst war, dunkel und still, die Regale mit Stoffballen vollgestopft, denen herbe und manchmal unangenehme Gerüche entströmten, die Tische mit einem Durcheinander von billigen Scheren und Messern und Löffeln bedeckt, Stapel von staubigen blaugeränderten Emailletellern, zwischen denen Fetzen grauen Papiers lagen und Schachteln mit Haarnadeln, Nähnadeln, Stecknadeln und Garn. Jetzt herrschte jeden Tag Lärm und Geschäftigkeit. Im Tulsi-Geschäft und allen anderen Geschäften und selbst auf den Marktständen spielten Grammophone. Mechanische Vögel pfiffen; Puppen quieksten; Spielzeugtrompeten wurden ausprobiert; Kreisel summten; Autos schossen über Theken, wurden von Händen ergriffen und festgehalten, so daß sie in der Luft aufheulten. Die Emailleteller und Haarnadeln wurden nach hinten geschoben; blaue Trauben in weißen Schachteln mit aromatischem Sägemehl nahmen ihren Platz ein; rote kanadische Äpfel, deren Duft jeden anderen übertraf; Unmengen von Spielzeug und Puppen und Spielen in Kartons, neue und glitzernde Glaswaren, neues Porzellan, alles neu riechend; japanische Lacktabletts, aufeinandergestapelt wie ein Kartenspiel; so elegant standen sie da, daß es traurig war, daran zu denken, wie sie eins nach dem anderen verkauft werden würden, das Geschäft in mit Kordel umschnürtes Packpapier verließen und verblaßt, kaputt und unbeachtet in häßlichen Küchen und baufälligen Häusern endeten. Es gab auch Stapel von Bookers Drogisten-Almanach, mit Kunstpapier, so glatt, daß es kitzelte, wenn man es anfaßte, und einem ähnlich ergiebigen Geruch, voller Witze, Geschichten, Fotos, Ratespielen, Rätseln und Preisen für Wettbewerbe, an denen die Tulsi-Kinder alle teilnehmen wollten, es aber nie taten, obwohl sie schon Namen und Adresse mit Tinte auf die gepunkteten Linien geschrieben hatten. Und die Dekorationen: die Stechpalmzweige aus Papier, die spiralenförmigen Kreppapierschlangen, die Watte und das Engelshaar, das an Fingern und Kleidern hängen blieb, die Ballons, die Laternen.

Die Schwestern versteckten ihre freudige Erregung hinter grimmigen Blicken und Klagen über Müdigkeit, die niemanden täuschten. Von Zeit zu Zeit kam Mrs. Tulsi selbst ins Geschäft, sprach mit Leuten, die sie kannte, und verkaufte gelegentlich sogar etwas. Streng stelzten die beiden Götter umher, beaufsichtigten alles, unterschrieben Rechnungen, kontrollierten die Kasse. Der ältere Gott war an diesem Weihnachtsfest besonders streng, und die Kinder hatten Angst vor ihm. Sein Benehmen war ein wenig seltsam geworden. Er war noch nicht fertig mit dem römisch-katholischen College, aber man bemühte sich, aus der Handvoll in Frage kommender Familien eine Frau für ihn zu finden. Er brachte sein Mißfallen durch ziellose Wutanfälle, Tränen und Selbstmorddrohungen zum Ausdruck. Das wurde als herkömmliche Schüchternheit ausgelegt und war als solche für Schwestern und Schwäger eine Quelle der Belustigung. Aber die Kinder bekamen Angst, wenn er davon sprach, aus dem Haus zu gehen und ein Seil und Wachs zu kaufen; sie waren sich nicht sicher, wofür er das Wachs haben wollte, und gingen ihm aus dem Weg.

Am Morgen des Heiligen Abend erreichtre die Aufregung ihren Höhepunkt, ließ aber, ehe der Nachmittag um war, soweit nach, daß die Auslagen ihren Zauber verloren hatten, ihre Fröhlichkeit zur Unordnung wurde, und die Unordnung als oberflächlich erkannt werden konnte. So daß man im Geschäft das Gefühl hatte, Weihnachten sei vorbei, ehe es noch da war. Und im Laufe des Nachmittags wandte sich die Aufmerksamkeit mehr und mehr der Diele und der Küche zu, wo Sumati, die so gut prügeln konnte, das Backen übernommen hatte, und Shama, die keine herausragenden Talente zeigte, eine ihrer vielen Helferinnen war. Die Düfte aus der Küche waren besonders reizvoll, weil das Essen wie immer im Hanuman-Haus bis genau zum festlichen Ereignis einfach und schlecht blieb. Das Tulsi-Geschäft war geschlossen, die Spielzeuge blieben in der Dunkelheit zurück, die sie in Lagervorräte verwandeln würde, und die Schwäger machten sich daran, das Hanuman-Haus zu verlassen, um zu ihren Familien zu gehen. Als Mr. Biswas durch die Nacht nach Green Vale radelte, fiel ihm ein, daß er für Savi und Anand keine Geschenke hatte. Aber sie erwarteten auch keine von ihm; sie wußten, sie wurden am Weihnachtsmorgen ihre Geschenke in ihren Strümpfen finden.

Weil die Schwestern zu tun hatten, bekamen die Kinder ein noch dürftigeres Essen als gewöhnlich. Dann fing die Jagd nach Strümpfen an. Es gab keine. Die Vorsorglichen, meistens die Mädchen, hatten sich ihre schon Tage zuvor besorgt, und die Jungen mußten sich mit Kissenbezügen zufrieden geben. Man redete davon, wachzubleiben, aber eins nach dem anderen ließen die Kinder ihre Kartenspiele fallen und schliefen zu den Liedern ein, die von ihren Müttern aus der Küche kamen.

Anand war einen Augenblick lang beunruhigt, als er aufstand. Sein Kissenbezug, der am Fuß seines Bettzeugs auf dem Boden lag, sah leer aus. Aber als er den Kissenbezug ausschüttelte, fand er genau das, was die anderen Jungen auch hatten: einen Luftballon, einer von denen, die er in den letzten Wochen im Laden gesehen hatte, einen in dunkelblaues Papier eingewickelten roten Apfel, einer von denen, die er in den Schachteln im Laden gesehen hatte, und eine Blechpfeife. Savi fand in ihrem Strumpf einen Luftballon, einen Apfel und eine winzige Gummipuppe. Die Geschenke wurden verglichen, und als feststand, daß kein Grund zur Eifersucht vorlag, aßen die Kinder ihre Äpfel, bliesen ihre Luftballons auf und stimmten mit ihren Blechpfeifen ein schwaches Gezirpe an. Durch Spucke oder irgendeinen grundlegenden Fehler in der Mechanik verstummten bald viele Pfeifen, und den meisten Jungen platzten die Ballons, bevor sie hinuntergingen, um Mrs. Tulsi zu küssen. Diejenigen Jungen, die bald zu alles verachtenden Männern wurden, tüteten einmal durch ihre Pfeifen, knabberten ihre Äpfel an und bliesen ihre Ballons kaum auf; darin glichen sie den Mädchen, die schon jetzt zeigten, daß ihr Vergnügen eher darin lag, etwas zu erwarten und zu besitzen, als etwas damit anzustellen. Dann gingen die Kinder, in verschiedenem Maß zufriedengestellt, hinunter, wo Mrs. Tulsi an dem langen Tisch aus Pechkiefer wartete. Auch ihre Mütter warteten, glückliche Weihnachtsmänner. Wenn ein unzufriedenes Kind vergaß, Mrs. Tulsi zu küssen, und ungeduldig weglief, um sich ums Essen zu kümmern, rief seine Mutter es zurück.

Nach dem Frühstück — Tee und Kekse aus der Trommel — warteten die Kinder aufs Mittagessen. Noch mehr Pfeifen verstummten, noch mehr Luftballons platzten. Die Mädchen stürzten sich auf die Fetzen zerplatzter Ballons der Jungen und bliesen sie zu vielfarbigen Bündeln von Trauben auf, die sie gegen ihre Wangen rieben, was klang, als würden schwere Möbel über einen ungehobelten Boden gezerrt. Das Mittagessen war gut. Und nach dem Mittagessen warteten sie auf den Tee: Sumatis Kuchen, ein am Ort hergestellter und trügerischer Cherry Brandy, von Chinta in kleinen Mengen ausgeteilt, und Eiskrem, wiederum von Chinta, die, trotz des jährlichen Gegenbeweises, angeblich eine besondere Begabung für die Eisherstellung hatte. Und das war's. Das Abendessen war schlecht wie gewöhnlich. Weihnachten war vorbei. Und wie jedes Weihnachtsfest im Hanuman-Haus hatte es sich nur als eine Reihe von Erwartungen entpuppt.

In den Baracken waren keine Äpfel, keine Strümpfe, kein Kuchenbacken, kein Eiscremerühren, keine Raffinessen zu erwarten. Es war von Anfang an ein Tag hemmungslosen Essens und Trinkens und endete damit, daß nicht die Kinder, sondern die Frauen geschlagen wurden. Mr. Biswas besuchte seine Mutter und aß bei Tara zu Abend.

Am ersten Weihnachtstag besuchte er seine Brüder; sie hatten durchschnittliche Frauen aus durchschnittlichen Familien geheiratet und verbrachten Weihnachten mit ihren Frauen.

Am Tag danach fuhr Mr. Biswas mit dem Fahrrad von Green Vale nach Arwacas. Als er in die Hauptstraße einbog, erinnerte ihn der Anblick der wieder offenen Geschäfte, die nachlässig Weihnachtswaren zu Sonderpreisen anboten, an die vergessenen Geschenke. Er stieg vom Fahrrad und lehnte es an den Bordstein. Bevor er seine Fahrradklammern abgenommen hatte, näherte sich ihm vertraulich ein Kaufmann mit tief hängenden Lidern, der mehrmals leise schnalzte. Der Kaufmann bot Mr. Biswas eine Zigarette an und zündete sie ihm an. Ein paar Worte wurden gewechselt. Dann verschwand Mr. Biswas, den Arm des Kaufmanns um seine Schultern, im Laden. Zehn Minuten später tauchte Mr. Biswas und der Kaufmann wieder auf. Beide rauchten und waren angeregt. Aus dem Laden kam noch ein Junge, der teilweise von dem großen Puppenhaus, das er trug, verdeckt wurde. Das Puppenhaus wurde auf die Lenkstange von Mr. Biswas' Fahrrad gesetzt und, mit Mr. Biswas auf der einen und dem Jungen auf der anderen Seite, die Hauptstraße entlanggerollt.

In dem Puppenhaus war jedes Zimmer exquisit möbliert. Die Küche hatte einen Ofen, wie Mr. Biswas ihn im wirklichen Leben noch nie gesehen hatte, einen Küchenschrank und ein Spülbecken. Als sie auf das Hanuman-Haus zugingen, kühlte Mr. Biswas' Erregung ab; seine Extravaganz erstaunte ihn zuerst und erschreckte ihn dann. Er hatte mehr als ein Monatsgehalt ausgegeben. Nun konnte er das Puppenhaus nicht mehr zurückbringen; fortlaufend zog er Aufmerksamkeit auf sich. Und für Anand hatte er nichts gekauft. Immer war es so. Wenn er an seine Kinder dachte, dann dachte er hauptsächlich an Savi. Sie gehörte zu den ersten Monaten in The Chase, und er kannte sie. Anand gehörte vollständig zu den Tulsis.

Im Hanuman-Haus wußten sie über das Puppenhaus Bescheid, bevor es ankam. Die Diele war gedrängt voll von Schwestern und Kindern. Mrs. Tulsi saß am Kieferntisch und betupfte ihre Lippen mit dem Schleier.

Die Kinder stießen laute Rufe aus, als das Puppenhaus abgesetzt wurde, und in der darauf folgenden Stille trat Savi vor und stellte sich besitzergreifend daneben.

»Nun, was haltet ihr davon?« fragte Mr. Biswas in die Diele, seine schnelle, hochgeschraubte Stimme einsetzend.

Die Schwestern schwiegen still.

Darauf begann Padma, Seths Frau, gewöhnlich wortkarg

und niedergedrückt und sich unwohl fühlend, mit einer langen und komplizierten Geschichte, die Mr. Biswas nicht glauben wollte, von einem unglaublichen Puppenhaus, das einer von Seths Brüdern für die Tochter von irgend jemandem gemacht hatte, ein wunderschönes Mädchen, das kurz danach gestorben war.
Während Padma sprach, sammelten sich die Kinder, Jungen wie Mädchen, um das Haus. Mr. Biswas war nicht ganz glücklich darüber, aber erfreut, als die Kinder Savi als Besitzerin anerkannten und sie um Erlaubnis baten, Türen zu öffnen und Betten anzufassen. Selbst als sie das Haus erforschte, versuchte Savi den Eindruck zu erwecken, daß sie mit all dem vertraut sei.
»Was hast du für die anderen mitgebracht?«
Das war Mrs. Tulsi.
»Hatte keinen Platz mehr«, sagte Mr. Biswas munter.
»Wenn ich gebe, gebe ich allen«, sagte Mrs. Tulsi. »Ich bin arm, aber ich gebe allen. Es ist aber klar, daß ich mit dem Weihnachtsmann nicht konkurrieren kann.«
Ihre Stimme klang gelassen, und er hätte wie über eine witzige Bemerkung gelächelt, aber als er sie anschaute, sah er, daß ihr Gesicht vor Zorn verkrampft war.
»Vidiadhar und Shivadhar«, rief Chinta. »Kommt sofort hierher. Hört auf, euch mit Sachen abzugeben, die euch nicht gehören.«
Wie auf ein Signal stürzten sich die Schwestern auf ihre Kinder, drohten denen, die sich mit Sachen abgäben, die ihnen nicht gehörten, schreckliche Strafen an.
»Ich ziehe dir das Fell über den Kopf.«
»Ich breche dir jeden Knochen im Leib.«
Und Samati, die so gut prügeln konnte, sagte: »Ich verbleue dich, bis du steif bist.«
»Savi, geh und bring es weg«, flüsterte Shama. »Bring es hoch.«
Sich die Lippen betupfend, stand Mrs. Tulsi auf und sagte:

»Shama, ich hoffe, du hast die Liebenswürdigkeit, zu kündigen, bevor du in dein Herrenhaus ziehst.« Mühsam ging sie die Treppe hoch, und Sushila, die Witwe, die über das Krankenzimmer befahl, folgte ihr bekümmert.
Die beleidigten Schwestern rückten enger zusammen, und Shama stand allein. Ihre Augen waren vor Entsetzen weit aufgerissen. Sie starrte Mr. Biswas anklagend an.
»Also«, sagte er forsch, »ich geh' dann mal lieber — in die Baracken.«
Er drängte Savi und Anand, mit ihm hinaus in die Arkade zu kommen. Savi folgte bereitwillig. Anand war wie gewöhnlich verlegen.
Mr. Biswas konnte nicht dafür, er hatte immer das Gefühl, der Junge sei, verglichen mit Savi, eine Enttäuschung. Für sein Alter war er klein, dünn und kränklich, mit einem großen Kopf; er sah aus, als sei er schutzbedürftig, war aber Mr. Biswas gegenüber scheu und mundfaul und schien immer darauf bedacht, von ihm loszukommen. Als Mr. Biswas nun einen Arm um ihn legte, schnüffelte Anand rieb ein schmutziges Gesicht gegen Mr. Biswas' Hosen und versuchte, sich loszureißen.
»Du mußt Anand damit spielen lassen«, sagte Mr. Biswas zu Savi.
»Er ist doch ein Junge.«
»Sei nicht traurig«, Mr. Biswas streichelte Anand über den knochigen Rücken. »Du kriegst das nächste Mal etwas.«
»Ich will ein Auto«, sagte Anand in Mr. Biswas' Hose, »ein großes.«
Mr. Biswas wußte, was für eins er meinte. »Gut«, sagte er, »ich besorge dir ein Auto.«
Sofort lief Anand weg und durch das Tor in den Hof zurück, ein imaginäres Pferd reitend, eine eingebildete Peitsche schwingend und brüllen: »Und ich krieg' ein Auto! Ich krieg' ein Auto!«
Er kaufte das Auto; trotz seines Versprechens nicht das

große, das Anand wollte, sondern ein Miniaturauto zum Aufziehen; und nachdem die Arbeiter am Samstag bezahlt worden waren, brachte er es nach Arwacas. Seine Ankunft wurde von der Arkade aus bemerkt, und als er das Seitentor aufstieß, hörte er, wie die Nachricht von den Kindern in eingeschüchtertem und erwartungsvollem Ton weitergegeben wurde: »Savi, dein Papa kommt dich besuchen.«

Weinend kam sie zum Eingang der Diele. Als er sie umarmte, brach sie in lautes Schluchzen aus.

Die Kinder schwiegen. Er hörte, wie andauernd die Treppe knarrte, und wurde sich des undeutlichen Füßescharrens und Flüsterns in der schwarzen Küche am anderen Ende bewußt.

»Erzähl's mir«, sagte er.

Sie unterdrückte ihr Schluchzen. »Sie haben es kaputtgemacht.«

»Zeig's mir!« schrie er. »Zeig's mir!«

Seine Wut erschreckte sie so, daß sie aufhörte zu weinen. Sie kam die Treppe herunter, und er folgte ihr unter der Galerie am Ende der Diele in den Hof, vorbei an einem halbvollen Kupferkessel, in dem sich ein tiefblauer Himmel spiegelte, und einer schwarzen vernieteten Wanne, in der lebendig auf dem Markt gekaufte Fische schwammen, bis sie gegessen wurden.

Und dort, unter den fast kahlen Ästen des Mandelbaums, der im Hof nebenan wuchs, sah er es, gegen einen heruntergekommenen schiefen Zaun aus Holz, Blech und Wellblech geworfen. Eine zerbrochene Tür, ein zerschmettertes Fenster, eine eingeschlagene Wand oder selbst das Dach — damit hatte er gerechnet. Aber nicht so etwas. Das Puppenhaus gab es nicht mehr. Er sah nur noch einen Packen Feuerholz. Kein einziges seiner Teile war ganz. Seine zierlichen Fugen waren aufgedeckt und nutzlos. Unter der zerrissenen Farbdecke, die immer noch glänzte

und stellenweise immer noch Ziegelwerk wiedergab, war das zerhackte und zersplitterte Holz weiß und roh.
»O Gott!«
Der Anblick des zertrümmerten Hauses und das Schweigen ihres Vaters ließen Savi aufs neue weinen.
»Ma hat es zerstampft.«
Er lief ins Haus zurück. Eine Wandkante scheuerte gegen seine Schulter, zerriß sein Hemd, zerriß die Haut darunter.
Die Schwestern hatten mittlerweile Treppe und Küche verlassen und saßen in der Diele herum.
»Shama!« brüllter er. »Shama!«
Savi kam langsam die Stufen vom Hof hoch. Die Schwestern starrten nicht mehr auf Mr. Biswas, sondern auf sie, und sie blieb, auf ihre Füße hinabsehend, am Türeingang.
»Shama!«
Er hörte eine Schwester flüstern: »Geh und ruf deine Tante Shama. Schnell.«
Zwischen den Kindern und Schwestern bemerkte er Anand.
»Komm hierhin, Junge!«
Anand sah die Schwestern an. Sie kamen ihm nicht zur Hilfe. Er rührte sich nicht.
»Anand, ich hab' dich gerufen. Komm schnell her, dalli.«
»Geh, Junge«, sagte Sumati, »ehe es Schläge setzt.«
Während Anand noch zögerte, kam Shama. Sie kam durch den Kücheneingang. Ihr Schleier war über die Stirn gezogen. Dieser ungewöhnliche Anflug von Pflichtbewußtsein fiel ihm auf. Sie sah verängstigt, aber entschlossen aus.
»Du Miststück!«
Absolute Stille herrschte.
Die Schwestern scheuchten ihre Kinder die Treppe hinauf und in die Küche.
Savi blieb hinter Mr. Biswas im Türeingang.
»Es ist mir egal, wie du mich nennst«, sagte Shama.

»Du hast das Puppenhaus kaputtgemacht?«
Vor Angst und Scham und Schuldbewußtsein weiteten sich ihre Augen. »Ja«, sagte sie übertrieben ruhig. Dann beiläufig: »Ich hab's kaputtgemacht.«
»Wem zuliebe?« Seine Stimme geriet außer Kontrolle.
Sie gab keine Antwort.
Er bemerkte, daß sie einsam aussah. »Sag's mir«, schrie er, »um *diesen* Leuten einen Gefallen zu tun?«
Chinta erhob sich, strich sich den langen Rock glatt und begann, die Treppe hochzugehen. »Laß mich weggehen, ja, ehe ich was höre, was mir nicht paßt, und ich 'ne Erwiderung geben muß.«
»Ich habe niemandem außer mir selbst einen Gefallen getan.« Shama sprach fester jetzt, und er konnte erkennen, daß sie Kraft aus der Zustimmung ihrer Schwestern zog.
»Weißt du, was ich von dir und deiner Familie halte?«
Zwei weitere Schwestern gingen die Treppe hoch.
»Es ist mir egal, was du denkst.«
Und plötzlich war seine Wut verflogen. Sein Geschrei dröhnte in seinem Kopf, ließ ihn verwirrt, beschämt und müde zurück. Er wußte nicht, was er sagen sollte.
Sie erkannte, daß seine Stimmung sich geändert hatte, und wartete jetzt beruhigt ab.
»Geh und zieh Savi an.« Er sprach ruhig.
Sie rührte sich nicht.
»Geh und zieh Savi an!«
Sein Brüllen erschreckte Savi, und sie begann gellend zu weinen. Sie zitterte, und als er sie berührte, fühlte sie sich zerbrechlich an.
Endlich bequemte Shama sich zu gehorchen.
Savi riß sich los. »Ich will nicht, daß mich einer anzieht.«
»Geh und pack ihre Kleider ein.«
»Du nimmst sie mit?«
Jetzt war es an ihm, zu schweigen.
Die Kinder, die in die Küche abgeschoben worden waren, steckten ihre Köpfe aus der Tür.

Shama ging quer durch die Diele zur Treppe, wo Schwestern, die auf den unteren Stufen saßen, ihre Knie einzogen, um sie vorbeizulassen.
Auf einmal entspannten sich alle.
Sumati sagte in belustigtem Ton: »Anand, gehst du auch mit deinem Vater?«
Anand zog seinen Kopf in die Küche zurück.
Die Diele wurde wieder geschäftig. Die Kinder trödelten wieder herein, und Schwestern eilten zwischen Küche und Diele hin und her und tischten das Abendessen auf. Chinta kehrte zurück und stimmte ein fröhliches Lied an, in das die anderen Schwestern einfielen.
Das Drama war vorüber, und Shamas Auftritt mit Bändern, Kamm und einem kleinen Pappkoffer erhielt nicht die gleiche Aufmerksamkeit wie ihr Abgang.
Ihm den Koffer mit ausgestrecktem Arm überreichend, sagte Shama: »Es ist deine Tochter. Du weißt, was gut für sie ist. Du hast sie ernährt. Du weißt —«
Er preßte die Lippen zusammen, zog die oberen Zähne hinter die unteren.
Chinta brach ihren Gesang ab, um zu Savi zu sagen: »Du gehst nach Hause, Mädchen?«
»Zieh ihr ein Paar Schuhe an«, sagte Shama.
Aber das bedeutete, Savi die Füße zu waschen und das bedeutete Aufenthalt, und Shama beiseite schiebend, als sie versuchte, Savi das Haar zu kämmen, führte er Savi nach draußen. Erst als sie auf der Hauptstraße waren, erinnerte er sich an Anand.
Der Markttag war vorüber, und die Straße war übersät mit zerbrochenen Schachteln, zerrissenem Papier, Stroh, verfaulendem Gemüse, Tierkot und Pfützen, obwohl es nicht geregnet hatte. Bei Fackelschein wurden von den Händlern, ihren Frauen und müden Kindern Stände abgebaut und Karren beladen.
Mr. Biswas band den Koffer auf den Gepäckträger seines

Fahrrads, und er und Savi gingen schweigend bis zum Ende der Hauptstraße.
Als die rot und ockerfarben gestrichene Polizeiwache außer Sicht war, hob er Savi auf die Querstange des Rads, nahm eine kurzen Anlauf und sprang unter Schwierigkeiten und mit einiger Nervosität auf den Sattel. Das Rad schlenkerte; Savi hielt sich an seinem linken Arm fest und machte das Gleichgewicht noch unsicherer. Im Nu ließen sie jedoch Arwacas hinter sich, und es existierte nichts mehr als stummes Zuckerrohr zu beiden Seiten der Straße. Es war pechschwarz. Das Fahrrad hatte kein Licht, und sie konnten nicht weiter als ein paar Meter sehen. Savi zitterte.
»Hab' keine Angst.«
Ein Licht blitzte vor ihnen auf. Eine feste männliche Stimme sagte barsch: »Was denken Sie, wohin Sie fahren?« Es war ein schwarzer Polizist. Mr. Biswas zog die Handbremse. Das Fahrrad neigte sich nach links, und Savi schlüpfte auf den Boden.
Der Polizist untersuchte das Fahrrad. »Keine Lizenz, was? Keine Lizenz. Kein Licht. Und Sie haben noch einen mitgeschleppt. Da kommt aber eine nette kleine Sache auf Sie zu.« In der Erwartung, bestochen zu werden, machte er eine Pause. »Also dann. Name und Adresse.« Er schrieb in sein Buch. »Sie kriegen eine Vorladung.«
So gingen sie den Rest des Weges nach Green Vale zu Fuß, durch die Dunkelheit und dann unter den toten Bäumen zu den Baracken.

Sie verbrachten eine jämmerliche Woche. Mr. Biswas verließ die Baracke früh am Morgen und kehrte am späten Nachmittag zurück. Während der ganzen Zeit war Savi allein. Eine alte Frau, die bei ihrem Sohn, seiner Frau und fünf Kindern in einem Barackenraum zu Besuch war, hatte Mitleid mit Savi und gab ihr mittags zu essen. Dieses

Essen rührte Savi nie an; der Hunger konnte ihr Mißtrauen gegenüber Essen, das von Fremden gekocht war, nicht überwinden. Sie nahm den Teller mit ins Zimmer, leerte ihn auf ein Zeitungsblatt aus, spülte den Teller, brachte ihn der alten Frau zurück, dankte ihr und wartete auf Mr. Biswas. Wenn er kam, wartete sie auf den Abend; kam der Abend, wartete sie auf den Morgen.

Um sie zu erheitern, las er ihr aus seinen Romanen vor, erläuterte ihr Mark Aurel und Epiktet, hieß sie, die Zitate an den Wänden auswendig lernen und ließ sie still sitzen, während er ohne Erfolg versuchte, eine Skizze von ihr anzufertigen. Sie war niedergedrückt und unterwürfig. Sie war auch ängstlich. Manchmal, besonders wenn sie unter den Bäumen spazieren gingen, schien er sie plötzlich zu vergessen, und sie hörte ihn vor sich hinmurmeln, bittere, sich wiederholende Debatten mit unsichtbaren Personen führen. Er war in einem »Loch gefangen«. »Falle« hörte sie ihn immer wieder sagen. »Das haben du und deine Familie mir angetan. Mich in die Falle gelockt, in dieses Loch gebracht.« Sie sah, wie sein Mund sich vor Ärger verzog; sie hörte ihn fluchen und drohen. Wenn sie dann in die Baracke zurückkamen, bat er sie, ihm eine Dosis Macleans Magenpulver einzurühren.

Sie freuten sich beide auf den Samstagnachmittag, wenn Seth kommen und sie wieder mit zum Hanuman-Haus nehmen würde. Es gab einen guten Grund, weshalb sie nicht länger bleiben konnte: am Montag fing die Schule wieder an.

Am Samstag kam Seth. Er war nicht allein. Shama, Anand und Myna kamen mit ihm. Savi rannte ihnen auf die Straße entgegen. Mr. Biswas gab vor, nichts zu sehen, und Seth lächelte wie über die Launen von Kindern. Zwischen Seth und seiner Frau gab es keinen Streit, und er mischte sich grundsätzlich nicht in Streitereien zwischen Schwestern

und ihren Männern ein. Aber trotz des Lächelns wußte Mr. Biswas, daß Seth als Shamas Beschützer gekommen war.
Er brachte unverzüglich den grünen Tisch in den Hof und setzte ihn in einiger Entfernung vom Zimmer ab. Die Arbeiter stellten sich auf und schirmten ihn dadurch von Shama ab. Während er neben Seth saß, Arbeitseinheiten und Löhne ausrief und Eintragungen ins Geschäftsbuch machte, lauschte er Savi, die aufgeregt mit Shama und Anand sprach. Er hörte Shama kosend antworten. Bald war sie sich der Zuneigung der Kinder so sicher, daß sie sogar mit ihnen schimpfte. Aber was für ein Unterschied zwischen der Stimme, die sie jetzt benutzte, und der Stimme, die sie im Hanuman-Haus benutzte!
Und selbst als ihm Shamas Doppelzüngigkeit auffiel, hatte er das Gefühl, daß Savi ihn betrogen hatte.
Die Arbeiter waren bezahlt. Seth sagte, er wolle sich die Felder ansehen, es sei nicht nötig, daß Mr. Biswas ihn begleite.
Shama saß im Küchenteil. Sie hielt Myna in den Armen und spielte mit ihr, redete in der Babysprache mit ihr. Savi und Anand sahen zu. Als Mr. Biswas vorbeiging, sah Shama ihn flüchtig an, hörte aber nicht auf, mit Myna zu reden.
Savi und Anand sahen furchtsam auf.
Mr. Biswas ging ins Zimmer und setzte sich in den Schaukelstuhl.
Shama sagte laut: »Anand, geh und frag deinen Vater, ob er eine Tasse Tee haben will.«
Scheu und verquält kam Anand und murmelte seinen Auftrag herunter.
Mr. Biswas gab keine Antwort. Er betrachtete Anands großen Kopf und die dünnen Arme. An den Ellbogen war die Haut voller Beulen und von Ekzemen dunkelrot vernarbt. Hatte man ihm auch Schwefel und Büchsenmilch zu essen gegeben?

Anand wartete, dann ging er nach draußen.
Mr. Biswas schaukelte. Die Bodendielen waren lose und uneben. Eine hatte sich gewölbt und war gebrochen; jedesmal, wenn die Kufen des Schaukelstuhls darauf stießen, knarrte sie und schnappte ein.
Savi brachte, ohne Mr. Biswas anzusehen, Myna ins Zimmer und legte sie vorsichtig aufs Bett.
Savi, deren pyromanische Instinkte geweckt waren, eilte aus dem Zimmer und sagte: »Ma, du machst ja deine ganzen Kleider mit Kohle schmutzig. Laß mich.«
So. Das Puppenhaus hatten sie alle vergessen. Er zog die Füße auf den Stuhl hoch, legte den Kopf zurück, schloß die Augen und schaukelte. Das Brett antwortete.
»Anand, bring das deinem Vater.«
Er hörte Anand herankommen, machte aber die Augen nicht auf. Er fragte sich, ob er den Tee nicht annehmen und ihn über Shamas übertrieben verziertes, besticktes Kleid und ihr lächelndes, unsicheres Gesicht schütten sollte.
Er öffnete die Augen, nahm Anand die Tasse ab und schlürfte.
Als Seth zurückkam, lächelte er jeden wohlwollend an und setzte sich auf die Stufen. Shama gab ihm eine große Tasse Tee, und er trank sie, dazwischen schnaubend und seufzend, in drei gurgelnden Zügen. Er nahm seinen Hut ab und glättete sein feuchtes Haar. Plötzlich begann er zu lachen. »Mohun, ich hab' gehört, du hast 'ne Sache laufen.«
»'ne Sache. Och, *'ne Sache!* 'ne kleine, ganz, ganz winzige. 'nen Babyfall eigentlich.«
»Du bist schon ein komischer Paddler. Hast du deine Vorladung schon?«
»Warte gerade drauf.«
»Und Savi. Hast du schon deine Vorladung?«
Savi lächelte, als wäre an der dunklen Straße und der blitzenden Taschenlampe des Polizisten nichts Schreckeinflößendes gewesen.

»Nun, mach dir keine Sorgen.« Seth erhob sich. »Diese Leute wollen bloß sehen, ob deine Dollarscheine anders als ihre aussehen. Ich regele das. Würde ja keinem was nützen, wenn dein Fall aufgerollt würde.«
Und weg war er. Mr. Biswas schloß seine Augen, schaukelte auf dem krachenden Brett, und die Kinder wurden wieder ängstlich.
Bis es dunkel und Zeit zum Essen war, blieb er in dem Stuhl. In vielen Räumen der Baracke wurden Öllampen angezündet. Am anderen Ende fluchte ein betrunkener Mann.
Savi und Anand aßen auf den Stufen. Während er an dem grünen Tisch aß, wurde Mr. Biswas weniger apathisch und Shama entsprechend trübsinniger. Gegen Ende der Mahlzeit begann er sogar, den Clown zu mimen. Er hockte sich, seine linke Hand zwischen Wade und Oberschenkel eingeklemmt, auf den Stuhl und fragte neckend: »Weshalb bist du nicht in dem Affenhaus geblieben, sag?«
Sie gab keine Antwort.
Nachdem er seine Hände gewaschen und aus dem Seitenfenster hinausgegurgelt hatte, ließ Shama sich zum Essen auf den Stufen nieder. Er beobachtete sie.
»Du weinst, nicht?«
Langsam flossen die Tränen aus ihren großen Augen.
»Dich ärgert also was?«
Eine Träne lief ihr die Wange hinunter und blieb zitternd über der Oberlippe hängen.
»Kitzelt das?«
Ihr Mund war noch halb voll, aber sie hörte auf zu kauen.
»Erzähl mir nicht, das Essen sei so schlecht.«
Wie zu sich selbst sagte sie: »Wenn es nicht wegen der Kinder wäre —«
»Wenn es nicht wegen der Kinder wäre, was?«
Mit lauter und mürrischer Bedachtsamkeit fuhr sie fort zu kauen.

In einer Ecke rollten Savi und Anand Säcke und Tücher aus, auf denen sie schliefen.
»Du kommst«, sagte Shama. »Du kommst, du guckst nicht rechts, du guckst nicht links, du machst einfach voran, verfluchst mich rundweg —«
Das war der Anfang ihrer Entschuldigung. Er unterbrach sie nicht.
»Du hattest ja keine Ahnung, womit ich fertig werden mußte. Tag und Nacht Gerede. Pss-ssp hier und Pss-ssp da. Chinta läßt die ganze Zeit Bemerkungen fallen. In dem Moment, wo sie mit Savi sprechen, verprügeln alle ihre Kinder. Mit mir will keiner sprechen. Alle benehmen sich, als hätte ich ihren Vater umgebracht.« Sie hörte auf und weinte. »Also mußte ich sie zufriedenstellen. Ich hab' das Puppenhaus zerbrochen, und alle waren zufrieden. Und dann kommst du. Du guckst nicht rechts, du guckst nicht links —«
»Angriff der leichten Kavallerie. Glaubst du etwa, Chinta würde ein Puppenhaus kaputt machen, das Govind gekauft hat? Wenn du dir überhaupt vorstellen kannst, daß Govind so etwas tut. Sag mir mal, was dein Schwager zu essen hat, na? Dreck? Du glaubst, Chinta würde ein Puppenhaus kaputt machen, das Govind gekauft hat?«
Sie weinte über ihrem Teller.
Später weinte sie über dem Abwasch, wobei sie wiederholt ihre Tränen aufhielt, erst um sich die Nase zu putzen, dann um leise traurige Lieder zu singen, und schließlich, um sich nach Savis Betragen in der Woche zu erkundigen. Er erzählte ihr, wie Savi das Essen der alten Frau weggeworfen hatte. Das machte Shama Freude, und sie erzählte Geschichten über die Empfindlichkeit des Mädchens. Savi, die noch ängstlich wach lag und nur so tat, als schliefe sie, hörte mit Vergnügen zu. Noch einmal erzählte Shama von Savis Widerwillen gegen Fisch und wie Mrs. Tulsi diesem Widerwillen beigekommen war. Sie sprach auch

von Anand, der so empfindlich war, daß Kekse seinen Mund zum Bluten brachten.
Mr. Biswas, nun in ebenso weicher Stimmung wie sie, sagte nicht, daß er das für ein Zeichen von Unterernährung hielt. Statt dessen begann er, von seinem Haus zu reden, und Shama hörte zwar ohne Begeisterung, aber auch ohne Einwände zu.
»Und sobald das Haus fertig ist, kauf' ich dir die Goldbrosche, Mädchen.«
»Den Tag möcht' ich sehen.«
Samstags waren sie gekommen. Montags mußte Savi wieder in die Schule.
»Bleib hier«, sagte Mr. Biswas. »Am ersten Tag bringen sie dir noch nicht viel bei.«
»Woher weißt du das?« sagte Savi. »Bist du überhaupt zur Schule gegangen?«
»O ja, Fräulein. Ich bin zur Schule gegangen. Du bist nicht die einzige, die zur Schule geht, weißt du.«
»Wenn ich hier bleibe, muß ich dem Lehrer eine Entschuldigung abgeben.«
»Die schreibe ich dir in Nullkommanichts. Lieber Lehrer, meiner Tochter Savi ist es unmöglich, in der ersten Woche die Schule zu besuchen, weil sie bei ihrer Großmutter war und an ernster Unterernährung leidet.«
Am Sonntagabend nahm Shama Savi und Anand mit zurück nach Arwacas. Sie ging wieder zum Hanuman-Haus. Und für den Rest des Schuljahrs kam und ging sie; und nie verlor er das Gefühl, daß er mit den Bäumen, den Zeitungen an der Wand, den religiösen Zitaten, seinen Büchern alleine war.
Eins tröstete ihn. Er hatte sein Recht auf Savi geltend gemacht.
Ostern erfuhr er, daß Shama zum vierten Mal schwanger war.
Die Falle!

Die Zukunft, vor der er sich fürchtete, war über ihn gekommen. Er fiel ins Leere, und dieser Schrecken, den er nur aus Träumen kannte, war bei ihm, wenn er nachts wach lag und das Schnarchen und Knarren und gelegentliche Kinderweinen aus den anderen Räumen hörte. Die Erleichterung, die der Morgen brachte, nahm ständig ab. Essen und Tabak schmeckten nach nichts mehr. Er war immer müde und immer rastlos. Oft ging er zum Hanuman-Haus; sobald er da war, wollte er weggehen. Manchmal fuhr er mit dem Rad nach Arwacas, ohne zu dem Haus zu gehen, änderte in der Hauptstraße seine Meinung und radelte nach Green Vale zurück. Wenn er die Tür seines Zimmers für die Nacht schloß, war das wie eine Einkerkerung.

Er redete mit sich selbst, brüllte, tat alles, so laut er nur konnte.

Nichts antwortete, nichts änderte sich. *Erstaunliche Szenen wurden gestern beobachtet, als.* Die Zeitungen blieben so keck wie sie immer gewesen waren, die Zitate genauso gesetzt. *Wer an mich glaubt, von dem werde ich nie lassen, und er wird nie von mir lassen.* Aber jetzt steckte in der Form und Lage all dessen, was um ihn herum war, in den Bäumen, den Möbeln, selbst den Buchstaben, die er mit Pinsel und Tusche gemacht hatte, eine Wachsamkeit, eine Erwartung.

Eines Samstags verkündete Seth, daß auf der Plantage gegen Ende der Erntesaison Veränderungen stattfinden sollten. Ungefähr zwanzig Morgen Land, die jahrelang an die Arbeiter verpachtet gewesen waren, sollten übernommen werden. Um die Nachricht zu überbringen, gingen Seth und Mr. Biswas von Hütte zu Hütte. Sobald er eine Arbeiterhütte betrat, legte Seth seine Forschheit ab. Er sah müde aus und hörte sich müde an; er nahm eine Tasse Tee an und trank sie abgespannt; dann sprach er, als sei das

Ganze eine Kleinigkeit und nur für ihn beschwerlich und als würde das Land den Arbeitern nur zu ihrem Besten weggenommen. Die Arbeiter hörten höflich zu und fragten Seth und Mr. Biswas, ob sie noch Tee wollten. Seth willigte sofort ein und sagte, daß der Tee sehr gut sei. Er spielte mit den dünngliedrigen großäugigen Kindern, brachte sie zum Lachen und gab ihnen Kupfermünzen, damit sie sich Süßigkeiten kaufen konnten. Die Eltern protestierten, daß er sie verwöhne.

Danach sagte Seth zu Mr. Biswas: »Den Schuften kannst du nicht trauen. Die werden noch 'ne Menge Ärger machen. Du gibst besser acht.«

Die Arbeiter sprachen mit Mr. Biswas nie über das Land, und solange die Ernte eingebracht wurde, gab es keinen Ärger.

Als das Land leer war, sagte Seth: »Sie werden die Wurzeln ausgraben wollen. Laß es nicht zu.«

Es dauerte nicht lange, bis Mr. Biswas Seth berichten mußte, daß einige Wurzeln ausgegraben worden waren.

Seth sagte: »Sieht so aus, als müßte ich einem oder zwei von ihnen ein paar mit der Pferdepeitsche überziehen.«

»Nein, nicht das. Du gehst jeden Abend zurück und schläfst tief und fest in Arwacas. Ich muß hier bleiben.«

Schließlich beschlossen sie, einen Wächter einzustellen, und das Land wurde ohne weitere Belästigung für die neue Ernte bearbeitet.

»Glaubst du, daß die ganze Sache das wert ist?« fragte Mr. Biswas. »Den Wächter bezahlen und all das?«

»In einem Jahr oder so haben wir keinen Ärger mehr«, sagte Seth. »Die Leute gewöhnen sich an alles.«

Und es sah aus, als hätte Seth recht. Die enteigneten Arbeiter begnügten sich damit, Mr. Biswas durch andere Arbeiter Mitteilungen zukommen zu lassen, obwohl sie ihn jeden Tag sahen.

»Dookinan sagt, er weiß, daß Sie 'n gutes Herz haben und

nichts tun wollen, was ihm schadet. Fünf Kinder, wissen Sie.«

»Ich bin es nicht«, sagte Mr. Biswas. »Mein Land ist das nicht. Ich tue nur meine Arbeit und beziehe mein Gehalt.«

Die Bereitschaft der Arbeiter, das hinzunehmen, weil sie anfangs noch Hoffnung hatten, verwandelte sich in Resignation. Und die Resignation verwandelte sich in Feindseligkeit, die sich nicht gegen Seth, der gefürchtet war, sondern gegen Mr. Biswas richtete. Er wurde nicht mehr verspottet, aber es lächelte ihn auch niemand an, und traf man ihn anderswo als auf dem Feld, wurde er ignoriert.

Jeden Abend riegelte er sich in seinem Zimmer ein. Sobald er ruhig war, fühlte er die Stille um sich, und er mußte sich bewegen, um die Stille aufzubrechen, die Wachsamkeit des Raums und der Gegenstände darin herauszufordern. Als er eines Abends angestrengt über das knarrende Brett schaukelte, dachte er an die Macht der Kufen, zu zermahlen und zermalmen, seinen Händen und Zehen und empfindlicheren Körperteilen Schmerz zuzufügen. Er erhob sich sofort voller Qual, bedeckte seine Lenden mit den Händen, kaute angespannt an den Lippen und lauschte dem Stuhl, der sich schaukelnd seitlich an der gewölbten Planke vorbeibewegte. Der Stuhl verstummte. Er sah weg von ihm. In der Wand sah er einen Nagel, der sein Auge durchstoßen konnte. Das Fenster konnte ihn wie in einer Falle fangen und verstümmeln. Ebenso die Tür. Jeder Fuß des grünen Tisches konnte ihn niederdrücken und zerquetschen. Ebenso die Laufrollen des Toilettentischs. Die Schubladen. Er legte sich mit dem Gesicht aufs Bett, weil er nichts mehr sehen wollte, und um die Umrisse der Gegenstände aus seinem Kopf zu vertreiben, konzentrierte er sich auf Buchstabenformen, dachte sich einen Entwurf nach dem anderen für den Buchstaben R aus. Schließlich schlief er ein, mit den Händen die verwundbaren Teile seines Körpers bedeckend und in dem Wunsch, so viele Hände zu haben, um sich ganz abzuschirmen. Am Morgen fühlte er sich besser, er hatte seine Ängste vergessen.

Im Hanuman-Haus hatte es viele Veränderungen gegeben, aber obwohl er zwei- oder dreimal die Woche hinging, bemerkte er die Veränderungen wie aus der Entfernung und fühlte sich in keiner Weise betroffen. Die Ehe hatte eine ganze Woge von Kindern, darunter die Grimassenschneiderin, weggeführt. Die Ehe hatte auch den älteren Gott eingeholt, obwohl es eine Zeitlang so ausgesehen hatte, als käme er noch einmal davon. Die Suche unter den akzeptablen Familien hatte keine Frau herbeizuschaffen vermocht, die schön und gebildet und reich genug war, um Mrs. Tulsi und ihre Töchter zufriedenzustellen. Ungeachtet der sich nur nach der Kaste richtenden, riskanten Hast, mit der sie selbst verheiratet wurden, fanden sie, daß die Braut für ihren Bruder mit angemessener Sorgfalt ausgewählt werden sollte. Danach suchten sie kurze Zeit nach einem gebildeten, schönen und reichen Mädchen aus einer Familie mit guter Kaste, die zum Christentum übergetreten und abgefallen war. Schließlich einigte man sich darauf, daß jedes gebildete, schöne und reiche Mädchen es täte, vorausgesetzt, sie hatte keine Neigung zum Islam. Die Ölfamilien, egal, wo sie herkamen, waren zu hochstehend. Also suchten sie unter den Familien aus dem Limonadenhandel, den Familien aus der Eisbranche, den Transportfamilien, den Kinofamilien, den Familien mit Tankstellen. Und schließlich fanden sie ein Mädchen in einer presbyterianisch angehauchten Familie mit einer Tankstelle, zwei Lastwagen, einem Kino und etwas Land. Jede Seite begünstigte die andere, und keine vermutete, begünstigt zu werden; nach schnellen und glatten Verhandlungen fand die Hochzeit im Standesamt statt, und entgegen den Hindugebräuchen und Traditionen seiner Familie brachte der ältere Gott seine Braut nicht heim, sondern verließ, ohne noch von Selbstmord zu reden, das Hanuman-Haus für immer, um nach den Lastwagen, dem Kino, dem Land und der Tankstelle der Familie seiner Frau zu sehen.

Seinem Weggang folgte ein anderer. Mrs. Tulsi zog nach Port-of-Spain um, weil sie nicht wollte, daß der jüngere Gott in dieser Stadt allein war und sie niemand anders zutraute, für ihn zu sorgen. Sie kaufte nicht ein Haus, sondern drei: eins, um darin zu wohnen, zwei zum Vermieten. Jeden Sonntagabend reiste sie mit dem Gott nach Port-of-Spain und kam jeden Freitagnachmittag mit ihm zurück.

Während ihrer Abwesenheit verlor die allgemein anerkannte Rangordnung im Hanuman-Haus etwas von ihrer Bedeutung. Sushila, die Witwe, schrumpfte auf ein Nichts. Viele Schwestern versuchten, die Macht zu ergreifen, und daraus ergaben sich eine Reihe von Zänkereien. Demonstrativ kümmerten sich beleidigte Schwestern nur um ihre eigenen Familien, kochten manchmal sogar ein oder zwei Tage lang extra. Nur Padma, Seths Frau, wurde weiterhin respektiert, zeigte aber keine Neigung, Autorität geltend zu machen. Seth verlangte jedem Gehorsam ab; Harmonie konnte er nicht erzwingen. Die wurde jedes Wochenende, wenn Mrs. Tulsi und der jüngere Gott zurückkehrten, wieder eingeführt.

Und kurz vor den Schulferien waren alle Streitereien vergessen. Das Haus wurde geputzt und gescheuert, das Messing poliert und der Hof aufgeräumt, wie um eine Königliche Hoheit auf der Durchreise zu empfangen. Die Schwäger wetteiferten darin, kleine Gaben für den Gott zurückzulegen: eine Julie-Mango, ein Bündel Bananen, eine besonders große Avocado mit purpurfarbener Schale.

Mr. Biswas brachte nichts mit. Shama beklagte sich darüber.

»Und was ist mit meinem Sohn, he?« sagte Mr. Biswas. »Ist er in der Menge untergegangen? Wer kümmert sich um ihn? Studiert er nicht auch?«

Denn seit Mitte des Schuljahrs ging Anand zur Missionsschule. Er haßte sie. Er tränkte seine Schuhe in Wasser; er wurde verprügelt und in nassen Schuhen zur Schule geschickt. Er warf Captain Cutteridges *Erste Fibel* weg und behauptete, sie sei gestohlen worden; er bekam eine Tracht Prügel und ein neues Exemplar.

»Anand ist ein Feigling«, erzählte Savi Mr. Biswas. »Er hat immer noch Angst vor der Schule. Und weißt du, was Tante Chinta gestern zu ihm gesagt hat? ›Wenn du nicht aufpaßt, wirst du auch ein Hungerleider, wie dein Vater.‹ «

»Hungerleider! Paß auf, Savi, hör her. Das nächste Mal, wenn deine Tante Chinta ihr großes Maul auf-«, er brach ab, weil er sich auf die Grammatik besann, »das nächste Mal, wenn sie ihren großen Mund aufmacht —«

Savi lächelte.

»— dann fragst du sie einfach, ob sie je Mark Aurel und Epiktet gelesen hat.«

Das waren für Savi geläufige Begriffe.

»Pinkepinke«, murmelte Mr. Biswas.

»Pinke-Pinke?«

»Geld. Pinke, Pinke zählen. Nur damit macht sich die Familie deiner Mutter gern die fetten kleinen Hände schmutzig. Paß auf, das nächste Mal, wenn Chinta oder irgendeiner sagt, ich wäre ein Hungerleider, sagst du ihnen einfach, es wäre besser, ein Hungerleider zu sein als ein Krebsfänger. Kapiert? Besser ein Hungerleider als ein Krebsfänger.«

Und er eröffnete den Feldzug selbst. Er hatte gesehen, daß in dem schwarzen Wasserbehälter im Hof ungeschickt und mühsam ein paar große Krebse mit blauen Rückenpanzern herumliefen. »Poh!« sagte er in der Diele. »Das sind aber große Krebse da in der Wanne. Woher sind die?«

»Govind hat sie für Mai und Owad gekauft«, sagte Chinta stolz.
»Gekauft?« sagte Mr. Biswas. »Aber da nimmt doch jeder an, er hat sie gefangen.«
Als Mr. Biswas das nächste Mal zum Hanuman-Haus kam, fand er, daß Savi seine Botschaften alle ausgerichtet hatte.
Chinta kam geradewegs auf ihn zu und sagte in der männlichen Art, die sie annahm, wenn Mrs. Tulsi weg war: »Schwager, ich will dir mal sagen, daß es hier im Haus keine Krebsfänger gegeben hat, bis du gekommen bist.«
»Was? Keine was?«
»Krebsfänger.«
»Krebsfänger? Was ist mit Krebsfängern? Habt ihr nicht genug hier?«
»Mark Aurel«, sagte Chinta, sich in die Küche zurückziehend. »Shama, Schwester, ich will mich ja nicht in die Erziehung deiner Kinder einmischen, aber du machst sie vorzeitig zu Männern und Frauen.«
Mr. Biswas blinzelte Savi zu.
Gleich danach kam Chinta wieder in die Diele hinaus. Offensichtlich war ihr noch etwas eingefallen, was sie sagen wollte. Mit einem grimmigen Ausdruck ordnete sie unnötig Stühle und Bänke neu und hing die Fotos von Pandit Tulsi und einen chinesischen Kalender gerade, der vor einem Hintergrund von veredelten Bäumen und Wasserfällen eine Frau von schalkhafter Schönheit zeigte. »Savi«, sagte Chinta endlich, und ihre Stimme klang sanft, »du hast doch in der Schule schon die erste Klasse hinter dir und mußt das Gedicht kennen, das der Captain Cutteridge da in seinem Buch hat. Ich glaube, dein Vater kennt es nicht, weil ich nicht glaube, daß dein Vater die erste Klasse zu Ende gebracht hat.«
Mr. Biswas war nicht nach Captain Cutteridge, sondern nach der *Königlichen Fibel* erzogen worden. Nichtsdesto-

trotz sagte er: »Erste Klasse? Die habe ich übersprungen. Ich bin direkt von der Vorschule in die zweite Klasse gekommen.«
»Das hab' ich mir gedacht, Schwager. Aber du, Savi, du kennst doch das Gedicht, das ich meine. Das mit dem *Su-i-zid.* Die kleinen Schweine. Kennst du es?«
»*Ich* kenne es! *Ich* kenne es!« rief ein Junge. Es war Jai, der Experte im Schuhezubinden, vierzehn Monate jünger als Savi. Er hatte sich zu einer Art Exhibitionisten entwickelt. Er lief in die Mitte der Diele, legte die Hände auf den Rücken und sagte: »Die drei kleinen Schweinchen. Von Sir Alfred Scott-Gattg.«

Einst lebte in einem Pfuhl ein fideles Schwein
und hatte auch drei Schweinchen klein.
Und es wackelte umher
und sagte »Umph! Umpf! Umpf!« vor sich her.
Und »Wee! Wee!« sagten die Schweinchen daher.
Da sagte eins der Kinder:
»Meine lieben kleinen Brüder,
Meine lieben Schweinchen«, sagte es,
»Laßt uns in Zukunft nur sagen ›Umph! Umph! Umph!‹
Denn es ist kindisch zu sagen ›Wee! Wee!‹ «

Während Jai rezitierte, nickte Chinta im Rhythmus mit dem Kopf auf und ab und starrte lächelnd auf Savi.
»Und nach einiger Zeit«, fuhr Jai fort:

Und nach einiger Zeit, da waren diese Schweinchen tot.
Sie alle starben durch »Su-i-zid«,
Weil es ihnen zu schwer fiel, das »Umph! Umph! Umph!«
Und ihnen das »Wee! Wee!« viel besser geriet.

»Und dieses kleine Lied hat auch eine Moral«, sagte Chinta, während sie das Gedicht mit Jai zu Ende brachte

und Savi mit dem Finger drohte. »Eine Moral, die leicht zu erkennen ist.«
»Su-i-zid?« sagte Mr. Biswas. »Klingt für mich wie der Name eines Krebsfängers.«
Gereizt, als hätte sie beim Kartenspiel verloren, und mit einem Ausdruck, als wäre sie den Tränen nahe, stampfte Chinta auf und ging zurück in die Küche.
»Shama, Schwester«, hörte Mr. Biswas sie mit brechender Stimme sagen, »ich möchte, daß du deinen Mann bittest, damit aufzuhören, mich zu provozieren. Sonst muß ich es *ihm*« — ihrem Mann Govind — »sagen, und du weißt, was passiert ist, als *er* einen kleinen Krach mit deinem Mann hatte.«
»Schon gut, Chinta, Schwester, ich sag's ihm.«
Shama kam heraus und sagte verärgert: »Mann, hör auf, C zu provozieren. Du weißt doch, daß sie keinen Spaß versteht.«
»Spaß? Was für ein Spaß? Krebse fangen ist kein Spaß, hörst du?«
Chinta bekam ihre Rache ein paar Tage später.
Mr. Biswas traf im Hanuman-Haus ein, als das Abendessen vorüber war und die Kinder in Dreier- oder Vierergruppen in der Diele herumsaßen und in Fibeln lasen oder so taten, als läsen sie. Eine der Sparmaßnahmen des Hauses bestand darin, daß so viele Kinder wie möglich sich ein Buch teilten; und die Kinder unterhielten sich miteinander und versuchten das zu verbergen, indem sie die Hände über den Mund hielten und regelmäßig umblätterten. Als Mr. Biswas kam, sahen sie ihn amüsiert und erwartungsvoll an.
Chinta lächelte: »Du bist gekommen, um deinen Sohn zu sehen, Schwager?«
Das Rascheln von Blättern fiel mit ersticktem Kichern zusammen.
Savi verließ eine Gruppe, die um ein Buch herumsaß, und

kam zu Mr. Biswas. Sie sah unglücklich aus. »Anand ist oben.» Als sie halbwegs oben waren, flüsterte sie: »Er kniet.«

In der Diele sang Chinta.

»Kniet? Weshalb?«

»Er hat sich heute in der Schule voll gemacht und mußte nach Hause gehen.«

Durch das Bücherzimmer gingen sie zu dem langen Raum, den er und Shama nach ihrer Heirat bewohnt hatten. Die Lotusdekoration auf der Wand war genauso verblichen wie früher, das Fenster wurde mit einem Stück Besenstiel aufgehalten.

Mit dem Gesicht zur Wand kniete Anand in einer Ecke.

»Er kniet schon seit heute nachmittag«, sagte Savi.

Mr. Biswas glaubte nicht, daß das stimmte. Anand war sich selbst überlassen worden und kniete jetzt ohne ein Anzeichen von Müdigkeit aufrecht, so, als hätte er gerade damit angefangen.

»Du kannst aufstehen«, sagte Mr. Biswas.

Anands empörte und mürrische Antwort überraschte ihn. »Sie haben mir *befohlen*, mich hinzuknien und jetzt werde ich weiterknien.«

Zum ersten Mal erlebte er bei Anand einen Wutanfall. Er betrachtete die eng zusammenstehenden Schulterblätter des Jungen unter dem dünnen Baumwollhemd, den schmalen Nacken, den großen Kopf, die dünnen Beine mit den Ekzemflecken in kleinen, lose sitzenden Hosen, die geschwärzten Fußsohlen — Schuhe durfte man nur außerhalb des Hauses tragen — und die großen Zehen.

»Er hat Angst gehabt«, sagte Savi.

»Wovor?«

»Angst gehabt, den Lehrer um Erlaubnis zu fragen, ob er mal rausgehen dürfte. Und als er den Raum verlassen hatte, hat er wieder Angst gehabt. Angst gehabt, aufs Schulklo zu gehen.«

»Es ist *eklig* und *stinkt*«, platzte Ananad heraus, erhob sich von den Knien und drehte sich zu ihnen um.

»Das stimmt«, sagte Savi. »Und dann — na ja —«

Anand weinte.

»Er ist wieder ins Klassenzimmer gegangen, und der Lehrer hat ihm gesagt, er soll nach Hause gehen.«

Anand sah zu Boden, schnüffelte und fuhr mit den Fingern die Ritzen zwischen den Fußbodendielen entlang.

»Also, und genau da war die Schule vorbei, und alle sind hinter Anand hergegangen. Alle haben gelacht.«

»Und als ich nach Hause gekommen bin, hat Ma mich geschlagen«, sagte Anand. Er beklagte sich nicht. Er war wütend. »Ma hat mich *geschlagen. Sie* hat mich geschlagen.« Als er die Worte wiederholte, verschwand die Wut aus ihnen, und sie wurden zu einer Bitte um Mitgefühl.

Mr. Biswas wurde zum Possenreißer. Er erzählte von seinem eigenen Mißgeschick bei Pandit Jairam, karikierte sich selbst und zog Anands Scham ins Lächerliche.

Anand sah weder auf noch lächelte er. Aber er hatte aufgehört zu weinen. Er sagte: »Ich will nicht mehr in die Schule gehen.«

»Willst du mit mir kommen?«

Anand gab keine Antwort.

Sie gingen alle in die Diele hinunter.

Mr. Biswas sagte: »Hör, Shama, laß diesen Jungen nicht wieder so lange knien, hörst du.«

Sushila, die Witwe, sagte: »Als wir klein waren, hat Mai uns für so etwas immer auf einem Rost knien lassen.«

»Nun, ich will nicht, daß meine Kinder aufwachsen wie ihr, das ist alles.«

Sushila, ohne Kind und ohne Mann und nun auch noch ohne Mrs. Tulsis Schutz, rauschte nach oben und beschwerte sich, daß man ihre Lage ausnutze.

Chinta sagte: »Du nimmst deinen Sohn mit nach Hause, Schwager?«

Shama, die Mr. Biswas' friedlich heitere Stimmung bemerkte, sagte streng: »Anand geht nirgendwohin. Er muß hierbleiben und zur Schule gehen.«
»Warum?« fragte Chinta. »Der Schwager kann ihn doch unterrichten. Ich bin sicher, er kann das Alphabet.«
»A wie Apfel, E wie Esel, K wie Krebs«, sagte Mr. Biswas.
Anand folgte Mr. Biswas nach draußen und schien nicht gewillt, ihn weggehen zu lassen. Er sagte nichts, lungerte einfach um das Fahrrad herum und rieb sich ab und zu daran. Seine Scheuheit irritierte Mr. Biswas, aber er war auch gerührt von der Zerbrechlickeit des Jungen und den gründlich zerlumpten »Spielkleidern«, die Anand wie auch die anderen Kinder sofort anzogen, wenn sie aus der Schule kamen. Anands verwaschene Khakishorts waren mit auffälligen Flicken besetzt, hatten Schlitze ohne Taschen und eine weit aufstehende leere Uhrtasche. Sein Hemd war gestopft und ausgefranst, der Kragen angekaut; an den krummen Stichen, dem unregelmäßigen Schnitt, der albernen und von Unfähigkeit zeugenden Verzierung auf der Tasche konnte Mr. Biswas erkennen, daß das Hemd von Shama gemacht worden war.
Er fragte: »Willst du mit mir kommen?«
Anand lächelte nur und schlug die Augen nieder und drehte mit seinem großen Zeh das Pedal des Fahrrads.
Bald würde es dunkel sein. Mr. Biswas hatte kein Licht (jede Fahrradlampe und jede Luftpumpe, die er kaufte, wurden prompt gestohlen), und nie brachte er es fertig, zu fahren und dabei in einer Hand eine offene Papiertüte mit einer brennenden Kerze zu halten, wie andere Radfahrer es taten, weniger um sich zu leuchten, als um die Polizei zu beschwichtigen.
Er radelte die Hauptstraße hinunter. Kurz hinter dem Geschäft mit dem Schild »Red Rose-Tee ist guter Tee« sah er sich um. Anand stand noch unter der Arkade, neben einer der dicken weißen Säulen mit lotusförmigem Sok-

kel; er stand da und starrte vor sich hin wie dieser andere Junge, den Mr. Biswas in der Dämmerung vor einer niedrigen Hütte gesehen hatte.

Als er nach Green Vale kam, war es dunkel. Unter den Bäumen war es Nacht. Die Geräusche aus den Baracken waren aggressiv und voneinander losgelöst: Gesprächsfetzen, Kochgeräusche, ein Ruf, das Weinen eines Kindes: Geräusche, die aus einem Nichts, einem Pünktchen auf der Karte der Insel, die nur ein Pünktchen auf der Weltkarte war, in den sternenerleuchteten Himmel geworfen wurden. Die toten Bäume umschlossen die Baracke, eine undurchdringlich schwarze Wand.

Er schloß sich in sein Zimmer ein.

In der Woche beschloß er, daß er nicht länger warten konnte. Wenn er nicht anfing, sein Haus zu bauen, würde er es nie tun. Seine Kinder blieben im Hanuman-Haus, er blieb in dem Zimmer in der Baracke, und nichts würde seinen Abstieg in die Leere aufhalten. Jede Nacht steigerte er sich wegen seiner Untätigkeit in Panik, jeden Morgen bestätigte er seinen Beschluß aufs neue, und am Samstag sprach er mit Seth über ein Grundstück.

»Dir Land verpachten?« sagte Seth. »Verpachten? Sieh her, Mann, da ist doch das Land. Warum suchst du dir nicht ein Grundstück aus und baust? Komm mir nicht mit verpachten.«

Das Grundstück, das Mr. Biswas im Sinn hatte, lag ungefähr zweihundert Meter von den Baracken entfernt, von Bäumen davor geschützt und durch eine feuchte Senke, in der nach Regen schlammiges Wasser ablief, davon getrennt. Bäume schirmten auch die Straße ab. Aber wenn er an das Land als Platz für sein Haus dachte, sahen die Bäume nicht unfreundlich aus; und er betrachtete den Flecken gern als »lauschiges Plätzchen«, ein Begriff, den er von Wordsworth aus der *Königlichen Fibel* hatte.

Nachdem er am Sonntagmorgen etwas Kakao getrunken, gekauftes Brot und rote Butter gegessen hatte, ging er zum Baumeister. Der Baumeister lebte in einer kleinen Negersiedlung nicht weit von Arwacas in einem verfallenen Holzhaus. Direkt über dem Abwasserkanal verkündete ein schlecht beschriftetes Schild, daß George Maclean Zimmermann und Möbeltischler sei; diese Mitteilung wurde von viel nebensächlicher Information erdrückt, die in kleinen, zittrigen Buchstaben über das ganze Brett verstreut war: Mr. Maclean war auch Schmied und Anstreicher, er machte Blechtassen und lötete, er verkaufte frische Eier, er vermietete einen Ziegenbock zum Decken, und seine Preise waren alle scharf kalkuliert.
Mr. Biswas rief: »Morgen!«
Aus dem Schuppen in dem unfreundlichen gelben Hof kam eine Negerin mit einer großen Kalebasse Getreide in der Hand. Ihr engsitzendes Baumwollkleid bedeckte ihren massigen Körper nur unvollständig, und ihre verfilztes Haar war auf Lockenwickler und Zeitungspapierröllchen gedreht.
»Ist der Zimmermann zu Hause?« fragte Mr. Biswas.
Die Frau rief: »Georgie!« Für eine fette Frau war ihre Stimme überraschend dünn.
Über der halbhohen Tür an der Seite des Hauses erschien Mr. Maclean. Er sah Mr. Biswas mißtrauisch an.
Die Frau ging, das Getreide verstreuend und laut gluckend das Geflügel zur Fütterung lockend, zum anderen Ende des Hofs.
Mr. Biswas wußte nicht, wie er anfangen sollte. Er konnte nicht einfach sagen: »Ich will ein Haus bauen.« Er hatte das dafür notwendige Geld nicht ganz und wollte Mr. Maclean nicht täuschen oder sich seiner Verachtung aussetzen. Schüchtern sagte er: »Ich hab' da was Geschäftliches, wo ich mit Ihnen drüber reden will.«
Mr. Maclean stieß den unteren Schlag der Tür auf und

kam die Betonstufen herunter. Er war mittleren Alters, groß und dünn; er sah so eifrig und unsicher aus wie sein Schild. Sein Beruf brachte viele Enttäuschungen mit sich. Der Bezirk war reich an Werken, die er nicht zu Ende hatte führen dürfen: Wind und Wetter ausgesetzte, verrotende Hausgerüste, Häuser, die mit Beton und gehobeltem Holz angefangen und mit Lehmwänden und Baumästen beendet worden waren. Beweise für seine Ersatztätigkeiten lagen im Hof herum. In einem offenen Schuppen hinter dem Haus stand zwischen Hobelspänen ein halbfertiges Rad. Hier und da sah Mr. Biswas Ziegendreck.
»Was für'n Geschäft?« fragte Mr. Maclean. Er langte hoch und zog ein Fenster auf. Es rappelte und glitzerte; es war innen mit Schnüren voller Blechtassen behangen.
»Wegen einem Haus.«
»Ach, Reparatur?«
»Nicht direkt. Es ist noch nicht gebaut. Die Sache ist —«
»Georgie!« schrie Mrs. Maclean. »Komm mal her und sieh dir an, was dieser verdammte Mungo schon wieder gemacht hat.«
»Mr. Maclean ging hinters Haus. Mr. Biswas hörte ihn ruhig murmeln. »Verdammt ärgerlich«, sagte er, als er, seine Hose mit einer Gerte abklopfend, zurückkam. »So, Sie wollen also, daß ich ein Haus für Sie baue.«
Mr. Biswas mißverstand seine Zurückhaltung als Sarkasmus und sagte sich verteidigend: »Ein Herrenhaus ist es nicht.«
»Das ist ein Segen. Heutzutage ziehen zu viele Leute Herrenhäuser hoch. Haben Sie sich die Landstraße mal genau angeguckt?« Er machte eine Pause. »Ein Haus auf Pfeilern?«
Mr. Biswas nickte. »Ein Haus auf Pfeilern. Klein, aber ordentlich. Ich brauche nicht zu viel, um glücklich zu werden«, fuhr er schnell fort, weil Mr. Maclean ihm ein unbehagliches Gefühl einflößte. »Ich sehe keinen Sinn

darin, so zu tun, als hätte man mehr Geld, als man in Wirklichkeit hat.«

»Natürlich«, sagte Mr. Maclean. Mit dem Stöckchen schnippte er etwas Hühnermist aus dem Hof in den dicken Staub unter dem Boden seines eigenen Hauses. Dann zeichnete er zwei gleich große aneinanderstoßende Quadrate auf die Erde. »Sie wollen zwei Schlafzimmer haben?«

»Und ein Wohnzimmer.«

Mr. Maclean fügte noch ein Quadrat in der gleichen Größe hinzu. Dazu malte er ein halbes Quadrat und sagte: »Und eine Galerie.«

»Genau. Nichts zu Aufwendiges für mich. Klein und ordentlich.«

»Sie hätten gern eine Tür, die von der Galerie zum ersten Schlafzimemr führt. Eine Holztür. Und sie hätten gern eine Tür zum Wohnzimmer. Mit farbigen Glasscheiben.«

»Ja, ja.«

»Eine Seite der Galerie werden Sie mit Brettern zumachen wollen. Für die Vorderseite hätten Sie sicher gern eine Brüstung mit Verzierungen. Dann wollen Sie vorne eine schöne Betontreppe mit Geländer.«

»Ja, ja.«

»Für das vordere Schlafzimmer wollen Sie Glasfenster haben, und wenn Sie das Geld zusammenkriegen, werden Sie die weiß streichen. Die hinteren Fenster könnten nur aus Brettern sein. Und hinten möchten Sie eine einfache Holztreppe ohne Geländer und so was haben. Die Küche werden Sie irgendwo im Hof selbst bauen.«

»Genau.«

»Schönes kleines Haus haben Sie da. Das hätten viele Leute gern. Das wird Sie ungefähr zweihundertfünfzig bis dreihundert Dollar kosten. Die Arbeitskräfte, wissen Sie.« Er sah Mr. Biswas an und rieb langsam mit dem nackten Fuß über die Zeichnung auf der Erde. »Ich weiß nicht.

Ich hab' zu tun dieser Tage.« Er wies auf das unfertige Rad im Schuppen.
Ein Huhn gackerte, verkündete ein Ei.
»Georgie! Das ist das Leghorn.«
Beim Geflügel erhob sich ungeheures Gekreische und Flügelschlagen.
Mr. Maclean sagte: »Glück gehabt. Sonst wär' es gradewegs in den Topf gewandert.«
»Wir sind ja nicht verpflichtet und verurteilt, das Ganze direkt zu bauen«, sagte Mr. Biswas. »Rom ist auch nicht an einem Tag erbaut worden, wissen Sie.«
»So sagt man. Aber immerhin ist Rom gebaut worden. Wie auch immer, sobald ich 'n bißchen Zeit hab', komm ich, und wir gucken uns das Grundstück an. Sie haben 'n Grundstück?«
»Ja, ja, Mann. Grundstück hab' ich.«
»Also dann in zwei, drei Tagen.«
Er kam am frühen Nachmittag, in Hut, Schuhen und gebügeltem Hemd, und sie gingen hin, um sich das Grundstück anzusehen.
»Ist ein richtig lauschiges Plätzchen«, sagte Mr. Biswas.
»Ist ein Hanggrundstück«, sagte Mr. Maclean mit Überraschung und beinah Vergnügen. »Da brauchen Sie aber wirklich hohe Säulen.«
»Auf der einen Seite hoch, auf der anderen niedrig. Das könnte praktisch ein Stil sein. Und dann hab' ich an einen kleinen Pfad hier zur Straße runter gedacht. Mit Stufen. Im Boden. Zu beiden Seiten Garten. Rosen. Ixora. Oleander. Bougainvillae und Weihnachtssterne. Und ein paar Königinnen der Nacht. Und eine saubere kleine Bambusbrücke auf die Straße.«
»Hört sich gut an.«
»Und dann ist mir noch was eingefallen, zum Haus. Es wär' schön, Betonsäulen zu haben. Aber nicht nackt. Ich glaube, das sieht nicht schön aus. Verputzt und glatt.«

»Ich weiß, was Sie meinen. Denken Sie, Sie könnten mir für den Anfang erst mal hundertfünfzig Dollar geben?«

Mr. Biswas zögerte.

»Sie dürfen nicht glauben, ich will mich in Ihre Privatangelegenheiten mischen. Ich will nur wissen, wieviel Sie auf der Stelle ausgeben können.«

Mr. Biswas ging von Mr. Maclean weg zu den Büschen, dem Unkraut und den Nesseln auf dem feuchten Grundstück. »Ungefähr hundert«, sagte er. »Aber gegen Ende des Monats köntne ich Ihnen noch ein bißchen mehr geben.«

»Hundert.«

»Reicht das?«

»Ja, das reicht. Für den Anfang.«

Durch das Unkraut und den mit Blättern verstopften Graben gingen sie zu der schmalen kiesbestreuten Straße.

»Jeden Monat bauen wir ein bißchen dazu«, sagte Mr. Biswas. »Stück um Stück.«

»Ja, Stück um Stück.« Mr. Maclean war nicht angeregt, aber auch nicht mehr so zurückhaltend; er klang sogar ermutigend. »Ich muß ein paar Arbeitskräfte besorgen. Wahnsinnig schwer heutzutage, gute Arbeitskräfte zu kriegen.« Er sprach das Wort genüßlich aus.

Und Mr. Biswas gefiel das Wort auch. »Ja, Sie müssen Arbeitskräfte besorgen«, sagte er, sein Erstaunen darüber unterdrückend, daß es Leute gab, deren Lebensunterhalt von Mr. Maclean abhing.

»Aber Sie besorgen sich besser schnell noch ein paar Cent«, sagte Mr. Maclean jetzt schon fast freundlich. »Sonst kriegen Sie keine Betonsäulen.«

»Ich muß Betonsäulen haben.«

»Dann wird das ganze Haus, das *Sie* bauen, nur eine Reihe von Betonsäulen mit nichts drauf sein.«

Sie gingen weiter.

»Eine Reihe von Kohlenfässern«, sagte Mr. Biswas.

Mr. Maclean störte ihn nicht.
»Schick mir einfach ein Kohlenfaß. Ja, du altes Miststück. Einfach ein Kohlenfaß.«

Er beschloß, sich das Geld von Ajodha zu borgen. Seth oder Mrs. Tulsi wollte er nicht fragen. Und Misir konnte er nicht fragen: seit er sich von ihm Geld geliehen hatte, um Mungroo und Seebaran und Mahmoud zu bezahlen, war ihre Beziehung abgekühlt. Und doch hatte er keine Lust, zu Ajodha zu gehen. Er ging aus dem Barackenhof, beschloß aber, noch ehe er die Hauptstraße erreichte, die Sache bis nächsten Sonntag auf sich beruhen zu lassen. Er ging auf sein Zimmer zurück und legte in dem Gedanken, statt dessen den Nachmittag im Hanuman-Haus zu verbringen, die Fahrradklammern an. Aber er wußte so genau, was er dort vorfinden würde, daß er seine Fahrradklammern wieder abnahm. Am Ende war es das Zimmer, das ihn hinausjagte. Er erwischte zwei Busse und war am Spätnachmittag in Pagotes.
Er betrat Taras Hof durch das breite Seitentor aus ungestrichenem Wellblech und ging den Kiesweg zur Werkstatt und zum Kuhstall hinunter. Nichts schien sich in diesem Teil des Hofs verändert zu haben, seitdem er ihn zum ersten Mal gesehen hatte. Der Pflaumenbaum war so trostlos wie immer; er trug regelmäßig Früchte, aber seine grauen Äste waren fast kahl und sahen dürr und steif und zerbrechlich aus. Er fragte sich nicht mehr, was mit dem Haufen Schrott geschähe und hatte die Hoffnung, die er als Junge gehabt hatte, nämlich die rostige Karosserie eines Autos wiederbelebt und davonfahren zu sehen, aufgegeben. Der Haufen gedüngtes Gras veränderte sich nur in der Größe, blieb aber, wo er immer gewesen war. Denn trotz der Kosten und Mühen und seiner vielfältigen Geschäftsinteressen hielt Ajodha immer noch zwei oder drei Kühe in seinem Hof. Sie waren seine Haustiere; er

verbrachte den größten Teil seiner freien Zeit im Kuhstall, den zu verbessern er nicht müde wurde.
Aus dem Kuhstall drangen die Geräusche von Milch, die in einen Eimer zischte, und einer undeutlichen Unterhaltung. Es war Sonntag; Ajodha war mit Sicherheit im Kuhstall. Mr. Biswas sah nicht nach. Er eilte auf die hintere Veranda, weil er hoffte, zuerst Tara zu sehen und sie allein zu treffen.
Sie war allein, vom Dienstmädchen abgesehen. Sie begrüßte ihn so herzlich, daß er sich sofort wegen seines Vorhabens schämte. Sein Entschluß, offen zu sprechen, führte zu nichts, denn als er sich erkundigte, wie es ihr ginge, antwortete sie ausführlich, und anstatt um Geld zu bitten, mußte er Mitgefühl aufbringen. Sie sah in der Tat nicht gut aus. Sie konnte schlechter atmen und sich nicht mehr leicht bewegen; ihr Körper war in die Breite gegangen und schlaff geworden; ihr Haar war dünn; die Augen hatten ihren Glanz verloren.
Das Dienstmädchen brachte ihm eine Tasse Tee, und Tara folgte dem Mädchen in die Küche.
Die oberen Borde des Bücherschranks waren noch mit den auseinanderfallenden Bänden von *The Book of Comprehensive Knowledge* vollgepackt, für die Ajodha nichts bezahlt hatte. Auf den unteren Borden lagen Zeitschriften, Kataloge von Autoherstellern und illustrierte Souvenirbroschüren von indischen Filmen in drei Sprachen. Kalender von Vertragshändlern für englische und amerikanische Autos und ein riesiges gerahmtes Foto einer indischen Schauspielerin hatten die religiösen Bilder an der Wand verdrängt.
Tara kam zurück auf die Veranda und sagte, sie hoffe, daß Mr. Biswas zum Essen bliebe. Das hatte er vorgehabt; abgesehen von allem anderen mochte er ihr Essen. Sie setzte sich in Ajodhas Schaukelstuhl und fragte nach den Kindern. Er erzählte von dem, was unterwegs war. Sie

erkundigte sich nach den Tulsis, und er antwortete so kurz er konnte. Er wußte, daß zwischen den beiden Häusern, obwohl sie wenig miteinander zu tun hatten, Zwist herrschte. Die Tulsis, die jeden Tag *Puja* verrichteten und jedes Hindufest feierten, hielten Ajodha für einen Mann, der nach Reichtum und Bequemlichkeit und Modernität strebte und sich dem Glauben entfremdet hatte. Ajodha und Tara hielten die Tulsis einfach für unsauber und hatten von Anfang an klargestellt, daß sie Mr. Biswas' Einheirat in dieses Haus für ein Unglück hielten. Mr. Biswas war es doppelt peinlich, die Tulsis mit Tara zu erörtern, weil er es trotz der Rücksichtnahme auf seine Kinder schwierig fand, nicht mit ihrer Ansicht übereinzustimmen, besonders wenn er sich in ihrem sauberen, nicht überfüllten, komfortablen Haus befand und auf ein Essen wartete, von dem er wußte, daß es gut war.

Der Schweizer kam aus dem Stall, rief dem Mädchen in der Küche etwas zu und reichte ihr den Eimer mit Milch durch das Fenster. Dann wusch er unter dem Wasserrohr im Hof seine Gummistiefel ab, zog sie aus und wusch seine Füße, Hände und Gesicht.

Es widerstrebte Mr. Biswas immer mehr, Tara zu erzählen, weshalb er gekommen war.

Dann war es zu spät. Rabidat, Bhandats jüngerer Sohn, kam herein, und Tara und Mr. Biswas verstummten. In Taras und Ajodhas Augen war Rabidat noch Junggeselle, obwohl allgemein bekannt war, daß er wie sein Bruder Jagdat mit einer Frau einer anderen Rasse zusammenlebte und Kinder, wieviele wußte keiner, von ihr hatte. Er trug Sandalen und kurze Khakishorts, sein gerade geschnittenes Hemd hing, ganz aufgeknöpft, lose herunter, und die kurzen Ärmel waren bis zu den Achseln aufgerollt. Es war, als wollte er, da er sein vorspringendes Kinn nicht verstecken konnte, auch den Rest seines Körpers zur Schau stellen. Er hatte einen herrlichen Körper, gut proportioniert und gut entwickelt und nicht übermuskulös. Mr. Biswas nickte er lediglich zu, und Tara ignorierte er. Als er sich auf einem Stuhl aalte, erschienen in Taillenhöhe zwei dünne Hautfalten; fast entstellten sie seinen gefälligen Körper. Er schnalzte, nahm eine Filmbroschüre aus dem Bücherschrank und blätterte sie laut atmend durch, dabei wurden die kleinen zusammengekniffenen Augen, das Hohnlächeln auf dem Gesicht mit dem vorstehenden Kinn noch mehr betont. Er warf die Broschüre zurück in den Bücherschrank und sagte: »Wie geht's, Mohun?« Ohne eine Antwort abzuwarten, rief er in Richtung Küche: »Essen, Mädchen!« und klappte seinen Mund zu.

»Oh! Der verheiratete Mann!«

Das war Ajodha, der aus dem Kuhstall zurückkam.

Rabidat brachte seine Beinstellung in Ordnung.

Ehe Mr. Biswas antworten konnte, hörte Ajodha auf zu lächeln und sprach Rabidat auf das Verhalten eines gewissen Lastwagens an.

Rabidat rutschte auf seinem Stuhl hin und her und schnalzte mit den Lippen, ohne aufzusehen.

Quengelnd erhob Ajodha seine Stimme.

Rabidat antwortete plump, widerspenstig, frech. Er schien sich auf die Innenseite der Unterlippe zu beißen und seine Stimme war trotz ihrer Tiefe undeutlich.

Plötzlich verlor Ajodha das Interesse an dem Lastwagen und lächelte Mr. Biswas mutwillig an.

Tara stand aus dem Schaukelstuhl auf, und Ajodha setzte sich hinein, fächelte sich das Gesicht und öffnete einen Hemdenknopf, um eine grau beharrte Brust zu enthüllen.

»Wieviel Kinder hat der verheiratete Mann nun? Sieben, acht, ein Dutzend?«

Rabidat lächelte verkniffen, stand auf und ging in die Küche.

Mr. Biswas fand, er müsse tapfer sein und anfangen. »Gestern abend spät«, sagte er, »hat mir irgend so'n Bangemacher zukommen lassen, daß meine Mutter schwerkrank sei. Deshalb hab' ich sie heute besucht, und als ich hier war, da hab' ich gedacht, ich komm euch auch mal besuchen.«

Das Dienstmädchen brachte ein Glas Milch für Ajodha. Er nahm es ehrfurchtsvoll an und hielt das Glas, als könne es beim leichtesten Druck zerbrechen. Er sagte: »Bring Mohun auch was. Du weißt doch, Mohun, Milch ist Nahrung an sich, besonders, wenn sie so frisch ist, wie die hier.«

Die Milch wurde gebracht und getrunken. Mr. Biswas war froh über die Unterbrechung. Die absurde Geschichte, die er sich gerade ausgedacht hatte, klang nicht überzeugend, und er hoffte, man gestand ihm zu, sie fallen zu lassen.

»Und was war mit deiner Mutter?« fragte Tara. »Ich habe nichts gehört.«

»Ach, das. Es ging ihr gut. Es war nur irgend so'n Bangemacher. Das war alles.«

Ajodha schaukelte sanft. »Was ist mit deiner Arbeit, Mohun? Irgendwie hab' ich immer das Gefühl gehabt, daß du für die Arbeit auf dem Feld nicht geschaffen bist. Stimmt's, Tara?«

»Nun, um die Wahrheit zu sagen«, sagte Mr. Biswas forsch, »wollte ich genau darüber mit euch sprechen. Seht ihr, das ist ja eine feste Arbeit —«

Ajodha sagte: »Mohun, ich denke, du siehst gar nicht gut aus. Nicht, Tara? Guck dir sein Gesicht an. Und, äh —« Er brach kichernd ab und sagte auf englisch: »Guck, guck. Er kriegt ein Tönnchen.« Er stieß einen langen und scharfen Finger in Mr. Biswas' Bauch, und als Mr. Biswas zurückfuhr, stieß Ajodha ein kurzes, kläffendes Lachen aus. »Brei«, sagte er, »weich wie Brei, dein Magen. Wie eine Frau. Ihr jungen Leute heute habt alle einen Bauch.« Er blinzelte Mr. Biswas zu; seinen Kopf zurückbeugend, sagte er dann laut: »Selbst Rabidat hat ein Tönnchen.«

Aus Taras Brustkasten kam ein kurzes Lachen.
Rabidat kam aus der Küche und murmelte, mit vollem Mund kauend, etwas Unverständliches.
Ajodha schnitt eine Grimasse. »Bring dein Gesicht wieder in die Küche. Du weißt doch, daß mir übel wird, wenn du mit vollem Mund redest.«
Rabidat schluckte hastig. »Tönnchen?« sagte er und knabberte an seiner Unterlippe. »Ich hab' 'nen Bauch?« Er riß sein Hemd von den Schultern, zog den Atem ein, und die Umrisse seiner Bauchmuskeln zeichneten sich schärfer ab. Über seinem höhnischen Mund glitzerten die kleinen Augen.
Lächelnd sagte Ajodha: »Schon gut, Rabidat. Geh wieder zu deinem Essen. Ich hab' nur einen Scherz gemacht.« Die Vorführung hatte ihm gefallen; er war auf Rabidats Körper genauso stolz wie auf seinen eigenen. »Gutes Essen«, sagte er zu Mr. Biswas, »und viel Training.« Er warf seine Schultern zurück, streckte seinen Magen heraus, schnappte mit seinen festen langen Fingern nach Mr. Biswas' weicher Hand und sagte: »Fühl mal. Komm schon, fühl mal.«
Mr. Biswas reagierte nicht. Ajodha hielt einen von Mr. Biswas' Fingern fest und stieß ihn sich heftig gegen den Magen. Mr. Biswas merkte, wie sein Finger zurückgebogen wurde; er entzog ihn Ajodhas Griff. »Da«, sagte Ajodha, »hart wie Stahl. Du schläfst immer noch auf einem Kissen, kann ich mir vorstellen.«
Verstohlen den schmerzenden Finger gegen den Nebenfinger reibend, nickte Mr. Biswas.
»Ich brauche nie ein Kissen. Die Natur hat uns nicht dafür vorgesehen, Kissen zu benutzen. Erzieh deine Kinder von Anfang dazu, Mohun. Laß sie keine Kissen benutzen. Poh! *Vier* Kinder!« Ajodha lachte noch einmal kurz kläffend auf, sprang aus seinem Stuhl hoch, ging zu der halbhohen Mauer der Veranda und rief jemand draußen gereizt etwas zu. Er hatte gehört, wie der Schweizer sich zum Gehen

fertig machte und wünschte ihm kurz gute Nacht, das war die Stimme, mit der er immer zu seinen Angestellten sprach. Der Schweizer gab Antwort, und Ajodha setzte sich wieder in seinen Stuhl. »Verheirateter Mann!«
»Also, wie ich schon gesagt hab'«, sagte Mr. Biswas, »habe ich eine feste Arbeit. Und ich fange an, ein kleines Haus zu bauen.«
»O gut, Mohun«, sagte Tara, »sehr gut.«
»Ich weiß sowieso nicht, wie du es fertiggebracht hast, im Hanuman-Haus zu leben«, sagte Ajodha. »Wieviele Leute wohnen in dem Kasten?«
»Ungefähr zweihundert«, sagte Mr. Biswas, und sie alle lachten.
»Nein, dieses Haus wird ein anständiges Haus —«
»Weißt du, was du tun solltest, Mohun?« sagte Ajodha. »Du solltest Sanatogen nehmen. Nicht nur eine Flasche. Mach die ganze Kur. Wenn du nicht die ganze Kur machst, nützt es nichts.« Tara nickte.
Wieder kam Rabidat aus der Küche. »Was höre ich da von einem Haus, Mohun? Du baust ein Haus? Wo hast du das ganze Geld her?«
»Er hat gespart«, sagte Ajodha ungeduldig. »Anders als du. Du wirst irgendwann mal in einem Erdloch wohnen, Rabidat. Ich weiß nicht, was du mit deinem Geld machst.«
Nur auf diese indirekte Weise nahm Ajodha Bezug auf Rabidats Leben draußen.
»Hör mal zu!« sagte Rabidat. »Ich bin nicht mit Geld geboren worden, hörst du. Und ich habe auch nicht den Kopf dazu, alles mögliche auszuhecken, um Geld zu machen. Mein Vater auch nicht.« Er war aufsäßig, weil jede Erwähnung seines Vater genau wie jede Erwähnung von Mr. Biswas' Schwester verboten war.
Ajodha runzelte die Stirn und schaukelte heftig.
Und Mr. Biswas erkannte, daß die Zeit zu fragen nun endgültig verstrichen war.

Ajodha sah nicht bekümmert und verdrießlich aus, was er schnell tat und was nichts bedeutete, obwohl es seine Angestellten mit Schrecken erfüllte. Er sah zornig aus.
Ajodha ignorierend und Mr. Biswas anlächelnd, fragte Rabidat: »Ein Lehmhaus?«
»Nein, Mann. Betonsäulen. Zwei Schlafzimmer und ein Wohnzimmer. Verzinktes Dach und alles.«
Aber Rabidat hörte nicht zu.
»Tara!« sagte Ajodha. »Wenn ich ihn nicht aus der Gosse gezogen hätte, wo wäre er dann heute? Wenn ich ihm nicht all das gute Essen gäbe« — er stand geschwind auf, daß der Schaukelstuhl nach hinten schoß, trat vor Rabidat und packte seinen Bizeps — »glaubst du, dann hätte er das hier?«
»Rühr mich nicht an!« schnauzte Rabidat ihn an.
Mr. Biswas sprang auf. Ajodha riß seine Hand zurück. »Rühr mich nicht an!« Tränen schossen in Rabidats kleine Augen. Er kniff sie wie unter starken Schmerzen zusammen, hob einen Fuß hoch und stampfte mit aller Macht auf den Boden. »Du hast mich nicht gezeugt. Wenn du Kinder anfassen willst, mach sie. Was soll ich denn mit dem Essen tun, mit dem du mich fütterst? Was?«
Tara stand auf und ließ ihre Hand über Rabidats Rücken fahren. »Schon gut, schon gut, Rabidat. Es ist Zeit für dich, ins Kino zu gehen.« Zu seinen Pflichten gehörte es, zweimal am Tag ins Kino zu gehen und die Einnahmen zu überprüfen.
Schwer atmend, fast grunzend und seine Worte verschluckend, so daß sie zu unverständlichen Lauten wurden, ging er die zwei Stufen hinauf, die von der hinteren Veranda zum Haupttrakt des Hauses führten.
Ajodha zog sich den Schaukelstuhl heran, setzte sich und begann, munter zu schaukeln.
Tara lächelte Mr. Biswas an. »Ich weiß nicht, was ich mit ihnen machen soll, Mohun.«

»Dankbarkeit!« sagte Ajodha.
»Erzähl uns von deinem Haus, Mohun«, sagte Tara.
»Man holt sie aus der Baracke, und das kriegt man dafür.«
»Haus?« sagte Mr. Biswas. »Ach, das ist nicht wirklich was. Ein kleines winziges Ding. Ist eigentlich nur für die Kinder, daß ich es baue.«
»Wir möchten dieses Haus gern umbauen«, sagte Tara. »Aber was für ein Ärger! In dem Augenblick, wo du irgend was Gutes aufbauen willst, brauchst du so viele Formulare, die Erlaubnis von so vielen Leuten. Als wir dieses Haus gebaut haben, hatten wir nichts dergleichen. Aber ich kann mir nicht vorstellen, daß du die Sorge hast.«
»O nein«, sagte Mr. Biswas, »solche Sorgen überhaupt nicht.«
Mit den behenden, präzisen Bewegungen, derer er sich rühmte, sprang Ajodha aus seinem Stuhl hoch und ging durch die halbhohe Tür in den Hof.
»Die zwei«, sagte Tara, »ewig zanken sie sich. Aber sie meinen es nicht so. Morgen sind sie wieder wie Vater und Sohn.« Im Kuhstall hörten sie Ajodha über den abwesenden Schweizer fluchen.
Jagdat, Rabidats älterer Bruder, kam herein und fragte auf seine fröhliche Art: »Wurmt deinen Mann was, Tante?« und kicherte.
Jedesmal, wenn Mr. Biswas Jagdat sah, hatte er das Gefühl, Jagdat käme gerade von einer Beerdigung. Nicht nur sein Benehmen war flott, sondern auch seine Kleidung, die sich seit vielen Jahren nicht geändert hatte: schwarze Schuhe, schwarze Socken, dunkelblaue Sergehosen mit einem schwarzen Ledergürtel, weiße Hemdmanschetten, die übers Handgelenk hochgeschlagen waren, und eine knalligbunte Krawatte: es sah aus, als wäre er von einer Beerdigung zurückgekommen, hätte seinen Überrock ausgezogen, seine Manschetten aufgeknöpft, seine schwarze Krawatte durch eine andere ersetzt und entschädige sich

überhaupt gerade für einen Nachmittag des feierlichen Ernstes. Seine Augen waren genauso klein wie die Rabidats, aber lebendiger; sein Gesicht war vierschrötiger; er lachte öfter und zeigte dabei kaninchenähnliche Zähne. Mit einer beharrten beringten Hand schlug er Mr. Biswas fest auf den Rücken und sagte: »Der alte Mohun, Mann!«
»Der alte Jagdat«, sagte Mr. Biswas.
»Mohun baut ein Haus«, sagte Tara.
»Ist er gekommen, um uns zur Einweihung einzuladen? Wir sehen dich nur Weihnachten, Mann. Ißt du den Rest des Jahres nichts? Oder liegt das an all dem Geld, das du verdienst?« Jagdat röhrte vor Lachen.
Ajodha kam aus dem Kuhstall, und er und Mr. Biswas und Jagdat aßen auf der Veranda. Tara aß für sich allein in der Küche. Ajodha war schweigsam und mürrisch, Jagdat unterwürfig. Das Essen war gut, aber Mr. Biswas aß ohne Vergnügen.
Er hatte gehofft, Tara nach dem Essen allein sprechen zu können. Aber Ajodha blieb schaukelnd auf der Veranda sitzen, und nach einer Weile dachte Mr. Biswas, daß es an der Zeit sei zu gehen. Das Mädchen war mit dem Spülen in der Küche fertig, und durch die nächtliche Stille schien es später zu sein, als es war.
Tara sagte, er solle ein bißchen Obst für die Kinder mitnehmen.
»Vitamin C«, sagte Ajodha mit seiner gereizten Stimme, »gib ihm viel Vitamin C, Tara.«
Gehorsam füllte sie eine Tüte mit Orangen.
Dann ging Ajodha hinein.
Sobald er weg war, legte Tara ein paar Avocados in die Tüte, große, mit purpurfarbenen Schalen wie die, die im Hanuman-Haus für Mrs. Tulsi und den Gott beiseite gelegt wurden. »Sie sind bald reif«, sagte sie. »Die Kinder werden sie mögen.«
Er wollte nicht erklären, wo die Kinder lebten und wo er

lebte. Aber er war froh, daß er sie nicht um Geld gebeten hatte.
»Es tut mir leid, daß dein Onkel so in Wut geraten ist«, sagte sie. »Aber das heißt nichts. Die Jungs sind ein bißchen schwierig. Sie wollen die ganze Zeit Geld von ihm, und man kann ihm nicht vorwerfen, daß er manchmal wütend wird. Sie verbreiten außerdem alle möglichen Geschichten über ihn. Er sagt nichts, aber er weiß es.«
Mr. Biswas ging hinein, um sich von Ajodha zu verabschieden. Sein Zimmer lag im Dunkeln, die Tür stand offen, und Ajodha lag völlig bekleidet auf seinem kissenlosen Bett. Mr. Biswas klopfte leise und bekam keine Antwort. Die Gesimse an den Wänden waren mit Papier übersät. In dem Zimmer waren nur vier Möbelstücke: das Bett, ein Stuhl, eine niedrige Kommode und ein schwarzer Eisenkasten, der auch mit Papieren und Zeitschriften bedeckt war. Mr. Biswas wollte gerade weggehen, als er Mohun leise sagen hörte: »Ich schlafe nicht, Mohun. Aber zur Zeit ruhe ich mich nach dem Essen immer aus. Du darfst dir nichts draus machen, wenn ich nicht rede oder aufstehe.«
Auf dem Weg zur Hauptstraße, wo der Bus abfuhr, wurde Mr. Biswas von jemand laut angerufen. Es war Jagdat. Er legte eine Hand auf Mr. Biswas' Schulter und bot ihm verschwörerisch eine Zigarette an. Ajodha verbot das Rauchen, und für Jagdat war eine Zigarette immer noch etwas Aufregendes.
Jagdat sagte lebhaft: »Du bist gekommen, um den alten Mann 'n bißchen zu schröpfen, was?«
»Was? Ich? Ich bin bloß gekommen, um die alten Leute zu besuchen, Mann.«
»So hat der Alte mir das nicht geschildert.«
Jagdat wartete, dann klopfte er Mr. Biswas auf den Rücken. »Ich hab' ihm aber nichts gesagt.«
»Der alte Mohun, Mann. Versucht's mit der alten diplomatischen Taktik, was?«

»Ich hab' überhaupt nichts versucht.«
»Nein, nein. Du darfst nicht denken, ich würd' deswegen auf dich runtergucken. Was denkst du denn, was ich jeden Tag tue. Aber der Alte ist gewitzt, Junge. So was riecht der, bevor du überhaupt dran denkst. Was ist denn nun? Baust du immer noch das Haus für die Kinder?«
»Baust du eins für deine?«
Jagdats gute Laune ließ plötzlich nach. Er blieb stehen, drehte sich halb um, als wolle er weggehen, und sagte, seine Stimme erhebend, wütend: »Sie verbreiten also Geschichten über mich, ja? Bei dir?« Er brüllte. *»O Gott!* Ich geh' zurück und hau' ihnen sämtliche falschen Zähne raus. *Mohun*! Hörst du mich?«
Der Hang zum Melodramatischen schien in der Familie zu liegen. Mr. Biswas sagte: »Gar nichts haben sie mir erzählt. Aber vergiß nicht, daß ich dich kenne, seitdem du ein kleiner Junge warst. Und wenn es immer noch der alte Jagdat ist, kann ich mir vorstellen, daß du genug außereheliche Kinder hast, um eine eigene Schule aufzumachen.«
Jagdat, der noch immer dastand, als wolle er umdrehen, entspannte sich. Sie gingen weiter.
»Nur vier oder fünf«, sagte Jagdat.
»Wie meinst du das, vier oder fünf?«
»Vier also«, Jagdats Schwung war weg, und als er nach einiger Zeit wieder sprach, war es mit elegischer Stimme. »Junge, letzte Woche hab' ich meinen Vater besucht. Der Mann wohnt in der Henry Street in einem kleinen Zimmer mit Betonwänden in einem baufälligen, alten Haus voller Kreolen. Und, und« — seine Stimme wurde wieder lauter —, »dieser Hundesohn« — er schrie —, »dieser Hundesohn tut, verdammt noch mal, nichts, um ihm zu helfen.«
In erleuchteten Fenstern wurden Vorhänge hochgeschoben. Mr. Biswas zupfte Jagdat am Ärmel.
Jagdat senkte die Stimme zu einem Tonfall von melancholisch kindlicher Anhänglichkeit. »Erinnerst du dich noch an den alten Herrn, Mohun?«

Mr. Biswas erinnerte sich gut an Bhandat.
»Sein Gesicht«, sagte Jagdat, »ist ganz klein geworden.« Er schloß seine kleinen Augen halb und legte mit einer so vornehmen Geste, daß ein Pandit sie bei einer religiösen Zeremonie hätte machen können, die Finger der erhobenen Hand zusammen. »Ach ja«, fuhr er fort, »dir Vitamin A und Vitamin B zu geben, ist Ajodha immer bereit. Aber wenn es auf irgend'ne richtige Hilfe ankommt, geh nicht zu ihm. Paß auf. Einmal hat er einen Gärtner beschäftigt. Alter Mann, in Lumpen, dünn, krank, fast verhungert praktisch. Inder wie du und ich. Dreißig Cent am Tag. *Dreißig* Cent! Trotzdem, der arme Mann hat nichts Besseres gekriegt, und die ganze Zeit arbeitet er in der heißen Sonne. Macht sein bißchen Jäten und Hacken. Gegen drei Uhr, die Sonne brennt heiß wie Feuer, und er schwitzt, und der Rücken tut ihm zum Zerbrechen weh, bittet er um eine Tasse Tee. Nun, sie geben ihm eine Tasse Tee. Aber am Ende des Tages haben sie ihm sechs Cent von seinem Lohn abgezogen.«
Mr. Biswas sagte: »Glaubst du, sie schicken mir 'ne Rechnung für das Essen, das sie mir gegeben haben?«
»Lach bloß, wenn du willst. Aber so behandeln sie arme Leute. Mein Trost ist, daß sie Gott nicht bestechen können. Gott ist gut, Junge.«
Sie waren in der Hauptstraße, nicht weit von dem Geschäft, in dem Mr. Biswas unter Bhandat gearbeitet hatte. Das Geschäft gehörte nun einem Chinesen, und diese Tatsache verkündete ein großes Schild.
Es wurde Zeit, sich von Jagdat zu trennen. Aber Mr. Biswas hatte keine Lust, ihn zu verlassen, allein zu sein, den Bus zu besteigen, um durch die Nacht nach Green Vale zu fahren.
Jagdat sagte: »Der erste Junge ist verdammt helle, weißt du das?«
Es dauerte ein paar Sekunden, bis Mr. Biswas erkannte,

daß Jagdat von einem seiner berühmten unehelichen Kinder sprach. Er sah die ängstliche Erwartung in Jagdats breitem Gesicht, in den glänzenden, ruhelosen Augen.
»Freut mich«, sagte Mr. Biswas. »Dann könntest du ihn ja jetzt dazu bringen, *Dein Körper* vorzulesen.«
Jagdat lachte. »Immer noch derselbe alte Mohun.«
Zu fragen wohin Jagdat ging, war überflüssig. Er ging zu seiner Familie. Also lebte auch er ein geteiltes Leben.
»Sie arbeitet in einem Büro«, sagte Jagdat, nun wieder ängstlich.
Mr. Biswas war beeindruckt.
»Spanierin«, sagte Jagdat.
Mr. Biswas wußte, daß das ein beschönigender Ausdruck für Negermischlinge war. »Zu heiß für mich, Mann.«
»Aber treu«, sagte Jagdat.
Auf der hölzernen Sitzbank des krachenden, klappernden, schwacherleuchteten Busses durchgerüttelt, an stillen Feldern und Häusern vorbeifahrend, die unbeleuchtet und ausgestorben oder hell und vertraulich waren, dachte Mr. Biswas nicht mehr an die nachmittägliche Aufgabe, sondern an die Nacht, die vor ihm lag.

Am nächsten Morgen in der Frühe tauchte Mr. Maclean in der Baracke auf und sagte, er habe andere dringende Arbeit aufgeschoben und sei bereit, mit Mr. Biswas' Haus voranzumachen. Er steckte in seiner armen, aber soliden Arbeitskleidung. Sein gebügeltes Hemd war mit fast prahlerischer Ordentlichkeit gestopft, seine Khakihosen waren sauber und hatten eine scharfe Bügelfalte, aber der Stoff war alt, und die Falte würde darin nicht lange halten.
»Haben Sie sich entschieden, mit wieviel Sie anfangen wollen?«
»Hundert«, sagte Mr. Biswas. »Gegen Ende des Monats mehr. Keine Betonsäulen.«
»Ist ja auch nur 'ne Art Dekoration. Warten Sie nur ab.

Ich mache Ihnen Holzstützen, die ein Leben lang halten. Macht überhaupt keinen Unterschied.«
»Solange es ordentlich ist.«
»Nett und ordentlich«, sagte Mr. Maclean. »Also, ich glaube, ich fange besser mal an, mich um das Material und die Arbeitskräfte zu kümmern.«
Das Material kam am selben Nachmittag. Die Stützsäulen sahen uneben aus; sie waren nicht völlig rund und auch nicht völlig gerade. Aber Mr. Biswas war begeistert von dem neuen Bauholz und den neuen Nägeln, die in verschiedenen Verpackungen aus Zeitungspapier geliefert wurden. Er nahm eine Handvoll Nägel hoch und ließ sie wieder fallen. Das Geräusch gefiel ihm. »Hab' nicht gewußt, daß Nägel so schwer sind«, sagte er.
Mr. Maclean hatte einen Werkzeugkasten mitgebracht, der auf dem Deckel seine Initialen trug und wie ein großer hölzerner Koffer aussah. Er enthielt eine Säge mit altem Griff und scharfem eingefetteten Blatt, verschiedene Meißel und Bohrer, eine Wasserwaage und einen Kreuzwinkel, einen Hobel, einen Hammer und einen Schlegel, Keile mit gleichmäßig ausgefransten Enden, ein Knäuel Zwirn mit vielen weißen Flecken und einen Klumpen Kreide. Seine Werkzeuge waren wie seine Kleider: alt, aber gepflegt. Aus dem Baumaterial baute er eine grobe Werkbank und versicherte Mr. Biswas, daß das ganze Material mit der Zeit für das Haus benutzt würde und wenig Schaden nähme. Deshalb war auch, erklärte er als Erwiderung auf eine weitere Frage Mr. Biswas', kein Nagel hineingetrieben worden.
Auch die Arbeitskräfte kamen. Die Arbeitskräfte bestanden aus einem Arbeiter namens Edgar, einem muskulösen Vollblutneger, dessen kurze Khakihosen vor lauter Flikken wie genoppt aussahen und dessen vor Schmutz braunes Hemd voller Löcher war, die sein mächtiger Körper zu Ellipsen dehnte. Edgar befreite mit einer Machete das Grundstück vom Dickicht und hinterließ es in einem naßen, saftigen Grün.

Als Mr. Biswas vom Feld zurückkam, fand er auf dem abgeholzten Gelände den Plan seines Hauses weiß eingezeichnet. Für die Säulen hatte man Löcher angedeutet, und Edgar grub. Nicht weit davon hatte Mr. Maclean ein Gerüst konstruiert, das auf Steinen auflag und dem Entwurf, den er in seinem Hof gezeichnet hatte, wunderbar entsprach.

»Galerie, Wohnzimmer, Schlafzimmer, Schlafzimmer«, sagte Mr. Biswas über die Holme hüpfend. »Galerie, Schlafzimmer, Schlafzimmer, Wohnzimmer.«

Die Luft roch nach Sägemehl. Sägemehl hatte die Erde in einem satten Rot und Beige bestreut und war von Edgars nackten Füßen und Mr. Macleans alten, stumpfen Arbeitsstiefeln in den Boden getreten worden.

Mr. Maclean erzählte Mr. Biswas von den Schwierigkeiten mit den Arbeitskräften.

»Ich hab' versucht, Sam zu kriegen«, sagte er. »Aber er ist ein bißchen zu unberechenbar und unbekümmert. Edgar hier arbeitet für zwei. Das Problem ist nur, man muß die ganze Zeit ein Auge auf ihn halten. Sehn Sie ihn sich an.«

Edgar steckte bis zu den Knien in einem Loch und warf gleichmäßig Schaufeln voll schwarzer Erde hinauf.

»Man muß ihm sagen, wann er aufhören soll«, sagte Mr. Maclean. »Sonst gräbt er glatt durch, bis er auf der anderen Seite rauskommt. Na ja, Boß, wie sieht's denn aus? Sollen wir die Arbeit nicht ein bißchen begießen?« Er machte eine Trinkbewegung. Anfangs hatte er lieber auf die Vollendung einer Arbeit getrunken; jetzt sorgte er dafür, daß er so schnell wie möglich was zu trinken bekam.

Mr. Biswas nickte, und Mr. Maclean rief: »Edgar!«

Edgar grub weiter.

Mr. Maclean tippte sich an die Stirn. »Da sehn Sie, was ich Ihnen gesagt hab'.« Er steckte zwei Finger in den Mund und pfiff.

Edgar sah auf und sprang aus dem Loch. Mr. Maclean

befahl ihm, zum Rumausschank zu gehen und einen Schluck Rum zu kaufen. Edgar raste zu der Stelle, wo seine Sachen lagen, schnappte sich einen staubigen, zerbeulten und eingelaufenen Filzhut, stülpte ihn auf den Kopf und sauste los. Ein paar Minuten später kam er, immer noch laufend, zurück, in der einen Hand eine Flasche, in der anderen seinen Hut.

Mr. Maclean öffnete die Flasche, sagte: »Auf Sie und das Haus, Boß« und trank. Er reichte die Flasche Edgar, der sagte: »Auf Sie und das Haus, Mister Boß« und ohne die Flasche abzuwischen trank er.

Mr. Maclean brauchte viel Platz, wenn er arbeitete. Am nächsten Tag baute er noch ein Gerüst und ließ es neben dem Bodenrahmen auf der Erde liegen. Das neue Gerüst war für die Rückwand, und Mr. Biswas erkannte die Hintertür und das rückwärtige Fenster. Edgar wurde mit dem Löchergraben fertig und stellte drei der Stützsäulen auf, die er mit Steinen von einem Haufen, den das Amt für Straßenbau in einiger Entfernung liegengelassen hatte, befestigte.

Eine Sache verwirrte Mr. Biswas. Das Baumaterial hatte fast fünfundachtzig Dollar gekostet. Das ließ fünfzehn Dollar übrig, die Mr. Maclean und Edgar sich für eine Arbeit teilen mußten, die laut Mr. Maclean zwischen acht und zehn Tagen dauern würde. Doch beide waren fröhlich, obwohl Mr. Maclean sich im Flüsterton über die Kosten für die Arbeitskräfte beschwert hatte.

Als Mr. Maclean und Edgar an dem Nachmittag weggingen, kam Shama.

»Was hab' ich da von Seth gehört?«

Er zeigte ihr die Rahmen am Boden, die drei aufgerichteten Säulen, die Erdhügel.

»Ich vermute, du hast jeden Cent verbraucht, den du hattest.«

»Jeden roten Heller«, sagte Mr. Biswas. »Galerie, Wohnzimmer, Schlafzimmer, Schlafzimmer.«

Ihre Schwangerschaft begann aufzufallen. Sie schnaufte und fächelte sich Luft zu. »Für dich ist das alles wunderschön. Aber was ist mit mir und den Kindern?«
»Was soll das heißen? Schämen sie sich, weil ihr Vater ein Haus baut?«
»Weil ihr Vater versucht, mit Leuten in Konkurrenz zu treten, die 'ne Menge mehr haben als er.«
Er wußte, was sie aufregte. Er konnte sich das Wispern und Raunen im Affenhaus vorstellen, das Pss-pss hier und das Pss-pss da. Er sagte: »Ich weiß, daß du den Rest deiner Tage in der großen Kohlentonne namens Hanuman-Haus verbringen willst. Aber versuch nicht, meine Kinder da zu behalten.«
»Wo willst du das Geld herkriegen, um das Haus zu Ende zu bringen?«
»Zerbrich dir darüber nicht den Kopf. Wenn du dir ein bißchen mehr und ein bißchen früher Gedanken gemacht hättest, könnten wir mittlerweile ein Haus haben.«
»Du bist einfach hingegangen und hast dein Geld weggeworfen. Du *willst* ein Habenichts sein.«
»Herrgott nochmal! Hör auf, in mir herumzuwühlen!«
»Wer wühlt denn hier? Guck doch«, sie zeigte auf Edgars Erdhügel. »Du bist doch der große Wühler.«
Verärgert lachte er kurz auf.
Eine Weile schwiegen sie. Dann sagte sie: »Du hast noch nicht einmal einen Pandit geholt oder irgend etwas getan, bevor du die erste Säule gesetzt hast.«
»Paß auf. Das letzte Mal, als Hari gekommen ist und den Laden gesegnet hat, hat mir das genug Glück beschert. Denk daran.«
»Ich werde das Haus nicht betreten, geschweige denn darin leben, wenn du Hari nicht bittest, zu kommen und es zu segnen.«
»Wenn Hari kommt und es segnet, würde es mich nicht überraschen, wenn überhaupt keiner 'ne Chance kriegt, darin zu leben.«

Aber sie konnte die Gerüste und die Säulen nicht ungeschehen machen, und er willigte am Ende ein. Mit einer dringenden Botschaft für Hari ging sie zum Hanuman-Haus zurück, und am nächsten Morgen trug Mr. Biswas Mr. Maclean auf, zu warten, bis Hari seine Aufgabe erfüllt habe.

Hari kam früh, weder interessiert noch widerstrebend, er war einfach teilnahmslos, was mit seiner Verstopfung zusammenhing. Er hatte das Gewand des Pandits in einem kleinen Pappkoffer und kam in Straßenkleidung. An einem der Fässer hinter der Baracke wusch er sich, zog in Mr. Biswas' Zimmer einen Dhoti an und ging mit einem Messinggefäß, ein paar Mangoblättern und anderen Sachen, die dazu gehörten, zum Grundstück.

Mr. Maclean hatte Edgar dazu gebracht, ein Loch sauber auszuschachten. Mit seiner dünnen Stimme sagte Hari weinerlich die Gebete herunter. Greinend sprengte er mit einem Mangoblatt Wasser in das Loch und ließ einen Penny und ein paar andere in ein Mangoblatt gewickelte Sachen hineinfallen. Während der ganzen Zeremonie stand Mr. Maclean mit gezogenem Hut ehrerbietig stramm.

Dann ging Hari zurück zu den Baracken, zog wieder Hose und Hemd an und war weg.

Mr. Maclean sah überrascht aus. »Ist das alles?« fragte er. »Wird nichts ausgegeben — Essen und so was —, wie andere Inder das tun?«

»Wenn das Haus fertig ist«, sagte Mr. Biswas.

Mr. Maclean verkraftete seine Enttäuschung gut. »Natürlich. Hab' ich vergessen.«

Edgar setzte eine Säule in das geweihte Loch.

Mr. Biswas sagte zu Mr. Maclean: »Ist schade um den guten Penny, wenn Sie mich fragen.«

Gegen Ende der Woche hatte das Haus schon begonnen, Form anzunehmen. Der Rahmen für den Boden war auf-

gestellt, ebenso die Gerüste für die Wände, das Dach hatte Konturen. Am Montag wurde, nachdem Mr. Macleans Werkbank dafür auseinandergenommen worden war, die hintere Treppe hochgezogen.
Dann sagte Mr. Maclean: »Wir kommen wieder, wenn Sie noch mehr Material beschafft haben.«

Jeden Tag ging Mr. Biswas zum Grundstück und untersuchte das Skelett des Hauses. Die Holzstützen waren nicht so schlecht, wie er befürchtet hatte. Aus der Ferne sahen sie gerade und zylindrisch aus und kontrastierten mit dem Viereck, das der Rest des Gerüstes bildete, und er beschloß, dies sei praktisch ein Stil.
Er mußte Fußbodendielen besorgen; dafür wollte er Pechkiefer, nicht die zehn Zentimeter breiten, die er für gewöhnlich hielt, sondern fünf Zentimeter breite, die er schon einmal an Decken gesehen hatte. Er mußte Bretter für die Wände besorgen, breite Bretter mit Nut und Feder. Und er mußte Wellblech für das Dach besorgen, neue Platten, auf deren Silber blaue Dreiecke gestempelt waren, so daß sie eher wie Platten aus teurem Stein als aus Eisen aussahen.
Gegen Ende des Monats hatte er von seinen fünfundzwanzig Dollar fünfzehn für das Haus beiseite gelegt. Das war übertrieben; letzten Endes blieben ihm noch zehn.
Gegen Ende des zweiten Monats konnte er nur acht Dollar hinzufügen.
Dann rückte Seth mit einem Angebot heraus.
»Die alte Lady hat noch 'n bißchen verzinktes Eisenblech in Ceylon«, sagte er. »Von der alten Ziegelei.«
Die Fabrik war abgerissen worden, als Mr. Biswas in The Chase wohnte.
»Fünf Dollar«, sagte Seth. »Ich weiß auch nicht, weshalb mir das nicht früher eingefallen ist.«
Mr. Biswas ging zum Hanuman-Haus.

»Wie steht's mit dem Haus, Schwager?« fragte Chinta.
»Weshalb fragst du? Hari hat's gesegnet, und du weißt doch, was passiert, wenn Hari was segnet.«
Anand und Savi folgten Mr. Biswas nach hinten, wo alles pulvrig überzogen war von der Spreu aus der neuen Reismühle nebenan und die Blechplatten wie ein altes Kartenspiel gegen den Zaun gestapelt waren. Die Platten waren verschieden groß, verbeult und verbogen und stark verrostet, Ecken hatten sich zu heimtücksich aussehenden Haken gerollt, an manchen Stellen waren die Wellen ausgewalzt, und überall waren Löcher von Nägeln, die das Anfassen gefährlich machten.
Anand sagte: »Pa, *das* willst du doch nicht gebrauchen?«
»Wenn du das machst, sieht das Haus ja aus wie ein Schuppen«, sagte Savi.
»Du brauchst was, um dein Haus zu decken«, sagte Seth. »Wenn du vor dem Regen Schutz suchst, rennst du nicht raus, um zu gucken, was dich da schützt. Nimm es für drei Dollar.«
Mr. Biswas dachte wieder an den Preis für neues Wellblech und das ungeschützte Gerüst seines Hauses. »In Ordnung«, sagte er. »Schick's rüber.«
Anand, der seit seinem Mißgeschick in der Schule mehr und mehr Energie an den Tag legte, sagte: »In *Ordnung*. Mach nur voran und kauf es und leg es auf dein altes Haus. Mir ist es egal, wie es jetzt aussieht.«
»Noch ein kleiner Paddler«, sagte Seth.
Aber Mr. Biswas empfand es genauso wie Anand. Auch ihm war es egal, wie das Haus jetzt aussah.«
Als er nach Green Vale zurückkam, fand er Mr. Maclean vor. Beide waren verlegen.
»Ich hab' gerade an 'nem Auftrag in Swampland drüben gearbeitet«, sagte Mr. Maclean. »Ich bin bloß hier vorbeigekommen und dachte, ich guck' mal rein.«
»Ich wollte neulich schon mal bei Ihnen vorbeikommen«,

sagte Mr. Biswas. »Aber Sie wissen ja, wie das ist. Ich hab' ungefähr achtzehn Dollar. Nein, fünfzehn. Gerade war ich in Arwacas, um Blech fürs Dach zu kaufen.«
»Gerade noch rechtzeitig, Boß. Sonst wär' das ganze Geld, das Sie ausgegeben haben, vergeudet.«
»Kein neues verzinktes Blech, wissen Sie. Ich meine, nicht ganz brandneu.«
»Mit verzinktem Eisenblech ist es ja so, daß man es immer schön herrichten kann. Sie werden staunen, was ein bißchen Farbe ausmachen kann.«
»Es hat ein paar Löcher hier und da. Ein paar, ganz winzige.«
»Die können wir leicht flicken. Mastixzement. Ist nicht teuer, Boß.«
Mr. Biswas bemerkte die Veränderung in Mr. Macleans Tonfall.
»Boß, ich weiß, daß Sie Pechkiefer für den Boden wollen. Ich weiß, daß Pechkiefer schön ist. Sie sieht schön aus und riecht gut und ist leicht sauber zu halten. Aber Sie wissen, wie leicht sie brennt. Leicht, ganz leicht.«
»Dasselbe habe ich auch schon gedacht«, sagte Mr. Biswas. »Wir brauchen immer Pechkiefer für *Puja*.« Um die Opfergabe in einer schnellen, wohlriechenden Flamme zu verbrennen.
»Boß, ich hab'n paar Zederplanken. Ein Mann in Swampland hat mir 'nen ganzen Stapel davon angeboten. Sieben Dollar für fünfzig Meter Zeder ist 'n richtiges Schnäppchen.«
Mr. Biswas zögerte. Von allen Holzarten sagte Zeder ihm am wenigsten zu. Die Farbe war angenehm, der Geruch aber beißend und penetrant. Das Holz war so weich, daß man mit dem Fingernagel Spuren hinterlassen und mit den Zähnen Späne herausbeißen konnte. Um widerstandsfähig zu sein, mußte es dick sein, die Dicke wiederum ließ es plump aussehen.

»Na ja, Boß, ich weiß, daß es nur grobe Planken sind. Aber Sie kennen mich doch. Wenn ich sie abgehobelt hab', dann sind sie ganz, ganz plan, und wenn ich sie zusammenfüge, können Sie kein Blatt Dünndruckpapier mehr dazwischenzwängen.«

»Sieben Dollar. Dann bleiben acht für Sie.« Mr. Biswas meinte, das sei wenig, um einen Fußboden zu legen und ein Dach zu decken.

Aber Mr. Maclean war gekränkt. »Meine Arbeitskraft«, sagte er.

Das Wellblech traf am Wochenende auf einem Lastwagen ein, der auch Anand und Savi und Shama mitbrachte.

Anand sagte: »Tante Sushila hat die Männer angeschnauzt, als sie das Blech auf den Lastwagen geladen haben.«

»Sie hat ihnen gesagt, sie sollen es feste hinwerfen, was?« sagte Mr. Biswas. »Hat sie ihnen das gesagt? Sie wollte, daß sie es noch mehr verbiegen, was? Hab' keine Angst, es mir zu erzählen.«

»Nein, nein. Sie hat gesagt, sie arbeiten nicht schnell genug.«

Mr. Biswas untersuchte die Platten, als sie abgeladen wurden. Er suchte nach Beulen und Dellen, die er Sushilas Boshaftigkeit zuschreiben konnte. Jedesmal, wenn er in dem Rost einen Riß entdeckte, hielt er die Packer an.

»Guckt euch das an. Wer von euch ist dafür verantwortlich? Ich bin wütend genug, um Seth dazu zu bringen, euch das vom Geld abzuziehen.« Das Wort »abziehen«, so offiziell und drohend, hatte er von Jagdat.

Durch die auf dem Gras aufgestapelten Platten sah das Grundstück aus wie ein verlassenes Gelände. Keine Welle einer Platte paßte in die einer anderen, hoch und wacklig und unhandlich erhob sich der Stapel.

Mr. Maclean sagte: »Mit dem Hammer kann ich die wieder gerade machen. Und jetzt zu den Dachbalken, Boß.«

Die hatte Mr. Biswas vergessen.
»Na, Boß, das müssen Sie von der Seite sehen. Von außen sieht man die Balken nicht, nur von innen. Und selbst dann können Sie die Balken verstecken, wenn Sie eine Decke machen. Deshalb halt ich es für besser, und es kostet Sie auch nichts, wenn Sie Baumäste nehmen. Wenn man die zurechtschneidet, geben sie erstklassige Dachbalken ab.«
Und als Mr. Maclean sich an die Arbeit machte, arbeitete er allein. Edgar sah Mr. Biswas nie wieder, und er fragte auch nie danach.
Mr. Maclean ging zu einem »Niemandsland«, brachte Baumäste mit und beschnitt sie für Dachbalken. Wo die Balken auf dem Hauptgerüst ruhen sollten, kerbte er sie aus und nagelte sie fest. Sie sahen solide aus. Für die Querbalken nahm er dünnere Äste, biegsam, unregelmäßig geformt und störrisch gewachsen. Sie sahen wacklig aus und erinnerten Mr. Biswas an die Balken in einer Hütte aus Lehm und Gras.
Dann wurde das Wellblech festgenagelt. Die Platten waren schwer zu handhaben, und die Balken bebten unter Mr. Macleans Gewicht und den Schlägen seines Hammers. Die Pflanzen unten und das Gerüst wurden mit Rost eingestaubt. Als Mr. Maclean seine Werkzeuge in den Holzkoffer gepackt hatte und für den Tag nach Hause gegangen war, bereitete es Mr. Biswas Vergnügen, unter dem Dach und im Schatten zu stehen, wo am Tag davor, an dem Morgen noch, alles offen gewesen war.
Als die Platten oben waren und sie auch ausreichten, um alle Räume außer der Galerie zu bedecken, sah das Haus nicht mehr so öde und unfertig aus. Mr. Maclean hatte recht: die Platten verdeckten die Dachbalken aus Ästen. Aber jedes Loch im Dach glitzerte wie ein Stern.
Mr. Maclean sagte: »Ich hab' zwar von so was wie Mastixzement gesprochen. Aber das war, eh' ich das Blech gese-

hen hab'. Für Mastixzement müßten Sie so viel ausgeben wie für fünf, sechs Platten neues verzinktes Blech.«

»Was soll das heißen? Soll ich mich einfach in mein neues Haus setzen und naß werden?«

»Wo ein Wille ist, da ist auch ein Weg, wie die Leute sagen. Pech. Haben Sie daran schon gedacht? Viele Leute nehmen Pech.«

Von einem vernachlässigten Teil der Straße, wo der Asphalt in verschwenderischen Klumpen ohne Kiesel lag, bekamen sie das Pech umsonst. Mr. Maclean legte kleine Steine über die Löcher im Dach und versiegelte sie mit Pech. Er zog einen Pechsaum über die Kanten der Platten und die Risse entlang. Es war eine langsame, langwierige Arbeit, und als er fertig war, hatte das Dach ein seltsames schwarzes Muster aus vielen krummen Linien, die gerade herunter und winklig gezackt quer darüber führten, und das ineinander vermengte Rot, Rost, Braun, Saffran, Grau und Silber der alten Platten war mit Pech gesprenkelt, bekleckst und beträufelt.

Aber es funktionierte. Wenn es regnete, wie es jetzt jeden Nachmittag begann, blieb die Erde unter dem Dach trocken. Aus dem Barackenhof und anderen Orten kam das Federvieh, um Schutz zu suchen, und blieb und zerkratzte die Erde zu Staub.

Die Zederplanken, uneben und rauh, kamen und tränkten die Luft mit ihrem Geruch. Als Mr. Maclean sie abhobelte, schienen sie eine vollere Farbe anzunehmen. Er fügte sie so sauber, wie er gesagt hatte, zusammen, nagelte sie mit kopflosen Nägeln fest und füllte die Löcher an den Enden mit einer Mischung aus Wachs und Sägemehl, die hart antrocknete und kaum vom Holz unterschieden werden konnte. Das hintere Schlafzimmer und ein Teil des Wohnzimmers bekamen einen Fußboden, so daß man, wenn auch mit Vorsicht, gerade durch ins Schlafzimmer gehen konnte.

Dann sagte Mr. Maclean: »Wenn Sie mehr Material haben, sagen Sie mir Bescheid.«
Für acht Dollar hatte er zwei Wochen gearbeitet.
Vielleicht hatte er für das Zedernholz nicht sieben Dollar bezahlt, dachte Mr. Biswas. Nur fünf oder sechs.
Jetzt wurde das Haus ein Spielplatz für die Kinder aus den Baracken. Sie kletterten und sie sprangen; viele stürzten ernsthaft, nahmen aber, da sie nun einmal Barackenkinder waren, wenig Schaden. Sie schlugen Nägel in die Stützsäulen und den Zedernholzboden; sie verbogen sinnlos Nägel; sie drückten sie platt, um Messer zu machen. Auf dem Fußboden und den Querbalken des Gerüsts hinterließen sie kleine, schlammige Fußspuren; der Schlamm trocknete, und der Fußboden wurde staubig. Die Kinder vertrieben das Federvieh, und Mr. Biswas versuchte, die Kinder zu vertreiben.
»Ihr verdammten kleinen Miststücke! Wehe, ich erwische einen von euch, dann sollt ihr mal sehen, ob ich dem nicht den Fuß abschneide.«

Während das Zuckerrohr höher wuchs, wurden die enteigneten Arbeiter widerspenstiger, und mit der Zeit erhielt Mr. Biswas Drohungen, als freundliche Warnung geäußert.
Seth, der oft von der Niedertracht und Gefährlichkeit der Arbeiter gesprochen hatte, sagte jetzt nur: »Laß dir von ihnen keine Angst machen.«
Aber Mr. Biswas wußte von den vielen Morden in indischen Bezirken, die so gut geplant waren, daß wenige vor Gericht kamen. Er kannte die Fehden zwischen Dörfern und zwischen Familien, die mit Mut, Findigkeit und Loyalität von denselben Arbeitern geführt wurden, die als Lohnempfänger unterwürfig und unbedeutend waren.
Er beschloß, Vorsichtsmaßnahmen zu treffen. Er schlief mit einer Machete und einem *Poui*-Stock, der noch von

seinem Vater war, neben dem Bett. Und von Mrs. Seeung, der chinesischen Cafébesitzerin in Arwacas, bekam er einen kleinen Hund, ein wuscheliges braun-weißes Ding unbestimmbarer Rasse. Die erste Nacht in der Baracke winselte das Hündchen, weil es draußen gelassen wurde, kratzte an der Tür, fiel die Treppe hinunter und winselte, bis es hereingenommen wurde. Als Mr. Biswas am nächsten Morgen erwachte, fand er den kleinen Hund neben sich im Bett. Mit offenen Augen lag er ganz still. Als Mr. Biswas vor Überraschung eine Bewegung machte, sprang der kleine Hund auf den Boden.

Er nannte das Hündchen Tarzan, um es auf seine Pflichten vorzubereiten. Aber Tarzan stellte sich als freundlich und neugierig heraus und war nur ein Schrecken für die Hühner. »Die Hühner legen keine Eier mehr, nur wegen Ihrem Hund«, beschwerten sich die Geflügelbesitzer, und das war wohl möglich, denn in den Winkeln von Tarzans Schnauze hingen oft Federn, und ständig schleppte er Federtrophäen ins Zimmer. Eines Tages aß Tarzan ein Ei und fand sofort Geschmack an Eiern. Die Hühner legten ihre Eier in Sträucher, an Orte, die sie für geheim hielten. Tarzan kannte diese Stellen bald genauso gut wie die Besitzer der Hühner, und oft, wenn er in die Baracke zurückkam, war seine Schnauze noch gelb und klebrig von Ei. Die Besitzer der Hühner übten Rache. Eines Nachmittags fand Mr. Biswas Tarzans Schnauze mit Hühnerdreck beschmiert und Tarzan ganz unglücklich über diese neuartige und langanhaltende Unbequemlichkeit.

Die Plakate in Mr. Biswas' Zimmer vermehrten sich. Er arbeitete jetzt langsamer daran, brauchte schwarze und rote Tinte von der Plantage dazu und viele Buntstifte. Den leeren Raum füllte er mit schwierigen Verzierungen aus, und seine Buchstaben wurden verschlungen und verschnörkelt.

Weil er dachte, es würde ihm helfen, Romane zu lesen,

kaufte er ein paar von den billigen Buchklub-Ausgaben. Die Buchdeckel waren dunkelrot und mit Buchstaben und Bildern in Gold bedruckt. Am Kiosk in Arwacas hatte er sie reizvoll gefunden, in seinem Zimmer aber konnte er es kaum ertragen, sie anzufassen. Die Goldfarbe blieb an seinen Fingern hängen, und die Buchdeckel erinnerten ihn an Sargtücher und die Pferde von Leichenbestattern, die jeden Tag mit den Farben des Todes behängt wurden.

Es schien die Sonne, und es fiel der Regen. Das Dach leckte nicht. Aber der Asphalt begann zu schmelzen und hing schlaff herunter: eine Unzahl dünner, schwarzer, wachsender Schlangen. Manchmal fielen sie, rollten sich im Fallen zusammen und starben.

Eines späten Abends, als er die Öllampe ausgelöscht hatte und im Bett lag, hörte er Schritte vor seinem Zimmer.

Lauschend lag er still. Dann sprang er aus dem Bett, umklammerte seinen Stock und stieß absichtlich gegen den Küchenschrank und den Tisch und Shamas Toilettentisch. Er stellte sich neben die Tür und stieß, den Körper durch die untere Hälfte der Tür geschützt, den oberen Schlag heftig auf.

Er sah nichts als die Nacht, den stillen, düsteren Hof der Baracken, die toten Bäume schwarz gegen den mondbeschienen Himmel. Zwei Zimmer weiter brannte Licht: es war jemand draußen, oder ein Kind war krank.

Dann, ein schlapperndes, glückliches Geräusch ausstoßend, stand Tarzan auf der Treppe und wedelte so heftig mit dem Schwanz, daß er gegen den unteren Schlag der Tür schlug.

Er ließ ihn herein und streichelte ihn. Sein Fell war feucht. überglücklich über diese Aufmerksamkeit, stieß Tarzan Mr. Biswas die Schnauze ins Gesicht.

»Ei!«

Eine Sekunde lang zögerte Tarzan. Da ihm nichts drohte, verdoppelte Tarzan sein Schwanzwedeln, von einem Bein aufs andere tretend.

Mr. Biswas umarmte ihn.

Danach ließ er immer, wenn er schlief, die Öllampe an.

Er begann zu fürchten, daß man sein Haus abbrennen könne. Er ging mit verstärkter Unruhe zu Bett; jeden Morgen öffnete er, sobald er aufstand, sein Seitenfenster, suchte hinter den Bäumen nach Anzeichen der Zerstörung; auf dem Feld machte er sich Gedanken darum. Aber immer stand das Haus: das buntscheckige Dach, die Rahmen, die Stützsäulen, die Holztreppe.

Als Shama kam, erzählte er ihr von seinen Befürchtungen.

Sie sagte: »Ich glaube nicht, daß sie sich damit abgeben.« Und er bedauerte, es ihr gesagt zu haben, denn als Seth kam, sagte er: »Du hast also Angst, sie brennen es ab, was? Keine Sorge. Da haben sie keine Zeit zu.«

Zweimal kam Mr. Maclean und ging wieder weg.

Und jeden Tag fiel der Regen, brannte die Sonne, wurde das Haus grauer, wurde das früher einmal frische und aromatische Sägemehl Teil der Erde, wurden die Asphaltschlangen, die vom Dach hingen, länger, und viele starben, und Mr. Biswas entwarf immer kunstvollere Trostbotschaften für seine Wände, mit fester Hand, ohne nachzudenken, in einem Zustand voller Aufruhr.

Dann überkam ihn eines Abends eine große Ruhe, und er faßte einen Entschluß. Zu lange hatte er Umstände für vorläufig gehalten; von jetzt an würde er jeden Zeitabschnitt, egal wie kurz, kostbar schützen. Nie wieder würde er sich über die Zeit hinwegsetzen. Keine Handlung würde einfach zur nächsten führen; jede Tat war ein Teil seines Lebens, der nicht rückgängig gemacht werden konnte; deshalb mußte jede Handlung reiflich überlegt werden: das Öffnen einer Streichholzschachtel, das Anzünden eines Streichholzes. Langsam, als sei er nicht an seine Glieder gewöhnt und müsse sich angestrengt konzentrieren, nahm er daraufhin sein Abendbad, kochte

sein Essen, aß es, wusch ab und ließ sich in seinem Schaukelstuhl nieder, um den Abend zu verbringen — nein, zu nutzen, zu genießen, zu durchleben.
Und so groß war seine Zuversicht, daß er etwas tat, was er seit Wochen nicht gemacht hatte. Er nahm die Reader's-Library-Ausgabe des *Glöckners von Notre Dame* herunter. Er strich mit der Hand über den Deckel; bedächtig schlug er das Buch auf, knickte den Buchrücken an ein paar Stellen und brach ihn an einer ganz, zog seine Beine auf den Stuhl, damit er gemütlich kuscheln konnte, und mit den Lippen schmatzend, was nicht seiner Gewohnheit entsprach, begann er zu lesen.
Sein Verstand war klar. Er hatte alles außer Victor Hugo beiseite gedrängt. Er hatte eine Lichtung in den Busch geschlagen: mit diesem Bild versah er seinen Geisteszustand, denn sein Denken hatte sich vollkommen von seinem übrigen Ich gelöst.
Das Bild veränderte sich. Es war kein Wald mehr, sondern eine heraufziehende schwarze Wolke. Wenn er nicht aufpaßte, würde die Wolke sich auf seinem Kopf einnisten. Er fühlte, wie sie auf seinen Kopf drückte. Er wollte nicht aufsehen. Sicher war es nur ein Trick der Öllampe, die direkt vor ihm auf dem Tisch stand.
Er kauerte sich noch mehr in den Stuhl und schmatzte wieder mit den Lippen.
Dann hatte er so große Angst, daß er fast aufschrie.
Warum sollte er Angst haben? Vor wem? Esmeralda? Quasimodo? Der Ziege? Der Menge?
Menschen. Er konnte sie nebenan und überall in der Baracke hören. Keine Straße war ohne sie, kein Haus. Sie waren in den Zeitungen auf der Wand, auf den Fotos, auf den simplen Reklamezeichnungen. Sie waren in dem Buch, das er hielt. Sie waren in allen Büchern. Er versuchte, an menschenleere Landschaften zu denken: Sand, Sand und nochmals Sand, ohne die »Ösen«, von denen

Lal erzählt hatte: riesige weiße Hochebenen, in denen er, ein Pünktchen in der Mitte, sicher und alleine war. Hatte er Angst vor wirklichen Menschen?
Das mußte er erproben. Aber warum? Sein ganzes Leben hatte er unter Menschen verbracht, ohne daß ihm auch nur der Gedanke gekommen war, er hätte Angst vor ihnen. Er hatte Menschen über die Theke eines Rumausschanks ins Gesicht gesehen, er war zur Schule gegangen, an Markttagen war er durch überfüllte Hauptstraßen gegangen.
Weshalb nun? Weshalb so plötzlich?
Seine ganze Vergangenheit wurde zu einem Wunder von Ruhe und Mut.
Seine Finger waren mit Goldfarbe von dem sargtuchähnlichen Buchdeckel bestäubt. Wie er sie betrachtete, wucherte die Lichtung wieder zu, und die schwarze Wolke braute sich zusammen. Wie schwer! Wie dunkel!
Er nahm die Füße herunter und saß still, starrte auf die Lampe, ohne etwas zu sehen. Die Dunkelheit füllte seinen Kopf. Bis dahin war sein ganzes Leben gut gewesen. Und er hatte es nie gewußt. Er hatte alles verdorben mit seiner Sorge und Angst. Wegen eines zerfallenden Hauses, der Drohungen ungebildeter Arbeiter.
Jetzt konnte er nie mehr unter Menschen gehen.
Er ergab sich der Dunkelheit.
Als er sich aufraffte, öffnete er den oberen Schlag der Tür. Er sah niemanden. Die Baracken lagen im Schlaf. Er würde bis morgen warten müssen, um herauszubekommen, ob er wirklich Angst hatte.
Am Morgen genoß er eine volle Minute der Klarheit. Er erinnerte sich daran, daß ihn am letzten Abend etwas gequält und erschöpft hatte. Dann, er war noch im Bett, fiel es ihm ein, und die Angst kam wieder. Er stand auf. Das Bettuch sah zerwühlt aus. An manchen Stellen lag die Matratze bloß, und er konnte die muffigen, alten

Kokosnußfasern riechen. Langsam und gründlich wie sein Tun die Nacht zuvor, entwickelten sich seine Gedanken, und jeden Gedanken faßte er in einen vollständigen Satz ein. Er dachte: »Das Bett ist durcheinander. Deshalb muß ich schlecht geschlafen haben. Ich muß die ganze Nacht über Angst gehabt haben. Deshalb steckt die Furcht immer noch in mir.«

Draußen, hinter dem geschlossenen Fenster, durch dessen Ritzen das Licht drang und sich in staubdurchwirkten Bahnen fächerförmig ausbreitete, lag die Welt. Draußen waren Menschen.

Laut sprach er ein paar der Trostworte aus, die an der Wand hingen. Um zu versuchen, sie so tief wie möglich zu empfinden, schloß er die Augen und sagte sie Silbe um Silbe noch einmal langsam auf. Dann tat er, als schriebe er die Worte mit dem Finger auf seinen Kopf.

Dann betete er.

Aber selbst im Gebet stieß er auf Bilder von Menschen, und seine Gebete wurden entstellt.

Er zog sich an und öffnete die obere Hälfte der Tür.

Tarzan wartete.

»Du bist froh, mich zu sehen«, dachte er. »Du bist ein Tier und denkst, ich bin ein Mensch, weil ich Kopf und Hände habe und aussehe wie gestern. Ich täusche dich. Mit mir stimmt was nicht.«

Tarzan wedelte mit dem Schwanz.

Er öffnete den unteren Schlag der Tür.

Menschen!

Furcht ergriff ihn und tat weh wie ein körperlicher Schmerz.

Eibeschmiert, mit glänzenden Augen sprang Tarzan an ihm hoch.

Bekümmert streichelte er ihn. »Das hat mir gestern und vorgestern noch Spaß gemacht. Da war ich ungebrochen.«

Schon war das Gestern, die gestrige Nacht so weit weg wie die Kindheit. Und in seine Angst mischte sich dieser Kummer um ein glückliches Leben, das er nie genossen und nun verloren hatte.
Er machte sich an die Dinge, die er jeden Morgen tat. Zu Beginn jeder Handlung vergaß er seinen Schmerz: Freiheit für Bruchteile von Sekunden, die er erst genoß, nachdem sie vergangen war. Als er zum Beispiel den Hibiskuszweig abbrach, wie er es jeden Morgen tat, um mit dem zermalmten Ende seine Zähne zu säubern, schaute er automatisch hinter die Bäume, um zu sehen, ob sein Haus während der Nacht zerstört worden war. Dann fiel ihm ein, wie unwichtig das Haus geworden war. Tapfer, sich den Bedrohungen aussetzend, zog er sich aus und wusch sich am Wasserfaß.
Die Arbeiter waren schon auf. Er hörte die morgendlichen Geräusche: das Räuspern und Spucken, das Anfachen der Holzkohlenkocher, das Zischen von Bratpfannen, das frische, muntere Morgengeplauder. Gestern unbedeutende, schwer zu beschreibende Menschen, mußte heute jeder individuell betrachtet werden.
Er sah sie an und überprüfte sich.
Angst.
Die Sonne stieg hoch, warf Licht auf den Tau des Grases, das Dach, die Bäume: eine kühle Sonne, eine angenehme Tageszeit.
Wie mit den Tätigkeiten, ging es auch mit den Menschen. Wenn er sie traf, begann er zu sprechen, als wäre es gestern. Dann kamen die Fragen und die unausweichliche Antwort: noch eine Beziehung ruiniert, noch ein Teil der Gegenwart zerstört.
Der Tag, der während der einen Minute, die er noch im Bett lag, als normaler, glücklicher Tag begonnen hatte, endete für ihn mit dem erschöpfenden, wahnsinnigen Trieb, alles in Frage zu stellen. Er sah etwas, befragte

sich, bekam Angst. Dann fragte er sich noch einmal. Dieser Vorgang dauerte den Bruchteil einer Sekunde.
Gegen Nachmittag hatte er jedoch ein paar Fortschritte gemacht. Er hatte keine Angst vor Kindern. Sie erfüllten ihn nur mit Kummer. So viel Gutes und Schönes, von dem er nun auf immer ausgeschlossen war, erwartete sie. Er ging in sein Zimmer, legte sich aufs Bett und zwang sich, um sein ganzes verlorenes Glück zu weinen.

Er konnte nichts tun. Unablässig kamen die Fragen. Ein Foto nach dem anderen, eine Zeichnung nach der anderen, eine Geschichte nach der anderen. Er versuchte, nicht auf die Zeitungen an der Wand zu gucken, aber immer mußte er nachprüfen, immer hatte er Angst, und immer wieder wurde er dann unsicher.
Schließlich brachte ihn die Sinnlosigkeit seines Herumliegens auf dem Bett dazu, aufzustehen und noch eine Entscheidung zu treffen, wie er sie den ganzen Tag getroffen hatte: Entscheidungen, es nicht wahrzuhaben, sich normal zu benehmen, unbedeutende Entscheidungen, kleine Gesten des Widerstands, die bald vergessen waren.
Er bechloß, mit dem Fahrrad zum Hanuman-Haus zu fahren. Jeder Mann und jede Frau, die er sah, selbst in der Ferne, lösten einen Anfall von Panik in ihm aus. Aber daran hatte er sich schon gewöhnt; es war Teil seines Leidens am Leben geworden. Beim Fahren entdeckte er dann eine neue Dimension seines Schmerzes. Jeder Gegenstand, den er vierundzwanzig Stunden lang nicht gesehen hatte, gehörte seiner heilen und glücklichen Vergangenheit an. Alles, was er jetzt sah, wurde von seiner Angst besudelt, jedes Feld, jedes Haus, jeder Baum, jede Kurve in der Straße, jede Erhebung, jede Senkung. So zerstörte er allmählich durch das bloße Anschauen der Welt seine Gegenwart und seine Vergangenheit.

Und es gab Dinge, die er unberührt lassen wollte. Es war schlimm genug, Tarzan zu täuschen. Anand und Savi wollte er nicht betrügen. Er drehte um und radelte an den Feldern vorbei, deren Schrecknis ihm schon vertraut war, zurück nach Green Vale.

Ihm kam der Gedanke, daß er diese Sache, die ihn da befallen hatte, vielleicht vertreiben könnte, wenn er, soweit er konnte, alles wiederholte, was er am vergangenen Abend getan hatte. Mit einer Vorsätzlichkeit, die der des Tages zuvor entsprach, badete er also, kochte, aß, setzte sich dann hin und schlug den *Glöckner* auf.

Aber das Buch brachte ihm nur den vergangenen Abend in Erinnerung, die Entdeckung der Angst und ließ seine Hände goldbestäubt zurück.

Die Zeitspanne der Klarheit wurde jeden Morgen kürzer. Das Bettuch, das jeden Morgen untersucht wurde, bestätigte immer eine gequälte Nacht. Die Zeit der Ruhe zwischen dem Beginn einer alltäglichen Handlung und ihrer Infragestellung wurde kürzer. Zwischen dem Treffen einer vertrauten Person und ihrer Infragestellung lag immer weniger Unbefangenheit. Bis es überhaupt keine Klarheit mehr gab und jede Tätigkeit unwichtig und sinnlos war.

Aber es war immer noch richtiger, draußen unter richtigen Menschen, als allein in seinem Zimmer mit den Zeitungen und seinen Vorstellungen zu sein. Und obwohl er sich weiterhin mit Visionen von verlassenen Sand- und Schneelandschaften tröstete, wurde seine Angst besonders an Sonntagnachmittagen akut, wenn Felder und Straßen leer und alles ruhig war.

Ständig suchte er nach irgendwelchen Anzeichen, ob die Zerrüttung, die ihn so ohne Vorwarnung befallen hatte, wieder zurückgegangen sei. Das Bettuch zu untersuchen war das eine. Seine Fingernägel zu betrachten das andere. Sie waren unverändert abgekaut; aber manchmal sah er an

einem Nagel einen dünnen, weißen Rand, und obwohl diese Ränder nie anhielten, meinte er, ihr Erscheinen bedeute, daß die Erlösung bevorstehe.
Dann brach ihm, als er eines Abends an den Nägeln kaute, ein Stück von einem Zahn ab. Er nahm das Stück aus dem Mund und legte es auf die flache Hand. Es war gelb und ganz abgestorben, ganz unwichtig: kaum konnte er es als Teil eines Zahn erkennen: wenn es zu Boden gefallen wäre, würde man es nie finden: ein Teil seiner selbst, der nie wieder wachsen würde. Er dachte, er würde es behalten. Dann ging er zum Fenster und schmiß es hinaus.
Eines Samstags sagte Seth, als sie vor dem unfertigen Haus standen: »Was ist los, Mohun? Du hast eine Farbe wie das hier.« Er legte seine große Hand auf eine der grauen Stützen.
Und Mr. Maclean kam vorbei. Jemand, den er kannte, hatte ihm Bauholz zum Sonderpreis angeboten. Es würde reichen, um ein Zimmer mit Wänden zu umschließen.
Sie gingen hin, um sich das Haus anzusehen. Mr. Maclean sah den Asphalt vom Dach hängen, sagte aber nichts dazu. Die Bodendielen im hinteren Schlafzimmer hatten angefangen zu schrumpfen, zu bersten und sich zu wölben. Mr. Maclean sagte: »Der Mann hat ausdrücklich gesagt, das Holz ist getrocknet. Aber Zeder ist 'n verdammt komisches Holz. Es trocknet überhaupt nie.«
Das neue Holz wurde gekauft. Es war Zeder. »Ohne Nut und Feder«, sagte Mr. Maclean.
Mr. Biswas sagte nichts.
Mr. Maclean verstand. Immer wieder hatte er gesehen, daß diese Apathie Bauherren überkam.
Das hintere Schlafzimmer wurde mit Wänden versehen. Die Tür zum Wohnzimmer, das teilweise Boden hatte, wurde angefertigt und eingehängt. Die Tür zu dem nicht existierenden vorderen Schlafzimmer wurde angefertigt

und an den Türrahmen genagelt. »Um Unfälle zu verhindern«, sagte Mr. Maclean, »falls Sie direkt einziehen wollen.« Mr. Biswas hatte Türen mit einer Füllung haben wollen, er bekam Zedernplanken, die an zwei Querbalken genagelt waren. Das Fenster wurde genauso angefertigt und aufgehängt; auf dem neuen Holz glänzten die neuen schwarzen Riegel.

»Es entwickelt sich ganz schön«, sagte Mr. Maclean.

In Mr. Biswas' übereifrigen, erschöpften Kopf kam der Gedanke: »Hari hat es gesegnet. Shama hat es ihn segnen lassen. Sie haben das Wellblech gegeben, und sie haben es gesegnet.«

Sein Schlaf wurde von Träumen unterbrochen. Er war im Geschäft der Tulsis. Überall waren Menschenmengen. Zwei dicke schwarze Fäden verfolgten ihn. Als er nach Green Vale radelte, verlängerten sich die Fäden. Ein Faden färbte sich reinweiß; der schwarze Faden wurde dicker und dicker, violett-schwarz und ungeheurlich lang. Es war eine gummiartige schwarze Schlange; sie entwickelte ein komisches Gesicht; sie fand die Jagd lustig und teilte das dem weißen Faden mit, der nun ebenfalls eine Schlange war.

Als er am Haus vorbeikam und die schwarzen Schlangen vom Dach hängen sah, faßte er einen Stützpfeiler an und sagte: »Hari hat es gesegnet.« Er erinnerte sich an den Koffer, die quengelnden Gebete, das Sprengen mit dem Mangoblatt, das Werfen des Pennys. »Hari hat es gesegnet.«

Er stand auf einem Hügel, einem kahlen, braungrünen Hügel. Es war heiß, aber der Wind war kühl und wehte in seinen Haaren. Am Fuß des Hügels war eine Frau. Sie weinte und kam zu ihm, um Hilfe zu erbitten. Er konnte ihren Schmerz nachempfinden, wollte aber nicht gesehen werden. Was für eine Hilfe konnte er bieten? Und die Frau — Shama, Anand, Savi, seine Mutter — kam immer weiter den Hügel hoch. Er hörte sie schluchzen und wollte ihr zurufen, wegzugehen.

Tarzan winselte draußen vor der Tür.

Eine seiner Pfoten war verletzt.

»Du magst Eier zu gern.«

Dann fielen ihm die enteigneten Arbeiter ein.

Ein paar Nächte später weckten ihn Bellen und Rufe.

»Aufseher! Aufseher!«

Er öffnete den oberen Schlag der Tür.

»Sie haben Feuer an Dookinans Land gelegt«, sagte der Wächter.

Er zog seine Kleider an und eilte, von aufgeregten Arbeitern gefolgt, an die Stelle.

Die Gefahr oder der Schaden waren nicht groß. Dookinans Acker war klein und von den anderen Feldern durch eine Gasse und einen Graben getrennt. Mr. Biswas befahl, das Rohr an den Grenzen der benachbarten Felder abzuschlagen, und obwohl sie von der Feuersbrunst, die aus der Ferne so vielversprechend ausgesehen hatte, enttäuscht waren, machten die Arbeiter sich mit Eifer ans Werk. Der Feuerschein erleuchtete ihre Körper und hielt die Kühle fern.

Die hohen roten und gelben Flammen wurden kleiner; das Rohr schwelte rot und schwarz, prasselte und fiel in sich zusammen und offenbarte das rote Herz des Feuers, das schnell zu einem Schwarz und Grau abkühlte. Rötlich flimmernd stiegen glühende Schnitzelchen auf, wurden schwarz und verschwanden. An den Wurzeln glimmte das Rohr wie Holzkohle; stellenweise sah es aus, als hätte die Erde selbst Feuer gefangen. Die Arbeiter schlugen mit Stöcken auf die Wurzeln und das Rohr ein; Asche schwebte hoch, Rauch verwandelte sich von Grau in Weiß und verflog. Erst da, als die Gefahr vorüber war, erkannte Mr. Biswas, daß er sich seit mehr als einer Stunde nicht mehr befragt hatte.

Auf der Stelle kamen die Fragen, die Angst.
Als die Arbeiter zur Baracke zurückkehrten, hielt ihr Geschwätz noch eine Weile an, und er wurde allein gelassen.
Aber eins hatte die Stunde bewiesen. Bald würde es ihm besser gehen.
Das war die erste von vielen Enttäuschungen. Mit der Zeit kam er dazu, diese Spannen der Freiheit zu mißachten, genauso, wie er nicht mehr erwartete, eines Morgens aufzuwachen und sich wieder unversehrt zu finden.

Zu Beginn der Weihnachtsferien, als das Zuckerrohr wieder einmal in Pfeilen sproß und in den Geschäften in Arwacas die Weihnachtsschilder hochgezogen wurden, ließ Shama durch Seth mitteilen, daß sie die Kinder für ein paar Tage nach Green Vale bringen würde.
Mr. Biswas erwartete sie mit Grauen. An dem Tag, an dem sie ankommen sollten, begann er zu wünschen, daß irgendein Unfall ihr Kommen verhindere. Aber er wußte, daß es keinen Unfall geben würde. Wenn etwas geschehen sollte, mußte er handeln. Er beschloß, Anand und Savi und sich selbst so aus dem Weg zu schaffen, daß die Kinder nie erfahren würden, wer sie getötet hatte. Den ganzen Morgen war er von Visionen besessen, in denen er Anand und Savi mit der Machete niedermetzelte, sie vergiftete, erwürgte, verbrannte; so daß die Beziehung zu ihnen schon pervertiert war, bevor sie noch eingetroffen waren. Um Myna und Shama machte er sich keine Gedanken; sie wollte er nicht töten.
Sie kamen. Sofort wurden seine Pläne unwirklich und absurd. Er empfand nur Resignation und große Müdigkeit. Und die Täuschung und der besondere Schmerz, den er hatte vermeiden wollen, begannen. Selbst während er sich von Anand und Savi anfassen und küssen ließ, forschte er in sich über sie nach, wartete auf die Angst

und fragte sich, ob sie die Täuschung erkannt hätten und sagen könnten, was in seinem Kopf vorging.

Vor Shama hatte er keine Angst; er beneidete sie bloß um ihre gedankenlose Selbstsicherheit. Und fast sofort begann er, sie zu hassen. Ihre Schwangerschaft war grotesk; er haßte die Art, wie sie sich setzte; wenn sie aß, lauschte er auf die Geräusche, die sie machte; er haßte es, wenn sie schnaufte und sich fächelte und schwitzte, wie Schwangere es tun; die Rüschen und Stickereien und anderen Verzierungen an ihren Kleidern verursachten ihm Übelkeit.

Shama, Savi und Myna schliefen auf Bettzeug auf dem Boden. Anand schlief mit Mr. Biswas in dem Himmelbett. Mr. Biswas grauste sich vor der Berührung des Jungen und baute einen Wall von Kissen zwischen sich und Anand.

Seine Ermattung wurde stärker. Am nächsten Tag, Sonntag, kam er kaum aus dem Bett heraus. Während er früher immer das Gefühl hatte, er müsse aus dem Zimmer heraus, wollte er es jetzt nicht mehr verlassen. Er sagte, er sei krank, und es fiel ihm leicht, Malariasymptome vorzutäuschen.

Als Seth kam, erzählte Mr. Biswas ihm: »Ist Malariafieber, glaub' ich.«

Nach einer Woche war die Schlaffheit noch nicht von ihm gewichen. Im Bett sitzend, bastelte er Drachen und Spielzeugkarren für Anand und baute aus Streichholzschachteln eine Kommode für Savi. Je länger er in dem Zimmer blieb, desto weniger wollte er es verlassen. Er bekam Verstopfung. Aber von Zeit zu Zeit mußte er nach draußen gehen; dann kam er übereilt und ängstlich zurück und entspannte sich erst, wenn er wieder im Bett war.

Eingehend beobachtete er Shama auch weiterhin mit Argwohn, Haß und Ekel. Nie sprach er sie direkt an, sondern immer nur durch eins der Kinder; und es dauerte eine Weile, bevor Shama das erkannte.

Als er eines Morgens im Bett lag, kam sie und legte ihm erst die Handfläche und dann den Handrücken auf die Stirn. Diese Geste stieß ihn ab, schmeichelte ihn und ließ ihn sich unwohl fühlen. Sie hatte Gemüse geschnitten, und er konnte den Geruch danach, der an ihrer Hand haftete, nicht ertragen.

»Kein Fieber«, sagte sie.

Sie machte sein Hemd auf und legte ihre Hand, groß, dunkel und fremd, auf seine bleiche, weiche Brust.

Er wollte schreien.

Er sagte: »Nein, ich bin noch nicht fett genug. Du mußt mich noch einmal zurückstellen und noch ein bißchen füttern. Hier, warum fühlst du nicht einfach meinen Finger?«

Sie nahm ihre Hand weg. »Hast du was, Mann?«

»Hast du was?« äffte er sie nach. »Ich hab' was, und du weißt, was es ist.« Er war ungezügelt wütend; nie zuvor hatte sie ihn so mit Abscheu erfüllt. Trotzdem wollte er, daß sie dablieb. Halb hoffend sie nähme ihn ernst, halb hoffend sie nur zu belustigen und zu verwirren, sagte er mit seiner schnellen, hochgeschraubten Stimme: »Ja, das stimmt schon, ich hab' was. Wolken. Unmengen von kleinen schwarzen Wolken.«

»Was sagst du da?«

»Das ist was Komisches. Ist dir schon mal aufgefallen, daß die Leute, wenn du sie beleidigst oder ihnen die Wahrheit sagst, zuerst immer so tun, als verstünden sie nicht?«

»Bin ich ja selber schuld, wenn ich mich in was einmische, was mich nichts angeht. Ich weiß nicht, weshalb ich überhaupt hergekommen bin. Wenn es nicht wegen der Kinder wäre —«

»Ihr alle zusammen habt also Hari mit seinem kleinen

schwarzen Koffer geschickt, was? Und ihr alle müßt ja schon denken, ich steh' wie ein richtiger Narr da.«
»Schwarzer Koffer?«
»Verstehst du jetzt, was ich meine? Du hast beim ersten Mal nicht richtig hingehört.«
»Paß auf, ich hab' nicht die Zeit, hier zu stehen und so mit dir zu quatschen, hörst du? Ich wünschte, du hättest richtiges Fieber. Das würde dir den Mund stopfen.«
Der Streit fing an, ihm Spaß zu machen. »Ich *weiß*, daß du mir richtiges Fieber wünschst. Ich weiß, daß ihr mich alle tot sehen wollt. Und dann seht ihr, wie der alte Weibsfuchs weint, die kleinen Götter lachen, du weinst — und außerdem alle todschick angezogen. Schön, was? Ich *weiß*, daß das alles ist, was ihr wollt.«
»Todschick und geschminkt? Ich? Mit dem, was du mir gibst?« Plötzlich wurde Mr. Biswas kalt vor Furcht.
Seth und das Land und das Wellblech; Hari und der schwarze Koffer; das Segnen; und nun, seit Shama gekommen war, diese Müdigkeit.
Er starb.
Sie töteten ihn. Er würde einfach in diesem Zimmer bleiben und sterben.
Sie war im Küchenteil, schäkerte mit dem Baby in der Hängematte.
»Mach, daß du rauskommst.«
Shama sah auf.
Er sprang aus dem Bett und riß den Spazierstock an sich. Ihm war am ganzen Körper kalt. Sein Herz schlug schnell und schmerzhaft.
Shama kletterte die Stufe ins Zimmer hoch.
»Raus mit dir! Komm nicht rein! Faß mich nicht an!«
Myna weinte.
»Mann«, sagte Shama.
»Komm nicht in dieses Zimmer. Setz bloß keinen Fuß hier rein.« Er fuchtelte mit dem Stock. Er zog sich zum

Fenster zurück und während er sie ansah und mit dem Stock fuchtelte, begann er, den Riegel aufzuziehen. »Faß mich nicht an«, brüllte er, und seine Worte waren mit Schluchzern durchsetzt.

Sie versperrte die Tür.

Aber er hatte ans Fenster gedacht. Er stieß es auf. Altersschwach, wurde es aus den Angeln gehoben. Licht drang ins Zimmer, und frische Luft vermischte sich mit dem modrigen Geruch alter Bretter und Zeitungen — er hatte vergessen, wie modrig sie rochen. Hinter dem ebenen Barackenhof sah er die Bäume, die die Straße säumten und sein Haus abschirmten.

Shama ging auf ihn zu.

Er begann zu schreien und zu heulen. Er stemmte sich mit den Handflächen auf das Fenstersims und versuchte, sich hochzuziehen, immer auf sie zurückblickend. Der Stock als Verteidigungswaffe war nutzlos geworden, da seine Hände in Anspruch genommen waren.

»Was machst du denn da?« sagte sie auf Hindi. »Guck, du tust dir doch weh.«

Er war sich bewußt, daß Tarzan, Savi und Anand unter dem Fenster standen. Tarzan wedelte mit dem Schwanz, bellte und sprang an der Wand hoch.

Shama kam näher.

Er war auf dem Fensterbrett.

»O Gott!« schrie er, seinen Kopf hin und her drehend. »Geh weg.«

Sie war nahe genug, um ihn anfassen zu können.

Er trat nach ihr.

Sie jaulte vor Schmerz auf.

Er sah zu spät, daß er sie in den Bauch getreten hatte.

Die Frauen aus den Baracken eilten herbei, als sie Shama aufschreien hörten, und halfen ihr aus dem Zimmer.

Ums Haus herum kamen Savi und Anand in den Küchenteil vorn.

Voller Verwirrung rannte Tarzan zwischen ihnen und den Frauen und Mr. Biswas hin und her.
»Packen Sie Ihre Kleider zusammen und gehen Sie nach Hause«, sagte Dookhnee, eine der Frauen aus der Baracke. Sie war oft geschlagen worden und Augenzeugin gewesen, wenn Frauen verprügelt wurden; das machte alle Frauen zu Schwestern.
Savi ging ängstlich ins Zimmer und begann, ohne ihren Vater anzusehen, Kleider in einen Koffer zu packen.
Mr. Biswas starrte sie an und schrie: »Nimm deine Kinder und geh. Geh weg!«
Umgeben von Frauen aus den Baracken, rief Shama: »Anand, pack deine Sachen, schnell.«
Mr. Biswas sprang vom Fensterbrett.
»*Nein*!« sagte er. »Anand geht nicht mit dir. Nimm deine Mädchen und geh!« Er wußte nicht, weshalb er das gesagt hatte. Savi war das einzige Kind, das er kannte, und doch hatte er sie gegen seine Gewohnheit verletzt; und er wußte nicht einmal genau, ob er wollte, daß Anand blieb. Vielleicht hatte er das nur gesagt, weil Shama den Namen erwähnte hatte.
»Anand«, sagte Shama, »geh und pack deine Sachen.«
Dookhnee sagte: »Ja, geh und pack deine Kleider.«
Und viele der Frauen sagten: »Mach schon, Junge.«
»Er geht nicht mit dir in dieses Haus«, sagte Mr. Biswas.
Anand blieb, wo er war, streichelte Tarzan in der Küche und sah weder Mr. Biswas noch die Frauen an.
Savi kam mit einem Koffer und einem Paar Schuhe aus dem Zimmer. Sie wischte sich den Staub von den Füßen und schnallte einen Schuh zu.
Jetzt erst fing Shama an zu weinen und sagte auf Hindi: »Savi, ich hab' dir so oft gesagt, du sollst deine Füße waschen, ehe du dir die Schuhe anziehst.«
»Ja, stimmt, Ma. Ich geh' und wasch' sie mir.«
»Gib dich jetzt damit nicht ab«, sagte Dookhnee.

Die Frauen sagten: »Nein, laß es sein.«
Savi schnallte den anderen Schuh zu.
Shama sagte: »Anand, willst du mit mir kommen oder willst du bei deinem Vater bleiben?«
Mr. Biswas sah, den Stock in der Hand, Anand an.
Anand streichelte weiter Tarzan, der jetzt mit halb geschlossenen Augen den Kopf nach oben gereckt hielt.
Mr. Biswas lief zum grünen Tisch und zog ungeschickt die Schublade heraus. Er nahm die lange Schachtel mit Buntstiften heraus, die er für seine Plakate benutzte, und hielt sie Anand hin. Er schüttelte die Schachtel, die Buntstifte rappelten.
Savi sagte: »Komm, Anand, Junge. Geh und pack deine Sachen.«
Immer noch Tarzan streichelnd, sagte Anand: »Ich bleibe bei Pa.« Seine Stimme war leise und gereizt.
»Anand!« sagte Savi.
»Bitte ihn nicht«, sagte Shama, die sich wieder gefangen hatte. »Er ist ein Mann und weiß, was er tut.«
»Junge«, sagte Dookhnee, »deine Mutter«.
Anand sagte nichts.
Shama stand auf, und der Kreis der Frauen um sie erweiterte sich. Sie nahm Myna, Savi nahm den Koffer, und die Hühner und Küken vor sich auseinandertreibend, gingen sie den schlammigen Pfad zwischen dem spärlichen und spröden Gras entlang zur Straße. Tarzan folgte ihnen und wurde von den Hühnern abgelenkt. Als ein zorniges Huhn nach ihm hackte, sah er sich nach Shama und Savi und Myna um. Sie waren verschwunden. Er trottete zu den Baracken und Anand zurück.
Mr. Biswas machte die Schachtel auf und zeigte Anand die gespitzten Buntstifte. »Nimm sie. Sie gehören dir. Du kannst damit machen, was du willst.«
Anand schüttelte den Kopf.
»Du willst sie nicht?«

Tarzan, der zwischen Anands Beinen saß, hielt seinen Kopf hoch, um gestreichelt zu werden, und schloß in freudiger Erwartung die Augen.
»Was willst du dann?«
Anand schüttelte den Kopf. Tarzan schüttelte seinen auch.
»Warum bist du dann hiergeblieben?«
Anand sah aufgebracht aus.
»Warum?«
»Weil —« Das Wort kam dünn aus ihm heraus, aufbrausend, von Wut auf sich und seinen Vater geladen. »Weil sie dich allein lassen wollten.«
Den Rest des Tages sprachen sie kaum miteinander.

Sein Instinkt war richtig gewesen. Sowie Shama weg war, fiel die Müdigkeit von ihm ab. Er wurde wieder rastlos und begrüßte beinah den vertrauten Aufruhr, der sich in seinem Kopf zusammenzog. Er kehrte aufs Feld zurück und nahm am ersten Tag Anand mit. Verstaubt, von Juckreiz gequält, von der Sonne versengt und vom scharfen Gras geschnitten, weigerte Anand sich, noch einmal mitzugehen, und blieb danach mit Tarzan in der Baracke. Er machte noch mehr Spielzeuge für Anand. Ein lose an eine Stange genagelter runder Büchsendeckel lieferte etwas, das rollte wenn man es anstieß, und gab Anand eine tiefe Befriedigung. Abends malten sie imaginäre Landschaftsbilder, schneebedeckte Berge und Fichten, Jachten mit rotem Rumpf auf blauer See unter klarem Himmel, Straßen, die sich zwischen wohlgepflegten Wäldern auf grüne Berge in der Ferne zuschlängelten. Sie redeten auch.
»Wer ist dein Vater?«
»Du.«
»Falsch. Ich bin *nicht* dein Vater. Gott ist dein Vater.«
»Ach, und was ist mit dir?«

»Ich bin einfach irgendeiner. Überhaupt nichts. Ich bin einfach ein Mann, den du kennst.«
Er zeigte Anand, wie man Farben mischte. Er brachte ihm bei, daß Rot und Gelb Orange ergeben, Blau und Gelb Grün.
»Ach, und deshalb werden die Blätter gelb?«
»Nicht genau.«
»Ja, aber hör mal. Angenommen, ich hab' ein Blatt und wasche es und wasche es und wasche es, wird es dann gelb oder blau?«
»Keins von beiden wirklich. Das Blatt ist Gottes Werk, verstehst du?«
»Nein.«
»Dein Problem ist, daß du nicht wirklich glaubst. Es war einmal ein Mann, der war wie du. Er wollte einen Mann wie mich verspotten. Eines Tages, als der Mann wie ich schlief, hat ihm deshalb der andere Mann eine Apfelsine in den Schoß fallen lassen und gedacht: »Ich wette, der blöde Narr wacht auf und sagt, daß Gott die Apfelsine dahin geworfen hat.« Der andere Mann ist also aufgewacht und hat angefangen, die Apfelsine zu essen. Und dieser Mann kommt dazu und sagt: »Ich vermute, Gott hat dir die Apfelsine gegeben.« »Ja«, sagt der andere Mann. »Tja, dann will ich dir mal was sagen. Das war nicht Gott. Das war ich.« »Nun«, sagte der andere Mann, »ich habe um eine Apfelsine gebetet, während ich schlief.««
Anand war beeindruckt.
»Jetzt paß auf«, sagte Mr. Biswas. »Du siehst die Streichholzschachtel. Du siehst, daß ich sie in der Hand halte. Hopsa! Sie ist runtergefallen. Weshalb?«
»Du hast losgelassen, deshalb.«
»Überhaupt nicht deswegen. Sie ist runtergefallen wegen der Schwerkraft. Das Gesetz der Schwerkraft. Die bringen euch Kindern heutzutage aber auch gar nichts mehr bei.«

Er erzählte Anand von Menschen namens Koppernickus und Galilyo. Und es erregte ihn freudig, daß er der erste war, der Anand davon in Kenntnis setzte, daß die Welt rund war und sich um die Sonne drehte.
»Denk an Galilyo. Steh immer für dich selbst ein.«
Er war froh, daß Anand sich dafür interessierte. Es war die Woche vor Weihnachten, und er fürchtete das Ergebnis von Seths Besuch.
Er sagte zu Anand: »Am Samstag machen wir einen Kompaß.«
Und am Samstag sagte Seth: »Warum kommst du nicht nach Hause, Anand, Junge? Komm nach Hause und häng deinen Strumpf auf. Was machst du hier bei deinem Vater?«
»Er ist nicht mein Vater. Es sieht nur für dich so aus, als ob er mein Vater wäre.«
Seth wich der theologischen Auseinandersetzung aus. »Sie machen Kuchen und Eiscreme, Junge.«
Mr. Biswas sagte: »Denk an Galilyo.«
Anand blieb.
Mit Hilfe der Batterien aus seiner elektrischen Taschenlampe magnetisierte Mr. Biswas eine Nadel und steckte sie in eine kreisrunde Papierscheibe; in die Mitte der Scheibe stach er eine Stecknadel, auf deren Kopf ein Papierhütchen steckte.
»Da, wo das Nadelöhr hinzeigt, ist Norden.«
Damit spielten sie, bis die Nadel ihre magnetische Kraft verloren hatte.
Manchmal sagte Mr. Biswas, er habe Malariafieber. Fest in Decken gewickelt und zitternd befahl er Anand dann, ihm Hymnen auf Hindi nachzusagen. Und obwohl sie nicht darüber sprachen, wurde Anand in diesen Zeiten von der Angst seines Vaters angesteckt und wiederholte die Hymnen wie Zaubersprüche. Das Barackenzimmer, dessen Tür und Fenster verschlossen waren und dessen

Ränder im Dunkeln lagen, bekam etwas Höhlenartiges und Bedrohliches, und Anand sehnte sich nach dem Morgen.

Aber es gab auch Entschädigungen.

»Heute«, sagte Mr. Biswas, »zeige ich dir eine Sache, die man Zentrifugalkraft nennt. Geh und hol mir den Eimer draußen und mach ihn so hoch voll Wasser.«

Anand brachte das Wasser.

»Eigentlich ist hier nicht genug Platz«, sagte Mr. Biswas.

»Warum gehst du nicht nach draußen?«

Mr. Biswas hörte nicht zu. »Ich muß es gut rumwirbeln.« Er wirbelte.

Das Wasser platschte übers Bett, die Wände, den Fußboden. »Der Eimer war zu schwer. Geh und hol mir einen von den kleinen blauen Töpfen aus der Küche. Tu da ein bißchen Wasser rein.«

Und beim zweiten Mal funktionierte es.

Sie machten einen elektrischen Summer, für den sie Taschenlampenbatterien verwendeten, ein Stück Blech und einen Nagel, einen rostigen, neuen Nagel, einen von denen, die Mr. Maclean in Zeitungspapier gewickelt an dem Nachmittag gebracht hatte, an dem Edgar das Grundstück für das Haus von Gestrüpp befreit hatte.

Für Mr. Biswas' Umzug aus der Baracke in das fertige Zimmer seines Hauses gab es viele Gründe. Es war eine positive Tat; es war eine zuversichtliche Geste des Widerstands; da war sein anhaltendes Unbehagen darüber zu hören, wie sich in den Baracken Menschen bewegten. Und da war seine Hoffnung, daß das Wohnen in einem neuen Haus in einem neuen Jahr einen neuen Geisteszustand hervorbringen könnte. Wäre er allein gewesen, wäre er nicht umgezogen, denn Einsamkeit fürchtete er mehr als Menschen. Aber mit Anand hatte er genug Gesellschaft.

Tarzan fand eine trächtige Katze im Besitz des leeren staubigen Raumes und jagte sie hinaus.

Der Raum wurde gefegt und geputzt. Sie versuchten, die Asphaltschlangen vom Boden abzukratzen; aber der Asphalt, der auf dem Wellblech so leicht schmolz, blieb auf den Zederplanken hart. Der Raum war kleiner als das Zimmer in der Baracke; das Bett, Shamas Toilettentisch, der grüne Tisch, der Küchenschrank und der Schaukelstuhl füllten es beinah aus. »Jetzt muß ich achtgeben«, sagte Mr. Biswas, »kann nicht zu doll schaukeln«. Und noch andere Unbequemlichkeiten gab es. Es war keine Küche da; sie mußten unten, unter dem Zimmer, auf Blechkästen kochen; ihnen beiden wurde schlecht. Das Dach hatte keine Regenrinne, und das Wasser mußte den ganzen Weg von den Fässern an der Baracke geschleppt werden. Auch das Barackenklo mußten sie benutzen.

Und jeden Tag sah Mr. Biswas die Schlangen, dünn, schwarz, wachsen.

Daß das Haus nicht fertig war, deprimierte ihn nicht. Er sah die Dachbalken, das alte Wellblech, die grauen Stützen, die geborstenen Bretter auf dem Boden und den Wänden, die vernagelte und verriegelte Tür zu dem nicht existierenden Schlafzimmer. Er wußte, daß ihn das einmal unglücklich gemacht hatte; aber das war zu einer so entrückten Zeit, daß er es sich jetzt kaum vorstellen konnte.

Die Schlangen erschienen öfter in seinen Träumen. Er begann, sie als lebendige Dinge zu betrachten und fragte sich, wie es wäre, wenn eine herunterfiele und sich auf seiner Haut zusammenringelte.

Die Fragen und die Angst blieben. Die hatte er nicht in der Baracke gelassen.

Die Bäume konnten so viel verbergen.

Und eines Nachts wurde Anand von Mr. Biswas geweckt, der, schreiend und an seinem Hemd reißend, aus dem Bett sprang, als hätte ein Volk roter Ameisen ihn angegriffen. Eine Schlange war auf ihn gefallen. Ganz dünn und nicht lang. Als sie hochblickten, sahen sie die Mutterschlange, die darauf wartete, noch einige freizugeben.

Mit Stangen und Besen versuchten sie, die Schlangen herunterzureißen. Der Asphalt pendelte nur, wenn sie danach schlugen. Wenn man nach ihm schnappte, zog man nur eine kleine Schlange herunter und ließ die fruchtbare Mutter oben.

Er besorgte sich ein Kakaomesser und verbrachte den folgenden Abend damit, die Schlangen abzuschneiden. Das war nicht leicht. Unter der Kruste war der Asphalt an den Wurzeln zwar weich, aber gummiartig. Er kratzte angestrengt und merkte, wie ihm der Rost vom Dach aufs Gesicht fiel.

Am nächsten Nachmittag hatten die Schlangen schon wieder angefangen zu wachsen.

Er sagte, er habe wieder einen Anfall von Malaria. Er wickelte sich in das Bettuch aus Mehlsäcken und schaukelte in seinem Stuhl. Tarzans Schwanz wurde eingequetscht; jaulend sprang er auf und lief aus dem Zimmer.

»Sag *Rama Rama Sita Rama*, und es passiert dir nichts«, sagte Mr. Biswas.

Schneller und schneller wiederholte Anand die Worte.

»Du willst mich doch nicht verlassen?«

Anand gab keine Antwort.

Das war auch eine von Mr. Biswas' Ängsten geworden. Wenn er sich darauf konzentrierte — eine Befähigung, die er in seinem Zustand hatte —, konnte er sie zu der bedrückendsten aller seiner Ängste machen: daß Anand ihn verließ und er allein blieb.

Eines Nachmittags, Anand rollte gerade seinen Büchsendeckel über den Hof, kamen zwei Männer zum Haus und fragten, ob er dort wohne. Dann fragten sie nach dem Aufseher.

»Er ist auf dem Feld«, sagte Anand. »Aber er kommt gleich wieder.«

Zwischen den Bäumen war die Straße kühl. Die Männer

hockten sich dorthin. Sie summten, sie unterhielten sich, sie warfen Kieselsteine, sie kauten auf Grashalmen, sie spuckten. Anand beobachtete sie.
Einer der Männer rief: »Komm mal her, Junge.« Er war dick und hatte eine gelbe Haut, einen schwarzen Schnurrbart und helle Augen.
Der andere Mann, der jünger war, sagte: »Wir graben nach einem Schatz.«
Dem konnte Anand nicht widerstehen. Seinen Büchsendeckel vor sich hertreibend, ging er zur Straße.
»Komm her. Grab«, sagte der jüngere Mann.
Der dicke Mann schrie auf: »Aah!« und zog einen Cent aus dem Kiesel.
Anand ging dorthin, wo der dicke Mann saß, und begann zu scharren.
Dann rief der jüngere Mann aus: »Aha!« und hob einen Penny aus dem Kies.
Anand lief zu ihm hin. Dann schrie der dicke Mann wieder; er hatte noch einen Cent gefunden.
Anand lief zwischen den beiden Männern hin und her.
»Aber ich find' nichts«, sagte er.
»Hier«, sagte der jüngere Mann, »grab mal hier.«
Anand grub und fand einen Penny. »Den darf ich behalten?«
»Aber es ist doch deiner«, sagte der jüngere Mann. »Du hast ihn gefunden.«
Das Spiel dauerte noch eine Weile. Anand fand zwei weitere Cent.
Dann verlor der dicke Mann anscheinend das Interesse. »Der Aufseher braucht aber lange«, sagte er. »Wo ist dein Vater, Junge?«
Anand wies auf den Himmel und hatte seinen Spaß, als der dicke Mann verblüfft aussah und fragte: »Der Aufseher ist doch dein Vater, oder nicht?«
»Tja, alle glauben, er ist mein Vater. Aber er ist in Wirk-

lichkeit nicht mein Vater. Er ist bloß ein Mann, den ich kenne.«

Die Männer blickten sich an. Der dicke Mann nahm eine handvoll Kies auf und tat so, als würde er sie auf Anand werfen. »Hau ab«, sagte er. »Los, kneif den Schwanz ein.«

»Das ist nicht deine Straße«, sagte Anand. »Das ist die Straße vom Straßenbauamt.«

»So, ein Schlaumeier bist du außerdem? Mit wem, zum Teufel, denkst du, redest du?« Der dicke Mann erhob sich. »Wenn du schon so gerissen bist, dann gib mir mein Geld wieder.«

»Find doch selber was. Das gehört mir«, Anand wandte sich an den jüngeren Mann. »Du hast gesehen, wie ich's gefunden hab'.«

»Laß den Jungen in Ruhe«, sagte der jüngere Mann.

»Ich lasse mir doch von einem kleinen Jungen, der mir meine letzten paar Cent raubt, keine Unverschämtheiten bieten«, sagte der dicke Mann. »Dem werd' ich was anderes beibringen.« Er packte Anand.

Wenn du mich schlägst, sag' ich's meinem Vater.«

Der dicke Mann zögerte.

»Laß ihn in Ruh, Dinnoo«, sagte der jüngere Mann. »Guck, der Aufseher.«

Anand riß sich los und lief zu Mr. Biswas. »Der dicke Mann da hat versucht, mir mein Geld zu klauen.«

»'n Abend, Boß«, sagte der dicke Mann.

»Nun mal langsam. Wer zum Teufel hat Ihnen gesagt, Sie könnten Hand an meinen Sohn legen?«

»Ihr Sohn, Boß?«

»Er hat versucht, mein Geld zu klauen«, sagte Anand.

»War doch bloß Spiel«, sagte der dicke Mann.

»Verzieht euch!« sagte Mr. Biswas. »Arbeit! Ihr sucht keine Arbeit. Ihr kriegt auch keine.«

»Aber, Boß«, sagte der jüngere Mann, »Mr. Seth hat gesagt, er hätte Ihnen Bescheid gesagt.«

»Nichts hat er mir gesagt.«
»Aber Mr. Seth hat gesagt —« sagte der dicke Mann.
»Laß sie, Dinnoo«, sagte der jüngere Mann. »Dieser Vater und sein verfluchter Sohn.«
»Liegt im Blut«, sagte der dicke Mann.
»Passen Sie auf, was Sie sagen«, schrie Mr. Biswas.
»Tsch!« Der Mann schnalzte mit der Zunge, zog sich aber zurück.
Anand zeigte Mr. Biswas die Kupfermünzen, die er gefunden hatte.
»Die Straße ist voll von Geld«, sagte er. »Die haben Silber gefunden. Aber davon hab' ich nichts gefunden.«

Mr. Biswas lag wach im Bett, als Anand aufstand. Anand stand immer zuerst auf. Mr. Biswas hörte ihn über die widerhallenden Dielen des unfertigen Wohnzimmerbodens gehen und die Treppe betreten — das gab einen festeren Klang. Dann trat Stille ein, und er hörte, wie Anand durchs Wohnzimmer zurückkam.
Anand stand in der Tür. Sein Gesicht war ausdruckslos.
»Pa.« Seine Stimme war schwach. Sein Mund blieb halb geöffnet und zuckte.
Mr. Biswas warf das Bettuch ab und ging zu ihm.
Anand schüttelte die Hand seines Vaters ab und zeigte durch das Wohnzimmer.
Mr. Biswas ging hin, um nachzusehen.
Auf der untersten Stufe sah er Tarzan, tot. Der Kadaver war achtlos hingeworfen worden. Die Hinterbeine lagen auf der Treppe, die Schnauze auf dem Boden. Das braunweiße Fell war mit schwarzrotem Blut verklebt und schmutzbefleckt; massenhaft schwirrten Fliegen um ihn. Der Schwanz war gegen die zweite Stufe gestützt und hoch aufgerichtet, sein Fell wurde in der leichten Morgenbrise zerzaust, als gehörte es einem lebendigen Hund. Man hatte ihm den Hals durchgeschnitten und den Bauch

aufgeschlitzt; auf seinen Lippen und um seine Augen, die barmherzigerweise geschlossen waren, saßen Fliegen.
Mr. Biswas fühlte, daß Anand neben ihm stand.
»Komm, geh rein. Ich kümmere mich um Tarzan.«
Er führte Anand ins Schlafzimmer. Anand ging leichtfüßig, ganz leichtfüßig, als reagiere er nur auf den Druck von Mr. Biswas' Fingern. Mr. Biswas strich mit der Hand über Anands Haar. Ungehalten schüttelte Anand die Hand ab. Der verkrampfte, zerbrechliche Körper zitterte, und sein Hemd zwischen beiden Händen knetend, begann Anand, auf dem Boden hin und her zu hüpfen.
Es dauerte ein paar Sekunden, ehe Mr. Biswas klar wurde, daß Anand tief Luft geholt hatte, bevor er schrie. Er konnte nichts tun als warten, das geschwollene Gesicht, den verzerrten Mund, die zusammengekniffenen Augen betrachten. Und dann kam es, ein schrecklich pfeifender, schriller Schrei, der gar nicht mehr aufhören wollte, bis er sich in Gurgeln und erstickten Geräuschen auflöste.
»Ich will hier nicht bleiben! Ich will gehen!«
»Gut«, sagte Mr. Biswas, als Anand schnüffelnd und mit roten Augen neben ihm auf dem Bett saß. »Ich bringe dich zum Hanuman-Haus. Morgen.« Das war eine Bitte um Aufschub. In der Angst, die sein Herz zum Klopfen brachte, hatte er den Hund vergessen und wußte nur, daß er nicht allein gelassen werden wollte. Die Geschicklichkeit hatte er sich angeeignet: das Unangenehme, das ihm unmittelbar bevorstand, zu vergessen. Nichts konnte ihn von dem tieferen Schmerz ablenken.
Auch Anand vergaß den Hund. Er erkannte nur die Bitte und seine Macht. Er schlug mit den Beinen gegen die Seite des zerwühlten Bettes. »Nein! Nein! Ich will heute gehen.«
»Na gut, ich bringe dich heute nachmittag hin.«
Mr. Biswas begrub Tarzan im Hof. So fügte er den Hügeln, die der energische Edgar aufgeworfen hatte und die nun mit einer Haut von Vegetation überzogen waren,

einen neuen hinzu. Tarzans Hügel sah ungeschlacht aus, bald aber würde Unkraut darüber wachsen; wie Edgars Hügel würde er in der Landschaft aufgehen.

Die frühe Morgenbrise ließ nach. Es wurde dunstig. Beständig stieg die Hitze, und kein erfrischender Schauer kam am frühen Nachmittag. Dann verdichtete sich der Dunst, die weißen Wolken wurden silbern, dann grau, dann schwarz und brauten sich schwer am Himmel zusammen: ein Aquarell in Schwarz und Grau.

Es wurde dunkel.

Mr. Biswas kam vom Feld geeilt und sagte: »Ich glaube nicht, daß wir dich heute nach Arwacas bringen können. Es fängt jede Minute an zu regnen.«

Anand war zufrieden. Dunkelheit um vier, das war ein Ereignis, etwas Abenteuerliches, Erinnerungswürdiges.

Unten, in der behelfsmäßigen Küche aus Kästen, machten sie sich ein Essen. Dann gingen sie nach oben, um den Regenguß abzuwarten.

Bald kam er. Hart klopften einzelne Tropfen auf das Dach, wie ein langsamer Trommelwirbel. Der Wind wurde frischer, der Regen fiel schräg. Jeder Tropfen, der auf die Stützen traf, zerplatzte und lief in Form eines Speerpfeils auseinander. Der Regen, der auf den Staub unterhalb des Dachs traf, rollte sich zu dunklen Schmutzkörnchen, ordentlich und kugelig.

Sie zündeten die Öllampe an. Motten flogen herein. Durch die Dunkelheit getäuscht, hatten sich schon Fliegen für die Nacht niedergelassen; dicht saßen sie auf den Asphaltstücken.

Mr. Biswas sagte: »Wenn du zum Hanuman-Haus zurückgehst, mußt du mir die Buntstifte wiedergeben.«

Der Wind blies stoßweise, krümmte den Fall des Regens.

»Die hast du mir doch geschenkt.«

»Ah, du hast sie aber nicht genommen. Erinnerst du dich? Ist egal, jetzt nehme ich sie zurück.«

»Na ja, du kannst sie zurückkriegen. Ich will sie nicht.«

»Ist ja schon gut, ist ja gut. Ich hab' nur 'nen Scherz gemacht. Ich nehm' sie nicht zurück.«

»Ich will sie nicht.«

»Nimm sie.«

»Nein.«

Anand ging hinaus in das nicht fertiggestellte Wohnzimmer.

Als der richtige Regen kam, kündigte er sich ein paar Sekunden vorher durch sein Brausen an: das Brausen des Windes, des Windes durch Bäume, der Sintflut über fernen Bäumen. Dann kam ein schnelles Prasseln aufs Dach, das sich sogleich in ein anhaltendes und gleichmäßiges Hämmern auflöste, so laut, daß Anand nichts hören konnte, falls Mr. Biswas etwas sagte.

Hier und da leckte Mr. Macleans Dach; das trug zur Gemütlichkeit des Zufluchtsortes bei. In gleichmäßig dicken Strömen fiel Wasser aus dem Wellblech und schloß das Haus ein. Wasser floß das abschüssige Land unter dem Dach hinab; die Schmutzkugeln waren längst verschwunden. Das Wasser höhlte verschlungene Kanäle aus, als es sich seinen Weg zur Straße hinunter und zur Senke vor der Baracke erzwang. Und der Regen tobte weiter, und das Dach hallte davon wider.

Für jeweils mehrere Sekunden erleuchtete der Blitz eine glänzende chaotische Welt. Von Tarzans Grab lief in einem dünnen gleichmäßigen Rinnsal frischer Schlamm ab. Die Regentropfen glitzerten, wenn sie auf den durchweichten Boden trafen. Dann kam der Donner, rollend und nahe. Anand dachte an eine riesenhafte Dampfwalze, die durch den Himmel brach. Das Blitzen war aufregend, aber er fühlte sich auch seltsam dabei. Das und der Donner schickten ihn ins Schlafzimmer zurück.

Er überraschte Mr. Biswas dabei, wie er mit dem Finger auf den Kopf schrieb. Schnell gab Mr. Biswas vor, mit seinem Haar zu spielen. Die Flamme der Öllampe flackerte, obwohl sie durch einen Glaszylinder geschützt war; Schatten flogen durchs Zimmer; in einem sich ständig veränderten Muster schwangen die Schatten der Schlangen über das erzitternde Dach.

Nach außen immer noch böse auf seinen Vater, setzte Anand sich am Fuß des Bettes auf den Boden und legte die Arme um die Knie. Das Getöse auf dem Dach und das Trommeln des Regens auf den Bäumen und der Erde ließen ihn frösteln. Neben ihm fiel irgend etwas. Es war eine geflügelte Ameise, deren Flügel zusammengebrochen waren und nun für den wurmförmigen Körper eine Last darstellten. Diese Geschöpfe kamen nur bei schwerem Regen hervor und überlebten ihn selten. Wenn sie einmal fielen, stiegen sie nie wieder auf. Anand drückte einen Finger auf den gebrochen Flügel. Die Ameise zappelte, der Flügel wurde freigegeben und plötzlich geschäftig, plötzlich dem Anschein nach wieder heil, zog die Ameise ab ins Dunkel.

Auf einmal war ein Schauer des schweren Regens vorüber. Es tröpfelte noch, und der Wind blies noch und warf den Nieselregen wie Sand auf Dach und Wände. Man konnte das Wasser vom Dach auf die Erde fallen hören, und das Wasser gurgelte, wenn es in seinen neuen Kanälen ablief. Der Regen war durch die Lücken zwischen den Wandbrettern gesickert. Die Ränder des Fußbodens waren naß.

»Rama Rama Sita Rama, Rama Rama Sita Rama.«

Ungeniert lag Mr. Biswas auf dem Bett, mit ineinander verschränkten Beinen und sich rasch bewegenden Lippen. Aus seinem Gesicht sprach eher Erbitterung als Schmerz. Anand hielt das für eine Bitte um Mitgefühl und ignorierte es. Er legte den Kopf auf die über seinen Knien gekreuzten Arme und wiegte sich auf dem Boden.

Ein neuer Regenschauer begann. Auf Anands Arm fiel eine geflügelte Ameise. Hastig wischte er sie weg; die Stelle, an der die Ameise ihn berührt hatte, schien zu brennen. Dann sah er, daß das Zimmer voll von diesen Ameisen war, die sich der letzten Minuten ihres kurzen Lebens erfreuten. Ihre kleinen Flügel, von großen Leibern überanstrengt, wurden schnell nutzlos, und ohne Flügel waren sie ohne Verteidigung. Immer mehr fielen herunter. Ihre Feinde hatten sie schon entdeckt. An einer Wand sah Anand im Schatten des Reflektors der Öllampe eine Kolonne schwarzer Ameisen. Es waren nicht die verückten Ameisen, dünne, minderwertige Geschöpfe, die sich bei der geringsten Störung zerstreuten; es waren die beißenden Ameisen, die kürzer, dicker, hübscher, violett bis schwarz mit einem matten Glanz waren und sich langsam und streng formiert so feierlich und gesetzt wie Leichenbestatter bewegten. Wieder erleuchtete ein Blitz das Zimmer, und Anand sah, daß die Kolonne der beißenden Ameisen sich diagonal über zwei Wände erstreckte: eine Umwegroute, aber sie hatten ihre Gründe.
»Hör mal!«
Anand, der den Mund auf seinen von Gänsehaut überzogenen Arm preßte und die Ameisen beobachtete, antwortete nicht.
»Junge!«
Die Angst und die Lautstärke der Stimme, die stärker waren als Regen und Wind, ließen Anand auffahren. Er stand auf.
»Hörst du sie?«
Anand lauschte, versuchte, die einzelnen Bestandteile des Getöses auszumachen: den Regen, den Wind, das abfließende Wasser, die Bäume, den Regen auf Wänden und Dach. Gerede, undeutlich, ein Brummeln, an- und abschwellend.
»Hörst du sie?«

Alles konnte wie Gerede klingen: das Gurgeln des Wassers, Zweige, die sich aneinander rieben. Anand öffnete die Tür ein wenig und sah durch die Sparren des Wohnzimmers hinab. Der Erdboden war von glänzendem schwarzem Wasser überflossen. Unter dem vorderen Schlafzimmer ohne Bodenbelag, das höher lag und nicht so naß war, hockten zwei Männer vor einem rauchenden Reisigfeuer. Zwei große herzförmige Blätter der wilden *Tannia* lagen neben den Männer. Die Blätter mußten sie als Schirme benutzt haben, als sie von dem schweren Schauer überrascht worden waren. Die Männer starrten ins Feuer. Einer rauchte eine Zigarette. Im schwachen Widerschein des Feuers, in der Stille dieser Szene inmitten des Aufruhrs, hätte dieser so gesammelte und gelassene Akt des Rauchens Teil eines uralten Rituals sein können.
»Siehst du sie?«
Anand schloß die Tür.
Auf dem Fußboden kamen die geflügelten Ameisen zu neuem Leben. Sie wurden von Unmengen schwarzer Glieder in Besitz genommen. Sie wurden von den beißenden Ameisen weggeschleppt. Sie krümmten und wanden sich, störten aber die gleichmäßige Feierlichkeit ihrer Träger nicht. Auch körperlose Flügel wurden weggetragen.
Ein Blitz verwischte Schatten und Farben.
Anand standen die Haare auf Armen und Beinen zu Berge. Seine Haut kribbelte.
»Siehst du sie?«
Anand dachte, es könnten die Männer vom vergangenen Tag sein. Er konnte sich aber nicht schlüssig werden.
»Bring mir die Machete.«
Anand lehnte die Machete am Kopfende des Bettes gegen die Wand. Das Wasser lief in Strömen über die Wand.
»Und du nimmst den Spazierstock.«
Anand wäre gern schlafen gegangen. Aber er wollte nicht zu seinem Vater ins Bett gehen. Und weil der Fußboden

da, wo es nicht naß war, voller Ameisen war, konnte er kein Bett für sich machen.
»Rama Rama Sita Rama, Rama Rama Sita Rama.«
»Rama Rama Sita Rama«, wiederholte Anand.
Dann vergaß Mr. Biswas Anand und begann zu fluchen. Er verfluchte Ajodha, Pandit Jairam, Mrs. Tulsi, Shama, Seth.
»Sag *Rama Rama*, Junge.«
»Rama Rama Sita Rama.«
Der Regen ließ nach.
Als Anand hinausschaute, waren die Männer mit ihren *Tannia*-Blättern gegangen. Sie hatten ein totes, kaum noch rauchendes Feuer zurückgelassen.
»Siehst du sie?«
Der Regen kam wieder. Immer wieder flammten Blitze auf, explodierte und rollte der Donner.
Die Prozession der Ameisen ging weiter. Anand fing an, sie mit seinem Spazierstock zu töten. Jedesmal, wenn er eine Gruppe, die eine lebendige geflügelte Ameise trug, zermalmte, liefen die Ameisen ohne Verwirrung oder Hast auseinander, formierten sich neu, brachten von dem zerquetschten Körper weg, was sie konnten, und trugen ihre Toten weg. Immer wieder schlug Anand mit seinem Stock zu. Ein stechender Schmerz zog sich seinen Arm hoch. Auf seiner Hand sah er eine Ameise, den Körper aufgerichtet, die Zangen in seiner Haut vergraben. Als er seinen Spazierstock anschaute, sah er, daß er von beißenden Ameisen wimmelte, die nach oben krabbelten. Plötzlich erschrak er vor ihnen, ihrem Zorn, ihrer Rachsucht, ihrer Anzahl. Er warf den Stock von sich. Er fiel in eine Pfütze.
Knirschend und klappernd hob sich das Dach und fiel wieder. Das Haus bebte.
»Rama Rama Sita Rama«, sagte Anand.
»O Gott! Sie kommen!«

»Sie sind *weg*!« schrie Anand wütend.
Mr. Biswas murmelte Hymnen in Hindi und Englisch, brachte sie nicht zu Ende, fluchte, wälzte sich auf dem Bett, und immer noch drückte sein Gesicht nur Erbitterung aus. Die Flamme der Öllampe flackerte, schrumpfte, tauchte den Raum sekundenlang in Finsternis und schien dann wieder.
Ein Rütteln auf dem Dach, ein Ächzen und länger anhaltendes knirschendes Geräusch, und Anand wußte, daß eine Wellblechplatte abgerissen war. Eine Platte blieb lose hängen. In einem fort schlug sie auf und ab und quietschte. Anand wartete darauf, daß die weggeblasene Platte herunterfiel.
Er hörte es nie.
Blitz; Donner; Regen auf Dach und Wänden; die lose Eisenplatte; der Wind, der gegen das Haus drückte, innehielt und wieder drückte.
Dann kam ein Brausen, das alles übertönte. Als es aufs Haus traf, flog das Fenster auf, die Lampe ging im selben Augenblick aus, der Regen peitschte herein, ein Blitz erleuchtete das Zimmer und die Welt draußen, und als der Blitz verlöschte, war der Raum ein Teil der schwarzen Leere.
Anand begann zu schreien.
Er wartete darauf, daß sein Vater etwas sagte, das Fenster schloß, die Lampe anmachte.
Aber Mr. Biswas auf dem Bett murmelte nur, und Regen und Wind fegten mit unnötiger Kraft durch den Raum und brachen die Tür zu dem wand- und bodenlosen Wohnzimmer des Hauses auf, das Mr. Biswas gebaut hatte.

Anand schrie und schrie.
Regen und Wind erstickten seine Stimme, warfen die Lampe herunter, ließen den Schaukelstuhl schaukeln und

schleudern, ratterten den Küchenschrank gegen die Wand, vernichteten jeden Geruch. Stahlblaue Blitze, die mit Unterbrechungen aufflammten und weiß explodierten, zeigten die Ameisen, immer wieder durcheinander, sich immer wieder neu formierend.

Dann sah Anand ein Licht im Dunkeln tanzen. Es war ein Mann, der sich, eine Hurrikanlampe in der einen Hand, eine Machete in der anderen, gegen den Wind nach vorne stemmte. Die brennende Flamme war wie ein Wunder.

Es war Ramkhilawan aus der Baracke. Wie ein Cape trug er einen Jutesack über Kopf und Schultern. Er war barfuß und seine Hose bis über die Knie aufgerollt. Die Hurrikanlampe zeigte schnell dahinschießende Ströme von Regen, und als er die schlüpfrigen Stufen hochkletterte, waren seine schlammigen Fußabdrücke sofort weggewaschen.

»Oh, mein armes, kleines Kälbchen!« rief er. »Oh, mein armes, kleines Kälbchen!«

Er schloß die Tür zum Wohnzimmer. Die Lampe beleuchtete ein nasses Chaos. Er kämpfte mit dem Fenster. Sowie er es ein wenig von der Wand, gegen die es gepreßt wurde, weggezogen hatte, stieß der Wind, der sich gerade wieder erhob, nach und knallte das Fenster zu, so daß Ramkhilawan zurücksprang. Er nahm den klatschnassen Jutesack vom Kopf; das Hemd klebte ihm an der Haut.

Die Öllampe war nicht zerbrochen. Es war sogar noch etwas Öl drin geblieben. Der Zylinder war gesprungen, aber noch ganz. Ramkhilawan brachte aus seiner Hosentasche eine feuchte Schachtel Streichhölzer hervor und hielt ein angezündetes Streichholz an den Docht. Der mit Wasser vollgesogene Docht zischte; das Streichholz brannte ab; der Docht fing Feuer.

6. *Der Weggang*

Eine Benachrichtigung mußte zum Hanuman-Haus geschickt werden. Für Melodramatisches und Verhängnisvolles waren die Arbeiter immer empfänglich, und es gab viele Freiwillige. Am selben Abend noch ging ein Bote durch Regen, Wind und Donner nach Arwacas und offenbarte dramatisch seine Unglücksgeschichte.

Mrs. Tulsi und der jüngere Gott waren in Port-of-Spain. Shama war im Rosenzimmer; seit zwei Tagen stand die Hebamme zu ihrer Verfügung.

Schwestern und Ehemänner hielten Rat.

»Ich hab' mir schon immer gedacht, daß er verrückt ist«, sagte Chinta.

Sushila, die kinderlose Witwe, sagte mit ihrer ganzen Krankenzimmerautoriät: »Um Mohun mache ich mir keine Sorgen, aber um die Kinder.«

Padma, Seths Frau, fragte: »Was glaubt ihr, hat er denn?«

Sumati, die so gut prügeln konnte, sagte: »Der Bote hat nur gesagt, daß er sehr krank ist.«

»Und daß sein Haus so gut wie weggeblasen worden ist«, fügte Jais Mutter hinzu.

Einige lächelten.

»Tut mir leid, dich zu berichtigen, Sumati, Schwester«, sagte Chinta. »Aber der Bote hat gesagt, daß er nicht ganz richtig im Kopf ist.«

Seth sagte: »Ich vermute, wir müssen den Paddler nach Hause holen.«

Die Männer machten sich fertig, um nach Green Vale zu fahren; sie waren genauso aufgeregt wie der Bote.

Die Schwestern hantierten geschäftig herum und beeindruckten damit die Kinder, die im Dunkeln gelassen wurden. Sushila, die das Blaue Zimmer bewohnte, wenn der Gott nicht da war, räumte alle persönlichen, weiblichen Sachen aus; sie verwandte viel ihrer Zeit darauf, die Geheimnisse der Frauen von den Männern fernzuhalten. Sie verbrannte auch bestimmte übelriechende Kräuter, um das Haus zu reinigen und zu schützen.

»Savi«, sagten die Kinder, »deinem Papa ist was passiert.« Und sie steckten Nadeln in die Dochte der Lampen, um Unglück und Tod fernzuhalten.

Auf der Veranda und in sämtlichen Schlafzimmern oben wurden die Betten früher als sonst gemacht und die Lampen heruntergedreht, und vom Geräusch des Regens eingelullt, schliefen die Kinder ein. Unten saßen die Schwestern mit tief über Kopf und Schultern gezogenen Schleiern still um den langen Tisch. Sie spielten Karten und lasen Zeitung. Chinta las im *Ramayana;* ständig steckte sie sich neue Ziele, und zur Zeit wollte sie die erste Frau in der Familie sein, die das Epos von Anfang bis Ende las. Gelegentlich lachten die Kartenspielerinnen stillvergnügt in sich hinein. Manchmal wurde Chinta gerufen, um sich die Karten einer Schwester anzusehen; oft war die Versuchung zu groß, und Chinta nahm ihre finstere Art, Karten zu spielen, an und blieb, ohne ein Wort zu sagen, um die Runde zu spielen, wobei sie jede Karte aufklopfte, bevor sie sie ausspielte und mit einem Knall den Trumpf auf den Tisch warf, was sie so gut beherrschte. Dann ging sie, immer noch schweigend, zurück zu ihrem *Ramayana.* Die Hebamme, eine alte, dünne unergründliche Frau aus Madras, kam in die Diele und hockte sich in einer Ecke auf die Erde. Sie rauchte schweigend, ihre Augen glänzten. In der Küche brodelte Kaffee; sein Aroma füllte die Diele.

Als die Männer tropfnaß zurückkamen und Anand schläfrig und in Tränen neben ihnen ging, während Govind Mr. Biswas auf den Armen trug, war Erleichterung und auch etwas Enttäuschung zu spüren. Mr. Biswas war nicht wild oder gewalttätig; er schwang keine Reden; er gab nicht vor, ein Auto zu lenken oder Kakao zu pflücken — die zwei Handlungen, die man gemeinhin mit Geistesgestörtheit verband. Er sah nur ganz aufgebracht und müde aus. Govind und Mr. Biswas hatten seit ihrem Kampf nicht mehr miteinander gesprochen. Indem Govind Mr. Biswas auf den Armen trug, hatte er sich auf die Seite der Autorität gestellt: er hatte die der Autorität innewohnede Macht übernommen, zu retten und beizustehen, wenn es notwendig war, die unpersönliche Macht der Autorität zu verzeihen.

Als sie das erkannte, kümmerte Chinta sich eifrig um Anand, trocknete sein Haar, zog ihm seine nassen Kleider aus und gab ihm welche von Vidiadhar, gab ihm zu essen, brachte ihn nach oben und fand zwischen den schlafenden Jungen eine Platz für ihn.

Mr. Biswas brachte man ins Blaue Zimmer, gab ihm trockene Kleider und bot ihm vorsichtig eine Tasse heißer gesüßter Milch mit Muskatnuß, Brandy und Klumpen roter Butter an. Noch verbliebene Befürchtungen beruhigte er, als er die Tasse ohne Zwischenfall nahm und achtsam trank.

Die Wärme und Zuversichtlichkeit, die das Zimmer ausstrahlte, waren ihm willkommen. Jede Wand war solide; das Regengeräusch war gedämpft; die Decke aus fünf Zentimeter dicker Pechkiefer verbarg Wellblech und Asphalt; das Fenster mit heruntergelassener Jalousie, das in einer tiefen Leibung eingelassen war, klapperte nicht in Wind und Regen.

Er wußte, daß er im Hanuman-Haus war, konnte aber nicht einschätzen, was vorausgegangen war und was kommen sollte. Er hatte das Gefühl, er gewänne fortwährend Klarheit über eine neue Situation, die mit den blitzschnell, wie Momentaufnahmen auftretenden Erinnerungen an andere Ereignisse, die sich über eine unendliche Zeitspanne zu erstrecken schienen, irgendwie zusammenhing. Der Regen auf dem nassen Bett; die Fahrt im Auto; Ramkhilawans Auftauchen; der tote Hund; die Männer, die draußen redeten; Donner und Blitz; das Zimmer, das sich plötzlich mit Seth und Govind und den anderen füllte; und jetzt dieser warme, geschlossene Raum, von einer gleichmäßig brennenden Lampe gelblich erleuchtet; die trockene Kleidung. Wie er sich konzentrierte, nahm jeder Gegenstand Festigkeit und Beständigkeit an. Dieser Tisch mit Marmorplatte, auf dem eine Porzellantasse mit Untertasse und Löffel stand: eine andere Anordnung dieser Gegenstände war nicht möglich. Er wußte, daß diese Ordnung bedroht war; er verspürte Erwartung und Unbehagen.

Er lag so still wie möglich. Bald war er eingeschlafen. In seinen letzten klaren Augenblicken dachte er, daß der gedämpfte und gleichmäßige Klang des Regens tröstlich sei.

Am nächsten Morgen regnete es immer noch fest, aber der Wind hatte nachgelassen. Es war dunkel, aber es blitzte und donnerte nicht mehr. Die Abflußgräben um das Haus waren gefüllt und schlammig. Auf der Hauptstraße flossen die Kanäle über, und die Straße stand unter Wasser Die Kinder konnten nicht zur Schule gehen. Unter ihnen herrschte große Aufregung, nicht nur wegen des ungewöhnlichen Wetters und unerwarteten Ferientages, sondern auch wegen der nächtlichen Störung. Einige erinnerten sich, daß sie während der Nacht kurz aufgeweckt worden waren; nun war Anand bei ihnen und sein Vater im Blauen Zimmer. Ein paar Mädchen taten so, als wüßten sie über alles, was geschehen war, Bescheid. Es war wie der Morgen nach einer Geburt im Rosenzimmer: die Geheimnisse wurden so gehütet und alles so heimlich durchgeführt, daß von den jüngeren Kindern nur wenige wußten, was im Gange war, bis man es ihnen sagte.

»Savi«, sagten die Kinder, »dein Papa ist hier. Im Blauen Zimmer.«

Aber sie wollte weder ins Blaue Zimmer, noch ins Rosenzimmer gehen.

Draußen planschten nackte Kinder kreischend in den überschwemmten Straßen und angeschwollenen Kanälen und ließen Papierbötchen und Holzbötchen und selbst Stöcke um die Wette fahren.

Gegen Vormittag hellte der Himmel sich auf und stieg, der Regen nahm bis auf ein Nieseln ab und hörte dann ganz auf. Die Wolken verzogen sich, plötzlich war der Himmel blendend blau, und auf dem Wasser waren Schatten. Schnell liefen die Kanäle ab, und ihr Glucksen verlor sich bald im erwachenden Alltagslärm. Auf der Straße blieb nur eine Ablagerung von Zweigen und Schmutz zurück. An den Zäunen der Höfe hatten Abfall und Kiesel, die aussahen, als seien sie ausgewaschen und gesiebt worden, Wasserstandzeichen hinterlassen; um Steine war die Erde weggewaschen worden; abgerissene grüne Blätter waren zum Teil in Schlick vergraben. Dampfend trockneten Straßen und Dächer, geschwind wie Tinte auf einem Löschblatt breiteten sich trockene Stellen aus. Und bis auf die Senken, in denen sich Wasser gesammelt hatte, waren Straßen und Höfe im Nu trocken. An ihren Rändern nagte die Hitze, bis sogar die Senken den blauen Himmel nicht mehr widerspiegeln konnten. Und abgesehen von dem Schlamm im Schutz der Bäume war die Welt wieder trocken.

Man brachte Shama die Neuigkeiten von Mr. Biswas bei. Sie schlug vor, daß die Möbel aus Green Vale zum Hanuman-Haus gebracht werden sollten.

Der Arzt kam, ein römisch-katholischer Inder, der aber von den Tulsis wegen seines Auftretens und Größe seines

Besitzes hoch geschätzt wurde. Er tat das Gerede darüber, Mr. Biswas für geistesgestört erklären zu lassen, ab und sagte, daß Mr. Biswas an Nervosität und einem bestimmten Vitaminmangel leide. Er verschrieb eine Kur mit Sanatogen, ein Tonikum namens Ferrol, das angeblich eisenspendende, körperaufbauende Eigenschaften hatte, und Ovomaltine. Er sagte auch, daß Mr. Biswas viel Ruhe brauche und nach Port-of-Spain fahren solle, sobald es ihm besser ginge, um dort einen Spezialisten aufzusuchen. Kaum war der Arzt weg, kam der Wunderdoktor, ein erfolgloser Mann mit grellem Turban und bangem Auftreten; seine Gebühren waren niedrig. Er reinigte das Blaue Zimmer und erichtete unsichtbare Sperren gegen böse Geister. Er empfahl, Bänder mit Aloe in Türeingänge und Fenster zu hängen, und sagte, die Familie hätte wissen sollen, daß sie immer eine schwarze Puppe im Eingang zur Diele haben müßte, um böse Geister abzuwehren. Vorbeugen sei besser als Heilen. Dann erkundigte er sich, ob er nicht auch eine kleine Mixtur zubereiten könne.

Das Angebot wurde abgelehnt. »Ovomaltine, Ferrol, Sanatogen«, sagte Seth. »Geben Sie Mohun Ihre Mixtur, und Sie verwandeln ihn in eine kleine Kapsel.«

Aber die Aloe hängten sie auf; es war ein natürliches Abführmittel, das nichts kostete und von dem sie immer große Mengen im Haus hatten. Und die schwarze Puppe hängten sie auf, eine aus einem kleinen uralten Vorrat im Tulsi-Laden, einem englischen Sortiment, das bei den Leuten von Arwacas keinen Anklang gefunden hatte.

Am selben Nachmittag brachte ein Lastwagen die Möbel aus Green Vale. Alles war feucht und verfärbt. Die Politur auf Shamas Toilettentisch war weiß geworden. Die Matratze war durchnäßt und muffig; die Kokosfasern waren aufgeschwemmt und hatten Flecken auf dem Drillich hinterlassen. Die stoffbespannten Einbände von Mr. Biswas' Büchern waren noch klebrig feucht, und ihre Farbe war an

den Kanten des Papiers hinabgelaufen, das Wellen geworfen hatte und zusammenklebte.
Die Metallteile des Himmelbettes blieben, ohne daß sie zusammenmontiert wurden, in dem Teil des langen Zimmers, der einmal Shama und Mr. Biswas gehört hatte; die Planken und die Matratze wurden zum Trocknen in die Sonne gelegt. Der Küchenschrank stand in der Diele neben dem Kücheneingang, neben der rußigen grünen Wand sah er fast neu aus. Auf ihm war immer noch das japanische Kaffeeservice ausgestellt (auf dem Boden jeder Tasse der Kopf einer japanischen Frau, außen ein erhaben ausgearbeiteter feuerspeiender Drache), das Seth Shama zur Hochzeit geschenkt hatte und das nie benutzt, sondern immer nur abgewaschen wurde. Auch der grüne Tisch wurde in die Diele gestellt, machte sich aber in diesem Durcheinander von nicht zusammen passenden Möbelstücken kaum bemerkbar. Der Schaukelstuhl wurde oben auf die Veranda gebracht.
Es tat Savi weh, zu sehen, daß die Möbel so verstreut und nicht beachtet wurden, und es machte sie wütend, zu sehen, wie der Schaukelstuhl beinah sofort mißbraucht wurde. Anfangs stellten die Kinder sich auf den Rohrsitz und schaukelten ungestüm. Daraus entwickelten sie ein Spiel: vier oder fünf kletterten in den Stuhl und schaukelten, weitere vier oder fünf versuchten, sie herunterzuziehen. Sie kämpften um den Stuhl und kippten ihn um: das war der Höhepunkt des Spiels. Weil sie wußte, daß sie sich mit einem Protest lächerlich machen würde, ging Savi ins Rosenzimmer mit seinen Schüsseln und seinen wunderlichen Gefäßen und Röhrchen und Gerüchen und beschwerte sich bei Shama.
Shama, die mit ihren Kindern immer sanft umging, wenn sie mit ihnen allein war, und die während ihres Wochenbetts besonders sanft war, streichelte Savi übers Haar und sagte ihr, sie solle sich nichts daraus machen, sie sei egoi-

stisch und wenn sie sich bei jemandem beklagte, würde sie mit Sicherhiet einen Streit vom Zaun brechen. Mr. Biswas sei krank, sagte Shama, und sie selbst sei krank; Savi solle sich nicht so verhalten, daß sie irgend jemand verärgere.

»Und wo haben sie die Kommode hingetan?« fragte Shama.

»Ins lange Zimmer.«

Shama sah erfreut aus.

Auch ein paar von Mr. Biswas' kunstvollsten Plakaten hatte man von Green Vale mitgebracht. Man fand sie schön; wenn auch ihre Gesinnung bei einem Mann, den man schon lange für einen Atheisten hielt, ziemlich überraschend war. Die Plakate wurden in der Diele und im Bücherzimmer aufgehängt, und wenn die Kinder sagten: »Savi, hat dein Papa wirklich die Bilder gemalt?« tat es nicht mehr so weh, die Möbel so verstreut zu sehen.

Die Kinder sagten: »Savi, dann bleibt ihr jetzt alle zusammen für immer hier?«

In dem ständig dunklen Zimmer neben Shamas liegend, schlief Mr. Biswas und wachte auf und schlief wieder. Die Dunkelheit, die Stille und die Abwesenheit der Welt schlossen ihn ein und trösteten ihn. In weit entlegener Zeit hatte er große Seelenqualen durchgemacht. Er hatte dagegen angekämpft. Nun hatte er sich ergeben, und diese Kapitulation hatte ihm Frieden gebracht. Er hatte seinen Ekel und seine Furcht unter Kontrolle gehalten, als die Männer kamen, um ihn zu holen. Er war froh, daß er das getan hatte. Die Kapitulation hatte die Welt der feuchten Wände und papierbedeckten Wände, der heißen Sonne und des dahinbrausenden Regens beseitigt und ihm dies gebracht: diesen weltlosen Raum, dieses Nichts. Als die Stunden vergingen, merkte er, daß er Ereignisse, die vor kurzem geschehen waren, zusammensetzen konnte, und er staunte, daß er die Greuel überlebt hatte. Immer öfter vergaß er die Furcht und die Fragen; manchmal konnte er sich, selbst wenn er es versuchte, länger als eine Minute oder so, nicht mehr ganz in den Geisteszustand versetzen, in dem er gelebt hatte. Es blieb ein Unbehagen, das nicht wirklich oder gegenwärtig schien und einer undeutlichen schneidenden Schreckenserinnerung glich.

Man hatte noch mehr Botschaften ausgeschickt, und es kamen Besucher. Pratap und Prasad, durch die Größe des Hauses beschämt und sich ihrer eigenen Lage bewußt, fühlten sich verpflichtet, zu sämtlichen Kindern freundlich zu sein. Sie begannen damit, jedem Kind einen Penny zu geben; aber sie hatten die Zahl der Kinder unterschätzt, und sie endeten damit, Halbpennystücke auszuteilen. Sie erzählten Mr. Biswas genau, womit sie beschäftigt gewesen waren, als sie die Botschaft bekamen; es schien, daß sie beide den Boten beinah verpaßt hätte, beide hatten jedoch am Abend des Sturms irgendwelche Zeichen erhalten, daß mit Mr. Biswas etwas nicht stimmte, und hatten das auch ihren Frauen erzählt; sie drängten Mr. Biswas, sich das von ihren Frauen bestätigen zu lassen. Mr. Biswas hatte beim Zuhören das Gefühl, er habe sich von all dem zurückgezogen. Er erkundigte sich nach ihren Familien. Pratap und Prasap legten das als reine Höflichkeit aus, und obwohl sonst wenig zu sagen war, taten sie ihre Familien als jeder ernsthaften Berücksichtigung unwürdig ab. Und nachdem sie auf ihre Hüte hinuntergeschaut, sie aus verschiedenen Winkeln betrachtet und das Band abgebürstet hatten und ab und zu feierlich klingende Geräusche von sich gegeben hatten, standen sie seufzend auf, um zu gehen.

Ramchand, Mr. Biswas' Schwager, war weniger zurückhaltend. Er hatte sich eine städtische Dreistigkeit zugelegt, die gut zu seiner Uniform paßte. Er hatte vor Jahren schon das Land und die Rumfabrik verlassen und war jetzt Wärter im Irrenhaus von Port-of-Spain.

»Glaub bloß nicht, daß ich Scheu vor dir hab'« sagte er zu Mr. Biswas. »Ich bin an so was gewöhnt. Das ist meine Arbeit.«
Er erzählte von sich, seiner Karriere, dem Irrenhaus.
»Hast du kein Grammophon hier?« fragte er.
»Grammophon?«
»Musik«, sagte Ramchand. »Wir spielen ihnen die ganze Zeit Musik vor.«
Er sprach von den Sondervergütungen seiner Arbeit, als wäre das Irrenhaus einzig und allein zu seinem Nutzen organisiert. »Nimm nur mal die Kantine. Da ist alles fünf Cent und sechs Cent billiger als draußen, weißt du. Aber das ist bloß, weil sie es nicht führen, um Profit zu machen. Wenn du mal was brauchst, mußt du es mich nur wissen lassen.«
»Sanatogen?«
»Mal sehen. Hör mal, warum gehst du nicht weg vom Land, Mann, und kommst nach Port-of-Spain? Ein Mann wie du sollte nicht an so einem rückständigen Ort bleiben. Kein Wunder, daß dir das passiert ist. Komm mal hoch und bleib 'ne Weile bei uns. Dehuti spricht die ganze Zeit von dir, weißt du das?«
Mr. Biswas versprach, darüber nachzudenken.
Ramchand ging dröhnend durchs Haus, und als er in die Diele kam, rief er Sushila, die er nicht kannte, zu: »Alles in Ordnung, *Maharajin?*«
»Er sieht richtig wie ein Typ aus der *Chamar*-Kaste aus«, sagte Sushila.
»Wie oft man ein Schwein auch wäscht«, sagte Chinta, »man kann es nicht in eine Kuh verwandeln.«

An dem Abend ging Seth ins Blaue Zimmer.
»Na, Mohun. Wie geht's dir?«
»Ganz gut, glaube ich.« Mr. Biswas sprach mit einer Stimme, die seiner spaßigen, hochgeschraubten ähnelte.

»Denkst du daran, nach Green Vale zurückzugehen?«
Zu seiner eigenen Überraschung ertappte Mr. Biswas sich dabei, daß er sich auf seine alte Art benahm. Mit einem Ausdruck gespielten Entsetztens sagte er: »Wer? Ich?«
»Ich bin froh, daß du es so empfindest. Denn um die Wahrheit zu sagen, du kannst nicht zurückgehen.«
»Sieh mich an. Da weine ich aber.«
»Rat mal, was passiert ist.«
»Das ganze Rohr ist abgebrannt.«
»Falsch. Nur dein Haus.«
»Abgebrannt? Du meinst, es ist versichertundabgebrannt.«
»Nein, nein. Nicht versichertundabgebrannt. Es ist offen und ehrlich abgebrannt. Leute aus Green Vale. Die sind niederträchtig wie der Satan, diese Leute, Mann.«
Seth sah, daß Mr. Biswas weinte, und sah weg. Aber Seth verstand falsch.
Eine ungeheure Erleichterung war über Mr. Biswas gekommen. Die Unruhe, die Angst, die Qual, die seine Seele aufgewühlt und seinen Körper verkrampft gehalten hatten, ebbten jetzt ab. Er konnte spüren, wie sie abebbten; es war eine körperliche Empfindung, sie ließ ihn schwach und ganz abgespannt zurück. Und für Seth empfand er ungeheure Dankbarkeit. Er hatte Lust, ihn zu umarmen, ewige Freundschaft zu schwören, irgendeinen Schwur zu leisten.
»Du meinst«, sagte er endlich, »daß sie es nach dem ganzen Regen abgebrannt haben?« Und er brach in Schluchzen aus.
In der Nacht gebar Shama ihr viertes Kind, wieder ein Mädchen.
Mr. Biswas' Bücher hatte man zu denen im Bücherzimmer gestellt. Irgendwo war darunter der *Collins' Clear-Type Shakespeare.* Diese neue Geburt wurde nicht auf seinem Deckblatt eingetragen.

Das dünne, kurzatmige wiederholte Schreien des Babys war außerhalb des Rosenzimmers kaum vernehmlich. Die Hebamme hockte nicht mehr in der Halle und rauchte. Sie hatte zu tun. Sie wusch, machte sauber, sie paßte auf und herrschte. Nach neun Tagen wurde sie bezahlt und entlassen. Die Schwestern sagten zu Anand und Savi: »Ihr habt eine neue Schwester. Noch jemand, der einen Teil vom Besitz eures Vaters bekommt.« Und Anand erzählten sie: »Du hast Glück gehabt. Du bist immer noch der einzige Junge. Aber warte mal ab. Eines Tages kriegst du einen Bruder, und der schneidet dir dann die Nase ab.«
Mr. Biswas mischte und trank Sanatogen, trank löffelweise Ferrol und abends Gläser voll Ovomaltine. Eines Tages erinnerte er sich seiner Fingernägel. Als er nachschaute, sah er, daß sie heil und nicht abgekaut waren. Immer noch gab es Zeiten der Dunkelheit und Anfälle von Panik; aber nun wußte er, daß sie nicht wirklich waren, und weil er das wußte, überwand er sie. Er blieb im Blauen Zimmer und fühlte sich geborgen dabei, nur ein Teil vom Hanuman-Haus zu sein, einem Organismus, der ein Leben, eine Kraft und Macht zu trösten besaß, die mit den Individuen, aus denen er sich zusammensetzte, nichts zu tun hatten.

»Savi, was trinkst du da?«
»Ovomaltine.«
»Anand, was trinkst du da?«
»Ovomaltine.«
»Ist das lecker?«
»Sehr lecker.«
»Ma, Savi und Anand trinken Ovomaltine. Ihr Papa gibt es ihnen.«
»Nun, mein Junge, dann will ich dir sagen, daß dein Vater kein Millionär ist, um *dir* Ovomaltine zu geben. Hörst du?«

Und am nächsten Tag:
»Jai, was trinkst du da?«
»Ovomaltine, wie ihr.«
»Vidiadhar, trinkst du auch Ovomaltine?«
»Nein, *wir* trinken Milo. Das schmeckt uns besser.«

Mr. Biswas kam aus dem Blauen Zimmer ins Wohnzimmer mit den thronartigen Stühlen und den vielen Statuen. Er fühlte sich sicher und sogar ein wenig abenteuerlustig. Er ging durch zum Holzhaus. Auf der Veranda las Hari. Instinktiv tat Mr. Biswas einen Schritt zurück. Dann fiel ihm ein, daß er das nicht brauchte. Die beiden Männer sahen sich an und sahen wieder weg.

Mit dem Rücken zu Hari auf der halbhohen Verandamauer lehnend, dachte Mr. Biswas über Haris Stellung in der Familie nach. Hari verbrachte seine ganze freie Zeit mit Lesen. Er gebrauchte sein Lesen zu nichts; Diskussionen jeglicher Art lehnte er ab. Niemand war in der Lage, seine Sanskritkenntnisse zu überprüfen, und seine Gelehrsamkeit mußte man auf Treu und Glauben hinnehmen. Und doch wurde er in der Familie und auch außerhalb geachtet. Wie hatte Hari diese Stellung erlangt? Mr. Biswas überlegte. Wo fing er an?

Was würde geschehen, wenn er, Mr. Biswas, plötzlich mit Dhoti und Gebetsperlen und heiliger Schnur in der Diele auftauchte? Und wieder seinen Haarschopf wachsen ließe, so, wie er bei Pandit Jairam gewachsen war. Würde dem Hanuman-Haus etwas daran liegen, zwei kranke Gelehrte zu haben? Aber er konnte sich nicht für lange als heiligen Mann vorstellen. Früher oder später mußte ihn jemand dabei überraschen, wie er in Dhoti, mit langem Haarschopf, heiliger Schnur und Kastenabzeichen *Der Manxmann* oder *Das Atom* las.

Darüber nachsinnend überschaute er seine Situation. Er war Vater von vier Kindern, und seine Lage war genau wie zu der Zeit, als er siebzehn war, unverheiratet und von den Tulsis nichts ahnte. Er hatte keinen Beruf, keine zuverlässige Möglichkeit, einen Lebensunterhalt zu verdienen. Mit dem Job in Green Vale war es vorbei; im Blauen Zimmer konnte er nicht ewig bleiben; bald würde er einen Entschluß fassen müssen. Doch er verspürte keine Ängstlichkeit. Die keine Sekunde nachlassende Seelenangst und Verzweiflung jener Tage in Green Vale hatten ihm eine Erfahrung von Unglück vermittelt, an der er nun alles messen mußte. Er war vom Glück begünstigter als die meisten anderen Menschen. Seine Kinder würden nie hungern; immer hatten sie Obdach und Kleidung. Es machte keinen Unterschied, ob er in Green Vale war oder in Arwacas, ob er lebte oder tot war.

Sein Geld zerrann: Ovomaltine, Ferrol, Sanatogen; die Gebühren für den Arzt, die Hebamme, den Wunderdoktor. Und es war kein Geld mehr zu erwarten.

Eines Abends sagte Seth: »Die Dose Ovomaltine könnte sehr wohl deine letzte sein, wenn du dich nicht bald entschließt, etwas zu tun.«

Entschließen. Was gab es zu entschließen?

Im Hanuman-Haus war Platz für ihn, wenn er blieb. Wenn er wegging, würde er nicht vermißt werden. Auf seine Kinder hatte er keinen Anspruch erhoben; sie mieden ihn und wurden verlegen, wenn sie ihn trafen.

Aber erst als Seth sagte: »Mai und Owad kommen dieses Wochenende zurück« und damit ausdrückte, daß das Blaue Zimmer für Owad hergerichtet werden mußte, erst da dachte Mr. Biswas daran, etwas zu tun, denn er hatte keine Lust, in irgendeinen anderen Teil des Hauses zu ziehen, er hatte keine Lust, Mrs. Tulsi und dem Gott entgegenzutreten.

Der kleine braune Pappkoffer, der im Tausch für eine Unmenge Packungen von Anchor-Zigaretten erworben und auf beiden Seiten mit seinem Monogramm verziert war, reichte für das, was er mitnehmen wollte. Er erinnerte sich an Shamas Stichelei: »Als du zu uns kamst, hast du nicht mehr Kleider gehabt, als man an einem Nagel aufhängen kann.« Er hatte immer noch wenige Kleider; sie alle waren zerknittert und schmutzig. Den Tropenhelm beschloß er dazulassen; er hatte ihn immer albern gefunden, und er gehörte zu den Baracken. Nach seinen Büchern konnte er immer noch schicken lassen. Aber seine Malerpinsel packte er ein. Sie hatten jeden Umzug überlebt; auf den Borsten von einem oder zweien war das Wachs hart und rissig geworden und zu Pulver zerfallen.

Er wollte früh am Morgen weggehen, um bis zum Anbruch der Dunkelheit so viel Zeit wie möglich zu haben. Die zerknitterten Kleider saßen lose, als er sie anzog, seine Hosen hingen an ihm herunter; er war dünner geworden. Er erinnerte sich an den Morgen, an dem vor den zwölf Barackenräumen das Handtuch von ihm abgefallen war.

Als Savi ihm den Kakao und Kekse und Butter brachte, sagte er ihr: »Ich gehe weg.«

Sie sah weder überrascht noch enttäuscht aus und fragte nicht, wohin er ging.

Er ging in die Welt hinaus, um ihre Macht, ihn in Angst zu versetzen, zu überprüfen. Die Vergangenheit war unecht, eine Reihe betrügerischer Zufälle. Das richtige Leben und seine besonderen Annehmlichkeiten warteten; er stand noch am Anfang.

Er fragte sich, ob er Shama und das Baby besuchen gehen sollte. Seine Empfindungen schreckten sämtlich davor zurück. Sowie er die Kinder zur Schule gehen hörte, ging er nach unten. Er wurde gesehen, aber niemand sprach ihn an: der Koffer war nicht von bedeutsamer Größe.

Auf der Hauptstraße herrschte schon reges Treiben. Der Markt war belebt: ein starker Geruch nach Fleisch und Fisch, ein gleichmäßiges dumpfes Rauschen, das durch

Kreischen und Glockengeläut beseelt wurde. Auf Pferdekarren, Eselskarren und Ochsenkarren trafen die Kurzwarenhändler ein: ehrgeizige Männer, die kleine Schachteln aufbauten und ihren Vorrat an Kämmen und Haarnadeln und Bürsten vor den großen Geschäften, die dieselben Dinge verkauften, zur Schau stellten.
Die Anfälle von Angst kamen nicht. Er hatte immer noch Knoten der Furcht in seinem Magen, aber sie waren so gebändigt, daß er wußte, er konnte darüber hinweggehen. Die Welt war ihm wiedergegeben. Er betrachtete die Nägel seiner linken Hand; sie waren noch ganz. Er prüfte sie gegen die Innenseite der Hand; sie waren scharf und schneidend.
Er ging vorbei an dem Schild »Red-Rose-Tee ist guter Tee«, vorbei an dem Rumausschank mit der gewaltigen Markise; vorbei an der römisch-katholischen Kirche; dem Gericht; vorbei an der Polizeiwache, mit ihrem pedantisch sauberen, ockerfarbenen und roten Anstrich, ihren getrimmten Rasen und Hecken, der von großen weißgekalkten Steinen gesäumten Auffahrt und den Palmen, die, bis zur Hälfte ihres Stamms weißgekalkt, wie die Beine von Pratap und Prasad aussahen, wenn sie als Jungen vom Büffelteich wiederkamen.

Zweiter Teil

1. »Erstaunliche Szenen«

In die Stadt Port-of-Spain, in der er mit einer kurzen Unterbrechung den Rest seines Lebens verbringen sollte und in der er fünfzehn Jahre später in der Sikkim Street sterben sollte, kam Mr. Biswas durch Zufall. Als er das Hanuman-Haus und seine Frau und vier Kinder, von denen er das letzte noch nicht gesehen hatte, verließ, war seine Hauptsorge, einen Platz für die Nacht zu finden. Noch war früher Morgen. Direkt über der Hauptstraße stieg die Sonne in einem blendenden Dunstschleier hoch, vor dem sich jeder als Silhouette abhob, goldumrandet und an so langgestreckte Schatten geheftet, daß die Bewegungen unharmonisch und linkisch aussahen. Die Gebäude zu beiden Seiten lagen in feuchtem Schatten.

An der Straßenkreuzung hatte Mr. Biswas sich immer noch nicht entschlossen, wohin er gehen sollte. Der meiste Verkehr bewegte sich in Richtung Norden: mit Planen bespannte Lastwagen, Taxis, Busse. Die Busse verlangsamten sich, um an Mr. Biswas vorbeizufahren, und die Schaffner, die auf den Trittbrettern hingen, forderten ihn auf, einzusteigen. Gen Norden war Ajodha und Tara und seine Mutter. Gen Süden waren seine Brüder. Keiner von ihnen konnte sich weigern, ihn aufzunehmen. Aber zu keinem von ihnen wollte er: zu leicht konnte er sich zwischen ihnen vorstellen. Dann erinnerte er sich, daß im Norden auch Port-of-Spain lag, wo Ramchand, sein Schwager lebte. Und gerade, als er versuchte, sich darüber klar zu werden, ob Ramchands Einladung aufrichtig gemeint war, kam mit quietschenden Bremsen und unter heftiger Erschütterung der Blech- und Holzkarosserie ein paar Zentimeter von ihm entfernt ein Bus zum Stehen, an dessen Motor zum Teil die Haube fehlte, und am Kühler der Verschluß, so daß er dampfte; der Schaffner, ein junger Mann, fast ein Junge noch, bückte sich, schnappte Mr. Biswas' Pappkoffer und sagte gebieterisch, ungeduldig: »Port-of-Spain, Mann, Port-of-Spain.«

Als Schaffner in Ajodhas Bussen hatte Mr. Biswas die Koffer vieler Reisender an sich gerissen, und er wußte, daß ein Schaffner unter diesen Umständen aggressiv sein mußte, um gegen jede mögliche Störung anzukämpfen. Aber als er sich nun plötzlich von seinem Koffer getrennt fand und die Ungeduld in der Stimme des Schaffners hörte, war er eingeschüchtert und nickte. »Rauf mit Ihnen, Mann«, sagte der Schaffner, und Mr. Biswas kletterte in das Vehikel, während der Schaffner seinen Koffer verstaute.

Jedesmal, wenn der Bus anhielt, um einen Fahrgast freizulassen oder einen anderen zu entführen, fragte Mr. Biswas sich, ob es schon zu spät sei, auszusteigen und den Weg nach Süden einzuschlagen. Aber die Entscheidung war gefällt, und er hatte nicht die Energie, sie rückgängig zu machen; außerdem konnte er nur mit Hilfe des Schaffners an seinen Koffer kommen. Er richtete seine Augen auf ein Haus, das klein und hübsch wie ein Puppenhaus auf den fernen Hügeln der Northern Range stand; und wie der Bus nach Norden fuhr, gestattete er sich, darüber erstaunt zu sein, daß das Haus nicht größer wurde, und sich wie ein Kind zu fragen, ob der Bus schließlich zu diesem Haus kommen würde.

Es war Erntezeit. Auf den Zuckerrohrfeldern arbeiteten Schnitter und Lader kniehoch im abgeschlagenen Rohr. Auf den Pfaden zwischen den Feldern zogen schlammbespritzte grauschwarze Büffel phlegmatisch Karren, die hoch mit knorrigem Zuckerrohr beladen waren. Aber bald änderte die Landschaft sich, und die Luft wurde weniger stickig. Das Zuckerrohr wich Reisfeldern, die schlammige Farbe ihres Wassers war in der makellosen Widerspiegelung des blauen Himmels nicht mehr zu sehen; es gab mehr Bäume; und anstelle der Lehmhütten gab es Holzhäuser, klein und alt, aber vollendet, angestrichen und mit Jalousien versehen, mit immer wieder gebrochenem Schnitzwerk entlang der Regenrinne, über Türen und Fenstern und um farnüberwucherte Veranden. Die Ebene fiel zurück, die Berge kamen näher; aber das Puppenhaus bleib so klein wie eh und je, und als der Bus in die Östliche Hauptstraße einbog, verlor Mr. Biswas es aus den Augen. Die Straße war mit vielen elektrischen Leitungen bespannt und sah wichtig aus; der Bus bewegte sich durch dichter werdenden Verkehr und steigenden Lärm westwärts, an einer zusammengedrängten rot- und ockerfarbenen Siedlung nach der anderen vorbei, bis sich rechts die Hügel direkt neben der Straße erhoben und von links ein Geruch nach Sumpf und Meer kam, das dann auch sogleich glatt, grau und dunstig auftauchte, und sie in Port-of-Spain waren, wo sich der laue Salzgeruch des Meeres mit den beißenden süßen Gerüchen nach Kakao und Zucker in den Lagerhäusern vermischte.

Den Augenblick der Ankunft hatte er gefürchtet und gehofft, daß der Bus weiterfahren und nie anhalten würde, aber als er auf dem Rangierplatz neben dem Bahnhof ausstieg, fiel die Unsicherheit sofort von ihm ab, und er fühlte sich frei und erregt. So einen Tag der Freiheit hatte er zuvor erst einmal erlebt, als einer von Ajodhas Verwandten gestorben und der Rumausschank geschlossen war und alle weggegangen waren. An einem Karren auf dem Marine Square trank er eine Kokosnuß. Wie wunderbar, daß man so etwas mitten am Vormittag tun konnte! Auf überfüllten Bürgersteigen spazierte er neben dem langsamen, nicht abbrechenden motorisierten Verkehr, bemerkte die Größe und Menge der Warenhäuser und

Cafés und Restaurants, die Straßenbahnen, das hohe Niveau der Geschäftsschilder, die großen Kinos, die nach den Vergnügungen des letzten Abends (den er stumpfsinnig in Arwacas verbracht hatte) geschlossen waren, aber mit noch leimnassen Plakaten neue Späße für diesen Nachmittag und Abend versprachen. Er erfaßte die Stadt als ganzes; er nahm das Einzelne nicht für sich, sah nicht den Menschen hinter dem Schreibtisch oder der Theke, hinter dem Schubkarren oder dem Steuerrad des Busses; er sah nur die Aktivität, empfand die Lockung der Sinne und wußte, daß unter all dem ein Anreiz lag, der verdeckt war, aber darauf wartete, in Besitz genommen zu werden.
Erst um vier, als die Warenhäuser und Büros schlossen und die Kinos aufmachten, dachte er daran, sich auf den Weg zu der Adresse zu machen, die Ramchand ihm gegeben hatte. Sie war im Woodbrook-Viertel, und Mr. Biswas, von dem Namen bezaubert, war enttäuscht, als er ein Grundstück ohne Zaun mit zwei alten, ungestrichenen Holzhäusern und vielen behelfsmäßigen Schuppen vorfand. Umzukehren, noch eine Entscheidung zu treffen, noch eine Reise zu machen, war es zu spät, und nachdem er sich bei einer Negerin, die in einem der Schuppen eine Kohlenpfanne anfachte, erkundigt hatte, suchte er sich an Bleichsteinen, einem glitschigen offenem Abwassergraben und noch einem seichten Abwassergraben und einer tiefhängenden Wäscheleine vorbei seinen Weg nach hinten, wo er in einem weiteren Schuppen, dessen eine Wand der Wellblechzaun des Pfads am Abwasserkanal war, Dehuti eine Kohlenpfanne anfachen sah.
Seine Enttäuschung kam ihrer Überraschung gleich, als er nach den Begrüßungsrufen klarstellte, daß er vorhatte, einige Zeit bei ihnen zu bleiben. Aber als er verkündete, daß er Shama verlassen habe, waren sie wieder herzlich, und ihre Besorgtheit hatte nicht nur einen Anflug von Aufregung, sondern auch Freude, daß er in einer Zeit der Not zu ihnen gekommen war.

»Du bleibst hier und ruhst dich aus, so lange du willst«, sagte Ramchand. »Sieh mal, hier hast du ein Grammophon. Du bleibst einfach hier und spielst dir Musik vor.«
Und Dehuti legte sogar ihre Verdrossenheit ab, mit der sie Mr. Biswas immer begegnete; eine Verdrossenheit, die, da sie nicht länger zum Schutz diente, auch keine Bedeutung mehr hatte und nur durch Gewohnheit zu einer Haltung erstarrt war, die Beziehungen vereinfachte.
Kurz danach kam Dehutis jüngerer Sohn aus der Schule, und Dehuti sagte streng: »Nimm dein Buch raus und laß mich mal hören, was du heute in der Schule gelernt hast.«
Der Junge zögerte nicht. Er nahm Captain Cutteridges *Fibel*, Klasse vier, heraus und las einen Bericht über eine Flucht aus einem Gefangenenlager in Deutschland 1917 vor.
Mr. Biswas gratulierte dem Jungen, Dehuti und Ramchand.
»Er ist ein guter kleiner Leser«, sagte Ramchand.
»Und was heißt ›verteilen‹?« fragte Dehuti, immer noch streng.
»Austeilen«, sagte der Junge.
»Das wußte ich in dem Alter nicht«, sagte Mr. Biswas zu Ramchand.
»Und nimm mal dein Übungsheft raus und zeig mir, was ihr heute in Rechnen durchgenommen habt.«
Der Junge brachte ihr das Buch und Dehuti sagte: »Es sieht ganz manierlich aus. Aber ich verstehe nichts vom Rechnen. Bring es deinem Onkel, laß ihn mal sehen.«
Mr. Biswas verstand auch nichts vom Rechnen, aber er sah die billigenden roten Häkchen und gratulierte dem Jungen, Dehuti und Ramchand noch einmal.
»Bildung ist 'ne Wahnsinnssache«, sagte Ramchand. »Jedes kleine Kind könnte so was aufschnappen. Und doch stellt sie sich später als verdammt wichtig raus.«
Dehuti und Ramchand lebten in zwei Zimmern. Eins

davon teilte Mr. Biswas mit dem Jungen. Und obwohl das ungestrichene Haus mit seinem rostigen Dach und den verwitterten, zerbrochenen Brettern von außen aussah, als breche es bald zusammen, hatte das Holz innen noch etwas von seiner Farbe behalten, und die Räume waren sauber und gut gepflegt. Die Möbel waren einschließlich der Hutablage mit dem diamantförmig geschliffenen Glas glänzend poliert. Das Stück zwischen dem Küchenschuppen und dem hinteren Zimmer war überdacht und teilweise von Wänden umschlossen, so daß man den offenen Hof vergessen konnte und Platz hatte und sogar abgeschieden war.

Aber nachts drang heiseres, vertrauliches Geflüster durch die Trennwände und erinnerte Mr. Biswas daran, daß er in einer übervölkerten Stadt wohnte. Alle anderen Mieter waren Neger. Mr. Biswas hatte vorher noch nie eng mit Menschen dieser Rasse zusammengelebt, und die Nachbarschaft zu ihnen verstärkte die Fremdheit, das Abenteuer, in der Stadt zu sein. Sie unterschieden sich in Sprache, Kleidung und Benehmen von den Negern auf dem Land. Ihr Essen hatte einen seltsamen Fleischgeruch, und ihr Leben schien weniger geordnet zu sein. Frauen beherrschten Männer. Kinder wurden nicht beachtet und bekamen anscheinend unregelmäßig zu essen; Strafen waren häufig und brutal, sie hatten nichts von dem Ritual, das den Prügelstrafen im Hanuman-Haus innewohnte. Aber die Kinder waren alle körperlich gut gebaut, nur durch hervorstehende Näbel entstellt, die ständig unbedeckt waren; denn anders als die Landkinder, die Hemdchen trugen und entblößte Hinterteile hatten, trugen die Stadtkinder Hosen und hatten entblößte Oberkörper. Und anders als die Landkinder, die schüchtern waren, waren die Stadtkinder halb Bettler, halb Gewalttäter.

Die Organisation der Stadt faszinierte Mr. Biswas: die Straßenlampen, die alle gleichzeitig angingen, die Straßen, die mitten in der Nacht gefegt wurden, der Abfall, der frühmorgens von den Müllkarren eingesammelt wurde; die verstohlenen makaberen Geräusche der Männer, die den Abtrittdünger entfernten; die Zeitungsjungen, die in Wirklichkeit Männer waren; der Brotlieferwagen, die Milch, die nicht von Kühen, sondern in Rumflaschen kam, die mit braunem Papier verstopft waren. Mr. Biswas war beeindruckt, wenn Dehuti und Ramchand mit Besitzerstolz von Straßen und Geschäften sprachen, wenn sie mit der Lässigkeit von Leuten redeten, die sich in der verwirrenden Stadt auskannten. Selbst daß Ramchand jeden Morgen zur Arbeit ging, hatte etwas Wissendes, Tapferes und Beneidenswertes.

Und Mr. Biswas gegenüber war Ramchand tatsächlich der gut unterrichtete Städter. Er führte Mr. Biswas zum Botanischen Garten und zum Steingarten und zum Regierungssitz. Sie gingen zum Chancellor Hill hoch und sahen auf die Schiffe im Hafen hinunter. Für Mr. Biswas war das ein Augenblick voller Romantik. Er hatte das Meer gesehen, wußte aber nicht, daß Port-of-Spain wirklich ein Hafen war, den Ozeanriesen aus allen Teilen der Welt anliefen.

Mr. Biswas war über Ramchands städtisches Benehmen belustigt und ließ zu, daß er ihn gönnerhaft behandelte. So etwas hatte Ramchand auf jeden Fall schon immer gekonnt, selbst als er gerade aufgehört hatte, Taras Stalljunge zu sein. Aus der Gemeinschaft, in die er hineingeboren war, ausgestoßen, hatte er bewiesen, daß ihre Sanktionen nichts nutzten. Er hatte sie einfach hinter sich gelassen. Er hatte sich ein lärmendes Auftreten und eine Herzlichkeit zugelegt, die fremd waren und die er nicht immer ungezwungen mit Erfolg vorbringen konnte.

Er sprach meistens Englisch, aber mit einem ländlichen indischen Akzent, der seine Versuche, mit dem sich ständig ändernden Slang von Port-of-Spain Schritt zu halten,

lächerlich machte. Und Mr. Biswas litt, wenn Ramchand, was manchmal vorkam, eine Abfuhr bekam; wenn er zum Beispiel, teilweise wohl, um Mr. Biswas zu beeindrucken, die Herzlichkeit seiner Beziehungen zu den Negern im Hof übertrieb und auf kalte Überraschung stieß.
Als zwei Wochen verstrichen waren, sagte Ramchand: »Mach dir noch keine Sorgen, ob du einen Job kriegst. Du hast 'ne Hirnübermüdung und mußt dich viel ausruhen.«
Er sprach ohne Ironie, aber Mr. Biswas, mittlerweile praktisch ohne Geld, empfand seine Freiheit langsam als Last. Es genügte ihm nicht mehr, in der Stadt herumzuspazieren. Er wollte dazugehören, zu denen, die morgens an den schwarz und gelben Bushaltestellen standen, die er hinter den Bürofenstern sah, denen die Abende und Wochenenden Entspannung brachten. Er spielte mit dem Gedanken, wieder mit dem Schildermalen anzufangen. Aber wie sollte er das machen? Konnte er einfach vor dem Haus ein Schild aufstellen und abwarten?
Ramchand sagte: »Warum versuchst du nicht, 'nen Job im Irrenhaus zu kriegen? Guter Lohn, freie Uniform und verdammt gute Kantine. Alles ist fünf und sechs Cents billiger. Frag Dehuti.«
»Ja«, sagte sie, »da ist alles viel billiger.«
Mr. Biswas sah sich in der Uniform allein durch lange Räume mit heulenden Wahnsinnigen gehen.
»Na ja, warum eigentlich nicht?« sagte er. »Besser als nichts.«
Ramchand sah ein bißchen gekränkt aus. Er erwähnte Schwierigkeiten; und obwohl er Verbindungen und Einfluß hatte, war er nicht sicher, ob es einen guten Eindruck machte, wenn er sie benutzte. »Das ist das einzige, was mich zurückhält«, sagte er, »der *Eindruck*.«
Dann wurde Mr. Biswas eines Tages von den Angstanfällen überrascht. Sie waren schwach und setzten ab und zu aus, kamen aber hartnäckig wieder und erinnerten ihn

daran, sich seine Hände anzuschauen. Alle Nägel waren abgebissen.
Mit seiner Freiheit war es vorbei.
Und als letzten Akt seiner Freiheit beschloß er, den Spezialisten aufzusuchen, den der Artz in Arwacas empfohlen hatte. Die Praxis des Spezialisten lag am nördlichen Ende der St. Vincent Street, nicht weit von der Savanne. Haus und Gartenanlage suggerierten Sauberkeit und Ordnung. Die Pfeiler des Zauns waren frisch getüncht, die Messingplakette glänzte, der Rasen war gemäht, kein Krümel Erde war auf den Blumenbeeten nicht an der richtigen Stelle, und auf der Auffahrt spiegelte der hellgraue Kies, frei von jeglicher Verunreinigung, das Sonnenlicht wider.
Er ging durch eine Veranda mit weißen Wänden und fand sich in einem hohen weißen Raum wieder. Eine chinesische Sprechstundenhilfe in steifer weißer Uniform saß an einem Schreibtisch, auf dem ordentlich Kalender, Notizbuch, Tintenfäßchen, Geschäftsbücher und eine Lampe aufgereiht waren. In einer Ecke surrte ein Ventilator. Auf niedrigen luxuriösen Stühlen saßen eine Reihe Leute, die in Zeitschriften lasen oder sich flüsternd unterhielten. Sie sahen nicht krank aus: kein Verband, kein eingefettetes Gesicht war darunter, kein Geruch nach Pimentrum oder Ammoniak. Dies hier war weit entfernt von Mrs. Tulsis Rosenzimmer, und es war kaum vorstellbar, daß Ramchand und Dehuti in derselben Stadt in zwei Zimmern eines verfallenden Hauses lebten. Mr. Biswas bekam das Gefühl, er sei unter einem falschen Vorwand hergekommen; er hatte doch gar nichts.
»Sie haben einen Termin?« Die Sprechstundenhilfe sprach mit der für Chinesen typischen hohen nasalen Stimme, die Silben ausließ, und Mr. Biswas spürte Feindseligkeit in ihrem Verhalten.
Fischgesicht, kommentierte er im Geist. Die Sprechstundenhilfe schreckte hoch.

Mit Entsetzen erkannte Mr. Biswas, daß er das Wort geflüstert hatte; er hatte die Gewohnheit aus Green Vale, seine Gedanken laut auszusprechen, nicht verloren. »Termin?« sagte er. »Ich habe einen Brief.« Er nahm den kleinen braunen Umschlag heraus, den der Arzt in Arwacas ihm gegeben hatte. Er war zerknittert, schmutzig, an den Kanten trübe verschmiert, und die Ecken bogen sich hoch.
Geschickt schlitzte die Sprechstundenhilfe den Brief mit einem Messer aus Schildplatt auf. Als sie ihn las, fühlte Mr. Biswas sich bloßgestellt und mehr denn je als Schwindler. Der Schnitzer, den er gemacht hatte, beunruhigte ihn. Er beschloß, vorsichtig zu sein. Er biß die Zähne zusammen und versuchte, sich vorzustellen, ob »Fischgesicht«, wenn man es geflüstert hörte, nicht als etwas ganz anderes, sogar als ein Kompliment mißverstanden werden konnte.
Fischgesicht.
Die Sprechstundenhilfe sah auf.
Mr. Biswas lächelte.
»Wollen Sie einen Termin machen oder warten Sie lieber?« Die Sprechstundenhilfe war kühl.
Mr. Biswas beschloß zu warten. Er setzte sich auf ein Sofa, versank richtig darin, fiel zurück und rutschte tiefer, wobei seine Knie steil nach oben ragten. Er wußte nicht, was er mit seinen Augen machen sollte. Um sich eine Zeitschrift zu nehmen, war es zu spät. Er zählte die Leute im Raum. Acht. Er mußte lange warten. Vermutlich hatten sie alle Termine; sie waren alle vorschriftsmäßig krank.
Geräuschvoll kam ein kleiner humpelnder Mann herein, sprach laut mit der Sprechstundenhilfe, polterte zum Sofa herüber, ließ sich schwer atmend hineinsinken und streckte ein kurzes, gerades Bein aus.
Zumindest mit *ihm* war etwas nicht in Ordnung. Mr. Biswas beäugte das Bein und fragte sich, wie der Mann wieder aufstehen wollte.
Die Tür zum Sprechzimmer öffnete sich, man hörte einen

Mann, sah ihn aber nicht, eine Frau kam heraus und jemand anders ging hinein.
Sterbend lag ein Legionär in Algier.
Mr. Biswas spürte den Blick des lahmen Mannes auf sich. Er dachte über Geld nach. Er hatte drei Dollar. Ein Landarzt berechnete einen Dollar, aber in diesem Raum war Kranksein ganz klar teurer.
Der lahme Mann atmete mühsam.
Geld war ein zu beunruhigendes Thema zum Nachdenken, *Bell's Standard Elocutionist* ein zu gefährliches. Seine Gedanken wanderten und hakten sich bei *Tom Sawyer und Huckleberry Finn* fest, das er bei Ramchand gelesen hatte. Er lächelte in der Erinnerung an Huckleberry Finn, dessen Hosen »saßen wie ein Sack, in dem nichts drin war«, und den Nigger Jim, der Geister gesehen hatte und Geschichten erzählte.
Er lachte in sich hinein.
Als er aufsah, fing er einen Blickwechsel zwischen der Sprechstundenhilfe und dem lahmen Mann auf. Er wäre auf der Stelle gegangen, aber er war zu tief in seinem Stuhl eingekeilt; wenn er versuchte aufzustehen, würde er für Unruhe sorgen und Aufmerksamkeit auf sich ziehen. Er wurde sich seiner Kleidung bewußt: die verwaschene Khakihose mit den ausgefransten Umschlägen, das verwaschene blaue Hemd, dessen Manschetten unbeholfen einmal nach hinten umgeschlagen waren (keine Hemdengröße paßte ihm richtig: entweder waren die Kragen zu eng oder die Ärmel zu lang), der kleine braune Hut, der in dem Tal zwischen seinen Schenkeln und dem Bauch ruhte. Und er hatte nur drei Dollar.
Wissen Sie, ich bin überhaupt kein kranker Mann.
Der kleine Mann räusperte sich geräuschvoll, sehr geräuschvoll für einen kleinen Mann, und schüttelte sein steifes Bein aus.
Mr. Biswas sah zu.

Plötzlich hatte er sich, den lahmen Mann heftig erschütternd, von dem Sofa hochgerissen, und ging auf die Sprechstundenhilfe zu. Sich auf sein Englisch konzentrierend, sagte er: »Ich habe es mir anders überlegt. Es geht mir viel besser nun, danke schön.« Und seinen Hut aufsetzend, ging er zur Tür.
»Was ist mit Ihrem Brief?« fragte die Sprechstundenhilfe, die vor Überraschung in ihren Trinidad-Akzent zurückfiel.
»Behalten Sie ihn«, sagte Mr. Biswas. »Legen Sie ihn zu den Akten. Verbrennen Sie ihn, verkaufen Sie ihn.«
Er ging durch die gekachelte Veranda, durchquerte den nachmittäglich schwarzen Schatten auf der Auffahrt, trat in die Sonne und bemerkte, als er energisch über den blendenden Kies zur St. Vincent Street ging, ein Beet mit kranken Zinnien. Der Wind aus der Savanne war wie ein Segen. Seine Gedanken rotierten. Und jetzt erkannte er, daß die Stadt aus Individuen bestand, von denen jedes seinen Platz in ihr hatte. Die großen Gebäude um die Savanne waren in der Hitze weiß und ausdruckslos und still.
Er kam zum War-Memorial-Park, setzte sich auf eine Bank im Schatten eines Baumes und betrachtete eingehend die Statue eines kriegerischen Soldaten. Die Schatten waren schwarz und scharf umrissen und luden zu Muße und Trägheit ein. Er hatte Magenschmerzen.
Seine Freiheit war vorüber, und sie war falsch gewesen. Man konnte die Vergangenheit nicht ignorieren; nie war sie eine Täuschung; er trug sie in sich. Wenn es einen Platz für ihn gab, dann nur einen, den die Zeit, den alles, was er durchlebt hatte, egal wie unvollkommen, behelfsmäßig und vorgetäuscht es auch war, schon vorgeformt hatte.
Er begrüßte die Magenschmerzen. Sie waren monatelang nicht mehr aufgetreten, und ihm kam es vor, als kennzeichneten sie die Gesundung seines Geistes, die Wieder-

herstellung der Welt; sie zeigten an, wie weit er sich über den Abgrund der vergangenen Monate erhoben hatte und erinnerten ihn an die Qual, an der nun alles gemessen werden mußte.

Widerstrebend nur, denn es war ein Vergnügen, einfach da zu sitzen und den Wind über Gesicht und Hals und ins Hemd hineinstreichen zu lassen, verließ er den Park und ging nach Süden, weg von der Savanne. Die ruhigen, verschlossen wirkenden Häuser verschwanden; die Bürgersteige wurden schmaler und höher und überfüllter; es gab Geschäfte und Cafés und Busse, Autos, Straßenbahnen und Fahrräder, Hupen und Klingeln und Rufe. Er überquerte die Park Street und setzte seinen Weg in Richtung des Meeres fort. In der Ferne sah er über den Dächern am Ende der Straße die Mastenspitzen von Schaluppen und Schonern am Pier von St. Vincent.

Er ging an den Gerichtsgebäuden vorbei und kam zum Roten Haus, wuchtig in rotem Sandstein. Ein Teil des asphaltierten Vorhofs war mit weißen Linien abgetrennt und FÜR RICHTER RESERVIERT beschriftet. Er ging die Haupttreppe hoch und fand sich unter einer hohen Kuppel. Er erblickte viele grüne Anschlagbretter und einen Springbrunnen, der nicht an war. Das Bassin des Brunnens war naß und enthielt viele tote Blätter und leere Zigarettenschachteln.

Unter der Kuppel herrschte geschäftiges Treiben. Boten in Khakiuniformen und Angestellte in gut gebügelten Kleidern trugen lederfarbene oder grüne Akten, und ständig gingen Leute zwischen St. Vincent Street und Woodfort Square hin und her, wo die berufsmäßigen Bettler um den Orchesterpavillon und auf Bänken herumlungerten. Sie waren sich des Erfolgs ihrer Erscheinung so sicher, daß sie es verschmähten zu betteln und die meiste Zeit damit verbrachten, die Lumpen, dicke und zottige und farbenprächtige Gewänder aus kleinen aneinander- und aufeinander genähten Fetzen, die sie wie eine Uniform trugen, mit Flicken zu versehen, eine gern getane Arbeit. Selbst die Bettler hatten etwas Etabliertes an sich. Der Woodford Square, unter den Bäumen kühl und reizvoll mit Licht gesprenkelt, gehörte ihnen; dort kochten, aßen und schliefen sie, nur durch gelegentliche Polizeiansammlungen gestört. Sie belästigten keinen, und weil sie alle eine ausgezeichnete Konstitution hatten und ein oder zwei angeblich Millionäre waren, belästigte sie auch niemand.

Auf den grünen Anschlagbrettern, die auch dazu dienten, die Büros voreinander abzuschirmen, standen Regierungsmitteilungen. Die las Mr. Biswas gerade, als er jemanden rufen hörte. Er drehte sich um und sah einen ältlichen wohlgekleideten Neger, der ihm mit einer Brille, die nur einen Bügel hatte, zuwinkte.

»Sie wollen eine Bescheinigung?« Zwischen den einzelnen Worten schnappten die Lippen des Negers erbarmungslos zu.

»Bescheinigung?«

»Geburt, Ehe, Tod.« Der Neger setzte seine verstümmelte Brille tief unten auf der Nase fest und zog aus einer Hemdentasche, die mit Papieren und Stiften vollgestopft war, ein Blatt Papier und ließ ungeduldig seinen Bleistift darüber kreisen.

»Ich will keine Bescheinigung.«

Der Bleistift gab sein Spiel auf. »Das verstehe ich nicht.« Der Neger steckte Papier und Bleistift weg, setzte sich auf eine lange, glänzende Bank, nahm seine Brille ab, stieß sich das verkratzte weiße Ende des noch verbleibenden Bügels in den Mund und schüttelte die Beine aus. »Kein Mensch will heutzutage Bescheinigungen. Wenn Sie mich fragen, liegt das Problem darin, daß es heute einfach zu viele verdammte Forscher gibt. Als ich mich 1919 auf diese Bank hier gesetzt hab'; war ich der einzige Forscher. Heutzutage nennt sich jeder Hinz und Kunz, der hier herumläuft« — er ruckte mit dem Kinn gegen den Springbrunnen — »Forscher«. Seine Lippen schnappten grimmig zu. »Sie sind sicher, Sie wollen keine Bescheinigung? Man kann nie wissen, wann man diese Dinger mal brauchen kann. Für Inder besorge ich viele Bescheinigungen, wissen Sie. Um die Wahrheit zu sagen, ich besorge am liebsten Bescheinigungen für Inder. Und ich könnte sie Ihnen noch heute nachmittag besorgen. Ich kenne da drinnen einen Angestellten.« Er deutete zu dem Büro in seinem Rücken, und Mr. Biswas sah eine hohe braunpolierte Theke und hellgrüne Wände, die an diesem strahlendem Nachmittag von elektrischem Licht beleuchtet wurden.

»Ein Wahnsinnsjob«, sagte der Neger. »Weihnachten und Ostern gibt's für mich nicht. Zu den Zeiten will überhaupt keiner eine Bescheinigung. Und ob ich zehn oder zwei oder gar keine Bescheinigung suche, der verdammte Schreiber da drinnen muß jeden Tag seine zwanzig Zigaretten haben.«

Mr. Biswas begann, sich zurückzuziehen.

»Trotzdem, wenn Sie einen kennen, der eine Bescheinigung braucht — Geburt, Tod, Ehe, Ehe *in extremis* —, schicken Sie ihn zu mir. Ich komme jeden Morgen um Punkt acht Uhr hierhin. Pastor ist der Name.«

Mr. Biswas verließ Pastor, überwältigt von dem Gedanken, daß in dem Büro hinter der grünen Anschlagtafel jede Geburt und jeder Todesfall registriert wurden. Und ihn hatten sie beinah ausgelassen! Er ging die Treppen zur St. Vincent Street hinunter und weiter in Richtung Süden auf die Masten zu. Selbst Pastor hatte trotz seines Murrens seinen Platz gefunden. Was hatte ihn dazu gebracht, sich 1919 eines Tages vor das Hauptstandesamt zu setzen und auf Analphabeten zu warten, die Bescheinigungen brauchten.

Er hatte sich in die Stimmung zurückversetzt, die er von Green Vale kannte, wenn er es nicht ertragen konnte, die

Zeitungen an der Wand anzuschauen. Und nun begriff er, daß die Furchtsamkeit, die ihn beim Anblick jedes Menschen auf der Straße durchzuckte, keineswegs Angst entsprang, sondern nur Bedauern, Neid, Verzweiflung.

Und während er noch an die Zeitungen an der Wand des Barackenzimmers dachte, wurde er mit den Zeitungsredaktionen konfrontiert: dem *Guardian*, der *Gazette*, dem *Mirror*, dem *Sentinel*, die sich in einer Straße gegenüberlagen. Maschinen ratterten wie ferne Züge, aus offenen Fenstern kam der kräftige Geruch von Fett, Tinte und Papier. Der *Sentinel* war die Zeitung, bei der Misir, der Aryas, als Korrespondent auf dem Land für einen Cent pro Zeile arbeitete. Die ganzen Geschichten, die Mr. Biswas aus den Zeitungen im Barackenzimmer auswendig kannte, fielen ihm wieder ein. *Erstaunliche Szenen wurden gestern beobachtet, als . . . Passanten blieben stehen und starrten entgeistert, als gestern . . .*

Er bog in eine Gasse ein, stieß eine Tür zu seiner Rechten auf und dann noch eine. Der Lärm der Maschinen war lauter. Ein wichtig klingendes, drängendes Geräusch, das ihn aber nicht einschüchterte. Er sagte zu dem Mann hinter dem hohen vergitterten Schreibtisch: »Ich möchte den Herausgeber sprechen.«

Erstaunliche Szenen wurden gestern in der St. Vincent Street beobachtet, als Mohun Biswas, 31 . . .

»Haben Sie einen Termin?«

. . . einen Portier tätlich angriff.

»Nein«, sagte Mr. Biswas gereizt.

In einem Interview mit unserem Reporter . . . In einem Interview mit unserem Sonderkorrespondenten gestern abend spät sagte Mr. Biswas . . .

»Der Herausgeber hat zu tun. Sie gehen besser und sprechen mit Mr. Woodward.«

»Sagen Sie dem Herausgeber nur, daß ich extra den ganzen Weg vom Land gekommen bin, um ihn zu sprechen.«

Erstaunliche Szenen wurden gestern in der St. Vincent Street beobachtet, als der arbeitslose Mohun Biswas, 31, ohne festen Wohnsitz, einen Portier in der Redaktion des TRINIDAD SENTINEL tätlich angriff. Die Leute duckten sich hinter Schreibtische, als Biswas, Vater von vier Kindern, mit feuersprühenden Gewehren in das Gebäude eindrang, den Herausgeber und vier Reporter erschoß und anschließend Feuer an das Gebäude legte. Passanten blieben stehen und starrten entgeistert, als die Flammen, durch eine kräftige Brise angefacht, hoch schlugen. Mehrere Tonnen Papier wurden vernichtet, und das Gebäude selbst brannte voll kommen aus. In einem Exklusivinterview mit unserem Sonderkorrespondenten gestern abend spät sagte Mr. Biswas . . .

»Hier entlang«, sagte der Pförtner, kam hinter seinem Schreibtisch hervor und führte Mr. Biswas in einen großen Raum, der das drängende Geräusch von Schreibmaschinen und Maschinen Lügen strafte. Viele Schreibmaschinen waren unbenutzt, viele Schreibtische unbesetzt. Eine Gruppe von Männern in Hemdsärmeln stand in einer Ecke um einen grünen Wasserspender; andere Zweier- oder Dreiergruppen saßen auf Tischen; ein Mann ließ mit dem Fuß einen Drehstuhl kreisen. Entlang einer Wand befand sich eine Reihe von abgetrennten Zellen aus gefrostetem Glas, und an eine davon klopfte der Pförtner, der vor Mr. Biswas herging, stieß die Tür auf, ließ Mr. Biswas eintreten und schloß die Tür.

Ein kleiner fetter Mann, rosig und fettig von der Hitze, erhob sich halb hinter einem papierübersäten Tisch. Schiffe mit Bleisatz dienten als Briefbeschwerer. Und mit freudiger Erregung sah Mr. Biswas die Fahnen eines Artikels, der schon mit Überschrift und hervorgehobenen Textstellen versehen war. Es war ein flüchtiger Einblick in ein Geheimnis; isoliert auf dem großen weißen Bogen hatte der Artikel ein Format, das der Leser von morgen nie sehen würde. Mr. Biswas' Erregung stieg. Und er mochte den Mann, den er da vor sich sah.

»Und was ist Ihre Geschichte?« fragte der Herausgeber sich setzend.

»Ich habe keine Geschichte. Ich suche eine Arbeit.«

Fast mit Entzücken sah Mr. Biswas, daß er den Herausgeber verlegen gemacht hatte; und er bedauerte ihn, weil er nicht die Entschlußkraft hatte, ihn hinauszuwerfen. Der Herausgeber errötete noch mehr und sah auf die Fahne hinunter. Er war unglücklich in der Hitze und schien zu schmilzen. Seine Wangen gingen fließend in den Hals über; sein Nacken quoll über den Kragen; seine runden Schultern sanken kraftlos herab; sein Bauch hing über den Hosenrand; und er schwitzte am ganzen Leib. »Ja, ja«, sagte er. »Haben Sie schon mal für eine Zeitung gearbeitet?«

Mr. Biswas dachte an die Artikel, die er für Misirs Zeitung, die nie erschienen war, versprochen hatte zu schreiben, was er aber nie getan hatte. »Ein- oder zweimal«, sagte er.

Der Herausgeber sah wie Hilfe heischend zur Tür. »Meinen Sie einmal? Oder meinen Sie zweimal?«

»Ich habe viel gelesen«, sagte Mr. Biswas und rettete sich aus diesem brenzligen Gebiet.

Der Herausgeber spielte mit einer Bleiplatte.

»Hall Caine, Marie Corelli, Jacob Boehme, Mark Twain, Hall Caine, Mark Twain«, wiederholte Mr. Biswas. »Samuel Smiles.«

Der Herausgeber sah auf.

»Mark Aurel.«

Der Herausgeber lächelte.

»Epiktet.«

Der Herausgeber lächelte weiter, und Mr. Biswas lächelte zurück, um den Herausgeber wissen zu lassen, daß er wußte, daß es sich absurd anhörte.

»Sie lesen diese Leute einfach zum Spaß, was?«

Mr. Biswas erkannte die grausame Absicht hinter der Frage, aber er machte sich nichts daraus. »Nein«, sagte er, »nur zur Ermutigung.« Seine ganze Erregung erstarb.

Es entstand eine Pause. Der Herausgeber betrachtete die Fahne. Durch das gefrostete Glas sah Mr. Biswas im Redaktionsraum Gestalten herumgehen. Er wurde sich wieder des Lärms bewußt: der Verkehr auf der Straße, das gleichmäßige Rattern von Maschinen, das periodisch unterbrochene Klappern von Schreibmaschinen, gelegentliches Gelächter.

»Wie alt sind Sie?«

»Einunddreißig.«

»Sie kommen vom Land, Sie sind einunddreißig, Sie haben noch nie geschrieben und Sie wollen Reporter werden. Was machen Sie?«

Mr. Biswas dachte an Gutsaufseher, erhöhte das auf Verwalter, verwarf das, verwarf auch Geschäftsinhaber, verwarf arbeitslos. Er sagte: »Schildermaler.«

Der Herausgeber erhob sich. »Da habe ich genau den Job für Sie.«

Er führte Mr. Biswas aus dem Büro, durch die Redaktion (die Gruppe um den Wasserspender hatte sich aufgelöst), an einer Maschine vorbei, die maschinenbeschriebene Bogen abrollte, in einen teilweise ausgeräumten Raum, in dem Schreiner arbeiteten, durch weitere Räume und dann in einen Hof. Durch die Gasse an einem Ende konnte Mr. Biswas die Straße sehen, die er vor wenigen Minuten verlassen hatte.

Der Herausgeber ging durch den Hof und zeigte mit dem Finger. »Hier und hier«, sagte er. »Und hier.«

Man gab Mr. Biswas Farbe und einen Pinsel, und den Rest des Nachmittags verbrachte er damit, Schilder zu malen: Keine Zufahrt für Fahrzeuge, Kein Eintritt, Achtung Lastwagen, Kein Bedarf an Hilfskräften.

Um ihn herum rasselten und summten die Maschinen; die Schreiner schlugen Rhythmen auf die Nägel, wenn sie sie hineintrieben.

Erstaunliche Szenen wurden gestern beobachtet, als . . .

»Tsa!« rief er ärgerlich.

Erstaunliche Szenen wurden gestern beobachtet, als der Schildermaler Mohun Biswas, 31, sich am Bürogebäude des TRINIDAD SENTINEL *zu schaffen machte. Passanten blieben stehen und starrten entgeistert, als Biswas, Vater von vier Kindern, die Wände mit obszönen Wendungen bedeckte. Frauen hielten die Hände vors Gesicht, kreischten und fielen in Ohnmacht. In der St. Vincent Street entstand ein Verkehrschaos, und die Polizei unter Inspektor Grieves wurde gerufen, um die Ordnung wiederherzustellen. Gestern abend spät von unserem Sonderkorrespondenten interviewt, sagte Mr. Biswas . . .*

»Der wußte noch nicht mal, wer Mark Aurel war, dieser Krebsfänger, dieser Hundesohn.«

. . . gestern abend spät interviewt, sagte Biswas . . . sagte Mr. Biswas: »Man kann vom einfachen Mann nicht verlangen, daß er die Bedeutung der Worte ›Keine Zufahrt‹ kennt.«

»Was, Sie sind immer noch hier?«

Es war der Herausgeber. Er war weniger rosig, weniger fettig, und seine Kleider waren trocken. Er rauchte eine kurze dicke Zigarre: sie wiederholte und betonte seine Figur. Der Hof lag im Schatten, das Licht war schon an. Die Maschinen ratterten nachdrücklicher: eine Abfolge voneinander losgelöster Geräusche; die Rhythmen der Schreiner waren verklungen. Der Verkehr auf der Straße hatte nachgelassen, Fußschritte hallten wider; ein vorbeifahrendes Auto, eine klingelnde Fahrradschelle konnte man von weitem hören.

»Aber das ist gut«, sagte der Herausgeber. »Das ist sogar sehr gut.«

Da bist du überrascht, du kleiner Fettkloß. »Ich hab' die Buchstaben aus einer Zeitschrift.« Du denkst wohl, du bist der einzige, der was zu lachen hat, was?

»Das R ist ja zum Fressen«, sagte der Herausgeber.

»Also, wissen Sie, ich verstehe wirklich nicht, weshalb Sie meinen, Sie müßten Ihren Beruf aufgeben?«

»Nicht genug Geld.«
»Steckt hier auch nicht drin.«
Mr. Biswas wies auf ein Schild. »Kein Wunder, daß Sie Ihr Bestes tun, um Leute draußen zu halten.«
»Oh. Kein Bedarf an Hilfskräften.«
»Ein schönes kleines Schild«, sagte Mr. Biswas.
Der Herausgeber lächelte und wurde dann von Lachen geschüttelt.
Und Mr. Biswas, wieder einmal der Clown, lachte auch.
»Das war doch für Schreiner und Arbeiter«, sagte der Herausgeber. »Kommen Sie morgen, wenn Sie es ernst meinen. Wir geben Ihnen einen Monat Probezeit. Aber ohne Bezahlung.«

Eine zufällige Begegnung hatte ihn zum Schildermalen gebracht. Das Schildermalen hatte ihn zum Hanuman-Haus und den Tulsis gebracht. Durch das Schildermalen fand er eine Stellung beim *Sentinel.* Und weder für die Schilder im Geschäft der Tulsis noch für die am *Sentinel* wurde er bezahlt.
Er arbeitete mit Begeisterung. Seine Lektüre hatte ihn mit einem extravaganten Wortschatz ausgestattet, aber Mr. Burnett, der Herausgeber, war geduldig. Er gab Mr. Biswas Ausgaben von Londoner Zeitungen, und Mr. Biswas studierte ihren Stil, bis er annehmbare Nachahmungen hervorbringen konnte. Es dauerte nicht lange, bis er ein Gefühl für die Form und die Skandal-Qualitäten jeder Geschichte entwickelt hatte. Dem fügte er noch etwas Eigenes hinzu. Und zu seinem plötzlichen Glück gehörte auch, daß er für den *Sentinel* arbeitete und nicht für den *Guardian* oder die *Gazette.* Denn der Witz, der ihn befiel, sobald er die Feder aufs Papier setzte, und die Fantasie, die er bis dahin in Streitigkeiten mit Shama und Ausfällen gegen die Tulsis vergeudet hatte, waren genau das, was Mr. Burnett wollte.

»Sollen sie ihre Nachrichten aus anderen Zeitungen beziehen«, sagte er. »Das ist übrigens genau das, was sie im Augenblick machen. Die einzige Art, wie wir an Leser herankommen können, ist, sie zu schockieren. Machen Sie sie wütend. Jagen Sie ihnen Angst ein. Erschrecken Sie mich einmal richtig, und der Posten gehört Ihnen.«
Am nächsten Tag lieferte Mr. Biswas eine Geschichte ab.
Mr. Burnett sagte: »Die haben Sie erfunden?«
Mr. Biswas nickte.
»Schade.«
Die Geschichte war überschrieben:

VIER KINDER VERSCHMORTEN IN LICHTERLOH BRENNENDER HÜTTE

Mutter sah hilflos zu

»Der letzte Abschnitt hat mir gefallen«, sagte Mr. Burnett.
Er lautete: »Schaulustige strömen in das heimgesuchte Dorf, und wir glauben nicht, daß es uns zusteht, seinen Namen schon der Öffentlichkeit mitzuteilen. ›In Zeiten wie diesen‹, sagte mir gestern abend ein alter Mann, ›wollen wir allein gelassen werden.‹ «
Mr. Biswas gab die Erfindungen auf und machte weiter. Und Mr. Burnett gab weiterhin Ratschläge.
»Ich glaube, Sie sollten mit den erstaunlichen Szenen, die beobachtet werden, ein bißchen gemächlicher umgehen. Und wie wäre es, wenn Sie Ihre Passanten ab und zu in einfache Leute verwandeln würden? »Beachtlich« ist ein starkes Wort, das »sehr« bedeutet, was sowieso ein sinnloses Wort ist. Und sehen Sie mal hier. »Mehrere« hat sieben Buchstaben. »Viele« hat nur fünf und seltsamerweise genau dieselbe Bedeutung. Ich mochte Ihren Artikel über den Wettbewerb »Das herzige Baby«. Damit haben Sie mich zum Lachen gebracht. Aber noch haben Sie mich nicht erschreckt.«

»Irgendwas Lustiges im Irrenhaus passiert?« fragte Mr. Biswas an dem Abend Ramchand.
Ramchand sah verärgert aus.
Und Mr. Biswas gab die Idee, einen Enthüllungsartikel über das Irrenhaus zu schreiben, auf.
Auf seinem Weg zum *Sentinel* am nächsten Morgen schaute er bei einer Polizeiwache vorbei. Von dort ging er ins Leichenschauhaus, dann zum Hof des Stadtrats. Als er zum *Sentinel* kam, setzte er sich an einen freien Schreibtisch — ihm stand bislang noch keiner zu — und schrieb mit Bleistift:

Letzte Woche wurde im Prinzenhaus der *Sentinel*-Wettbewerb »Das herzige Baby« abgehalten. Und letzte Nacht fand man, sauber in einen braunen Pappkarton verpackt, auf der Müllkippe in Cocorite die Leiche eines männlichen Babys.
Ich habe das Kind gesehen und bin in der Lage, festzustellen, daß es in unserem Wettbewerb »Das herzige Baby« keinen Preis gewonnen hat.
Experten sind sich noch nicht darüber im klaren, ob das Kind extra zur Müllkippe hinaus gebracht wurde oder ob es einfach mit dem Abfall auf dem üblichen Weg dorthin kam.
Hezekiah James, 43, arbeitslos, der das tote Kind entdeckte, sagte mir . . .

»Gut, gut«, sagte Mr. Burnett, »aber wuchtig, wuchtig. Warum nicht »ich kann« anstatt »ich bin in der Lage?«
»Das habe ich aus dem *Daily Express.*«
»Na gut. Lassen wir das durchgehen. Aber versprechen Sie mir, daß Sie eine Woche lang nicht mehr in der Lage sein werden, irgend etwas zu tun oder zu sagen. Es wird schwer werden, aber versuchen Sie's. Was für ein Baby?«
»Was für eins?«

»Schwarz, weiß, grün?«
»Weiß. Bläulich eher, als ich es gesehen habe. Ich dachte aber, wir erwähnen die Rasse nicht, außer bei Chinesen.«
»Nun hören Sie dem alten Herrn mal zu. Wenn ich auf der Müllkippe von Banbury über ein schwarzes Baby stolperte, glauben Sie, dann würde ich einfach sagen, ein Baby?«
Und die Überschrift am nächsten Tag lautete:

WEISSES BABY AUF MÜLLKIPPE GEFUNDEN
In braunem Pappkarton
Gewann nicht den Wettbewerb »Das herzige Baby«

»Noch was«, sagte Mr. Burnett. »Lassen Sie Babys mal eine Weile in Ruhe.«
Der Beruf war immer dringend: jeden Abend mußte die Zeitung gedruckt werden, am frühen Morgen mußte sie in allen Teilen der Insel sein. Das war nicht die falsche Dringlichkeit wie rechtzeitig vor Weihnachten Geschäftsschilder zu malen oder sich um die Ernte zu kümmern. Und selbst nach einem Dutzend Jahren verlor Mr. Biswas noch nicht die Erregung, die er damals zum ersten Mal verspürte, wenn er das, was er am Tag zuvor geschrieben hatte, gedruckt in seinem Freiexemplar der Zeitung sah.
»Sie haben mir noch keinen richtigen Schock versetzt«, sagte Mr. Burnett.
Und Mr. Biswas wollte Mr. Burnett entsetzen. Es schien jedoch unwahrscheinlich, daß er das je tun würde, denn in seiner vierten Woche wurde er zum Schiffsreporter ernannt. Er nahm den Platz eines Mannes ein, der im Hafen von einer Ladung Mehl getötet worden war, die zufällig aus großer Höhe von einem Kran fiel. Es war Fremdenverkehrssaison, und der Hafen lag voller Schiffe aus Amerika und Europa. Mr. Biswas ging an Bord deutscher Schiffe, bekam ausgezeichnete Feuerzeuge geschenkt, sah

Fotos von Adolf Hitler und war verwirrt von den Heil-Hitler-Grüßen.
Aufregung!
Die Schiffe dampften nach nur wenigen Stunden mit ihren sonnenverbrannten Touristen, die durch ihre tropische Kleidung hervorstachen, wieder ab. Aber sie kamen aus Orten mit berühmten Namen. Und in der *Sentinel*-Redaktion ergossen sich ständig auf Papierrollen Nachrichten aus diesen Orten. Draußen waren die heiße Sonne, die mit Pferdemist gedüngten Straßen, die überfüllten Elendsviertel, die Zimmer, in denen er mit Ramchand und Dehuti wohnte; und dahinter die Ebene mit den Zuckerrohrfeldern, das tiefliegende Reisgebiet, die eintönige Arbeit seiner Brüder, die kurzen Straßen, die von einer wohlbekannten Ansiedlung zur nächsten führten, die Tulsi-Niederlassung, die alten Männer, die sich jeden Abend unter der Arkade des Hanuman-Hauses versammelten und nie wieder reisen würden. Aber in den Wänden der Redaktion war einem jeder Teil der Welt nahe.
Er ging an Bord amerikanischer Schiffe auf der Touristenroute nach Südamerika, interviewte Geschäftsleute, hatte Schwierigkeiten, den amerikanischen Akzent zu verstehen, sah die Kombüse und staunte darüber, wieviel gutes Essen weggeworfen wurde. Er schrieb Passagierlisten ab, wurde von einem Schiffskoch aufgefordert, sich einem Schmugglerring anzuschließen, der mit Blitzlichtbirnen handelte, schlug das Angebot aus und konnte nichts über die Geschichte schreiben, weil das seinen verstorbenen Vorgänger belastet hätte.
Er interviewte einen englischen Romanautor, einen Mann seines Alters, aber noch jung und vor Erfolg strahlend. Mr. Biswas war beeindruckt. Der Name des Schriftstellers war ihm und den Lesern des *Sentinel* unbekannt, aber Mr. Biswas hatte alle Schrifsteller für tot gehalten und verband die Herstellung von Büchern nicht nur mit fernen Ländern,

sondern auch mit fernen Zeiten. Vor seinem inneren Auge sah er Überschriften — BERÜHMTER SCHRIFTSTELLER SAGT, PORT-OF-SPAIN IST DIE DRITTSÜNDHAFTESTE STADT DER WELT — und bombardierte den Schriftsteller mit Suggestivfragen. Aber der Schriftsteller dachte, Mr. Biswas' Erkundigungen hätten ein finsteres politisches Motiv, und gab bedächtige Erklärungen über die vielgerühmte Schönheit der Insel ab und sein Verlangen, so viel wie möglich davon zu sehen.

Den möcht' ich sehen, dem das Angst macht, dachte Mr. Biswas.

(Jahre danach stieß Mr. Biswas auf den Reisebericht, den der Schriftsteller über die Gegend geschrieben hatte. Er sah sich beschrieben als: »inkompetenter, gekränkter, fanatischer junger Reporter, der meine vorsichtigen Antworten mit gerümpfter Nase in mühseliger Langschrift mitschrieb.«)

Dann lief ein Schiff auf dem Weg von Brasilien ein. Innerhalb von vierundzwanzig Stunden war Mr. Biswas überall berühmt-berüchtigt, der *Sentinel*, von jeder Seite geschmäht, erhöhte augenblicklich seine Auflage, und Mr. Burnett jubelte.

Er sagte: »Sie haben selbst mir Schauer über den Rücken gejagt.«

Die Geschichte, der Leitartikel auf Seite drei, lautete:

DADDY KEHRT IM SARG ZURÜCK
Letzte Reise eines US-Forschers
AUF EIS
von M. Biswas

In einem ordentlichen kleinen ziegelgedeckten Einfamilienhaus irgendwo in Amerika fragen vier Kinder jeden Tag ihre Mutter: »Mummy, wann kommt Daddy nach Hause?«

Vor etwas weniger als einem Jahr verließ Daddy — George Elmer Edman, der gefeierte Weltreisende und Forscher — sein Heim, um den Amazonas zu erforschen.
Nun, ich habe Neuigkeiten für euch, Kinderchen.
Daddy ist auf dem Heimweg.
Gestern kam er durch Trinidad. In einem Sarg.

Mit einem Gehalt von fünfzehn Dollar für vierzehn Tage wurde Mr. Biswas in die Redaktion des *Sentinel* übernommen.
»Als erstes«, sagte Mr. Burnett, »müssen Sie in die Stadt gehen und sich einen Anzug kaufen. Ich kann meinen besten Reporter nicht in diesen Kleidern rumlaufen lassen.«

Es war Ramchand, der die Versöhnung zwischen Mr. Biswas und den Tulsis in die Wege leitete; oder besser, er war es, da die Tulsis wenig Gedanken auf das Thema verschwendten, der es Mr. Biswas ermöglichte, seine Familie ohne Demütigung zurückzuerlangen. Ramchands Aufgabe war leicht. Fast jeden Tag erschien Mr. Biswas' Name im *Sentinel*, so daß es aussah, als wäre er plötzlich berühmt und reich geworden. Weil Mr. Biswas beinahe selbst daran glaubte, fühlte er sich veranlaßt, mildtätig zu sein.
Zu dieser Zeit bereiste er die Insel als Scarlet Pimpernel, immer in der Hoffnung, daß Leute an ihn herantraten und sagen würden: »Du bist Scarlet Pimpernel, und ich beanspruche den *Sentinel*-Preis.« Jeden Tag erschien im *Sentinel* sein Foto mit einem Bericht über die Reise des vergangenen Tages und seine Tagesroute. Das Foto war eine halbe Spalte breit, und für seine Ohren war kein Platz mehr da; in einem erfolglosen Versuch, bedrohlich auszusehen, runzelte er die Stirn; sein Mund stand leicht offen, und aus den Augenwinkeln, die durch seinen tiefgezogenen Hutrand im Schatten lagen, starrte er in die Kamera.

Was die Erhöhung der Auflage anging, erwies sich Scarlet Pimpernel als Fehlschlag. Das Foto verbarg zu viel, und er war viel zu gut angezogen, als daß einfache Leute gekommen wären, um ihn mit einem Satz von solcher Länge und Korrektheit anzusprechen. Die Preise blieben tagelang unbeansprucht, und die Scarlet-Pimpernel-Reportagen wurden immer fantastischer. Mr. Biswas besuchte seinen Bruder Prasad, und am nächsten Morgen erfuhren die Leser des *Sentinel*, daß in einem abgelegenem Dorf ein Bauer auf ihn zugestürzt sei und gesagt hätte: »Du bist Scarlet Pimpernel, und ich beanspruche den *Sentinel*-Preis.« Dann wurde von dem Bauern berichtet, daß er gesagt habe, er läse den *Sentinel* jeden Tag, weil keine andere Zeitung die Nachrichten so ausführlich, so amüsant und so ausgeglichen bringe.
Dann besuchte Mr. Biswas seinen ältesten Bruder Pratap. Und dort erlebte er eine Überraschung. Er fand heraus, daß seine Mutter schon seit ein paar Wochen bei Pratap wohnte. Seit langem hielt Mr. Biswas Bipti für nutzlos, deprimierend und halsstarrig; er fragte sich, wie es Pratap gelungen sei, sich mit ihr zu besprechen und sie zu überreden, die Hütte in der Hintergasse in Pagotes zu verlassen. Aber sie war gekommen, und sie hatte sich verändert. Sie war aktiv und bei klarem Verstand; in Prataps Haushalt war sie ein lebendiges und wichtiges Mitglied. Mr. Biswas empfand das als Vorwurf und war bekümmert. Sein Glück war zu plötzlich, seine Stellung in der Welt nicht fest genug verankert. Als er spätabends in die *Sentinel*-Redaktion zurückkam, setzte er sich an einen Schreibtisch, seinen eigenen (in der untersten Schublade lag sein Handtuch), und voller Erinnerungen, von denen er nicht wußte, woher sie kamen, schrieb er:

Scarlet Pimpernel verbringt die Nacht auf einem Baum
Die Qual einer sechsstündigen Wache

Oink! Oink!
Überall um mich herum quakten Frösche. In der schwarzen Nacht war nichts als das und das Geräusch des Regens auf den Bäumen zu hören.
Ich war klatschnaß. Mein Motorrad war mitten in der Einöde liegengeblieben. Es war Mitternacht, und ich war allein.

Dann schilderte der Bericht eine schlaflose Nacht, Begegnungen mit Schlangen und Fledermäusen, die zwei Autos, die mitten in der Nacht vorbeifuhren, ohne sich um Scarlet Pimpernels Schreie zu kümmern, die Rettung in der Frühe durch Bauern, die Scarlet Pimpernel erkannten und ihren Preis forderten.
Nicht lange danach fuhr Mr. Biswas nach Arwacas. Er traf am Vormittag dort ein, ging aber erst nach vier zum Hanuman-Haus, als er wußte, daß der Laden geschlossen war, die Kinder aus der Schule und die Schwestern in Diele und Küche sein würden. Seine Rückkehr war so großartig, wie er es sich gewünscht hatte. Er stieg noch die Stufen vom Hof hoch, als er schon mit Geschrei, Getrampel und Gelächter begrüßt wurde.
»Du bist Scarlet Pimpernel, und ich beanspruche den *Sentinel*-Preis!«
Er ging herum und ließ *Sentinel*-Gutscheine im Wert von einem Dollar in begierige Hände fallen.
»Schick das zusammen mit dem Coupon aus dem *Sentinel* ein. Übermorgen ist dein Geld da.«
Savi und Anand belegten ihn gleich mit Beschlag.
Shama, die aus der schwarzen Küche auftauchte, sagte: »Anand, du machst deinem Vater noch den Anzug dreckig.«

Es war, als wäre er nie weg gewesen. Seine Abwesenheit hatte weder bei Shama noch den Kindern noch in der Diele irgendwelche Spuren hinterlassen.
Shama staubte eine Bank am Tisch ab und fragte, ob er gegessen habe. Er antwortete nicht, setzte sich aber dahin, wo sie Staub gewischt hatte. Die Kinder stellten in einem fort Fragen und machten es leicht, Shama nicht zu beachten, als sie das Essen herausbrachte.
»Onkel Mohun, Onkel Mohun! Hast du wirklich eine Nacht oben im Baum gesessen?«
»Was glaubst du denn, Jai?«
»Ma sagt, du hast es erfunden. Und ich kann mir nicht vorstellen, wie *du* einen Baum raufkletterst.«
»Ich kann dir nicht sagen, wie oft ich runtergefallen bin.«
Wieder in der rußigen grünen Diele mit der regalartigen Empore, dem langen Tisch aus Pechkiefer, den nicht zusammenpassenden Möbelstücken, den Fotos von Pandit Tulsi, dem Küchenschrank mit dem japanischen Kaffeeservice zu sein, war schöner, als er sich vorgestellt hatte.
»Onkel Mohun, hat der Mann dich wirklich mit einer Machete verfolgt, als du versucht hast, seiner Frau einen Coupon zu geben?«
»Ja.«
»Warum hast du ihm nicht auch einen gegeben?«
»Geht weg. Ihr Kinder werdet zu schlau für mich.«
Er aß und wusch sich die Hände und gurgelte. Shama drängte ihn, sich mit seiner Krawatte und seinem Jackett in acht zu nehmen: als wären sie nichts Neues für sie, als hätte sie selbst an Kleidern, die sie nicht von Anfang an gekannt hatte, ein hausfrauliches Interesse.
An dem Treppenabsatz mit dem kaputten Klavier vorbei ging er die Treppe hoch. Auf der Veranda sah er Hari, den heiligen Mann, und Haris Frau. Sie grüßten ihn kaum. Seine neue Berühmtheit oder sein neuer Anzug schien die beiden nicht zu berühren. Hari, in der Kleidung des Pan-

dits, sah so gelblich und ungesund aus wie immer; die Ernsthaftigkeit seiner Frau hatte einen Anflug von Sorge und Müdigkeit. Oft hatte Mr. Biswas sie in ähnlich ruhigen häuslichen Szenen, zurückgezogen von dem Leben um sie herum, überrascht.

Er hatte das Gefühl, sich aufzudrängen, und ging schnell durch die Tür mit den farbigen Glasscheiben ins Bücherzimmer, in dem es dumpf nach altem Papier und wurmzerfressenem Holz roch. Da waren seine Bücher, denen man noch ansah, daß sie einmal durchweicht gewesen waren: ausgebleichte Buchdeckel, verfleckte und gekräuselte Seiten. Anand kam ins Zimmer. Das Haar auf seinem großen Kopf war lang; er trug seine »Spielkleider«. Mr. Biswas drückte Anand an sein Bein, und Anand rieb sich dagegen. Er fragte Anand nach der Schule und bekam scheue, unverständliche Antworten. Sie hatten sich wenig zu sagen.

»Wann genau haben sie angefangen, meinen Namen in der Zeitung zu sehen?« fragte Mr. Biswas.

Anand lächelte, hob ein Bein vom Boden und murmelte etwas.

»Wer hat ihn zuerst gesehen?«

Anand schüttelte den Kopf.

»Und was haben sie gesagt, na? Nicht die Kinder, sondern die Großen.«

»Nichts.«

»Nichts? Aber was war mit dem Foto? Das ist doch jeden Tag drin. Was haben sie gesagt, als sie *das* gesehen haben?«

»Nichts.«

»Überhaupt gar nichts?«

»Bloß Tante Chinta hat gesagt, du siehst aus wie ein Gauner.«

»Wer ist denn das hübsche Baby? Sag mir mal, *wer* ist das hübsche Baby?«

Es war Shama. Sie war ins Zimmer gekommen und spazierte mit einem Baby auf den Armen darin herum.

Mr. Biswas hatte sein viertes Kind noch nicht gesehen. Und nun war es ihm peinlich, es anzusehen.
Shama kam näher, hob aber nicht die Augen. »Wer ist denn der Mann?« sagte sie zu dem Kind. »*Kennst* du den Mann?«
Mr. Biswas reagierte nicht. Das Bild von Mutter und Kind wie überhaupt die ganze heimliche häusliche Szene in diesem Raum über der Diele erstickte ihn, machte ihn krank.
»Und wer ist das?« Shama hatte das Baby zu Anand gebracht.
»Das ist der Bruder.« Anand kitzelte das Baby unterm Kinn, und es gluckste.
»Ja, das ist der Bruder. Oh, ist das nicht ein *hübsches* Baby?«
Er bemerkte, daß Shama ein bißchen molliger geworden war.
Er ließ sich erweichen. Er machte einen Schritt auf Shama zu, und sofort hielt sie ihm das Kind entgegen.
»Sie heißt Kamla«, sagte Shama auf Hindi, die Augen immer noch auf das Kind gerichtet.
»Schöner Name«, sagte er auf englisch. »Wer hat ihn ihr gegeben?«
»Der Pandit.«
»Beim Standesamt ist sie auch eingetragen, vermute ich.«
»Aber du warst doch hier, als sie geboren —« Und Shama unterbrach sich, als hätte sie sich auf gefährlichen Boden vorgewagt.
Mr. Biswas nahm das Baby.
»Gib sie mir wieder«, sagte Shama nach kurzer Zeit, »sonst macht sie vielleicht deine Kleider schmutzig.«

Bald war die Aussöhnung vollkommen, und zwar zu Bedingungen, die Mr. Biswas das Gefühl gaben, einen Sieg errungen zu haben. Man arrangierte ein Treffen mit Mrs.

Tulsi in Port-of-Spain für ihn. Sie tat so, als wüßte sie nicht, daß er je Shama und das Hanuman-Haus verlassen hatte; er war nach Port-of-Spain gekommen, um den Arzt aufzusuchen, nicht wahr? Mr. Biswas sagte, das stimme. Sie sei froh, daß es ihm besser ginge; Pandit Tulsi habe immer gesagt, eine gute Gesundheit sei mehr wert als jedes Vermögen. Nach seiner Arbeit erkundigte sie sich nicht, obwohl sie sagte, daß sie von Mr. Biswas viel erwarte und schon immer erwartet habe, deshalb habe sie ja auch so bereitwillig zugestimmt, als er an jenem Nachmittag gekommen sei, um um Shamas Hand anzuhalten.

Mrs. Tulsi schlug vor, Mr. Biswas solle seine Familie nach Port-of-Spain holen und bei ihr und ihrem Sohn wohnen. Es sei denn natürlich, Mr. Biswas dächte daran, ein eigenes Haus zu kaufen; sie sei nur eine Mutter und habe keine Macht über Shamas Schicksal. Wenn sie jedoch kämen, stände ihnen, abgesehen von den Räumen, die sie und Owad benutzten, das Haus zur Verfügung. Dafür würden sie acht Dollar im Monat bezahlen, Shama würde kochen, die Hausarbeit machen und die Miete von den beiden anderen Häusern kassieren: eine schwierige Angelegenheit: nicht der Mühe wert, jemand von draußen dafür heranzuholen, und sie sei zu alt, es selber zu tun.

Das Angebot war phänomenal: ein Haus, nichts weniger. Das war der Höhepunkt seines gegenwärtigen guten Geschicks, das nun, dachte er, sicherlich enden mußte. Um die Annahme hinauszuzögern und seine Nervosität zu verdecken, redete er über die Schwierigkeiten des Mieteeintreibens. Mrs. Tulsi redete über Pandit Tulsi, und er hörte mit ernsthafter Sympathie zu.

Sie waren auf der vorderen Veranda. Von der Dachrinne hingen Körbe mit Farnen, die das Licht weicher machten und die Luft kühlten. Mr. Biswas lehnte sich in seinem Morris-Sessel zurück. Die Erfahrung, sich in einem Haus, das solide und gut ausgeführt und angestrichen und ringsum elegant war, einen ebenen, lückenlosen Fußboden, gerade Betonwände, getäfelte Türen mit Schlössern, ein vollständiges Dach, im Wohnzimmer eine lackierte Decke und sonst gestrichene Decken hatte, urplötzlich von einem Besucher in einen Bewohner verwandelt zu sehen, war so neu für ihn, daß er sie noch nicht auskosten konnte. Einzelheiten der Verarbeitung, die er bis vor wenigen Minuten als selbstverständlich hingenommen hatte, bemerkte er jetzt eine nach der anderen wie zum ersten Mal. Nichts mußte mehr hinzugefügt werden, nichts war behelfsmäßig; es gab keine überraschenden Lehmwände oder Äste, nichts war kaschiert worden, alles funktionierte, wie es sollte.

Das Haus stand auf hohen Säulen und war eins der neuesten und imposantesten in der Straße. Das Viertel war vor kurzem saniert worden und strebte schnell hoch, obwohl in jeder Straße noch ein paar Behausungen von widerspenstigen Armen standen, uneingezäunte Holzhütten, die an die Zeit erinnerten, als das Viertel zu einer Zuckerplantage gehörte. Die Straßen waren gradlinig; jedes Grundstück maß dreißig mal fünfundzwanzig Meter; und mitten durch jeden Block führte am Abwasserkanal eine Gasse entlang, die fast schon eine Straße war und die rückwärtigen Zäune voneinander trennte. Es war also Platz genug: Platz unter dem Boden des Hauses selbst, Platz nach hinten heraus, Platz zu den Seiten, Platz für einen Vorgarten.

Hätte dieses Glück noch vollkommener sein können?

Ramchand und Dehuti waren begeistert. Das Campleben, zu dem Mr. Biswas' Anwesenheit sie in ihren beiden Räumen zwang, hatte, obwohl anfangs vergnüglich, angefangen, lästig zu werden. Sie waren außerdem froh, daß Mr. Biswas versorgt war. Sowohl dafür als auch für die Versöhnung fühlten sie sich verantwortlich. Ein unerwartetes Ergebnis der Verhandlungen war, daß Dehuti sich dem Hanuman-Haus zugehörig fühlte und sich den Dutzenden fremder Frauen anschloß, die zu Mr. Biswas' Überraschung immer bereit waren, schon Tage vor einer großen Festlichkeit im Hanuman-Haus aufzutauchen und Mann und Kinder zu verlassen, um ohne Bezahlung zu kochen und zu putzen und ganz allgemein zu helfen. Dehuti arbeitete hart und wurde immer eingeladen. Oft ging sie mit den Tulsi-Schwestern zu anderen Festen; und bei Hochzeiten sang sie die traurigen Lieder, die für sie nicht gesungen worden waren. Mit der Zeit betrachtete niemand sie mehr als Mr. Biswas' Schwester, selbst Mr. Biswas nicht, für den sie einfach eine der den Tulsis angeschlossenen Frauen wurde.

Wieder einmal zogen die Möbel also um. Und was das Zimmer in der Baracke überfüllt hatte, machte in dem Haus in Port-of-Spain wenig Eindruck. Das Himmelbett und Shamas Toilettentisch kamen ins Schlafzimmer; der Küchenschrank und das Kaffeeservice blieben mit dem grünen Tisch auf der hinteren Veranda. Einzig die Hutablage und der Schaukelstuhl hatten Ehrenplätze auf der vorderen Veranda; jeden Morgen wurden sie hinausgestellt und jeden Abend hereingebracht, um zu verhindern, daß sie gestohlen wurden. Ansonsten blieb das Haus in der Weise möbliert, die Mrs. Tulsi für die Stadt passend fand. Im Wohnzimmer standen vier Rohrstühle mit Sitzen aus Korbgeflecht steif um einen dreibeinigen Tisch mit Marmorplatte, auf dem auf einer weißen mit Troddeln verzierten Häkeldecke eine Topfpflanze stand. Im Eßzimmer stand ein nüchtern aussehender Waschtisch mit Schüssel und Kanne. Von den Statuen im Hanuman-Haus hatte Mrs. Tulsi keine mitgebracht, dafür aber viele der Messingvasen, die, mit Topfpflanzen gefüllt, über die Veranda verteilt waren und jeden Abend hereingebracht wurden.

Anand und Savi waren nicht leicht zu überreden, das Hanuman-Haus zu verlassen. Sie blieben noch einige Wochen, nachdem Shama mit Myna und Kamla abgereist war. Dann kam Savi eines Sonntagabends mit Mrs. Tulsi und dem Gott. Sie sah die Straßenlaternen und die Lichter der Schiffe im Hafen. Mrs. Tulsi führte sie in den Botanischen Garten; sie sah die Teiche und Grashänge des tiefliegenden Steingartens; sie hörte das Orchester spielen, und sie blieb. Anand jedoch weigerte sich, verführt zu werden, bis der jüngere Gott sagte: »In Port-of-Spain gibt's ein neues süßes Getränk. Coca-Cola heißt es. Das Beste auf der Welt überhaupt. Wenn du mit mir nach Port-of-Spain kommst, überrede ich deinen Vater, dir Coca-Cola und richtiges Eis zu kaufen. In Pappbechern. Richtiges Eis, kein hausgemachtes.«

Für die Kinder im Hanuman-Haus war hausgemacht keine Empfehlung. Hausgemachtes Eis war das geschmacklose (offiziel Kokosnuß) Gefrorene, das Weihnachten nach dem Mittagessen von Chinta aufgetischt wurde, wobei Quantität und Qualität in keinem Verhältnis zueinander standen. Sie benutzte eine alte, rostige Gefriermaschine; sie sagte, sie »hüpfe«; und um den Gefrierprozeß zu beschleunigen, warf sie Eiswürfel in die Mischung. Der Rest von der Gefriermaschine tröpfelte auf die Eiscreme und durchdrang sie in Zickzacklinien wie Schokolade.

Und es war einzig und allein das Versprechen von richtigem Eis und Coca-Cola, das Anand nach Port-of-Spain zog.

An einem Sonntagnachmittag, als die Schatten sich unter die Dachtraufen der Häuser zurückgezogen hatten, als die Stadt hart und gleißend und leer war, überall die Türen geschlossen waren und die Schaufenster der Geschäfte nur die gegenüberliegende Seite widerspiegelten, machte Mr. Biswas mit Anand einen Rundgang durch Port-of-Spain.

Mit einem Gefühl von Abenteuer gingen sie mitten über die leeren Straßen; sie hörten ihre Schritte; so konnte man die Stadt erleben; sie hatte nichts Bedrohendes. Sie begutachteten Café um Café, und weil Anand darauf bestand, verschmähten sie alle, die beanspruchten, nur selbstgebackene Kuchen und selbstgemachtes Eis zu verkaufen. Endlich fanden sie ein geeignetes. Auf einem hohen roten Hocker, der in sich selbst eine Offenbarung und ein Luxus war, saß Anand an der Theke, und das Eis kam. In einem mit Reif überzogenen Pappbecher, der sich kalt anfaßte. Mit einem Holzlöffel. Den Deckel mußte man abziehen und ablecken; das Eis, hellrosa mit roten Tupfen, dampfte; eine Wonne bereitete nur die nächste vor.

»Es schmeckt überhaupt nicht wie Eis«, sagte Anand. Er putzte den Becher sauber, und er war ein so perfektes Ding, daß er ihn am liebsten behalten hätte.

Als er das Coca-Cola schlürfte, sagte er: »Das ist wie Pferdepipi.« Das hatte nämlich ein Vetter über ein Getränk im Hanuman-Haus gesagt.

»Anand!« sagte Mr. Biswas und lächelte den Mann hinter der Theke an. »Du mußt aufhören, so zu reden. Du bist nun in Port-of-Spain.«

Das Haus lag nach Osten, und die Erinnerungen, die an diese ersten vier Jahre in Port-of-Spain blieben, übertrafen jede andere Erinnerung an einen Morgen. Die Zeitung, die umsonst, noch warm, mit noch nasser Druckfarbe geliefert wurde, lag ausgebreitet auf den Betonstufen, über die sich die Sonne hinzog. Auf Bäumen und Dächern lag Tau; die frisch gefegte und abgespritzte leere Straße lag in kühlem Schatten, und durch die Abwasserkanäle, deren grüner Grund von den harten Besen der Straßenkehrer abgekratzt und abgezogen war, floß klares Wasser. Erinnerungen daran, wie er das Royal enfield unter dem Haus hervorholte und unter einer noch kühlen Sonne durch die

Straßen der erwachenden Stadt radelte. Die Stille am Mittag: sich ausziehen für ein Nickerchen: das Fenster seines Zimmers stand offen: ein blaues Viereck über dem Vorhang, der sich nicht bewegte. Am Nachmittag, wenn die Stufen im Schatten lagen, Tee auf der hinteren Veranda. Dann vielleicht ein Interview in einem Hotel und die drängenden Maschinen im *Sentinel.* Die Verheißung des Abends, die Hoffnung des Morgens.

Da Mrs. Tulsi und Owad an den Wochenenden und in den Ferien weg waren, konnte Mr. Biswas manchmal vergessen, daß das Haus ihnen gehörte. Und ihre Anwesenheit war kaum eine Belastung. In Port-of-Spain fiel Mrs. Tulsi nie in Ohnmacht, stopfte nie irgendwelche Pastillen oder Wick Vaporub in ihre Nasenlöcher, trug nie mit Pimentrum getränkte Wickel um die Stirn. Den Kindern gegenüber war sie weder abweisend noch besitzergreifend, und ihre Beziehung zu Mr. Biswas wurde in dem Maße weniger zurückhaltend und formell, wie seine Freundschaft mit Owad wuchs. Owad schätzte Mr. Biswas' Arbeit, und Mr. Biswas, dem es schmeichelte, als Pfiffikus und Irrer zu gelten, entwickelte Hochachtung vor dem jungen Mann, der so dicke Bücher in fremden Sprachen las. Sie wurden Kameraden; sie gingen ins Kino und an den Strand; und Mr. Biswas zeigte Owad seine Skripten von Gerichtsverhandlungen in Fällen von Vergewaltigung und Prostitution, die keine Zeitung druckte.

Mr. Biswas hörte auf, die übertriebene Pflege, die Mrs. Tulsi ihrem jüngeren Sohn zukommen ließ, lächerlich zu machen oder übelzunehmen. Mrs. Tulsi glaubte, daß getrocknete Pflaumen ebenso wie Fischhirn für Leute, die sich geistig beschäftigten, besonders nahrhaft seien, und sie gab Owad jeden Tag Trockenpflaumen zu essen. Die Milch für ihn wurde in der Molkerei in der Phillip Street gekauft; sie kam in richtigen Milchflaschen mit Silberkappen, anders als die Milch, die Shama sechs Blocks entfernt

von einem Mann kaufte, der, blind gegen die Bestrebungen des Viertels, Kühe hielt und die Milch in Rumflaschen lieferte, die mit braunem Papier verstopft waren.
Obgleich Mr. Biswas' Haltung seinen Kindern gegenüber in Gegenwart von Owad und Mrs. Tulsi freundlich geringschätzig war, so war er doch, mit einem Auge auf seinen eigenen Haushalt und besonders auf Anand, aufmerksam und gelehrig. Bald, hoffte er, würde Anand sich als tauglich erweisen, Trockenpflaumen zu essen und Milch aus der Molkerei zu trinken.

Als sein Haushalt fest eingerichtet war, machte Mr. Biswas sich daran, seine tyrannischen Launen durchzusetzen.
»Savi!«
Keine Antwort.
»Savi! Savi! Oh, Savi-yah! He, du da. Warum antwortest du nicht?«
»Ich bin doch hergekommen.«
»Das reicht nicht. Du mußt kommen *und* antworten.«
»Gut.«
»Gut, was?«
»Gut, Pa.«
»Gut. Auf dem Tisch in der Ecke findest du Zigaretten, Streichhölzer und ein *Sentinel*-Notizbuch. Gib mir das.«
»*O Gott!* Und das ist alles, weshalb du mich rufst?«
»Ja, das ist alles. Gib mir bloß Widerworte, und ich lasse dich was vorlesen, was ich in Steno mitschreiben kann.«
Savi lief aus dem Zimmer.
»Anand! Anand!«
»Ja, Pa.«
»Das ist besser. Ich übe jetzt ein bißchen mit die. Setz dich hin und lies diese Rede da vor.«
Anand schnappte sich *Bell's Standard Elocucionist* und las wütend etwas von Macualay vor.
»Du liest zu schnell.«

»Ich dachte, du stenografierst.«
»Du gibst auch Widerworte. Da sieht man mal, was mit euch Kindern passiert, wenn ihr die ganze Zeit im Hanuman-Haus seid. Genau aus dem Grund überprüfst du mal, was ich dir jetzt wieder vorlese.«
»O Gott!« Im Bedauern um den sinkenden Tag stampfte Anand mit dem Fuß auf.
Aber die Kontrolle ging weiter.
Dann sagte Mr. Biswas: »Anand, das ist keine Strafe. Ich bitte dich, das zu tun, weil ich möchte, daß du mir hilfst.« Mit Erstaunen hatte er entdeckt, daß dieser Satz Anand besänftigte, und am Ende dieser Sitzungen bot er ihn immer zum Trost an.
Bald stand fest, daß er einen Großteil seiner Arbeit im Bett tat und man damit rechnen mußte, daß er ständig nach Papier rief, Bleistifte gespitzt haben wollte, Streichhölzer, Zigaretten verlangte, Aschenbecher geleert, Bücher gebracht, Bücher weggeholt werden mußten. Es stand auch fest, daß sein Schlaf wichtig war. Wenn man ihn weckte, selbst zu den von ihm bestimmten Zeiten, bekam er schreckliche Wutanfälle.
»Savi«, sagte Shama zum Beispiel, »geh und weck deinen Vater.«
»Laß Anand gehen.«
»Nein, ihr beide geht.«
Zu Shama, die anfing, sich über seine »Strenge« — ein Wort, das ihm eine seltsame Befriedigung verlieh — zu beklagen, sagte er : »Das ist keine Strenge. Das ist Erziehung.«
Mr. Tulsi, die ihm, wenn auch ein wenig überrascht, beipflichtete, erzählte Geschichten von der strengen Erziehung, der Pandit Tulsi seine Kinder unterworfen hatte.
Und jedesmal, wenn Mrs. Tulsi weg war, stellte auch Shama eigene Anforderungen. In Ohnmacht fallen wie Mrs. Tulsi konnte sie nicht, aber sie beklagte sich über

Mattigkeit und ließ sich von ihren Kindern bedienen. Sie brachte Savi und Anand dazu, über sie zu gehen und sagte auf Hindi: »Gott segne euch« mit so viel Gefühl, daß sie das für eine ausreichende Belohnung hielten. Bald, und ohne diese Belohnung, gehörte es zu Savis und Anands Pflichten, auch über Mr. Biswas zu gehen.

Selbst Shama entkam der Erziehung nicht. Sie mußte sämtliche Geschichten, die Mr. Biswas schrieb, abheften. Mr. Biswas sagte, sie mache das unzulänglich. Er gab ihr seine Lohntüte ungeöffnet, und wenn sie sagte, das Geld reiche nicht, beschuldigte er sie der Unfähigkeit. Und so kam Shama zu ihrer mühseligen, nutzlosen Gewohnheit, Buch zu führen. Jeden Abend setzte sie sich an den grünen Tisch auf der hinteren Veranda und notierte jeden Penny, den sie während des Tages ausgegeben hatte. So füllte sie mit ihrer Missionschulsschrift langsam jeweils beide Seiten der Blätter in einem bekleckten, fettverschmierten *Sentinel*-Notizbuch.

»Deine tägliche kleine *Puja*, was?«

»Nein«, sagte sie. »Ich versuche nur, dir eine Erhöhung zu geben.«

Mr. Biswas bat nie darum, ihre Berechnungen zu sehen, doch sie machte sie teilweise als Vorwurf für Mr. Biswas und teilweise, weil es ihr Spaß machte. Was immer seine anderen guten Eigenschaften waren, von großzügiger Bezahlung hielt Mr. Burnett nichts, und solange er den *Sentinel* herausgab, verdiente Mr. Biswas nie mehr als fünfzig Dollar im Monat, Geld, das ausgegeben wurde, sowie es hereinkam. Shamas Haushaltsbuchführung wurde durch die Miete, die sie einkassierte, kompliziert. Sie gab die Mieteinnahmen für den Haushalt aus und mußte sie dann durch das Haushaltsgeld ausgleichen. Fast immer kamen die falschen Zahlen heraus. Und ein übers andere Wochenende erreichte Shamas Buchführung den Gipfel der Aufregung, und man konnte sie auf der hinteren Veranda über dem *Sentinel*-Notizbuch, dem Mietbuch, dem Quittungsbuch brüten und auf Papierschnipseln unzählige Additionen und Subtraktionen vornehmen und gelegentlich Anmerkungen machen sehen. Shama schrieb kuriose Anmerkungen. Sie schrieb, wie sie sprach, und einmal stieß Mr. Biswas auf eine Notiz, die besagte: »Alte Kreolin aus 42 schuldet sechs Dollar.«

»Ich hab' schon immer gesagt, ihr Tulsis seid ein Haufen Finanzgenies«, sagte er.

Sie sagte: »Ich möchte dir gern mal klarmachen, daß ich im Rechnen immer die Erste war.«

Und wenn Savi und Anand mit ihren Rechenaufgaben zu ihr um Hilfe kamen, sagte sie: »Geht zu eurem Vater. Er war das Rechengenie.«

»Mehr als ihr weiß ich allemal«, sagte er. »Savi, null mal zwei ist wieviel?«

»Zwei.«

»Du bist wirklich die Tochter deiner Mutter. Anand?«

»Eins.«

»Was ist heutzutage denn eigentlich los? Die unterrichten nicht mehr, wie sie's getan haben, als ich ein Junge war.«

An sämtlichen Lesebüchern hatte er etwas auszusetzen.

»Fibeln von Captain Cutteridge! Hört euch das an. Seite fünfundsechzig, Lektion neunzehn. Einige unserer Freunde aus der Tierwelt.«

Mit gezierter Stimme las er vor: »›Was würden wir ohne unsere Freunde, die Tiere, nur machen? Die Kuh und die Ziege geben uns Milch, und wenn sie geschlachtet werden, essen wir ihr Fleisch.‹ Hört ihr den Barbaren? Und hört mal hier: ›Viele Jungen und Mädchen müssen ihre Ziegen festpflocken, bevor sie morgens zur Schule gehen, und nachmittags beim Melken helfen.‹ Anand, hast du deine Ziege heute morgen schon festgebunden? Na, dann beeilst du dich besser mal. Es ist fast Melkzeit. Mit so einem Zeug stopfen sie den Kindern heutzutage die Köpfe voll. Als ich ein Junge war, da gab es noch die *Königliche Fibel* und *Blackie's Tropen-Fibel. Nesfields Grammatik!«* rief er aus. »Ich habe immer den Macdougalls benutzt.« Und er schickte Anand auf die Suche nach dem Macdougalls, einer typographischen Antiquität, deren arg mitgenommener Einband nur noch von blauen Klebebandstreifen zusammengehalten wurde.

Von Zeit zu Zeit verlangte er ihre Übungsbücher, sagte, er sei entsetzt, und ernannte sich für ein paar Tage zu ihrem Lehrer. Er heilte Anand von seiner Neigung zu verschnörkelten Buchstaben und brachte ihn dazu, seine C und J und S der Kringel zu berauben. Bei Savi konnte er nichts machen. Als Lehrer war er anspruchsvoll und jähzornig, und wenn Shama zum Hanuman-Haus ging, konnte sie ihren Schwestern stolz mitteilen: »Die Kinder haben Angst vor ihm.«

Und zum Teil, um sonntags seinen Frieden zu haben, zum Teil, weil die Verbindung des Wortes »Sonntag« mit »Schule« auf Selbstbeherrschung und Spielverderb schließen ließ, schickte er Anand und Savi zur Sonntagsschule. Sie liebten sie. Man gab ihnen Kuchen und Limonade und lehrte sie Hymnen mit einschmeichelnden Melodien.

Eines Tages begann Anand zu Hause zu singen: »Jesus liebt mich, ja, das weiß ich.«

Mrs. Tulsi war gekränkt: »Wieso weißt du, daß Jesus dich liebt?«

»Das sagt ja die Bibel schon«, sagte Anand, die nächste Zeile der Hymne zitierend.

Mrs. Tulsi dachte, das hieße, daß Mr. Biswas, ohne provoziert worden zu sein, seinen Religionskrieg wieder aufnahm. »Römische Katze, deine Mutter«, sagte er zu Shama. »Ich dachte, eine gute christliche Hymne würde sie an die glücklichen Tage ihrer Kindheit als römisches Kätzchen erinnern.«

Aber mit der Sonntagsschule war es vorbei. An ihrer

Stelle, und um dem Einfluß von Captain Cutteridge entgegenzuwirken, begann Mr. Biswas, seinen Kindern Romane vorzulesen. Anand sprach darauf an, aber Savi war wieder eine Enttäuschung.

»Ich kann mir nicht vorstellen, daß Savi je Trockenpflaumen ißt und Milch aus der Molkerei trinkt«, sagte Mr. Biswas. »Sie soll nur so weitermachen. Das einzige, was ich mir bei ihr vorstellen kann, ist, daß sie sich wie ihre Mutter mit Buchhaltung herumschlägt.«

Von Mr. Biswas' Beleidungen ungerührt, schrieb Shama weiter ihre Listen, mühte sich alle vierzehn Tage einmal mit dem Mietgeld ab und teilte weiterhin Kündigungsbescheide aus. Ohne daß ihre Familie es wußte und fast ohne daß sie selbst es wußte, war Shama für Mrs. Tulsis Mieter ein Schreckensgeschöpf geworden. Um die Miete zu bekommen, mußte sie oft einen Kündigungsbescheid überreichen, besonders an die »alte Kreolin aus 42«. Es amüsierte Mr. Biswas, die strengen, den Regeln entsprechenden Verfügungen in Shamas gelassener Handschrift zu lesen, und er sagte: »Ich kann mir nicht vorstellen, wie einem das Angst machen soll.«

Shama führte ihre aufregenden Unternehmungen ohne ein Gefühl dafür durch, wie aufregend sie waren. Das Risiko, die Kündigungen persönlich abzugeben, war sie nicht bereit, einzugehen. Deshalb ging Shama spätabends, wenn der Mieter mit größter Wahrscheinlichkeit im Bett war, mit ihrer Kündigung und ihrem Leimtopf und klebte die Kündigung über die zwei Türflügel, so daß der Mieter, wenn er am nächsten Morgen seine Tür aufmachte, die Kündigung zerriß und nicht mehr behaupten konnte, sie wäre ihm nicht ausgehändigt worden.

Mr. Biswas lernte Kurzschrift, jedoch eine ganz persönliche. Er las alle Bücher über Journalismus, die er bekommen konnte, und kaufte sich in seiner Begeisterung einen

teuren amerikanischen Band namens *Zeitungsmanagement*, der sich als Ermunterung für Zeitungsbesitzer erwies, in moderne Maschinen zu investieren. Er entdeckte die ausgedehnte Literatur, die auf Leute abzielte, die Schriftsteller werden wollten, und wurde süchtig nach ihr; wieder und wieder las er, wie Manuskripte präsentiert werden sollten, und wurde gewarnt, nicht die vielbeschäftigten Herausgeber von Londoner oder New Yorker Zeitungen anzurufen. Er kaufte *Kurzgeschichten: Wie man sie schreibt* von Cecil Hunt und vom selben Autor *Wie man ein Buch schreibt.*
Da gerade zu der Zeit sein Gehalt erhöht wurde, nahm er Shamas inständige Bitten nicht zur Kenntnis und kaufte sich eine gebrauchte tragbare Schreibmaschine auf Kredit. Damit sich die Schreibmaschine rentierte, beschloß er, für amerikanische und englische Zeitschriften zu schreiben. Aber ihm fiel nichts ein, worüber er schreiben konnte. Die Bücher, die er gelesen hatte, halfen ihm nicht weiter. Und dann sah er eine Reklame für die Ideale Schule des Journalismus, Edgware Road, London, er füllte sie aus und schnitt den Coupon für eine freie Broschüre aus. Nach zwei Monaten kam die Broschüre. Verschiedenfarbig bedruckte Blätter fielen heraus: mit Initialen versehene Empfehlungsschreiben aus der ganzen Welt. In der Broschüre hieß es, daß die Ideale Schule nicht nur lehre, sondern auch vermarkte, und es wurde darin gefragt, ob Mr. Biswas es nicht der Mühe wert fände, auch einen Kurs im Kurzgeschichtenschreiben zu belegen. Der Direktor der Idealen Schule (ein bebrillter, großväterlicher Mann, jedenfalls dem fleckigen Foto nach) habe das Geheimnis jeder Fabel der Welt entdeckt und seine Entdeckung sei vom Britischen Museum in London und der Bodleyanischen Bibliothek in Oxford anerkannt. Mr. Biswas war beeindruckt, konnte aber das Geld dafür nicht abzweigen. Es hatte schon Krach mit Shama gegeben, als er weitere

drei Monate Gehaltserhöhung verbraucht hatte, um die beiden ersten Lektionen in Journalismus zu bezahlen.

»Selbst Leute mit herausragender Begabung zum Schreiben sagen, sie könnten kein Thema finden. Aber in Wirklichkeit ist nichts leichter. Sie sitzen an Ihrem Schreibtisch. (Mr. Biswas las das auf dem Bett.) Sie sehen aus dem Fenster. Aber halt. In diesem Fenster steckt ein Artikel. Die verschiedenen Fensterarten, die Geschichte des Fensters, Fenster, die in der Geschichte berühmt wurden, Häuser ohne Fenster. Und die Geschichte des Glases selbst kann faszinierend sein. Damit haben Sie schon Themen für zwei Artikel. Sie sehen durch Ihr Fenster, und Sie sehen den Himmel. Das Wetter ist immer ein Gesprächsthema, und es gibt keinen Grund, weshalb Sie es nicht zum Thema eines lebendigen Artikels machen können. Die Nachfrage nach solchem Material ist enorm. Als erste Übung möchte ich Sie also vier heitere Artikel über die Jahreszeiten schreiben lassen. Von den folgenden Anhaltspunkten dürfen Sie so viele verwenden, wie Sie möchten:

Sommer: die überfüllten Züge zur Küste, Eisstückchen in einem Glas, das Klatschen von Fisch auf die Marmoplatte des Fischhändlers . . .«

»Klatschen von Fisch auf die Marmorplatte des Fischhändlers«, sagte Mr. Biswas. »Der einzige Fisch, den ich sehe, ist der Fisch, den das alte Fischweib jeden Morgen im Korb auf seinem Kopf herumträgt.«

». . . die Markisen der Krämer, das Aufprallen des Schlagholzes auf den Ball auf der Dorfwiese . . .«

Mr. Biswas schrieb den Artikel über den Sommer und mit Hilfe der Anhaltspunkte auch die anderen Artikel über Frühling, Winter und Herbst.

»Und wieder haben wir Herbst!« »Die Zeit voll Rauch und mildem Früchtefall« — wie der berühmte Dichter John Keats es so schön ausdrückt. Wir haben das Holz für den

Winter gehackt. Wir haben Mais geerntet, den wir bald, mitten im Winter vor einem prasselnden Feuer sitzend, genießen werden, geröstet oder am Kolben gekocht . . .«
Er bekam einen Glückwunschbrief von der Idealen Schule mit der Mitteilung, die Artikel seien unverzüglich an die englische Presse weitergeleitet worden. In der Zwischenzeit, bat man ihn, möge er sich der zweiten Lektion widmen und etwas über die Guy-Fawkes-Nacht schreiben, abergläubische Bräuche auf dem Dorf, die Romantik von Ortsnamen (»Ihr Kaplan erweist sich sicher als Quelle kunterbunter Information«), Originale in der Stammkneipe.
Da saß er fest. Für diese Übungen waren keine Anhaltspunkte gegeben, und er schrieb nichts. Shama erzählte er das nicht. Nicht lange danach erhielt er einen schweren Umschlag aus England. Er enthielt seine Artikel über die Jahreszeiten, die er, so wie es von der Idealen Schule vorgeschrieben wurde, sauber auf *Sentinel*-Papier getippt hatte. Daran hing ein vorgedruckter Brief.
»Wir bedauern, Ihnen mitteilen zu müssen, daß Ihre Artikel erfolglos weitergeleitet wurden an: *Evening Standard, Evening News, The Times, The Tatler, London Opinion, Geographical Magazine, The Field, Country Life.* Mindestens zwei Herausgeber sprachen lobend von Ihrer Arbeit, sahen sich aber gezwungen, sie wegen Platzmangels zurückzuweisen. Wir selbst denken, daß eine solch hochqualitative Arbeit nicht der Vergessenheit anheimfallen sollte. Warum versuchen Sie es nicht bei Ihrer Lokalzeitung? Das könnte sehr gut der Beginn einer regelmäßigen Naturkolumne sein. Herausgeber sind immer auf der Suche nach neuen Ideen, neuem Material, neuen Autoren. Lassen Sie uns auf jeden Fall wissen, was geschieht. Wir in der Idealen Schule hören gern von den Erfolgen unserer Schüler. Fahren Sie in der Zwischenzeit mit Ihren Übungen fort.«

»Fahren Sie mit Ihren Übungen fort!« sagte Mr. Biswas. Dankbar gab er Guy Fawkes und die Originale in der Stammkneipe auf und ignorierte die ernsten Vorhaltungen, die ihn in den nächsten zwei Jahren in regelmäßigen Abständen aus der Edgware Road erreichten.
Die Schreibmaschine stand still.
»Sie zahlt sich aus«, sagte Shama. »Kein Wunder, daß sie sich jetzt ausruhen muß.«
Aber bald zog die Maschine ihn wieder an sich; und während Shama sich schwerfällig auf der hinteren Veranda und in der Küche hin und her bewegte, saß Mr. Biswas vor der Schreibmaschine auf dem grünen Tisch, spannte ein Blatt *Sentinel*-Papier ein, tippte seinen Namen und Adresse in die rechte obere Ecke, wie die Ideale Schule und alle anderen Bücher es empfohlen hatten, und schrieb:

FLUCHT
von M. Biswas

Im Alter von dreiunddreißig Jahren, als er schon Vater von vier Kindern war ...

Hier hielt er oft inne. Manchmal machte er bis zum Ende der Seite weiter; manchmal, aber selten, tippte er wie rasend Seite um Seite voll. Manchmal hatte sein Held einen Hindunamen, dann war er klein und reizlos und arm und von Häßlichkeit, die bis in bittere Einzelheiten analysiert wurde, umgeben. Manchmal hatte sein Held einen westlichen Namen, dann war er gesichtslos, aber groß und breitschultrig; er war Reporter und bewegte sich in einer Welt, die ihren Ursprung in den Romanen hatte, die Mr. Biswas gelesen, und in den Filmen, die er gesehen hatte. Keine dieser Geschichte wurde zu Ende gebracht, und ihr Thema war immer dasselbe. Der Held, in die Ehefalle gelockt, mit einer Familie belastet, mit verlorener Jugend, trifft ein junges Mädchen. Sie ist schlank, beinah dünn, und ganz in Weiß gekleidet. Sie ist frisch, zart, ungeküßt, und sie kann keine Kinder bekommen. Über diese Begegnung führten die Geschichten nie hinaus.

Manchmal wurden diese Geschichten durch ein unbekanntes Mädchen in der Anzeigenredaktion des *Sentinel* inspiriert. Oft blieb sie unbekannt. Manchmal sprach Mr. Biswas sie an; aber jedesmal, wenn das Mädchen seine Einladung — zum Mittagessen, einem Film, zum Strand — annahm, erstarb seine Leidenschaft sofort; er zog die Einladung zurück und mied das Mädchen. So schuf er mit der Zeit eine Legende bei den Mädchen von der Anzeigenredaktion, die alle wußten, obwohl er es nicht vermutete, denn er hütete es wie ein drückendes, beschämendes Geheimnis, daß Mohun Biswas im Alter von dreiunddreißig Jahren schon Vater von vier Kindern war.

Trotzdem, an der Schreibmaschine schrieb er über seine unberührten, unfruchtbaren Heldinnen. Er begann diese Geschichten voller Freude; unbefriedigt und mit einem Gefühl der Unreinheit ließen sie ihn zurück. Dann ging er in sein Zimmer, rief nach Anand und versuchte zu Anands Widerwillen wie mit einem Baby mit ihm zu spielen, während er »Shompo! Gomp!« rief.

Da er vergaß, daß er in seiner Strenge und als Teil ihrer Erziehung Shama befohlen hatte, alle seine Papiere abzuheften, dachte er, daß diese Geschichten zu Hause so geheim wären wie seine Ehe und die vier Kinder im Büro. Und eines Freitags, als er Shama über ihrer Buchhaltung brütend vorfand und wie üblich spottete, sagte sie: »Laß mich in Ruhe, Mr. John Lubbard.«

Das war einer der Namen seines dreiunddreißig Jahre alten Helden.

»Geh mit Sybil ins Kino.«

Das war aus einer anderen Geschichte. Den Namen hatte er aus einem Roman von Warwick Deeping.

»Laß Ratni in Ruhe.«
Das war der Hinduname, den er der Mutter von vier Kindern in einer anderen Geschichte gegeben hatte. Ratni ging schwerfälig, »als sei sie fortwährend schwanger«; ihre Arme füllten die Ärmel ihres Mieders aus und schienen sie gleich zum Platzen zu bringen; sie zog die Luft durch die Zähne, während sie an ihrer Buchführung arbeitete, das einzige, was sie je las und schrieb.
Mit Entsetzen und Beschämung erinnerte Mr. Biswas sich an die Beschreibungen der kleinen, zarten Brüste seiner unfruchtbaren Heldinnen.
Laut zog Shama die Luft durch die Zähne.
Wenn sie gelacht hätte, er hätte sie geschlagen. Aber sie sah ihn überhaupt nicht an, nur ihre Buchführungshefte.
Er lief in sein Zimmer, zog sich aus, holte sich selbst Zigaretten und Streichhölzer, nahm Mark Aurel und Epiktet herunter und ging ins Bett.
Nicht lange danach, als er mit einer Büchse gelber Farbe den Küchenschrank und den grünen Tisch strich, gab Mr. Biswas einem plötzlichen Einfall nach und strich den Schreibmaschinenkoffer und auch Teile der Schreibmaschine an.
Lange blieb die Schreibmaschine unbenutzt, bis Savi und Anand anfingen, darauf schreiben zu lernen.
Aber im Büro lautete der Satz, den er jedesmal schrieb, wenn er seine Schreibmaschine gesäubert oder das Band ausgewechselt hatte und die Maschine testen wollte, immer noch: *Im Alter von dreiunddreißig Jahren, als er schon Vater von vier Kindern war . . .*

So daran gewöhnt, das Haus als sein eigenes zu betrachten und von seiner neuen Zuversicht erfüllt, legte er einen Garten an. An den Seiten des Hauses pflanzte er Rosenstöcke, und vorne grub er einen Teich für Wasserlilien, die sich ungeheuer ausbreiteten. Er erwarb noch mehr Besitz-

tümer, deren massivstes eine Kombination von Bücherschrank und Schreibtisch war, so schwer und kompakt, daß drei Männer erforderlich waren, um sie an ihren Platz in seinem Schlafzimmer zu stellen, wo sie blieb, bis sie alle von Port-of-Spain nach Shorthills zogen. In dem Bücherschrank nisteten Mäuse, geschützt und ernährt von den Papiermassen, mit denen der Bücherschrank vollgestopft war: Zeitungen (Mr. Biswas bestand darauf, daß alle Zeitungen einen Monat lang verwahrt wurden, und wenn eine bestimtme Ausgabe nicht gefunden werden konnte, gab es Streit). Jeder mit der Maschine geschriebene Brief, den Mr. Biswas bekommen hatte, vom *Sentinel,* der Idealen Schule, Leuten, die begierig auf Publizität oder dankbar dafür waren; die abgelehnten Artikel über die Jahreszeiten, die nicht beendeten Fluchtgeschichten (auf die zuerst nur beschämt flüchtige Blicke geworfen wurden, obwohl Mr. Biswas sie später las und bedauerte, daß er das Kurzgeschichtenschreiben nicht ernsthaft aufgenommen hatte).
Von Shama ermutigt, interessierte er sich zunehmend für seine persönliche Erscheinung. Mit seidenem Anzug und Krawatte hatte er nie aufgehört, sie mit seiner Eleganz und Achtbarkeit zu überraschen; und jedesmal, wenn sie ihm etwas kaufte, ein Hemd, Manschettenknöpfe, eine Krawattennadel, sagte er: »Irgendwann kaufe ich dir die Goldbrosche, Mädchen! Demnächst.« Manchmal, wenn er sich anzog, stellte er ein Bestandsverzeichnis aller Dinge auf, die er trug, und dachte mit Erstaunen, daß er dann einhundertundfünfzig Dollar wert war. Einmal auf dem Fahrrad war er einhundertundachtzig wert. Und so radelte er zu seiner Stellung als Reporter und dem damit verbundenen seltsamen Status: gern gesehen und sogar umschmeichelt von den Größten des Landes, so gut wie alle anderen und manchmal besser bewirtet und letzten Endes doch immer abgewiesen.
»Wahnsinnige Sache heute«, erzählte er Shama. »Als wir

aus dem Regierungssitz rauskamen, hat seine Exzellenz mich gefragt: »Welches ist Ihr Wagen?« Ich weiß nicht, ich vermute in England müssen die Reporter reich sein wie sonst was.«

Aber Shama war beeindruckt. Sie fing an, im Hanuman-Haus berühmte Namen fallen zu lassen, und Padma, Seths Frau, machte eine entfernte und verschlungene Verwandschaftsbeziehung zwischen Seth und dem Mann ausfindig, der den Prinzen von Wales während seines Trinidadbesuchs gefahren hatte.

Für sich selbst gab Shama wenig aus. Da sie es sich nicht leisten konnte, das Beste zu kaufen, und wie alle Tulsi-Schwestern für Kleider und Schmuck zweiter Wahl nur Verachtung übrig hatte, kaufte sie gar nichts und kam mit dem Stoffgeschenken aus, die sie jedes Jahr zu Weihnachten von Mrs. Tulsi bekam. Ihre Mieder wurden am Busen und unter den Armen geflickt, und je mehr Mr. Biswas sich beschwerte, desto mehr flickte sie. Und obwohl ihre Gleichgültigkeit gegenüber Kleidung manchmal wie umgekehrter Stolz aussah, verlor sie ihr Interesse an Äußerlichkeiten nicht ganz. Im Hanuman-Haus galt eine Hochzeitseinladung für Mrs. Tulsi auch immer für ihre Töchter, und ein großes Geschenk, unweigerlich aus dem Vorrat des Tulsi-Geschäfts, wurde vom Haus entsandt. Aber nun bekam Shama selber Einladungen, und in der Heiratssaison der Hindus verschuldete sie sich hoch beim Mietgeld und lieferte sich fast unentwirrbaren Verwicklungen in ihrer Buchführung aus, um Geschenke, gewöhnlich Trinkgarnituren, zu kaufen.

»Vergiß sie diesmal«, sagte Mr. Biswas. »Sie müssen mittlerweile so daran gewöhnt sein, dich mit einer Trinkgarnitur in der Hand zu sehen, daß ich sicher bin, alle glauben, du hast eine bei dir gehabt.«

»Ich weiß, was ich tue«, sagte Shama. »Meine Kinder heiraten eines Tages auch.«

»Und wenn sie die ganzen Trinkgarnituren zurückschenken, kann die arme Savi vor lauter Gläsern und Krügen nicht mehr laufen. Wenn sie noch daran denken, heißt das. Warte wenigstens noch ein paar Jahre damit.«

Aber Hochzeiten und Beerdigungen waren für Shama wichtig geworden. Von Hochzeiten kehrte sie müde, mit schweren Augenlidern und heiser vom nächtelangen Singen zurück, um ein Haus in heilloser Unordnung wiederzufinden: Savi war in Tränen aufgelöst, die Küche unordentlich, und Mr. Biswas beklagte sich über seine Verdauungsstörungen. Rundum zufrieden mit der Hochzeit, dem Geschenk, das ihr keine Schande machte, dem Gesang, der Heimkehr, sagte Shama dann: »Na ja, wie das Sprichwort schon sagt — ›Wenn der Brunnen trocken ist, schätzt man erst das Wasser.‹ «

Und an den folgenden zwei Tagen, an denen sie Mr. Biswas und die Kinder absolut in der Gewalt hatte, war sie gewöhnlich sehr trübsinnig, und in der Zeit sagte sie auch oft: »Eins sag' ich dir, wenn es nicht wegen der Kinder wäre—«

Und Mr. Biswas flötete: »Ich kauf' dir bestimmt die Goldbrosche, Mädchen!«

So wichtig wie Hochzeiten und Beerdigungen für Shama wurden für die Kinder Ferienbesuche. Zuerst fuhren sie zum Hanuman-Haus. Aber bei jedem Besuch fühlten sie sich mehr als Fremde. Bündnisse wieder aufzunehmen, wurde immer schwerer. Es gab neue Witze, neue Spiele, neue Geschichten, neue Gesprächsthemen. Zu viel mußte erklärt werden, und am Ende blieben Anand und Savi und Myna oft allein zusammen. Sobald sie nach Port-of-Spain zurückkehrten, verschwand diese Einmütigkeit. Savi fing wieder an, Myna zu drangsalieren; Anand verteidigte Myna; Savi schlug Anand; Anand schlug zurück; und Savi beschwerte sich.

»Was!« sagte Mr. Biswas. »Deine Schwester zu schlagen!

Shama, siehst du, was für eine Wirkung ein kleiner Ausflug ins Affenhaus auf deine Kinder hat?«

Das war eine doppelte Attacke, denn Mr. Biswas' Verwandte besuchten die Kinder lieber. Diese Verwandten waren wie eine Offenbarung gekommen. Nicht nur, daß sie eine noch nicht angezapfte Quelle der Freigebigkeit waren, sondern bis dahin hatten Savi und Anand auch gedacht, daß Mr. Biswas wie alle Väter im Hanuman-Haus aus dem Nichts gekommen wäre und die einzigen Leute mit einer richtigen Familie die Tulsis wären. Für Savi und Anand und Myna war es auch wohltuend und neuartig, sich umschmeichelt und beschwatzt und bestochen zu sehen. Im Hanuman-Haus waren sie drei Kinder unter vielen; bei Ajodha gab es keine anderen Kinder. Und Ajodha war reich, wie sie an dem Haus, das er baute, sehen konnten. Er bot ihnen Geld an und war geradezu lächerlich begeistert, daß sie seinen Wert gut genug kannten, um es anzunehmen. Anand bekam sechs Cent extra, weil er aus *Dein Körper* vorlas; das hätte sich allein schon um des Lobes willen gelohnt. Bei Pratap wurden sie festlich bewirtet; Bipti war so hingebungsvoll, daß es sie verlegen machte, und ihre Vettern waren scheu und freundlich und voller Bewunderung. Bei Prasad waren sie wieder die einzigen Kinder und wohnten in einer Lehmhütte, die sie drollig fanden: sie war wie ein großes Puppenhaus. Prasad schenkte kein Geld, sondern eine dicke rote Kladde, einen Shirley-Temple-Füller und eine Flasche Watermans Tinte. Und mit dieser Ermutigung zu Milch und Trockenpflaumen endete die ertragreiche Ferienrundreise.

Dann kam die Neuigkeit, daß Mrs. Tulsi beschlossen hatte, Owad zum Studium ins Ausland zu schicken, damit er Arzt wurde.

Mr. Biswas war überwältigt. Immer mehr Studenten gingen ins Ausland, aber das war Gegenstand von Nachrichten, die entrückt blieben. Nie hatte er gedacht, daß jemand, der ihm so nahe stand, so leicht entkommen könnte. Er verbarg seine Traurigkeit und seinen Neid, stellte Begeisterung zur Schau und bot Rat wegen der Schiffsverbindungen an. Und in Arwacas fielen einige Gefolgsleute von Mrs. Tulsi ab. Außer acht lassend, daß sie in Trinidad waren, daß sie von Indien über das schwarze Wasser gekommen waren und dadurch jede Kaste verloren hatten, sagten sie, mit einer Frau, die beabsichtige, ihren Sohn übers schwarze Wasser zu schicken, könnten sie nichts mehr zu tun haben.

»Das gleitet doch von ihr ab«, sagte Mr. Biswas zu Shama. »Wie oft deine Mutter sich schon zur Ausgestoßenen gemacht hat!«

Man sprach darüber, ob das Essen, das Owad in England bekäme, angemessen und hinreichend sei.

»Weißt du«, sagte Mr. Biswas, »in England gehen jeden Morgen die Straßenkehrer herum und sammeln die Leichen ein. Und weißt du, warum? Weil das Essen da nicht von orthodoxen römisch-katholischen Hindus gekocht wird.«

»Angenommen, Onkel Owad will noch etwas nach«, sagte Anand, »meinst du, sie geben ihm dann noch etwas?«

»Hör dir mal den Jungen an«, sagte Mr. Biswas, in Anands dünne Arme kneifend. »Ich will dir was sagen, mein Junge, du und Savi, ihr seid überhaupt bloß als funktionierende Wesen aus dem Affenhaus rausgekommen, weil ihr immer mal ein wenig Ovomaltine getrunken habt.«

»Kein Wunder, daß die anderen Anand festhalten und ihm den kleinen Hintern versohlen können«, sagte Shama.

»Deine Familie ist *zäh*«, sagte Mr. Biswas. Er spie das Wort aus und machte es zu einer Beleidigung. »*Zäh*«, wiederholte er.

»Na, da könnt' ich ja was zu sagen. Bei uns hat keiner Waden, die wie Hängematten schaukeln.«

»Natürlich nicht, eure Waden sind *zäh*. Anand, guck dir meinen Handrücken an. Kein Härchen. Das Zeichen einer fortschrittlichen Rasse, Junge. Und guck dir deinen an. Auch kein Härchen. Aber man weiß ja nie. Weil in deinen Adern etwas vom schlechten Blut deiner Mutter fließt, könntet du eines Morgens aufwachen und merken, daß du behaart wie ein Affe bist.«

Dann berichtete Shama nach einem Ausflug zum Hanuman-Haus, daß die Entscheidung, Owad ins Ausland zu schicken, Shekkar, den älteren Gott, obwohl er doch ein verheirateter Mann war, zum Weinen gebracht habe.

»Schick ihm ein Seil und Pillen«, sagte Mr. Biswas.

»Er wollte nie heiraten«, sagte Shama.

»Wollte nie heiraten! Ich hab' noch nie einen gesehen, der so clever abgesprungen ist, um das Geld seiner Schwiegermutter unter Kontrolle zu bringen.«

»Er wollte nach Cambridge gehen.«

»Cambridge!« rief Mr. Biswas, durch das Wort verblüfft, verblüfft, es aus Shamas Mund so beiläufig zu hören. »Cambridge, was? Ja, warum zum Teufel ist er dann nicht gegangen? Warum zum Teufel ist eure gesamte Meute dann nicht nach Cambridge gegangen? Angst vor dem schlechten Essen?«

»Seth war dagegen.« Shamas Ton war gekränkt und verschwörerisch.

Mr. Biswas machte eine Pause. »Also, was du nicht sagst. *Was* du nicht sagst!«

»Bin ich froh, daß sich jemand darüber freut.«

Mehr Information konnte sie nicht geben und sagte schließlich ungeduldig: »Du wirst wie ein Weib.«

Sie empfand ganz klar, daß eine Ungerechtigkeit verübt worden war.

Und er kannte die Tulsis gut genug, um überascht zu sein, daß die Schwestern, die ihre eigene vernachlässigte Erziehung, die Katze-im-Sack-Heirat und ihre mißliche Lage

nie zur Debatte stellten, sich doch betroffen fühlen sollten, daß Shekkar, der eine glückliche Ehe führte und dessen Geschäft blühte, nicht alles bekommen hatte, was er hätte haben können.
Shekkar würde kommen, um ein Wochenende in Port-of-Spain zu verbringen. Seine Familie würde nicht bei ihm sein und die alte Mrs. Tulsi würde in Arwacas sein: ein letztes Wochenende lang sollten die Brüder noch einmal Jungen zusammen sein. Mr. Biswas erwartete Shekkar mit Interesse. Er kam früh am Freitagabend. Das Taxi hupte, Shama schaltete die Lampen auf der Veranda und vor der Haustür an; in einem weißen Leinenanzug lief Shekkar die Vordertreppe hoch und fegte auf lederbesohlten Schuhen durchs Haus, das mit Aufgeregtheit erfüllt wurde, stellte eine Flasche Wein auf den Eßtisch, eine Büchse Erdnüsse, eine Packung Plätzchen, zwei *Life*-Hefte und eine Taschenbuchausgabe von Halévys *History of the English People.*
Shama begrüßte ihn traurig, Mr. Biswas mit einer Feierlichkeit, die man, hoffte er, für Mitleid halten konnte. Shekkar kam ihnen jovial entgegen: mit der zerstreuten Jovialität des Geschäftsmanns, der sich von seinen Geschäften freigemacht hatte, des Familienvaters, der nicht bei seiner Familie war.
Auf der hinteren Veranda standen Owads teure, neue Koffer, und Mr. Biswas malte Owads Namen darauf.
»So was gibt dir ein Gefühl, als wolltest du selbst weggehen«, sagte Mr. Biswas.
Shekkar ließ sich nicht aus der Reserve locken. Nachdem der Wein und die Erndüsse und die Plätzchen gemeinsam genossen waren, zeigte er sich fast wie ein Vater von den Vorbereitungen für Owads Reise in Anspruch genommen und erwähnte Cambridge kein einziges Mal, obwohl Mr. Biswas ihn schmeichelnd dazu bewegen wollte.
»Du mit deinem Maulwerk«, sagte Mr. Biswas zu Shama. Sie hatte für eine Auseinandersetzung keine Zeit. Sie

fühlte sich geehrt, ihre zwei Brüder auf einmal bewirten zu müssen und das bei einem so wichtigen Ereignis, und war entschlossen, ihre Sache gut zu machen. Die ganze Woche hatte sie sich schon auf das Wochenende vorbereitet und kurz nach dem Frühstück an dem Morgen mit Kochen begonnen.

Von Zeit zu Zeit ging Mr. Biswas in die Küche und flüsterte: »Wer bezahlt das alles? Der alte Weibsfuchs oder ich? Ich nicht, hörst du? Mich schickt keiner nach Cambridge. Nächste Woche, wenn ich trockenen Reis esse, schickt mir keiner mit der Post ein Freßpaket vom Hanuman-Haus, hörst du.«

Es war ein Hanuman-Fest im kleinen und für die Kinder fast wie ein Verstellungsspiel. In der Küche hatten sie Handlungsfreiheit und naschten und probierten, wo immer sie konnten. Shekkar kaufte ihnen Süßigkeiten und schickte sie samstags um halb zwei in die Kindervorstellung im Roxy. Und Mr. Biswas kam mit den Brüdern so gut aus, daß er von der Feiertagsstimmung, sie alle seien Männer zusammen, durchdrungen wurde, und er fühlte sich bevorzugt, den zwei Söhnen der Familie, von denen einer ins Ausland ging, um Arzt zu werden, Gastgeber zu sein. Wieder von Schiffahrtslinien und Schiffen redend, als wäre er mit allen gereist, versuchte er aufrichtig, zu der allgemeinen Begeisterung beizutragen; er deutete die Presseberichte an, die er Owad widmen würde, und schmeichelte ihm, indem er ihn darum bat, alle Termine mit Reportern anderer Zeitungen abzulehnen; er sprach abwertend von Anands Leistungen und bekam Komplimente von Shekkar.

Der Sonntag brachte den *Sunday Sentinel* und Mr. Biswas' schockierende Sonderreportage: »Ich bin der schlimmste Mensch von Trinidad«, die zu einer Interviewreihe mit Trinidads reichsten, ärmsten, größten, dicksten, dünnsten, schnellsten, stärksten Männern gehörte; sie folgte einer Serie über Männer mit ungewöhnlichen Gewerben: Dieb, Bettler, Männer, die den Abtrittsdünger wegschafften, Moskitovernichter, Leichenbestatter, Geburtsurkundenforscher, Wärter im Irrenhaus; sie wiederum kam nach einer Serie über einarmige, einbeinige, einäugige Männer, die zustande gekommen war, als sich nach einem Interview von Mr. Biswas mit einem Mann, der vor Jahren einmal in den Hals geschossen worden war, und seitdem das Loch zuhalten mußte, um sprechen zu können, Männer mit interessanten Verstümmelungen in der *Sentinel*-Redaktion drängten, die anboten, ihre Geschichte zu verkaufen. Mr. Biswas' Artikel wurde von Owad und Shekkar mit großer Heiterkeit aufgenommen, besonders da der schlimmste Mann in Arwacas ein wohlbekanntes Original war. Er hatte, nachdem man ihn bis aufs äußerste gereizt hatte, einmal einen Mord begangen und sich nach seiner Entlassung zu einem freundlichen Langweiler entwickelt. Der Titel des Interviews, das für die nächste Woche mit Trinidads verrücktestem Mann versprochen wurde, erweckte noch mehr Gelächter.

Nach dem Frühstück brachen die Männer — und das schloß Anand ein — zu einem Bad in der Erweiterung des Hafens in Docksite auf. Mit dem Ausbaggern war man noch nicht fertig, aber die Kaimauer war schon gebaut, und am frühen Morgen ermöglichte das abgeteilte Meer sicheres und sauberes Baden, wenn auch bei jedem Schritt Schlamm aufstieg und das Wasser trübte. Das wiedergewonnene Land, bis zur Höhe der Kaimauer aufgeschüttet, war noch kein richtiges Land, nur verkrusteter Schlamm, der scharf war entlang der Kanten, die ihn wie einen Fächer aus Korallen musterten.

Die Sonne war noch nicht aufgegangen, und die hohen, stillstehenden Wolken waren rot umrandet. Undeutlich waren Schiffe in der Ferne zu sehen; die ruhige See war wie dunkles Glas. Anand wurde am Rand des Wassers zurückgelassen, und die Männer gingen hinaus, die Stille trug ihre Stimmen und ihr Plantschen weit. Ganz plötzlich kam die Sonne heraus, das Wasser glänzte auf, und alle Geräusche wurden gedämpft.

Weil er sich seines unscheinbaren Körpers bewußt war, begann Mr. Biswas den Clown zu spielen, und als er es nun immer toller trieb, versuchte er, Anand in seine Possen einzubeziehen.

»Tauch ein, Junge«, rief er. »Tauch unter und laß uns mal sehen, wie lange du unter Wasser bleiben kannst.«

»Nein!« rief Anand zurück.

Daß er die Autorität seines Vaters so schroff ablehnte, gehörte mit zu der Clownerei.

»Hört ihr den Jungen?« sagte Mr. Biswas zu Shekkar und Owad. Er sagte ein unanständiges Hindi-Epigramm auf, das sie schon immer amüsiert hatte und das sie nun mit ihm verbanden.

»Wißt ihr, wozu ich Lust hätte?« sagte er kurz darauf. »Seht ihr das Ruderboot da an der Mauer? Laßt es uns losbinden. Morgen früh ist es dann in Venezuela.«

»Und laß uns dich reinwerfen«, sagte Shekkar.

Sie jagten Mr. Biswas, erwischten ihn und hielten ihn über der Wasseroberfläche, während er lachte und sich wand und seine Waden wie Hängematten schaukelten.

»Eins«, riefen sie, ihn schaukelnd. »Zwei —«

Plötzlich wurde er beleidigt und wütend.

»Drei!«

Das ruhige Wasser schlug wie etwas Hartes und Heißes über seinem Bauch, seiner Brust und Stirn zusammen. Auftauchend, hielt er sich eine Weile mit dem Rücken zu ihnen, um sein Haar in Ordnung zu bringen, in Wirklichkeit aber, um die Tränen wegzuwischen, die ihm in die Augen getreten waren. Die Pause war lang genug, um Owad und Shekkar zu signalisieren, daß er zornig war. Sie waren verlegen, und er erkannte, wie unsinnig seine Wut war, als Shekkar sagte: »Wo ist Anand?«

Mr. Biswas drehte sich nicht um. »Der Junge beschäftigt sich schon. Er taucht wie ein Entchen. Sein Großvater war ein Meistertaucher.«

Owad lachte.

»Tauchen, zum Teufel«, sagte Shekkar und begann, zurück zur Mauer zu schwimmen.

Von Anand war nichts zu sehen. Das Ruderboot im Schatten der Mauer schaukelte kaum über seiner Spiegelung.

Schweigend beobachteten Mr. Biswas und Owad Shekkar. Er tauchte. Mr. Biswas schöpfte eine handvoll Wasser und ließ sie sich auf den Kopf fallen. Ein Teil davon lief ihm übers Gesicht, das andere spritzte aufs Meer.

Bei der Kaimauer tauchte Shekkar wieder auf, schüttelte das Wasser von seinem Kopf ab und tauchte wieder.

Mr. Biswas begann in Richtung Mauer zu waten. Owad begann zu schwimmen. Mr. Biswas begann zu schwimmen.

Beim Ruderboot kam Shekkar wieder an die Oberfläche. Auf seinem Gesicht lag Bestürzung. Er hielt Anand unter seinem linken Arm und machte mit dem rechten kräftige Stöße.

Owad und Mr. Biswas schwammen zu ihm hin. Er rief ihnen zu, sie sollten wegbleiben. Plötzlich hörte er auf, sich mit dem rechten Arm vorwärtszuarbeiten, stellte sich hin und stand nur noch bis zur Taille im Wasser. Hinter ihm das Ruderboot im Schatten bewegte sich kaum.

Sie brachten Anand auf den Mauerrand und drehten ihn um. Dann wandte Shekkar ein paar Massagegriffe auf seinem dünnen Rücken an. Mr. Biswas stand daneben und bemerkte nur die große Sicherheitsnadel — zweifellos eine von Shama — an Anands blaugestreiftem Hemd, das in seinem kleinen Kleiderhaufen lag.

Anand spuckte. Sein Gesicht drückte Ärger aus. Er sagte: »Ich bin zu dem Boot gegangen.«

»Ich hab' dir gesagt, du sollst bleiben, wo du warst«, sagte Mr. Biswas ebenfalls wütend.
»Und der Meerboden ist abgebröckelt.«
»Ausgebaggert«, sagte Shekkar. Er hatte seinen bestürzten Ausdruck nicht verloren.
»Das Meer ist einfach abgefallen.« Anand weinte, auf dem Rücken liegend, sein Gesicht mit einem angewinkelten Arm verdeckend. Er sprach, als hätte man ihn gekränkt.
Owad sagte: »Auf jeden Fall hast du einen Rekord im Tauchen aufgetellt, Shompo.«
»Hört auf!« schrie Anand. Er begann wieder zu weinen, rieb seine Beine auf dem harten, aufgerissenen Boden und drehte sich dann auf den Bauch.
Mr. Biswas hob das Hemd mit der Sicherheitsnadel auf und gab es Anand.
Anand schnappte nach dem Hemd und sagte: »Laßt mich in Ruhe.«
»Wir hätten dich in Ruhe lassen sollen«, sagte Mr. Biswas, »als du da unten warst, mein Entchen.« Als er das letzte Wort ausgesprochen hatte, tat es ihm auch schon leid.
»Ja!« schrie Anand. »Ihr hättet mich in Ruhe lassen sollen.« Er stand auf, ging zu seinem Kleiderhaufen und fing wütend an, sich anzuziehen, zwängte die Kleider über seine nasse und sandige Haut. »Mit euch gehe ich nie wieder irgendwo hin.« Seine Augen waren klein und rot, die Lider geschwollen.
Schnell ging er über die unkrautbedeckte Schlammebene weg von ihnen, sein kleiner Körper zeichnete sich gegen die Sonne ab. Unbenutzt blieb sein Handtuch zusammengerollt, ein großes Bündel unter seinem Arm.
»Ich hätte nie gedacht, daß einmal der Tag käme, an dem ich froh sein würde, bei den Seepfadfindern gewesen zu sein«, sagte Shekkar. »Es war einfach wie ein Loch im Meer, wißt ihr. Und da war eine wahnsinnige Strömung. Morgen wäre der kleine Anand wirklich in Venezuela gewesen.«

Bei ihrer Heimkehr brannte Shama darauf, zu erfahren, weshalb Anand nach Hause geschickt worden war. Er hatte nichts gesagt und sich in seinem Zimmer eingeschlossen.
Als sie hörten, was geschehen war, brachen Savi und Myna in Tränen aus.
Das Mittagessen war der Höhepunkt der Wochenendfestlichkeiten, aber Anand kam nicht aus seinem Zimmer heraus. Er aß nur eine Scheibe Wassermelone, die Savi ihm brachte.
Später am Nachmittag, als Shekkar weg war, ließ Shama ihrem Ärger freien Lauf. Anand habe das Wochenende für alle verdorben und sie würde ihn verprügeln. Nur Owads inständige Bitten brachten sie davon ab.
»Meine Kinder! Meine Kinder!« sagte Shama. »Naja, sie haben ja ein gutes Vorbild. Sie folgen ihm bloß nach.«

Am nächsten Tag schrieb Mr. Biswas einen aufgebrachten Artikel über die fehlenden Warnschilder in Docksite. Nachmittags kam Anand ein bißchen gefaßter aus der Schule und holte, ganz außergewöhnlich für ihn, ein Schreibheft aus der Tasche und überreichte es Mr. Biswas, der auf der hinteren Veranda in der Hängematte lag. Dann ging Anand sich umziehen.
Das Schreibheft enthielt Anands Englischaufsätze, die den Wortschatz und die Ideale von Anands Lehrer widerspiegelten und Anands Verranntheit in den stilistischen Kunstgriff, auf das Hauptwort einen Bindestrich, ein Adjektiv und noch einmal das Hauptwort folgen zu lassen; zum Beispiel: »die Räuber — die grausamen Räuber«. Der letzte Aufsatz war überschrieben »Ein Tag am Strand«. Darunter waren die Wendungen, die der Lehrer zur Verfügung stellte, abgeschrieben: Planung des Ausflugs — fieberhafte Vorbereitungen — ungeduldige, freudige Erwarung — vollgepackte Picknickkörbe — Wind,

der durchs offene Auto bläst — fröhliche Stimmung, die sich in Gesang äußert — anmutige Krümmung der Kokospalmen — Bucht mit goldenem Sand — kristallklares Wasser — das Tosen der Brandung — majestätische Sturzwellen — kraftvolles Ankämpfen gegen die Wellen — ekstatische Freudenschreie — wohltuender Schatten der Kokospalmen — prächtiger Sonnenuntergang — Traurigkeit beim Abschied — Erinnerungen, die man für die Zukunft aufbewahrt — ungeduldige Erwartung, mit der man sich auf den nächsten Besuch freut.

Mit dem klaren und optimistische Vorstellungsvermögen des Lehrers war Mr. Biswas vertraut, und er erwartete, daß Anand schrieb: »Voller Vorfreude — ungeduldiger Vorfreude — planten wir einen Ausflug zum Strand, und wir machten Vorbereitungen — fieberhafte Vorbereitungen —, und an dem festgesetzten Morgen mühten wir uns mit Picknickkörben — vollgepackten Picknickkörben — ab, ins Auto zu kommen.« Denn in diesen Aufsätzen kannten Anand und seine Kameraden nichts als Luxus.

Aber in diesem letzten Aufsatz gab es keine Bindestriche und Wiederholungen, keine Picknickkörbe, kein Auto, keine goldenen Sandbuchten; nur einen Spaziergang nach Docksite, eine Kaimauer aus Beton und in der Ferne Dampfer. Darauf bedacht, den Schmerz des vergangenen Tages zu teilen, las Mr. Biswas weiter. »Ich hob meine Hand, aber ich wußte nicht, ob ich bis oben hinkam. Ich öffnete meinen Mund und wollte um Hilfe schreien. Wasser füllte ihn. Ich dachte, ich würde sterben, und machte die Augen zu, weil ich das Wasser nicht ansehen wollte.« Der Aufsatz endete mit einer Verdammung des Meers.

Von den Wendungen des Lehrers war keine einzige verwendet worden, trotzdem hatte der Aufsatz zwölf Punkte von zehn bekommen. Anand war auf die Veranda zurückgekommen und trank am Tisch seinen Tee.

Mr. Biswas wollte ihm nahe sein. Er hätte alles getan, um

ihn für die Einsamkeit des vergangenen Tages zu entschädigen. Er sagte: »Komm und setz dich hierhin und geh den Aufsatz mit mir durch.«

Anand wurde ungeduldig. Er war froh über die Note, hatte aber genug von dem Aufsatz und schämte sich sogar ein bißchen dafür. Er hatte ihn vor der Klasse vorlesen müssen, und das Bekenntnis, daß er sich nicht mit vollgepackten Picknickkörben in ein Auto abgemüht hatte und zu palmenbestandenen Stränden gefahren war, sondern zum üblichen Hafengelände gelaufen war, hatte ziemliches Gelächter verursacht. Ebenso die Sätze: »Ich öffnete meinen Mund und wollte um Hilfe schreien. Wasser füllte ihn.«

»Komm«, sagte Mr. Biswas und machte Platz in der Hängematte.

»Nein!« schrie Anand.

Aber jetzt war niemand da, der lachte.

Mr. Biswas' Gekränktheit verwandelte sich in Wut. »Geh und schneid mir eine Peitsche ab«, sagte er und stand aus der Hängematte auf. »Nun mach schon. Dalli, dalli.«

Anand stampfte die Hintertreppe hinunter. Von dem Paternosterbaum, der an der Grundstücksgrenze wuchs und bis auf den Pfad am Abwasserkanal hinüberhing, schnitt er eine dicke Gerte, weitaus dicker als die, die er normalerweise schnitt. Seine Absicht war es, Mr. Biswas schlechtzumachen. Mr. Biswas erkannte die Schmähung und geriet noch mehr in Wut. Er ergriff die Rute und schlug wie wild auf Anand ein. Am Ende mußte Shama einschreiten.

»Ich halte das nicht aus!« schrie Savi. »Ich kann euch nicht ausstehen. Ich gehe zurück zum Hanuman-Haus.«

Auch Myna weinte.

Shama sagte zu Anand: »Siehst du, was du anstellst?«

Er sagte nichts.

»Schön!« sagte Savi. »Durch dieses ganze Geschrei und

Gebrüll hört dieses Haus sich genauso wie jedes andere Haus in der Straße an. Ich hoffe, die niedrige Gesinnung einiger Leute ist damit zufrieden.«

»Ja«, sagte Mr. Biswas ruhig, »einige Leute sind zufrieden.«

Sein Lächeln trieb Savi erneut zu Tränen.

Aber Anand rächte sich am selben Abend.

Nun, da Owad nur noch wenige Tage in Trinidad verblieben und nur noch sehr wenige, bis die Familie zum Abschiednehmen nach Port-of-Spain kam, nahmen Mr. Biswas und Anand so viele Mahlzeiten wie möglich mit ihm zusammen ein. Sie aßen in aller Form im Eßzimmer. Und an dem Abend zog Anand, gerade als Mr. Biswas sich setzen wollte, den Stuhl unter ihm weg, und Mr. Biswas fiel geräuschvoll auf den Boden.

»Shompo! Lompo! Gomp!« sagte Owad, vor Lachen brüllend.

Savi sagte: »Tja, ich hoffe, einige Leute sind zufrieden.«

Während des Essens sprach Mr. Biswas nicht. Danach ging er spazieren. Als er zurückkam, ging er direkt auf sein Zimmer und rief kein einziges Mal nach einem, der ihm Zigaretten oder Streichhölzer oder Bücher holen sollte.

Er hatte die Gewohnheit, um sechs Uhr morgens durchs Haus zu laufen, mit der Zeitung zu rascheln und alle zu wecken. Dann ging er selber zurück ins Bett: er hatte die Gabe, seinen Schlaf in Intervallen zu genießen. Am nächsten Morgen weckte er keinen auf und ließ sich auch nicht blicken, als die Kinder sich für die Schule fertig machten. Aber ehe Anand wegging, gab Shama ihm ein Sechscentstück.

»Von deinem Vater. Für Milch aus der Molkerei!«

Um drei Uhr an diesem Nachmittag, als die Schule aus war, ging Anand an den lärmenden Rädern und Treibriemen der Regierungsdruckerei vorbei die Victoria Avenue hinunter, überquerte wegen des Schattens von den efeubedeckten Mauern des Lapeyrouse Friedhofs die Tragarete Road und bog in die Philip Street ein, deren Zigarettenfabrik die Quelle des süßlichen Tabakgeruchs war, der über dem Viertel hing. Ganz in Weiß und hellgrün, sah die Molkerei teuer und abschreckend aus. Auf Zehenspitzen ging Anand zu dem vergitterten Pult, sagte zu der Frau: »Eine kleine Flasche Milch, bitte«, bekam seinen Bon und setzte sich auf einen hohen hellgrünen Hocker an der nach Milch riechenden Bar. Der weißbekappte Barmann versuchte ein wenig zu lässig, den silberen Deckel wegzuschnippen und drückte ihn, nachdem es ihm zweimal mißlungen war, mit einem großen Daumen weg. Anand machte sich nichts aus der eiskalten Milch und dem klebrig süßen Gefühl, das sie hinten in seiner Kehl zurückließ; außerdem schien sie diesen Tabakgeruch zu haben, den er mit dem Friedhof verband.

Als er nach Haus kam, gab Shama ihm ein kleines, in braunes Papier gewickeltes Päckchen. Es enthielt Trockenpflaumen. Sie waren für ihn, und er konnte sie essen, wann und wie er wollte.

Sowohl ihm als auch Savi befahl man, die Milch und die Pflaumen geheim zu halten, damit Owad nichts davon hörte und sie wegen ihrer Vermessenheit auslachte.

Und fast sofort begann Anand, den Preis für die Milch und die Pflaumen zu zahlen. Mr. Biswas ging zur Schule und besuchte den Direktor und den Lehrer, dessen Wortschatz er so gut kannte. Sie waren sich einig, daß Anand, wenn er arbeitete, ein Stipendium gewinnen könne, und Mr. Biswas veranlaßte, daß Anand nach der Schule, nach seiner Milch, Privatstunden bekam. Um das auszugleichen, arrangierte Mr. Biswas es auch, daß Anand am Schulkiosk unbegrenzten Kredit hatte, und brachte Shamas Buchführung so noch mehr in Unordnung.

Savis Herz schlug Anand entgegen.

»Ich bin nur zu froh«, sagte sie, »Daß Gott mir keinen Verstand gegeben hat.«

In der Woche vor Owads Abreise füllte sich das Haus mit Schwestern, Ehemännern, Kindern und denjenigen von Mrs. Tulsis Gefolgsleuten, die ihr treu geblieben waren. Die Frauen kamen in ihren leuchtendsten Kleidern und ihrem besten Schmuck und sahen, obwohl sie nur zwanzig Meilen von ihren Dörfern weg waren, exotisch aus. Unbekümmert um starre Blicke starrten sie zurück und kommentierten alles auf Hindi, ungewöhnlich laut, ungewöhnlich dreist, denn in der Stadt war Hindi eine Geheimsprache, und sie waren in Feiertagsstimmung. Der hintere Teil des Gartens, in dem Anand und Owad manchmal Kricket gespielt hatten, war mit einem Zelt abgedeckt. Auf dem Spielfeld selbst hatte man Feuerlöcher gegraben, und darüber wurde in extra aus dem Hanuman-Haus mitgebrachten großen schwarzen Kesseln ständig Essen gekocht. Die Besucher waren mit Musikinstrumenten gekommen. Sie spielten und sangen bis spät in die Nacht, und die Nachbarn, zu fasziniert, um etwas dagegen einzuwenden, spähten durch Löcher im Wellblechzaun.
Nur wenige der Besucher kannten Mr. Biswas oder wußten, welche Position er im Haus innehatte. Und auf einmal wurde seine Position unsicher. Er fand sich in ein Zimmer zurückgedrängt und verlor zeitweilig jegliche Spur von Shama und seinen Kindern. »Acht Dollar«, flüsterte er Shama zu. »So viel Miete bezahle ich jeden Monat. Da habe ich meine Rechte.«
Die Rosensträucher und der Seerosenteich litten.
»Wir sollten Stolperdrähte ziehen«, sagte er zu Shama, »und sie dann weitermachen lassen. ›Aré, was haben wir denn hier?‹« Er äffte eine alte, Hindi sprechende Frau nach. »Und dann, hopsa! Fehltritt! Rumms! Sturz. Und die ganzen schönen Kleider werden dreckig. Das Gesicht naß von Schlamm. Das sollte ein paarmal passieren. Dann lernen sie, daß Blumen nicht einfach so wachsen.«
Nach zwei Tagen gab er seine Blumen verloren. Abends

unternahm er lange Spaziergänge und hielt sich so lange wie möglich draußen auf, besuchte, um vielleicht eine Geschichte aufzuschanppen, verschiedene Polizeistationen. Eines Nachts blieb er weg, bis die Straßenköter, nichtswürdige Geschöpfe, die in Meuten jagten, beim Klang eines menschlichen Schrittes flohen und eine Spur von umgekippten Mülltonnen und durchsuchtem Abfall hinter sich ließen, ihre Runde begannen. Das Haus war munter, aber gedämpft, als er nach Hause kam. Auf seinem Bett fand er vier Kinder vor. Seine waren es nicht. Danach belegte er sein Zimmer früh abends, verriegelte die Tür und weigerte sich, auf Klopfen, Rufen, Kratzen und Schreien zu antworten.

Und ganz plötzlich schien sich auch das Band zwischen Owad und ihm aufgelöst zu haben. Viel von seiner Zeit verbrachte Owad außer Haus, um Abschiedsbesuche zu machen, wenn er nach Hause kam, wurde er sofort von Freunden und Verwandten belagert, die ihn anstarrten und weinten und ihm Ratschläge anboten, die sie später untereinander diskutierten, um sich ihre Sorge zu beweisen: Ratschläge in bezug auf Geld, Wetter, Essen, Alkohol, Frauen.

Es kam die Zeit für Fotos. Ehemänner, Freunde und Kinder sahen zu, wie Owad mit Shekkar posierte, mit Mrs. Tulsi, mit Shekkar und Mrs. Tulsi, mit Shekkar, Mrs. Tulsi und der ganzen Schar der Schwestern, die, weil der Anlaß traurig war, das Flehen des chinesischen Fotografen ignorierten und finster in die Kamera sahen.

Am letzten Tag traf Seth ein. Er trug seine Khakiuniform, seine Halbstiefel hallten auf dem Boden wider; er dominierte und erzwang Förmlichkeit, wohin er auch ging. Seine Abwesenheit war aufgefallen, und jetzt war jeder erwartungsvoll. Aber nach dem letzten Familienrat sahen Owad, Shekkar, Mrs. Tulsi und Seth nur ernst aus, was Anzeichen eines Zerwürfnisses oder der Trauer sein konnte.

Mr. Biswas erlangte einen geringen Grad von Bekanntheit, als er den Fotografen des *Sentinel* ins Haus brachte, das Wohnzimmer leerte und sein Bestes tat, so zu erscheinen, als dirigiere er sowohl Owad als auch den Fotografen. Aber am folgenden Morgen schenkte man der Geschichte auf Seite drei — EINWOHNER TRINIDADAS NACH G. B. ZUM MEDIZINISTUDIUM — wenig Beachtung, denn die, die nicht damit beschäftigt waren, ihre Kinder für den Landesteg anzukleiden oder Passagierscheine für den Landesteg zu bekommen, waren bei dem Gottesdienst, den Hari im Zelt abhielt.

Endlich gingen sie zum Landesteg. Nur neugeborene Babys und ihre Mütter blieben zurück. Die Tulsi-Truppe starrte das Schiff an, und die Schiffsreling war sofort mit Transitpassagieren und Angehörigen der Schiffahrtsgesellschaft gesäumt, die so einen außergewöhnlich exotischen Eindruck vom Hafen von Port-of-Spain mitbekamen. Es ging die Losung, daß alle Freunde an Bord gehen könnten, und innerhalb von Minuten hatten die Tulsis und ihre Bekannten sich auf dem Schiff breitgemacht. Sie starrten die Offiziere und Passagiere und Fotos von Adolf Hitler an und lauschten aufmerksam der gutturalen Sprache um sie herum, damit sie sie später nachmachen konnten. Die älteren Frauen traten gegen Decks und Geländer und die Seiten des Schiffs, um seine Seetüchtigkeit zu prüfen. Einige der Empfindsameren übernahmen es abwechselnd, sich in Owads Koje niederzulassen und zu weinen. Die Männer waren zurückhaltender und hatten mehr Respekt vor der Gewalt des Schiffs; den Hut in der Hand liefen sie schweigend herum. Alle etwaigen Zweifel über das Schiff und die Beatzung zerstreuten sich, als ein Offizier begann, Geschenke zu verteilen: Feuerzeuge für die Männer, Puppen in Landestracht für die Frauen. Und unbeachtet von denen, die er beeindrucken wollte, hetzte Mr. Biswas absichtlich über das Schiff, redete mit Ausländern und schrieb in sein Notizbuch.

Sie kamen herunter vom Schiff und versammelten sich förmlich vor einem magentaroten Schuppen, auf dem Schilder in Englisch und Französsich das Rauchen verbaten. Irgendwo hatte man einen Stuhl aufgetrieben, und darauf saß Mrs. Tulsi, den Schleier tief in die Stirn gezogen, in einer Hand ein zerknülltes Taschentuch und Sushila, die Krankenzimmer-Witwe, zur Seite.

Owad fing an, Küsse auszuteilen, zuerst an Fremde. Aber es waren ihrer zu viele; er gab das bald auf und konzentrierte sich auf die Familie. Er küßte alle Schwestern, die prompt in Tränen ausbrachen; den Männer schüttelte er die Hand, und als Mr. Biswas an die Reihe kam, lächelte er und sagte: »Kein Tauchen mehr.«

Mr. Biswas war eigenartig gerührt. Die Beine zitterten ihm; er fühlte sich unsicher. Er sagte: »Ich hoffe, es bricht kein Krieg aus.« Tränen schossen ihm in die Augen, es würgte ihn, und er konnte nichts mehr sagen.

Owad war weitergegangen. Er umarmte die Kinder, dann Shekkar, dann Seth, der ungeniert weinte, und schließlich Mrs. Tulsi, die überhaupt nicht weinte.

Er ging aufs Schiff. Gleich danach tauchte er an der Reling auf und winkte. Ein Passagier trat zu ihm; sie begannen sich zu unterhalten.

Die Gangway für Passagiere wurde hochgezogen. Dann ertönten Rufe, heiseres, immer wieder abbrechendes Singen, und drei Deutsche mit blauen Flecken im Gesicht und zerrissenen und schmutzigen Kleidern kamen den Landesteg entlanggeschwankt, betrunken, einer den anderen auf komische Weise stützend. Jemand vom Schiff rief ihnen barsch etwas zu, sie brüllten zurück, und obwohl sie betrunken waren und immer wieder hinfielen, gingen sie die schmale Laufplanke am Heck hoch, ohne die Haltetaue anzufassen. Die ganzen Zweifel über das Schiff wurden wieder wachgerufen.

Sirenen: Winken vom Schiff und von der Küste: das Schiff

rückte langsam weg: der Kai war weniger geschützt, das dunkle, schmutzige Wasser mit Abfall überzogen. Und schnell standen sie ganz exponiert vor dem Zollschuppen, starrten auf das Schiff, starrten auf die Lücke, die es gelassen hatte.

Die Schwäche, die ihn bei der Berührung von Owads Händen befallen hatte, blieb bei Mr. Biswas. In seinem Magen war ein Loch. Er wollte Berge besteigen, um sich zu erschöpfen, laufen und laufen und nie zu dem Haus, dem leeren Zelt, den toten Feuerlöchern, den weggeschobenen Möbeln zurückkehren. Er verließ den Landesteg mit Anand, und sie wanderten ziellos durch die Stadt. An einem Café hielten sie an, und Mr. Biswas kaufte Anand ein Eis in einem Becher und Coca-Cola.

Am Morgen wurde die Zeitung wie immer ausgebreitet auf den sonnigen Stufen liegen, mittags würde es ruhig sein, und nachmittags Schatten geben. Aber es würde ein ganz anderer Tag sein.

2. *Das neue Regime*

Da sie in Port-of-Spain nichts mehr zu tun hatte, kehrte Mrs. Tulsi nach Arwacas zurück. Das Zelt wurde abgebaut, und nach ein paar Tagen war das Haus von Bummelanten befreit. Mr. Biswas machte sich daran, seine Rosenrabatten und den Wasserlilienteich, dessen Ränder abgesackt waren und das Wasser zu blasenwerfendem Schlamm verwandelt hatten, wieder in Ordnung zu bringen. Er arbeitete verzagt, denn er spürte die Leere des Hauses und wußte nicht, wie lange er dort noch bleiben durfte. Von Mrs. Tulsis Möbeln war nichts weggeschafft worden: das Haus schien eine Veränderung zu erwarten. Die Arbeit beim *Sentinel* verlor etwas von ihrem Reiz. Er brauchte jemanden, an den er im Geiste seine Arbeit richtete. Zuerst war das Mr. Burnett gewesen, dann war es Owad. Nun war nur noch Shama da. Sie las seine Artikel selten; wenn er sie ihr laut vorlas, zeigte sie weder Interesse noch Belustigung und äußerte keinen Kommentar. Einmal gab er ihr das Manuskript eines Artikels, und sie versetzte ihn in Wut, indem sie die letzte Seite umdrehte, um eine Fortsetzung zu suchen. »Schluß, Schluß«, sagte er, »ich will dich nicht überanstrengen.«

Und aus dem Hanuman-Haus kamen weitere Berichte von Störungen. Govind, der eifrige, loyale, war unzufrieden. Shama hinterbrachte seine aufrührerischen Reden. Nach außen hin hatte sich nichts geändert, aber Mrs. Tulsi regierte nicht mehr, und man begann immer mehr zu spüren, daß ihr Einfluß nur der eines mürrischen Invaliden war. Jetzt, wo ihre beiden Söhne versorgt waren, schien sie das Interesse an der Familie verloren zu haben. Viel von ihrer Zeit verbrachte sie im Rosenzimmer, legte sich Krankheiten zu, trauerte um Owad. Was Seth betraf, so hatte er immer noch alles unter Kontrolle, aber seine Macht war nur äußerlich. Obwohl nichts offen gesagt worden war, lastete Shekkars angebliches Mißfallen, dem nicht widersprochen wurde, auf ihm und machte ihn bei den Schwestern verdächtig. Schließlich und endlich gehörte Seth nicht zur Familie, und er allein konnte ihre Eintracht nicht aufrechterhalten, wie seine Hilflosigkeit bei Reibereien während Mrs. Tulsis Abwesenheit in Port-of-Spain gezeigt hatte. Wirkungsvoll herrschte Seth nur in Verbindung mit Mrs. Tulsi und durch ihre Zuneigung und ihr Vertrauen. Dieses Vertrauen, wenn auch nicht offiziell entzogen, wurde nicht mehr so völlig zur Schau gestellt, und man begann sogar, Seth als Außenseiter abzulehnen.

Dann kamen Gerüchte auf, daß Seth sich Besitztümer angesehen habe.

»Glaubst du, er kauft was für Mai?« fragte Mr. Biswas.

Shama sagte: »Bin ich froh, daß einer sich darüber freut.«

Und bald sollte Mr. Biswas sein Frohlocken bedauern. Die Weihnachtsferien kamen, und Shama brachte die Kinder zum Hanuman-Haus. Mittlerweile waren sie dort vollkommen Fremde. Neben den Auslagen der Geschäfte in Port-of-Spain waren die alten Kreppapierdekorationen und die Waren in dem dunklen, vollgestopften Geschäft der Tulsis unbedeutender ländlicher Tand, und Savi hatte Mitleid mit den Leuten von Arwacas, die so etwas ernst nehmen mußten. Endlich wurde an Heiligabend der Laden geschlossen, und die Onkel gingen fort. Savi, Anand, Myna und Kamla gingen auf die Jagd nach Strümpfen und hängten sie auf. Und bekamen nichts. Beschweren konnten sie sich bei niemandem. Einige Schwestern hatten heimlich Geschenke für ihre Kinder

besorgt; und am Weihnachtsmorgen wurden in der Diele, in der keine Mrs. Tulsi darauf wartete, geküßt zu werden, die Geschenke vorgezeigt und verglichen. Owad war in England, Mrs. Tulsi in ihrem Zimmer, alle Onkel waren weg und Shekkar war bei der Familie seiner Frau, so gab es keinen, der Spiele organisierte, der zur Fröhlichkeit ermunterte. Und Weihnachten schrumpfte zusammen aufs Mittagessen und Chintas Eiscreme, so geschmacklos und rostdurchwirkt wie immer. Die Schwestern waren verdrießlich, die Kinder zankten sich, und ein paar wurden sogar verprügelt.
Am Morgen des zweiten Weihnachtstages kam Shekkar mit einer großen Tüte importierter Süßigkeiten. Er ging hoch in Mrs. Tulsis Zimmer, aß in der Diele zu Mittag und ging dann wieder weg. Als Mr. Biswas später am Nachmittag eintraf, merkte er, daß die Gespräche der Schwestern sich nicht um Seth, sondern um Shekkar und seine Frau drehten. Die Schwestern hatten das Gefühl, Shekkar habe sie im Stich gelassen. Aber keine machte ihm Vorwürfe. Er stand unter dem Einfluß seiner Frau, und die Schuld lag gänzlich bei ihr.
Die Beziehungen zwischen den Schwestern und Shekkars Frau waren noch nie ungezwungen gewesen. Trotz der unkonventionellen Tradition des Hanuman-Hauses, wo verheiratete Töchter bei ihrer Mutter lebten, wachten die Schwestern über gewisse Gepflogenheiten in den Familienbeziehungen von Hindus: von Schwiegermüttern zum Beispiel erwartete man, daß sie Schwiegertöchtern hart zusetzten, Schwägerinnen hatte man zu verachten. Aber Shekkars Frau war dem gönnerhaften Benehmen der Tulsis von Anfang an mit arroganter presbyterianischer Modernität entgegengetreten. Sie stellte stolz ihre Bildung zur Schau. Sie nannte sich ohne Scham oder Entschuldigung Dorothy. Sie trug kurze Kleider und machte sich nichts daraus, daß sie unzüchtig und albern in ihnen

aussah: sie war eine große Frau, die nach der Geburt ihres ersten Kindes dick geworden war, und über ihren hohen Hüften, die Gestellbrettern ähnelten, standen die Kleider wie Reifröcke. Ihre Stimme war tief, ihr Umgangston herzlich; einmal, als sie ihren Knöchel verletzt hatte, benutzte sie einen Stock, und Chinta bemerkte, daß das zu ihr paßte. Zu all dem kam noch, daß sie manchmal in ihrem Kino die Eintrittskarten verkaufte, was nicht nur unmoralisch, sondern auch ehrlos war. Weit davon entfernt, auf Dorothy irgendeinen Eindruck zu machen, fanden die Schwestern sich jedoch ständig unterlegen. Sie hatten behauptet, sie könne kein Haus führen: sie entpuppte sich als übertrieben sorgfältige Hausfrau. Sie hatten behauptet, sie sei unfruchtbar: sie war alle zwei Jahre guter Hoffnung. Ihre Kinder waren lauter Mädchen, aber das war für die Schwestern kaum ein Triumph. Dorothys Töchter waren von außergewöhnlicher Schönheit, und die Schwestern konnten sich nur darüber beklagen, daß die Hindi-Namen, die Dorothy ausgesucht hatte — Mira, Leela, Lena — eigentlich als westliche durchgehen sollten. Und nun wurden alte Beschuldigungen wieder hervorgeholt und Shama und anderen aufmerksamen Schwestern zuliebe, die zu Besuch waren, mit neuen Einzelheiten versehen. Während im Gespräch dasselbe Thema immer wieder durchgekämmt wurde, wurden diese Einzelheiten zunehmend unanständiger: wie alle Christen benutzte Dorothy ihre rechte Hand für unsaubere Zwecke, ihr sexuelles Verlangen war unersättlich, ihre Töchter hatten schon die Augen von Huren. Immer wieder schlossen die Schwestern, daß Shekkar bemitleidet werden müsse, weil er nicht nach Cambridge gegangen war, sondern statt dessen gegen seinen Willen mit einer schamlosen Frau verheiratet worden war. Padma, Seths Frau, war dabei, und Seths Benehmen konnte nicht erörtert werden. Jedesmal, wenn Cambridge erwähnt wurde, machten Blicke und

Betonung Padma klar, daß sie von der darin enthaltenen Kritik an ihrem Mann ausgeschlossen war, daß sie wie Shekkar bemitleidet werden müsse, solch einen Gatten zu haben. Und Mr. Biswas staunte wieder über die Tiefe des Familiengefühls der Tulsis.

Mr. Biswas war mit Dorothy immer gut ausgekommen; er fühlte sich von ihrem lauten Auftreten und ihrer Fröhlichkeit angezogen und betrachtete sie als Verbündete gegen die Schwestern. Aber an diesem heißen ruhigen Nachmittag, als eine feiertägliche Fadheit über Arwacas lag, sah die Diele mit ihren durcheinanderstehenden Möbeln, ihrer dunklen Empore und ihren rußigen grünen Wänden und den Fliegen, die zwischen den weißen, sonnigen Flecken auf dem langen Tisch hin und her flogen, verlassen aus, jeglicher Belebung beraubt, und Mr. Biswas, der Shekkars Abwesenheit als Verrat empfand, konnte mit den Schwestern mitfühlen.

Savi sagte: »Das ist das letzte Weihnachten, das ich im Hanuman-Haus verbringe.«

Veränderung folgte auf Veränderung. In Pagotes putzten Tara und Ajodha ihr neues Haus heraus. In den Hauptstraßen von Port-of-Spain wurden neue, silbergestrichene Laternenpfähle errichtet, und man sprach davon, die dieselbetriebenen Busse durch Oberleitungsbusse zu ersetzen. Owads altes Zimmer wurde an ein kinderloses farbiges Paar mittleren Alters vermietet. Und im *Sentinel* wurden Gerüchte verbreitet.

Unter Mr. Burnetts Leitung hatte der *Sentinel* die *Gazette* überholt und war, wenn er auch noch einiges hinter dem *Guardian* zurückblieb, wegen seiner Leichtfertigkeit doch erfolgreich genug, um den Besitzern peinlich zu sein. Schon seit einiger Zeit setzte man Mr. Burnett unter Druck. Das wußte Mr. Biswas, aber er hatte keinen Sinn für Ränke und wußte nicht, wo die Quelle dieses Drucks lag. Einige Redaktionsmitglieder wurden in aller Öffentlichkeit geringschätzig und bezeichneten Mr. Burnett als ungebildet; in der Redaktion ging der Witz herum, daß er sich aus Argentinien um eine Stelle als zweiter Herausgeber beworben habe und man seinen Brief mißverstanden hatte. Wie um all dem zu entgegnen, wurde Mr. Burnett immer eigensinniger. »Wollen wir doch ehrlich sein«, sagte er, »Leitartikel aus Port-of-Spain haben in Spanien nicht viel ausrichten können. Auch Hitler halten sie nicht auf.« Der *Guardian* reagierte auf den Krieg, indem er einen Kampffonds ins Leben rief: in einem Kästchen auf der ersten Seite waren zwölf Flugzeuge skizziert, die in dem Maße, wie der Fonds stieg, ausgemalt wurden. Die Schlagzeilen des *Sentinel* hatten bis zum Schluß der Reise der westindischen Kricketmannschaft durch England gegolten, und als die Tournee abgebrochen wurde, druckte er eine Zeichnung von Hitler, die, wenn man sie ausschnitt und entlang gewisser gepunkteter Linien faltete, zu einer Zeichnung von einem Schwein wurde.

Anfang des nächsten Jahres kam der Schlag. Mr. Biswas nahm sein Mittagessen mit Mr. Burnett in einem chinesischen Restaurant ein, in einer dieser Zellen, die von tiefhängenden, nackten Glühbirnen, die mit Litzendraht lose an den fliegenbeschmutzten, schmierigen Trennwänden befestigt sind, schwach erleuchtet werden, als Mr. Burnett sagte: »Erstaunliche Szenen werden bald beobachtet werden können. Ich gehe weg.« Er machte eine Pause. »Gefeuert.« Als sähe er Mr. Biswas' Gedanken voraus, fügte er hinzu: »Jedoch kein Grund zur Unruhe für sie.« In schneller Aufeinanderfolge offenbarte er dann eine Reihe widersprüchlicher Stimmungen. Er war fröhlich, er war niedergeschlagen; er war froh zu gehen, es tat ihm leid, zu gehen; er wollte nicht darüber reden, er redete darüber; er würde nicht mehr von sich sprechen, er sprach von sich selbst. Er aß verkrampft, ging das Essen an, als hätte es ihm eine

Beleidigung zugefügt. »Sprossen? So nennen die das? In dem Fall bleibt in China aber nur noch verdammt wenig Bambus übrig.« Er drückte auf die Klingel, die im Zentrum eines nahezu kreisrunden Schmutzfleckens an der Wand angebracht war. Über vielen anderen Klingeln, dem Getrappel der Kellnerinnen und den Gesprächen in angrenzenden Zellen hörten sie sie in einer entfernten Höhle klingeln.

Die geplagte Kellnerin kam und Mr. Burnett sagte: »Sprossen? Das ist einfacher Bambus. Was glauben Sie eigentlich, was ich hier drinnen habe?« Er klopfte sich auf den Bauch. »Eine Papierfabrik?«

»Das war eine Portion«, sagte die Kellnerin.

»Das war ein Bambusrohr.«

Er bestellte Bier nach, und die Kellnerin schnalzte verärgert und ging hinaus. Hinter ihr klappte die Schwingtür schnell auf und zu.

»Eine Portion«, sagte Mr. Burnett. »Sie sagen das, als wäre es Heu. Und dieser verdammte Raum ist wie ein Stall. Ich mache mir keine Sorgen. Ich habe mehrere Eisen im Feuer. Sie auch. Sie könnten auf Ihr Schildermalen zurückgreifen. Ich gehe weg. Sie gehen weg. Wir alle sollten weggehen.«

Sie lachten.

Vollkommen aufgelöst kehrte Mr. Biswas ins Büro zurück. Ihn hatte man, und zwar genüßlich, mit einigen der leichtfertigsten Auswüchse des *Sentinel* in Verbindung gebracht. Bei dem Gedanken an jeden einzelnen davon durchschossen ihn nun Schuldgefühle und Panik. Er wartete darauf, in geheimnisumwitterte Räume bestellt zu werden und von ihren Inhabern, alle in gesicherter Stellung, mitgeteilt zu bekommen, daß man seiner Dienste nicht länger bedurfte. Er setzte sich an seinen Schreibtisch — der ihm aber nicht mehr gehörte als die Spalten des *Sentinel*, die er füllte — und lauschte den Geräuschen, die

die Zimmerleute machten. Die Geräusche hatte er schon an seinem ersten Tag im Büro gehört, seither war ununterbrochen gebaut und umgebaut worden. Der Redaktionsraum erwachte zu seinem nachmittäglichen Leben. Reporter trafen ein, zogen ihre Jacketts aus, schlugen Notizbücher auf und tippten; um den grünen Wasserspender versammelten sich Gruppen und lösten sich wieder auf; an einigen Tischen wurden Fahnen korrigiert, das Layout für die inneren Seiten gemacht. Mehr als vier Jahre lang war er Teil dieser Betriebsamkeit gewesen. Nun, da er auf seine Vorladung wartete, konnte er sie nur beobachten.

Weil er zu der Überzeugung kam, daß er das Risiko, entlassen zu werden, nur vergrößerte, wenn er im Büro blieb, ging er früh weg und radelte nach Hause. Eine Befürchtung zog die nächste nach sich. Angenommen, er mußte die Kinder zurück ins Hanuman-Haus schicken, wäre dort jemand, der sie aufnahm? Angenommen, Mrs. Tulsi kündigte ihm — wie Shama das so oft mit den Bewohnern der Mietshäuser machte —, wo konnte er hingehen? Wie würde er leben?

Dunkel erstreckten sich die Jahre vor ihm.

Als er nach Hause kam, mischte er sich etwas Macleans Magenpulver, trank es, zog sich aus, ging ins Bett und begann Epiktet zu lesen.

Aber die Tage vergingen, und keine Vorladung kam. Und schließlich war es Zeit für Mr. Burnett, seinen Abschied zu nehmen. Mr. Biswas hätte ihm gern mit einer Geste seine Dankbarkeit und sein Mitgefühl gezeigt, aber ihm fiel nichts ein. Und letzten Endes entkam Mr. Burnett ja, er mußte zurückbleiben. Der *Sentinel* berichtete über Mr. Burnetts Weggang auf der Gesellschaftsseite. Es gab ein liebloses Foto von Mr. Burnett, der sich in seiner Smokingjacke nicht recht wohl zu fühlen schien, dessen kleine Augen im Blitzlich der Kamera hervorquollen und dem die

Zigarre im Mund hing, als sollte sie ein Gag sein. Es wurde berichtet, daß es ihm leid täte, wegzugehen; er müsse eine Anstellung in Amerika antreten; er habe viel aus seiner Verbundenheit mit Trinidad und dem *Sentinel* gelernt und er würde sich weiterhin für das Vorankommen von beiden interessieren; er hielte das Niveau des örtlichen Journalismus für »erstaunlich hoch«. Die Eisen im Feuer, von denen Mr. Burnett gesprochen hatte, zu offenbaren, wurde den anderen Zeitungen überlassen. Sie berichteten, daß eine indische Truppe von Tänzern, ein Mann, der durchs Feuer lief, ein Schlangenbeschwörer und ein Mann, der auf einem Nagelbett liegen konnte, Mr. Burnett, den früheren Herausgeber einer Lokalzeitung, auf seinen Reisen nach Amerika begleitete. Eine Überschrift lautete: DER ZIRKUS ZIEHT WEITER.

Und im *Sentinel* begann ein neues Regime. Am Tag nach Mr. Burnetts Abreise wurden im Redaktionsraum Plakate aufgehängt, auf denen stand: SEI NICHT GESCHEIT, WISSE BESCHEID und NACHRICHTEN, NICHT ANSICHTEN und FAKTEN? SIEH NACH IN AKTEN und PRÜF ES ODER LASS ES. Mr. Biswas dachte, sie alle zielten allein auf ihn ab, und ihre Verschrobenheit versetzte ihn in Schrecken. Das Büro war bezwungen, und alle legten Ernsthaftigkeit an den Tag; die, die aufgestiegen waren, die, die abgestiegen waren. Mr. Burnetts Nachrichtenredakteur war zum zweiten Redakteur gemacht worden. Seine gescheiten Reporter hatte man an verschiedene Stellen zerstreut. Einer ging zu Veranstaltungen, Heute, Invaliden und Wetter, einer zur Schiffahrt, einer zu Dianas Notizen auf der Gesellschaftsseite, einer zu den rubrizierten Anzeigen. Mr. Biswas kam zu den Gerichtsberichten.

»Schreiben?« sagte er zu Shama. »Das nenn' ich nicht schreiben. Es ist eher so was, wie ein Formular ausfüllen. X, so und so alt, wurde gestern von Herrn Y an dem und dem Gericht so und so viel Strafe für das und das auferlegt.

Der Anklagevertreter trug vor. X zog es vor, sich selbst zu verteidigen und sagte. Bei der Urteilsverkündung sagte der Richter.«

Aber Shama billigte das neue Regime. Sie sagte: »Das wird dich ein wenig Respekt vor Menschen und der Wahrheit lehren.«

»Hör dir das an. Hör dir das an! Aber das überrascht mich nicht bei dir. Von dir *erwarte* ich, daß du so redest. Aber die sollen bloß mal abwarten. Neues Regime, ha. Sieh bloß mal zu, wie jetzt die Auflage sinkt.«

Nur mit Shama sprach Mr. Biswas über die Veränderungen. In der Redaktion wurde das Thema nie berührt. Mr. Burnetts Favoriten mieden einander und verkehrten, weil sie Intrigen fürchteten, mit niemandem sonst. Abgesehen von den Plakaten hatte es keine Direktiven gegeben, aber sie alle hatten, soweit ihre neuen Pflcihten Schreiben zuließen, ihren Stil geändert. Sie schrieben längere Abschnitte mit ganzen Sätzen und komplizierteren Wörtern. Kurz danach kamen die Direktiven, in einem Büchlein namens *Regeln für Reporter;* und es entsprach der zurückhaltenden Strenge der neuen Befehlsgewalten, daß die Broschüren eines Morgens ohne jede Erklärung auf sämtlichen Schreibtischen lagen, mit nur dem Namen des Reporters, dem ein »Mr.« vorangestellt war, in der rechten oberen Ecke.

»Er muß heute morgen früh aufgestanden sein«, sagte Mr. Biswas zu Shama.

Das Büchlein enthielt Regeln über Sprache, Kleidung und Benehmen, und unten stand auf jeder Seite ein Schlagwort. Vorne auf dem Umschlag stand: »DIE KORREKTESTE NACHRICHT IST DIE BESTE NACHRICHT«, wobei die Anführungszeichen andeuteten, daß die Bemerkung historisch, witzig und weise sei. Auf der hinteren Umschlagseite stand: BERICHTEN NICHT VERZERREN.

»Berichten, nicht verzerren«, sagte Mr. Biswas zu Shama. »Das ist das einzige, was dieser Hundesohn nun macht, weißt du, und kriegt auch noch ein dickes Gehalt dafür. Erfindet diese Schlagwörter. Regeln für Reporter. *Regeln!*«

Ein paar Tage später kam er nach Hause und sagte: »Rat mal, was? Der Herausgeber pinkelt jetzt an einem besonderen Örtchen, weißt du das? »Entschuldigen Sie mich bitte. Aber ich muß mal austreten — allein.« Seit Jahren pinkeln alle am selben Ort. Was ist bloß los? Macht er eine Kur mit Dodds Nierenpillen und pinkelt blau oder so was?«

In Shamas Buchführung tauchte Macleans Magenpulver immer voll ausgeschrieben nun öfter auf.

»Warte bloß mal ab und paß auf«, sagte Mr. Biswas. »Da kündigen noch alle. So eine Behandlung lassen die Leute sich einfach nicht gefallen, sag' ich dir.«

»Wann gehst du?« fragte Shama.

Und es sollte noch schlimmer kommen.

»Ich weiß es nicht«, sagte er. »Ich vermute, die wollen mir bloß Angst machen. Hinfort — hinfort: da kannst du mal hören, welche Wörter dieser Hundesohn benutzt — hinfort werde ich meine Nachmittage auf den Friedhöfen von Port-of-Spain verbringen. Gib mir doch mal das gelbe Buch. Regeln für Reporter! Laß mal sehen. Irgendwas über Beerdigungen? Mein Gott! Die haben das, verdammt noch mal, tatsächlich drin! »Der *Sentinel*-Reporter sollte bei diesen Gelegenheiten einfach und schlicht gekleidet sein, das heißt, einen dunklen Anzug tragen.« Dunkler Anzug! Der Mann weiß wohl nicht, daß ich 'ne Frau und vier Kinder hab'. Der muß glauben, er bezahlt mir alle zwei Wochen ein Vermögen. »Weder durch sein Betragen noch durch seine Kleidung sollte der Reporter bei den Trauernden Anstoß erregen, da die Zeitung dadurch sicherlich viel Wohlwollen einbüßt. Der *Sentinel*-Reporter sollte immer daran denken, daß er den *Sentinel* repräsentiert. Er sollte Vertrauen erwecken. Es kann nicht oft genug betont werden, daß der Reporter jeden Namen richtig mitbekommen sollte. Ein unkorrekt geschriebener Name ist kränkend. Alle Orden und Auszeichnungen sollten erwähnt werden, aber bei den Nachforschungen darüber sollte der Reporter diskret vorgehen. Von den Auszeichnungen einer Person nichts zu wissen, bedeutet mit großer Wahrscheinlichkeit, sie zu kränken. Genauso kränkend ist es wahrscheinlich, einen OBE zu fragen, ob er ein MBE sei. In diesem hypothetischen Fall ist es weitaus besser, Nachforschungen unter der Voraussetzung anzustellen, daß die Person ein CBE sei. Auf die unmittelbaren Angehörigen sollten in alphabetischer Reihenfolge die Namen sämtlicher Trauergäste folgen.«

»Herrgott! Herrgott! Ist das nicht genau die Sorte Hinterfotzigkeit, die dich dazu bringt, hinterher auf dem Grab zu tanzen? Weißt du, ich könnte ja die Beerdigungsspalte in einen vielversprechenden kleinen Sonderartikel verwandeln. Die Beerdigungen des gestrigen Tages. Vom Totengräber. Direkt neben Veranstaltungen. Heute. Oder setz' ihn neben die Invaliden. Überschrift: Zum Ersten, zum Zweiten und aus. Wie wär's damit? Ein Foto von der weinenden Witwe am Grab. Später ein Foto von der Witwe, die gerade vom letzten Willen erfährt und lacht. Bildunterschrift: »Sie lächeln, Mrs. X. Haben wir uns doch gedacht. Wo ein Wille ist, da ist auch ein Weg.« Die zwei Fotos nebeneinander.«

In der Zwischenzeit kaufte er auf Kredit einen schwarzen Sergeanzug. Und während Anand nachmittags auf dem Weg zur Molkerei an der Mauer des Lapeyrouse Friedhofs entlangging, befand Mr. Biswas sich oft auf dem Friedhof, bewegte sich gesetzt zwischen den Grabsteinen umher und stellte diskret Nachforschungen über Namen und Auszeichnungen an. Müde kam er nach Hause, klagte

über Kopfschmerzen, und sein Magen blähte sich wieder.
»Ein Kapitalistenblättchen«, begann er zu sagen. »Einfach noch so ein Kapitalistenblättchen.«
Anand bemerkte, daß sein Name nicht mehr darin auftauchte.
»Bin ich verdammt froh drüber«, sagte Mr. Biswas.
Und an vier aufeinanderfolgenden Samstagen schickte man ihn, nur um den Spielstand einzuholen, zu unwichtigen Kricketspielen. Das Kricketspiel bedeutete ihm nichts, aber man gab ihm zu verstehen, daß die Zuweisung zu seiner Umschulung gehöre, und so radelte er von einem viertklassigen Spiel zum anderen, schrieb Symbole und Punkte ab, die er nicht verstand, und genoß nur die flüchtige Achtung von überraschten und freudig erregten Spielern unter Bäumen. Die meisten Spiele waren um halb sechs zu Ende, und es war unmöglich, zur selben Zeit auf allen Plätzen zu sein. Es kam vor, daß niemand mehr da war, wenn er zu einem Spielfeld kam. Dann mußten Schriftführer aufgespürt werden, und er mußte noch mehr Rad fahren. Auf diese Weise wurden viele Samstagnachmittage und -abende ruiniert, und der Sonntag oft genauso, denn viele der Ergebnisse, die er gesammelt hatte, wurden nicht abgedruckt.
Er begann Phrasen aus dem Prospekt der Idealen Schule für Journalisten nachzubeten. »Ich kann mir meinen Lebensunterhalt mit der Feder verdienen«, sagte er. »Sollen sie so weitermachen. Sie sollen's bloß zu weit mit mir treiben.« Zu der Zeit entstanden dauernd Einmann-Zeitschriften, fast alle von Indern geführt. »Ich gebe meine eigene Zeitschrift heraus«, sagte Mr. Biswas. »Gehe wie Bissessar damit herum und verkaufe sie selbst. Er hat mir erzählt, er verkauft seine Zeitung wie warme Semmeln. Wie warme Semmeln, Mann!«
Sein eigenes Regime der Strenge zu Hause gab er auf und

erzählte statt dessen so lange von den verschiedenen Redaktionsmitgliedern des *Sentinel*, daß Shama und die Kinder das Gefühl bekamen, sie gut zu kennen. Von Zeit zu Zeit tat er sich an einer winzigen Rebellion gütlich.

»Anand, auf dem Weg zur Schule machst du im Café halt und rufst den *Sentinel* an. Sag ihnen, ich hätte heute keine Lust, zur Arbeit zu kommen.«

»Warum rufst du nicht selber an? Du weißt, daß ich nicht gern telefoniere.«

»Wir können nicht immer tun, was wir wollen, Junge.«

»Und du willst, daß ich sage, du hättest heute einfach keine Lust, arbeiten zu gehen.«

»Sag ihnen, ich bin krank, Erkältung, Kopfschmerzen, Fieber. Du weißt schon.«

Wenn Anand aus dem Haus ging, sagte Mr. Biswas gewöhnlich: »Sollen sie mich feuern. Sollen sie mich zum Teufel jagen. Denkst du, das macht mir was? Ich *will*, daß sie mich feuern.« Aber er achtete darauf, diese Tage zeitlich zu verteilen. Er machte sich bei den Jungen und jungen Männer der Straße, die nachmittags auf dem Bürgersteig Kricket spielten und abends unter den Lampenpfosten plauderten, unbeliebt. Er brüllte sie von seinem Fenster aus an, und wegen seines Anzugs, seiner Stellung, des Hauses, in dem er wohnte, seiner Beziehung zu Owad, seines Einflusses bei der Polizei ließen sie sich einschüchtern. Manchmal ging er wichtigtuerisch ins Café und rief den Polizeisergeanten des Viertels an, den er in glücklicheren Tagen gut gekannt hatte. Und er genoß das Starren und Murmeln der Spieler, wenn er nachmittags, schlicht und einfach angezogen, damit er keine Trauernden verletzte, zu seinen Beerdigungen radelte.

Er las politische Bücher. Sie vermittelten ihm Redewendungen, die er nur sich selbst vorsagen und bei Shama anwenden konnte. Sie enthüllten auch einen Bereich des Elends und der Ungerechtigkeit nach dem anderen und ließen ihn mit einem stärkeren Geüfhl der Hilflosigkeit und Isolation denn je zurück. Dann fand er Trost bei Dickens. Ohne Schwierigkeiten übertrug er Charaktere und Schauplätze auf Menschen und Orte, die er kannte. In den Grotesken Dickens' wurde alles, was er fürchtete und worunter er litt, lächerlich und klein gemacht, so daß sein eigener Zorn, seine eigene Verachtung überflüssig wurden und er die Kraft bekam, den schwierigsten Teil seines Tages zu ertragen: das morgendliche Ankleiden, diese tägliche Bestätigung des Glaubens an sich selbst, die ihm zu Zeiten fast wie eine Opferhandlung vorkam. Er teilte seine Entdeckung mit Anand, und wenn er auch das Vergnügen, das Dickens spendete, dadurch verringerte, daß er Anand die Bedeutung schwieriger Begriffe aufschreiben und lernen ließ, so tat er dies nicht aus Strenge oder aus Gründen der Erziehung Anands. Er sagte: »Ich will nicht, daß du bist wie ich.«

Anand verstand. Vater und Sohn sahen jeder den anderen als schwach und verletzlich, und jeder empfand Verantwortung für den anderen, eine Verantwortung, die in Zeiten besonderen Schmerzens durch übertriebene Autorität auf der einen, und durch übertriebene Rücksichtnahme auf der anderen Seite verdeckt wurde.

Plötzlich ließ der Druck im *Sentinel* nach. Mr. Biswas wurde von Gerichtsberichten, Beerdigungen und Kricketspielen abgezogen und ins Sonntagsmagazin gesteckt, um eine wöchentliche Sonderreportage zu schreiben.

»Wenn sie's auch nur noch ein bißchen so weiter getrieben hätten«, sagte er zu Shama, »wäre ich ausgeschieden.«

»Ja, du wärst ausgeschieden.«

»Manchmal weiß ich überhaupt nicht, warum ich mir eigentlich die Mühe gebe, mit dir zu sprechen.«

Im Geiste hatte er in der Tat viele wohlklingende Abschiedsgesuche verfaßt, vom schmähenden bis zum würdevollen, vom humorvollen bis hin zum nachsichtigen (die endeten mit den besten Wünschen für den weiteren Erfolg des *Sentinel*).

Aber die Sonderreportagen, die er nun schrieb, waren nicht die Reportagen, die er für Mr. Burnett geschrieben hatte. Er schrieb keine schockierenden Interviews mit einäugigen Männern: er gab einen ernsthaften Überblick über die Arbeit, die das Blindeninstitut leistete. Er schrieb nicht: »Ich bin der verrückteste Mensch Trinidadas«; er schrieb über die ausgezeichnete Arbeit der Irrenanstalt. Zu preisen, immer über die Fakten der offiziellen Zahlen hinwegzusehen, war seine Pflicht; denn zur neuen Mäßigungspolitik des *Sentinel* gehörte, daß dies die beste aller Welten waren und Trinidads behördliche Institutionen ihre hervorragendste Erscheinungsform. Er mußte nicht so sehr verzerren wie ignorieren: die nackten, schwieligen Füße der Kinder in einem Waisenhaus, die vor Beklemmung finsteren Blicke, die entwürdigenden Uniformen vergessen, eine vorübergehende, beschämende hohe Stellung einnehmen, durch Werkstätten und Gemüsegärten gehen und dabei Fleiß, Wiedereinordnung und Disziplin zur Kenntnis nehmen, im Büro des Direktors Limonade und Zigaretten und die Statistik entgegennehmen; sich auf die Seite des Grotesken stellen.

Diese Reportagen fielen ihm nicht leicht. Zur Zeit Mr. Burnetts war alles wie von selbst gekommen, wenn er einmal die Richtung und den Einleitungssatz hatte. Ein Satz schuf den nächsten, ein Absatz führte zum nächsten, und seine Artikel waren flüssig und einheitlich. Nun, da er Sachen schrieb, die er nicht empfand, war er verkrampft, und es kam die Zeit, daß er sich nicht mehr sicher war, was er überhaupt empfand. Er mußte sich Einfälle notieren und dann damit jonglieren, bis er sie an der richtigen Stelle hatte. Er schrieb und schrieb um, arbeitete äußerst langsam, von ständigen Kopfschmerzen gequält, und bekam seine Artikel knapp vor dem letzten Abgabetermin am Donnerstag fertig. Die Ergebnisse waren bemüht, nichtssagend, nicht in der Lage, jemandem außer den Leuten, um die es ging, Vergnügen zu machen. Er freute sich nicht auf den Sonntag. Er stand wie gewöhnlich früh auf, aber die Zeitung blieb auf der Vordertreppe, bis Shama oder eins der Kinder sie hereinholten. So lange wie möglich vermied er es, sich seinem Artikel zuzuwenden. Wenn er sich mit ihm beschäftigte, war es immer eine Überraschung, zu sehen, wie Fotos und Layout die abgedroschene Sache kaschierten. Selbst dann las er sich nicht durch, was er geschrieben hatte, sondern überflog nur hier und da einen Paragraphen auf der Suche nach Kürzungen und Abänderungen, die eine Mißbilligung des Herausgebers anzeigten. Zu Shama sagte er nichts, aber er lebte nun in ständiger Erwartung der Kündigung. Er wußte, daß seine Arbeit nicht gut war.

Die Befehlsgewaltigen im Büro blieben zurückhaltend. Es gab keine Kritik, aber auch keine Bestätigung. Das neue Regime war immer noch ein verbotenes Thema, und die Reporter gingen immer noch nicht unbefangen miteinander um. Von Mr. Burnetts Favoriten wurde nur der ehemalige Nachrichtenredakteur allgemein akzeptiert; er war in der Tat ein Bürooriginal geworden. Sorgen hatten ihn verhärmen lassen. Er wohnte in Barataria und kam jeden Morgen mit dem Bus durch die verstopfte, schmale und gefährliche Östliche Hauptstraße in die Stadt. Er hatte eine starke Angst entwickelt, bei einem Verkehrsunfall zu sterben und seine Frau und seine kleine Tochter unversorgt zurückzulassen. Jegliches Reisen schreckte ihn, und er mußte morgens und abends fahren, und jeden Tag bearbeitete er Unfallgeschichten mit Fotos der »entstellten Wrackteile«. Ständig sprach er von seiner Angst, zog sie ins Lächerliche und ließ sich selbst lächerlich machen. Aber wenn der Nachmittag voranschritt, wurde seine

Erregung deutlicher spürbar, und am Ende geriet er ganz außer sich, brannte darauf, nach Hause zu fahren, hatte aber auch Angst, das Büro, den einzigen Ort, an dem er sich sicher fühlte, zu verlassen.

Nicht länger gepflegt, wucherten die Rosenbäumchen wild und wuchsen schlecht. Ein Pilzbefall hatte ihre Stengel weiß gemacht und ihnen kränkelnde, verformte Blätter gegeben. Die Knospen öffneten sich langsam, um weißliche, eingerissene Blüten zu entfalten, die mit winzigen Insekten bedeckt waren; andere Insekten bauten glänzend braune Kuppeln auf die Stengel. Der Lilienteich brach wieder ein, und braun und zottig hoben sich die Lilienwurzeln aus dem dickflüssigen, schlammigen Wasser, das weiße Blasen warf. Das Interesse der Kinder am Garten war sprunghaft, und Shama, die behauptete, sie hätte gelernt, sich nicht in Mr. Biswas Angelegenheiten einzumischen, pflanzte für sich ein paar Zinnien und Ringelblumen, das einzige, was abgesehen von einem Oleanderbaum und ein paar Kakteen, im Garten des Hanuman-Hauses gediehen war.

Der Krieg begann seine Auswirkungen zu zeigen. Überall stiegen die Preise. Mr. Biswas' Gehalt wurde erhöht, aber die Erhöhungen wurden prompt aufgeschluckt. Und als sein Gehalt bei siebenunddreißig Dollar und fünfzig Cent für zwei Wochen stand, begann der *Sentinel*, COLA, eine Lebenshaltungskostenzulage, auszugeben. Von da an wurde COLA erhöht, das Gehalt blieb unveränderlich.

»Psychologie«, sagte Mr. Biswas. »Die drehen das so, daß es sich anhört wie eine Teegesellschaft im Waisenhaus, nicht?« Er erhob die Stimme. »Also dann, Kinder. Habt ihr euren Kuchen? Habt ihr euer Eis? Habt ihr euer Cola?«

Je knapper das Geld wurde, desto schlechter wurde das Essen, desto penibler führte Shama Buch und füllte Reporternotizbuch um Reporternotizbuch. Die warf sie

nie weg; sie lagen in einem hochtrabenden schmierigen Stapel auf dem Küchenbord.
In den Geschäften kämpfte man um gehortetes, von Rüsselkäfern befallenes Mehl. Die Polizei hielt, wenn Markt war, ein wachsames Auge auf Standinhaber und viele Gemüsezüchter und Kleinbauern bekamen Geld- und Gefängnisstrafen, weil sie für mehr als den festgesetzten Preis verkauften. Das Mehl blieb weiterhin knapp und voller Rüsselkäfer, und Shamas Essen wurde noch schlechter.
Auf Mr. Biswas' Beschwerden entgegnete sie: »Jeden Samstag laufe ich meilenweit, um hier einen Cent und da einen Cent zu sparen.«
Und bald, das Essen war vergessen, stritten sie sich wieder. Und ihre Streitereien dauerten von einem auf den anderen Tag, von einer Woche zur nächsten. Sie unterschieden sich von den Streitereien, die sie in The Chase geführt hatten, nur in Worten.
»In der Falle!« sagte Mr. Biswas gewöhnlich. »Du und deine Familie, ihr habt mich in dem Loch gefangen.«
»Ja«, sagte Shama darauf, »ich vermute, wenn meine Familie nicht wäre, dann hättest du ein Grasdach über dem Kopf.«
»Familie! Familie! Steckt mich in ein einziges, lumpiges, kleines Barackenzimmer und bezahlt mir zwanzig Dollar im Monat. Komm mir nicht mit deiner Familie.«
»Eins sag' ich dir, wenn es nicht wegen der Kinder wäre —«
Und oft verließ Mr. Biswas am Ende das Haus und machte sich zu einem langen Nachtspaziergang durch die Stadt auf, hielt bei irgendeiner leeren Café-Bude, um eine Büchse Lachs zu essen und zu versuchen, den Schmerz in seinem Magen zu unterdrücken, machte ihn aber nur schlimmer; unter der schwachen elektrischen Birne stocherte und saugte derweil der schläfrige chinesische Inhaber an seinen Zähnen, seine schlaffen, nackten Arme ruhten auf einem

Glaskasten, in dem Fliegen auf altbackenen Kuchen schliefen. Bis dahin war die Stadt neu gewesen und hatte Erwartungen bereitgehalten, die selbst die stärkste Zweiuhrmittagssonne nicht zerstören konnte. Alles konnte geschehen: er konnte seine unfruchtbare Heldin treffen, die Vergangenheit konnte ungeschehen gemacht werden, er konnte neu geschaffen werden. Aber nun konnte noch nicht einmal der Gedanke an die Pressen im *Sentinel*, unter deren Walzen sich in diesem Augenblick Berichte über Reden, Bankette, Beerdigungen (in denen alle Namen und Auszeichnungen sorgfältig überprüft waren) verteilten, ihn von der Erkenntnis abhalten, daß diese Stadt nicht mehr als eine Wiederholung all dessen war: dieses dunklen, schäbigen Cafés, der angeschlagenen Theke, der Fliegen, von denen es auf der Elektroleitung wimmelte, der leeren Coca-Cola-Kästen, die in der Ecke aufgetapelt waren, des gesprungenen Glaskastens, des Inhabers, der zwischen seinen Zähnen stocherte und darauf wartete zu schließen.
Und im Haus kamen die Kinder aus dem Bett, wenn er weg war, und gingen zu Shama. Sie holte ihre verklecksten Reporternotizbücher herunter und versuchte zu erklären, wie sie das Geld, das sie bekommen hatte, ausgegeben hatte.

In der Schule fragte Anand eines Tages den Jungen, mit dem er sein Pult teilte: »Zanken dein Vater und deine Mutter sich?«

»Worüber?«

»Och, über alles, Übers Essen, zum Beispiel.«

»Nö, aber angenommen, er sagt ihr, sie soll in die Stadt gehen und irgendwas kaufen. Und angenommen, sie tut das nicht. Junge!«

Eines Abends, nachdem ein Streit entbrannt und vergangen war, ohne beigelegt worden zu sein, ging Anand in Mr. Biswas' Zimmer und sagte: »Ich hab' dir 'ne Geschichte zu erzählen.«

Irgend etwas in seiner Art warnte Mr. Biswas. Er legte sein Buch beiseite, rückte ein Kissen gegen das Kopfende des Bettes und lächelte.

»Es war einmal ein Mann —« Anands Stimme kippte.

»Ja?« sagte Mr. Biswas immer noch lächelnd, mit spöttisch freundlicher Stimme und schabte mit den Zähnen über die Unterlippe.

»Es war einmal ein Mann, der —« Wieder brach seine Stimme, das Lächeln seines Vaters verwirrte ihn, er vergaß, was er eigentlich hatte sagen wollen, und fügte, ohne sich um die Grammatik zu scheren, schnell hinzu: »Der, egal, was du für ihn tust, nie zufrieden ist.«

Mr. Biswas brach in Lachen aus, und Anand lief zitternd vor Wut und Demütigung aus dem Zimmer in die Küche, wo Shama ihn tröstete.

Viele Tage lang sprach Anand nicht mit Mr. Biswas und trank in heimlicher Rache in der Molkerei keine Milch, sondern Eiskaffee. Mr. Biswas war Savi und Myna und Kamla gegenüber überschwenglich und Shama gegenüber gelöst. Die Atmosphäre im Haus war weniger drückend, und Shama, nun Anands Verteidigerin, machte es großen Spaß, Anand zu drängen, mit seinem Vater zu reden.

»Laß ihn, laß ihn«, sagte Mr. Biswas. »Laß den Geschichtenerzähler.«

Anand wurde zunehmend mürrischer. Als er eines Nachmittags nach der Privatstunde nach Hause kam, lehnte er es ab, zu essen oder zu reden. Er ging in sein Zimmer, legte sich aufs Bett und blieb dort trotz Shamas Lockungen.

Mr. Biswas kam, ging auf der Stelle in das Zimmer und sagte mit seiner spottenden Stimme: »Na, na, was ist denn mit unserem Hans Andersen?«

»Iß ein paar Trockenpflaumen, Sohn«, sagte Shama, die kleine braune Papiertüte aus der Tischschublade ziehend.

Mr. Biswas sah die Not auf Anands Gesicht, und sein Verhalten änderte sich. »Was ist los?«

Anand sagte: »Die Jungen lachen mich aus.«
»Wer zuletzt lacht, lacht am besten«, sagte Shama.
»Lawrence sagt, sein Vater ist dein Chef.«
Es trat Stille ein.
Mr. Biswas setzte sich aufs Bett und sagte: »Lawrence ist nachts der Chef vom Dienst. Hat nichts mit mir zu tun.«
»Er sagt, sie halten dich im Büro wie einen Laufburschen.«
»Du weißt, daß ich Sonderreportagen schreibe.«
»Und er sagt, wenn du zum Haus seines Vaters gehst, mußt du zur Hintertür reingehen.«
Mr. Biswas stand auf. Sein Leinenanzug war zerknittert, das Jackett verzogen durch die Notizbücher in den Taschen, deren Ränder schmutzig und ein wenig zerschlissen waren.
»Du bist nie im Haus seines Vaters gewesen?«
»Warum sollte er zum Haus von Lawrence gehen?« sagte Shama.
»Und du bist nie zur Hintertür reingegangen?«
Mr. Biswas ging ans Fenster. Es war dunkel, er stand mit dem Rücken zu ihnen.
»Laßt mich das Licht anmachen«, sagte Shama munter. Ihre Schritte waren schwer. Das Licht ging an. Anand bedeckte sein Gesicht mit dem Arm. »Ist das alles, was dich aufgebracht hat?« fragte Shama. »Dein Vater hat mit Lawrence nichts zu schaffen. Du hast doch gehört, was er gesagt hat.«
Mr. Biswas ging aus dem Zimmer.
Shama sagte: »Das hättest du ihm nicht sagen sollen, weißt du, Sohn.«
Der restliche Abend verging, und Shama redete lautstark und tat überhaupt alles so geräuschvoll, wie sie nur konnte.
Am nächsten Morgen, seine Bücher und sein Lunchpaket waren schon in der Schultasche und die sechs Cent für Milch in der Hosentasche, küßte Anand Shama auf der

hinteren Terrasse, als Mr. Biswas auf ihn zutrat und sagte: »Ich bin nicht von ihnen abhängig wegen eines Jobs. Das wißt ihr. Wir könnten jederzeit ins Hanuman-Haus zurückkehren. Wir alle. Das wißt ihr.«

Am Samstag nahm er die Kinder mit zu einem Überraschungsbesuch bei Ajodha. Tara und Ajodha waren genauso begeistert wie die Kinder, und der Besuch wurde bis Sonntag ausgedehnt. In dem neuen Haus gab es viel zu sehen. Es war ein großartiges zweistöckiges Betonhaus, ganz modern gebaut, ausgestattet und eingerichtet. Die Betonblöcke sahen wie roh behauene Steine aus; von der Dachtraufe hing kein staubansetzendes verflochtenes Gitterwerk; Türen und Fenster waren lackiert, nicht angestrichen, und ließen sich auf interessante Weise schließen und öffnen; die Stühle waren gepolstert und geräumig, nicht klein, mit Sitzen aus Rohrgeflecht; die Fußböden waren gebeizt und gebohnert; die Toilettenabzüge funktionierten ohne Ketten. Im Wohnzimmer betrachteten sie Taras Fotos von den Toten; sie sahen Raghu in seinem blumenbestreuten Sarg, umgeben von seinen dünnen großäugigen Kindern. Die Küche war riesig und hatte moderne Apparate in Hülle und Fülle; alt, langsam und altmodisch, sah Tara darin fehl am Platze aus. Als sie das Haus leid waren, liefen sie im Hof herum, der sich nicht geändert hatte. Sie unterhielten sich mit dem Schweizer und dem Gärtner, fragten die verschiedenen Leute aus, die vorbeischauten, und spielten zwischen den ausgeschlachteten Autokarosserien. Am Samstag gingen sie nach dem Mittagessen ins Kino, und am Sonntag organisierte Ajodha einen Ausflug.

Am folgenden Wochenende fuhren sie wieder hin und am Wochenende danach auch, und bald war dieser Wochenendbesuch fester Brauch. Sie fuhren samstags morgens hoch, weil das die einzige Zeit war, in der man relativ einfach nach auswärts, einen Bus von Port-of-Spain bekam. Sobald sie an der Bushaltestelle in der George Street eingestiegen waren, veränderte sich Mr. Biswas, legte seine Alltagsmürrischkeit ab und wurde lustig und sogar lausbubenhaft. Die Stimmung hielt bis Sonntagabend an, wenn sie sich dann der Stadt, dem Haus, Shama, dem Montagmorgen näherten, wurden sie alle still. Das Haus in Port-of-Spain wirkte noch ein oder zwei Tage danach dunkel und schwerfällig.

Shama war nur bei einem dieser Wochenendbesuche dabei und den ruinierte sie fast. Zwischen den Familien herrschte immer noch die alte unausgesprochene Feindschaft, und sie war nicht erpicht darauf mitzukommen. Gerade bevor sie durchs Tor gingen, hatte es einen kleineren Streit gegeben, und als sie Taras Haus betrat, war Shama verstockt. Entweder aus Stolz oder weil sie sich in dem großartigen Haus unwohl fühlte oder weil sie nicht in der Lage war, sich Mühe zu geben, blieb sie dann das ganze Wochenede über verstockt. Nachher sagte sie, sie hätte die ganze Zeit gewußt, daß Ajodha und Tara sich nichts aus ihr machten; und sie fuhr nie wieder mit.

Sie war oft allein in Port-of-Spain. Die Kinder legten keinen Wert darauf, sie zum Hanuman-Haus zu begleiten, und in dem Maße, wie die Zwietracht sich dort verstärkte, ging sie selbst weniger oft, voll Trauer um die alte Wärme und Furcht, in neue Auseinandersetzungen verwickelt zu werden. Sie hatte sich kaum außerhalb ihrer Familie bewegt und wußte nicht, wie man mit Fremden zurechtkam. Vor Menschen anderer Rasse, Religion oder Lebensart hatte sie eine Scheu. Ihre Zurückhaltung hatte ihr bei den Mietern den Ruf eingebracht, hart zu sein, und sie hatte wenig unternommen, um die Frau, die in Owads altem Zimmer wohnte, kennenzulernen. Aber nun, wo sie an den Wochenenden alleine war, empfand sie das Bedürfnis nach Gesellschaft und interessierte sie für die Frau, die ihr nicht nur entgegenkam, sondern sich als äußerst wißbegierig erwies. Und Shama holte ihre Buchführung herunter und erklärte.

So wurde das Haus Shamas Haus, der Ort, an dem sie blieb, der Ort, an den Mr. Biswas und die Kinder nach dem Wochenende mit Schwermut zurückkehrten.

Und die Woche über führte Anand ein trübseliges Leben. Während Mr. Biswas sich mit Sonderreportagen über die ausgezeichnete Arbeit der Chacachacare — Heimstätte für Aussätzige — (mit einem Foto von Leprakranken beim Gebet) und der Besserungsanstalt für jugendliche Vorbestrafte (mit einem Foto von jugendlichen Vorbestraften beim Gebet) abmühte, schrieb Anand weitschweifige Geographie- und Englischaufzeichnungen ab und lernte sie auswendig. Lehrbücher waren ausrangiert; nur die Aufzeichnungen der Lehrer zählten; jede Abweichung wurde sofort und schwer bestraft, und es verging kein Tag, an dem nicht ein Junge gezüchtigt wurde und sich hinter die Tafel stellen mußte. Denn dies war die Stipendiatenklasse, und kein Lernen, außer dem, das zu guten Prüfungsergebnissen führte, war von Bedeutung; und der Lehrer beherrschte seine Aufgabe. Mr. Biswas las Anand *Selbsthilfe* vor und schenkte ihm zum Geburtstag *Pflicht,* als reine Leichtfertigkeit fügte er eine Schulbuchausgabe von Lambs *Shakespeare Novellen* hinzu. Kindheit als Zeit der Ausgelassenheit und Unverantwortlichkeit war für diese Stipendiatsschüler nur eine der Mythen aus dem Englischaufsatz. Nur in Aufsätzen stießen sie ekstatische Freudenschreie aus und floß ihre fröhliche Stimmung in Gesang über, nur dort gaben sie sich dem hin, was die Aufsatzstichwörter als »Schuljungenstreiche« bezeichneten.

Dem Beispiel der Samuel-Smiles-Helden folgend, die in ihrer Jugend die hervorragenden Fähigkeiten ihrer späteren Jahre verbargen, tat Anand, was er konnte, um sich vor der Schule zu drücken. Er gab vor, krank zu sein; er schwänzte, fälschte Entschuldigungen, wurde erwischt und verprügelt; er machte seine Schuhe kaputt. Eines Nachmittags ließ er die Nachhilfestunde ausfallen, indem er dem Lehrer erzählte, er würde zu Hause für eine Hindu-Andacht gebraucht, die nur um halb vier an dem Nachmittag stattfinden könnte, und seinen Eltern erzählte er, daß die Mutter des Lehrers gestorben und der Lehrer zur Beerdigung gegangen sei. Am nächsten Tag radelte Mr. Biswas, darum bemüht, in der Gunst des Lehrers zu bleiben, in die Schule, um zu kondolieren. Anand wurde ein junger Halunke genannt (der Lehrer sank in seiner Achtung, weil er ein so umgangssprachlich klingendes Wort benutzte), verprügelt und hinter die Tafel gestellt. Zu Hause sagte Mr. Biswas: »Diese Privatstunden kosten mich Geld, weißt du das.« »Streiche« waren nur im Englischaufsatz erlaubt.

Die meisten seiner Vettern hatten das Initiationsritual der Brahmanen mitgemacht, und obwohl Anand Mr. Biswas' Abneigung gegen religiöse Rituale teilte, fühlte er sich von dieser Zeremonie sofort angezogen. Seinen Vettern hatte man den Kopf geschoren, man hatte sie mit der heiligen Schnur ausgestattet, ihnen den geheimen Spruch mitgeteilt, kleine Bündel gegeben und sie nach Benares zum Studieren geschickt. Letzteres war nur Theaterspiel. Die Fasziniation der Zeremonie lag darin, daß man den Kopf geschoren bekam: kein Junge mit geschorenem Kopf konnte in eine überwiegend christliche Schule gehen. Anand begann einen starken Feldzug für seine Initiation. Aber er kannte Mr. Biswas' Vorurteile und ging unauffällig zu Werke. Er erzählte Mr. Biswas eines Abends, daß er seine gewohnten Gebete nicht mehr mit einem aufrichtigen Gefühl verrichten könne, da die Worte bedeutungslos geworden seien. Er brauche ein ureigenes Gebet, damit er über jedes Wort nachdenken könne. Er wollte, daß Mr.

Biswas dieses Gebet für ihn schrieb, macht aber klar, daß er anders als Mr. Biswas keinen ost-westlichen Kompromiß wollte: er wollte ein ausdrücklich hinduistisches Gebet. Das Gebet wurde geschrieben. Und Shama brachte Anand dazu, aus dem Hanuman-Haus einen Farbdruck der Göttin Lakshmi mitzubringen. Er hing den Druck über seinem Tisch an die Wand und erhob Einwände, wenn abends Licht angemacht wurde, bevor er Lakshmi sein Gebet dargebracht hatte. Shama war von diesem Beweis, daß Blut über Umgebung triumphierte, begeistert; und trotz der Abscheu der Aryas vor sanatinistischer, den Tulsis entsprechender Bilderverehrung, konnte Mr. Biswas nicht verbergen, daß er sich geehrt fühlte, darum gebeten worden zu sein, ein Gebet für Anand zu schreiben. Nach einiger Zeit beklagte Anand sich, daß die ganze Handlungsweise ungehörig, ein Possenspiel sei und es auch bleiben würde, bis er eingeweiht worden sei.
Shama war entzückt.
Mr. Biswas sagte: »Warte bis zu den großen Ferien.«
Und in den großen Ferien, als Savi und Myna und Kamla ihre Besuchstour machten und dabei auch vierzehn Tage in einem Ferienhaus am Strand verbrachten, das Ajodha gemietet hatte, blieb Anand, der geschoren und durch und durch ein Brahmane war, sich aber schämte, sich mit seinem kahlen Kopf zu zeigen, in Port-of-Spain, und Mr. Biswas ließ ihn Teile von *Macdougalls Grammatik* lernen und hörte seine Geographie- und Englischaufzeichnungen ab. Die Abendandacht für Lakshmi hörte auf.

Gegen Ende dieses Jahres kam ein Brief aus Chicago für Mr. Biswas. Die Briefmarke war entwertet durch: MELDEN SIE OBSZÖNE POST IHREM POSTMEISTER. Der Umschlag war zwar lang, der Brief aber kurz, ein Drittel des Bogens wurde von dem überladenen, erhabenen Briefkopf einer Zeitung in Schwarz und Rot eingenommen. Der Brief war von Mr. Burnett.

Lieber Mohun, wie Sie sehen, habe ich meinen kleinen Zirkus verlassen und bin wieder zurück im alten Geschäft. Um die Wahrheit zu sagen, habe nicht ich den Zirkus verlassen, er hat mich verlassen. Vielleicht ist in Trinidad das Feuer anders. Aber als dieser Junge aus St. James durch ein einziges kleines amerikanisches Feuer gehen sollte, ist er einfach gerannt. Weg. Ich vermute fast, er ist auf Ellis Island, ohne daß dort einer einen Anspruch auf ihn geltend macht. Der Schlangenbeschwörer war in Ordnung, bis seine Schlange ihn gebissen hat. Wir haben ihm eine schöne Beerdigung gegeben. Ich habe alles abgegrast, um einen Hindupriester zu bekommen, der die letzten Worte sprechen sollte, vergeblich. Ich hätte es ja selbst gemacht, aber ich konnte mich für die Rolle nicht kostümieren, weil ich weder die Kopfbedeckung noch das Unterteil binden konnte. Ab und zu sehe ich ein Exemplar des *Sentinel.* Warum versuchen Sie's nicht auch einmal mit Amerika?

Obwohl der Brief ein Witz war und nichts darin ernst genommen werden konnte, war Mr. Biswas gerührt, daß Mr. Burnett überhaupt geschrieben hatte. Sofort begann er mit der Antwort und schrieb seitenlange detaillierte Verunglimpfungen der neuen Redaktionsmitglieder. Er dachte, er wäre locker und unvoreingenommen, aber als er gegen Mittag noch einmal las, was er geschrieben hatte, sah er, was für einen verbitterten Eindruck er machte, wieviel er von sich preisgegeben hatte. Er zerriß den Brief. Bis er starb, dachte er von Zeit zu Zeit daran zu schreiben. Aber er schrieb nie. Und Mr. Burnett schrieb auch nie wieder.

Das Schuljahr ging zu Ende, und die Kinder, die die Enttäuschung des vergangenen Jahres vergessen hatten, redeten aufgeregt davon, Weihnachten zum Hanuman-Haus zu fahren. Auf der hinteren Veranda verbrachte Shama Stunden damit, Kleider auf einer alten, handbetriebenen Nähmaschine zu nähen, die, allen unerklärlich, ihre war; wieso und seit wann wußte niemand. Der gebrochene Holzschwengel war in rote Baumwolle eingewickelt und sah aus, als hätte er übermäßig aus einer tiefen Wunde geblutet; Kasten, Mitte, Rumpf und Hinterteil der tierähnlichen Maschine und ihr Holzgehäuse waren schwarz von Öl und rochen nach Öl; und es war ein Wunder, daß der Stoff dem Zubeißen, Kauen und Rattern, das Shama dem Geschöpf mit einem Fingerdruck auf seinen blutigen, bandagierten Schwanz entlockte, sauber und heil entkam. Die hintere Veranda roch nach Maschinenöl und neuem Stoff, und Nadeln auf dem Fußboden und zwischen den Dielen machten sie gefährlich. Anand staunte über die Freude seiner Schwestern an dieser langwierigen Prozedur und staunte auch über ihre Fähigkeit, vor Nadeln strotzende Kleider anzuziehen, ohne gepiekst zu werden. Ihm machte Shama zwei Hemden mit langen Schößen, denn die Mode diktierte den Jungen in der Schule (selbst Stipendiatsschüler haben ihre nicht gelehrtenhaften Augenblicke) Hemden vor, die sich über der Hose, in die man sie gerade eben reinsteckte, bauschten.

Aber keins von den Kleidungsstücken, die Shama damals machte, wurde im Hanuman-Haus getragen.

Eines Nachmittags kam Mr. Biswas vom *Sentinel* zurück, und sowie er sein Fahrrad durch das Vordertor schob, sah er, daß der Rosengarten neben dem Haus zerstört und der Boden eingeebnet worden war; rote Erde mischte sich mit schwarzer. In einem Haufen standen die Pflanzen gegen den Wellblechzaun. Die Stengel, außen hart und verfärbt und pilzbefallen, waren dort, wo man ihnen glatte, klaffende Wunden geschlagen hatte, weiß und naß und verheißungsvoll; ihre verformten Blätter hatten noch nicht zu welken angefangen; sie sahen lebendig aus.

Er warf sein Fahrrad gegen die Betonstufen.
»Shama!«
Forsch, mit widerhallenden Schritten, ging er durchs Wohnzimmer auf die hintere Veranda. Der Boden war mit Stoffetzen und Garnknäueln übersät.
»Shama!«
Sie kam aus der Küche, mit angespanntem Gesicht. Ihre Augen versuchten, seine Stimme zum Schweigen zu bringen.
Er nahm den Tisch und die Nähmaschine wahr, die Stoffetzen, das Garn, die Nadeln, den Küchenschrank, die Brüstung, das Geländer. Darunter, im Hof, sah er die Kinder in einer Gruppe beim Zaun stehen. Sie sahen zu ihm hoch. Dann sah er den rückwärtigen Teil eines Lastwagens, einen Stapel alter Wellblechplatten, einen Stoß neues Bauholz, zwei schwarze Arbeiter mit staubbedeckten Köpfen, Gesichtern und Rücken. Und Seth. Grob und herrisch in seiner Khakiuniform und den schweren verbeulten Halbstiefeln, der Zigarettenspitze aus Elfenbein, die durch die zugeknöpfte Klappe der Hemdentasche unten gehalten wurde.
Er sah es ganz deutlich. Lange Zeit, so schien es, betrachtete er es. Dann war er dabei, die Hintertreppe hinunterzulaufen. Überrascht sah Seth hoch; die Arbeiter, die gebückt auf dem Lastwagen standen, sahen hoch; und schon rumorte er zwischen den Brettern. Er versuchte, eins aufzuheben, hatte sich mit der Größe verschätzt, ließ es wieder fallen. Während Shama von der Veranda immerzu »nein, nein!« rief, hob er einen großen fleckigen nassen Stein vom Bleichbeet und: »Wer hat euch gesagt, ihr könnt kommen und meine Rosenstöcke abschlagen? Wer?« Schnarrend kamen die Worte aus seiner Kehle, schienen gar nicht von da zu kommen, wo er stand, sondern von jemandem direkt hinter ihm. Ein Arbeiter sprang von dem Lastwagen herunter, in Seths Augen lag Überra-

schung, ja sogar Entsetzen. »Pa!« schrie eins der Mädchen, und er riß den Arm hoch, während Shama immer noch »Mann, Mann!« rief. Sein Handgelenk wurde umfaßt, grob, von großen, warmen, sandigen Fingern. Der Stein fiel zu Boden.

Entwaffnet, war er sprachlos. Neben den drei Männern wurde ihm seine Schwachheit bewußt, sein ausgebeulter Leinenanzug neben Seths knapp sitzender Khakikleidung und den Arbeitslumpen der Arbeiter. Die Ärmelaufschläge seiner Jacke trugen die Abdrücke schmutziger Finger; sein Handgelenk brannte, wo es festgehalten worden war.

Seth sagte: »Da siehst du's. Du machst deine Kinder verrückt vor Angst.« Und zu den Verladern: »Ist schon gut, alles in Ordnung.«

Das Abladen ging weiter.

»Rosenstöcke?« sagte Seth. »Für mich haben die einfach wie schwarzes Dornengestrüpp ausgesehen.«

»Ja«, sagte Mr. Biswas. »Ja! Ich weiß, daß sie für dich einfach wie Gestrüpp aussehen. Zäh!« fügte er hinzu. »Zäh!« Als er sich umdrehte, stolperte er über das Beet mit den Bleichsteinen.

»Hopsa!« sagte Seth.

»Zäh!« wiederholte Mr. Biswas noch einmal, als er wegging.

Shama folgte ihm.

Köpfe zogen sich hinter die Zäune zu beiden Seiten zurück. Vorhänge fielen wieder an Ort und Stelle.

»Würger!« sagte Mr. Biswas, die Treppe hinaufgehend.

»Junge, Junge«, sagte Seth, die Kinder anlächelnd. »Wahnsinnstemperament, was. Aber meine Lastwagen können nicht auf der Straße schlafen.«

Ohne gesehen zu werden, sagte Mr. Biswas von der Veranda: »Das ist nicht das Ende der Geschichte. Die alte Lady wird dazu was zu sagen haben, das garantiere ich dir. Und Shekkar auch.«

Seth ging zum Lastwagen.
»Was, Ewart?« sagte er liebenswürdig zu einem der Verlader. »Das waren schöne Rosen, was?«
Die Zunge über der Oberlippe, lächelte Ewart und gab Geräusche von sich, die ihn in keiner Weise festlegten.
Seth wies mit dem Kinn auf das Haus, immer noch Ausgangsort wütender, unverständlicher Worte. Er lächelte. Dann hörte er auf zu lächeln und sagte: »Wir dürfen auf diese Idioten nichts geben.«
Die Kinder zogen sich zum Fuß der Hintertreppe zurück, wo sie vor Seth und den Verladern verdeckt waren.
Mr. Biswas' Murren erstarb.
Plötzlich böllerte ein Kraftausdruck aus dem Haus. Die Kinder waren ganz still. Dann herrschte Schweigen, selbst auf dem Lastwagen. Anand hätte weinen können. Dann klapperten die Wellblechplatten wieder.
Aus der Küche kam mehrmaliges, nachhallendes Poltern.
»Die Rosenstöcke abschlagen«, schrie Mr. Biswas. »Sie abzuschlagen, alles andere kaputtzumachen!«
Die Kinder, mittlerweile unter dem Haus, hörten auf dem Fußboden über ihnen seine Schritte, wie er von Zimmer zu Zimmer ging und Sachen herunterriß.
Anand ging unter dem Haus durch nach vorne, an Mr. Biswas' liegengelassenem Fahrrad vorbei. Der Zaun warf Schatten über den Bürgersteig und einen Teil der Straße. Anand lehnte sich gegen den Zaun und war neidisch auf die Ruhe in den anderen Häusern der Straße, die Gruppe Jungen und junger Männer, die Kricketspieler, die abendlichen Plauderer um den Lampenpfosten.
Aus dem Hof kamen neue Geräusche. Es war nicht Mr. Biswas, der Sachen herunterriß, sondern Seth und Ewart und Ewarts Kollege, die für Seths Lastwagen einen Schuppen neben dem Haus, über Mr. Biswas' Garten, bauten.
Auf der Straße wurden die Schatten von Häusern und Bäumen schnell länger, verzerrten sich, wurden unkenntlich und lösten sich schließlich in Dunkelheit auf.

Mr. Biswas kam die Vordertreppe herunter.
»Mach einen Spaziergang mit mir.«
Anand wäre gerne mitgegangen, sei es auch nur, weil er ihn nicht durch eine Ablehnung kränken wollte. Aber noch mehr wollte er den Schaden besichtigen und Shama trösten.
Der Schaden war gering. Mr. Biswas hatte seine Zerstörung ökonomisch durchgeführt. Der Spiegel von Shamas Toilettentisch war aus den Scharnieren gerissen und aufs Bett geworfen worden, wo er heil dalag und die Decke widerspiegelte. Die Bücher waren kräftig herumgestoßen worden; *Selections from Sankaracharya* hatte besonders gelitten. Mrs. Tulsis Marmortischchen waren sämtlich umgeworfen; die krachend fallenden Marmorplatten mußten einige der erschreckenderen Geräusche verursacht haben. Von den Messingvasen waren viele eignedrückt, und zwei Topfpalmen hatten ihre Töpfe verloren, ohne sonst irgendwie die Form verloren zu haben. Die Hutablage stand wie in einer Ruheposition gegen die halbhohe Mauer der vorderen Veranda, aber sie war sanft dorthin geworfen worden: ein paar Haken waren durchgebrochen, aber das Glas war noch ganz. In der Küche war weder Glas noch Porzellan hingeworfen worden, nur krachmachende Sachen, die Lärm machten, wie Töpfe und Pfannen und Emailleteller.
Als Mr. Biswas zurückkam, hatte seine Stimmung sich geändert.
»Shama, *wie* sind diese Marmorplatten zerbrochen?« fragte er, Mrs. Tulsi nachäffend. Dann spielte er sich selbst. »Zerbrochen, Mai? Was ist zerbrochen? Oh, die Marmorplatte. Ja, Mai, die ist wirklich zerbrochen. *Sieht aus,* als wäre sie zerbrochen.« Er untersuchte die abgebrochenen Haken an der Hutablage. »Das wußte ich auch noch nicht, daß Metall so was Komisches ist. Komm und guck dir das an, Savi. Das ist innen nicht glatt. weißt du. Es

ist eher wie gepreßter Sand.« Über das Drahtfunkgerät, das er von einem Zimmer ins andere getreten und dabei ausgeweidet hatte, sagte er: »Das wollte ich schon lange tun. Die Gesellschaft sagt immer, sie ersetzen die Geräte kostenlos.«

Als die Techniker den arg mitgenommenen Kasten sahen und fragten, was damit geschehen sei, sagte er: »Ich hab' das Gefühl, wir haben zu angestrengt gehört.« Sie tauschten es gegen ein brandneues Gerät des letzten Designs aus. Jede Nacht standen Seths Lastwagen in dem Schuppen neben dem Haus. Mr. Biswas hatte das Eigentum der Tulsis nie als einer bestimmten Person zugehörig betrachtet. Alles, das Land in Green Vale, das Geschäft in The Chase gehörte einfach dem Haus. Aber die Lastwagen gehörten Seth.

3. Das Shorthills-Abenteuer

Obwohl ihr Haushalt so fest begründet war, hatten die Tulsis Arwacas oder selbst Trinidad nie als endgültige Niederlassung betrachtet. Das war nicht mehr als ein Abschnitt der Reise, die mit Pandit Tulsis Weggang aus Indien begonnen hatte. Nur Pandit Tulsis Tod hatte sie davon abgehalten, nach Indien zurückzugehen, und seitdem sprachen sie, wenn auch weniger oft als die alten Männer, die sich jeden Abend unter der Arkade versammelten, davon, weiterzuziehen, nach Indien, Demerara, Surinam. Mr. Biswas nahm so ein Gerede nicht ernst. Die alten Männer würden Indien nie wieder sehen. Und er konnte sich die Tulsis nirgendwo anders als in Arwacas vorstellen. Von ihrem Haus und Land abgeschnitten, wären sie auch von den Arbeitern, Mietern und Freunden abgeschnitten, die sie um ihrer Frömmigkeit und der Erinnerung an Pandit Tulsi willen schätzten; ihr Status als Hindus wäre wertlos und sie wären, wie bei ihrem Einfall in das Haus in Port-of-Spain, nur noch exotisch.

Aber als Shama nach Arwacas eilte, um die Neuigkeiten von Seths Lästerreden loszuwerden, fand sie das Hanuman-Haus in Aufruhr. Die Tulsis hatten beschlossen, weiterzuziehen. Das Tonziegelhaus sollte aufgegeben werden, und alle Gespräche drehten sich um das neue Besitztum in Shorthills, nordöstlich von Port-of-Spain, in den Bergen des Northern Range.

Die Hauptstraße war wie immer zur Weihnachtszeit leuchtend und laut, obwohl wegen des Krieges weniger importierte Waren in den Geschäften lagen. Im Geschäft der Tulsis gab es außer den uralten schwarzen Puppen keine Weihnachtswaren und, abgesehen von Mr. Biswas' verblichenen abblätternden Bildern, keinen Schmuck. Viele Regale waren leer; alles, was sich in Shorthills als nützlich erweisen konnte, war eingepackt.

Und Shamas Neuigkeiten waren überholt. Die Meinungsverschiedenheit zwischen Seth und der restlichen Familie war schon in einen offenen Krieg ausgebrochen. Er und seine Frau und seine Kinder hatten das Hanuman-Haus verlassen und wohnten in einer Hintergasse nicht weit weg; sie zogen nicht mit nach Shorthills um. Der Grund des Streits blieb im Dunkeln, jede Seite beschuldigte die andere der Undankbarkeit und des Verrats, und Seth schimpfte besonders auf Shekkar. Weder Mrs. Tulsi noch Shekkar hatten eine Erklärung abgegeben. Shekkar war außerdem selten in Arwacas, und es waren die Schwestern, die den Streit fortführten. Sie hatten ihren Kindern verboten, mit Seths Kindern zu sprechen; Seth hatte seinen Kindern verboten, mit den Tulsi-Kindern zu sprechen. Nur Padma, Seths Frau, war als Mrs. Tulsis Schwester im Hanuman-Haus willkommen; sie konnte für ihre Heirat nicht zur Verantwortung gezogen werden und wurde wegen ihres Alters weiterhin geachtet. Seit dem Bruch hatte sie dem Hanuman-Haus einmal einen heimlichen Besuch abgestattet. Die Schwestern betrachteten ihre Loyalität als Achtungsbeweis vor der Rechtmäßigkeit ihrer Sache; daß sie heimlich kommen mußte, war ein Beweis für Seths Brutalität.

Die Erntezeit stand bevor, und ohne Verwalter waren die Zuckerrohrfelder der Gehäßigkeit derjenigen preisgegeben, die den Tulsis übelwollten. Zwei Feuer hatte man schon gelegt, und es ging das Gerücht, daß Seth neuen Ärger entfachte, indem er Tulsi-Besitz für sich beanspruchte. Die Ehemänner einiger Schwestern sagten, sie seien bedroht worden.

Aber man redete weniger über Seth als über den neuen

Besitz. Shama hörte immer wieder Aufzählungen seiner Herrlichkeiten. Auf dem Gelände des Landsitzes befand sich ein Kricketfeld und ein Swimming-pool; die Auffahrt war mit Orangenbäumen und Sternnußpalmen mit schlanken weißen Stämmen, roten Beeren und dunkelgrünen Blättern gesäumt. Das Land selbst war ein Wunder. Die Regenbäume hatten Lianen, die so kräftig und biegsam waren, daß man auf ihnen schaukeln konnte. Den ganzen Tag über ließen die Immortellenbäume ihre roten und gelben Blüten fallen, die wie Vögel geformt waren und durch die man wie ein Vogel pfeifen konnte. Im Schatten der Immortellenbäume wuchsen Kakaobäume, Kaffeesträucher im Schatten des Kakaos, und die Hügel waren mit Tonkabohnen bedeckt. Obstbäume, Mango, Orange, Avocado gab es so reichlich, daß sie wild zu wachsen schienen. Und Muskatnußbäume gab es ebenso wie Zedern, *Poui* und den *Bois-Canot*, der leicht, aber so elastisch und stark war, daß er einen besseren Kricketschläger hergab als die Weide. Die Schwestern sprachen von den Hügeln, den lieblichen Quellen und verborgenen Wasserfällen mit der ganzen Erregung von Menschen, die nur die heiße, offene Ebene, die flachen Zuckerrohrfelder und das schlammige Reisland gekannt hatten. Selbst wenn man beruflich nichts mit Land zu tun hatte wie sie, wenn man gar nichts tat, konnte das Leben in Shorthills reich sein. Man redete von Milchwirtschaft, man redete von Grapefruitanbau. Vor allem redete man von Schafzucht und einem idyllischen Plan, jedem Kind ein eigenes Schaf zu geben; der Grundstock, so ließ man durchblicken, zu sagenhaftem Reichtum. Und Pferde gab es auf dem Gut; die Kinder würden reiten lernen.

Obwohl sich später nie klar herausstellte, warum diese umfassende Entscheidung so plötzlich getroffen worden war und es verwirrend blieb, daß die letzte vereinigte Anstrengung der Tulsis auf diese Entwurzelung hinauslaufen sollte, fuhr Shama voller Enthusiasmus wieder nach Port-of-Spain. Sie wollte wieder Teil ihrer Familie sein, an dem Abenteuer teilhaben.

»Pferde?« sagte Mr. Biswas. »Ich wette mit dir, wenn du hinfährst, findest du bloß einen alten Affen, der von den Lianen am Regenbaum schaukelt. Ich kann diese Verrückheit, von der deine Familie besessen ist, nicht verstehen.«

Shama erzählte von den Schafen.

»Schafe?« sagte Mr. Biswas. »Um darauf zu reiten?«

Sie sagte, daß Seth nicht mehr zur Familie gehörte und daß zwei Ehemänner, die das Hanuman-Haus nach Meinungsverschiedenheiten mit Seth verlassen hätten, sich für den Umzug nach Shorthills wieder der Familie angeschlossen hätten.

Mr. Biswas hörte nicht zu. »Mit diesen Schafen. Savi bekommt eins, Anand bekommt eins, Myna bekommt eins, Kamla bekommt eins. Macht alles in allem vier. Was machen wir mit vier Schafen? Noch mehr züchten? Um sie zu verkaufen und zu schlachten? Hindus, was? Füttern und mästen, bloß um zu schlachten. Oder kannst du dir vorstellen, daß wir sechs da sitzen und Wolle von unseren vier Schafen machen? Weißt du, wie man Wolle macht? Weiß irgend jemand in deiner Familie, wie man Wolle macht?«

Die Kinder wollten nicht an einen Ort ziehen, den sie nicht kannten, und fürchteten sich ein bißchen davor, wieder mit den Tulsis zusammenzuleben. Vor allem wollten sie in der Schule nicht als »Landschüler« gelten; die Vorteile — nachmittags fünfzehn Minuten früher freigelassen zu werden — konnten die Schande nicht wettmachen. Und Mr. Biswas verwandelte Shamas Propaganda in einen Witz. Er las »Des Kaisers neue Kleider« aus *Bell's Standard Elocutionist* vor; er trieb imaginäre Schafherden

Seth lachte: »Die alte Henne und der große Gott, was?« Er blickte zur Veranda und sagte in Hindi: »Zu viele Leute haben die Vorstellung, daß alles den Tulsis gehört. Was denkst du denn, wie das Haus gekauft wurde?«
Mr. Biswas erschien an der Verandabrüstung.
Anand sah weg.
»Du hörst noch von meinem Anwalt«, sagte Mr. Biswas. »Und die beiden *Rakshas* da bei dir auch. Sie auch.« Er verschwand wieder.
Die Arbeiter, die von ihrer Gleichsetzung mit hinduistischen mythologischen Kräften des Bösen nichts ahnten, luden ab.
Seth blinzelte den Kindern zu. »Euer Vater ist 'ne verdammt komische Sorte Mensch. Benimmt sich, als gehörte ihm das Ding hier. Dann will ich euch mal was erzählen. Als ihr Kinder auf die Welt gekommen seid, konnte euer Vater euch nicht ernähren. Fragt ihn. Und seht ihr die Dankbarkeit, die ich kriege? Heutzutage empören sich alle gegen mich. Oder wißt ihr das nicht?«
»Savi! Myna! Kamla! Anand!« rief Shama.
»Wißt ihr, was euer Vater getan hat, als ich ihn aufgelesen und mit eurer Mutter verheiratet hab'? Wißt ihr das? Hat er euch das erzählt? Er hat noch nicht mal Krebse gefangen. Er hat einfach Fliegen gefangen.«
»Savi! Anand!«
Sie zögerten, hatten Angst vor Seth, Angst vor dem Haus und Mr. Biswas.
»Und heute, seht mal! Weißer Anzug, Kragen und Krawatte. Und ich. Immer noch in denselben dreckigen Klamotten, in denen ihr mich seht, seit ihr auf der Welt seid. Dankbarkeit, was? Aber ich sag' euch, Kinder, wenn ich sie heute verlasse, dann fangen sie alle — euer Vater, eure Mutter, alle — morgen an, Krebse zu fangen, das garantiere *ich* euch.«
Von irgendwo aus dem Haus kam Mr. Biswas' Stimme, erhoben, undeutlich, erregt.

durch das Wohnzimmer und machte dabei blökende Geräusche. Wie immer in den Ferien kündigte er seine Ankunft durch Fahrradklingeln von der Straße her an, dann kamen die Kinder heraus und gingen ihm, unter eingebildeten Lasten schwankend, entgegen. »Paß auf, Savi!« rief er dann. »Diese Tonkabohnen sind verdammt schwer, weißt du.« Später sagte er: »Habt ihr heute denn viel Wolle gemacht?« Und einmal, als Anand gerade ins Wohnzimmer kam, während die Toilettenspülung betätigt wurde, sagte Mr. Biswas: »Du gehst zurück? Was ist denn los? Hast du dein Pferd am Wasserfall vergessen?«

Shama schmollte.

»Ich kauf' schon noch die Goldbrosche für dich, Mädchen! Anand, Savi, Myna! Kommt und singt euerer Mutter ein Weihnachtslied.«

Sie sangen »Inmitten der Nacht, als Hirten erwacht«.

Shamas anhaltende Verdrossenheit besiegte sie alle. Und dieses Weihnachtsfest, das erste, das sie für sich verbrachten, wurde durch Shamas Trübsinn denkwürdig. Eis konnte sie nicht machen, weil sie keine Gefriermaschine hatte, aber sie tat, was sie konnte, um den Tag zu einer Hanuman-Haus-Weihnacht in Miniatur zu machen. Sie stand früh auf und wartete wie Mrs. Tulsi darauf, geküßt zu werden. Sie breitete ein weißes Tuch über den Tisch und legte Nüsse und Datteln und rote Äpfel heraus; sie kochte ein üppiges Essen. Sie machte alles pedantisch genau, aber immer wie eine Märtyrerin. »Jeder würde glauben, du kriegtest wieder ein Kind«, sagte Mr. Biswas. Und Anand schrieb in sein Tagebuch, ein Reporternotizbuch vom *Sentinel*, das er auf Mr. Biswas' Vorschlag hin als zusätzliche Übung für den Englischaufsatz und natürliches Schreiben führte: »Das ist das schlimmste Weihnachtsfest, das ich je erlebt habe.« Und weil er den literarischen Zweck des Tagebuchs nicht vergaß, fügte er hinzu: »Ich fühle mich wie Oliver Twist im Armenhaus.«

Nie aber ließ Shama sich erweichen.

Bald erhielt sie eindrucksstarke Hilfe. Das Haus füllte sich mit Schwestern und Ehemännern auf dem Weg nach und von Shorthills. Die schönen Kleider, Schleier und der Schmuck der Schwestern stand im Gegensatz zu ihrer Stimmung, die sie anscheinend von Shama übernahmen. Sie nagelten Mr. Biswas mit gekränkten, hilflosen, anklagenden Frauenblicken fest, die zu ignorieren ihm schwerfiel. Die Witze über Schafe, Wasserfälle und Tonkabohnen hörten auf; er schloß sich in sein Zimmer ein. Manchmal, nachdem ihre Schwestern ihr lange schmeichelnd zugeredet hatten, zog Shama sich an und fuhr mit ihnen nach Shorthills. Trübsinniger denn je kam sie zurück, und wenn Mr. Biswas sagte: »Na, dann erzähl mir mal, Mädchen, erzähl mal«, antwortete sie nicht und weinte nur leise vor sich hin. Wenn Mrs. Tulsi kam, weinte Shama die ganze Zeit.
Seit dem Streit mit Seth war Mrs. Tulsi nicht länger kränklich. Um den Umzug nachArwacas zu leiten, hatte sie das Rosenzimmer verlassen und war sogar die Quelle der Begeisterung für das Neue. Sie versuchte Mr. Biswas zu überreden, mit umzuziehen, und geschmeichelt über soviel Aufmerksamkeit, hörte Mr. Biswas wohlwollend zu. Es gäbe keinen Seth da, sagte Mrs. Tulsi; in Shorthills könnte man umsonst leben; Mr. Biswas könnte sein Gehalt sparen; es gäbe eine Menge guter Grundstücke für Häuser und mit Bauholz vom Gut könnte Mr. Biswas sich sogar ein kleines Haus bauen.
»Laß ihn, laß ihn«, sagte Shama. »Das ganze Gerede von einem Haus war bloß, um mich zu ärgern.«
»Aber wenn ich meine Stellung in Port-of-Spain behalte, sehe ich nicht, wie ich irgend etwas auf dem Gut tun könnte«, sagte Mr. Biswas.
»Das macht nichts«, sagte Mrs. Tulsi.

Er war sich nicht sicher, ob sie um Shamas willen wollte, daß er einzog, oder ob sie, ohne Seth, so viele Männer wie möglich um sich herum brauchte, oder ob sie wollte, daß niemand durch seine Kühle sie dazu brachte, ihre eigene Begeisterung in Frage zu stellen. Und er stimmte zu, einmal morgens mit ihr nach Shorthills zu fahren, um sich den Besitz anzusehen.

Er ließ Anand im *Sentinel* anrufen und ging mit Mrs. Tulsi zur Bushaltestelle. Dort durchlitt er einige Augenblicke nervöser Angst, denn mit ihrem langen weißen Rock, ihrem Schleier, den vom Handgelenk bis zum Ellbogen bearmbänderten Armen und einer Kette aus massivem Gold um den Hals fiel Mrs. Tulsi in jeder Straße in Port-of-Spain auf, und Mr. Biswas fürchtete, von jemandem aus dem Büro erspäht zu werden. Sein Gesicht verbergend, lehnte er sich gegen den Laternenpfosten.

»Regelmäßiger Busverkehr«, sagte er nach einer Weile.

»Von Shorthills fahren die Busse immer auf die Sekunde pünktlich ab.«

»Anstatt jedem Kind ein Schaf zu geben, sollte man ihnen ein Pferd geben. Um zur Schule zu reiten und zurück.«

Endlich kam der Bus, leer bis auf den Fahrer und den Schaffner. Er hatte eine im Land selbst hergestellte Karosserie, ein grobschlächtiger Klapperkasten aus Holz und Blech und Filz und großen unverkleideten Bolzen. Mr. Biswas rumpelte auf seinem rohen Holzsitz übertrieben mit. »Nur zur Übung«, sagte er.

Hinter dem Maraval-Busbahnhof hörte die Stadt abrupt auf. Die Straße stieg und fiel; zwischendurch versperrten Hügel die Sicht. Nach einer halben Stunde zeigte Mr. Biswas auf das Gebüsch in einem Kreisverkehr. »Das Gut?« Sie fuhren an drei verwirrend unordentlich zusammengedrängten Elendsbehausungen vorbei. Zwei schwarze Wassertonnen standen auf dem unfreundlichen gelben Hof. »Kricketplatz?« sagte Mr. Biswas. »Swimmingpool?«

Nach vielen Kurven und Steigungen wurde die Straße gerade und führte gleichmäßig in ein weiter werdendes Tal hinunter. Die Hügel, auf denen sich ein Baumwipfel hinter dem anderen erhob, sahen wild aus: ein Konglomerat von Grün. Aber hier und da zeigte das ausgebleichte Strohdach einer gegen einen Baum gestützten Hütte, freundlich vor dem stillen dunklen Grün, an, daß die Wildnis erschlossen war. Zu beiden Seiten der Straße tauchten Häuser und Hütten auf, so weit voneinander getrennt und so von Grün verdeckt, daß Shorthills vom Bus aus nur aus vorüberhuschenden Farbflecken bestand: dem Rost eines Dachs, dem Rosa oder Ocker einer Wand.

»Nächster Bus nach Port-of-Spain in zehn Minuten«, sagte der Schaffner im Plauderton. Mr. Biswas erhob sich. Mrs. Tulsi zog ihn herunter. »Sie wenden gern zuerst.«

Der Bus wendete in einem Feldweg und kam unter einem Avocadobaum am Grasrain zum Stehen.

Fahrer und Schaffner hockten sich unter den Baum und rauchten. Auf der anderen Straßenseite, neben dem Weg, in dem der Bus gedreht hatte, sah Mr. Biswas ein offenes Karree, dessen Zweck allein Erdhügel und verwelkte Kränze anzeigten. Mr. Biswas machte eine wegwerfende Handbewegung über den verlassenen kleinen Friedhof und den Feldweg, der hinter ein paar baufälligen Häusern im Gebüsch verschwand und offensichtlich nur durch weiteres Gebüsch zu dem Berg führte, der sich am Ende erhob. »Landsitz?« fragte er.

Mrs. Tulsi lächelte. »Und auf dieser Seite.« Sie deutete auf die andere Seite der Straße.

Jenseits eines tief eingeschnittenen Bachs, dessen Seiten tief abfielen und dessen Bett mit vollkommen aufeinander abgestimmten Gesteinsbrocken, Steinen und Kieseln bestreut war, sah Mr. Biswas noch mehr Gebüsch, noch mehr Berge. »Jede Menge Bambus«, sagte er. »Man könnte eine Papierfabrik aufmachen.«

Leicht war zu erkennen, wie weit die Busse fuhren. Bis zu dem Feldweg war die Straße glatt, in der Mitte glänzte sie mattschwarz. Dahinter verengte sich die Straße, war kiesig und staubig, und der ungepflegte Grasrain machte ihre Ränder undeutlich.

»Ich vermute, wir gehen hier lang«, sagte Mr. Biswas.

Sie machten sich auf den Weg.

Mrs. Tulsi bückte sich und riß eine Pflanze am Rand aus. »Kaninchenfleisch«, sagte sie. »Das beste Futter für Kaninchen. In Arwacas muß man das kaufen.«

Unter den überhängenden Bäumen lag die Straße in weichem Schatten. Sonnenlicht tüpfelte den Kies mit weißen Flecken, sprenkelte die feuchten grünen Graskanten, die dunkel gefurchten Baumstämme. Es war frisch. Und dann begann Mr. Biswas, die Obstbäume zu sehen. An der Straße wuchsen Avocadobäume so beiläufig wie irgendein Gestrüpp; ihre Früchte waren gerade nach der Blüte winzig, aber schon vollkommen ausgeformt, mit einem Glanz, den sie bald verlieren würden. Das Land zwischen dem Bach und der Straße verbreiterte sich; der Bach wurde flacher. Dahinter sah Mr. Biswas die hohen Immortellen mit ihren roten und gelben Blüten. Und dann brachten die Blüten die unbegangene Straße zum Leuchten. Mr. Biswas hob eine auf, steckte sie zwischen die Lippen, probierte den Nektar, blies, und die wie ein Vogel geformte Blüte pfiff. Selbst als sie da standen, fielen Blüten auf sie. Unter den Immortellen sah er die Kakaobäume, verkrüppelt, mit schwarzen und trockenen Zweigen, mit Kakaofrüchten, die in sämtlichen Farben zwischen Gelb und Rot und Karmesinrot und Purpurrot nicht wie gewachsen, sondern wie lackierte Wachsmodelle glänzten, die man an abgestorbene Zweige gehängt hatte. Dann gab es Orangenbäume, reich an Blättern und Früchten. Und die ganze Zeit gingen sie zwischen zwei Hügeln. Die Straße wurde schmaler; außer dem Geräusch ihrer Füße auf dem lockeren Kies hörten sie nichts. Weit weg hörten sie dann den Bus zu seiner Reise zurück in das geschäftige öde Port-of-Spain aus Beton und Holz aufbrechen. Unmöglich, daß es weniger als eine Stunde entfernt war!

Der Bach wurde immer seichter, und dann war er nur noch eine Vertiefung, ausgekleidet mit einer weichen zartgrünen Kletterpflanze. Mrs. Tulsi bückte sich und wühlte darin herum. Eine Ranke hing zwischen ihren Fingern; sie hatte einen schwachen Pfefferminzgeruch.

»Bartflechte«, sagte sie. »In Arwacas zieht man das in Körben.«

Das Haus wurde teilweise von einem großen, weitverzweigten, hochragenden Regenbaum verdeckt. Geschwollene Parasitenranken äderten seine Zweige und den massiven Stamm; wilde Kiefern sprossen wie grobes Haar aus jeder Gabelung; und er war mit Lianen behangen. Unterhalb des Baums war neben dem Bach eine kurze Orangenbaumallee, und um den Stamm herum wuchs ein Büschel wilder Tannien, hellgrün, ein Meter hoch, nichts als Stengel und riesige herzförmige Blätter, kühl von schnellen Tauperlen.

Ein bißchen schief stand ein alter Wegweiser im Bach. Die Buchstaben waren verblichen und undeutlich: *Christopher Columbus Straße*. Das paßte. Das Land, wenn auch von einer früheren Urbarmachung her fruchtbar, machte einen unerforschten Eindruck.

»Das war einmal die alte Straße«, sagte Mrs. Tulsi.

Und es fiel Mr. Biswas leicht, sich vorzustellen, wie die andere Rasse von Indern sich auf dieser Straße bewegt hatten, ehe die Welt sich für sie verdüsterte.

Nichts in Shamas Berichten hatte ihn auf den Blick vorbereitet, den man vom Bach her auf das Haus am Ende der baumgesäumten Promenade hatte. Es war ein zweigeschossiges Haus mit einer langen Veranda vor dem unteren Stockwerk; über einer breiten Flucht von Betonstufen

stand es, weiß gegen das umgebende Grün, weit weg von der Straße auf einem steilen Hügelabhang.
Und alles war so, wie Shama gesagt hatte. Zur einen Seite der Promenade war ein Kricketplatz; das Mittelfeld war rot und aufgebrochen: offensichtlich benutzte die Dorfmannschaft keine Matten. Zur anderen Seite, hinter dem Samanbaum, den Lianen, den Tannien, war ein Swimming-pool, leer, rissig, sandig, Pflanzen drängten sich durch den Beton, aber es war leicht, ihn geflickt und mit klarem Wasser gefüllt vor sich zu sehen; und dahinter stand auf einer künstlichen Erhebung ein Kirschbaum, dessen dicke Äste unten über einem schmiedeeisernen Sitz gleichmäßig getrimmt waren. Und die Sternnußpalmen in der Auffahrt, mit ihren weißen Stämmen, roten Beeren und dunkelgrünen Blättern; obwohl die vielleicht zu alt waren: sie waren so hoch gewachsen, daß man sie nicht mehr ganz sehen und sogar übersehen konnte. Dann sah Mr. Biswas am anderen Ende des Kricketfeldes ein Maultier. Es sah alt und mutlos aus. Nicht angebunden, blieb es dennoch ruhig, getarnt durch Kakaobäume.
»Ah!« sagte Mr. Biswas, die Stille brechend. »Pferde.«
»Das ist kein Pferd«, sagte Mrs. Tulsi.
Sie verließen den Weg und standen zwischen den wilden Tannien unter dem Regenbaum. Mrs. Tulsi faßte eine Liane und hielt sie Mr. Biswas hin. Während er sie betastete, griff sie nach einer dünneren Liane und riß sie herunter. »Stark wie ein Seil«, sagte sie. »Damit könnten die Kinder Seilchen springen.«
Sie gingen die unkrautbewachsene Auffahrt entlang. Der enge Kanal zur einen Seite war mit feinem gewelltem Sand bedeckt. »Man könnte einfach den Sand von hier verkaufen«, sagte Mrs. Tulsi. Sie kamen zu der breiten Flucht flacher Betonstufen. Mr. Biswas ging langsam hinauf: unmöglich, Stufen wie diese hochzusteigen und sich nicht königlich zu fühlen.

Zu jeder Seite des Hauses lag ein aufgegebener Garten, ohne Blumen, abgesehen von ein paar verirrten Ringelblumen, aber durch das Gestrüpp konnte man das Muster der Beete erkennen, die mit Beton und den gestutzten Sträuchern, die man »grünen Tee« und »roten Tee« nannte, eingefaßt waren. Am Ende des einen Gartens stand ein Julie-Mangobaum auf einem über ein Meter hohen betonumfaßten kreisrunden Beet.
»Genau der Fleck für einen Tempel«, flüsterte Mrs. Tulsi.
Das Haus war aus Holz, aber das Holz hatte man angestrichen, damit es wie Granitblöcke aussah: grau und schwarz, rot, weiß und blau gesprenkelt und mit dünnen weißen Linien markiert. Eine Falttür trennte den fürstlichen Salon von dem fürstlichen Eßzimmer, und es gab eine Vielzahl von Räumen, deren Zweck nicht feststand. Das Haus hatte seine eigene elektrische Anlage; außer Betrieb im Augenblick, sagte Mrs. Tulsi, man könne sie aber reparieren. Es gab eine Garage, einen Dienertrakt, ein Badezimmer draußen mit einer tiefen Betonwanne. Die Küche, durch einen überdachten Gang mit dem Haus verbunden, war geräumig und hatte einen Ziegelofen. Direkt hinter der Küche stieg der Hügel an; durch das rückwärtige Fenster hatte man einen Blick auf den nur wenige Meter entfernten grünen Bergabhang. Und auf dem Hügel wuchsen Tonkabohnen.
»Wem hat das Haus vorher gehört?« fragte Mr. Biswas.
»Irgendwelchen Franzosen.«
Das und eine kurze Bekanntschaft mit den Schriften Romain Rollands während seiner Aryas-Tage flößte Mr. Biswas Respekt vor den Franzosen ein.
Sie gingen umher und schauten sich um. Die Stille, die Einsamkeit, das fruchtbare Gebüsch in einer zerklüfteten Landschaft: es war Zauberei.
Sie hörten in der Ferne den Bus.
»Nun«, sagte er, »ich vermute, jetzt ist es Zeit, nach Hause zu fahren.«

»Nach Hause?« sagte Mrs. Tulsi. »Ist das hier nicht dein Zuhause jetzt?«

So verließen die Tulsis Arwacas. Das Land wurde verpachtet, und es blieb den Pächtern überlassen, sich mit Seths Ansprüchen auseinanderzusetzen. Das Tulsi-Geschäft wurde an ein Handelsunternehmen aus Port-of-Spain vermietet. In Port-of-Spain wurde eins der Miethäuser verkauft und Shama ihrer Pflicht, die Miete zu kassieren, enthoben. Erst da verriet Shama, die auch nach ihrem Sieg noch schmollte, daß Mrs. Tulsi beschlossen hatte, die Miete für das Haus in Port-of-Spain zu erhöhen. Mr. Biswas war entsetzt, und um ihn noch mehr zu entsetzen, holte Shama ihre Buchführung herunter und zeigte ihm, wie sein Gehalt fast sofort, wenn es kam, zum Lebensmittelhändler getragen wurde, wie ihre Schulden stiegen.

Die Einsamkeit und Stille von Shorthills wurde grob gestört. Die Dorfbewohner ertrugen die Invasion ohne Protest und beinahe gleichgültig. Französisches, spanisches und Negerblut vereinigten sich in ihnen zu einer attraktiven Mischung, und obwohl sie so nah bei Port-of-Spain lebten, bildeten sie eine geschlossene ausgeprägte Gemeinschaft. Sie waren ländlich langsam und gefällig und sprachen Englisch mit einem Akzent, der sich aus dem französischen Patois herleitete, das sie untereinander sprachen. Sie schienen auf den Ländereien des Hauses einige Rechte auszuüben. An den meisten Nachmittagen spielten sie auf dem Kricketfeld Kricket, und jeden Sonntag, wenn das Gelände praktisch von Dorfbewohnern übernommen wurde, fand ein Spiel statt. Noch einige Zeit nach dem Einzug der Tulsis schlenderten poussierende Paare nachmittags durch die Orangenalleen und die Auffahrt und verschwanden von Zeit zu Zeit in dem Kakaowäldchen. Aber dieser Brauch hörte bald auf. Die Paare, die sich bei jeder Biegung von einem Tulsi überrascht sahen, zogen ein Stück weiter den Bach hoch.

Mr. Biswas' erster Eindruck, als er nach Shorthills zog, war, daß die Tulsi-Familie sich vergrößert hatte. Seth und seine Familie waren nicht da, aber die Schwestern, die aus dem einen oder anderen Grund außerhalb des Hanuman-Hauses gelebt hatten, hatten ihre Familien mitgebracht, und es gab auch viele verheiratete Enkelkinder und deren Familien.

Mr. Biswas wurde im oberen Stockwerk eins von sechs ungefähr gleich großen Zimmern um einen Flur in der Mitte zugeteilt. Es war eine hotelähnliche Aufteilung, ein Paar in jedem Zimmer und Witwen und Kinder unten in den Gemeinschaftsräumen. Mr. Biswas' Zimmer wurde das Hauptquartier seiner Familie, dort machte Anand seine Hausaufgaben, dorthin kamen die Kinder, um sich zu beschweren, dort gab ihnen Mr. Biswas Köstlichkeiten, die sie allein essen sollten. Das Himmelbett, Shamas Toilettentisch, der Bücherschrank mit Schreibtisch, und der Tisch waren in diesem Zimmer; der Rest seiner Möbel, Schaukelstuhl, Hutablage, Küchenschrank, war, wie seine Kinder des Nachts, im Haus verteilt.

Die Wohnzimmermöbel aus dem Hanuman-Haus waren ähnlich verstreut. Eine Aufteilung in einen benutzten und unbenutzten Teil war in diesem Haus nicht möglich, und die thronartigen Stühle, die Statuen und Vasen blieben im Wohnzimmer, das in Aussehen und Zweck sofort zum Gegenstück der Diele im Hanuman-Haus wurde.

Mr. Biswas' Situation bekam etwas Unbehagliches durch die Anwesenheit eines Schwagers direkt über den Flur, den er im Hanuman-Haus nie gesehen hatte. Dieser große verächtliche Mann mochte ihn von Anfang an nicht und brachte seine Abneigung durch ein Zittern der Nasenflügel zum Ausdruck.

Anand sagte: »Prakash sagt, sein Papa hätte mehr Bücher als du.«

Mr. Biswas schickte Anand los, um herauszufinden, welche Bücher Prakashs Vater hatte.

Anand berichtete: »Die ganzen Bücher sind genau gleich groß. Auf dem Deckel haben sie ein grünes Schildchen, auf dem »Boots« steht. Und sie sind alle von einem Mann namens W. C. Tuttle.«
»Schund«, sagte Mr. Biswas.
»Schund«, sagte Anand zu Prakash.
»Du nennst meine Bücher Schund?« fragte Prakashs Vater ein paar Morgen später Mr. Biswas, als sie gleichzeitig ihre Türen aufmachten.
»Ich habe deine Bücher nicht Schund genannt.«
Die Nasenflügel bebten. »Was ist dann dein Epiktet und *Manxmann* und Samuel Smiles?«
»Wieso weißt du etwas von meinem Epiktet?«
»Wieso weißt du etwas von meinen Büchern?«
Danach schloß Mr. Biswas sein Zimmer immer, wenn er es verließ, ab. Die Neuigkeit verbreitete sich und wurde kommentiert.
»Du fängst also schon wieder an?« sagte Shama.

Und nachdem man in Shorthills angekommen war, wartete jeder, auf die Schafe, die Pferde, daß der Swimmingpool repariert, die Auffahrt gejätet, die Gärten aufgeräumt, die elektrische Anlage wiederhergestellt, das Haus neu angestrichen würde.
Während sie warteten, entkleideten die Kinder den Regenbaum seiner Lianen. Sie konnten aber mit diesen unwahrscheinlichen und erfreulichen Gewächsen nichts anfangen; zum Seilchenspringen, wie Mrs. Tulsi gesagt hatte, taugten sie nicht: die dünnen zerfaserten leicht, die dicken waren zu ungefüge. Hari fällte den Julie-Mangobaum auf dem erhöhten Beet am Ende des Gartens und baute eine kleine hundezwingerähnliche Hütte aus Kistenbrettern; das war der Tempel. Der W.C. Tuttle-Leser hing im Wohnzimmer einen großen gerahmten Druck der Göttin Lakshmi auf und brachte davor jeden

Abend seine eigenen Gebete dar. Prakash sagte, sein Vater verstände von diesen Angelegenheiten mehr als Hari. Der Ziegelofen in der Küche wurde dem Erdboden gleichgemacht, der überdachte Gang zwischen Haus und Küche abgerissen und die freie Fläche mit altem Wellblech und Baumästen vom Bergabhang hinter dem Haus gedeckt.
Anand riß die Geduld. Er verbreitete unter den Kindern das Gerücht, daß bald das Haus angestrichen werde, erst aber die alte Farbe abgekratzt werden müsse, und hatte schnell mehr als ein Dutzend Helfer, die die Granitblöcke bearbeiteten. Sie schlugen viele rosa und beige Narben in die grauen Wände der Veranda, ehe sie bemerkt wurden; und diese Bemühung, Verbesserungen zu erzwingen, endete in einer Massenzüchtigung.
Auch Mr. Biswas wartete auf Verbesserungen. Aber er machte sich keine großen Gedanken deswegen. Für ihn war Shorthills ein Abenteuer, ein Zwischenspiel. Seine Arbeit machte ihn von den Tulsis unabhängig; und Shorthills war eine Rückversicherung, falls er gefeuert wurde. Es bot eine Gelegenheit zum Sparen, eine Gelegenheit zum Plündern. Und heimlich plünderte er: ein halbes Dutzend Apfelsinen auf einmal, ein halbes Dutzend Avocados oder Pampelmusen oder Zitronen, die mit einer Geschichte über die vielen verschiedenen Obstbäume, die er in seinem Hintergarten habe, an einen Cafébesitzer in der St. Vincent Street verkauft wurden. Er bekam nicht viel, aber regelmäßig Geld, und das erregende Gefühl zu plündern war herrlich. Plündern! Allein der Klang des Wortes erregte Mr. Biswas. Wenn er in der Kühle des Morgens zur Arbeit radelte und auf seine Art pfiff, schwang er sich plötzlich vom Fahrrad, sah rechts, sah links, riß Apfelsinen oder Avocados herunter, warf sie in seine Satteltasche, sprang auf den Sattel und radelte, vor sich hinpfeifend, gemessen davon.
Eines Nachmittags kam er nach Hause und fand den

Kirschbaum gefällt, den künstlichen Hügel teilweise umgegraben, den Swimming-pool teilweise gefüllt. Gegen Ende der Woche war der Hügel ein flacher schwarzer Fleck und den Swimming-pool gab es nicht mehr. Ein Zelt war über der Fläche, die der Pool einnahm, aufgebaut worden, und Schwestern und Ehemänner bemerkten immer wieder, daß es wunderbar sei, nicht nur so viel Bambus zu haben, sondern ihn auch nicht bezahlen zu müssen, wie sie das in Arwacas hatten tun müssen.

Das Zelt war für Hochzeitsgäste. Anscheinend sollte eine ganze Woge von Shamas Nichten verheiratet werden. Eine Heirat war vor dem Umzug arrangiert worden, und in den müßigen Wochen in Shorthills hatte die Idee sich dann entwickelt. Die Tat folgte schnell und plötzlich. Kleinigkeiten — Bräutigame und Mitgift — hatte man schnell geregelt, und jetzt war der verwirrende Landsitz vergessen, und alle Energie wurde in die Hochzeitsvorbereitungen gesteckt. Schon Tage vor der Zeremonie kamen Gäste und Gefolgsleute und Tänzer, Sänger und Musikanten aus Arwacas. Sie schliefen in dem Zelt, auf der Veranda, in der Garage, der überdachten Fläche zwischen Küche und Haus und liefen tagsüber plündernd durch Gärten und Wälder.

Viel Bambus wurde für die Dekorationen verbraucht. Die Auffahrt und Fußwege wurden mit Bambusstäben gesäumt, die man horizontal auf senkrecht stehende Bambusstäbe legte; jeder horizontale Teil wurde mit Öl gefüllt und mit einem Docht versehen. Am Abend der Hochzeiten schienen viele kleine flackernde Flammen in der Dunkelheit zu schweben; die Bäume, als Silhouetten hervorgehoben und nicht illuminiert, sahen massiv aus; und das Gelände wirkte geschützt, eine arme Höhle in der Nacht. Die sieben Bräutigame kamen in sieben Kavalkaden mit sieben Trommlermannschaften, gefolgt von den verblüfften Dorfbewohnern. Am Fuß der Betontreppe fanden sieben Begrüßungszeremonien statt, und im Hochzeitszelt das über einem der Gärten, den man zu dem Zweck eingeebnet hatte, aufgeschlagen war, dauerten die Hochzeitszeremonien die ganze Nacht an, während in dem Zelt über dem Swimming-pool gesungen, getanzt und gefeiert wurde.

Als die Hochzeiten vorbei waren, die Bevölkerung des Hauses vorübergehend um sieben reduziert, die Gäste weggegangen und die Zelte über dem ruinierten Garten und Swimming-pool abgebaut waren, begannen wieder alle zu warten, daß der kleine Kricketpavillon wieder aufgebaut würde, die Auffahrt gejätet, die Abflußrohre repariert, der Kanal von Sand gesäubert würde, daß die Immergrünhecken am Fuße des Hügels geschnitten würden, daß der nicht zerstörte Garten wieder bepflanzt würde. Unaufgefordert taten die Kinder, was sie konnten, aber ihre vereinzelten Bemühungen bewirkten auf dem Gelände nichts. Sie pflückten die Tonkabohnen vom Bergabhang, und ließen sie, weil sie nicht wußten, was sie damit machen sollten, in der Garage liegen, wo sie sofort faulten und stanken.

Dann tauchten ein paar Schafe auf. Ein halbes Dutzend magerer, nackter, verwirrter Schafe. Man hatte den Kindern Schafe versprochen, aber sie hatten etwas Wolliges erwartet und überstürzten sich nicht, diese für sich zu beanspruchen. Die Schafe blieben da und grasten auf dem Kricketfeld, erregten Anstoß bei den Kindern und den Kricketspielern.

Nichts wurde mit den Kakaobäumen oder den Orangenbäumen gemacht. Woche um Woche wucherte der Busch weiter, und das Gut sah langsam nicht mehr nur vernachlässigt, sondern verlassen aus. Immer noch gab es niemanden, der plante und lenkte. So plötzlich wie sie aus ihrem Krankenzimmer hervorgekommen war, um den Umzug zu beaufsichtigen, hatte Mrs. Tulsi sich nun zurückgezogen.

Sie hatte ein kleines Zimmer im unteren Stockwerk, von dem aus man den zerstörten Garten und Haris Tempel aus Kistenbrettern sah. Aber ihr Fenster war geschlossen, der Raum gegen Luft und Licht versiegelt, und dort verbrachte sie in nach Ammoniak riechender Dunkelheit einen großen Teil des Tages, umsorgt von Sushila und Miss Blackie. Es war, als hätte nur der Streit mit Seth ihre Energie angeregt und sie, als er abflaute, noch tiefer in Erschöpfung und Kummer gestürzt.
Govind riß eines Tages den Kricketpavillon ab. Ein rohzusammengeschlagener Kuhstall wurde an seiner Stelle errichtet, und Mr. Biswas hörte zu seinem Erstaunen, daß seine Kuh dort eingestellt werden sollte.
»Kuh? *Meine* Kuh?«
Es stellte sich heraus, daß die Kuh, deren Name Mutri lautete, wie die Nähmaschine eine von Shamas heimlichen Besitztümern war. Mutri war mit allen anderen Tulsi-Kühen auf dem Gut in Arwacas gehalten worden. Sie war eine alte schwarze Kuh, müde, mit kurzen, abgestoßenen Hörnern.
»Und was ist mit der Milch?» fragte Mr. Biswas. »Den Kälbern?«
»Was ist mit dem Gras?« antwortete Shama. »Dem Wasser? Dem Futter?«
Govind kümmerte sich um die Kühe, und allein aus dem Grund fragte Mr. Biswas nicht weiter. Govind wurde immer verdrossener. Er sprach kaum mit jemandem und ließ seine Wut an den Kühen aus. Er schlug sie mit dicken Holzknüppeln, und zur Melkzeit brachte ihn das geringste Fehlverhalten zur Weißglut. Die Tiere klagten weder, noch zuckten sie zusammen, noch zeigten sie Wut; sie versuchten nur, sich zurückzuziehen. Keiner protestierte; es gab niemanden, bei dem man sich beschweren konnte.
Mr. Biswas sagte: »Arme Mutri.«
Vor den Kühen und Schafen traten die Kricketspieler den

Rückzug an. Das Kricketfeld verwandelte sich in Matsch und Mist, und irgend jemand pflanzte an seinem Rand einen Kürbis.

Dann begann das Bäumefällen. In weniger als einem Morgen fällte der W.C. Tuttle-Leser die Sternnußpalmen an der Auffahrt. Schwitzend kam er zurück zum Haus und badete sich, da kein einziger Wasserhahn funktionierte, in einem Wasserfaß. Mrs. Tulsi aß die Palmherzen, was ihr von einem ihrer Freunde aus Arwacas empfohlen worden war, und die Kinder trösteten sich mit den roten Beeren. Dann fällte Govind, der sich damit zur Geltung brachte, die Orangenbäume: sie hätten Trockenfäule, zögen Schlangen an und könnten Diebe verbergen.

»Verdammt blöde Diebe, wenn sie denken, hier wäre was zu holen«, sagte Mr. Biswas. »Die haben die Bäume bloß abgeschlagen, um sich das Apfelsinenpflücken zu erleichtern, das ist alles.«

Die Orangen wurden von Govind und Chinta und ihren Kindern eingesammelt, in Säcke gepackt und mit dem Bus nach Port-of-Spain gebracht. Jeder fragte sich, wer das Geld dafür nahm. Die Bäume wurden in Klötze gehackt und in der Küche verbrannt; die moosbedeckte Rinde gab ausgezeichnetes Anzündholz ab.

Die Kinder hatten den Mut verloren. Jetzt mußte man sie zwingen, Tonkabohnen zu sammeln, Apfelsinen und Avocados zu pflücken, die nach Port-of-Spain geschickt werden sollten. An ein paar Samstagen rupften sie das Unkraut aus der Auffahrt, von den Erwachsenen zu unsinnigen Wettbewerben gedrängt, um zu sehen, wer den höchsten Haufen Unkraut anhäufen konnte.

Die Wasserleitungen blieben unrepariert. Ein paar der geringeren Ehemänner bauten am Bergabhang eine Latrine. Die unbenutzte Toilette im Haus wurde zum Nähzimmer.

Anstelle der Orangenbäume und Palmen wurden entlang

der Auffahrt Schößlinge gepflanzt und mit Bambusstaketen eingefriedet. Die Kühe durchbrachen den Zaun um das Kricketfeld. Die fliehenden Schafe durchbrachen die Bambusstaketen und fraßen die Schößlinge ab. In dem Kanal entlang der Auffahrt stieg der Schlick. Unkraut wuchs aus den Rissen in den Abwasserrohren aus Beton und die breiten, flachen Stufen hoch.
Jeden Morgen sagte Hari in seinem Zwinger aus Bretterkisten im zerstörten Garten seine Gebete auf und bimmelte mit seiner Glocke und schlug auf seinen Gong; und jeden Abend sagte der Mann, den Mr. Biswas nun in Gedanken W. C. Tuttle nannte, vor dem gerahmten Druck im Wohnzimmer seine Gebete auf. Der Abfallhaufen, den die Tulsis am Fuß des Hügels angefangen hatten, wuchs in die Höhe und in die Breite. Die Schafe, vernachlässigt, unfruchtbar, überlebten. Die Kühe wurden gemolken. Schnell breiteten sich die Kürbisse in dem gedüngten Schlamm aus und brachten zarte gelbe Blumen zum Vorschein. Der erste Kürbis, die erste Frucht der Tulsis, wurde mit Begeisterung begrüßt, und weil es wegen eines Hindu-Tabus, das keiner erklären konnte, Frauen verboten war, Kürbisse aufzuschneiden, wurde ein Mann aufgefordert, das zu tun. Und dieser Mann war W. C. Tuttle. Es war auch W. C. Tuttle, der die elektrische Anlage demontierte und das Blei einschmolz, um Hanteln zu machen. Und es war W.C. Tuttle, der verkündete, daß eine Möbelfabrik aufgezogen werden sollte. Dutzende von Zedern wurden gefällt, zersägt und in der Garage aufgestapelt, und W.C. Tuttle ließ aus seinem eigenen Dorf einen Neger namens Théophile kommen. Théophile war ein Schmied, dessen Unternehmen mit dem Aufkommen des Autos zugrundegegangen war. Er wurde in einem kleinen Raum unter dem Wohnzimmer untergebracht, dreimal am Tag abgefüttert und auf die Zederplanken losgelassen. Er machte viele Bänke; als sein

Selbstvertrauen zunahm, baute er einen gewaltigen, ungleichmäßig ovalen Tisch zusammen, dann eine Reihe von Kleiderschränken, die wie Schilderhäuschen aussahen. Keine Fuge war sauber, keine Tür paßte, und das weiche Holz zeigte von den Hammerschlägen viele kleine Trauben von Vertiefungen. Von W.C. Tuttle , seiner Frau, seinen Kindern und Théophile selbst wurde behauptet, daß Beize und Lack diese Mängel überdecken würden. Und als die Tulsi-Erregung stieg, machte Théophile sich daran, Morris-Stühle herzustellen. W.C. Tuttle bestellte einen Bücherschrank. Mr. Biswas bestellte einen Bücherschrank. Die Türen von Mr. Biswas' Bücherschrank fielen oben schräg ab und hätten eine Spitze gebildet, wenn sie hätten aneinander stoßen können: Théophile sagte, das sei Stil. Um die Zeit waren die Planken in dem ovalen Tisch schon geschrumpft, die Fugen lose und das Wachs herausgefallen, und die Kleiderschranktüren konnte man nie zumachen. Théophile bearbeitete Tisch und Kleiderschränke mit Säge und Hammer und Nägeln; dann bedurften die Stühle und Bücherschränke der Wartung, dann machten die Kleiderschränke wieder Ärger. Théophile wurde in sein Dorf entlassen, und über die Möbelfabrik redete man nicht mehr. Die Morris-Stühle fielen auseinander und wurden als Feuerholz verwandt; auf dem Tisch schliefen nachts ein paar der abenteuerlustigeren Kinder. W.C. Tuttle verkaufte als Agent im Auftrag Mrs. Tulsis die Zederplanken in der Garage. Kurz danach kaufte er einen Lastwagen, den er an die Amerikaner vermietete.

Dann kamen die Amerikaner ins Dorf. Sie hatten beschlossen, irgendwo in den Bergen einen Truppenstandort zu errichten, und Tag und Nacht rollten Armeelaster auf Schneeketten durchs Dorf. Der Feldweg neben dem Friedhof wurde erweitert, und über die dunkelgrünen Berge in der Ferne zog sich im Zickzack eine dünne schmutzigrote Linie. Die Tulsi-Witwen schlossen sich zusammen, bauten an der Ecke des Wegs einen Schuppen und statteten ihn mit Coca-Cola, Gebäck, Apfelsinen und Avocados aus. Die amerikanischen Laster hielten nicht an. Die Witwen gaben etwas Geld für eine Lizenz zum Alkoholausschank aus und mit Bangen noch etwas mehr Geld für ein paar Kästen Rum. Die Laster hielten nicht. Eines Nachts krachte ein Laster in den Schuppen. Die Witwen räumten das Feld.

Obwohl von Verwüstung umgeben, blieb Mr. Biswas gleichgültig. Er bezahlte keine Miete; er gab nichts für Essen aus; er sparte den größten Teil seines Gehalts. Zum ersten Mal hatte er Geld, und alle vierzehn Tage wurde es mehr. Trauer und Wut über eine Verwahrlosung, die zu verhindern er nicht die Macht hatte, schloß er aus seinem Herzen aus, und da ihn die Erkenntnis gepackt hatte, daß nun jeder für sich allein stand — die Wendung gefiel ihm —, plünderte er weiter und genoß das Gefühl, daß er mitten im Chaos ruhig seine eigenen teuflischen Pläne verfolgte.

Dann wurde die Nachricht von den Verheerungen, die W.C. Tuttle und Govind angestellt hatten, durchs Haus gewispert. W.C. Tuttle hatte ganze Zedern verkauft. Govind hatte Wagenladungen voll Orangen und Papayas und Avocados und Limonen und Pampelmusen und Kakao und Tonkabohnen verkauft. Mr. Biswas kam sich am nächsten Morgen, als er ein halbes Dutzend Orangen in seine Tasche warf, mehr als töricht vor. Er fragte sich, wie es möglich war, daß jemand eine Zeder stehlen konnte, ohne bemerkt zu werden. Shama, wie die meisten der Schwestern empört, erklärte, daß die Zedern an Ort und Stelle für sehr wenig Geld verkauft worden seien. Die Lastwagen der Käufer seien von Norden her auf das Grundstück gekommen, hätten den Umweg, die gefährliche und so gut wie nicht benutzte Straße über die Berge genommen. Nichts wäre herausgekommen, wenn nicht die Lichtung auf dem Hügel zu groß geworden wäre und die Aufmerksamkeit des Gutsverwalters auf sich gezogen hätte, eines traurigen, bekümmerten Mannes, der wie das Maultier mit dem Besitz übernommen worden war und ohne zu wissen, was seine Pflichten waren, beschäftigt aussehen mußte.

Govind und Chinta ignorierten das Flüstern und Schweigen. W.C. Tuttle antwortete mit Gebrüll und Hantelstemmen darauf. Seine Frau sah beleidigt aus. Die neun kleinen Tuttles weigerten sich, mit den anderen Kindern zu sprechen.

Endlich verbanden die Dorfbewohner sich gegen die Tulsis. Viele der Tulsi-Kinder besuchten Schulen in Port-of-Spain, und sie füllten den Sieben-Uhr-Bus an der Endstation beim Friedhof. Die Dorfbewohner, die bis dahin den stündlichen Busverkehr nach Port-of-Spain ganz ausreichend fanden, gewöhnten sich an, schon in den Bus zu steigen, bevor er den Friedhof erreichte. Den Extra-Penny bezahlten sie, um sich ihren Sitzplatz nach Port-of-Spain zu sichern. Und die Kinder merkten, daß der Sieben-Uhr-Bus nahezu voll eintraf und keiner ausstieg. Um die leeren Sitze gab es keinen großen Wettstreit, und tagelang gingen die meisten Kinder nicht zur Schule, bis W.C. Tuttle mit gerunzelten Brauen anbot, die Kinder mit seinem Lastwagen für nicht mehr als das Fahrgeld zur Schule zu bringen.

Der Lastwagen mußte um sechs Uhr morgens im amerikanischen Stützpunkt sein. Deshalb konnten die Kinder nicht viel später als halb sechs vor der Schule abgesetzt werden. Um das zu schaffen, mußten sie um Viertel vor fünf in Shorthills abfahren. Also mußten sie um vier Uhr aufstehen. Es war noch Nacht, wenn sie mit klappernden Zähnen eng zusammengedrängt auf Brettern, die an der

Ladefläche des LKWs befestigt waren, saßen und unter den niedrigen tröpfelnden Bäumen durch die ausgekühlten Hügel fuhren; und wenn sie in Port-of-Spain ankamen, brannten die Straßenlaternen noch. Sie wurden vor ihren Schulen abgesetzt, ehe die Zeitungsjungen die Zeitungen austrugen, ehe die Dienstboten aufstanden, ehe die Schultore aufgemacht wurden. Sie blieben auf dem Bürgersteig und spielten in der vormorgendlichen Dämmerung Himmel und Hölle. Der Hausmeister der Mädchenschule stand um sechs auf, zog sich eilig an und ließ sie herein, bat sie aber, nicht zu viel Lärm zu machen, damit sie seine Frau nicht störten, die noch schlief. Das Haus des Hausmeisters war klein, hatte nur zwei Zimmer und eine teilweise offene Küche; und der Hausmeister hatte eine vielköpfige Familie. Sie waren daran gewöhnt, am frühen Morgen so angezogen, wie es ihnen paßte, auf dem Schulhof herumzulaufen; sie putzten ihre Zähne dort und spuckten in den sandigen Hof; sie stritten sich; sie schlüpften nackt vom Haus zum Badezimmer draußen und trockneten sich im Freien ab; sie kochten und aßen unter dem Tamarindenbaum; sie hängten intime Wäsche auf. Jetzt war ihnen von der Dämmerung an Korrektheit auferlegt. Während der Hausmeister und seine Familie frühstückten, unter Stillschweigen, bekamen die Kinder wieder Hunger und aßen das Mittagessen, das man vor drei Stunden für sie zubereitet hatte. Das war auch die beste Zeit, um das Mittagessen zu essen, denn gegen Mittag wurde das Currygericht langsam rot und fing an zu riechen. Die Kinder, die ihr Essen bis zur Mittagszeit behielten, tauschten es oft gegen Brot und Käse ein; und da der gute Ruf, den indisches Essen hatte, sogar das Kochen der Tulsis überstand, dachten beide Seiten, sie hätten den besseren Handel gemacht.

Die Rückkehr nach Shorthills hatte ihre eigenen Probleme. Die Kinder verließen die Schule um drei. Der

Lastwagen verließ den amerikanischen Stützpunkt um sechs. Er kam deshalb nicht in Frage, wenn die Kinder vor acht Uhr abends nach Hause kommen sollten. Und der Busverkehr von Port-of-Spain hatte von Woche zu Woche mehr Schwierigkeiten. Aufgrund der durch den Krieg bedingten Knappheiten und Restriktionen gab es weniger Stadtbusse, und der Bus nach Shorthills wurde von Leuten benutzt, die nicht die ganze Strecke fuhren. Um zum Bus zu kommen, mußten die Kinder fast drei Meilen zum Busbahnhof neben dem Bahnhof laufen. Der letzte nicht überfüllte Bus war der um halb drei; ihn zu erwischen, hieß, die Schule kurz nach der Mittagspause zu verlassen. Das Kind, das hoffte, den Bus um drei Uhr dreißig zu bekommen, verließ die Schule um halb drei, ging zum Busbahnhof und schloß sich der wartenden Menge an. Eine Schlange gab es nicht, und bei seiner Ankunft wurde der Bus sofort Mittelpunkt eines Handgemenges. Leute krochen durch die offenen Fenster, kletterten über Reifen und den Tankverschluß hinauf und stürzten durch den Notausgang hinten; so daß ein Kind, selbst wenn es ihm gelang, sich als erster durch die Tür zu quetschen, alle Sitze belegt vorfand. Also liefen die Kinder zu Fuß, bis sie von einem Bus, der weniger voll war oder von dem Lastwagen, der vom amerikanische Stützpunkt zurückkam, aufgenommen werden konnten. Mrs. Tulsi ließ aus ihrem Zimmer mitteilen, daß die Kinder die Strapaze, nachmittags zu laufen, verringern könnten, wenn sie alle sängen; wenn die Mädchen belästigt würden, sollten sie ihre Schuhe ausziehen (sie trugen Kreppsohlen) und damit dem Strolch auf den Kopf hauen.

Schließlich wurde jedoch ein Auto gekauft, und einer der Schwiegersöhne fuhr die Kinder und die Apfelsinen nach Port-of-Spain. Es war ein Ford V8 von Anfang der dreißiger Jahre, nicht unelegant, und er wäre wahrscheinlich weniger unberechenbar gewesen, wenn er eine leichtere

Ladung gehabt hätte. Unter dem Gewicht der Kinder und Orangen sank er tief in der hinteren Federung, während die Haube leicht nach oben gerichtet war, und für die steileren Steigungen mußten die Kinder aussteigen. Oft hatte das Auto eine Panne, und dann forderte der Fahrer, der nichts von Autos verstand, die Kinder zum Schieben auf. Wie Ameisen um eine tote Küchenschabe formierten sich die Kinder (die Mädchen in ihren dunkelblauen Uniformen) um das Auto und schoben und zogen. Manchmal mußten sie mehr als eine Meile schieben. Manchmal schoben sie das Auto bis auf einen Hügelgipfel, sprangen beiseite, wenn es hinunterrollte, hörten es anspringen und rannten hinterher, während der Fahrer sie zur Eile drängte, und sprangen, immer drei auf einmal, hinein. Dann ging der Motor aus, und sie saßen, kauerten oder standen halb dem Ersticken nahe und still und warteten das ergebnislose kratzende Winseln des Starters ab. Manchmal kam das Auto mit einer zur Hälfte hochgeklappten Haube und einem Kind auf dem Kotflügel, das irgendeine Pumpe bediente, nach Port-of-Spain. Manchmal kam das Auto überhaupt nicht bis Port-of-Spain. Das gefiel den Kindern mehr als dem Fahrer, der kein Mittagessen eingepackt hatte. Manchmal war das Auto tagelang aus dem Verkehr gezogen. Dann fuhren die Kinder mit dem Lastwagen nach Port-of-Spain oder überraschten die Dorfbewohner, die ihre Vorsichtsmaßnahmen gelockert hatten, indem sie den Sieben-Uhr-Bus nahmen.

Der Ford V8 wurde schließlich aufgegeben, als einige der geringeren Schwiegersöhne, die sich die Erfahrungen der Kinder nicht zunutze machten, eines Abends damit nach Port-of-Spain ins Kino fuhren. Die ganze Nacht über war das Haus von Lampen hell erleuchtet, und mit Stöcken bewaffnet, um aufdringliche Männer einzuschüchtern, unternahmen die betroffenen Schwestern ständig kurze Wanderungen zur Straße nach Port-of-Spain. Kurz bevor es hell wurde, kamen die Männer zurück, schiebend. Die Kinder fuhren mit dem Lastwagen zur Schule. Das Auto wurde von der Straße in den Bach gestoßen bis zu dem Gebüsch wilder Tannien unter dem Regenbaum, wo es, nachdem es von einer unbekannten Person sofort seiner verkäuflichen Teile beraubt worden war, als Spielzeug für die Kinder liegen blieb.

Ein neues Auto wurde gekauft, wieder ein Ford V8, aber ein Sportwagen mit einem Notsitz. Und wie durch ein Wunder wurden sämtliche Kinder hineingezwängt, standen auf dem Notsitz wie Stielblumen in einer Vase. Für die Orangen wurde eine zweite Fahrt gemacht. Solange sie auf dem Land waren, konnten die Kinder so tun, als wären sie oben auf einer Postkutsche, aber wenn sie nach Port-of-Spain kamen, waren sie Zielscheibe höhnischer Aufmerksamkeit und vermißten den Schutz der Limousine.

So wurde Shorthills für die Kinder zum Albtraum. Fast immer war es schon dunkel, wenn sie zurückkamen, und es gab wenig, wohin zurückzukehren sich lohnte. Das Essen schmeckte immer schlechter und wurde immer nachlässiger in der Küche, deren Ziegelboden mit Lehm überdeckt worden war, oder in der überdachten Fläche zwischen Küche und Haus verzehrt. Kein Kind wußte von einer Nacht zur nächsten, wo es schlafen sollte; Betten wurden an jedem Ort und zu jeder Zeit gemacht. Samstags rupften die Kinder Unkraut, sonntags pflückten sie Orangen oder andere Früchte.

An den Wochenenden unterwarfen die Kinder sich den Gesetzen der Familie. Aber in der Woche, wenn sie so viel Zeit außerhalb des Hauses verbrachten, bildeten sie eine Gesellschaft für sich, außerhalb der Familiengesetze. Niemand lenkte; es gab nur die Schwachen und die Starken. Geschwisterliche Zuneigung wurde verachtet. Kein Bündnis war beständig. Nur Feindschaften waren von

Dauer; und die Nachmittagswanderungen in der Hitze, in Mrs. Tulsis Vorstellung durch Gesang erleichtert, wurden oft durch bittere Kämpfe aus reinem Haß unterbrochen. Mr. Biswas sah seine Kinder kaum, und sie wurden auch voneinander getrennt. Anand hatte das Gefühl, seine Schwestern machten ihm Schande. Sie gehörten alle zu den Schwachen. Myna hatte eine schwache Blase entwickelt; jede Autofahrt mit ihr brachte Schande mit sich. Manchmal hielt das Auto an, manchmal nicht. Kamla schlafwandelte; aber das war etwas Neues und wurde niedlich gefunden, besonders bei jemandem, der noch so jung war. Savi blieb unbemerkt, bis sie ausgewählt wurde, bei einem Schulkonzert zu singen, das von den Generalvertretern einer Gesichtslotion namens Limacol veranstaltet wurde. Sie hatte nie Limacol benutzt, stimmte aber dem Conferencier zu, daß der Slogan »Die Frische einer Brise in einer Flasche« richtig sei. Dann sang sie mit hoher und zittriger Stimme »An einem Sonntagmorgen« und bekam eine Miniaturflasche Limacol. Die Tulsi-Schwestern waren entsetzt. Sie sprachen von Savi fast wie von einem öffentlichen Entertainer und hielten ihren Kindern einen Vortrag darüber. Danach wurde Savi verhöhnt und verspottet. Sie zeichnete Landkarten mit exakt eingekerbten Küsten nach ihren Beobachtungen an Stränden nach. Sie hatte versucht, diese Methode zu verbreiten und hatte auch ein paar Anhänger; nun aber sagte eine von Govinds Töchtern, daß diese Einkerbungen genauso blöd und eingebildet seien wie die Tremolos, mit denen Savi »An einem Sonntagmorgen« gesungen hätte, und Savis Anhänger schworen ihr ab. Als sie eines Abends aus dem Bus wieder aussteigen mußte, weil sie ihr Fahrgeld verloren hatte, und den ganzen Weg nach Shorthills zu Fuß laufen mußte und nach Einbruch der Dunkelheit ankam und von Shama massiert werden mußte, weil ihr übel vor Angst und Müdigkeit war, hatte man das Gefühl, damit sei der

Gerechtigkeit Genüge getan worden. Die Nachricht von der Massage in dem Zimmer im oberen Stock, Savis Tränen, Mr. Biswas' Wut bei seiner Heimkehr, ging schnell durchs Haus. Kamla, die verhätschelte Schlafwandlerin, wurde nach Einzelheiten ausgehorcht, und, erfreut darüber, so viel Interesse und Belustigung zu wecken, lieferte Kamla sie.

Obwohl niemand seine Kraft anerkannte, gehörte Anand zu den Starken. Sein Sinn für Ironie hielt ihn von allem fern. Zuerst war das nur eine Pose, eine Nachahmung seines Vaters. Aber Ironie führte zu Verachtung, und in Shorthills wurde Verachtung, schnell, tief, alles umschließend, Bestandteil seines Charakters. Sie führte zu Unangemessenheiten, Introvertiertheit und einer anhaltenden Einsamkeit. Aber sie machte ihn unangreifbar.

Eines Morgens waren die Kinder alle fertig, um zur Schule zu fahren. Ihr Mittagessen, in braunes Papier gewickelt, war in ihre Taschen gesteckt, und das Auto wartete auf der Straße. Schnell füllten die Kinder das Auto. Sie quetschten sich hinein. Sie zwängten sich hinein. Sie preßten sich hinein. Eine Tür wurde zugeknallt. Anand, irgendwo auf dem Notsitz, hörte einen Schmerzensschrei und Stöhnen. Es kam von Savi. Die Kinder, immer in Atemnot und schlechtgelaunt, wenn das Auto still stand, riefen dem Fahrer zu abzufahren. Aber irgend jemand schrie: »Schnell! Macht die Tür auf! Ihre Hand!«

Anand lachte. Niemand fiel ein. Das Auto leerte sich, und er sah Savi auf dem nassen Kaninchengras am Wegrand sitzen. Er konnte es nicht ertragen, ihre Hand anzusehen. Shama und Mr. Biswas und ein paar Schwestern kamen auf die Straße hinaus.

Myna sagte: »Anand hat gelacht, Pa.«

Mr. Biswas gab Anand eine heftige Ohrfeige.

Und Mr. Biswas beschloß, daß es Zeit für ihn war, sich von dem Shorthills-Abenteuer zruückzuziehen. Eine Rückkehr nach Port-of-Spain war unmöglich. Wenn er auf dem Landsitz Spaziergänge unternahm, hielt er die Augen nach einem geeigneten Baugrundstück offen.

Dann traten in schneller Folge ein paar Todesfälle ein. Sharma, der Schwiegersohn, der Orangen pflückte und die Kinder zur Schule fuhr, rutschte eines regnerischen Morgens von einem moosbewachsenen Orangenbaumast ab und brach sich das Genick. Er starb fast sofort. An diesem Tag gingen die Kinder nicht zur Schule. Sharmas Witwe versuchte, den freien Tag in einen Trauertag zu verwandeln. Sie schluchzte und jammerte und umarmte jeden, der in ihre Nähe kam, und bat darum, Benachrichtigungen auszuschicken. Die Benachrichtigungen wurden abgeschickt, und am Nachmittag tauchten Sharmas Verwandte auf, unscheinbare Menschen, die selbst in der Trauer ihre Scheu nicht vergessen konnten. Sie legten Sharma in einen einfachen Sarg und trugen ihn zum Friedhof, wo das Dorf sich versammelt hatte, um den Hindu-Riten zuzusehen. Hari, mit weißer Jacke und Gebetsperlen, jammerte über dem Grab und sprengte mit einem Mangoblatt Wasser darüber.

»Dasselbe hat er mit meinem Haus gemacht«, sagte Mr. Biswas zu Anand.

Sharmas Witwe kreischte, fiel in Ohnmacht, kam wieder zu sich und versuchte, sich in das Grab zu werfen. Die Dorfbewohner sahen interessiert zu. Ein paar Eingeweihte flüsterten etwas von *Suttee*.

W.C. Tuttle übernahm die Aufgabe, die Kinder zur Schule zu fahren. Er plazierte seine Kinder alle vorne neben sich und stopfte die anderen auf den Notsitz. Er beklagte sich über das Fahrverhalten des Autos und legte alle seine Mängel Sharma zur Last. Bald gab es Gerede darüber, daß W.C. Tuttle das Auto benutzte, um Plündergüter für seinen Nebenverdienst zu transportieren. Er

drohte, das Auto nicht mehr zu fahren, wenn das Gerede nicht aufhöre. Außer dem verdrossenen Govind konnte niemand anders fahren, und das Gerede hörte auf.
Trotz W.C. Tuttles Beschimpfungen war Sharma schnell vergessen. Und an einem heißen Sonntagnachmittag, als fast jeder sich draußen aufhielt, traf Anand Hari und seine Frau, die allein im Eßzimmer am Kopfende des riesigen Zederntisches saßen, den W.C. Tuttles Schmied gemacht hatte. Sie gaben ein trauriges Paar ab. Haris Frau hatte Tränen in den Augen, und Haris ausdrucksloses Gesicht war gelb. Anand, der sie aufmuntern und mit einer neuen Leistung angeben wollte, bot ihnen an, ein Gedicht aufzusagen. Er beherrschte seit neuestem die ganzen Gesten, die auf dem Titelbild von *Bell's Standard Elocutionist* abgebildet waren. Hari und seine Frau sahen gerührt aus; sie lächelten und baten Anand vorzutragen.
Anand stellte die Füße nebeneinander, verbeugte sich und sagte »Bingen am Rhein« auf. Er faltete die Hände, stützte den Kopf darauf und deklamierte:
Ein Soldat der Legion lag sterbend in Algier.
Es machte ihm Freude, zu sehen, daß Hari und seine Frau ihr Lächeln gegen ein feierliches Aussehen eingetauscht hatten.
Keine Pflege zarter Frauenhände, keine Frauentränen gab es hier.
Doch ein Kamerad stand ihm zur Seite, als sein Lebensblut versiegte.
Anands Stimme zitterte vor Gefühl. Hari starrte zu Boden. Seine Frau hatte ihre großen Augen auf eine Stelle irgendwo über Anands Schulter gerichtet. Eine so starke und unmittelbare Reaktion hatte Anand nicht erwartet. Er verstärkte das Pathos in seiner Stimme, sprach langsamer und übertrieb seine Gebärden. Beide Hände gegen die linke Brust gedrückt, stellte er die letzten Worte des sterbenden Legionärs bildhaft dar.

Erzähl ihr von der letzten Nacht meines Lebens, denn ehe dieser Mond aufgeht,
Ist mein Körper ohne Leid, meine Seele aus dem Gefängnis befreit.

Haris Frau brach in Tränen aus. Hari legte seine Hand über ihre. So hörten sie bis zum Ende zu; und nachdem sie ihm ein Sechscentstück gegeben hatten, verließ Anand sie erschüttert.

Weniger als eine Woche später starb Hari. Erst da erfuhr Anand, daß Hari schon seit einiger Zeit gewußt hatte, daß er bald sterben würde. W.C. Tuttle, in einer bestickten Seidenjacke herausfordernd brahmanisch, führte die Totenfeier durch. Das Haus verhängte Trauer um Hari; niemand brauchte Zucker oder Salz. Er war einer jener Menschen, von denen alle freundlich dachten, weil sein Charakter so passiv war, daß man ihn fast gütig nennen konnte. Er hatte an keinen Kontroversen teilgenommen; seine Tugend wie seine Gelehrtheit war Familientradition. Alle waren daran gewöhnt, bei religiösen Zeremonien Hari als seines Amtes waltenden Pandit zu sehen; alle waren daran gewöhnt, jeden Morgen die geweihten Speisen von ihm zu empfangen. Hari im Dhoti, seine Stirn mit Sandelpaste gezeichnet; Hari morgens und abends *Puja* verrichtend; Hari mit seinen religiösen Schriften auf dem kunstvoll geschnitzten Bücherständer; das war im Tulsi-Haus ein beständiger Anblick gewesen. Es hatte niemanden gegeben, der Seths Platz einnehmen konnte. Es gab niemanden, der Haris einnehmen konnte.

Die Pflicht, *Puja* zu verrichten, teilten sich nun viele der Männer und Jungen. Manchmal mußte sogar Anand es tun. In den Gebeten ungeschult, konnte er nur die Bewegungen des Rituals nachvollziehen. Er wusch die Statuen, legte frische Blumen an die heilige Stätte und zerstreute sich damit, indem er versuchte, einen Blumenstengel in die Armbeuge eines Gottes oder zwischen Kinn und Brustkasten des Gottes zu stecken. Er legte den Stirnen der Götter, den glatten schwarzen, rosenroten und gelben Kieseln und seiner eigenen Stirn frische Sandelpaste auf; zündete den Kampfer an, beschrieb mit der Flamme in der rechten Hand einen Kreis um die heilige Stätte, während er mit der linken versuchte, die Glocke zu läuten; blies durch die Muschelschale, aus der ein Geräusch kam, als würde ein schwerer Schrank kratzend über einen Holzfußboden geschoben; dann, seine Wangen schmerzten von der Anstrengung, die Muschel zu blasen, eilte er hinaus, um zu essen, machte zuerst aber noch die Runde durchs Haus, um die Milch und Tulsiblätter anzubieten, die er, kaum zu glauben, geweiht hatte. Wenn er sich für die Schule anzog, wischte er die angetrockneten Sandelholzzeichen von der Stirn.

Ungefähr zwei Wochen, nachdem Hari gestorben war, traf in Arwacas die Nachricht von einem weiteren Todesfall ein. Eines Abends, als Anand an dem Tisch in dem Zimmer im oberen Stock arbeitete und Mr. Biswas auf dem Bett lag und las, wurde die Tür aufgestoßen und Savi stürzte herein und sagte: »Großtante Padma ist tot.«

Mr. Biswas schloß die Augen und legte die Hand aufs Herz.

Anand schrie: »Savi!«

Sie stand still, ihre Augen glänzten.

Unten brach ein tiefgezogenes Wehklagen aus und verbreitete sich durchs ganze Haus, stieg an, fiel ab, wurde von einer Schwester zur nächsten weiter und wieder zurückgegeben, wie das Bellen der Hunde in der Nacht. Sharmas Tod hatte kaum mehr als eine Störung der Routine verursacht. Haris Tod hatte betrübt, Padmas Tod ängstigte sie. Sie war Mrs. Tulsis Schwester: der Tod war ihnen allen näher gerückt. Sie alle hatten sie ihr Leben lang gekannt; sie war ihnen entschwunden. So etwas sagten die Schwestern sich immer wieder vor, während sie sich umarmten und ihre Kinder umarmten. Das Haus wurde von Schritten, Kreischen, Jammern und dem Weinen verängstigter Kinder erschüttert. Mrs. Tulsi hatte angeblich den Verstand verloren; man munkelte, daß auch sie stürbe. Die Kinder steckten Nadeln in Lampendochte und murmelten Beschwörungen, um erneutes Unglück abzuhalten. Sie hörten, wie Mrs. Tulsi lärmend forderte, zum Leichnam ihrer Schwester gebracht zu werden. Das Flehen wurde von ein paar Schwestern aufgenommen, und trotz der Stunde und trotz des Streits mit Seth wurden Vorbereitungen getroffen, und der Lastwagen und der Sportwagen fuhren nach Arwacas ab. Nur Männer und Kinder blieben im Haus zurück.

Am nächsten Nachmittag kehrten die Frauen mit mehr noch als ihrem Leid zurück. Für die meisten von ihnen war das seit dem Umzug der erste Besuch in Arwacas gewesen, das erste Mal, daß sie Seth zu Gesicht bekommen hatten. Sie hatten nicht mit ihm gesprochen, aber die Waffenruhe hatte es ihnen ermöglicht, das Besitztum zu besichtigen, das Seth, der den Streit nachdrücklich weiterführte, nicht weit entfernt vom Hanuman-Haus auf der Hauptstraße gekauft hatte. Ein erster Schritt, hatte man ihnen erzählt, um das Hanuman-Haus für sich zu erwerben. Es war eine Lebensmittelhandlung, und sie war groß genug und neu genug und gut genug ausgerüstet, um die Schwestern zu beunruhigen. Aber von Seth konnte man gerade da nicht reden.

Padma erschien in der Nacht vielen im Traum. Am Morgen wurde jeder Traum ausführlich erzählt, und man kam überein, daß Padmas Geist in das Haus in Shorthills gekommen war, das sie zu Lebzeiten nie besucht hatte. Dies wurde durch das Erlebnis einer Schwester bestätigt. Mitten in der Nacht hatte sie Schritte auf der Straße gehört. Sie hatte sie als Padmas erkannt. Während Padma das Bachbett durchquerte, herrschte Stille, dann kamen wieder Schritte, als Padma die sandige Auffahrt und die Betontreppe hochging. Dann hatte Padma einen Rundgang durchs Haus gemacht, sich auf die Hintertreppe gesetzt und geweint. Danach sahen viele Leute Padma. Viel Beachtung wurde einer Geschichte von einem der Tuttle-Kinder geschenkt. Der Junge hatte am hellichten Tag eine Frau in Weiß vom Friedhof zum Haus gehen sehen. Er holte sie ein und sagte: »Tante!« Sie drehte sich um. Es war keine Tante. Es war Padma; sie weinte. Ehe er etwas sagen konnte, hatte sie den Schleier übers Gesicht gezogen, und er war weggelaufen. Als er sich umschaute, sah er niemanden mehr.

Aber es dauerte eine Weile, ehe die Schwestern erkannten, daß Padma so oft erschien, weil sie eine Botschaft hatte. Daraufhin beschlossen sie, daß jeder, der sie sah, sie nach ihrer Botschaft fragen sollte. Die Botschaften wichen voneinander ab. Zuerst erkundigte Padma sich nur nach bestimmten Leuten und sagte, sie wünsche, sie lebte und wäre bei ihnen; manchmal sagte sie auch, sie sei an einem gebrochenen Herzen gestorben. Aber Padmas spätere Mitteilungen, im Flüsterton von Schwester zu Schwester, von Kind zu Kind weitergegeben, verursachten Bestürzung. Sie sagte, Seth habe sie dazu gebracht, Gift zu nehmen; sie sagte, Seth habe sie vergiftet; sie sagte, Seth habe sie zu Tode geprügelt und den Arzt bestochen, die Leiche nicht zu untersuchen.

»Erzählt das nicht Mai«, sagten die Schwestern.

Der Zorn übertraf den Schmerz. Jede Schwester verfluchte Seth und schwor, nie wieder mit ihm zu sprechen. Mrs. Tulsi blieb in dem Zimmer mit den verschlossenen Fenstern. Wie früher machten Sushila und Miss Blackie Breiumschläge mit Weinbrannt für ihre Augenlider und massierten ihr den Kopf mit Pimentrum. Aber in dem Tempel aus Kistenbrettern am Ende des zerstörten, überwucherten Gartens war kein Hari, um Gebete für sie und das Haus zu sagen. Glocken wurden geläutet und Gongs geschlagen, aber das Glück, der Erfolg hatten die Familie verlassen.

Und zwei der Schafe starben. Der Kanal entlang der Auffahrt war schließlich vollkommen mit Sand verstopft, und der Regen, der auch nach kürzesten Schauern in reißenden Sturzbächen den Hügel herabfloß, überflutete das flache Land. Der Bachlauf, nicht mehr von Wurzeln gefestigt, begann, zerfressen zu werden. Der Altmännerbart wurde seines Halts beraubt; seine dünnen, ineinander verfilzten Wurzeln hingen wie ein fadenscheiniger Teppich über die Ufer. Das Bett des Wasserlaufs, dessen schwarze Erde und die Pflanzen, die darauf wuchsen, weggespült waren, wurde sandig, dann kiesig, dann felsig. Man fand keine Furt für das Auto mehr darin, und der Wagen blieb auf der Straße. Die Schwestern waren von der Erosion, die ihnen so plötzlich vorkam, verwirrt, akzeptierten sie aber als Teil ihres neuen Schicksals.

Govind gab die Versorgung der Kühe auf. Er kaufte ein gebrauchtes Auto und setzte es in Port-of-Spain als Taxi ein. W.C. Tuttle machte auf dem Gut einen Steinbruch auf. Er war der erste gewesen, der Bäume vom Gut verkauft hatte; nun, da es nur noch wenige Bäume zu verkaufen gab, verkaufte er die Erde selbst. Mr. Biswas transportierte weiterhin sein Plündergut an Orangen und Avocados in der Satteltasche seines Fahrrads.

Für nahezu alle Schwestern mit Ehemännern war Shorthills bloß zu einem Zwischenspiel geworden. Für die Witwen gab es nur Shorthills und Land, von dem sie nichts verstanden. Es war weder Reisland noch Zuckerrohrland. Aber die Witwen verbündeten sich, und nach langen geflüsterten Diskussionen und demonstrativem Schweigen, wenn andere Schwestern, Ehemänner oder ihre Kinder in der Nähe waren, verkündeten die Witwen, daß sie eine Hühnerfarm aufmachen würden. Um die Hühner zu füttern, brauchten sie Mais. Sie holzten einen Hügelabhang ab, brannten ihn nieder und pflanzten Mais. Dann kauften sie ein paar Hühner und ließen sie frei. Zuerst blieben die Hühner nah beim Haus und manchmal drinnen, wo sie ihren Dreck überall fallen ließen. Wenig später griffen Schlangen und Mungos die Hühner an. Die Überlebenden flüchteten in den Busch, lernten, hoch zu fliegen und legten ihre Eier dort, wo die Witwen nicht herankamen. In der Zwischenzeit wurde der Mais geerntet und geschält. Die Witwen und ihre Kinder aßen viel Mais, gekocht und geröstet. Der Rest wurde auf der Veranda aufgehäuft; es gab keine Hühner, an den man ihn verfüttern konnte. Der Mais färbte sich von hellgelb in ein grelles, leuchtendes Orange. Ab und zu lösten die Witwen und ihre Kinder auf Reibeisen die Körner von den Kolben. Man sprach davon, Maismehl zu verkaufen; da die Weizenmehlknappheit anhielt, hielt man die Aussichten für günstig. Die Witwen investierten in eine Mühle: zwei verzahnte Steinräder, die aufeinander lagen. Nach einiger Zeit und viel Mühe war ein bißchen Mehl gemahlen, doch war es nicht so gefragt, wie die Witwen gehofft hatten. Der Mais blieb auf der Veranda; Rüsselkäfer und andere Insekten gruben sich gewandt durch die goldenen Kolben. Mrs. Tulsi blieb in ihrem verdunkelten Zimmer, ersann Sparmaßnahmen und erließ Anweisungen für die Ernährung. Sie hatte gehört, daß die Chinesen, eine uralte Rasse, Bambussprossen aßen. Bambus gab es auf dem Gut im Überfluß; Mrs. Tulsi ordnete an, daß Bambussprossen gegessen werden sollten. Aber was waren Bambussprossen? Waren es die hübschen kleinen grünen Knospen an den Blattachsen der Bambusstämme? Waren es die ganz jungen Bambusstengel? Waren es die ganz jungen Bambusblätter? Niemand wußte es. Knospen, Stengel und Blätter wurden gesammelt, gewaschen, gehackt, gekocht und mit Tomaten und Curry zubereitet. Niemand konnte das essen. Die Blätter eines glänzenden Buschs, eines fruchtbaren Strauchs, der selbst auf Sand wuchs, waren im Haus benutzt worden, um ein leicht abführendes Gebräu zu machen, das nicht unangenehm schmeckte und angeblich gut gegen Erkältungen, Husten und Fieber war. Mrs. Tulsi verfügte, daß kein Tee mehr gekauft werden sollte, statt dessen sollte der glänzende Busch verwendet werden. Die Witwen und ihre Kinder machten schon Kaffee und Schokolade von den Bohnen auf dem Gut. Nun sollte Maismehl anstatt Weizenmehl benutzt werden, und das Kokosöl sollte selber gemacht und nicht gekauft werden. Niemand hatte daran gedacht, Gemüse zu ziehen, und weil man auch das nicht kaufen konnte, machte man Anstrengungen, Gemüseersatz zu finden: harte Kokosnüsse, grüne Papayas, grüne Mangos, grüne *pomme cithère* und so gut wie alle grünen Früchte. Aber als Mrs. Tulsi den Witwen befahl, Versuche mit Vogelnestern anzustellen, wie sie Chinesen aßen, und die Witwen sich die langen strumpfähnlichen Kornvogelnester aus dürren Zweigen ansahen, die vom Regenbaum hingen, erhob sich ein solcher Schrei der Entrüstung, daß die Idee fallen gelassen wurde.

Es war W.C. Tuttles Pflicht, ausgetrocknete Kuchen für die Kühe mitzubringen, wenn er die Kinder zur Schule fuhr. Damit sie nicht gestohlen wurden, stapelte man die Kuchen auf der Veranda neben dem trockenen Mais der Witwen. Als die Kinder der Witwen einmal in den Kuchen herumsuchten, stießen sie auf einige, die noch genießbar waren. Die Neuigkeit wurde Mrs. Tulsi berichtet, danach wurden altbackene Kuchen zwischen den Kühen und den Witwen geteilt. In dieser Zeit der Versuche wurden viele neue Speisen entdeckt. Die Kinder entdeckten, daß ein trockener Pfannkuchen mit braunem Zucker ein besseres Mittagessen abgab als mit Curry gewürzter Bambus, den man in der Schule gegen nichts eintauschen konnte. Irgend jemand kam auf die Idee, Sardinen in Kondensmilch zu tunken, und jemand anders fand zufällig heraus, daß Kondensmilch, die in der Büchse angebrannt war, einen eigentümlichen und angenehmen Geschmack hatte. Die Sparmaßnahmen gingen noch weiter. Nachdem sie den Befehl erteilt hatte, keine Büchsen mehr wegzuwerfen, bestellte Mrs. Tulsi einen Kesselflicker aus Arwacas. Vierzehn Tage lang nahm er am Essen des Haushalts teil, schlief auf der Veranda und machte Blechtassen und Blechteller; aus einer Sardinenbüchse machte er eine Pfeife. Es wurde keine Tinte mehr gekauft; man zog eine blasse, aber nicht auswaschbare violette Flüssigkeit aus den kleinen Beeren von stachligem Gestrüpp. Als Mrs. Tulsi hörte, daß die äußere Fruchtschale von Kokosnüssen weggeworfen wurde, entschied sie, daß Matratzen und Kissen gemacht und, wenn möglich, verkauft werden sollten. Die Witwen und ihre Kinder weichten die Kokosnußfasern ein und stampften und streckten und zerrupften sie, wuschen die Fasern und trockneten sie. Dann bestellte Mrs. Tulsi den Matratzenmacher aus Arwacas. Er kam und machte einen Monat lang Matratzen und Kissen.

Schwestern mit Ehemännern gaben ihren Kindern heimlich zu essen. Und als herauskam, daß ein paar Söhne von Witwen ein Schaf geschlachtet, es im Wald gebraten und gegessen hatten, brachte W.C. Tuttle seine Empörung über diese so gar nicht hinduistische Tat zum Ausdruck, indem er sich weigerte, noch etwas aus der gemeinsamen Küche zu essen, und seiner Frau befahl, getrennt zu kochen. Einer seiner Söhne berichtete, daß sich an dem Tag, an dem das Schaf gegessen wurde, W.C. Tuttles brahmanischer Mund entzündet hatte. Obwohl Mr. Biswas nicht W.C. Tuttles sensationelle Krankheitszeichen vorweisen konnte, ließ auch er Shama für sich kochen. Angesteckt von der vorherrschenden Besessenheit, Nahrung zu beschaffen, hatte Mr. Biswas selber Versuche angestellt. Er war zu dem Schluß gekommen, daß der Gospo, eine Kreuzung zwischen Orangen- und Zitronenbaum, und die Pomelos, die keiner aß, außergewöhnliche Qualitäten hatte. Einen einzigen Gospobaum gab es auf dem Gut, und seine Früchte hatten die Kinder zum Kricketspielen benutzt (mit Schlägern vom *Bois-Canot*). Dem setzte Mr. Biswas ein Ende. Er trank jeden Morgen ein Glas mit dem ekligen Gosposaft und zwang seine Kinder, dasselbe zu tun, bis der Gospobaum, der in einer Ecke des Kricketfeldes stand, nach einer Regenflut, noch reich behangen mit seiner hybriden Frucht, in den Bachlauf absackte.

Nach dem Verschwinden des Gospobaums schrumpfte das Kricketfeld rapide. Nach jedem Regenschauer war ein Teil davon weggerissen, zurück blieb ein grasbewachsener Überhang, der nach ein oder zwei Tagen abbrach und vom nächsten Regenguß weggeschwemmt wurde. Auf der Auffahrt wuchs das Unkraut hoch, und durch das Unkraut führte ein schmaler, seltsam unentschlossener Pfad zu den Betonstufen, die nun absackten und Ritzen hatten, aus denen sich Pflanzen hervordrängten. Die Immergrünhecke war ein Gewirr kleiner Bäume, und jedesmal, wenn es regnete, roch das Land frisch wie Fisch, was bedeutete, daß es Schlangen gab.

Niemand hatte Zeit, gegen den Busch anzukämpfen. Die Witwen, wenn sie nicht kochten oder wuschen oder putzten oder sich um die Kühe kümmerten, machten Kaffee oder Schokolade oder Kokosöl oder mahlten Mais. Langsam wurden ihre Kleider geflickt, ihre Arme hart. Sie sahen wie Arbeiterinnen aus, und sie mußten die hämischen Kommentare ertragen, die Seth durch gemeinsame Freunde sandte. Er hatte der Familie sein Leben geweiht, dann war er zurückgewiesen und verleumdet worden. Ihre Strafe fing gerade erst an. Hatte er nicht immer gesagt, wenn er sie verließ, würden sie alle anfangen, Krebse zu fangen?

Und die Witwen arbeiteten wie Männer. Als der Bachlauf zur Schlucht wurde, schlugen sie eine Brücke aus Kokospalmstämmen darüber. Die Schlucht wurde breiter; die Baumstämme brachen zusammen. Die Witwen bauten noch eine Brücke, auch die brach zusammen. Die Witwen bewegten Mrs. Tulsi dazu, Schienenstränge zu kaufen. Die Schienen wurden über die Schlucht gelegt, über die Schienen wurden Kokospalmstämme gelegt, und diese Konstruktion hielt eine Weile, wacklig, schlüpfrig, mit Lücken, durch die ein Kind auf die Felsen unten fallen konnte.

Mr. Biswas konnte nicht mehr darüber hinwegsehen, wie heruntergekommen um ihn herum alles war, aber wenn er von Umzug sprach, wurde Shama, obwohl sie vom Rat der Witwen und den Vertraulichkeiten der anderen Schwestern ausgeschlossen war, verdrießlich und weinte manchmal.

Dann kam der Skandal mit den achtzig Dollar.

Chinta verkündete eines Tages, daß jemand achtzig Dollar aus ihrem Zimmer gestohlen habe. Das war eine überraschende Meldung, nicht nur, weil in der Familie noch nie eine Anklage wegen Diebstahls erhoben worden war, sondern auch, weil keiner wußte, daß Chinta und Govind so viel Geld hatten. Chinta erzählte immer wieder, wie sie das Geld zum letzten Mal überprüft hatte und wie ein Zufall sie dazu gebracht hatte, überhaupt zu merken, daß das Geld weg war. Sie sagte, sie wüßte, wer das Geld gestohlen habe, warte aber, bis der Dieb sich selbst verrate.

Nach ein paar Tagen hatte der Dieb sich nicht selbst verraten, und Chinta suchte weiter und verursachte, wohin sie auch ging, ein Gedränge. Manchmal sagte sie Beschwörungsformeln auf Hindi; manchmal suchte sie mit einer Kerze in der einen und einem Kruzifix in der anderen Hand; manchmal spuckte sie sich in die linke Hand, streifte den Speichel mit einem Finger ab und suchte in der durch den Flugweg der Spucke angegebenen Richtung. Schließlich beschloß sie, eine Probe mit Bibel und Schlüssel zu machen.

»Die alte römische Katze und ihr Junges«, sagte Mr. Biswas zu Shama. »Wie die Mutter, so die Tochter. Aber paß mal auf, ich will nicht, daß meine Kinder sich mit so einer Narretei abgeben.«

Das wurde durchs ganze Haus wiederholt.

Chinta sagte: »Ich gebe ihm keine Schuld.«

Die Bibel-und-Schlüssel-Probe dauerte einen ganzen Nachmittag. Chinta rief die Heiligen Peter und Paul an und sprach die Anschuldigungen; Miss Blackie, die dieselben Namen anrief, verteidigte; und so wurde die Unschuld aller außer Mr. Biswas' und seiner Familie erwiesen.

Mr. Biswas weigerte sich, sein Zimmer durchsuchen zu lassen, und setzte sich über Shamas Bitten, er solle zulassen, daß die Kinder geprüft würden, hinweg. »Sie ist eine römische Katze«, sagte er. »Ja und? Sehe ich aus wie eine hinduistische Maus?« Eine Zeitlang hatten er und Govind nicht miteinander gesprochen; nun sprachen er und Chinta nicht miteinander. Shama versuchte, die Beziehungen zu Chinta aufrechtzuerhalten, bekam aber eine Abfuhr.

»Ich gebe keinem die Schuld«, sagte Chinta. »Ich gebe nur dem Mann die Schuld, der das Beispiel gegeben hat.«

Dann begann das Geflüster.

»Red nicht mit ihnen, aber behalt sie im Auge.«

»Vidiadhar! Schnell! Ich hab' mein Portemonnaie auf dem Tisch im Eßzimmer liegengelassen.«

»Anand hat es gern, wenn seine Nase läuft. Er schluckt den Rotz runter. Das schmeckt ihm wie Kondensmilch.«

»Savi ißt tatsächlich die Krüstchen von Wunden.«

»Hast du schon mal Kamlas Kopf gesehen? Da wimmelt's nur so von Läusen. Aber sie ist wie ein Affe. Sie ißt sie.« Und die Mädchen bettelten Mr. Biswas an, umzuziehen.

Er hatte ein Grundstück gefunden, wie er es immer haben wollte, abgeschieden, brachliegend, voller Möglichkeiten. Es lag ein gutes Stück vom Gutshaus entfernt auf einem niedrigen Hügel, tief im Busch und weit hinter der Straße. Das Haus wurde in Angriff genommen und, ohne gesegnet zu werden, in weniger als einem Monat fertiggestellt. Sein Grundriß entsprach genau dem des Hauses, an das er sich in Green Vale gewagt hatte, genau dem von Tausenden von Häusern im ländlichen Trinidad. Es hatte eine Veranda, zwei Schlafzimmer und ein Wohnzimmer und stand auf hohen Pfeilern. Bäume vom Gut lieferten das Bauholz; er mußte nur das Zersägen bezahlen. Für das Dach kaufte er Wellblech, einfaches und mattiertes Glas für die Fenster, farbiges Glas für die Wohnzimmertür und Zement für die Pfeiler.

Die Geschwindigkeit, mit der das Haus hochgezogen wurde, überrumpelte ihn. Die Bauarbeiter hatten ihm keine Gelegenheit gegeben, sich zurückzuziehen, und am Ende wurde er gewahr, daß seine Ersparnisse fast ganz aufgebraucht waren. Er fühlte sich unbehaglich. Seine Umstände hatten sich geändert, sein Ehrgeiz aber war gleich geblieben und wirkte nun nur idyllisch und unsinnig. Er hatte sein eigenes Haus gebaut, an einem Ort, so wild und abgelegen, wie er es sich nur wünschen konnte. Aber Shama mußte, um ihre Einkäufe zu erledigen, eine Meile bis zum Dorf laufen, Wasser mußte von einer Quelle im Kakaowald den Hügel hochgeschleppt werden. Und dann war da noch das Transportproblem. Er mußte jeden Tag weite Strecken mit dem Fahrrad fahren, und obwohl er sich von der Familie abgeschnitten hatte, mußten die Kinder im Wagen der Familie zur Schule fahren.

Nachdem er ein Schlaraffia-Bett gekauft hatte (aus Port-of-Spain angeliefert von zwei Frachtwagenführern, die fluchten, während sie mehrmals den nicht richtig gerodeten und steilen Pfad herauf- und hinunterlaufen mußten), war sein Geld aufgebraucht. Das Haus war noch nicht angestrichen. Rot und roh stand es in seiner ungepflegten grünen Umgebung und schien eher den Verfall als das Bewohntwerden herauszufordern.

Shama billigte den Umzug nicht, auch wenn der Streit mit Chinta ihr weh tat. Sie betrachtete ihn als Provokation und hatte wie die Kinder beobachtet, wie das Haus hochgezogen wurde, und gehofft, es würde nicht vollendet. Die Kinder wollten zurück nach Port-of-Spain, zu dem Leben zurück, das sie vor Shorthills geführt hatten. Sie wußten von der Wohnungsknappheit, beschuldigten aber Mr. Biswas, es nicht angestrengt genug zu versuchen. Das neue Haus schloß sie in Stille und Busch ein. Sie hatten keinerlei Vergnügungen, keine Kinovorführungen, keine Spaziergänge, noch nicht einmal Spiele draußen, denn das Land um das Haus roch noch nach Schlangen. Die Nächte schienen länger und schwärzer zu sein. Die Mädchen blieben immer in Shamas Nähe, als fürchteten sie sich, allein zu sein; und in ihrer Küchenhütte sang Shama traurige Hindilieder.

Eines späten Nachmittags, kurz nachdem sie umgezogen waren, fand Anand sich allein im Haus. Mr. Biswas war aus, die Mädchen waren bei Shama in der Küche. Das Haus wirkte leer, unbenutzt und noch ohne Schutz; die Ecken enthielten keine Geheimnisse; kein Möbelstück schien seinen Platz gefunden zu haben. Mehr von Langeweile als von Neugierde getrieben, öffnete Anand die unterste Schublade von Shamas Toilettentisch. In einem Briefumschlag fand er die Heiratsurkunde seiner Eltern und seine und seiner Schwestern Geburtsurkunden. Auf einer Geburtsurkunde, die er zuerst nicht als Savis erkannte, sah er einen Namen, Basso, den er nie gehört hatte. Er sah Mr. Biswas grobschlächtiges Gekritzel: *Richtiger Rufname: Lakshmi.* In der »Beruf des Vaters« überschriebenen Spalte war *Arbeiter* energisch durchgestrichen und *Besitzer* eingetragen. Keine andere Geburtsurkunde war so bekritzelt worden. In zerknittertem braunen Papier waren ein paar Fotos eingewickelt. Auf einem standen die Tulsi-Schwestern in einer geraden Reihe und schauten finster drein; die anderen zeigten die ganze Tulsi-Familie, das Hanuman-Haus, Pandit Tulsi, Pandit Tulsi im Hanuman-Haus.

In der Küche sang Shama ihre klagenden Lieder und schlug den Teig zwischen ihren Händen.

Anand stieß auf ein Bündel Briefe. Sie steckten noch alle in ihren Umschlägen. Die Briefmarken waren aus England und bildeten den Kopf Georg V. ab. Aus einem Umschlag fielen kleine braune Fotos von einem englischen Mädchen, einem Hund, einem Haus mit einem verblaßten X auf einem Fenster; in einem anderen Umschlag steckte ein Zeitungsausschnitt, in dem in einem ganzen Absatz voller Namen einer mit Tinte unterstrichen war. Die Briefe waren nett geschrieben und sagten, wenn auch sehr ausführlich, wenig aus. Sie erzählten von erhaltenen Briefen, von der Schule, von Ferien; sie dankten für Fotos. Ganz plötzlich waren sie von Gefühlen beeinflußt; sie drückten Überraschung darüber aus, daß die Ehevorbereitungen so schnell getroffen worden waren; sie versuchten, die Überraschung durch Glückwünsche zu mildern. Dann gab es keine Briefe mehr.

Anand machte die Schublade zu und ging ins Wohnzimmer. Er stützte seine Ellbogen aufs Fensterbrett auf und sah hinaus. Gerade war die Sonne untergegangen, und der Busch wurde gegen einem noch hellen Himmel schwarz. Aus Tür und Fenster der Küche kam Rauch, und Anand lauschte Shamas Gesang. Dunkelheit füllte das Tal.

Am selben Abend entdeckte Shama die durchstöberte Schublade.
»Ein Dieb!« sagte sie. »Es war ein Dieb im Haus.«

Mr. Biswas weigerte sich, der gedrückten Stimmung seiner Familie und seinem eigenen Gefühl, voreilig gewesen zu sein, nachzugeben. Er machte sich daran, das Land abzuholzen. Nur die *Poui*-Bäume schonte er wegen ihrer Äste und gelben Blüten, die leuchtend und rein für eine Woche im Jahr hervorkamen. Der unversehrte lebende Busch wurde durch ein braunes Chaos gefällter und sterbender Bäume ersetzt. Da hindurch legte Mr. Biswas vom Haus zur Straße hinunter einen sich windenden Pfad an, grub Stufen in die Erde und stützte sie mit Bambus ab. Die Überreste konnten nicht sofort verfeuert werden, denn die Blätter waren zwar abgestorben und dürr, das Holz aber noch grün. Während er wartete, schnitt Mr. Biswas *Poui*-Stöcke und schwelte sie in Gartenfeuern ab. Und er erinnerte sich einer Pflicht.
Er bat seine Mutter zu kommen. So lange schon — seit seiner Jungenzeit in der Hintergasse — hatte er ihr gesagt, wenn er sein eigenes Haus gebaut habe, solle sie kommen und bei ihm bleiben, daß er nun zweifelte, ob sie kommen würde. Aber sie kam, für zwei Wochen. Ihre Gefühle waren undurchschaubar. Er war am Anfang übertrieben liebevoll. Aber Bipti blieb gelassen, und Mr. Biswas folgte ihrem Beispiel. Es war, als wäre die Beziehung zwischen ihnen, ohne daß sie darum ersucht hatten, ganz selbstverständlich und brauchte nur hingenommen zu werden.
Die Kinder verstanden zwar Hindi, konnten es aber nicht mehr sprechen, und das beschränkte ihre Kommunikation mit Bipti. Von Anfang an jedoch verstanden Shama und Bipti sich gut. Shama zeigte keine Spur des mürrischen Wesens, das sie bei Biptis Schwester Tara an den Tag legte; zu Mr. Biswas' Überraschung und Vergnügen

behandelte sie Bipti mit dem ganzen Respekt einer Hindu-Schwiegertochter. Sie hatte Biptis Füße mit den Fingern berührt, als Bipti kam, und erschien nie mit unbedecktem Kopf vor Bipti.
Bipti half mit bei der Hausarbeit und auf dem Land. Wenn Mr. Biswas sich nach Biptis Tod an sie erinnern wollte, dachte er weniger an seine Kindheit und die Hintergasse als an diese vierzehn Tage in Shorthills. Eines Augenblicks gedachte er im besonderen. Der Boden vor dem Haus war nur teilweise gerodet, und eines Nachmittags, als er sein Fahrrad bis zu den Erdstufen zum Gipfel des Hügels geschoben hatte, sah er, daß ein Teil des Landes, das er am Morgen voller Hindernisse und ungepflügt zurückgelassen hatte, abgeholzt und eingeebnet und geharkt worden war. Die schwarze Erde war weich und ohne Steine; sauber hatte der Spaten hineingehauen und feuchte Wälle so glatt wie Maurerwerk hinterlassen. Hier und da hatten die Zinken der Forke in der aufgewühlten Erde flache gleichlaufende Einkerbungen hinterlassen. In der untergehenden Sonne, der traurigen Dämmerung mit Bipti, die in einem Garten arbeitete, der einen Augenblick lang wie ein Garten aussah, den er vor dunklen Urzeiten einmal gekannt hatte, fielen die dazwischenliegenden Jahre weg. Danach ließen die Spuren einer Forke in Erde ihn an diesen Augenblick auf dem Gipfel des Hügels und an Bipti denken.

Die Kinder freuten sich auf das Abbrennen des Landes wie auf ein Fest. Das Amt für zivile Verteidigung hatte ihnen eine Ahnung von großen Feuersbrünsten vermittelt, und nun sollten sie im eigenen Hinterhof einen brennenden Hügel erleben. Das würde fast so gut sein wie die Pseudo-Luftangriffe auf das Rennfeld von Port-of-Spain. Natürlich würde es keine Attrappenhäuser zum Verbrennen geben, keine Krankenwagen, keine Krankenschwestern, die sich der Leute annahmen, die wegen vorgetäuschter Wunden stöhnten, keine Pfadfinder auf Motorrädern, die mit Scheindepeschen durch den dichten Rauch stürmten; aber andererseits würde es auch keine von den eifrgen Feuerwehrmännern geben, die trotz des allgemeinen Empörungsschreis ein paar der Attrappengebäude gerettet hatten, ehe sie überhaupt angesengt waren.

Mr. Biswas offenbarte eine manuelle Begabung, der die Kinder im Geheimen mißtrauten, und hob Gräben aus und bereitete an strategischen Punkten, wie er es nannte, kleine Nester aus Zweigen und Blättern vor. Am Samstagnachmittag rief er die Kinder zusammen, tränkte einen Holzscheit in Pechöl, zündete ihn an und lief, den Scheit hineinstoßend und zurückspringend, von Nest zu Nest, als hätte er eine Explosion zur Auslösung gebracht. Hier fing ein Blatt Feuer und dort ein Zweig, loderte auf, schrumpfte, schwelte und erstarb. Mr. Biswas wartete nicht ab, um zuzusehen. Das Geschrei der Kinder überhörend, lief er weiter und ließ eine Fahne aus dünner werdendem, abziehendem schwarzen Rauch hinter sich.

»Ist schon in Ordnung«, sagte er, als er den Hügel herunterkam.«

»Ist schon in Ordnung. Feuer ist 'ne komische Sache. Man denkt, es ist aus, aber unten drunter lodert es wie in der Hölle.«

Eine der Rauchschwaden schrumpfte wie ein versiegender Springbrunnen.

»Das da hat auf deinen Rat gehört und ist in den Untergrund gegangen«, sagte Savi.

»Ich weiß auch nicht«, sagte er, einen juckenden Fußknöchel gegen den anderen reibend. »Vielleicht ist alles noch ein bißchen zu grün. Vielleicht sollten wir bis nächste Woche warten.«

Protest erfolgte.

Savi legte die Hand übers Gesicht und wich zurück.

»Was ist los?«
»Die Hitze«, sagte Savi.
»Mach bloß weiter so. Paß bloß auf, daß dir nicht anderswo heiß wird. Clowns. So was ziehe ich mir da auf. Ein Haufen Clowns.«
Aus der Küche rief Shama: »Ihr da, beeilt euch. Die Sonne geht unter.«
Sie gingen hin, um die Nester zu überprüfen, die Mr. Biswas in Brand gesteckt hatte. Sie fanden sie zusammengefallen, heruntergebrannt vor: flache Häufchen aus grauen Blättern und schwarzen Zweigen. Nur eins hatte Feuer gefangen, und von ihm breitete sich das Feuer überhaupt nicht aufsehenerregend weiter aus, vermied dickere Äste und nagte an den dünneren, ließ die Rinde sich aufrollen, griff unter starker Rauchentwicklung das grüne Holz an, färbte es und zog sich dann zurück, um sich ganz geschäftsmäßig an einem Zweig hochzuziehen, versengte die braunen Blätter, verursachte kurz eine lodernde Flamme und kam dann zum Stillstand. Auf dem Boden waren ein paar isolierte Flammen, keine höher als zwei Zentimeter.
»Feuerwerk«, sagte Savi.
»Gut, dann macht es selbst.«
Die Kinder rannten in die Küche und schnappten sich das Pechöl, das Shama für die Lampen gekauft hatte. Aufs Geradewohl goßen sie das Pechöl über das Buschwerk und zündeten es an. Innerhalb von Minuten brannte der Busch lichterloh und wurde ein Meer aus Gelb, Rot, Blau und Grün. Sie tauschten Theorien über die verschiedenen Farben aus; sie lauschten mit Vergnügen dem Knattern und Prasseln des schnellen Feuers. Zu schnell sackten die hohen Flammen zusammen. Die Sonne ging unter. Verkohlte Blätter stiegen in die Luft. Nach dem Essen hatten sie die traurige Aufgabe, das Feuer am Rande des Grabens niederzuschlagen. Das braune Meer war schwarz geworden, glitzerte und flimmerte rot.

»Gut jetzt«, sagte Mr. Biswas. »*Puja* ist vorbei. Die Bücher jetzt.«
Sie kehrten in das kahle Wohnzimmer zurück. Von Zeit zu Zeit gingen sie ans Fenster. Gegen einen noch hellen Himmel war der Hügel schwarz. Hier und da sah er rot aus und brach gelegentlich in eine gelbe Flamme aus, die ganz von alleine in der Luft zu tanzen schien.

Anand war in einem Bus, einem dieser baufälligen, überfüllten Busse, die zwischen Shorthills und Port-of-Spain verkehrten. Irgend etwas war nicht in Ordnung. Er lag auf dem Boden des Busses, und Leute schauten schnatternd auf ihn herunter. Der Bus mußte über eine frisch reparierte Straße fahren; die Räder spritzten Kiesel gegen die Kotflügel hoch.
Myna und Kamla standen über ihn gebeugt, und er wurde von Savi gerüttelt. Er lag auf seinem Bettzeug im Wohnzimmer.
»Feuer!« sagte Savi.
»Wie spät ist es?«
»Zwei oder drei. Steh auf. Schnell.«
Das Schnattern, die Kiesel gegen die Kotflügel waren das Geräusch des Feuers. Durchs Fenster sah er, daß der Hügel rot geworden war und das Land auch an Stellen, wo es nicht hatte abbrennen sollen, rot war.
»Pa? Ma?« fragte er.
»Draußen. Wir sollen ins große Haus gehen und es ihnen sagen.«
Das Haus schien von rotem, glühendem Busch eingeschlossen. Die Hitze machte das Atmen schmerzhaft. Anand sah nach den zwei *Poui*-Bäumen auf dem Gipfel des Hügels. Schwarz und blattlos standen sie gegen Himmel. Rasch zog er sich an.
»Laß uns nicht allein«, sagte Myna.
Er hörte draußen Mr. Biswas rufen: »Schlag's bloß zurück.

Schlag's bloß von der Küche zurück. Das Haus ist sicher. Da ist kein Gestrüpp drum herum. Halt's bloß von der Küche weg.«

»Savi!« rief Shama. »Ist Anand wach?«

»Laß uns nicht allein«, heulte Kamla.

Alle vier Kinder verließen das Haus und gingen an dem frisch geharkten Land vorne vorbei zu dem Pfad, der zur Straße führte. Direkt unterhalb des Hügelabhangs wurden sie von absoluter Dunkelheit überrascht. Zwischen Pfad und Straße war kein Feuer.

Myna und Kamla begannen zu weinen. Sie fürchteten sich vor der Dunkelheit vor ihnen und dem Feuer hinter ihnen.

»Laßt sie hier«, rief Shama, »und beeilt euch.«

Savi und Anand suchten sich ihre Weg über die Erdstufen hinab, die sie nicht sehen konnten.

»Du kannst mich an der Hand fassen«, sagte Anand.

Hand in Hand suchten sie sich ihren Weg den Hügel hinunter, in das Bachbett, aus dem Bachbett und auf die Straße. Bäume schufen Gewölbe in der Schwärze. Die Schwärze war wie ein Gewicht, es war, als trügen sie Hüte, die ihnen bis auf die Augbenbrauen reichten. Sie sahen nicht hoch, weil sie nicht daran erinnert werden wollten, daß über ihnen und hinter ihnen wie auch vor ihnen Dunkelheit lag. Sie hefteten ihre Augen auf den Boden und traten um des Geräuschs willen den losen Kies vor sich her. Es war kalt.

»Sag *Rama Rama*«, sagte Savi. »Das hält alles fern.«

Sie sagten *Rama Rama.*

»Das ist Pa schuld«, sagte Savi plötzlich.

Die Wiederholung des *Rama Rama* tröstete sie. Sie gewöhnten sich an die Dunkelheit. Sie konnten Bäume ein paar Meter weiter vorn unterscheiden. Der gedrungene Betonkasten, in dem hinter Stahltüren Explosivstoffe des Gutes verwahrt wurden, war ein beruhigender weißer Fleck neben der Straße.

Endlich kamen sie zu der Brücke aus Kokospalmstämmen. Das weiße Schnitzwerk entlang der Dachtraufe des Hauses war sichtbar. In Mrs. Tulsis Zimmer brannte, wie immer nachts, eine Lampe. Sie schafften den Weg über die gefährliche Brücke und sie traten ins Offene, in dem Augenblick dankbar für Govinds und W.C. Tuttles Bäumeschlagen. Das hohe nasse Unkraut auf der Auffahrt strich um ihre nackten Beine. Sie schnüffelten, auf der Hut vor dem Geruch nach Schlangen.

Dann hörten sie ein schweres Atmen. Sie konnten nicht sagen, aus welcher Richtung es kam. Sie hörten auf, *Rama Rama* zu murmeln, drängten sich dicht aneinander und begannen, auf die Betontreppe, die grau in der Ferne leuchtete, zuzulaufen. Das Atmen und ein dumpfes, gemächliches Trampeln folgten.

Als Anand einen Blick nach links warf, sah er das Maultier auf dem Kricketfeld. Es folgte ihnen den verhedderten Zaundraht entlang. Sie erreichten das Ende der Auffahrt. Das Maultier erreichte die Ecke des Felds und hielt an.

Sie rannten die Betonstufen hoch, umgingen den überhängenden Muskatnußbaum. Sie hantierten ungeschickt mit dem Riegel des Verandators, und der Lärm erschreckte sie. Sie kratzten an Türen und Fenstern, klopften auf die Wand von Mrs. Tulsis Zimmer, rappelten an den hohen Wohnzimmertüren. Sie riefen. Es kam keine Antwort. Jedes Geräusch, das sie machten, kam ihnen wie eine Explosion vor. Aber in der Stille und Schwärze flüsterten sie nur. Ihre Schritte, ihr Klopfen, Anands Herumstolpern zwischen den alten Kuchen und dem Mais der Witwen klangen nur wie das Getrippel von Ratten.

Dann hörten sie Stimmen: leise und beunruhigt; eine Tante flüsterte mit der anderen, Mrs. Tulsi rief nach Sushila.

Anand rief: »Tante!«

Das brachte die Stimmen zum Schweigen. Dann erhoben

sie sich wieder, diesmal herausfordernd. Anand klopfte fest auf ein Fenster.

Eine Frauenstimme sagte: »Zwei von den kleinen Leuten!« Ein Ausruf erfolgte.

Man hielt sie für die Geister von Hari und Padma.

Mrs. Tulsi stöhnte und gab eine Geisterbeschwörung in Hindi von sich. Drinnen wurden Türen aufgemacht, und der Fußboden dröhnte. Man redete laut und angriffslustig von Stöcken, Macheten und Gott, während Sushila, die Krankenzimmer-Witwe, eine Expertin für das Übernatürliche, mit lieblicher, beschwichtigender Stimme fragte: »Ihr armen kleinen Leute, was können wir für euch tun?«

»Feuer!« schrie Anand.

»Feuer«, sagte Savi.

»Unser Haus steht in Flammen!«

Und Sushila fand sich, obwohl sie an dem Geraune gegen Savi und Mr. Biswas teilgenommen hatte, verpflichtet, weiterhin freundlich zu Savi und Anand zu reden.

Die Befürchtungen des Hauses verwandelten sich bei der Nachricht vom Feuer in freudige Energie.

»Also wirklich«, sagte Chinta, als sie sich glücklich fertig machte, »welcher Idiot weiß denn nicht, daß man Ärger geradezu herausfordert, wenn man abends Feuer an Land legt.«

Überall gingen Lichter an, Babys zeterten und wurden besänftigt. Man hörte, wie Mrs. Tuttle sagte: »Zieh dir was auf den Kopf, Mann. Dieser Tau tut keinem gut.« »Eine Machete, eine Machete«, rief Sharmas Witwe. Und die Kinder gaben aufgeregt die Neuigkeit weiter: »Onkel Mohuns Haus brennt ab.« Ein paar erregte Bangemacher fürchteten, das Feuer könne sich durch die Wälder bis zum großen Haus selbst ausbreiten, und man spekulierte über die Auswirkungen des Feuers auf die Explosivstoffe.

Der Weg zum Feuer war wie ein Ausflug. Einmal angekommen, stürzte sich die Tulsi-Gesellschaft eifrig in die

Arbeit, holzte ab, räumte weg, schlug nieder. Es wurde eine Feier. Shama, zum zweiten Mal Gastgeberin für ihre Familie, kochte Kaffee in der Küche, die unversehrt war. Und Mr. Biswas rief, alle Feindseligkeiten vergessend, jedem zu: »Alles in Ordnung. Alles in Ordnung. Alles unter Kontrolle.«

Ein paar Eier, schwarz verbrannt und innen ausgetrocknet, wurden entdeckt. Ob es Schlangeneier waren oder die Eier von den umherirrenden Hühnern der Witwen, wußte niemand zu sagen. Eine verbrannte Schlange wurde weniger als zwanzig Meter entfernt von der Küche gefunden.

»Gottes Hand«, sagte Mr. Biswas. »Die hat das Biest verbrennen lassen, ehe es mich gebissen hat.«

Der Morgen offenbarte das Haus, immer noch roh und rot, in einer verkohlten und rauchenden Einöde. Dorfbewohner kamen herbeigelaufen, um sich das anzusehen, und wurden in ihrem Glauben bestärkt, daß ihr Dorf von Vandalen eingenommen worden sei.

»Holzkohle, Holzkohle«, rief Mr. Biswas ihnen zu. »Braucht irgend jemand Holzkohle?«

Noch Tage danach verdunkelte das Tal sich jedesmal, wenn ein Wind blies, mit Asche. Asche bestreute das Stück Land, das Bipti umgegraben hatte.

»Das ist das beste fürs Land«, sagte Mr. Biswas. »Das beste Düngemittel.«

4. Unter den Lesenden und Lernenden

Er konnte das Haus in Shorthills nicht einfach verlassen. Er mußte davon erlöst werden. Und das geschah gleich danach. Es gab keine Transportmöglichkeiten mehr. Mit dem Busservice ging es abwärts; der Sportwagen fing an, so viel Ärger zu machen wie sein Vorgänger, und mußte verkauft werden. Und genau um die Zeit wurde Mrs. Tulsis Haus in Port-of-Spain frei. Mr. Biswas bekam zwei Zimmer darin angeboten und nahm sofort an.

Er schätzte sich glücklich. Durch das ständige Eintreffen illegaler Einwanderer von anderen Inseln, die bei den Amerikanern Arbeit suchten, hatte sich die Wohnungsnot in Port-of-Spain verschärft. Im Osten der Stadt war eine ganze Barackenstadt aus dem Boden geschossen; und selbst wenn man ein Haus kaufte, sicherte man sich damit keinen Wohnraum, denn mittlerweile gab es Gesetze gegen das wahllose Entmieten, das Shama so kaltblütig ausgeübt hatte.

Er stellte mitten in der Verwüstung, die er angerichtet hatte, ein Schild auf: HAUS ZU VERMIETEN ODER VERKAUFEN, und zog nach Port-of-Spain. Das Shorthills-Abenteuer war vorbei. Es hatte ihm nur zwei Möbelstücke gebracht: das Schlaraffia-Bett und Théophiles Bücherschrank. Und als er in das Haus in Port-of-Spain zurückzog, zog er nicht alleine um.

Die Tuttles kamen, Govind und Chinta und ihre Kinder und Basdai, eine Witwe. Die Tuttles belegten den größten Teil des Hauses. Sie belegten das Wohnzimmer mit Beschlag, das Eßzimmer, ein Schlafzimmer, die Küche, das Badezimmer; das garantierte ihnen wirksame Kontrolle sowohl über die hintere als auch die vordere Veranda, für die sie keine Miete zahlten. Govind und Chinta hatten nur ein Zimmer. Chinta ließ durchblicken, daß sie sich mehr leisten könnten, aber für etwas Besseres sparten und planten; und wie in Verheißung dessen, hörte Govind plötzlich auf, derbe Kleidung zu tragen, und erschien an sechs aufeinanderfolgenden Tagen, während derer er jeden blöde anlächelte, in verschiedenen dreiteiligen Anzügen. Jeden Morgen hängte Chinta fünf von Govinds Anzügen in die Sonne und bürstete sie aus. Sie kochte unter dem auf hohen Säulen stehenden Haus, und ihre Kinder schliefen auch unter dem Haus, auf langen Bänken aus Zedernholz, die Théophile in Shorthills gemacht hatte. Basdai, die Witwe, wohnte im Dienstbotenzimmer, das für sich auf dem Hof stand.

Die zwei Zimmer von Mr. Biswas konnte man nur über die vordere Veranda, die Tuttle-Territorium war, betreten. Anfangs schlief Mr. Biswas in dem inneren Zimmer. Aus dem Wohnzimmer der Tuttles drangen Lärm und Licht durch die Lüftungsschächte am oberen Rand der Trennwände und trieben ihn in das vordere Zimmer, wo es ihn in Wut versetzte, daß Shama und die Kinder ständig zum hinteren Zimmer durchliefen. Shama kochte wie Chinta unter dem Haus, und wenn Mr. Biswas nach seinem Essen oder Macleans Magenpulver rief, mußte es ihm vor den Augen der ganzen Straße über die Vordertreppe gebracht werden.

Das Haus war nie ruhig und wurde fast unerträglich, als W.C. Tuttle ein Grammophon kaufte. Er spielte ein und dieselbe Platte immer wieder:

Eines Abends, der Mond schien helle,
traf Rosita den jungen Wellow.
Er drückte sie an sich geschwind
und stahl einen Kuß dem Kind.
Tippy-tippy-tum, tippy-tum.

— und hier fiel W.C. Tuttle immer ein, pfiff, sang, trommelte; so daß Mr. Biswas jedesmal, wenn die Platte aufgelegt wurde, gezwungen war, zuzuhören und auf W.C. Tuttles Belgeitung wartete:

> Tippy-tippy-tum, tippy-tum,
> tippy-tippy-teeeee pi-tum-tum tum.

Zu einem Zerwürfnis kam es auch zwischen W.C. Tuttle und Govind. Sie beide parkten ihre Fahrzeuge in der Garage neben dem Haus, und morgens stand unabänderlich eins dem anderen im Weg. Den Streit darüber führten sie, ohne je miteinander zu sprechen. W.C. Tuttle sagte Mrs. Tuttle, daß ihre Schwäger ungebildet seien, Govind schnauzte Chinta an, und beide Ehefrauen hörten bußfertig zu. Und nun, fern von Mrs. Tulsi, hatten auch die Schwestern selbst ihre täglichen Zänkereien, darüber, wessen Kinder die Wäsche beschmutzt hatten, wessen Kinder das WC verdreckt zurückgelassen hatten. Basdai, die Witwe, meditierte oft, und manchmal fanden auf der hinteren Terrasse der Tuttles rührselige Versöhnungen statt. Es war Chinta, die bemerkte, daß diese Aussöhnungen immer dann stattfanden, nachdem die Tuttles irgendein neues Möbel- oder Kleidungsstück erworben hatten.
Trotz der streng brahmanischen Herrschaft über seinen Haushalt war W.C. Tuttle ganz und gar für Modernität. Neben seinem Grammophon besaß er ein Radio, eine Reihe von Ziertischen, eine Morris-Sitzgarnitur; und er sorgte für eine Sensation, als er eine ein Meter hohe Statue einer nackten Frau, die eine Fackel hielt, kaufte. Der Ankunft der Fackelträgerin folgte eine besonders lange Waffenruhe, bis Myna, als sie eines Tages durch das Domizil der Tuttles streifte, unabsichtlich den fackeltragenden Arm abschlug. Die Tuttles schlossen ihre Grenzen wieder hermetisch. Myna wurde in Erwiderung des sprach-

losen Drucks verprügelt, und wieder einmal kühlten die Beziehungen zwischen den Biswas' und den Tuttles bis zur Eiseskälte ab. Die Verhältnisse wurden nicht besser, als Shama verkündete, sie habe beim Schreiner um die Ecke einen Glasschrank bestellt.

Der Glasschrank kam.

Chinta schrie ihre Kinder auf englisch an: »Vidiadhar und Shivadhar! Bleibt vom Eingangstor weg. Ich will nicht, daß ihr rumgeht und von anderen Leuten Sachen zerbrecht und die dann sagen, das wäre, weil ich neidisch bin.«

Als der elegante Schrank die Vordertreppe heraufgetragen wurde, flog eine der Glastüren auf, stieß gegen die Treppe und zerbrach. Das wurde von den Tuttles, die hinter den Jalousien zu beiden Seiten der Wohnzimmertür nur unvollständig verborgen waren, beobachtet.

»Oh! Oh!« sagte Mr. Biswas an diesem Abend. »Der Glasschrank ist gekommen, Shama. Der Glasschrank ist da, Mädchen. Jetzt mußt du nur noch was beschaffen, das du reinstellen kannst.«

Auf einem Bord breitete sie das japanische Kaffeeservice aus. Die anderen blieben leer, und der Glasschrank, für den sie sich viele Monate lang in Schulden gestürzt hatte, wurde nur ein weiteres ihrer Besitztümer, die wie ihre Nähmaschine, ihre Kuh, das Kaffeeservice als Witz betrachtet wurden. Er wurde in den vorderen Raum gestellt, der schon mit dem Schlaraffia-Bett, Théophiles Bücherschrank, der Hutablage, dem Küchentisch und dem Schaukelstuhl überfüllt war. Mr. Biswas sagte: »Weißt du, Shama-Mädchen, was wir brauchen, um diese Zimmer wirklich in Ordnung zu bringen, ist noch ein Bett.«

Die Überfüllung im Haus wurde schlimmer. Basdai, die Witwe, die das Dienstbotenzimmer als Ausgangspunkt für einen finanziellen Sturm auf die Stadt besetzt hielt, gab diesen Plan auf und beschloß statt dessen, Kostgänger und Untermieter aus Shorthills aufzunehmen. Die Witwen waren nun fast wild darauf, ihre Kinder erziehen zu lassen. Es gab kein Hanuman-Haus mehr, das sie beschützen konnte; in einer neuen Welt, der Welt, die Owad und Shekkar betreten hatten und in der Bildung der einzige Schutz war, mußte jeder für sich selbst kämpfen. Sobald die Kinder aus der Vorschule in Shorthills entlassen wurden, schickte man sie nach Port-of-Spain. Basdai nahm sie in Pension.

Zwischen ihrem kleinen Dienstbotenzimmer und dem rückwärtigen Zaun baute Basdai einen zusätzlichen Raum aus verzinktem Eisenblech. Hier kochte sie. Die Kostgänger aßen auf den Stufen zum Dienstbotenzimmer, im Hof und unter dem Haupthaus. Die Mädchen schliefen im Dienstbotenzimmer bei Basdai, die Jungen schliefen mit Govinds Kindern unter dem Haus.

Von der Menge und dem Lärm aus dem Haus getrieben, nahm Mr. Biswas Anand manchmal mit auf lange Spaziergänge in den ruhigeren Vierteln von Port-of-Spain. »Selbst die Straßen sind hier sauberer als das Haus da«, sagte er. »Dem soll bloß der Gesundheitsinspektor einmal einen Besuch abstatten, und alle landen im Gefängnis. Kostgänger, Mieter und alle. Mich juckt's, selbst einen Bericht vorzulegen.«

Das Haus, aus dem sich jeden Morgen ein Strom von Schulkindern ergoß und das den zurückkehrenden Strom jeden Nachmittag wieder aufnahm, zog bald die Aufmerksamkeit der Straße auf sich. Und ob es das war oder ob ein Gesundheitsinspektor tatsächlich eine Drohung ausgesprochen hatte, aus Shorthills kam jedenfalls die Nachricht, daß Mrs. Tulsi beschlossen hätte, etwas zu unternehmen. Man redete davon, den Raum unter dem Haus mit Fußboden und Wänden zu versehen, man redete von Trennwänden und Zimmern, von Gitterwerk über Ziegelmauern. Die Außenpfeiler wurden durch eine halbhohe Mauer aus hohlen Tonziegeln verbunden, die teilweise verputzt, aber nie gestrichen wurden; von Gitterwerk keine Spur. Statt dessen wurde, um das Haus abzuschirmen, der Drahtzaun niedergerissen und durch eine hohe Ziegelmauer ersetzt, und die wurde verputzt, die wurde angestrichen; und die Leute aus der Straße konnten nur Vermutungen anstellen über die Essens- und Unterkunftsregelung für die Vielzahl der Kinder, die nachmittags und abends und frühmorgens wie eine Schule summten.

Die Kinder wurden in Ansässige und Kostgänger eingeteilt und in Familiengruppen unterteilt. Zusammenstöße waren häufig. Die Kostgänger brachten außerdem Streit von Shorthills mit und legten ihn in Port-of-Spain bei. Und jeden Abend konnte man über dem Summen Prügelgeräusche hören. (Basdai hatte auch Prügelgewalt über ihre Kostgänger.) Und Basdai schrie: »Lest! Lernt! Lernt! Lest!«

Und jeden Morgen, sein Haar ordentlich gebürstet, sein Hemd sauber, seine Krawatte sorgfältig geknotet, verließ Mr. Biswas diese Hölle und radelte zum geräumigen, gut beleuchteten, gut gelüfteten Büro des *Sentinel*.

Wenn er nun zu Shama sagte: »Ein Loch! Da hat deine Familie mich reingebracht. In dieses Loch!« hatten seine Worte eine unerfreuliche Bedeutsamkeit. Denn während er früher von seinem Haus auf dem Land und dem Gut seiner Schwiegermutter gesprochen hatte, hielt er nun seine Adresse so geheim wie ein Tier sein Schlupfloch. Und sein Loch war kein Zufluchtsort. Seine Verdauungsstörungen kehrten wieder, äußerst heftig; und er sah, wie seine Kinder immer stärker von nervösen Leiden geplagt wurden. Savi litt an einem Hautausschlag, und Anand entwickelte plötzlich Asthma, das ihn manchmal drei Tage hintereinander ans Bett fesselte, in denen er beinah erstickte und sein Brustkasten durch die vergebliche Anwendung einer medizinischen Packung versengt wurde und sich schälte.

Immer noch kamen Kostgänger. Der Bildungswahn hatte sich auf Mrs. Tulsis Freunde und Gefolgsleute in Arwacas ausgedehnt. Sie alle wollten, daß ihre Kinder in Port-of-Spain zur Schule gingen, und in Erfüllung einer Pflicht, die ihr in einer anderen Zeit auferlegt worden war, mußte Mrs. Tulsi sie aufnehmen. Und Basdai verköstigte sie. Die Prügelstrafen und die Streitereien nahmen zu. Das »Lest! Lernt!«-Geschrei nahm zu; und jeden Morgen, kurz nachdem die schwatzenden Kinder durch den engen Zugang zwischen den hohen Mauern geströmt waren, kam ordentlich gekleidet Mr. Biswas heraus und radelte zum *Sentinel*. Trotz seiner Pflichten und trotz seiner Angst vor einer Kündigung, die er nie ganz verlor, selbst während des Abenteuers in Shorthills nicht, wurde die Redaktion jetzt der Zufluchtsort, an den er sich jeden Morgen flüchtete; und wie Mr. Burnetts Nachrichtenredakteur graute es ihm davor, ihn zu verlassen. Nur mittags, wenn die Lesenden und Lernenden in der Schule und W.C. Tuttle und Govind zur Arbeit weg waren, fand er das Haus erträglich. Er gönnte sich eine längere Mittagspause und blieb nachmittags länger im Büro.

Dann fing Shama wieder an, ihre Buchhaltungslisten hervorzuholen, und einmal mehr zeigte sie ihm, wie unmöglich es für sie war, von dem zu leben, was er verdiente. Widerwillen vor sich selbst führte zu Wut, Gebrüll, Tränen, die zu dem verdichteten abendlichen Tumult, der nervenzerrenden Hilflosigkeit beitrugen. Bei Tageslicht fuhr er in einem Auto des *Sentinel* und mit einem Fotografen des *Sentinel* durch die offene Ebene, um indische Bauern zu besuchen, damit er Material für seine Sonderreportage über die »Aussichten der diesjährigen Reisernte« bekam. Sie, die nicht lesen und schreiben konnten und nicht wußten, zu was er abends zurückkehren würde, behandelten ihn wie ein nicht zu fassendes höheres Wesen. Und genau diese Männer, die wie seine Brüder auf den

Plantagen angefangen und gespart und eigenes Land gekauft hatten, bauten Herrenhäuser; sie schickten ihre Söhne nach Amerika und Kanada, damit sie Ärzte und Zahnärzte wurden. Auf der Insel gab es Geld. Das zeigte sich an den Anzügen von Govind, der die Amerikaner in seinem Taxi fuhr; in den Besitztümern von W.C. Tuttle, der ihnen seinen Lastwagen vermietete; an den neuen Autos, den neuen Häusern. Und von diesem Geld fand Mr. Biswas sich trotz Mark Aurel und Epiktet, trotz Samuel Smiles ausgeschlossen.

In dieser Zeit fing er an, seinen Kindern von seiner Kindheit zu erzählen. Er erzählte ihnen von der Hütte, den Männern, die nachts im Garten gruben; er erzählte ihnen von dem Öl, das später auf dem Land gefunden wurde. Welches Vermögen hätte ihnen gehört, wenn sein Vater nicht gestorben wäre, wenn er bloß wie seine Brüder auf dem Land geblieben wäre, wenn er nicht nach Pagotes gegangen wäre, nicht Schildermaler geworden, nicht zum Hanuman-Haus gegangen wäre, nicht geheiratet hätte! Wenn nur so viele Dinge nicht geschehen wären!

Er gab seinem Vater schuld; er gab Shama Schuld. Wirr folgte in seinem Kopf ein Vorwurf dem anderen; aber immer mehr machte er den *Sentinel* verantwortlich und deutete Shama gegenüber, als säße sie im Aufsichtsrat der Zeitung, grimmig an, daß er sich nach einer anderen Stellung umschauen würde und daß er, wenn es zum Schlimmsten käme, bei den Amerikanern als Arbeiter anfangen würde.

»Arbeiter!« sagte Shama. »Bei den Hängematten, die du als Muskeln hast, da würd' ich gern mal sehen, wie lange du aushältst.«

Das machte ihn entweder wütend oder würdigte ihn zu einem albernen Kobold herab. In Unterhemd und Unterhose auf dem Schlaraffia-Bett liegend, wie es seine Gewohnheit war, wenn er sich Spekulationen über die

Zukunft hingab, hob er dann ein Bein hoch und stach mit einem Finger in die schlaffe Wade oder ließ sie schaukeln, wie er das in dem langen Raum im Hanuman-Haus getan hatte, als sie jung verheiratet waren. Das waren die Zeiten (denn die Kinder wurden von diesen Gesprächen über Geld nicht ausgeschlossen), zu denen Mr. Biswas unaufrichtige Moralpredigten über seinen ehrlichen Broterwerb zum Besten gab und seinen Kindern mitteilte, daß er ihnen außer einer guten Erziehung und soliden Ausbildung nichts zu hinterlassen hätte.

Bei einer dieser Sitzungen erzählte Anand, wie die Jungen in der Schule herausgefordert würden, zu sagen, was ihre Väter täten. Dieses neue Schulspiel hatte sich selbst bis auf die Stipendiatsklasse ausgedehnt. Die beharrlichsten Herausforderer kamen aus den geplagtesten und gefährdetsten Schichten, und ihr aggressives Verhalten gab vor, daß sie selbst weder geplagt noch gefährdet waren. Anand, der in einer amerikanischen Zeitung gelesen hatte, daß »Journalist« ein prahlerisches Wort sei, hatte gesagt, sein Vater sei Reporter, was, wenn auch nicht großartig, so doch unanfechtbar war. Vidiadhar, Govinds Sohn, hatte gesagt, daß sein Vater für die Amerikaner arbeite. »Das sagen alle heutzutage«, sagte Anand. »Warum hat Vidiadhar nicht gesagt, daß sein Vater Taxifahrer ist?«

Mr. Biswas lächelte nicht. Govind hatte sechs Anzüge, Govind verdiente Geld, Govind würde bald sein eigenes Haus haben. Vidiadhar würde ins Ausland geschickt werden, um einen Beruf zu lernen. Und was erwartete Anand? Eine Stelle beim Zoll, ein Angestelltenposten bei der Behörde: Intrigen, Erniedrigungen, Abhängigkeit.

Anand merkte, daß mit seinem Witz etwas faul war. Und ein paar Tage später, als ein neues Quiz in der Schule die Runde machte — wie nannten die Jungen ihre Eltern? —, log Anand, nur von dem Wunsch beseelt, sich selbst zu entwürdigen und sagte: »Bap und Mai« und wurde gebührend verlacht, während Vidiadhar, gewitzt, obwohl er erst kurze Zeit an der Schule war, ohne zu zögern sagte: »Mummy und Daddy.« Denn diese Jungen, die ihre Eltern Ma und Pa nannten, die alle aus Familien kamen, in denen der plötzliche amerikaische Dollarfluß Ehrgeiz, Draufgängertum und Unbeständigkeit entfesselt hatte, nahmen ihre Englischaufsätze mittlerweile sehr ernst: ihre Daddies arbeiteten in Büros, und am Wochenende nahmen Daddy und Mummy sie im Auto mit an den Strand, mit vollgepackten Picknickkörben.

Mr. Biswas wußte, daß er trotz seines Geredes nie den *Sentinel* verlassen würde, um für die Amerikaner als Arbeiter, Angestellter oder Taxifahrer zu arbeiten. Ihm fehlten die Persönlichkeit des Taxifahrers und die Muskeln des Arbeiters; und er hatte Angst, seine Stellung aufzugeben: die Amerikaner würden nicht ewig auf der Insel bleiben. Aber als Geste des Protests gegen den *Sentinel* schrieb er alle seine Kinder in die Wichtelliga des *Guardian*, der Konkurrenzzeitung, und in den *Junior Guardian* ein; noch Jahre danach bekamen Mr. Biswas' Kinder an ihrem Geburtstag Glückwünsche. Das Vergnügen, das er daraus zog, wurde noch gesteigert, als W.C. Tuttle ihn nachahmte und seine Kinder auch für die Wichtelliga eintrug. Der *Sentinel* hatte seine Rache. Eine geringe, aber ständige Abnahme der Auflagenhöhe gab den Direktoren zu verstehen, daß mit ihrer politischen Linie, die Lebensbedingungen in der Kolonie könnten nicht besser sein, vielleicht etwas nicht stimmte. Sie begannen zuzugeben, daß Leser gelegentlich Ansichten statt Nachrichten haben wollten und daß Nachrichten nicht unbedingt günstig waren, wenn sie richtig waren. Denn der *Guardian* gewann nicht nur *Sentinel*-Leser für sich, der *Guardian* bekam auch Leute, die nie Zeitung gelesen hatten. Deshalb startete der *Sentinel* den Fonds für bedürftige Bürger, dessen Name nahelegte, daß zwischen dem Fonds und den Leitartikeln, in denen die Arbeitslosen als Arbeitsunwillige bezeichnet wurden, kein notweniger Widerspruch lag. Der Fonds für bedürftige Bürger war eine Erwiderung auf den Fonds für Armutsfälle des *Guardian;* aber während der Fonds für Armutsfälle eine weihnachtliche Angelegenheit war, sollte der Fonds für bedürftige Bürger eine Dauereinrichtung werden.

Mr. Biswas wurde zum Untersuchungsbeauftragten ernannt. Seine Pflicht war es, die Bewerbungen der Bedürftigen zu lesen, die, die nichts verdienten, abzuweisen, die anderen zu besuchen, um zu sehen, wie bedürftig oder verzweifelt sie waren, und dann, wenn die Umstände es rechtfertigten, herzzerreißende Berichte über ihre Misere zu schreiben, jedenfalls herzzerreißend genug, um Spenden für den Fonds zu fördern. Er mußte einen bedürftigen Bürger pro Tag finden.

»Bedürftiger Bürger Nummer eins«, sagte er zu Shama, »M. Biswas. Beruf: Untersuchungsbeauftragter für Bedürftige Bürger.«

Dem *Sentinel* hätte nichts besseres einfallen können, um Mr. Biswas in Schrecken zu versetzen, seine Angst vor Kündigung, Krankheit oder plötzlichem Unglück wieder zu beleben. Tag um Tag besuchte er die Verstümmelten, die Besiegten, die Nutzlosen und die Verrückten, die unter Bedingungen nicht weit entfernt von seinen eigenen lebten: in erdrückenden, verfaulenden Holzbehausungen, in Schuppen aus Kistenbrettern, Zelttuch und Blech, in dunklen und ausdünstenden Betonhöhlen. Tag um Tag besuchte er die östlichen Stadtteile, wo die schmalen Häuser ihre schorfigen und blasenbedeckten Fassaden eng aneinander drängten und die Scheußlichkeiten, die hinter ihnen lagen, verdeckten: die beengten, mit grünem Schleim überzogenen Hinterhöfe ohne Dränage, im immerwährenden Schatten der angrenzenden Häuser und der hohen Zäune aus Bruchstein, gegen die noch zusätzliche Schuppen gebaut worden waren: Höfe, die mit wackligen Kochschuppen, Geflügelkörben aus Maschendraht, Bleichsteinen, auf denen gesäuerte Wäsche ausgebreitet war, verstopft waren: Gerüche über Gerüche, aber keiner überlagerte den Gestank der Abtrittsgruben und überladenen Faulbehälter; Entsetzen, das durch einen Wurf Kinder vergrößert wurde, von denen die meisten unehelich waren und deren Nabel zentimeterweit aus ihrem Bauch hervorstand, als wären sie mit Eile und Abscheu geboren worden. Und doch gab es gelegentlich das ordentliche Zimmer, mit einem hervorstechenden Möbelstück, einem Tisch und einem Stuhl, die auf Hochglanz poliert waren, das sich nichts von dem Schmutz anmerken ließ, den es in den Hof hinauswarf. Tag für Tag traf er auf Leute, die so gebrochen, so teilnahmslos waren, daß man ein Lebensalter dafür hätte hingeben müssen, sie wieder aufzurichten. Er aber konnte nur seine Hosenaufschläge hochheben, sich seinen Weg durch Schlamm und Schleim suchen, nachforschen, schreiben, weitergehen.

Von den meisten der BBs oder bedürftigen Burschen, wie er sie zu nenen angefangen hatte, um das Grauen, das sie erweckten, abzuschwächen, wurde er mit Respekt behandelt. Aber manchmal wurde ein Bedürftiger widerspenstig und weigerte sich, durch Mr. Biswas' forschende Fragen plötzlich erzürnt, die herzzereißenden Einzelheiten, die Mr. Biswas als Material brauchte, auszuplaudern. Bei diesen Gelegenheiten wurde Mr. Biswas beschuldigt, mit den Reichen, den Lachenden, der Regierung unter einer Decke zu stecken. Manchmal drohte man ihm mit Gewalt. Dann vergaß er seine Schuhe und Hosenaufschläge und trat hastig, von Worten verfolgt, den Rückzug auf die Straße an, wobei seine würdelosen Bewegungen mit lauem Interesse von mehreren Dutzend Leuten beobachtet wurden, alle bedürftig, vielleicht auch alle mit Ansprüchen.

»Bedürftiger Bürger verzweifelt«, dachte er und sah es als Schlagzeile des nächsten Morgens vor sich. (Obwohl das nie ausgereicht hätte: der *Sentinel* wollte nur die herzzerreißenden Einzelheiten, die unterwürfge Dankbarkeit.)
Sein Fahrrad nahm Schaden. Zuerst wurden die Ventilkappen gestohlen, dann der Gummischutz des Lenkers, dann die Klingeln dann die Satteltasche, in der er sein Beutegut von Shorthills transportiert hatte, und eines Tages der Sattel selbst. Es war ein Brooks-Sattel von vor dem Krieg, etwas ganz Erstrebenswertes, weil neue nicht zu haben waren. Die Radtour vom östlichen zum westlichen Ende der Stadt, bei der er ständig auf und ab wippte und nicht sitzen konnte, war an dem Nachmittag ermüdend und dem Starren nach zu urteilen auch auffällig.
Es gab noch andere Gefahren. Manchmal machten sich stämmige Neger, Sinnbilder der Kraft und Gesundheit, an ihn heran: »Inder, gib mir was Geld.« Gelegentlich wurden exakte Beträge verlangt: »Inder, gib mir einen Schilling.« Er war solche bedrohlichen Forderungen von kräftigen Negern vor den großen Kinos gewöhnt, aber dort hatten die hellen Lichter und die wachsame Polizei ihm den Mut gegeben, abzulehnen. Im östlichen Viertel waren die Lichter nicht hell, und Polizisten gab es wenige; und weil er sich die Bedürftigen nicht mehr als unbedingt nötig zum Gegner machen wollte, traf er die Vorsichtsmaßnahmen, immer mit ein paar über seine Taschen verteilten Kupfermünzen auf seine Erforschungen zu gehen. Die gab er dann und forderte sie später vom *Sentinel* als Auslagen zurück.
Und noch andere Gefahren. Einmal, als er eine kurze Treppenflucht hochstieg und durch einen den Einblick versperrenden Spitzenvorhang in ein Zimmer von ungewöhnlicher Sauberkeit vordrang, fand er sich mit einer robust aussehenden Frau konfrontiert. Ihre breiten Lippen waren grell angemalt, auf ihren schwarzen Wangen

flammte Rouge. »Sie sind von der Zeitung?« fragte sie. Er nickte. »Geben Sie mir ein bißchen Geld«, sagte sie so grob wie ein Kerl. Er gab ihr einen Penny. Seine Promptheit überraschte sie. Sie starrte die Münze ehrfürchtig an und küßte sie dann. »Sie wissen nicht, was das heißt, wenn ein Mann einem Geld *gibt.*« Da er das aufgrund seiner Erfahrungen bei den »Gerichtsberichten« als ein Stück aus dem Repertoire der Prostituierten erkannte, zog er pro forma Erkundigungen ein und wollte gehen. »Wo ist mein Geld?« sagte die Frau. Sie folgte ihm schreiend zur Tür. »Dieser Mann — und ich hier an Ort und Stelle, hinter dem Vorhang, und jetzt will er nicht bezahlen.« Sie forderte die Frauen und Kinder aus dem Hof und den Höfen zu beiden Seiten auf, ihr Unrecht zu bezeugen; und in dem Gefühl, daß sein Anzug, sein respektables Aussehen und die Tageszeit der Beschuldigung Nachdruck verliehen, eilte Mr. Biswas schuldbewußt davon.
Es dauerte eine Weile, ehe er die Gesuche von Schwindlern erkennen konnte: Leute, die einfach bekannt werden wollten, die, die ihren Groll loswerden wollten, die, die einfach hatten schreiben wollen, und eine erstaunliche Anzahl gutsituierter Geschäftsleute, Angestellte und Taxifahrer, die Geld und Berühmtheit wollten und anboten, das Geld, das sie bekämen, mit Mr. Biswas zu teilen. Viele seiner anfänglichen Besuche waren vergeudet, und da er jeden Morgen einen überzeugenden Bedürftigen zu liefern hatte, mußte er manchmal einen mittelmäßig Bedürftigen nehmen und seine Situation übertreiben.
Die Befehlsgewaltigen des *Sentinel* hielten daran fest, seine Arbeit weder zu kommentieren noch sich einzumischen; und diese Taktik, die er zuerst für unheimlich gehalten hatte, verlieh seiner Stellung nun Verantwortung und Macht. Seine Empfehlungen waren das einzige, was zählte; seine Entscheidung war endgültig. Er bekam eine Verfasserzeile und wurde als »Unser Sonderermittler« bezeich-

net, was Anand in der Schule ziemlichen Respekt verschaffte. Und zum ersten Mal in seinem Leben bot man Mr. Biswas Bestechungsgelder. Das war ein Statussymbol. Größtenteils aus Mißtrauen gegenüber den bedürftigen Bürgern nahm er jedoch nichts an, ließ es aber zu, daß ein verkrüppelter schwarzer Schreiner ihm einen Eßtisch zu einem niedrigen Preis machte.

Er wünschte, er hätte es nicht getan, denn als der Tisch kam, vervollständigte er das Gedränge in seinen Räumen. Shamas Glasschrank wurde in das hintere Zimmer gebracht und der Tisch an seine Stelle gesetzt, parallel zum Bett und durch einen so engen Gang von ihm getrennt, daß er sich zum Beispiel oft, nachdem er sich gebückt hatte, um die Schuhe anzuziehen, den Kopf stieß, wenn er sich aufrichtete; und wenn er, nachdem er seine Schuhe angezogen hatte, zu schnell aufstand, schlug er mit der Spitze des Hüftknochens gegen den Tisch. Der großzügige Schreiner hatte den Tisch zwei Meter lang und über einen Meter breit gemacht, breit genug, um das Öffnen und Schließen des Seitenfensters unmöglich zu machen, wenn man nicht auf den Tisch stieg. In seinen schlaflosen Nächten war es Mr. Biswas' Gewohnheit gewesen, Anand, ans Fußende des Schlaraffia-Bettes zu verbannen; wenn das jetzt vorkam, verließ Anand aufgebracht das Bett und verbrachte den Rest der Nacht auf dem Tisch, eine Anordnung, die Mr. Biswas gerne für immer eingeführt hätte. Das Fenster mußte offen bleiben: in dem Zimmer wäre man sonst erstickt. Der nachmittägliche Regen kam schnell und heftig. Shama konnte nie schnell genug auf den Tisch steigen; und im Nu bekam der Teil des Tischs direkt unter dem Fenster einen grauen, schwarz gesprenkelten Überzug, der Shamas ganzem Beizen, Lackieren und Polieren trotzte. »Der erste und der letzte Eßtisch, den *ich* kaufe«, sagte Mr. Biswas.

Eines Abend lag er in Unterhemd und Unterhose auf dem

Schlaraffia-Bett und las in dem Versuch, das Gesumme und Gekreische der Lesenden und Lernenden und W. C. Tuttles neue Schallplatte von einem jungenhaften Amerikaner namens Bobby Breen zu ignorieren, der sang: »When There's a Rainbow on the River.« Jemand kam ins Zimmer, und Mr. Biswas, der mit dem Rücken zur Tür lag, trug zu dem Höllenlärm bei, indem er sich laut fragte, wer, zum Teufel, ihm da im Licht stände.

Es war Shama. »Mach voran und zieh dir was an«, sagte sie aufgeregt. »Da sind ein paar Leute, die dich besuchen wollten.«

Einen Augenblick lang geriet er in Panik. Er hatte seine Adresse geheimgehalten, aber seitdem er Untersuchungsbeauftragter für Bedürftige geworden war, hatte man ihn wiederholt ausfindig gemacht. Einmal war er tatsächlich von einem Bedürftigen angesprochen worden, als er gerade sein Fahrrad zwischen den hohen Mauern durchschob. Er hatte so getan, als stellte er Nachforschungen im Fall eines Bedürftigen an, und weil das wahrscheinlich aussah, war es ihm gelungen, den Mann loszuwerden, indem er auf der Stelle, auf dem Bürgersteig stehend, seine Personalien aufnahm und versprach, bei ihm so schnell wie möglich zu ermitteln. Jetzt verrenkte er den Kopf und sah, daß Shama lächelte. Ihre Aufregung enthielt ein gut Teil Selbstzufriedenheit.

»Wer?« fragte er, sprang aus dem Bett und stieß sich die Spitze des Hüfknochens am Eßtisch. Wie er so zwischen Tisch und Bett stand, war es ihm unmöglich, sich zu bücken, um an seine Schuhe zu kommen. Vorsichtig setzte er sich wieder aufs Bett und angelte einen Schuh hervor. Shama sagte, es seien die Witwen aus Shorthilles. Er entspannte sich. »Kann ich sie nicht draußen sehen?«

»Ist vertraulich.«

»Aber wie zum Teufel soll ich sie hier drinnen empfangen?« Das war ein Problem. Die Witwen müßten direkt vor der Tür, auf der schmalen Fläche zwischen Bett und Zwischenwand stehenbleiben, und er müßte zwischen dem Bett und dem Tisch stehen. Wie auch immer, es war Abend. Er nahm das Bettuch unter dem Kissen hervor und warf es über sich.

Shama ging hinaus, um die Witwen kommen zu lassen, und fast sofort traten die fünf Witwen ein, in ihren besten weißen Kleidern und Schleiern, die Gesichter von Sonne und Regen rauh, ihr Benehmen ernsthaft und verschwörerisch, wie immer, wenn sie einen ihrer unglückseligen Pläne ausheckten, ob das nun Geflügelzucht, Milchwirtschaft, Schafzucht oder Gemüseanbau war.

Mr. Biswas, das Bettuch bis halb über die Brust hochgezogen, kratzte seine nackten, schlaffen Arme. »Kann euch nicht bitten, Platz zu nehmen«, sagte er. »Hier gibt's nichts zum Sitzen. Außer dem Tisch.«

Die Witwen lächelten nicht. Ihre Ernsthaftigkeit übertrug sich auf Mr. Biswas. Er hörte auf, seine Arme zu kratzen, und zog das Bettuch bis zu den Achseln hoch. Nur Shama, die schon durch ihre geflickten und schmutzigen Arbeitskleider auffiel, lächelte weiter.

Sushile, die älteste Witwe, trat ans Fußende des Bettes und sprach.

Könnte man sie als bedürftige Bürger betrachten?

Sie sprach beherrscht und wohlüberlegt.

Mr. Biswas war zu verlegen, um zu antworten.

Natürlich, sagte Sushila, könnten sie nicht *alle* bedürftige Bürger sein. Aber könnte nicht eine das werden?

Es war unmöglich. Egal, wie bedürftig sie waren, es waren Verwandte. Aber sie hatte ihre besten Kleider und Schmuckstücke angelegt und waren den ganzen Weg von Shorthills gekommen, und er konnte sie nicht sofort zurückweisen. »Was ist denn mit dem Namen?« fragte er.

Daran hatten sie schon gedacht. Der Name Tulsi brauchte nicht erwähnt zu werden. Die Namen ihrer Ehemänner könnten benutzt werden.

Mr. Biswas dachte rasch nach. »Aber was ist mit den Kindern in der Schule?«

Auch das war bedacht worden. Sushila hatte keine Kinder. Und was das Foto betraf: mit Brille, Schleier und ein bißchen Gesichtsschmuck könnte sie wirkungsvoll verkleidet werden.

Mr. Biswas fiel kein anderer Verzögerungseinwand mehr ein. Langsam kratzte er seine Arme.

Die Witwen starrten ihn ernsthaft, dann anklagend an. Als das Schweigen länger anhielt, verwandelte Shamas Lächeln sich in einen verärgerten Blick, schließlich war auch sie anklagend.

Mr. Biswas klatschte sich auf den linken Arm. »Ich würde meinen Job verlieren.«

»Aber damals«, sagte Sushile, »als du Scarlet Pimpernel warst, da bist du rumgeganen und hast Gutscheine, Geschenkscheine an deine Mutter, deine Brüder und die ganzen Kinder verteilt.«

»Das war was anderes«, sagte Mr. Biswas. »Tut mir leid, wirklich.«

Die fünf Witwen schwiegen still. Eine Zeitlang blieben sie unbeweglich stehen und starrten Mr. Biswas an, bis ihr Blick leer wurde. Er vermied ihre Augen, tastete nach Zigartten und kopfte das Bett ab, bis die Streichholzschachtel rappelte.

Sushila stieß einen tiefen Seufzer aus, und einen nach der anderen seufzten die Witwen, auf Mr. Biswas Stirn starrend, und schüttelten den Kopf. Shama warf Mr. Biswas einen Blick voller Zorn zu. Dann zogen sie und die Witwen durch die Tür ab.

Unten wurde ein Kind verprügelt, W. C. Tuttles Grammophon spielte: »Eines Nachts, der Mond schien helle.«

»Es tut mir leid«, sagte Mr. Biswas an den Rücken der letzten Witwe gerichtet. »Aber ich würde meinen Job verlieren. Tut mir leid.«

Und es tat ihm wirklich leid. Aber selbst wenn es keine Verwandten wären, hätte er ihren Fall nicht überzeugend darstellen können. Wie konnte man eine Frau bedürftig nennen, wenn sie auf dem Gut ihrer Mutter lebte, in einem der drei Häuser ihrer Mutter; wenn ihr Bruder im Vereinigten Königreich Medizin studierte; und wenn ein weiterer Bruder im Süden eine Persönlichkeit wachsenden Einflusses war, sein Name ständig in der Zeitung stand, in den Klatschspalten, auf den Nachrichtenseiten wegen seiner Geschäftsabschlüsse und politischen Erklärungen, mit seinen eigenen flotten Werbesprüchen (»Tulsi-Theater Trinidad präsentiert stolz . . .«)?

Nicht lange danach bekam Mr. Biswas noch ein Ersuchen, das ihn durcheinanderbrachte. Es kam von Bhandat, Ajodhas geächtetem Bruder. Mr. Biswas hatte Bhandat nie wieder gesehen, seit Bhandat den Rumausschank in Pagotes wegen seiner chinesischen Geliebten in Port-of-Spain verlassen hatte; er hatte nur von Jagdat, Bhandats Sohn, gehört, daß Bhandat in mit Standhaftigkeit ertragener Armut lebte. Mr. Biswas konnte nichts tun für Bhandat. Sie waren verwandt, und wiederum wäre es unmöglich gewesen, einen Fall aus einem Mann zu machen, dessen Bruder als einer der reichsten Männer der Kolonie bekannt war.
Bhandat hatte eine Adresse im Stadtzentrum angegeben, die jemanden, der sich in den Slums der Stadt nicht auskannte, zu dem Glauben verleiten konnte, Bhandat sei ein Kakao- oder Zuckerhändler, ein Import- und Export-König. In der Tat wohnte er in einem Mietshaus, das zwischen einem Importgeschäft für Waren aus dem Osten und einem Exportunternehmen für Zucker und Kopra lag. Es war ein altes Gebäude im spanischen Stil. Die glatte Fassade, durchbrochen von unregelmäßigen Löchern im Putz, kleine Fenster mit zerbrochenen Läden und zwei kleine, rostige Eisenbalkons, erhob sich direkt vom Bürgersteig.

Von dem Exportunternehmen kam der ranzige Geruch nach Kopra und der betäubende Geruch eingesackten Zuckers, ein ganz anderer Geruch als der stinkend süße Geruch aus den Zuckerfabriken und Büffelteichen, an den Mr. Biswas sich aus seiner Kindheit erinnerte. Von dem Importgeschäft kamen die vielfach abgestuften Gerüche stechender Gewürze. Von der Straße kam der Geruch von Staub, Stroh, dem Urin und Kot von Pferden, Eseln und Maultieren. Bei jedem Hindernis hatte sich in der Gosse ein runzliger Belag aus Schaum gebildet, weiß wie die Haut auf gekochter Milch, mit einem durchdringenden, beißendem Geruch, der, verschmolzen und von der Nachmittagssonne aufgeheizt, erstickend von der Straße aufstieg und Mr. Biswas verfolgte, als er in die plötzliche Schwärze eines Torweges zwischen dem Miethaus und dem Exportgeschäft einbog. Er lehnte sein Fahrrad gegen die kühle Wand, wehrte die Bienen vom Zucker des Importeurs ab und machte sich auf den Weg entlang einer kopfsteingepflasterten Gasse, neben der eine seichte, grünschwarze Gosse verlief, die in der Dämmerung glitzerte. Die Gasse öffnete sich auf einen gepflasterten Hof, der nur geringfügig breiter war. Zu einer Seite war die hohe nicht durchbrochene Mauer des Exportgeschäfts, zur anderen die Wand des Mietshauses, mit Fenstern, die über schmuddeligen Vorhängen schwarz gähnten. Ein schiefes Wasserrohr tröpfelte auf moosigen Boden und nährte die Gosse. Am Ende des Hofes war eine mit Zeitungspapier verunreinigte Toilette und ein Badezimmer ohne Dach, dessen Türen offenstanden. Darüber war der Himmel, strahlend blau. Das Sonnenlicht fiel schräg über den Hof hinweg auf den Rand der Mauer vom Exportgeschäft.
Hinter dem Wasserrohr bog Mr. Biswas in einen Gang ein. Er ging gerade an einem mit einem Vorhang verhangenen Türeingang vorbei, als eine schrille Stimme fast fröhlich aufschrie: »Mohun!«

Er fühlte sich, als wäre er wieder ein Junge geworden. Das ganze Gefühl der Schwäche und Scham kehrte zurück.

Es war ein niedriger, fensterloser Raum, nur durch Licht vom Gang her erleuchtet. Eine spanische Wand trennte einen Ecke ab. In einer anderen Ecke stand ein Bett, und von daher kamen gurgelnde glückliche Geräusche. Bhandat war nicht gebrochen. Mr. Biswas, der befürchtet hatte, ihn zu einem melodramatischen, altersschwachen Inder zusammengeschrumpft vorzufinden, war erleichtert. Das Gesicht war dünner, aber die Wülste auf der Oberlippe waren dieselben; die Augenbrauen, immer noch die eines Mannes, der sich Sorgen machte, schlossen sich über immer noch glänzenden Augen zusammen.

Bhandat hob dünne Arme hoch. »Du bist mein Kind, Mohun. Komm.« Das Schrille in der Stimme war neu.

»Wie geht's dir, Onkel?«

Bhandat schien nicht zu hören. »Komm, komm. Du denkst vielleicht, du bist ein großer Mann, aber für mich bist du immer noch mein Kind. Komm, laß dich küssen.«

Mr. Biswas stellte sich auf den Läufer aus Zuckersack und beugte sich über das muffig riechende Bett. Sofort wurde er nachdrücklich hinabgezogen. Er sah, daß die mit Leimfarbe gestrichenen Wände und die Decke mit Staub und Ruß beschichtet waren, fühlte Bhandats unrasiertes Kinn über seinen Hals kratzen, spürte Bhandats trockene Lippen auf seinen Wangen. Dann schrie er auf. Bhandat hatte ihn jäh an den Haaren gerissen. Er sprang zurück, und Bhandat johlte. Während er darauf wartete, daß Bhandat sich beruhigte, sah Mr. Biswas sich in dem Zimmer um. An einer Wand hingen Kleider von Nägeln, die zwischen den Steinen in den Mörtel geschlagen worden waren. Was auf dem sandigen Betonboden zuerst wie Kleiderbündel ausgesehen hatte, stellte sich als Zeitungsstapel heraus. Direkt neben dem Wandschirm stand ein kleiner Tisch mit noch mehr Zeitungen, einem billigen Schreibpapierblock, einem Fäßchen Tinte und einem abgekauten Stift: an diesem Tisch hatte Bhandat zweifellos seinen Brief geschrieben.

»Du begutachtest meinen Herrensitz, Mohun?«

Mr. Biswas weigerte sich, gerührt zu werden. »Ich weiß nicht. Mir scheint, du bist hier ganz gut untergebracht. Du solltest einmal sehen, wie manche Leute leben.« Und beinahe fügte er hinzu: »Du solltest sehen, wie ich lebe.«

»Ich bin ein alter Mann«, sagte Bhandat in seiner neuen gellenden Stimme. Seine Augen wurden naß, und ein kleines, unzuverlässiges Lächeln trat auf seine Lippen.

Mr. Biswas rückte noch weiter vom Bett weg.

Hinter dem schmuddeligen Wandschirm aus bedruckter Baumwolle drangen Geräusche hervor: ein Ring aus einer Kohlenpfanne klimperte, ein Streichholz wurde angezündet und energisch gefächelt. Die Chinesin. Ein Schauer der Neugierde durchlief Mr. Biswas. Weißer Holzkohlenrauch stieg über dem Schirm auf, wand sich durch das Zimmer und entkam, immer schneller werdend, durch die Tür.

»Warum benutzt du Lux-Seife?«

Mr. Biswas sah, daß Bhandat ihn ernst anstarrte. »Lux-Seife? Ich glaube, wir benutzen Palmolive. So was Grünes —«

Bhandat sagte auf englisch: »Ich benutze Lux-Seife, weil es die Seife der Stars ist.«

Mr. Biswas war beunruhigt.

Bhandat drehte sich auf die Seite und begann, in den Zeitungen auf dem Fußboden zu wühlen. »Von meinen nichtsnutzigen Söhnen kommt mich nie einer besuchen. Du bist der einzige, Mohun. Aber so warst du schon immer.« Er runzelte die Stirn über einer Zeitung. »Nein, das ist abgelaufen. Fernandes Rum. Die perfekte Runde in jedem Kreis. Das ist genau das, was sie wollen. Rum, Mohun. Erinnerst du dich noch? Aha! Ja, das ist es.« Er

gab Mr. Biswas eine Zeitung, und Mr. Biswas las die Einzelheiten des Wettbewerbs um den Lux-Slogan. »Hilf einem alten, Mann, Mohun. Sag mir mal, warum du Lux-Seife benutzt.«
Mr. Biswas sagte: »Ich benutze Lux-Seife, weil sie antiseptisch, erfrischend, wohlriechend und nicht teuer ist.«
Bhandat runzelte die Stirn. Die Worte hatten bei ihm keinen Eindruck hinterlassen. Und damit wußte Mr. Biswas mit Sicherheit, was er geahnt und beiseite geschoben hatte: Bhandat war taub.
»Schreib's auf, Mohun«, schrie Bhandat. »Schreib's auf, ehe ich's vergesse. Ich hab' kein Glück mit diesen Dingern. Kreuzworträtsel. Wettbewerbe um den fehlenden Ball, Werbesprüche. Das ist doch alles dasselbe.«
Während Mr. Biswas schrieb, begann Bhandat mit seiner Lebensgeschichte. Seine Taubheit mußte vor einiger Zeit aufgetreten sein: er sprach in ganzen Sätzen, was seinem Gerede eine literarische Qualität verlieh. Es war eine vertraute Geschichte von erlangten und verlorenen Posten, großen fehlgeschlagenen Unternehmungen, phantastischen Gelegenheiten, die Bhandat wegen seiner Ehrlichkeit oder der Unehrlichkeit seiner Partner, die nun alle berühmt und reich waren, nicht ergriffen hatte.
Der Slogan gefiel ihm. »Der muß einfach gewinnen, Mohun. Also, was ist mit den Kreuzworträtseln, Mohun. Kannst du nicht veranlassen, daß ich bloß einmal eins gewinne?«
Eine Antwort wurde Mr. Biswas erspart, denn genau in dem Augenblick kam die Frau hinter dem Schirm hervor. Sie bewegte sich rasch und verstohlen, setzte einen Emailleteller mit kleinen gelben Kuchen auf den Tisch, zog den Stuhl heraus, stellte ihn an die Stelle, wo Mr. Biswas stand, und eilte dann wieder hinter den Wandschirm. Sie war mittleren Alters, sehr dünn, mit einem langen Hals und kleinem Gesicht. Alles an ihr war irgendwie senk-

recht: ihr ungewaschenes Haar hing gerade herunter, ihr verwaschenes blaues Baumwollkleid fiel gerade herunter, ihre dünnen Beine waren gerade.

Mr. Biswas forschte bei Bhandat nach Zeichen der Verlegenheit. Aber Bhandat redete, ohne sich stören zu lassen weiter über die Wettbewerbe, an denen er teilgenommen und die er verloren hatte.

Mit zwei hohen Emailletassen voll Tee kam die Frau wieder hervor. Sie setzte eine Tasse auf den Tisch und schob den Teller mit Kuchen Mr. Biswas zu, der nun auf dem Stuhl saß, den sie herangezogen hatte. Die andere Tasse gab sie Bhandat, der sich aufsetzte, um sie entgegenzunehmen und ihr das Blatt Papier gab, auf das Mr. Biswas den Werbespruch geschrieben hatte.

Bhandat schlürfte seinen Tee, und einen Augenblick lang hätte er Ajodha sein können. Die Gesten waren dieselben: die Tasse langsam an die Lippen zu führen, die Augen halb zu schließen, die Lippen auf dem Rand ruhen zu lassen, auf den Tee zu blasen. Dann kam das Schlürfen mit geschlossenen Augen, als wäre das Getränk geweiht worden; und auf dem zerquälten Gesicht breitete sich Frieden aus.

Er machte die Augen auf: die Qual kehrte zurück. »Gut, was?« sagte er auf englisch zu der Frau. Sie blickte hastig zu Mr. Biswas herüber. Sie schien darauf bedacht, wieder hinter ihren Wandschirm gehen zu können.

»Er ist jetzt ein großer Mann«, sagte Bhandat. »Aber weißt du, ich kenne ihn schon, seit er ein so kleiner Dreikäsehoch war.« Er stieß einen schrillen Laut aus. »Ja, so hoch.«

Mr. Biswas versuchte, Bhandats Blick zu vermeiden, indem er einen der gelben Kuchen nahm und hineinbiß.

»Seit er so ein Dreikäsehoch war. Jetzt ist er ein großer Mann. Aber ich hab' ihn auch schon mal gehörig verdroschen, weißt du? Was, Mohun? Ja, Mann.« Bhandat hielt die Tasse in der linken Hand und ließ seinen rechten Zeigefinger gegen den Daumen schnellen.

Das war der Augenblick, den Mr. Biswas gefürchtet hatte. Aber als er nun eingetroffen war, verspürte er nur Erleichterung. Bhandat hatte die Scham nicht wiederbelebt: er hatte sie beseitigt.
Die Tasse in Bhandats Hand zitterte. Die Frau stürzte zum Bett und öffnete weit den Mund. Aus diesem Mund kamen keine Worte: nur ein Klacken der Zunge, das am Ende in schrilles Krächzen umschlug.
Der Tee war übers Bett, über Bhandat geschwappt. Und Mr. Biswas, der an Taubheit, Stummheit, Wahnsinn, die Schauerlichkeit von Geschlechtsverkehr in diesem schmierigen Zimmer dachte, spürte, wie sich der gelbe Kuchen in seinem Mund in eine glitschige Paste verwandelte. Er konnte weder kauen noch schlucken. Bhandat auf dem Bett fluchte in einer Aufwallung von Wut in Hindi, während die Frau ihm, ohne darauf zu achten, die Tasse aus der Hand nahm, hinter den Wandschirm lief, einen stellenweise verbrannten Fetzen von einem Mehlsack herausholte und energisch am Bettuch und an Bhandats Unterhemd zu reiben begann.
»Du tolpatschige, unfruchtbare Kuh!« kreischte Bhandat auf Hindi. »Immer voll bis zum Rand! Immer voll bis zum Rand!«
Wie sie rieb, verrutschte ihr Kleid und enthüllte das dicke, grobe Haar unter ihren Armen, die Form ihres ungraziösen Körpers, die Umrisse eines Teils ihrer Unterwäsche. Mr. Biswas zwang sich, die gelbe Paste in seinem Mund hinunterzuschlucken und spülte sie mit dem starken, süßen Tee hinunter. Er war froh, als die Frau den Mehlsackfetzen zusammenrollte, ihn unter Bhandats Unterhemd steckte und hinter den Wandschirm ging.
Bhandat wurde auf der Stelle ruhiger. Er lächelte Mr. Biswas lausbübisch an und sagte: »Sie versteht kein Hindi.«
Mr. Biswas erhob sich, um zu gehen.

Die Frau tauchte wieder auf und krächzte Bhandat an.
»Bleib für ein richtiges Essen, Mohun«, sagte Bhandat. »So arm bin ich nicht, daß ich mir nicht leisten kann, meinem Kind zu essen zu geben.«
Mr. Biswas schüttelte den Kopf und pochte auf das Notizbuch in seiner Jackentasche.
Die Frau zog sich zurück.
»Antiseptisch, wohlriechend, erfrischend und nicht teuer, was? Gott wird dir dafür danken, Mohun. Und wegen dieser nichtsnutzigen Söhne, die ich habe —« Bhandat lächelte. »Komm und laß dich küssen, ehe du gehst, Mohun.«
»Komm und laß dich küssen, ehe du gehst, Mohun.«Mr. Biswas lächelte, ließ Bhandat johlen und ging hinter den Wandschirm, um sich von der Frau zu verabschieden. Auf einer Kiste stand eine angezündete Kohlenpfanne; auf einer anderen Kiste lag Gemüse und standen Teller. Auf dem nassen schwarzen Fußboden stand eine Schüssel mit schmutzigem Wasser.
Er sagte: »Ich werd' sehen, was ich tun kann. Aber versprechen kann ich nichts.«
Die Frau nickte.
»Es ist sein Rücken, eigentlich.«
Die Worte waren leise, aber deutlich. Sie war gar nicht stumm!
Eine Erklärung wartete er nicht ab. Er eilte aus dem Zimmer hinaus auf die Gasse. Es war zum Ersticken warm. Noch einmal trafen ihn die heißen Gerüche der Straße wie ein Schlag. Die Bienen, Honighersteller, umsummten die schwitzenden Zuckersäcke des Exporteurs. Immer noch hatte er Krümel von dem grobkörnigen Kuchen zwischen den Zähnen. Er schluckte. Sofort füllte sein Mund sich wieder mit Speichel.
Sowie er ins Haus kam, ging er zu dem alten Bücherschrank, wühlte sich durch seine Zeitungsausschnitte,

seine Korrespondenz mit der Idealen Schule, ein Nest mit rosafarbenen blinden Babymäusen und nahm seine unvollendeten *Flucht*-Geschichten, die Träume von der unfruchtbaren Heldin, heraus. Er nahm die Geschichten mit zur Toilette im Hof und blieb eine Weile dort, verursachte sein eigenes Getöse, zog immer wieder die Kette. Als er herauskam, stand da eine kleine Schlange von Lesenden und Lernenden, ungeduldig, aber interessiert.

Sonntags erreichte das Getöse der Lernenden und Lesenden seinen Höhepunkt, und Mr. Biswas fing wieder einmal an, seine Kinder zu Besuchen in Pagotes mitzunehmen. Aber nun verbrachte er, wenn sie dahin kamen, wenig Zeit mit ihnen. Jagdat, wie ein tückischer Schuljunge darauf erpicht, andere zu verführen, brannte immer darauf, Mr. Biswas aus dem Haus zu lotsen, und Mr. Biswas war immer willig. Zwischen Jagdat und Mr. Biswas hatte sich eine lockere, entspannende Beziehung entwickelt. Gezankt hatten sie sich nie, Freunde werden konnten sie auch nie; aber einer freute sich immer, den anderen zu sehen. Keiner glaubte oder war interessiert an dem, was der andere sagte, und fühlte sich noch nicht einmal verpflichtet zuzuhören. Außerdem war Mr. Biswas in Pagotes gern mit Jagdat zusammen, denn außerhalb des Hauses war Jagdat eine bedeutende Persönlichkeit, Ajodhas Erbe, und er benahm sich wie jemand, der Gehorsam und Zuneigung gewohnt war. Trotz seines Alters, seiner Familie und des vorzeitig ergrauten attraktiven Haars wurde Jagdat immer noch als der junge Mann behandelt, mit dem man Nachsicht üben mußte. Sein Hauptvergnügen war es, Ajodhas Vorschriften zu brechen, und ein paar Stunden lang mußte Mr. Biswas so tun, als gälten diese Vorschriften auch für ihn. Rauchen war verboten: sie begannen zu rauchen, sobald sie auf der Straße waren. Trinken war verboten, und sonntags morgens waren die Rumschänken laut Gesetz geschlossen: deshalb tranken sie. Jagdat hatte ein Abkommen mit dem Inhaber eines Rumausschanks, der für freies Benzin von Ajodhas Pumpen sein Wohnzimmer für diese Trinkgelage am Sonntagmorgen zur Verfügung stellte. In diesem Wohnzimmer, das mit seinen vier hochpolierten Morris-Stühlen um einen kleinen Tisch seltsam respektabel war, tranken Mr. Biswas und Jagdat Whisky mit Soda. Zu Beginn waren sie junge Männer, für die die Welt noch neu war, und keiner erwähnte die Bindungen, in die sie am selben Tag zurückkehren mußten. Aber nach einem Schweigen, währenddessen jeder das Gespräch fortführen wollte wie vorher, kam immer eine Zeit, in der Ängste und Gefühlsbindungen hochkamen. Jagdat erwähnte seine Familie; er sprach ihre Namen aus: sie wurden Individuen. Mr. Biswas sprach vom *Sentinel*, von Anand und dem Stipendium. Und zum Schluß wandte das Gespräch sich immer Ajodha zu. Mr. Biswas hörte alte und neue Geschichten von Ajodhas Selbstsucht und Grausamkeit; wieder und wieder hörte er, wie Bhandat Ajodhas frühen Erfolg ermöglicht hatte. Trotz des Alkohols mißtrauisch gegenüber der Familie, hörte Mr. Biswas zu und gab keine Stellungnahme, flocht nur ab und zu Bemerkungen über die Tulsis ein, versuchte halbherzig anzudeuten, daß er genauso bedeutungsschwer wie Bhandat betrogen worden sei. Eines Sonntagmorgens erzählte er Jagdat von seinem Besuch bei Bhandat.

»Ah! Du hast also den alten Herrn gesehen, Mohun? Wie hält er sich denn? Sag mal, hat er was von diesem blutsaugerischen Schwein gesagt?«

Das war einwandfrei Ajodha. Mr. Biswas sah, als wäre er tief gerührt, in sein Glas und schüttelte den Kopf.

»Da siehst du mal, was für ein Mann er ist, Mohun. Kein Groll.«

Mr. Biswas trank ein bißchen Whisky. »Er hat mir erzählt, daß keiner von euch ihn besucht oder ihm ein bißchen hilft oder so was.«

Nach einer Pause sagte Jagdat: »Der Hundesohn lügt wie der Teufel. Die alte Hure, mit der er da lebt, ist auch ganz schön gerissen, weißt du. Die stiftet ihn ständig zu irgend was an.«
Danach sprach Jagdat nie wieder von Bhandat, und Mr. Biswas nahm sich vor, nur noch zuzuhören.
Bei diesen Sitzungen zeigte Jagdat sämtliche Anzeichen der Trunkenheit. Mr. Biswas wurde fast immer betrunken, und wenn sie das Wohnzimmer des Schankinhabers verließen, beschlossen sie manchmal, noch mehr Vorschriften zu brechen. Sie gingen zu Ajodhas Werkstatt, füllten einen von Ajodhas Liefer- oder Lastkraftwagen mit Ajodhas Benzin und fuhren zum Fluß oder Strand. Jagdat fuhr sehr schnell, aber mit scharfem Beurteilungsvermögen; und für Mr. Biswas war es eine immer wiederkehrende Demütigung, festzustellen, daß Jagdat ganz nüchtern wurde, sobald sie zu Ajodha zurückkamen. Er sagte, er sei geschäftlich unterwegs gewesen, beschrieb Unterhaltungen und Vorfälle mit einer Fülle unwichtiger glaubwürdiger Einzelheiten und plauderte glücklich während des ganzen Mittagessens. Mr. Biswas sagte wenig und bewegte sich mit langsamer Exaktheit. Seine Kinder bemerkten seine blutunterlaufenen Augen und fragten sich, was geschehen sei, um die Lebhaftigkeit, die er früher am Morgen im Busbahnhof von Port-of-Spain gezeigt hatte, zu dämpfen.
Beim Mittagessen sprach Ajodha unweigerlich mit Mr. Biswas über seine geschäftlichen Sorgen. »Sie haben mir den Vertrag nicht gegeben, weißt du das, Mohun? Ich denke, du solltest einmal einen Artikel über die Verträge von der Straßenbaubehörde schreiben.« Und »Mohun, die geben mir nicht die Erlaubnis, Diesellastwagen zu importieren. Kannst du herausfinden, weshalb? Schreibst du einen Brief für mich an sie? Ich bin sicher, da stecken die Ölgesellschaften hinter. Warum schreibst du nicht einen

Artikel darüber, Mohun?« Und hier und jetzt folgte darauf das Betrachten offizieller Formulare, Korrespondenz und illustrierter Broschüren von amerikanischen Firmen, wobei Mr. Biswas eine seitlich sitzende Haltung einnahm, von Ajodha abgewandt einatmete und durch halb geschlossene Lippen nichtssagende Bemerkungen über den Krieg und Einschränkungen machte.

Wenn die Kinder Mr. Biswas fragten, was los sei, beklagte er sich über Verdauungsstörungen; und manchmal schlief er den ganzen Nachmittag durch. Er bekam auch tatsächlich Verdauungsstörungen: sein erhöhter Verbrauch von Macleans Magenpulver, sein Schweigen, sein unlöschbarer Durst waren Symptome, die Shama zu ihrer Beschämung verstehen lernte.

So fanden die Kinder sich in Pagotes oft sich selbst überlassen. Nur Tara war da, um sie willkommen zu heißen, und sie war nun durch Asthma behindert. In dem großen, gut ausgestatteten, leeren Haus war nur der Zwiespalt zwischen Ajodha und seinen Neffen spürbar. Alles konnte zum Streit führen; die Aussprache von »Irak«, eine Diskussion über die Vorzüge des Buick. In dem Maße, wie die Auseinandersetzungen häufiger wurden, wurden sie kürzer, aber so heftig und gemein, daß es unmöglich schien, daß Onkel und Neffen je wieder miteinander sprechen könnten. Doch nach wenigen Minuten kam Ajodha gewöhnlich aus seinem Zimmer, die Brille auf, Papiere in der Hand, und es gab ein normales Gespräch und sogar Lachen. Ajodha war an seine Neffen gefesselt, und sie an ihn. Ajodha hatte seine Neffen im Geschäft nötig, da er Fremden mißtraute; in seinem Haus hatte er sie noch nötiger, da er Angst hatte, allein zu sein. Und Jagdat und Rabidat, mit großen, nicht anerkannten Familien, ohne Geld, Begabung und mit keinem anderen Status als dem, den sie aus Ajodhas Protektion zogen, wußten, daß sie an Ajodha gefesselt waren, solange er lebte. Rabidat mit dem schönen, zur Schau gestellten Körper, schien mit seinem vorstehenden Kiefer ständig böse fauchen zu wollen. Jagdats Kichern konnte sich von einem Augenblick zum andern in Gekreische und Geheul verwandeln. In Ajodhas Gegenwart befand er sich immer am Rand der Hysterie: das zeigte sich in seinen kleinen, unsteten Augen, die sein herzliches, auf die Schulter klopfendes Benehmen Lügen straften.

Mehr und mehr fühlten die Kinder sich wie Eindringlinge. Sie wurden sich ihrer Stellung bewußt. Und schließlich wurden sie gedemütigt.

Um einer Bitte von Tante Juanita von der Wichtelliga des *Guardian* zu entsprechen, war Anand mit einer blauen Karte herumgelaufen und hatte Geld für polnische Flüchtlingskinder gesammelt. Er hatte bei Lehrern gesammelt, beim Hausmeister der Schule, bei Geschäftsleuten und selbst bei W.C. Tuttle. Die Kassiererin in der Molkerei von Port-of-Spain hatte ihm sechs Cent gegeben und gratuliert, daß er gute Werke tat und dabei noch so jung war. Und eines Sonntagmorgens auf der hinteren Veranda in Pagotes hielt er, nachdem er einen Artikel über die Wichtigkeit des Atmens vorgelesen hatte, Ajodha die blaue Karte vor und bat um eine Spende.

Ajodha zog die Augenbrauen zusammen und sah beleidigt aus.

»Ihr seid mir ja eine komische Familie«, sagte Ajodha. »Der Vater sammelt Geld für Bedürftige. Du sammelst für polnische Flüchtlinge. Wer sammelt für dich?«

Es dauerte lange, ehe Anand wieder zu Ajodha ging. Für die polnischen Flüchtlinge sammelte er kein Geld mehr und zerriß die blaue Karte. Das Geld, das er gesammelt hatte, zerrann, und ein paar Monate lebte er in der Furcht, von Tante Juanita bestellt zu werden, um darüber Rechenschaft abzulegen. Die Freundlichkeit, die ihm jeden Nachmittag von der Frau in der Molkerei zuteil wurde, schmerzte ihn richtig.

Diese Sonntagsausflüge, Morgen voller Heuchelei, Nachmittage und Abende voller Pein, wurden weniger häufig, und Mr. Biswas fand sich von seinen Kampagnen zu Hause voll in Anspruch genommen.

Um gegen W.C. Tuttles Grammophon anzukämpfen, hatten Chinta und Govind eine Reihe frommer Gesänge aus dem *Ramayana* dargeboten. Das Studium des *Ramayana*, das Chinta vor vielen Jahren, als Mr. Biswas noch in Green Vale lebte, begonnen hatte, war nun anscheinend abgeschlossen; sie sang sehr gut. Govind sang weniger einschmeichelnd: teilweise brummte, teilweise winselte er. Es war nämlich seine Gewohnheit, auf dem Bauch liegend zu singen. In diesem Gesangskreuzfeuer, das manchmal den ganzen Abend dauerte, gefangen, hörte Mr. Biswas zu und lauschte, bis er plötzlich in Unterhose und Unterhemd ins hintere Zimmer stürzte und auf die Trennwand zu Govinds Zimmer trommelte und auf die Trennwand zum Wohnzimmer von W.C. Tuttle trommelte.

Die Tuttles antworteten nie. Chinta sang mit verstärktem Eifer. Govind lachte manchmal zwischen Doppelversen still in sich hinein, machte das aber so, daß es zu seinem Gesang zu gehören schien: dem Sänger des *Ramayana* steht es frei, zwischen den Doppelversen seine eigene Klangrubrik hinzuzufügen. Manchmal unterbrach er jedoch seinen Gesang, um Beleidigungen durch die Zwischenwand zu rufen. Mr. Biswas schrie zurück, und dann mußte Shama hochrennen, um Mr. Biswas zum Schweigen zu bringen.

Govind war der Schrecken des Hauses geworden. Es war, als hätten die langen Zeitspannen im Taxi mit dem Rücken zu seinen Fahrgästen ihn zu einem vollkommenen Misanthropen gemacht, als hätten seine dreiteiligen Anzüge alles, was von seinem Eifer und seiner Loyalität geblieben war, zugeknöpft und in ein Brüten verwandelt, das in regelmäßigen Abständen unwirschen Ausbrüchen unterworfen war. Eine dementsprechende körperliche Veränderung hatte er mitgemacht. Sein schwächliches, hübsches Gesicht war derb und undurchsichtig geworden, und sein Körper hatte, seitdem er mit dem Taxifahren angefangen hatte, seine Härte verloren und war zu einem Körper aufgequollen, der eine Weste braucht, die ihm Würde verleiht, die suggeriert, das anschwellende Fleisch sei unter Kontrolle. Sein Benehmen war seltsam und unvorhersagbar. Das *Ramayana*-Singen hatte fast alle überrascht und wäre amüsant gewesen, wäre es nicht mehrmals mit Gewaltanwendung zusammengefallen. Tagelang beachtete er niemanden, dann heftete er, ohne provoziert worden zu sein, seine Aufmerksamkeit auf jemanden und verfolgte ihn mit kindischen Schmähungen und einem beängstigenden Lächeln. Er beleidigte Shama und die Kinder; in Anerkennung der begrenzten Kraft von Mr. Biswas' hängemattenähnlichen Muskeln ertrug Shama diese Beleidigungen schweigend. Basdais Lesende und Lernende griff er öfters überraschend an und terrorisierte sie ganz allgemein. Appelle an Chinta waren sinnlos; für sie war die Furcht, die Govind erweckte, eine Quelle des Stolzes. Die Geschichte, wie Govind einmal Mr. Biswas verprügelt hatte, überlieferte sie ihren Kindern, und die gaben sie an die Lesenden und Lernenden weiter und versetzten sie damit vollkommen in Schrecken.

Ein Streit zwischen Govind und Mr. Biswas oben wurde unten unweigerlich von einem Streit zwischen ihren Kindern begleitet.

Einmal sagte Savi: »Ich frage mich, warum Pa eigentlich kein Haus kauft.«

Govinds älteste Tochter antwortete: »Wenn einige Leute soviel Geld hätten, wie ihr Maulwerk groß ist, dann lebten sie in Palästen.«

»Einige Leute haben nur Maulwerk und Bauch.«

»Einige Leute haben wenigstens einen Bauch. Andere haben gar nichts.«

Savi nahm diese Niederlagen schlecht hin. Sobald der Streit oben abgeklungen war, ging sie in das innere Zimmer und legte sich auf das Himmelbett. Weil sie sich selbst nicht wieder weh tun oder ihren Vater verletzen wollte, konnte sie ihm nicht erzählen, was geschehen war; und er war der einzige Mensch, der sie hätte trösten können.

Unter den Umständen kam W.C. Tuttle dazu, als nützlicher Verbündeter betrachtet zu werden. Seine körperliche Kraft kam der Govinds gleich (wenn Govinds Kinder das auch verneinten), und ihr Streit über die Garage hielt immer noch an. Hilfreich war auch, daß W.C. Tuttle und Mr. Biswas etwas gemeinsam hatten: beide hatten das Gefühl, dadurch, daß sie in die Tulsis eingeheiratet hatten, unter die Barbaren gefallen zu sein. W.C. Tuttle betrachtete sie als einen der letzten Verteidiger brahmanischer Kultur auf Trinidad; gleichzeitig fand er, er habe sich mit Anstand den feineren Hervorbringungen westlicher Kultur überlassen: ihrer Literatur, ihrer Musik, ihrer Kunst. Er benahm sich zu allen Zeiten mit angemessener Würde. Er tauschte mit niemandem böse Worte, sondern begnügte sich mit stiller Verachtung, einem Zittern seiner behaarten Nasenflügel.

Und tatsächlich bestand, abgesehen von der durch das Grammophon verursachten Unannehmlichkeit, zwischen Mr. Biswas und W.C. Tuttle nur die Rivalität, die ausgelöst worden war, als Myna den Fackel haltenden Arm der Fackelträgerin abgebrochen und Shama einen Glasschrank gekauft hatte. Die Schlacht wegen der Besitztümer verlor Mr. Biswas, indem er sie gar nicht erst antrat. Nach dem Erwerb des Glasschranks (dessen zerbrochene Tür unrepariert blieb und dessen untere Borde mit Schulbüchern und Zeitungen gefüllt waren) und des Eßtischs von einem dankbaren Bedürftigen hatte Mr. Biswas keinen Platz mehr. W.C. Tuttle hatte die ganze vordere Veranda: er kaufte zwei Morris-Schaukelstühle, eine Stehlampe, einen Rollschrank und einen Bücherschrank mit Schiebetüren aus Glas. Mr. Biswas hatte keinen geringen Vorsprung gewonnen, weil er als erster seine Kinder in die Wichtelliga des *Guardian* eingeschrieben hatte, den er aber wieder vergeudete, als er W.C. Tuttles Khakishorts imitierte. W.C. Tuttles Shorts waren richtige Shorts, und er hatte die Figur dafür. Die Figur fehlte Mr. Biswas, und seine Khakishorts waren nur lange Khakihosen, die Shama gegen ihr besseres Wissen gestutzt und auf ihrer Maschine mit einer Wellenlinie aus weißem Baumwollgarn gesäumt hatte. Einen weiteren Rückschlag erlitt Mr. Biswas, als die Tuttle-Kinder enthüllten, ihr Vater habe eine Lebensversicherung abgeschlossen. »Auch eine abschließen?« sagte Mr. Biswas zu Myna und Kamla. »Wenn ich anfange, jeden Monat Versicherungen zu bezahlen, meint ihr, dann würde einer von uns überleben, um sie in Empfang zu nehmen?«

Der Bilderkrieg fing an, als Mr. Biswas in einem indischen Buchladen zwei Zeichnungen kaufte und sie in einem Passepartout rahmte. Er fand heraus, daß er gerne Bilder rahmte. Er spielte gern mit sauberem Karton und scharfen Messern; er experimentierte gern mit den Farben und Formen der Einfassung. Er sah zu, wie das Glas nach seinen Maßangaben geschnitten wurde, er radelte furchtsam damit nach Hause, und ein ganzer Abend war verwandelt. Ein Bild zu rahmen, war wie ein Schild malen: es verlangte Sauberkeit und Genauigkeit; er konnte sich darauf konzentrieren, was seine Hände taten, das Haus vergessen, seine Gereiztheit bezwingen. Bald waren seine beiden Räume so mit Bildern behangen wie das Barackenzimmer in Green Vale mit religiösen Sinnsprüchen.

W.C. Tuttle begann mit einer Reihe Fotos von sich selbst in großen Holzrahmen. Auf einem Foto saß W.C. Tuttle nackt, bis auf Dhoti, heilige Schnur und Kastenzeichen, den Kopf bis auf den Haarschopf geschoren, mit gekreuzten Beinen, die Finger auf den nach oben gedrehten Sohlen zart zusammengeschlossen, und meditierte mit geschlossenen Augen. Daneben stand W.C. Tuttle in Jackett, Hose, Kragen, Krawatte, Hut, einen wohlbeschuhten Fuß auf dem Trittbrett eines Autos und lachte, einen glitzernden Goldzahn vorzeigend. Es gab Fotos von seinem Vater, seiner Mutter, ihrem Haus; seinen Brüdern, in einer Gruppe und einzeln; seinen Schwestern, in einer Gruppe und einzeln. Es gab Fotos von W.C. Tuttle in verschiedenen vorübergehenden Phasen: W.C. Tuttle mit Bart, Backenbart und Schnurrbart, W.C. Tuttle nur mit Bart, nur mit Schnurrbart; W.C. Tuttle als Gewichtheber (in Badehosen starrte er in die Kamera und hielt dabei die Gewichte hoch, die er aus dem Blei der auseinandergenommenen elektrischen Anlage in Shorthills gemacht hatte); W.C. Tuttle in vorschriftsmäßiger indischer Hofkleidung; W.C. Tuttle mit sämtlichen Regalien des Pandits, Turban, Dhoti, weißer Jacke, Gebetsperlen dastehend mit einem Messinggefäß in einer Hand wieder lachend (im Hintergrund eine Reihe verschwommener, von Scheu ergriffener Gesichter). Dazwischen hingen Bilder von englischen Landschaften im Frühling, eine Ansicht des Matterhorns, ein Foto von Mahatma Gandhi und ein Bild mit dem Titel »Wann habe Sie zuletzt Ihren Vater besucht?« Das war W.C. Tuttles Art, Ost und West zu verschmelzen.

Aber Govind, der sein Taxi fuhr und das *Ramayana* brummte, blieb von dieser wie jeder anderen Rivalität ungerührt und war weiterhin so bedrohlich und anstoßerregend wie zuvor. Die Lesenden und Lernenden wünschten offen, er würde verstümmelt oder bei einem Verkehrsunfall getötet. Statt dessen gewann er eine Sicherheitsprämie und einen Händedruck vom Bürgermeister von Port-of-Spain. Das schien ihn von allen Hemmungen zu befreien, und sowohl Basdai als auch Mr. Biswas begannen davon zu reden, die Polizei zu holen.

Die Polizei wurde aber nie gerufen. Denn ganz plötzlich hörte Govind auf, ein Problem zu sein.
Im Haus trat eines Abends eine plötzliche, verblüffende Stille ein. Die Lernenden und Lesenden hörten auf zu summen. W.C. Tuttles Grammophon erstarb. Der *Ramayana*-Gesang brach mitten in einem Doppelvers ab. Und aus Govinds Zimmer kam Grunzen, Poltern, Knallen und Krachen.
Anand kam auf Zehenpsitzen in Mr. Biswas' Zimmer gelaufen und flüsterte freudig: »Daddy schlägt Mummy.«
Mr. Biswas setzte sich auf und lauschte. Es klang wahr. Vidiadhars Daddy schlug Vidiadhars Mummy.
Das ganze Haus hörte zu. Und als die Geräusche aus Govinds Zimmer nachließen und Govind wieder anfing, das *Ramayana* zu winseln, baute sich das Summen unten wieder auf, zu einem neuen, befriedigten Ton, und W.C. Tuttles Grammophon spielte festliche Musik.
So war es immer, wenn Chinta von Govind geschlagen wurde. Was oft vorkam. Die Lesenden und Lernenden erholten sich von ihrem Schreckenszustand, denn nachdem er dieses Ventil gefunden hatte, suchte Govind kein anderes mehr. Die Schläge gaben Chinta eine matriarchalische Würde und verschafften ihr seltsamerweise einen Respekt, den sie früher nie gehabt hatte. Sie hatten den Nebeneffekt, daß ihre Kinder bezwungen wurden, ihr Gesang aufhörte und sie zu kultureller Rivalität angestachelt wurde.
Vidiadhar war auch in der Stipendiatsklasse. Er war nicht wie Anand in der Gruppe der besten, aber das führte Chinta nur auf Bestechung und Korruption zurück. Und eines Nachmittags, als Anand auf dem äußersten Hocker an der Theke der Molkerei saß, kam ein indischer Junge herein. Es war Vidiadhar. Anand war überrascht. Vidiadhar sah auch überascht aus. Und in ihrer Überraschung sprach keiner den anderen an. Vidiadhar ging an Anand

vorbei zu dem Hocker am anderen Ende der Theke und bat um einen Viertelliter Milch. Es freute Anand, ihn diesen Fehler machen zu sehen: zuerst wurde das Geld am Pult gezahlt und dann dem Barmann die Quittung gezeigt. So mußte Vidiadhar die ganze Reihe der hohen Hocker wieder passieren, sich bei der Kassiererin seine Quittung holen und noch einmal an den Hockern vorbei zu dem von ihm ausgewählten Ende gehen. Ohne sich anzusehen, tranken sie langsam ihre Milch, denn keiner wollte als erster weggehen. Keiner von ihnen hatte vorgehabt, den anderen zu schneiden; es war einfach so passiert. Aber jeder Junge dachte, er sei geschnitten worden; und nie wieder, bis sie Männer waren, sprachen sie miteinander. In den veränderlichen verwickelten mannigfaltigen Beziehungen des überfüllten Hauses blieb dieses Schweigen beständig. Es wurde historisch. Dann sagte Vidiadhar, daß er an dem Nachmittag die Verbindung abgebrochen habe, und Anand sagte, *er* habe es getan. Und jeden Nachmittag um fünf nach drei sahen die Leute in der Molkerei an entgegengesetzten Enden der Milchbar zwei indische Jungen sitzen, die, ohne sich anzusehen, ohne je miteinander zu sprechen, ihren Viertelliter Milch durch Strohhalme tranken.

Um der Herausforderung Vidiadhars, der nun öffentlich Trockenpflaumen aß, standzuahlten, begannen Myna und Kamla, erstaunliche geistige Leistungen für Anand zu beanspruchen.

»Mein Bruder hat mehr Bücher gelesen als ihr alle zusammen.«

»Hör dir das an. Aber na schön. Wenn Anand so viel gelesen hat, dann soll er mir sagen, wer der Autor von *Singing Guns* ist.« Das kam von einem jungen Tuttle.

»Sag's ihm, Anand. Sag ihm, wer der Autor von *Singing Guns* ist.«

»Ich weiß es nicht.«

»Ah, ha-ha!«
»Aber wie kannst du bloß erwarten, daß er das weiß?« sagte Myna. »Er liest bloß vernünftige Bücher.«
»Meinetwegen. Anand liest 'ne Menge Bücher. Aber mein Bruder hat ein Buch *geschrieben.* Ein *ganzes* Buch. Und im Augenblick schreibt er gerade ein neues.«
Das hatte der Schreiber tatsächlich getan. Er war der älteste Junge der Tuttles. Er hatte seine Eltern dadurch, daß er ständig nach Übungsheften fragte und man ihn ständig schreiben sah, beeindruckt. Er sagte, er mache sich Notizen. In Wirklichkeit hatte er jedes Wort aus *Nelsons westindischer Geographie* von Captain Cutteridge, Direktor des Erziehungswesens, Verfasser von *Nelsons westindischen Fibeln* und *Nelsons westindischer Arithmetik*, abgeschrieben. Die *Geographie* hatte er in mehr als zwölf Übungsheften abgeschlossen und war im Augenblick mit dem ersten Band von *Nelsons westindischer Geschichte* von Captain Daniel, stellvertretendem Direktor des Erziehungswesens, beschäftigt.
Da in weniger als zwei Monaten die Prüfungen für die Stipendien waren, führte Anand ein reines Arbeitsleben. Morgens vor der Schule hatte er eine halbe Stunde Privatunterricht, nachmittags nach der Schule hatte er eine Stunde Privatunterricht, den ganzen Samstagmorgen hatte er Privatunterricht. Zusätzlich zu all diesen Privatstunden von seinem Klassenlehrer begann Anand dann, Nachhilfeunterricht bei seinem Direktor zu nehmen, im Haus des Direktors von fünf bis sechs. Er ging von der Schule zur Molkerei und wieder zur Schule; dann ging er zum Haus des Direktors, wo Savi mit Butterbroten und lauwarmer Ovomaltine wartete. Morgens verließ er um sieben das Haus und kam um halb sieben wieder. Er aß. Dann machte er seine Hausaufgaben, dann bereitete er sich auf seine ganzen Privatstunden vor.
Alle Jungen in der Gruppe der Besten innerhalb der Sti-

pendiatsklasse ertrugen fast die gleichen Entbehrungen, sie bemühten sich aber, das Märchen aufrechtzuerhalten, sie seien Schuljungen, die nur Streiche im Sinn hätten und die sorglosesten Tage ihres Lebens genössen. Es gab ein paar bange Jungen, die von nichts als von Arbeit redeten. Die meisten aber sprachen von der gerade beginnenden Fußballsaison, dem Santa-Rosa-Rennen, das gerade zu Ende gegangen war, und gaben einander zu verstehen, daß ihre Daddies sie in Autos mit vollgepackten Picknickkörben mit zum Rennen genommen hatten und daß sie dazu übergegangen waren, bei Totalisator-Wetten große Summen einzusetzen und zu verlieren. Sie diskutierten die Aussichten für Brown Bomber und Jetsam beim Weihnachtsmeeting (die Prüfung war Anfang November und dies eine Möglichkeit, darüber hinaus zu schauen). Anand war bei diesen Diskussionen nicht gerade der rückständigste. Obwohl Pferderennen ihn einigermaßen langweilten, hatte er es zu seinem Spezialgebiet gemacht. Er wußte zum Beispiel, daß Jetsam von Flotsam als Vater und Hope of the Valley als Mutter abstammte; er behauptete, alle drei Pferde gesehen zu haben, und verbreitete eine Rennplatzgeschichte, daß der junge Jetsam immer Kleider aufgefressen habe, die zum Trocknen draußen hingen. Ausführlich erzählte er noch mehr Rennplatzklatsch und beharrte darauf (und wurde langsam bekannt dafür), daß trotz einer Laufbahn, die sich beinah nur aus Katastrophen zusammensetzte, Whitstable das beste Pferd der Kolonie sei; es sei eine Schande, daß er so unzuverlässig sei, aber diese Grauschimmel seien nun einmal launisch.
Eines Montags in der Mittagspause kam das Gespräch auf Filme, und es sah so aus, als hätte jeder Junge, der in Port-of-Spain wohnte, am Wochenende das Doppelprogramm im London Theater gesehen: *Jesse James* und *Rache für Jesse James*.
»Was für ein Doppelprogramm!« riefen die Jungen aus. »Ein Super-Doppel!«

Anand, dessen Eintreten für Whitstable ihn als jemanden durchgesetzt hatte, der immer die entgegengesetzte Meinung vertrat, sagte, er mache sich nichts daraus.
Die Jungen umrundeten ihn.
Anand, der das Doppelprogramm nicht gesehen hatte, wiederholte, daß er sich daraus nichts mache. »Gib mir *Als die Daltons ritten* und *Die Daltons reiten wieder*. Jederzeit, mein Lieber.«
Es war sein Glück, daß ein Junge dann sagte: »Ich wette, du hast es gar nicht gesehen! Könnt ihr euch vorstellen, daß der olle Streber ins Kino geht?«
»Du bist ein scheinheiliger kleiner Würger«, sagte Anand unter Verwendung zweier Wörter, die er von seinem Vater gelernt hatte. »Du bist ein größerer Streber als ich.«
Der Junge wollte das Thema wechseln: er war ein ungeheurer Streber. Er wiederholte weniger inbrünstig: »Ich wette, du bist nicht hingegangen.« Mittlerweile hatten die anderen Jungen sich jedoch darauf eingestellt, zuzuhören, und der Anschuldiger gewann an Zuversicht und sagte: »Schon gut, schon gut. Er ist aber hingegangen. Dann soll er mir aber doch mal sagen, was passiert ist, als Henry Fonda —«
Anand sagte: »Ich mag Henry Fonda nicht.«
Das sorgte für eine kleinere Ablenkung.
»Was meinst du damit, du magst Fonda nicht. Da muß doch jeder glauben, du hast Fonda nie gehen sehen.«
»*Das* ist ein Gang, mein Lieber.
»Schon gut, schon gut«, fuhr der Anschuldiger fort. »Was ist passiert, als Henry Fonda und Brian Donlevy —«
»Den mag ich auch nicht«, sagte Anand. Und zu seiner großen Erleichterung klingelte es.
Aus der Verärgerung seines Anklägers konnte er schließen, daß das Kreuzverhör fortgesetzt werden würde. Er ging direkt nach der Schule zur Molkerei, als er zurückkam, war es Zeit für den Privatunterricht, und nach dem

Unterricht gelang es ihm, sich zum Direktor davonzuschleichen. Als er nach Hause kam, sagte er, er könne an dem Abend nicht arbeiten und wolle ins London Theater gehen, um seinem Verstand eine Pause zu gönnen.

»Ich habe kein Geld«, sagte Shama, »da mußt du deinen Vater fragen.«

Mr. Biswas sagte: »Wenn du in mein Alter kommst, machst du dir nichts aus Western.«

Anand verlor die Geduld: »Wenn ich in dein Alter komme, dann will ich nicht so sein wie du.«

Er bedauerte, was er gesagt hatte. Er war aber wirklich übermüdet, und Mr. Biswas' wegwerfende Art war ihm gefühllos vorgekommen. Er entschuldigte sich aber nicht. Statt dessen redete er von den Kopfschmerzen, die er bekam, und sagte, er litte an geistiger Erlahmung und Gehirnentzündung, den Leiden des Strebers, die seine Rivalen in der Schule ihm oft vorausgesagt hatten.

Mr. Biswas sagte: »Ich habe keine roten Heller mehr in der Tasche. Ich kriege erst übermorgen Gehalt. Im Moment gehe ich immer an die Handkasse für die Bedürftigen Burschen in der Redaktion. Geh und frag deine Mutter.«

Wie gewöhnlich stellte sich heraus, daß sie tatsächlich noch etwas Geld hatte. »Wieviel willst du?«

Anand rechnete. Erwachsener, zwölf Cent, Kinder halber Preis. Um auf Nummer Sicher zu gehen, sagte er jedoch: Sechsunddreißig Cent.« Das Wechselgeld würde er nachher zurückgeben.

»Sechsunddreißig Cent. Na, mein Junge, du nimmst mich aus. Guck.«

In ihrem Portemonnaie sah er nur ein paar Kupfermünzen. Aber sie kam immer zurecht. Und übermorgen war Zahltag.

Die Abendvorstellung begann um halb neun. Mr. Biswas und Anand verließen das Haus gegen acht. Nicht weit vom Kino war ein chinessiches Café. Dort mußte etwas gekauft werden; das gehörte zum Kino-Ritual. Achtzehn Cent standen ihnen zur Verfügung. Sie kauften Erdnüsse, *Channa* und ein paar Pfefferminzbonbons, alles in allem für sechs Cent.

Der Eingang zum Parkett des London führte durch einen schmalen Tunnel, wie zu einem Verlies im Abenteuerroman. Er ließ nicht mehr als eine Person auf einmal durch und ermöglichte dem Kartenabreißer, der mit einem dicken Stock quer über den Lehnen seines Stuhls am Ende saß, Eindringlinge zurückzuschlagen. Als Mr. Biswas und Anand ankamen, fanden sie die Öffnung des Tunnels von einem ungestümen, undisziplinierten Mob blockiert. Zögernd standen sie am Rand der Menge und fanden sich von hinten gedrückt, im Nu mitten darin wieder. Sie verloren die Herrschaft über ihre Hände und Füße. Anand, zwischen großen Männern eingekeilt, von Licht und Luft abgeschlossen, konnte sich nur treiben lassen. Geschrei der Enttäuschung und des Jammers lief durch die Masse: der Film hatte angefangen; sie konnten die Titelmusik hören. Der Druck auf Anand verstärkte sich; er fürchtete, er würde in dem Winkel zwischen Wand und Tunnel erdrückt; Mr. Biswas rief ihn mit einer Stimme, die von weit her zu kommen schien; er konnte nicht antworten; er konnte nicht hoch und nicht zu Boden sehen. Es galt nur der Gedanke, daß dort am Ende Henry Fonda und Brian Donlevy und Tyrone Power warteten, die Anand entgegen dem, was er in der Schule gesagt hatte, höchste Achtung abverlangten. Er hörte Männer nach Karten schreien; sie rückten näher. Durch ein kleines halbrundes erleuchtetes Loch in der Wand des Tunnels wurde Geld hineingeschoben und Karten herausgeschoben, und ab und zu wurden die Hände der Kartenverkäuferin kurz sichtbar: Frauenhände, fett und kühl.

Mr. Biswas war an der Reihe. Er mühte sich ab, vor dem Loch zu bleiben, zu verhindern, daß er ohne Eintrittskarte

bis zu dem Kartenabreißer mit dem Stock mitgerissen wurde. Er legte einen Schilling auf das glatte, glänzende Holz. »Anderthalb.«
Eine Frauenstimme sagte: »Halber Preis nur bei Morgenvorstellungen.« Die Hände, die eine Karte von der Rolle reißen wollten, warteten.
»Zwei, dann.«
Zwei grüne Karten wurden ihm zugeschoben, und dankbar gaben er und Anand dem Druck gegen ihre Rücken nach.
»He, Sie!« rief die Frauenstimme aus dem Loch.
Der Verkauf war unterbrochen, und durch den ganzen Tunnel verdoppelte sich das Unmutsgeschrei.
»Sie!«
Mr. Biswas ging zurück zu dem erleuchteten Loch.
»Was fällt ihnen ein, mir nur einen Schilling zu geben?« die Münze lag auf ihrer flachen Hand.
»Zweimal zwölf.«
»Zweimal zwanzig. Noch sechzehn Cent.«
Anand blieb stehen, wo er war. Der Tumult und das Geschrei rückten weit weg.
Die Tonspur zeigte an, daß ein Schußwechsel erfolgte. Leute, die den Film schon einmal gesehen hatten, erkannten den Ton; er drehte sie auf bis zur Raserei.
Wie konnte er nur vergessen, daß es nur für Morgenvorstellungen halbe Preise gab? Wie konnte er vergessen, daß der Preis an Montagen wie an Samstagen und Sonntagen nicht zwölf, sondern zwanzig Cent betrug?
Mr. Biswas legte die zwei grünen Karten hin. Eine wurde abgerissen und ihm mit vier Cent zurückgegeben.
Gegen die Wand gepreßt standen sie neben dem Kartenabreißer, während die Männer, die hinter ihnen gewesen waren, vorbeihasteten und ihre in Unordnung geratenen Kleider zurechtzogen.
»Geh du«, sagte Mr. Biswas.

Anands Backen bauchten sich über dem Pfefferminzbonbon. Er hatte zu lutschen aufgehört; es fühlte sich kalt und naß an. Er schüttelte den Kopf. Der Schreck hatte ihm jegliche Lust genommen, Filme zu sehen; wenn er blieb, müßte er um Mitternacht allein nach Hause gehen.
Andauernd wurden sie angerempelt. Sie standen im Weg. Mr. Biswas sagte: »Ich komme dich abholen.«
Anand zögerte. Aber in dem Augenblick entstand weiter oben im Tunnel eine neue Balgerei; jemand brüllte. »Warum, zum Teufel, geht ihr nicht, wenn ihr geht?« sagte der Kartenabreißer. »Entscheidet euch. Ihr versperrt den Durchgang.« Und Anand sagte zu Mr. Biswas: »Geh du.« Und Mr. Biswas erweckte den Eindruck, als gehorche er sofort, verschwand hinter vielen Rücken und wurde ins Kino gewirbelt, um Filme zu sehen, die er nicht hatte sehen wollen.
Anand blieb, flach gegen die Wand gedrückt, im Tunnel, während Leute hineingingen. Da der Film schon lange lief, leerte sich der Tunnel nun schnell. Die mit Leimfarbe ocker gestrichenen Wände waren blank gewetzt. Die Hände in dem erleuchteten Loch strickten.
Er ging am Marktplatz von Woodbrook vorbei, dem chinesischen Café, dem Spielpaltz in der Murray Street. Das Haus war noch lebhaft, als er zu ihm zurückkam. Aber niemand sah ihn. Er ging direkt durch in das vordere Zimmer, zog die Schuhe aus und legte sich auf das Schlaraffia-Bett.
Dort fand Shama ihn, als sie nach oben kam und das Licht andrehte.
»Junge! Hast du mich erschreckt. Seid ihr nicht ins Kino gegangen?«
»Doch. Aber ich hatte Kopfschmerzen.«
»Und dein Vater?«
»Der ist da.«
Das Vordertor klappte, und jemand kam die Betonstufen hoch.

Die Tür öffnete sich, und sie sahen Mr. Biswas.
»Nanu!« sagte Shama. »Hast du auch Kopfschmerzen gehabt?«
Er gab keine Antwort. Er bahnte sich seinen Weg zwischen Tisch und Bett und setzte sich aufs Bett.
»Ihr seid ein Paar, das ich nicht verstehen kann«, sagte Shama. Sie ging ins hintere Zimmer, kam mit Nähzeug heraus und ging hinunter.
Mr. Biswas sagte: »Junge, hol mir mal den *Collins Clear-Type Shakespeare.* Und meinen Füller.«
Anand kletterte über das Kopfende des Betts und holte das Buch und den Füller.
Eine Weile schrieb Mr. Biswas.
»Auf dem verdammten Ding zerläuft alles. Aber trotzdem, lies es.«
Auf dem Vorsatzblatt, unter den vier Jungennamen, die vor ihrer Geburt für Savi ausgesucht worden waren, las Anand:
»Ich, Mohun Biswas, verspreche hiermit meinem Sohn, Anand Biswas, daß ich ihm ein Fahrrad kaufen werde, falls er ein College-Stipendium gewinnt.« Darauf folgten Unterschrift und Datum.
Mr. Biswas sagte: »Ich glaube, du unterschreibst am besten als Zeuge.«
Anand gab die neuste Version seiner Unterschrift und fügte in Klammern »Zeuge« hinzu.
»So ist alles offen und ehrlich«, sagte Mr. Biswas. »Aber einen Moment noch. Laß mich das Buch noch mal sehen. Ich glaube, ich hab' was ausgelassen.«
Er nahm den *Collins Clear-Type Shakespeare,* änderte den Punkt seiner Erklärung in ein Komma und fügte hinzu: *wenn die Kriegsumstände es gestatten.*
Im Haus hatten die Lärmausbrüche aufgehört. Das Tosen hatte sich zu einem leisen, gleichmäßigen Summen gelegt. Shama und Savi kamen herauf und gingen in das hintere

Zimmer, wo Myna und Kamla schon schliefen. Anand legte sich auf das Schlaraffia-Bett, von Mr. Biswas durch einen Wall aus Kissen getrennt. Er zog sich das baumwollene Bettuch übers Gesicht, um das Licht fernzuhalten, und schlief bald ein. Mr. Biswas blieb noch eine Weile wach und las. Dann stand er auf, machte das Licht aus und ertastete sich seinen Weg zum Bett zurück.

Er wurde, wie nun fast immer, noch in der Nacht wach. Die Uhrzeit wollte er nie wissen: es war entweder zu früh oder zu spät. Das Haus war voller Geräusche: es schnarchte mit Mietern, Lesenden und Lernenden oben und unten. Die Welt war ohne Farben, sie erwartete niemandes Erwachen. Durch das offene Fenster konnte er über der Silhouette von Bäumen und dem Dach des Nachbarhauses den unergründlichen, sternerleuchteten Himmel sehen. Er vergrößerte seine Qual. Der Schmerz belebte die Panik neu, den vertrauten Knoten in seinem Magen.

Am nächsten Morgen schlief er lange, badete in dem Freiluft-Badezimmer, aß in dem sonnigen Vorderzimmer, zog das Hemd vom vergangenen Tag (ein Hemd trug er zwei Tage lang) Armbanduhr, Krawatte, Jackett an, setzte den Hut auf und fuhr, respektabel gekleidet, mit dem Fahrrad davon, um Bedürftige zu interviewen.

Und in der Schule sagte Anand, als sein Ankläger ihm entgegentrat: »Natürlich bin ich hingegangen. Aber ich konnte es überhaupt nicht ausstehen. Ich bin rausgegangen, ehe es angefangen hat.«

Man kam überein, daß dies eine typische Bemerkung war.

Anands Asthmaanfälle traten in Abständen von vier Wochen oder weniger auf, und Mr. Biswas und Shama fürchteten, er könnte in der Woche der Prüfungen für das Stipendium einen bekommen. Aber der Anfall kam eine Woche davor, dauerte seine drei Tage, und mit einem Brustkasten, der von den medizinischen Packungen verfärbt war und sich schälte, war Anand dann bereit, seine letzten intensiven Privatstunden zu nehmen. Seine Plackerei vermehrte sich, als Mr. Biswas, entschlossen, so wenig wie möglich dem Zufall zu überlassen, Aufsätze über die »Baut-mehr-Nahrung-an-Kampagne« und das Rote Kreuz schrieb und sie von Anand auswendig lernen ließ. Mr. Biswas gefiel die Vorstellung, daß er in diesen Aufsätzen seine eigene Persönlichkeit verborgen und sie nicht zum Werk eines abweichlerischen Erwachsenen, sondern eines hervorragenden und loyalen Schülers gemacht hatte. Sie waren von einer so edlen Gesinnung wie ein Leitartikel im *Sentinel*; sie baten dringend um Unterstützung für die Kampagne und das Rote Kreuz; sie besagten, der Krieg müsse gewonnen werden, um diese freien Institutionen zu erhalten, die Anand so teuer waren.

Die Prüfung war an einem Samstag. Am Freitagabend legte Shama Anands Kleider für die Jahresschlußfeier und seine ganze Ausrüstung heraus. Anand, der sich gegen die Kleider wehrte, sagte, das sei wie eine Vorbereitung auf *Puja*. Und Chinta, die ihre Pläne geheimgehalten hatte, veranstaltete in der Tat eine kleine *Puja* für Vidiadhar. Ein Pandit kam am Freitagabend auf seinem Motorrad aus Arwacas und verbrachte die Nacht zwischen den Lesenden und Lernenden unter dem Haus. Am Samstagmorgen, während Anand auf die letzte Sekunde noch einmal alles durchging, badete Vidiadhar in geweihtem Wasser, zog einen Dhoti an und sah dem Pandit über einem Opferfeuer ins Auge. Er lauschte den Gebeten des Pandits, verbrannte etwas Büffelmilchbutter, geraspelte Kokosnuß und braunen Zucker, und die Lesenden und Lernenden läuteten Glocken und schlugen Gongs.

Auch Anand selbst entkam dem Ritual nicht ganz. Er mußte die dunkelblauen Sergeshorts tragen, das weiße Hemd, die nicht angekaute Schulkrawatte; und seiner Wut trotzend, besprenkelte Shama sein Hemd mit Lavendelwasser, als er nicht hinsah. Er sagte, er sei bereit, sich auf die Uhr in der Schulhalle zu verlassen, bekam aber Mr. Biswas' Cyma-Armbanduhr; sie hing wie ein loses Armband an seinem Handgelenk und mußte über den Unterarm gezogen werden. Er bekam Mr. Biswas' Füller, für den Fall, daß sein eigener versagen sollte. Er bekam ein neues großes Faß mit Tinte, für den Fall, daß die Prüfer nicht genug zur Verfügung stellen sollten. Er bekam viele Löschblätter, viele Bleistifte vom *Sentinel*, einen Bleistiftspitzer, ein Lineal und zwei Radiergummis, einen für Bleistift, einen für Tinte. Er sagte: »Jeder würde glauben, ich ginge dahin, um verheiratet zu werden.« Zum Schluß gab Shama ihm zwei Schilling. Sie sagte nicht, wogegen das eine Vorsichtsmaßnahme war, und er fragte auch nicht.

Ähnliche Aufmerksamkeit wurde einem einfältig lächelnden, lippenkauenden Vidiadhar gewidmet; er wurde außerdem von Chinta mit vielen Talismanen versorgt, die unter Aufsicht des Pandits und auffälliger Heimlichkeit angelegt wurden, nachdem die neugierigen Lesenden und Lernenden mehrmals weggejagt worden waren. Endlich gingen die Jungen zur Schule; beide rochen nach Lavendel. Vidiadhar, der im Taxi seines Vaters fuhr, und Anand, der zu Fuß ging, begleitet von Mr. Biswas, der sein Royal-Enfield-Fahrrad schob. Als er ein Stück die Straße hinuntergegangen war, steckte Anand die Hand in die Hosentasche und fühlte etwas Weiches, Kleines und Rundes. Es war eine trockene Limone. Die mußte Shama dorthin getan haben, um Unglück abzuwenden. Er warf sie in den Rinnstein.

Es war so, wie Anand gefürchtet hatte. Die Stipendiumskandidaten, jahrelang auf diesen Opfertag vorbereitet, waren alle zur Opferung gekleidet erschienen. Sie alle trugen Sergeshorts, weiße Hemden und Schulkrawatten, und Anand konnte nur rätseln, welche Talismane diese

Kleider verbargen. Ihre Taschen waren mit Füllern und Bleistiften vollgestopft. In den Händen trugen sie Löschblätter, Lineale, Radiergummis und neue Tintenfässer; einige trugen ganze Kästen mit mathematischen Instrumenten; viele trugen Armbanduhren. Der Schulhof war voller Daddies, den Helden so vieler Englischaufsätze; sie schienen sich ebenso sorgfältig gekleidet zu haben wie ihre Söhne. Die Jungen schauten sich die Daddies an; und die ihrer Armbanduhren beraubten Daddies, Erzeuger von Rivalen, beäugten sich gegenseitig. Es gab nur wenige Autos vor der Schule, und Vidiadhar hatte vorübergehenden Ruhm errungen, als er im Auto seines Vaters ankam. Aber Govind war nicht schnell genug weggefahren, und die Jungen, geschickt darin, solche Dinge zu beobachten, sahen das H auf dem Nummernschild, das anzeigte, daß der Wagen ein Taxi war. Alles in allem war es ein grauenhafter Tag, ein Tag der Rechenschaft, an dem die Väter auf jeder Seite prüfenden Blicken ausgesetzt waren und die Prüfung folgen sollte.

Anand wollte, daß Mr. Biswas sofort ging. Nicht, als ob Mr. Biswas der Untersuchung nicht hätte standhalten können, aber kein Junge mit einem besorgten Vater zur Seite konnte so tun, als sei ihm die Prüfung egal. Mr. Biswas gab nach und ging, in Gedanken über die Undankbarkeit und Gefühllosigkeit von Kindern. Anand gesellte sich zu den Jungen ohne Vater, die um der Väter willen übertrieben zur Schau stellten, daß sie Schuljungen waren: sie brüllten, drangsalierten die Unterdrückten, riefen sich mit Spitznamen an und lachten lärmend über schale, aber vertrauliche Klassenzimmerwitze. Laut erörterten sie das Fußballspiel, das am selben Nachmittag in der Savanne, direkt am Ende der Straße, stattfinden sollte; viele sagten, sie gingen hin, um zuzusehen. Eine tapfere Seele redete über den Film, den sie am Abend zuvor gesehen hatte. Sie unterhielten sich, und ihre schwitzenden Hände befleckten Löschblätter, Lineale und rutschten über Tintenfässern ab; und sie warteten.

Als die Schulglocke läutete, war der Schulhof augenblicklich zur Ruhe gebracht. Rufe wurden offen gelassen, Sätze blieben unvollendet in der Luft hängen. Man konnte den Verkehr auf der Tragarete Road, das Geklapperte aus der Küche im Queen's Park Hotel hören. Ein Flattern von weißen Hemden; frisch gewienerte Schuhe, die auf dem Asphaltquadrat trappelten und auf den Betonstufen knirschten; eine schwankende Reihe aus blauen Serge vor jeder Tür; ganz und gar nicht entschiedene Schritte in der Halle; hier und da trotziges Pultdeckelschlagen. Dann Stille. Und die Daddies, nun allein auf dem Schulhof, sahen auf die Türen zur Halle.

Langsam zerstreuten sie sich. Drei Stunden später sammelten sie sich langsam wieder, ihre Kleider hingen ein bißchen lockerer, ihre Gesichter glänzten. Viele trugen Pakete in fettdurchtränktem Papier. Sie standen im Schatten der Häuser und Bäume und starrten auf die Türen zur Halle. Ein selbstbeherrschter Aufsichtsführender in Hemdsärmeln ging langsam, Papierbögen in der Hand, auf und ab, von Zeit zu Zeit hustete er geräuschlos in die leicht geballte Faust. Nicht weit vom Schultor hielt ein Auto; der mittelalte Fahrer machte es sich in dem Winkel zwischen Sitz und Tür bequem, stützte eine Zeitung gegen das Lenkrad und las, während er in der Nase bohrte. Dann erschien ein Picknickkorb. Ein Weidenkorb, unter dessen Deckelklappen die Ränder einer gebügelten weißen Serviette hervorlugten. Ein Dienstmädchen in Uniform trug den Picknickkorb in der Armbeuge und wartete im Schatten des Baumes neben dem Hausmeisterhaus. Die Blicke der Daddies mit den Paketen in fettgetränktem Papier ignorierte sie.

Weitere Autos kamen. Mr. Biswas, munter, weil er gerade den sensationellen Abstieg und Fall eines Bedürftigen für den *Sunday Sentinel* niedergeschrieben hatte, traf auf seinem Royal enfield ein. Einer Gewohnheit folgend, die er entwickelt hatte, seit er ständig Bedürftige besuchte, kettete er sein Fahrrad am Geländer der Schule fest. Er ließ seine Fahrradklammern an und ging so auf den Schulhof: das verlieh ihm ein dringendes athletisches Flair.

Es kamen noch zwei Picknickkörbe. Ihre Trägerinnen, eine in Uniform, eine in einem schwarzen Baumwollkleid, stellten sich neben das andere Mädchen mit Picknickkorb.

Govind kam. Seine Laune hatte sich seit dem Morgen geändert. Er knallte die Tür seines Taxis zu und schritt summend, die Hände hinter dem Rücken, vor dem Schultor auf und ab.

In der Halle ein Flattern wie von Tauben: die Prüfungsarbeiten wurden eingesammelt. Ein gleichmäßiges und lang anhaltendes Klappern von Pultdeckeln, ein Schlurfen und Scharren, bestimmtere Schritte als am Morgen, ein unordentliches Beeilen weißer Hemden, vielfach durchbrochene Reihen aus blauem Serge: als wäre das disziplinierte Bataillon von vor wenigen Stunden vernichtend geschlagen und auf dem hastigen Rückzug. Seine Ausrüstung hatte es im Stich gelassen. Und die Daddies traten vor wie Leute, die einen Zug begrüßen. Einige erhoben zielbewußt Anspruch auf ihre Angehörigen, andere verirrten sich in den weißen und dunkelblauen Wirbeln und zögerten.

Selbst in dieser Unordnung fielen die Picknickkörbe auf und sorgten für Überraschung, denn ihre Empfänger waren verweichlicht und unbedeutend; nun wurden sie von Dienstmädchen tyrannisiert und in Klassenzimmer geführt.

Überall bekamen Daddies Berichte. Fragebögen wurden vorglegt, tintenbekleckste Finger deuteten auf etwas. Auch wurden schon Rücken zugekehrt und Pakete aus braunem und weißen Papier ausgepackt und verstohlen erforscht.

Mr. Biswas sah zuerst Vidiadhar: er lief die Treppe hinunter, eine Limone beulte einwandfrei jede Hosentasch aus, seine Kleider waren ein wenig zerdrückt, sein Gesicht aber so frisch und fröhlich und unverschmiert wie vorher, als er hineingegangen war. Der kleine Würger. Er ging zu einer Gruppe von vaterlosen, die sich um den Klassenlehrer versammelt hatten. Nun, da sie nicht mehr für die Daddies oder einander posierten, waren sie ängstlich, aufgeregt und schrill.

Anand vermied sie, als er herauskam. Der Füller, den Mr. Biswas ihm, bloß für den Fall, geliehen hatte, war in seiner Hemdentasche ausgelaufen und hatte einen großen, nassen Flecken hinterlassen: es war, als hätte sein Herz Tinte geblutet. Sein Haar war durcheinander, seine Lippen schwarz von einem Schnurrbart aus Tinte, Wangen und Stirn verschmiert. Sein Gesicht war verzerrt; er sah niedergeschlagen, erschöpft und gereizt aus.

»Nun«, sagte Mr. Biswas und lächelte, obwohl ihm das Herz sank. »Alles gutgegangen?«

»Zieh deine Fahrradklammern ab!«

Über die Heftigkeit des Jungen verblüfft, gehorchte Mr. Biswas.

Anand überreichte ihm die Fragebögen, ungeschickt gefaltet, schon schmutzig. Mr. Biswas begann, sie zu öffnen.

»Ach, steck sie in die Tasche«, sagte Anand, und wieder gehorchte Mr. Biswas.

Ein beunruhigter Chinesen-Junge, der mit zu weiten und zu langen Sergehosen, die um seine dünnen Knie wehten, unwiderruflich armselig aussah, verließ die Gruppe um den Lehrer und kam zu ihnen. In einer kleinen Hand hielt er, ohne sich zu genieren, ein großes Käsebutterbrot, viel zu dick, so sah es aus, für seinen schmalen Mund, aber ein Ende des Butterbrotes war schon unregelmäßig ausgezackt. In der anderen Hand hatte er eine Flasche Sprudelwasser. Sein eingesunkenes Gesicht war vor Beunruhigung verzerrt: Butterbrot und Sprudelwasser waren ganz unwichtig.

»Biswas«, sagte er, ohne Mr. Biswas zu beachten. »Die Rechenaufgabe mit dem Radfahrer —«

»Hach, laß mich in Ruh«, sagte Anand.

Mr. Biswas lächelte den Jungen entschuldigend an, aber der Junge bemerkte es nicht. Ohne Vater, allein mit seinen Ängsten, ohne einen zu haben, der ihm versicherte, daß sein Ergebnis richtig und das des Lehrers falsch sei, zog er ab.

»So solltest du dich nicht benehmen«, sagte Mr. Biswas.

»Hier. Nimm deinen Füller wieder.«

Mr. Biswas nahm seinen Füller zurück. Die Tinte tröpfelte heraus.

»Und deine Armbanduhr«. Anand brannte darauf, jede Erinnerung an die Vorbereitungen des Morgens loszuwerden.

Govind und Vidiadhar waren weg. Die anderen Autos ebenfalls. Auf dem Hof war es weniger laut. Mr. Biswas lud Anand zum Mittagessen in die Molkerei ein. Mit Jungen und Vätern überfüllt, war dies ein unvertrauter Ort geworden. Zur Feier des Tages bekam Anand anstelle der Milch ein Schokoladengetränk; er genoß aber weder das noch etwas anderes: es war nur ein Teil des Opferrituals des Tages.

Der Schulhof füllte sich wieder. Autos kamen zurück, setzten Jungen ab und fuhren wieder. Die Picknickkörbe und die Dienstmädchen verschwanden. Als es schellte, entstand nicht mehr die augenblickliche und vollkommene Stille des Morgens: Geplauder, Geschlurfe und Geknalle nahmen langsam ab, bis es still war.

Mr. Biswas öffnete Anands Fragebögen. Die Rechenvorlage war an den Rändern mit kritzeligen und ungebärdigen Zahlen gefüllt: gekürzte Brüche und viele kleine Multiplikationen, einige zu Ende gebracht, einige aufgegeben. Ihr

Aussehen gefiel Mr. Biswas nicht. Dann sah er, daß Anand auf die Vorlage für Geographie kunstvoll seine Initialen geschrieben, sie mit Bleistift umrandet und mit Bleistift schattiert hatte; und das brachte ihn vollends zur Verzweiflung. Die Nachmittagssitzung war kürzer, und nach ihrer Beendigung waren weniger Daddies auf dem Schulhof. Nur ein Auto kam. Das Drama des Tages war vorüber. Niemand stürzte aus der Halle. Die Jungen nahmen ihre Krawatten ab und steckten sie, das breite Ende überhängend, in die Hemdentaschen (eine neue Mode). Ein Aufsichtsführender mit schäbigem Jackett und Fahrradklammern brachte sein klappriges Fahrrad die Treppe herunter: nicht länger entrückt und Ehrfurcht gebietend, nur ein Mann, der nach der Arbeit nach Hause ging.

Anand, die Krawatte in der Hemdentasche, den Kragen hochgeschlagen, lief lächelnd auf Mr. Biswas zu. »Guck mal!« sagte er und zeigte die Englischvorlage vor.

Eins der Aufsatzthemen war die Baut-mehr-Nahrung-an-Kampagne.

Sie lächelten sich an, Verschwörer.

»Biswas!« rief ein Junge. »Kommst du mit zur Savanne?«

»Ja, Mann!«

Er lief hinüber zu den Jungen, und mit Füller und Bleistiften, dem Lineal, den Radiergummis und dem Faß mit Tinte beladen, radelte Mr. Biswas nach Hause.

Es war seltsam, daß die Jungen, nachdem sie das ganze Schuljahr über Fußball und Rennen gesprochen hatten, nun, während sie ein wichtiges Fußballspiel beobachteten, über nichts als die Prüfung redeten.

Kurz nach Anbruch der Dunkelheit kam Anand nach Hause zurück. Seine Sergehosen waren staubig, sein Hemd naßgeschwitzt, und er war sehr trübsinnig.

»Ich bin durchgefallen«, sagte er.

»Was ist passiert?« fragte Mr. Biswas.

»Bei den Wortbestimmungen. Die Synonyme und Homonyme. Die waren so einfach, daß ich gedacht hab', die lass' ich bis zum Schluß. Dann hab' ich sie einfach nicht gemacht.«

»Du meinst, du hast eine ganze Frage ausgelassen?«

»Das ist mir in der Savanne klar geworden.«

Die Trübsinnigkeit dehnte sich auf Savi und Myna und Kamla und Shama aus und wurde durch die Freude von Vidiadhars Brüdern und Schwestern noch verschlimmert. Vidiadhar war von den Ereignissen des Tages unberührt geblieben und befand sich zur Zeit im Roxy Theater, um die ganze Serie von *Die Teufelskerle vom roten Kreis* zu sehen. Er hatte Fragebögen nach Hause gebracht, die, abgesehen von kecken Häkchen neben den von ihm beantworteten Fragen, ganz sauber waren. Seine Rechenergebnisse, ordentlich auf einen Zettel geschrieben, waren alle korrekt. Er hatte die Bedeutung aller schwierigen Wörter gewußt; er hatte die Synonyme herausgefunden und sich nicht von Homonymen irreführen lassen. Und er hatte keinen Privatunterricht gehabt. Er hatte nicht Privatstunde um Privatstunde gehabt. Ihm hatte niemand um fünf Uhr Ovomaltine und Butterbrote gebracht. Er ging noch nicht lange in Port-of-Spain zur Schule; er hatte erst wenig Milch getrunken und wenig Trockenpflaumen gegessen.

»Ich hab's ja immer gesagt«, sagte Shama, obwohl sie nie etwas dergleichen gesagt hatte. »Ich hab' ja immer gesagt, daß Achtlosigkeit dein Untergang sein wird.«

»In ein paar Jahren schaust du darauf zurück und lachst«, sagte Mr. Biswas. »Du hast dein Bestes getan. Und eine echte Anstrengung ist nie verschwendet. Denk daran.«

»Und was ist mit dir?« sagte Anand.

Und obwohl sie auf demselben Bett schliefen, sprach für den Rest des Abends keiner mehr mit dem anderen.

Anand brauchte in dem Jahr nicht mehr zu arbeiten und keine Milch mehr zu trinken, aber am Montag ging er in die Schule. Alle Kandidaten vom Samstag waren da. Sie waren eine überlegene, müßige Kaste geworden. Ein paar Jungen verbrachten den Tag damit, die Prüfung noch einmal möglichst genauso wie am Samstag zu schreiben. (Mit einer Selbstverleugnung, die fast an Terror grenzte, bekam der chinesische Junge die richtige Antwort zu der Rechenaufgabe mit dem Radfahrer.) Die anderen prunkten mit ihrem Müßiggang. Zuerst waren sie zufrieden, im Klassenzimmer zu sein und nicht zur Klasse zu gehören, zuzusehen, wie die Stipendiatsdisziplin den Kandidaten für das nächste Jahr aufgezwungen wurde. Aber das verlor schnell seinen Reiz, und sie spazierten auf den Hof hinaus. Ihre Haltung gegenüber der Prüfung hatte sich seit Samstagnachmittag geändert: sie alle hatten nun Katastrophengeschichten. Anand, der an keine davon glaubte, vergrößerte seine eigene Fehlleistung. Am Schluß gaben sie alle damit an, wie schlecht sie gewesen seien, und anscheinend machte sich keiner von ihnen wirklich etwas daraus. Die Zeit verstrich ihnen viel zu langsam, und der Nachmittag wurde nur teilweise durch eine Packung Zigaretten belebt: enttäuschend, aber endlich ein Streich. Zum ersten Mal seit vielen Jahren stand es Anand frei, nach Hause zu gehen, sobald die Nachmittagsglocke läutete. Bis zur letzten Woche war das als die höchste Freiheit erschienen. Nun aber graute ihm davor, die Jungen zu verlassen, graute ihm davor, in das Haus zurückzugehen. Erst um sechs kam er nach Hause.

Ganz gegen seine Gewohnheit, war Mr. Biswas unter dem Haus, in dem Teil, den Shama als Küche benutzte. Er war in Arbeitskleidung und müde, aber sehr aufgekratzt.

»Ah, der junge Mann höchstpersönlich«, begrüßte er Anand.

»Ich hab' auf dich gewartet. Ich hab' was für dich, junger

Mann.« Aus seiner Jackentasche zog er einen Umschlag. Es war ein Brief von einem englischen Richter. Er sagte, er habe Mr. Biswas' Arbeit im *Sentinel* verfolgt, bewundere ihn und würde Mr. Biswas gern kennenlernen, um zu versuchen, ihn zu überreden, einem literarischen Zirkel beizutreten, den er gegründet habe.

»Was ist mit mir, na? Was ist mit mir. Ich sage dir, Mann, keine echte Anstrengung ist verschwendet. Nicht, daß ich erwarte, irgendwas von dieser blöden Zeitung zu kriegen. Oder von dir.«

Mr. Biswas' gehobene Stimmung war übertrieben. Anand glaubte zu wissen warum. Aber er war nicht in der Stimmung, Trost zu spenden, sich mit Schwäche zu verbünden. Ohne ein Wort gab er Mr. Biswas den Brief zurück.

Mr. Biswas nahm den Brief unaufmerksam, befahl Shama, sein Essen hochzuschicken, und ging ins vordere Zimmer. Er war auch allein, als er in der Nacht aufwachte und das Haus um ihn herum schnarchte, Anand neben ihm schlief und er durchs Fenster in den klaren, toten Himmel sah.

Am nächsten Tag traf er den Richter und besuchte am Freitagabend das Treffen des literarischen Zirkels. Er war besonders froh, um diese Zeit aus dem Haus zu sein, denn freitags abends kamen die Witwen aus Shorthills und verbrachten die Nacht unter dem Haus. Durch den Erfolg indischer Hemdenschneider ermutigt, hatten die Witwen beschlossen, ins Bekleidungsgewerbe einzusteigen. Weil keine der fünf richtig gut nähen konnte, hatten sie beschlossen, es zu lernen, und jeden Freitag gingen sie in die Nähkurse am Royal Victoria Institute, und jede Witwe spezialisierte sich auf einen anderen Aspekt des Handwerks. Sie kamen am Spätnachmittag, wurden von den Lesenden und Lernenden stürmisch begrüßt, und Basdai gab ihnen zu essen. Die Lesenden und Lernenden, die Basdais Züchtigungen nicht ausgesetzt waren, solange ihre Mütter da waren, machten ungewöhnlich viel Lärm; es herrschte festliche Stimmung.

Mr. Biswas kam sich in dem literarischen Zirkel ein bißchen fehl am Platze vor. Abgesehen von den Gedichten in der *Königlichen Fibel* und *Bell's Standard Elocutionist* kannte er nur die Gedichte von Ella Wheeler Wilcox und Edward Carpenter; und der Richter maß der Lyrik besonderen Wert zu. Aber es gab viel zu trinken, und es war spät, als Mr. Biswas, dessen Kopf von den Namen Lorca und Eliot und Auden widerdröhnte, nach Hause kam und sein Fahrrad unters Haus schob. Die Lesenden und Lernenden schliefen auf Tischen und Bänken. Die Witwen, weiß gekleidet und leise singend, saßen unter einer schwachen Glühbirne, spielten Karten, tranken Kaffee und beschäftigten sich mit Näharbeiten, die in den Wochen der Unterweisung schmierig geworden waren. Er ging die dunkle Vordertreppe hoch und drehte in seinem Zimmer das Licht an. Anand lag hinter dem Kissenwall breit auf dem Bett. Er zog sich aus und zwängte sich zwischen Eßtisch und Bett durch. Shama, die das Licht gesehen hatte, kam aus dem hinteren Zimmer und bemerkte diese Symptome von Langsamkeit, äußerster Genauigkeit und Schweigen, die sie mit seinen Sonntagsausflügen nach Pagotes verband.

Um von der Gruppe aufgenommen zu werden, hatte man ihm als Bedingung gestellt, etwas Eigenes vorzulesen. Er wußte nicht, was er ihnen bieten konnte. Gedichte konnte er nicht schreiben, und seine *Flucht*-Geschichten hatte er weggeworfen. Er kannte die Geschichte jedoch gut; sie könnte neu geschrieben werden. Ein befriedigendes Ende fiel ihm immer noch nicht ein, doch hatte er genug moderne Prosa gelesen, um zu wissen, daß ein gefälliges Ende die Gruppe wahrscheinlich beleidigte. Den gesichtslosen »John Lubbasrd«, der »groß, breitschultrig, gutaussehend« war, konnte er nicht zum Helden machen; er würde ausgelacht werden. Er mußte skrupellos sein. Sein Held würde Goipi sein, ein Geschäftsinhaber auf dem

Land, »klein, mager, eingesunken«. Er nahm sich einen *Sentinel*-Schreibblock, stieg ins Bett und begann in Schönschrift die vertrauten Worte zu schreiben: *Im Alter von dreiunddreißig Jahren, als er schon Vater von vier Kindern war . . .*

Diese Worte wurden der Gruppe nie vorgelesen. Diese Geschichte wurde, wie die anderen, nie beendet. Denn noch ehe Gopi seine unfruchtbare Heldin treffen konnte, kam die Nachricht, daß Bipti, Mr. Biswas' Mutter, gestorben sei.

Er holte die Kinder aus der Schule, und mit Shama fuhren sie zu Pratap. Von der Straße her schienen die offene Veranda und die Treppe, auf der sich Trauernde drängten, ganz in Weiß gehüllt zu sein. So eine Menge hatte er nicht erwartet. Tara war da und Ajodha, der verärgert aussah. Aber die meisten der Trauergäste kannte er nicht: die Familien seiner Schwägerinnen, die Freunde seiner Brüder, Biptis Freunde. Er hätte an der Beerdigung einer Fremden teilnehmen können. Der Körper, der in einem Sarg auf der Veranda aufgebahrt war, gehörte eher zu ihnen. Er sehnte sich danach, Kummer zu empfinden. Er wurde nur von Eifersucht überrascht.

Shama tat ihre Pflicht und weinte. Dehuti, seit ihrer Eheschließung ausgestoßen, saß auf halber Höhe der Treppe, kreischte neuen Trauernden entgegen und umklammerte ihre Füße, als wolle sie sie unbedingt zu Fall bringen und verhindern, daß sie weiter gingen. Die Trauergäste, die ihre Hosen oder Röcke an ein nasses Gesicht gedrückt fanden, streichelten Dehuti über den verhüllten Kopf und versuchten gleichzeitig, ihre Gewänder frei zu schütteln. Niemand gab sich die Mühe, Dehuti wegzubringen. Ihre Geschichte war bekannt, und man empfand allgemein, sie übe eine Reue, die zu unterbrechen sich nicht gehöre. Ramchand war beherrschter, aber gleichermaßen beeindruckend. Er beschäftigte sich mit den Vorbereitungen für die Beerdigung und führte sich mit so viel Autorität auf, daß keiner auf die Idee gekommen wäre, daß er noch nie mit Bipti oder Mr. Biswas' Brüdern gesprochen hatte. Mr. Biswas ging an Dehuti vorbei, um den Leichnam anzuschauen. Dann wollte er ihn nie wieder sehen. Aber während er auf dem Hof zwischen den Trauergästen umherging, war er sich immer des Leichnams bewußt. Ein Gefühl des Verlustes bedrückte ihn: nicht das eines gegenwärtigen Verlustes, sondern ein Gefühl, in der Vergangenheit etwas verpaßt zu haben. Er wäre gern allein gewesen, um sich mit seinem Gefühl auseinanderzusetzen. Aber die Zeit war knapp, und da war auch ständig der Anblick Shamas und der Kinder, fremder Geschöpfe, fremder Einflüsse, die von ihm lebten und ihn von dem Teil seiner selbst wegriefen, der noch wirklich er selbst geblieben war, dem Teil, der seit langem untergegangen war und nun verschwinden sollte.

Die Kinder gingen nicht mit auf den Friedhof. Sie streunten durch Prataps großen Hof, beäugten andere Kindergruppen, Stadtkinder gegen Landkinder. Anand in seinen Jahresschlußfeierkleidern führte seine Schwestern durch den Gemüsegarten zum Kuhstall. Dort untersuchten sie ein zerbrochenes Karrenrad. Hinter dem Stall überraschten sie eine Henne und ihre Brut, die in einem Misthaufen scharrten. Mädchen und Hühner flohen in entgegengesetzten Richtungen, und die Landkinder kicherten.

Wieder in Port-of-Spain, fiel ihnen Mr. Biswas' Stille, seine Schweigsamkeit, seine Zurückgezogenheit auf. Er beschwerte sich nicht über den Krach; er vereitelte, wenn auch sanft, alle Anstrengungen, ihn in eine Unterhaltung zu ziehen; alleine machte er lange nächtliche Spaziergänge. Er befahl niemandem, seine Streichhölzer oder Zigaretten oder Bücher zu holen. Und er schrieb. Er erzählte keinem, was er schrieb. Er schrieb mit Energie, aber ohne Begeisterung, verbissen, und vernichtete Blatt um Blatt. Er aß wenig, aber seine Verdauungsstörungen waren verschwunden. Shama kaufte ihm Lachs in Dosen, sein Lieblingsessen; sie veranlaßte die Mädchen, sein Fahrrad zu putzen, und zwang Anand, jeden Morgen die Reifen aufzupumpen. Aber er schien diese Aufmerksamkeiten nicht zu bemerken.

Eines Abends ging sie in das vordere Zimmer und stellte sich ans Kopfende des Bettes. Er schrieb mit dem Rücken zu ihr. Sie stand ihm im Licht, aber er brüllte nicht.

»Was ist los, Mann?«

Er sagte mit ausdrucksloser Stimme: »Du stehst mir im Licht!« Er legte Papier und Bleistift hin.

Sie zwängte sich zwischen Bett und Tisch durch und setzte sich in der Nähe seines Kopfes auf die Bettkante. Durch ihr Gewicht wurde das Bett ein wenig durcheinandergeschüttelt. Das Kissen kippte um, sein Kopf rutschte herunter und fiel ihr fast in den Schoß. Er versuchte, den Kopf wegzudrehen, aber als sie ihn festhielt, hielt er still.

»Du siehst nicht gut aus«, sagte sie.

Er akzeptierte ihre Liebkosungen. Sie streichelte sein Haar, bemerkte, wie schön es sei, sagte, es würde dünner, aber Gott sei Dank nicht grau wie ihres. Sie zog sich ein Haar aus und legte es ihm über die Brust. »Guck«, sagte sie lachend, »vollkommen grau.«

»Grau schon.«

Sie betrachtete über seinen Oberkörper hinweg die Blätter, die er hingelegt hatte. Sie sah *Mein lieber Doktor*, das *Mein* ausgestrichen und wieder hingeschrieben.

»Wem schreibst du?«

Sie konnte nicht mehr lesen, denn nach der ersten Zeile war die Handschrift zu einem rasenden Gekritzel verkommen.

Er gab keine Antwort.

So blieben sie eine Weile und schwiegen, bis die Stellung

für Shama unbequem wurde. Sie streichelte seinen Kopf, sah von ihm zum offenen Fenster, hörte das Gesumme und Gekreische unten und oben. Er schloß die Augen und machte sie wieder auf, während sie ihn streichelte.
»Welchem Doktor?« Obwohl lange Schweigen geherrscht hatte, schien zwischen ihren Fragen kein Bruch zu sein.
Er war stumm.
Dann sagte er: »Doktor Rameshwar.«
»Der, der . . .«
»Ja, der, der den Totenschein für meine Mutter ausgestellt hat.«
Sie fuhr fort, seinen Kopf zu streicheln, und langsam begann er zu sprechen.
Es hatte Ärger wegen des Totenscheins gegeben. Nein, Ärger war es nicht wirklich. Pratap hatte zuerst Benachrichtigungen losgeschickt; Prasad war gekommen, und sie waren beide mit drängendem Schmerz zum Arzt gegangen. Es war Mittag, heiß; der Leichnam hielt sich nicht lange. Man hatte sie auf der Veranda des Arztes sehr lange warten lassen; sie hatten sich beschwert, und der Arzt hatte sie verflucht und ihre Mutter verflucht. Seine schlechte Laune hatte den ganzen Weg zum Haus angehalten; mit Wut und Geringschätzung hatte er Biptis Leiche untersucht, die Bescheinigung unterschrieben, seine Gebühr verlangt und sich verabschiedet. Das war Mr. Biswas von seinen Brüdern erzählt worden, nicht mit Zorn, sie schilderten es einfach als Teil der Widerwärtigkeiten des Tages: der Tod, die Verschickung von Benachrichtigungen, die Vorbereitungen.
»Und warum hast du mir das nicht erzählt?« fragte Shama auf Hindi.
Das sagte er nicht. Es war etwas, das ihn allein anging. Hätte er davon gesprochen, hätte er sich der Geringschätzung Shamas und der Kinder ausgesetzt; auch hätte er sie in seine eigene Demütigung mit hineingezogen.

Shamas Trost war eine Überraschung. Sie sprach mit den Kindern, und er wurde noch mehr gestärkt, als sie nicht gekränkt, sondern zornig reagierten.
Er wurde fast fröhlich und widmete sich dem Brief nun mit so etwas wie Eifer. Er las Anand die Entwürfe vor, die er angefertigt hatte, und bat um Kommentare. Die Entwürfe waren hysterisch und verleumderisch. Aber in seiner neuen Stimmung und nach vielem Umschreiben entwickelte der Brief sich zu einem breit angelegten philosophischen Essay über die Natur des Menschen. Sowohl er als auch Anand hielten ihn für humorvoll, großmütig und stellenweise richtiggehend herablassend; und es erregte sie freudig, an die Überraschung des Arztes zu denken, wenn er solch einen Brief von dem Verwandten eines Menschen bekam, den er bloß für einen Bauern gehalten hatte. Mr. Biswas stellte sich als Sohn der Frau vor, deren Tod der Arzt so rüde bescheinigt hatte. Er verglich den Arzt mit einem zornigen Helden aus einem Epos der Hindus und bat um Verzeihung, daß er die Epen der Hindus gegenüber einem Inder erwähnte, der seine Religion wegen seines vor kurzem entstandenen Aberglauben aufgegeben hatte, der en gros für die Wilden auf der ganzen Welt exportiert wurde (der Arzt war Christ). Vielleicht habe der Doktor das aus politischen oder gesellschaftlichen Gründen getan, oder einfach, um seiner Kaste zu entkommen; aber keiner könne dem entfliehen, was er sei. Dieses Thema wurde weiter ausgeführt, und der Brief schloß damit, daß keiner seine Menschlichkeit verleugnen und seine Selbstschätzung bewahren könne. Mr. Biswas und Anand durchforsteten den *Collins Clear-Type Shakespeare* und fanden, daß das Stück *Maß für Maß* zitatreife Sprüche in Hülle und Fülle bot. Sie zitierten auch aus dem *Neuen Testament* und der *Gita*. Der Brief wurde acht Seiten lang. Er wurde auf der gelben Schreibmaschine abgetippt und abgeschickt; und Mr. Biswas, aufgeheitert

durch seine vierzehntägige Arbeit, sagte zu Anand: Wie wär's mit noch ein paar Briefen vor Weihnachten? Einen an einen Geschäftsmann. Um es Shekkar zu geben. Einen an einen Herausgeber. Der zahlt's dem *Sentinel* heim. Sie dann als Broschüre veröffentlichen. Dir gewidmet.«

Aber die Wunde war noch da, zu tief für Wut oder Gedanken an Vergeltung. Was geschehen war, wurde von der Zeit verdeckt. Aber es war ein Irrtum, nicht Teil der Wahrheit. Das wollte er bestätigt haben, und er wollte etwas tun, was dem Geschehenen Widerstand entgegensetzte. Der in der Erde liegende Leichnam war entweiht, und er schuldete ihm Ehre: der Mutter, die unbekannt geblieben war und die er nie geliebt hatte. Wenn er nachts aufwachte, fühlte er sich preisgegeben und verletzlich. Er sehnte sich nach Händen, die ihn ganz umfaßten, und er konnte nur einschlafen, wenn er seine Hände über den Nabel hielt, konnte die Berührung von etwas Fremden, egal wie leicht, auf diesem Körperteil nicht ertragen.

Jemand Ehre zu erweisen, dazu hatte er keine Begabung. Er hatte keine Worte, um zu sagen, was er sagen wollte, die Worte des Dichters, die mehr enthielten als die Summe ihrer Bedeutungen. Aber eines Nachts, als er durch das Fenster auf den Himmel sah, stand er aus dem Bett auf, suchte sich seinen Weg zum Lichtschalter, drehte ihn an, nahm sich Papier und Bleistift und begann zu schreiben. Er wandte sich an seine Mutter. Er dachte nicht an Rhythmus; er benutzte keine heuchlerischen abstrakten Begriffe. Er schrieb darüber, wie er den Hügel hoch kam, die schwarze geharkte Erde sah, die Spuren des Spatens, die Einkerbungen der Forkenzinken. Er beschrieb eine Reise, die er vor langer Zeit gemacht hatte. Er war müde, sie ließ ihn sich ausruhen. Er war hungrig, sie gab ihm zu essen. Er wußte nicht, wohin er gehen konnte, sie nahm ihn auf. Das Schreiben regte ihn an, erleichterte ihn so sehr, daß er Anand, der neben ihm schlief, anschauen und

denken konnte: »Armer Junge, ist durch's Examen gefallen.«
Nachdem er das Gedicht geschrieben hatte, seine Selbstbefangenheit aufgebrochen war, war er wieder der alte. Und als am Freitag die fünf Witwen für ihre Nähstunden am Royal Victoria Institute in Port-of-Spain eintrafen und das Haus von Geklapper und Geschnatter und Gekreisch und Gesang und Radio und Grammophon widerhallte, ging Mr. Biswas zum Treffen des literarischen Zirkels verkündete, daß er endlich seine Darbringung vortrüge.
»Es ist ein Gedicht«, sagte er, »in ungebundenen Versen.«
Auf der dämmrig beleuchteten Veranda des Richters glänzte alles prächtig. Auf dem Tisch standen Flaschen mit Whisky und Rum, Ginger Ale und Sodawasser und eine Schüssel mit zerstoßenem Eis.
Mr. Biswas setzte sich in den Sessel unter der Leselampe und nippte an seinem Whisky mit Soda. »Es hat keine Überschrift«, sagte er. Und wie er erwartet hatte, wurde das mit Befriedigung aufgenommen.
Dann entwürdigte er sich selbst. Da er dachte, er sei frei von dem, was er geschrieben hatte, wagte er sich kühn, sogar mit einer Spur von Selbstironie an sein Gedicht. Aber beim Lesen begannen seine Hände zu zittern, das Papier raschelte; und als er von der Reise sprach, versagte ihm die Stimme. Sie schlug um und schlug immer wieder um; seine Augen brannten. Aber er las weiter und war so stark bewegt, daß am Ende keiner ein Wort sagte. Er faltete das Papier und steckte es in die Jackentasche. Jemand füllte sein Glas. Er starrte in seinen Schoß, als wäre er wütend, als wäre er vollkommen allein. Für den Rest des Abends sagte er nichts und trank in seiner Scham und Verwirrung viel. Als er nach Hause kam, sangen die Witwen leise, schliefen die Kinder und beschämte er Shama, indem er sich in der Toilette draußen geräuschvoll übergab.

Was auch immer geschah, Anand würde aufs College gehen. So beschloßen es Mr. Biswas und Shama. Es würde nicht leicht werden, aber es wäre grausam und dumm, dem Jungen nicht mehr als eine Grundschulausbildung mitzugeben. Die Mädchen stimmten zu. Sie hatten keine Milch und Trockenpflaumen bekommen, und ihre Chancen, auf eine Hochschule zu gehen, waren gering; aber sie schnitten in ihren Klassen schlecht ab und hielten sich nicht für würdig. Myna und Kamla bestanden darauf, daß Mr. Biswas eine öffentliche Erklärung abgab, daß Anand aufs College gehen würde, denn Vidiadhar benahm sich, als hätte er schon ein Stipendium gewonnen und lernte öffentlich Latein und Französisch und Algebra und Geometrie, all die wunderbaren Fächer, die am College unterrichtet wurden.

Die Erklärung wurde abgegeben, obwohl weder Mr. Biswas noch Shama sagen konnten, wo das Geld herkommen sollte.

Shama redete davon, ihre Kuh Mutri aus Shorthills zurückzuholen.

»Wo willst du die halten?« fragte Mr. Biswas. »Unten bei den Kostgängern?«

»Milch kann man für zehn und zwölf Cent die Flasche verkaufen«, sagte Shama.

»Was ist mit Gras, he? Du glaubst, du brauchst Mutri bloß auf dem Adam-Smith-Platz oder dem Spielplatz in der Murray Street anzubinden? Du hast zu viel Captain Cutteridge gelesen. Und wieviel Milch, denkst du denn, wird die arme alte Mutri geben, nachdem sie die ganzen Jahre bei deiner Familie gelebt hat?«

Geschäftliche Spekulationen brachten Shamas Hirn auf Hochtouren, seit eine der Witwen, die jede Hoffnung aufgegeben hatte, mit dem Plan, Kleidung herzustellen, etwas anderes als höchstens langfristige Erträge zu erzielen, eines Freitags einen Beutel mit Orangen aus Shorthills mitgebracht hatte. Sie war außergewöhnlich ernst. Sie rief einen ihrer Söhne beiseite und befahl ihm, die Apfelsinen auf ein Tablett zu legen, das Tablett auf eine Kiste und die Kiste auf den Bürgersteig. Dann ging sie zum Royal Victoria Institute. Die Idee der Witwe war die Einfachheit selbst: sie erforderte wenig Mühe und keine Ausgaben. An dem Abend gab es unter den Schwestern eine angeregte Diskussion; viele Pläne wurden entworfen und die Zukunft zitternd ins Auge gefaßt. Die Witwe selbst sagte nichts und benahm sich weiterhin so ernst und düster wie vorher, leckte Fäden, fädelte sie in Nadeln und nähte.

Daß auf einem Tablett vor den hohen undurchbrochenen Mauern des Hauses ein flacher Haufen Apfelsinen auftauchte, sorgte für eine kleine Sensation in der Wohnstraße. Und es verstärkte Mr. Biswas' Grauen davor, von einem ungeduldigen Bedürftigen bis nach Hause verfolgt zu werden.

Durch die Stipendiatsprüfung und den Tod seiner Mutter hatte er die Bedürftigen vernachlässigt. Die Post hatte sich gestapelt, und als er eines Morgens in der *Sentinel*-Redaktion saß und zum zehnten Male tippte: *Sehr geehrter Herr, Ihr Brief erwartete mich bei meiner Rückkehr aus dem Urlaub* . . . kam ein Reporter an seinen Schreibtisch und sagte: »Glückwunsch, Alter.«

Es war der Bildungskorrespondent des *Sentinel*. Er hielt ein paar maschinenbeschriebene Blätter. Es waren die Prüfungsergebnisse. Aus einer Seite voller Namen ragte der Name heraus. Anand war dritter geworden, hatte eins der zwölf Stipendien.

So bedrückend wie die Nachricht, war die Generosität, mit der sie von den älteren Mitgliedern der Redaktion begrüßt wurde. Die ganz jungen, die sich der Prüfung vor wenigen Jahren selbst unterzogen hatten, blieben reserviert und unbeeindruckt.

Aber dritter! Dritter auf der ganzen Insel! Es war phantastisch. Nur zwei Jungen intelligenter! Man konnte es gar nicht sofort fassen.

Als er sich wieder erholte, versuchte Mr. Biswas, das Lob ein wenig abzuwenden. »Ihr müßt bedenken, der Lehrer versteht seine Sache.« Aber das konnte er nicht aufrechterhalten. »Außerdem ist er so ein nachlässiger Junge, wissen Sie. Hat eine ganze Frage ausgelassen. Bei den Wortbestimmungen. Synonyme und Homonyme.«

Langsam verlor er seine Zuhörer.

»Dabei wußte er sie. Hielt sie für einfach.«

Die Reporter kehrten an ihre Schreibtische zurück.

»Und dann hat er sie überhaupt nicht gemacht. Hat sie ausgelassen. Eine ganze Frage.«

Nach einem wohlgemuten Morgen, in dessen Verlauf er mit einer guten Laune, die die Leute kränkte, die Verhältnisse zweier Bedürftiger erforschte, kehrte er ins Büro zurück und lud den Bildungskorrespondenten und Mr. Burnetts Nachrichtenredakteur zum Bier im Eckcafé ein. Von grellen Wandgemälden mit Gelagen an tropischen Stränden umgeben, tranken sie dort: drei Männer, keiner über vierzig, die ihre Laufbahn als abgeschlossen betrachteten und ihren Ehrgeiz auf die Leistungen ihrer Kinder verlagert hatten. Der Erfolg des Sohnes von einem machte den anderen Hoffnung. Sie teilten Mr. Biswas' Freude; an seinen Glückstaumel kamen sie nicht heran.

»Du kannst die alte Mutri ruhig in Frieden sterben lassen«, sagte er zu Shama, als er mittags zu dem ruhigen Haus zurückkam und seine Fröhlichkeit ihr rätselhaft war. »Wie wär's mit Apfelsinen? Willst du nicht ins Verkaufsgeschäft? Dich den Witwen anschließen? Den fünf Finanzkünstlern.«

Das Orangenunternehmen war in der Tat fehlgeschlagen. drei Apfelsinen waren für einen Penny an einen herumstreunenden amerikanischen Soldaten verkauft worden; die anderen waren in der Sonne schlecht geworden. Der

Fehlschlag wurde auf die ungeeignete Lage und den Snobismus und Neid der Nachbarn zurückgeführt, die, um der Witwe eins auszuwischen, lieber den ganzen Weg zum Markt in der Stadt gegangen waren, um dort ihre Apfelsinen zu einem höheren Preis zu kaufen. Auch machte man dem Sohn der Witwe Vorwürfe wegen seiner mangelnden Begeisterung und seinem falschen Stolz: er hatte sich in einiger Entfernung von dem Tablett mit Orangen aufgestellt und versucht, so zu tun, als hätten sie nichts mit ihm zu tun.

Als Mr. Biswas ihr die Neuigkeit mit dem Stipendium eröffnete, gab Shama sich daran, die Witwen zu verteidigen, und sie und Mr. Biswas führten ein langes und freundliches Geplänkel über die Tulsi-Familie. Es war wie in alten Zeiten, und Mr. Biswas, wie immer der Sieger, tröstete Shama, indem er noch einmal sagte, was er lange vergessen hatte: »Ich kauf' dir diese Goldbrosche, Mädchen! Demnächst.«

»Ich denke, sie würde sich in meinem Sarg ganz gut machen.«

Die Schule hatte die ersten vier Plätze besetzt und sieben von den zwölf Stipendien gewonnen. Die Notizen und Privatstunden des Lehrers, von sagenhafter Wirksamkeit, hatten wieder einmal triumphiert. Fünf der Stipendien gingen an bekannte Streber wie Anand und den chinesischen Jungen und riefen wenig Kommentar hervor. Das sechste ging an den weichlichen Jungen, der aus dem Picknickkorb gefüttert worden war, er wurde nun für durchtrieben gehalten. Für die größte Überraschung aber sorgte der Junge, der erster geworden war. Es war ein Neger von erstaunlicher Größe. Er war ein Jahr jünger als Anand, sah aber ungleich älter aus. Seine Unterarme waren schon mit Adern durchzogen, und auf seinem Kinn und den Wangen sproß ein leichter Haarflaum. Er war in seiner öffentlichen

Verdammung von Strebern vorlaut gewesen; er hatte bei den Diskussionen über Film und Sport eine führende Rolle gespielt; er hatte phänomenale Kenntnisse von den Kricketergebnissen der englischen Grafschaften während der ganzen dreißiger Jahre; und er hatte Sex als Gesprächsthema eingeführt. Er behauptete, er habe schon sexuelle Erlebnisse gehabt, und sein Gerede bestärkte den Glauben, daß er, wenn er mit hüpfendem Ranzen über strammem Hintern nach dem Privatunterricht die Schule verließ, nicht Hausaufgaben machte, sondern in Sexaffären schwelgte und sich freudig von älteren Frauen verfolgen ließ. Er breitete überzeugende Kenntnisse des weiblichen Körpers und seiner Funktionen aus; und die Auffassung, daß sein Leben außerhalb der Schule nichts mit Büchern und Mitschriften und Hausaufgaben zu tun hatte, wurde durch seine leidenschaftliche Verehrung der Romane von P.G. Wodehouse bekräftigt, dessen Stil er in seinen Englischaufsätzen erfolgreich imitierte. Seine Beliebtheit erreichte an dem Morgen ihren niedrigsten Stand; sein Erfolg warf Zweifel auf seine ganzen Erzählungen von sexuellen Abenteuern. Er beteuerte, daß er nicht gearbeitet habe, daß er nicht mehr getan habe, als sich in der letzten Minute alles einmal anzuschauen und daß das Ergebnis ihn mehr als jeden anderen überrascht habe. Aber er protestierte vergebens.

Von den Zeitungen kamen Fotografen. Die Stipendiaten zogen ihre Krawatten gerade und wurden fotografiert. Dann waren sie frei. Sie gehörten nicht länger zur Schule. Schule und Lehrer fielen zurück, und die Jungen brannten darauf, aus dem Schulhof herauszukommen. Keiner wagte zu sagen, daß er nach Hause gehen wollte, um die Neuigkeit zu eröffnen, außerdem wollte keiner dem Tag ein Ende machen.

Die Stadt war in der Sonne schwarz und weiß. Die Bäume waren still, der Himmel hoch. Sie gingen zur Savanne hinauf, setzten sich und betrachteten die Leute, die im Queen's Park Hotel ein und aus gingen. In den weißgekalkten Nischen auf jeder Seite des Hoteleingangs standen zwei ungewöhnlich schwarze Portiers in steifen schneeweißen Uniformröcken. Der Effekt war streng, aber malerisch. Die Jungen fragten sich laut, was das Hotel veranlaßt habe, die schwärzesten Männer der Insel für diesen Posten zu nehmen und was die Männer veranlaßt habe, den Posten anzunehmen. Die Taxifahrer, die auf dem asphaltierten Bürgersteig hockten, kicherten; und die Portiers, die aufgrund des ständigen Kommens und Gehens gezwungen waren, ihre statuenhafte Pose beizubehalten, konnten nur verstohlen drohende Gesten machen und mit dem Mund stille hastige Kraftausdrücke formen. Die Jungen lachten und traten den Rückzug an. Immer im Schatten großer Bäume spazierten sie die Savanne entlang. In Queen's Park West kamen sie an einen Eiswagen, der abgeschabtes klebriges Eis in zwei Farben verkaufte. Sie kauften, sie leckten, sie färbten Hände, Gesichter, Hemden ein. Dann schlug der Negerjunge, darauf bedacht, seinen Ruf wiederzugewinnen, vor, daß sie in den Botanischen Garten gingen, um nach koitierenden Paaren Ausschau zu halten. Sie gingen, sie suchten. Von dem Negerjungen in Gefechtsformation aufgestellt, überrumpelten sie ein Paar so, daß es sich hastig sittsam gab. Beim zweiten Mal wurden sie von einem wütenden amerikanischen Matrosen gejagt. Sie zogen sich zum Steingarten zurück und spazierten an den architektonischen Wunderwerken in der Maraval Road vorbei. Sie kamen an der schottischen Burg im Baronialstil vorbei, dem maurischen Herrenhaus, dem quasi orientalischen Palast, dem Bischofssitz im spanischen Kolonialstil und erreichten das italienisierte blaue und rote College, das jetzt leer war, obwohl unter einem Balkon mit Säulen und Balustrade zwei Autos standen. Sie waren stolz und ein wenig ängstlich. Könige für einen halben Tag, würden sie bald neue Schüler sein und sonst nichts. Die Uhr schlug drei. Sie sahen zum Turm hoch. Den Zeiger würden sie Wochen und Monate und Jahre sehen, das Glockenspiel würde ihnen vertraut werden. Es würde sie auf vieles mahnend hinweisen, es würde viele Anfänge und Enden anzeigen. Jetzt sagte es, daß der halbe Feiertag vorbei war. »Bis zum nächsten Schuljahr«, sagten die Jungen und gingen ihrer Wege.

An diesem Abend, während Mr. Biswas und die Eltern der anderen Stipendiaten sich mit Geschenken wie Rum und Whisky, bratfertig gemachten Hühnern und Ziegen mit gefesselten Vorderbeinen zur Tür des Lehrers durchkämpften, wurden die Tuttle-Kinder mit einer neuen Strenge an ihre Bücher gesetzt, obwohl Weihnachten nicht mehr weit und das Schuljahr bald zu Ende war. Der Schreiber vollendete ermutigt den ersten Band von Captain Daniels *Westindischer Geschichte*. Für Vidiadhar war es ein unglücklicher Abend. Er bekam kein Essen. Denn er hatte kein Stipendium gewonnen. Vidiadhar, der saubere Fragebögen mit Häkchen neben den beantworteten Fragen mit nach Hause gebracht hatte und eine ordentliche Liste mit den richtigen Lösungen der Rechenaufgaben, der angefangen hatte, Latein und Französisch zu lernen, der die Fußballspiele zwischen den verschiedenen Colleges besucht und für seine Partei laute Schreie ausgestoßen hatte. Nun seiner Latein- und Französischbücher beraubt, mußte er bis spätabends vor seinen Notizen für die Stipendiatsprüfung sitzen und wurde von Chinta wiederholt verprügelt.

Die Zeitungen am nächstenMorgen brachen Fotos von Anand und den anderen Stipendiaten. Es gab auch Spalten in Feindruck, die die Namen der vielen andern hundert enthielten, die die Prüfung nur bestanden hatten. Darunter suchten die Lesenden und Lernenden nach Vidiadhars Namen. Sie fanden ihn nicht. Immer auf der Seite des Gewinners, drehten die Lesenden und Lernenden die Seite um und gaben vor, dort zu suchen, und dann gaben sie vor, die Rubriken mit den Anzeigen, die genauso klein gedruckt waren, durchzugehen. Weil sie nicht ermächtigt war, die Lesenden und Lernenden zu verprügeln, und sie ihnen nun nicht mehr mit Govind drohen konnte, blieb Chinta nur, sie zu beschimpfen. Sie beschimpfte sie einzeln; sie beschimpfte Shama; sie beschimpfte W.C. Tuttle; sie beschimpfte Anand und seine Schwestern; sie beschuldigte Mr. Biswas, die Prüfer bestochen zu haben; sie brachte den Diebstahl der achtzig Dollar wieder auf. Ihre Stimme quengelte mißtönend; ihre Augen waren rot, ihr ganzes Gesicht glühte. Die Lesenden und Lernenden kicherten. Vidiadhar, der den Ferientag genoß, der der Schule für ihre Stipendiatserfolge gewährt worden war, wurde wieder an seine Notizen für die Prüfung gesetzt. Von Zeit zu Zeit unterbrach Chinta ihre Schmähungen, um ihn anzubrüllen. »Gebt nur acht! Gebt mir das Messer und seht her, ob ich ihm nicht die kleine Zunge abschneide.« Und: »Von jetzt an lebst du von Brot und Wasser. Das ist das einzige, was ein paar Leute in diesem Haus hier zufriedenstellt.« Manchmal schwieg sie abrupt und lief, rannte zu dem Tisch, wo er saß und verdrehte ihm die Ohren, als drehe sie einen Wecker auf, bis Vidiadhar wie ein Wecker losschrillte. Dann versetzte sie ihm Backpfeifen und knuffte ihn, zog ihm an den Haaren und drückte ihre Finger um seine Kehle. Benommen füllte Vidiadhar in seiner krötenfüßigen Handschrift Seite um Seite mit sinnlosen Notizen; und seine Schwestern und Brüder blickten jeden so finster an, als wäre er für Vidiadhars Mißerfolg und Bestrafung verantwortlich.

Den ganzen Tag und Abend ließ Chinta nicht locker. Ihre schrille Stimme war Teil der Hintergrundgeräusche des

Hauses, bis selbst W.C. Tuttle sich bemüßigt fühlte, einen Kommentar abzugeben, in seinem reinen Hindi, mit einer Stimme, die laut genug war, um die Zwischenwand zu Mr. Biswas' hinterem Zimmer zu durchdringen. Von dort wurde der Kommentar Mr. Biswas im vorderen Zimmer gemeldet und bereitete so den Weg für eine Versöhnung zwischen den beiden Männern. Sie wurde besiegelt, als W.C. Tuttles zweitältester Sohn, der im nächsten Jahr das Stipendiatsexamen machen mußte, herunterkam, um Anand zu bitten, sein Tutor zu sein.

Und von den Tuttles bekam Anand auch die einzigen Geschenke für den Gewinn des Stipendiums: ein Exemplar von *Der Talismann* von W.C. Tuttle, das er unlesbar fand, und einen Dollar von Mrs. Tuttle, den er Shama gab. Mr. Biswas schämte sich, das Versprechen im *Collins' Clear-Type Shakespeare* zu erwähnen, und Anand erinnerte ihn nicht: er war zufrieden, anzunehmen, daß die Kriegsverhältnisse es nicht erlaubten, ein Fahrrad zu kaufen. Von der Schule gab es auch keinen Preis. Auch das ließen die Kriegsverhältnisse nicht zu; und als »Kriegsmaßnahme« gab man Anand ein von der Regierungsdruckerei unten an der Straße gedrucktes Zertifikat anstelle des in Leder gebundenen goldgerandeten Buches, in das die Helmzier der Schule geprägt war.

Es war ein Jahr der Knappheit, der steigenden Preise und Kämpfe in Läden um gehortetes Mehl gewesen. Aber Weihnachten waren die Bürgersteige mit übertrieben feingemachten Einkäufern vom Land überfüllt, die Straßen mit zähflüssigem, aber kreischendem Verkehr verstopft. Die Geschäfte hatten nur ungefüge inländische Holzspielzeuge, aber die Schilder leuchteten wie immer mit rotbackigen Weihnachtmännern, tänzelnden Rentieren, Stechpalmzweigen mit Beeren und Buchstaben mit Schneehauben. Nie waren Bedürftige würdiger, und Mr.

Biswas arbeitete härter denn je. Aber alles — Geschäfte, Schilder, Massen, Lärm, Geschäftigkeit — schuf diese drängende Fröhlichkeit, die der Jahreszeit entsprach. Das Jahr endete gut.

Und es sollte noch besser enden.

Eines frühen Morgens in der Weihnachtswoche, als Mr. Biswas in der Hoffung, für den Heiligen Abend einen bedürftigen Zimmermann zu finden, die Bewerbungen durchsah, kam ein gut angezogener Mann mittleren Alters, den er nicht kannte, geradewegs zu seinem Schreibtisch, überreichte ihm mit einer unbeholfenen Geste einen Umschlag und drehte sich, ohne ein Wort zu sagen, um und ging rasch aus dem Redaktionsraum.

Mr. Biswas öffnete den Briefumschlag. Dann stieß er seinen Stuhl zurück und lief nach draußen. Der Mann saß in einem Auto und fuhr schon weg.

»Sie haben ihn nicht gesehen?« fragte der Pförtner. »Er hat aber nach Ihnen gefragt. Doktor irgendwas. Rameshwar.«

Er hatte den Brief beantwortet. Der Fehler war eingestanden worden.

»Was hältst du davon, Junge?« sagte er später an dem Tag zu Anand. »Eine Briefreihe. An einen Arzt. Einen Richter. Geschäftsmann, Herausgeber. Schwager, Schwiegermutter. *Zwölf offene Briefe* von M. Biswas. Wie wär's damit?«

5. *Die Leere*

Das College kannte keinen eifrigeren Vater als Mr. Biswas. Er begeisterte sich für seine sämtlichen Regeln, Zeremonien und Gebräuche. Er liebte die Lehrbücher, die es vorschrieb, und behielt sich das Vergnügen vor, selbst mit Anands Stipendiumsbescheinigung zu Muir Marschall auf dem Marine Square zu gehen und ein Paket mit Büchern, umsonst, nach Hause zu bringen. Er schlug die Einbände in Papier ein und beschriftete die Buchrücken. Auf das vordere und hintere Vorsatzblatt jedes Buches schrieb er Anands Name, Klasse, den Namen des Colleges und das Datum. Das vor den anderen Jungen in der Schule zu verbergen, die ihre Namen selbst schrieben und ihre Bücher entweihen konnten, wie sie wollten, verlangte Anand viel Mühe ab. Mr. Biswas ging zur Jahresschlußfeier, obwohl sie weder Anand noch ihn selbst etwas anging. Er bestand auch darauf, zu der naturwissenschaftlichen Ausstellung zu gehen, und verdarb sie Anand; denn während der Negerjunge dahin ohne Vater ging und sagte: »Mensch, guck mal, eine Schnecke kann sich selber ficken«, mußte Anand bei Mr. Biswas bleiben, der pflichtbewußt am Anfang anfing und sich die elektrische Exponate lange und gründlich ansah und so nicht weiter als bis zu den Mikroskopen kam. »Stell dich mal hierhin«, sagte er zu Anand. »Verdeck mich, wenn ich diese Scheibe rausziehe. Ich will bloß mal husten und drauf spucken. Dann können wir beide uns das mal ansehen.« »Ja, *Daddy*«, sagte Anand. »Naürlich, *Daddy*.« Aber die Schnecken sahen sie nicht. Als versuchsweise jedem Jungen ein Hausarbeitsbuch gegeben wurde, das Eltern oder Aufsichtsberechtigte jeden Tag ausfüllen und unterschreiben sollten, tat Mr. Biswas das pedantisch genau. Wenige andere Eltern taten das, und die Hausarbeitsbücher wurden bald abgeschafft. Nur Mr. Biswas füllte bis zum Schluß aus und unterschrieb. Er bezweifelte nicht, daß sein Interesse an Anand vom ganzen College geteilt wurde; und wenn Anand nach einem seiner asthamtischen Anfälle wieder am Unterricht teilnahm, fragte Mr. Biswas nachmittags immer: »Nun, was haben sie gesagt, he?«, als hätte Anands Abwesenheit den ganzen Schulbetrieb durcheinandergebracht.

Im Oktober wurde Myna auf Milch und Trockenpflaumen gesetzt. Überraschend war sie erwählt worden, sich im November der Stipendiatsprüfung zu unterziehen. Mr. Biswas und Anand gingen mit ihr zur Prüfungshalle; Anand geruhte, die Stätte seiner Kindheit nochmals aufzusuchen. Er sah seinen Namen auf der Anschlagtafel im Zimmer des Direktors gemalt und war gerührt von der Anstrengung, die die Schule unternahm, ihn für sich zu beanspruchen. Als Myna zur Mittagszeit herauskam, war sie sehr fröhlich, wurde aber unter Anands strengem Verhör benommen und unglücklich, gab Fehler zu und versuchte, zu beweisen, wie andere Fehler doch noch als richtig ausgelegt werden könnten. Dann führten sie sie zur Molkerei, alle drei in dem Gefühl, daß Geld verschwendet würde. Als die Ergebnisse herauskamen, gratulierte niemand Mr. Biswas, denn Mynas Name war in den kleingedruckten Spalten unter denen, die nur bestanden hatte, verloren.

Ohne es zu wissen, hatte Veränderung ihn beschlichen. Es hatte keinen genauen Punkt gegeben, an dem die Stadt ihre Romantik und Verheißung verloren hatte, keinen Punkt, an dem er angefangen hatte, sich als alt und seine Karriere als abgeschlossen zu betrachten und seine Visionen von der Zukunft nur Visionen von Anands Zukunft wurden. Jede Erkenntnis war verzögert worden und nicht als Überraschung, sondern als Feststellung eines längst akzeptierten Umstands gekommen.

Aber so war es nicht, als er eines Nachts aufwachte und merkte, daß er sich seit einiger Zeit daran gewöhnt hatte, seine Umstände als unabänderlich hinzunehmen: das summende Haus, die Küche unten, das Essen, das über die Vordertreppe hochgebracht wurde, die wachsenden Kinder und Shama und er selbst, zusammengepfercht in zwei Zimmer. Häuser — die hellen Wohnzimmer durch offene Türen, das Besteckklappern aus Eßzimmern um acht, wenn er unterwegs zum Kino war, die Garagen, die Gärten, die nachmittags aus Schläuchen besprengt wurden, die barfüßigen trägen Gruppen sonntags morgens auf Veranden —, Häuser hatte er sich angewöhnt, wie Kirchen, Metzgereien, Kricketspiele und Fußballspiele für etwas zu halten, was nur andere Leute betraf. Längst erweckten sie keinen Ehrgeiz und kein Elend mehr. Er hatte die Vision von einem Haus verloren.

Er versank in Verzweiflung wie in die Leere, die in seiner Vorstellung immer für das Leben gestanden hatte, das er noch zu leben hatte. Aber sie beschleunigte sich nun nicht mehr zur Panik, zu einem Knoten der Angst. Er entdeckte in sich nur einen starken Widerwillen, und der Teil seines Bewußtseins, der die Folgen eines solchen Rückzugs fürchtete, wurde immer mehr zum Schweigen gebracht.

Bedürftige wurden erforscht und über die würdigen wurde geschrieben. Der Waffenstillstand mit W.C. Tuttle wurde gebrochen, notdürftig wiederhergestellt und wieder gebrochen. Die Lesenden und Lernenden lasen und lernten. Anand und Vidiadhar sprachen weiterhin nicht miteinander, und dieses Schweigen zwischen den Vettern wurde langsam im College bekannt, in das einzutreten es Vidiadhar auch geschafft hatte, wenn auch in eine entsprechend niedrige Klasse. Govind prügelte Chinta, trug seine dreiteiligen Anzüge und fuhr sein Taxi. Die Witwen hörten auf, Nähunterricht im Royal Victoria Institute zu nehmen, gaben den Plan, Kleider herzustellen, auf und auch alle anderen Pläne. Eine kam und kampierte, da sie kein Zimmer hatte, unter dem Haus und drohte, einen Stand auf dem Markt in der George Street aufzumachen, wurde davon abgebracht und kehrte nach Shorthills zurück. W.C. Tuttle erstand eine Schallplatte, auf der eine fünfzehnjährige Amerikanerin namens Gloria Warren sang: »You are always in my heart.« Und jeden Morgen, nachdem die Lesenden und Lernenden aus dem Haus geströmt waren, entkam Mr. Biswas in die Redaktion des *Sentinel*.

Plötzlich, urplötzlich, wurde er mit neuem Leben erfüllt. Es geschah während Anands zweitem Jahr im College. Aufgrund seiner unerreichten Erfahrung mit Bedürftigen war Mr. Biswas der Experte des *Sentinel* für Angelegenheiten der Sozialfürsorge geworden. Zu seinen nebenherlaufenden Pflichten hatte es gehört, Organisatoren von Wohltätigkeitsstiftungen zu interviewen und an vielen Banketten teilzunehmen. Eines Morgens fand er auf seinem Schreibtisch eine Notiz vor, die ihn aufforderte, den frisch eingetroffenen Leiter des Amtes für Volkswohlfahrt zu interviewen. Das war eine Dienststelle der Regierung, die noch nicht in Betrieb genommen war. Mr. Biswas wußte, daß sie Teil eines Plans für die Entwicklung nach dem Kriege war, wußte aber nicht, was die Dienststelle vorhatte. Er ließ sich die Akte kommen. Sie half ihm nicht weiter. Das meiste darin hatte er selbst geschrieben und vergessen. Er telefonierte, machte einen Interviewtermin am selben Morgen aus und ging hin. Als er eine Stunde später die Treppen des Roten Hauses hinunter auf den asphaltierten Hof trat, dachte er nicht an seinen Artikelentwurf, sondern an sein Kündigungsschreiben für den *Sentinel*. Für ein Gehalt, das fünfzig Dollar im Monat mehr betrug als das, was er vom *Sentinel* bezog, hatte man ihm einen Posten als Beamter der Volkswohlfahrt angeboten, und er hatte angenommen. Und er hatte immer noch keine klare Vorstellung von den Zielen der Dienststelle. Er glaubte, sie solle das dörfliche Leben organisieren; wie und warum das dörfliche Leben organisiert werden sollte, wußte er nicht.

Von Miss Logie, der Leiterin des Amtes, hatte er sich sofort angezogen gefühlt. Sie war eine große, energische Frau gegen Ende des mittleren Alters. Sie war nicht wichtigtuerisch und aggressiv, wozu, wie er fand, Frauen neigten, die Machtbefugnis in Händen hielten. Sie hatte Anstand, und selbst ehe man von der Stelle redete, hatte er sich dabei ertappt, wie er versuchte zu gefallen. Außerdem besaß sie die Anziehungskraft des Neuen. Er hatte nie eine indische Frau ihres Alters kennengelernt, die so rege und intelligent und wißbegierig war. Und als die Sache mit der Stelle angesprochen wurde, zögerte er nicht. Er wies Miss Logies Angebot, in Ruhe darüber nachzudenken, zurück; er fürchtete jede Verzögerung.

Leichten Herzens ging er die St. Vincent Street zurück zum Büro. Was gerade geschehen war, war in jeder Hinsicht unerwartet. Er hatte aufgehört, an eine neue Stelle zu denken. Dem ganzen Gerede über die Entwicklung nach dem Krieg hatte er nicht mehr als die Aufmerksamkeit des Journalisten gewidmet, weil er nicht sah, wie das ihn und seine Familie betraf. Und nun, an einem Montagmorgen, hatte er sich auf einen neuen Job gestürzt, und seine Arbeit machte ihn zu einem Teil der neuen Ära. Und es war ein Regierungsposten! Mit Vergnügen dachte er an die ganzen Witze, die er über Beamte gehört hatte, und spürte das volle Gewicht der Ängste, die ihn bedrückt hatten, seit Mr. Burnett weggegangen war. Jeden Augenblick hätte der *Sentinel* ihn feuern können; es gab nichts und niemanden, um ihn zu schützen. Aber im Öffentlichen Dienst konnte niemand einfach so gefeuert werden. Dort gab es so etwas wie einen Arbeitgeber- und -nehmer-Ausschuß, glaubte er. Die Angelegenheit müßte alle möglichen Kanäle durchlaufen — das war das herrliche Wort —, und dies, so hatte er verstanden, war ein so komplizierter Vorgang, daß wenige Beamte je die Kündigung erhielten. was war das noch für eine Geschichte mit dem Boten, der sämtliche Schreibmaschinen einer Dienststelle gestohlen und verkauft hatte? Hatte man nicht einfach gesagt: »Steckt den Mann in eine Dienststelle, wo es keine Schreibmaschinen gibt?«

Wie viele Kündigungsschreiben hatte er im Geiste an den *Sentinel* gerichtet! Aber als, nachdem Briefe zwischen ihm und dem Sekretariat hin und her gegangen waren, der Augenblick kam, und er in dem Schlaraffia-Bett saß, um den *Sentinel* zu schreiben, da benutzte er keine der Wendungen und Sätze, die er über die Jahre hinweg ausgetüftelt hatte. Statt dessen zeigte er sich zu seiner Überraschung der Zeitung gegenüber dankbar, daß sie ihn so lange beschäftigt hatte, ihm den Anfang in der Stadt ermöglicht und ihn für den Öffentlichen Dienst gerüstet hatte.

Er kam sich wie ein Idiot vor, als er die Antwort des Herausgebers bekam. In fünf Zeilen bedankte man sich für seinen Brief, erkannte seine Arbeit an, wurde Bedauern ausgedrückt und ihm Glück in seiner neuen Stellung gewünscht. Der Brief war von einer Sekretärin getippt, deren schicke Kleinbuchstaben-Initialen links unten in der Ecke standen.

Während er seine Kündigugnsfrist abarbeitete, ließ er die bedürftigen Burschen schleifen und bereitete sich mit Begeisterung auf seinen neuen Beruf vor. Er entlieh Bücher von der Zentralbibliothek und aus der kleinen Sammlung des Amtes. Er begann mit Büchern über Soziologie und erlitt sofort Schiffbruch: er konnte ihre Tabellen oder ihre

Sprache nicht begreifen. Er ging zu einfacheren Taschenbüchern über die Reform von Dörfern in Indien über. Die waren unterhaltender: sie enthielten Bilder von Dorfkanalisation vorher und nachher, zeigten, wie man Kamine für so gut wie umsonst bauen konnte, wie man Brunnen graben konnte. Sie regten Mr. Biswas so sehr an, daß er sich ein paar Tage lang fragte, ob er nicht an der kleinen Gemeinde in seinem eigenen Haus üben sollte. Eine Reihe von Büchern legte verblüffend viel Wert auf die Notwendigkeit von Volkstänzen und Volksliedern bei der Ausführung kooperativer Unterfangen; einige gaben Liedbeispiele. Mr. Biswas sah sich ein singendes Dorf anführen, das kooperativ die Straßen ausbesserte, kooperativ Super-Hütten errichtete, kooperativ Brunnen grub; singend ernteten sie einander die Felder ab. Das Bild überzeugte nicht: er kannte indische Dorfbewohner zu gut. Govind, zum Beispiel sang, und W.C. Tuttle mochte Musik; aber Mr. Biswas konnte sich nicht vorstellen, daß er sie und die singenden Lesenden und Lernenden anleitete, den Boden unter dem Haus neu zu betonieren, die halbhohen Wände zu verputzen, noch ein Badezimmer oder eine Toilette zu bauen. Er bezweifelte, daß er sie überhaupt zum Singen bringen könnte. Er las von Heimarbeiten: romantische Wörter, die auf nett angezogene Bauern mit ernsten, klassischen Zügen schließen ließen, die in kooperativ gebauten Super-Hütten an Spinnrädern saßen und meterweise Tuch produzierten, ehe sie zum abendlichen Volkssingen und Volkstanz im Fackelschein unter dem Dorfbaum gingen. Aber er wußte, wie die Dorfbewohner nachts waren, wenn die Rumschänken sich leerten. Statt dessen sah er sich in einer großen gezimmerten Halle zwischen Reihen disziplinierter Bauern auf und ab gehen, die Körbe machten. Von der Heimindustrie lenkte ihn die Jugendkriminalität ab, die er ansprechender fand als die Erwachsenenkriminalität. Besonders mochte er die Fotos der verhärteten Kriminellen: verkümmert, rauchend, geringschätzig und sehr attraktiv. Er stellte sich vor, wie er ihr Vertrauen und dann ihre immerwährende Ergebenheit gewann. Er las Bücher über Psychologie und lernte einige Fachausdrücke für Chintas Verhalten, wenn sie Vidiadhar prügelte.

Miss Logie, die seine Begeisterung erst bestärkt hatte, versuchte nun, sie im Zaum zu halten. Er traf sie während dieses Monats oft, und ihre Beziehung wurde sogar noch besser. Jedesmal, wenn sie ihn jemandem vorstellte, sprach sie von ihm als ihrem Kollegen, eine Liebenswürdigkeit, die er nie zuvor erfahren hatte; und nachdem er zuerst entspannt bei ihr war, wurde er jetzt regelrecht unbefangen.

Dann bekam er einen Schrecken.

Miss Logie sagte, sie würde gerne seine Familie kennenlernen.

Lesende! Lernende! Govind! Chinta! Das Schlaraffia-Bett und der Eßtisch des Bedürftigen! Und vielleicht wollte gerade eine Witwe es wieder einmal versuchen, und vor dem Tor gäbe es ein kleines Tablett mit Apfelsinen oder Avocados.

»Mumps«, sagte er.

Das stimmte zum Teil. Diese ansteckende Krankheit hatte Basdais Lesende und Lerndende insgesamt niedergestreckt und einen kleinen Tuttle attackiert; aber bis zu Mr. Biswas' Kindern war sie nicht vorgedrungen.

»Sie liegen alle mit Mumps darnieder, fürchte ich.«

Und als Miss Logie später nach den Kindern fragte, sagte Mr. Biswas, sie hätten sich erholt, obwohl sie der Krankheit fast erlegen wären.

Prompt hörte gegen Ende des Monats die freie Zulieferung des *Sentinel* auf.

»Glauben Sie nicht, daß Ihnen ein kleiner Urlaub gut täte, ehe Sie wieder anfangen?« fragte Miss Logie.

»Daran habe ich auch schon gedacht.« Die Worte kamen mühelos heraus; sie standen mit seinem neuen Betragen in Einklang. Und er sah sich zu einer unbezahlten Woche zwischen Lesenden und Lernenden verdammt. »Ja, ein kleiner Urlaub wäre wirklich wohltuend.«

»Sans Souci wäre hübsch.«

Sans Souci lag im Nordosten der Insel. Miss Logie als Neuankömmling war dort gewesen, er nicht.

»Ja», sagte er, »Sans Souci wäre hübsch. Oder Mayaro«, fügte er in dem Versuch hinzu, einen unabhängigen Standpunkt einzunehmen, indem er einen Ferienort im Südosten erwähnte.

»Ich bin sicher, Ihre Familie würde das genießen.«

»Wissen Sie, ich glaube, das würde sie auch.« Schon wieder Familie! Er wartete. Und dann kam es. Sie wollte sie immer noch kennenlernen.

Die Ausgewogenheit verließ ihn. Was konnte er vorschlagen? Sie einen nach dem anderen zum Roten Haus zu bringen?

Miss Logie kam ihm zur Rettung. Sie fragte sich, ob sie am Sonntag nicht alle zusammen nach Sans Souci fahren könnten?

Das war wenigstens sicherer. »Natürlich, natürlich«, sagte er. »Meine Frau kann etwas kochen. Wo sollen wir uns treffen?«

»Ich komme und hole sie ab.«

Er war gefangen.

»Um die Wahrheit zu sagen, ich habe ein Haus in Sans Souci gemietet«, sagte Miss Logie. Und dann kam ihr Plan heraus. Sie wollte, daß Mr. Biswas seine Familie für eine Woche dort hinbrachte. Die Beförderung sei ein Problem, aber das Auto würde sie Ende der Woche abholen. Wenn Mr. Biswas nicht führe, stände das Haus leer, und das wäre Verschwendung.

Er war überwältigt. Seinen Urlaub hatte er einfach für

Tage gehalten, an denen er nicht arbeiten ging; nie hatte er daran gedacht, daß er die Zeit nutzen könne, um seine Familie an irgendeinen Ferienort zu bringen: so etwas lag jenseits allen Strebens. Wenige Leute fuhren so in Urlaub. Es gab keine Pensionen oder Hotels, nur Strandhäuser, und die, hatte er sich immer eingebildet, waren teuer. Und nun dies! Nach all den Briefen an Bedürftige, die anfingen: *Sehr geehrter Herr, Ihr Brief erwartete mich bei meiner Rückkehr aus dem Urlaub . . .*

Er machte Einwände, aber Miss Logie blieb hart. Er dachte, es sei besser, kein Theater zu machen, denn er wollte nicht den Eindruck erwecken, daß er die Sache aufbauschte. Miss Logie hatte das Angebot aus Freundschaft gemacht, er würde es als Freund akzeptieren. Er wies sie jedoch darauf hin, daß er Shama zu Rate ziehen müsse, und Miss Logie sagte, das verstände sie.

Aber er hatte das Gefühl, daß er entdeckt worden sei, daß er Miss Logie mehr von sich offenbart habe, als er gedacht hatte; und dieses Gefühl bedrückte ihn ganz besonders am nächsten Morgen, als er vor Shamas Toilettentisch im hinteren Zimmer stand. In Stimmungen des Widerwillens vor sich selbst haßte er es sich anzukleiden, und an diesem Morgen sah er, daß sein Kamm, der, wie er mehrmals betont hatte, seiner und seiner allein war, mit Frauenhaaren verfilzt war. Er zerbrach den Kamm, zerbrach noch einen weiteren, und benutzte eine Sprache, die weder zu seinen Kleidern paßte, noch zu dem Benehmen, das er annahm, wenn er sie anzog. Er berichtete, daß Shama entzückt sei, und die Selbstvorwürfe waren schnell vergessen, als er und Shama mit den Urlaubsvorbereitungen anfingen. Sie waren wie Verschwörer. Sie hatten Geheimhaltung beschlossen. Dafür gab es keinen Grund außer, daß es eine der Regeln des Hauses war: die Tuttles, zum Beispiel, waren kurz vor der Ankunft der nackten Fackelträgerin ungewöhnlich zurückhaltend gewesen, und Chin-

ta war nahezu trauervoll gewesen, bevor Govind mit den dreiteiligen Anzügen anfing.
Am Samstag begann Shama, den Picknickkorb zu packen. Das Geheimnis konnte den Kindern nicht länger verborgen bleiben. Der vollgepackte Picknickkorb, das Auto, die Fahrt zur Küste: das war etwas, das sie alle nur zu gut kanten. »Vidiadhar und Shivadhar!« rief Chinta. »Bleibt ihr mal hier mit eurem Hintern, he, und lest eure Bücher, hört ihr. Euer Vater ist nicht in der Position, um mit *euch* Ausflüge zu machen, hört ihr. Er bezieht nicht regelmäßig Geld von der Regierung, will ich euch sagen.« Die Lesenden und Lernenden standen um Shama herum, während sie den Picknickkorb packte. Shama war, sich selbst ganz unähnlich, streng und völlig von ihrer Sache in Anspruch genommen und ignorierte sie. Ihr Benehmen deutete an, daß die ganze Sache — wie sie tatsächlich zu Basdai, der Witwe, sagte, die gekommen war, um zuzugucken und Ratschläge zu erteilen — sehr lästig sei und sie sie nur mitmachte, um den Kindern und ihrem Vater einen Gefallen zu tun.
Ziel und Dauer ihres Urlaubs waren aufgedeckt worden. Das Beförderungsmittel wurde noch geheimgehalten: das sollte die letzte Überraschung sein. Es löste bei Mr. Biswas einige Nervosität aus. Die ganze Woche grauste ihm schon vor der Ankunft Miss Logies in ihrem brandneuen Buick. Er hatte vor, die Spanne zwischen ihrer Ankunft und ihrer Abfahrt so kurz wie möglich zu halten. Unter keinen Umständen durfte ihr erlaubt werden, aus dem Auto auszusteigen. Denn dann könnte sie durch das Tor gehen und einen Blick von dem erhaschen, was hinter dem Haus vor sich ging; sie könnte sogar dorthin gehen. Oder sie könnte die Treppe hinaufgehen und an die Vordertür klopfen; W.C. Tuttle würde herauskommen, und der Himmel wußte, in welcher Pose er an dem Morgen wäre: Yogi, Gewichtheber, Pandit, Lastwagenfahrer am Feier-

abend. Um jeden Preis mußte sie daran gehindert werden, das vordere Zimmer zu betreten und das Schlaraffia-Bett zu sehen, auf dem Mr. Biswas gelegen und den formellen Brief geschrieben hatte, in dem er den Posten als Beamter der Volkswohlfahrt annahm. Sie durfte nicht den Eßtisch des Bedürftigen erblicken, auf dem sich Bücher über Soziologie, Dorfreform in Indien, Heimindustrie und Jugendkriminalität stapelten.

Folglich waren die Kinder schon um acht abgefüttert und angekleidet und als Wachtposten am Tor aufgestellt, obwohl Miss Logie gesagt hatte, sie käme um neun. Von Zeit zu Zeit verließen sie ihre Posten, dann wurden sie nach aufgeregter Suche aus Gruppen von Lesenden und Lernenden herausgezogen oder aus der Toilette gescheucht. Shama merkte, daß sie alles Mögliche vergessen hatte: Zahnbürsten, Handtücher, Flaschenöffner. Mr. Biswas konnte sich nicht entschließen, welches Buch er mitnehmen sollte und lief hinein und heraus aus dem vorderen Zimmer. Endlich war alles fertig, und sie standen auf der Vordertreppe aufgereiht und warteten darauf, loszustürzen. Mr. Biswas war ferienmäßig gekleidet: ohne Krawatte, mit dem Samstagshemd, auf dem sich die Samstagskrawatte noch abdrückte, seinen Mantel über dem Arm und sein Buch in der Hand. Shama war in ihren üppig verzierten Besuchskleidern; sie hätte auf eine Hochzeit gehen können.

Während sie warteten, mischten sich Lesende und Lernende unter sie. »Verpiß dich!« flüsterte Mr. Biswas mit Ingrimm. »Mach, daß du reinkommst. Geh und kämm dich. Und du, geh und zieh dir Schuhe an.« Ein paar der jüngeren waren eingeschüchtert; die älteren, die wußten, daß Mr. Biswas überhaupt keine Rechte, weder zum Verprügeln noch zum Befehlen hatte, waren unverhohlen verächtlich, und zu Mr. Biswas' Entsetzen gingen ein paar hinaus auf den Bürgersteig, wo sie wie Störche standen, die

Sohle eines Fußes gegen die verschmierte und streifige rosa-getünchte Wand gerammt. Das Grammophon spielte ein indisches Filmlied; Govind leierte das *Ramayana* herunter; Chintas kratzende Stimme war jammernd erhoben; Basdai kreischte nach einigen ihrer Mädchen, die kommen und ihr bei der Zubereitung des Mittagessens helfen sollten.

Dann kamen die Rufe. Ein grüner Buick war um die Ecke gebogen. Mr. Biswas und seine Familie waren schon mit Koffern und Picknickkörben die Treppe herunter. Mr. Biswas brüllte die Lesenden und Lernenden nun zornig an, abzuhauen. Als der Wagen hielt, standen Mr. Biswas und seine Familie direkt an der Bordsteinkante. Miss Logie, die neben dem Chauffeur saß, lächelte und winkte zaghaft, nur mit den Fingern. Sie schien zu erkennen, was von ihr verlangt wurde, und stieg nicht aus dem Auto. Ausdruckslos öffnete der Chauffeur die Türen und verstaute die Koffer und Picknickkörbe im Kofferraum.

W.C. Tuttle trat auf die Terrasse, der Lastwagenfahrer am Feierabend. Seine Khakishorts offenbarten runde, kräftige Beine, und sein weißes Unterhemd ließ einen breiten Brustkasten und mächtige schlaffe Arme sehen. Er lehnte sich unter den hängenden Farnen auf die halbhohe Verandamauer, legte zart einen langen Finger gegen einen zitternden Nasenflügel und stieß aus dem anderen Nasenloch mit einem kurzen explosionsartigen Geräusch Rotz aus.

Wie benommen plapperte Mr. Biswas immerfort, um die Aufmerksamkeit von den Lesenden und Lernenden und W.C. Tuttle abzulenken, um den Lärm aus dem Haus zu ersticken, den plötzlichen durchdringenden Schrei, den Chinta wie in Todesqualen ausstieß: »Vidiadhar und Shivadhar! Kommt auf der Stelle hierhin, wenn ihr nicht wollt, daß ich euch die Knochen breche.«

Schüchtern strömten ständig interessierte Lesende und Lernende durchs Tor.

»Es ist reichlich Platz da«, sagte Miss Logie lächelnd. »Es wird nicht lange ein Gedrängel sein. Ich fahre nicht die ganze Strecke bis Sans Souci mit. Ich fühle mich nicht sehr gut, und ein Tag am Strand wäre mir zu viel.«

Mr. Biswas verstand. »Nur die vier«, sagte er. »Nur die vier.« Er trat in Richtung der Lesenden und Lernenden nach hinten aus. Der Kreis erweiterte sich bloß.

»Waisen«, sagte Mr. Biswas.

Dann fuhren sie barmherzigerweise ab, wobei einige der Waisen den Buick noch ein wenig die Straße hinunterverfolgten.

Sie bedauerten Miss Logie wegen ihrer Unpäßlichkeit und baten sie eindringlich, doch ihre Meinung zu ändern; sie hätten keinen Spaß, wenn sie nicht mitkäme. Sie sagte, sie hätte gar nicht vorgehabt, schwimmen zu gehen, sie hätte nur geplant, sie auf der Fahrt zu begleiten. Aber als zweifellos feststand, daß nur vier Kinder im Wagen waren und man auch für keins mehr anhielt, geriet ihr Entschluß schnell ins Wanken, und sie sagte, die frische Luft hätte sie ein wenig belebt und sie würde nun doch mit ihnen kommen.

Wenn Leute auf der Straße starrten, wußten die Kinder nicht ob sie lächeln, die Stirn runzeln oder wegsehen sollten; die in der Nähe von Halteschlaufen hielten sich daran fest. Nie hatte Nordtrinidad so wunderbar ausgesehen wie aus den Fenstern dieses Buick. Als hätten sie es vorher noch nie vom Bus aus gesehen, bemerkten sie, wie die Landschaft sich änderte, von Sumpfland außerhalb Port-of-Spains zu ausufernden Vorstädten, zu hügeliger Landschaft, zum ländlichen Dorf, zur Provinzstadt, zu Reisfeldern und Zuckerrohrfeldern und immer der Northern Range zu ihrer Linken. Sie fuhren den ebenen neuen amerikanischen Highway entlang, wurden bei der Auf- und Ausfahrt der amerikanischen Armeestation von Soldaten mit Helmen und Gewehren kontrolliert. Dann fuhren sie über eine sich windende Straße, die von kühlenden Bäumen überwölbt wurde, nach Arima, das vorsichtige Fahrer willkommen hieß, und weiter nach Valencia, von wo die Straße mit unberührtem Busch zu beiden Seiten meilenweit geradeaus führte.

Sie waren dabei, überlegte Anand, mit Picknickkörben — vollgepackten Picknickkörben — ans Meer zu fahren. Der Englischaufsatz war Wahrheit geworden.

Mr. Biswas war wegen Shama beunruhigt. Drall neben Miss Logie auf dem Vordersitz sitzend, ihren aufwendigen Georgetteschleier über dem Haar, zeigte Shama sich gelassen und sogar gesprächig. Sie ließ Meinungen über die neue Verfassung fallen, den Staatenbund, Immigration, Indien, die Zukunft des Hinduismus, Frauenbildung. Mr. Biswas lauschte dem Erguß mit Überraschung und akutem Unbehagen. Nie hatte er vermutet, daß Shama so gut informiert wäre und so leidenschaftlich vorgefaßte Meinungen hätte; und er litt jedesmal, wenn sie einen Grammatikfehler machte.

Dann machten sie in Balandra halt und spazierten zu dem gefährlichen Abschnitt der Bucht, wo die Wellen zwei Meter hoch waren und ein Schild vor dem Baden warnte. Noch nie hatte Wasser so blau ausgesehen, nie hatte Sand so golden geschienen, nie hatte eine Bucht sich so schön geschwungen, hatten Wellen sich so glatt gebrochen. Es war eine vollkommene Welt, die Beugung der Palmen wiederholte sich im Bogen der Bucht, in der Kehre der Wellen, der Wölbung des Horizonts. Schon konnten sie das Salz auf den Lippen schmecken. Der Wind blies frisch; die Hosen Mr. Biswas' und des Chauffeurs blähten sich auf wie Ballons; die Frauen und Mädchen hielten ihre Röcke fest.

Sie badeten an einer sicheren Stelle.

(Und später wies Anand Mr. Biswas darauf hin, daß Miss Logie entgegen dem, was sie gesagt hatte, ihren Badeanzug mitgebracht hatte.)

Sie öffneten die Picknickkörbe und aßen auf dem trockenen Sand im gefährlichen Schatten der Kokospalmen. (»Über eine Million Kokosnüsse werden heute an der Ostküste abfallen«, war die oberflächlich heitere Einleitung eines Artikels gewesen, den er für den *Sentinel* einmal über die Kopraindustrie geschrieben hatte.)
Dann fuhren sie über schmale, ungepflegte Straßen, die durch Gebüsch auf beiden Seiten verdunkelt wurden, nach Sans Souci. Hier und da überraschten sie kleine Dörfer, einsam und verloren. Und jetzt war das Meer fast immer in ihrer Nähe. Ungesehen, donnerte es in einem fort. Nie hörte der Wind auf, durch die Bäume zu toben; über dem schwankenden Gebüsch, den tanzenden grünen Federbüscheln, war der Himmel hoch und offen. Von Zeit zu Zeit erhaschten sie einen Blick aufs Meer: so nah, so endlos, so lebendig, so unpersönlich. Was würde passieren, wenn sie durch einen Zufall von der Straße abkämen und hineinführen?
Dieser Zufall sollte in einem Traum in der Nacht eintreten, und Kamla sollte dankbar wach werden, aber nur, um sich in einem neuen Grauen zu finden, denn sie hatte das Zimmer vergessen, in dem sie alle schlafen gegangen waren, das große, leere Haus auf dem Hügelgipfel, das von undurchdringlichem Schwarz umgeben war und wo ein bißchen weiter weg die See toste und die Kokospalmen im unaufhörlichen Wind ächzten.
Sie waren am Spätnachmittag angekommen und hatten nicht viel Zeit gehabt, alles zu erforschen. Miss Logie, der Chauffeur und der Buick waren zurückgefahren; und als sie sich in einem großen Haus und als Urlauber wiederfanden, waren sie alle miteinander verlegen geworden. Der Abend hatte eine zusätzliche Beklommenheit mit sich gebracht. In dem fremden muffigen Wohnzimmer mit den leeren Wänden saßen sie um eine Öllampe; der Inhalt des Picknickkorbs war abgestanden und unappetitlich, der

Weichkäse, den sie am Tag zuvor in der Molkerei gekauft hatten, war schon schlecht geworden. Das Haus war groß genug, daß jeder sein eigenes Zimmer haben konnte; aber die Geräusche, die Einsamkeit, die unbekannte Schwärze, die sie umgab, hatte sie alle in einem Raum gehalten.

Wind und Meer begrüßten sie am Morgen. Licht zeigte ihnen, wo sie waren. Der Wind und das Meer hatten die ganze Nacht getobt, nun aber waren sie beide erfrischend, Verkünder des neuen Tages. Die Kinder spazierten über das glänzende nasse Gras auf dem Hügelgipfel; das Meer, das man durch die zerwühlten Kokospalmen erblicken konnte, lag unter ihnen; ihre Hände und Füße wurden klebrig von Salz.

Langsam schwand ihre Befangenheit. Sie gingen zu verlassenen Stränden, wo die teilweise eingegrabenen Wracks seltsamer Bäume lagen, die übers Meer gebracht worden waren. Jenseits des von der Flut in Windungen angeschwemmten Seetangs war der gekräuselte Sand mit den Löchern von Sandkrabben, kleinen, nervösen sandfarbenen Geschöpfen, unterhöhlt. Sie unternahmen Ausflüge zu den Orten mit französischen Namen: Blanchisseuse, Matelot und nach Toco und Salybia Bay. Sie pflückten Mandeln, lutschten sie aus, zermalmten die Samen; das alles auf einem Stück Erde, so wild und abgelegen, daß man sich gar nicht vorstellen konnte, daß irgend etwas einem gehörte. Von Bäumen, die die Straße begrenzten, pflückten sie leuchtend rote Cashewnüsse, lutschten die Früchte und brachten die Nüsse nach Hause, um sie zu rösten. Die Tage waren lang. Einmal stießen sie auf eine Gruppe Fischer, die ein französisches Patois sprachen; einmal trafen sie eine Gruppe gutgekleideter, lärmender indischer Jugendlicher, von denen einer Myna nach Savis Namen fragte, und Mr. Biswas erkannte, daß er als Vater nun bisher unbekannte Pflichten hatte. Am Abend, an dem sie das nun tröstliche Geräusch von Wind und Meer

umgab, spielten sie Karten: vier Spiele hatten sie im Haus gefunden.
Eine andere Entdeckung, in einem Schrank mit Konserven, war Cerebos-Salz. Salz in Büchsen hatten sie noch nie gesehen. Das Salz aus dem Laden, das sie kannten, war grob und feucht; dieses war fein und trocken und rieselte so leicht, wie die Zeichnung auf der Büchse es zeigte.
Sie vergaßen das Haus in Port-of-Spain und breiteten sich in dem Haus auf dem Hügel aus. Es schien, als gäbe es niemanden auf der Welt außer ihnen, keine Lebewesen außer ihnen und dem Meer und dem Wind. Man hatte ihnen erzählt, an klaren Tagen könne man Tobago sehen; aber das kam nie vor.
Und dann kam der Buick für sie.
Als sie nach Port-of-Spain zurückfuhren, war das neue, scheue Vergnügen, das sie darin gefunden hatten, allein zu sein, vergessen. Sie bereiteten sich auf die zwei Zimmer vor, die Bürgersteige der Stadt, den schlecht betonierten Boden unter dem Haus, den Lärm, das Gezänk. Auf dem Weg hinaus hatten sie die Ankunft gefürchtet, in etwas Unbekanntes gejagt zu werden; nun fürchteten sie, zu dem, was sie kannten, zurückzukehren. Aber sie sprachen von anderen Dingen. Shama sprach vom Abendessen; ihr fiel ein, daß sie nichts hatte. Das Auto hielt vor einem Geschäft in der Östlichen Hauptstraße, und als Insassen eines Autos mit Chauffeur genossen sie eine kurze Auszeichnung.
Es gab keinen Empfang für sie in Port-of-Spain. Es war Abend. Die Lesenden und Lernenden lasen und lernten. Alles war so, wie sie es verlassen hatten: die schwachen Glühbirnen, die langen Tische, der Singsang einiger Lesender, die versuchten, Lektionen auswendig zu lernen. Das Haus kam ihnen nur noch niedriger, dunkler, erstickender vor. Zuerst wurden sie ignoriert. Aber kurz danach gingen die Fragen los, das Bohren, um zu sehen, ob

irgendeine Katastrophe passiert war, denn die Traurigkeit, mit der sie zurückgekehrt waren, hatte sie schon gereizt und leicht aufbrausend gemacht.
Existierte die Wildnis wirklich? War das Haus immer noch auf dem Gipfel des Hügels? Ließ der Wind immer noch die Kokospalmen ächzen? Klatschte das Meer auf jene leeren Strände? Brachte es in diesem nächtlichen Augenblick diese schwarzen Beeren an den Strand, verästelte Strähnen Seetang von Meilen, gedankenlosen Meilen weit weg?
Mit dem Rauschen des Windes und des Meers im Kopf schliefen sie ein. Am Morgen erwachten sie mit dem Summen des Hauses.

Mr. Biswas beaufsichtigte nicht gleich Reihen von korbmachenden Bauern. Niemand sang für ihn. Und er ermutigte niemanden, bessere Hütten zu bauen oder mit Heimindustrie anzufangen. Er begann, einen Bezirk zu inspizieren, ging von Haus zu Haus und füllte Fragebögen aus, die Miss Logie zusammengestellt hatte. Die meisten Leute, die er befragte, waren geschmeichelt. Einige waren verwirrt: »Wer hat Sie geschickt? Die Regierung? Glauben Sie, das kümmert die wirklich?« Einige waren mehr als verwirrt: »Sie meinen, die bezahlen Sie dafür? Bloß um herauszukriegen, wie wir leben? Das kann ich denen aber auch umsonst sagen, Mann.« Mr. Biswas deutete an, daß mehr hinter dem Prüfungsbericht steckte, als sie dachten; unter Druck gesetzt, mußte er bluffen. Es war, als interviewte er Bedürftige, nur daß es am Ende für niemanden außer ihm selbst Geld gab. Und er verdiente gut. Zusätzlich zu seinem Gehalt konnte er Verpflegungsgeld und Reisespesen beanspruchen, und an vielen Abenden mußte er seine Bücher beiseitelegen und seine Kosten abrechnen. Er füllte ein Formblatt aus, legte es vor und bekam nach ein paar Tagen seinen Gutschein. Er brachte den Gutschein zum Finanzamt und tauschte ihn bei einem Mann in einem zooählichen Käfig gegen einen anderen Gutschein ein, der vom vielen Anfassen ganz schrumplig war und in verschiedenen Farben abgehakt, abgezeichnet, unterschrieben und gestempelt. Den tauschte er an einem anderen Käfig ein, diesmal für richtiges Geld. Sie verschlangen Zeit, diese Ausflüge zum Finanzamt, gaben ihm aber das Gefühl, daß er endlich an den Reichtum der Kolonie herankam.

Er fand heraus, daß er das zusätzliche Geld auf alle mögliche Weise ausgeben konnte, und er sparte nicht so viel, wie er gehofft hatte. Savi mußte auf eine bessere Schule geschickt werden; ihre Ernährung mußte verbessert werden; es mußte etwas wegen Anands Asthma geschehen. Und er beschloß, und Shama stimmte ihm zu, daß es Zeit für ihn war, sich ein paar neue Anzüge anzuschaffen, die zu seiner neuen Stellung paßten.

Abgesehen von dem Sergeanzug, in dem er auf Beerdigungen gegangen war, hatte er nie einen anständigen Anzug gehabt, nur billige Dinger aus Seide oder Leinen; und liebevoll bestellte er seine neuen Anzüge. Er entdeckte, daß er ein Dandy war. Er war penibel mit Qualität und Ton des Stoffs, dem Schnitt der Anzüge. Er genoß die Anproben: der Geruch vom Plätten an dem zusammengehefteten Stoff, die andauernde ehrfurchtsvolle Zerstörung, die der Schenider an seinem eigenen Werk vornahm. Als der erste Anzug fertig war, beschloß er, ihn sofort zu tragen. Er kratzte unangenehm an den Waden, er roch neu, und als er an sich heruntersah, kam ihm diese Kaskade in Braun grotesk und beunruhigend vor. Aber der Spiegel beruhigte ihn, und er verspürte das Bedürfnis, den neuen Anzug ohne Verzögerung vorzuzeigen. Im Oval fand ein Kricketspiel zwischen verschiedenen Kolonien statt. Von dem Spiel verstand er nichts, wußte aber, daß sich bei diesen Spielen immer Massen versammelten, daß Schulen und Geschäfte deswegen schlossen.

Damals war es bei Männern Mode, zu sportlichen Ereignissen mit einer runden Büchse mit fünfzig englischen Zigaretten und einer einfachen Packung Streichhölzer in einer Hand zu erscheinen, wobei der Zeigefinger die Streichholzschachtel auf den Büchsendeckel drückte. Die Streichhölzer hatte Mr. Biswas; er gab die Hälfte seiner Tagesspesen aus, um die Zigaretten zu kaufen. Weil er den Sitz seines Jacketts nicht derangieren wollte, radelte er mit der Büchse in der Hand zum Oval.

Als er die Tragarete Road entlangkam, hörte er vereinzelt schwachen Applaus. Es war kurz vor Mittag, zu früh für die Massen; nach dem Tee wäre es besser gewesen. Trotzdem radelte er herum zur Tribünenseite des Ovals, lehnte sein Fahrrad gegen den blätternden Wellblechzaun, legte die Kette an, entfernte die Klammern von den sorgfältig gefalteten Hosen, schüttelte die Hosen aus, glättete die Bügelfalten, rückte das kratzige Jackett über den Schultern zurecht. Es gab keine Schlange. Er bezahlte einen Dollar für seine Eintrittskarte und ging, seine Büchse Zigaretten und die Streichholzschachtel haltend, die Treppe zur Tribüne hoch. Sie war noch nicht einmal Viertel voll. Die meisten Leute waren vorne. Er erspähte einen freien Sitz mitten in einer der wenigen vollgepackten Reihen.

»Entschuldigung«, sagte er und rückte langsam die Reihe vor. Vor ihm erhoben sich Leute, die Leute in der Reihe dahinter standen auf, die Leute in seiner Spur setzten sich wieder, und »Entschuldigung«, sagte er immer weiter, ganz städtisch, ohne sich der Störung bewußt zu sein. Endlich kam er zu seinem Sitz und staubte ihn mit einem Taschentuch ab, auf die Bitte von jemandem hinter ihm in einer leicht gebeugten Haltung. Während er sein Jackett aufknöpfte, brauste von allen Applaus auf. Geistesabwesend warf Mr. Biswas einen Blick auf das Kricketfeld und applaudierte. Er setzte sich, zog seine Hose hoch, schlug

die Beine übereinander, setzte das Schneidewerkzeug am Deckel der Zigarettenbüchse in Gang, zog eine Zigarette heraus und zündete sie an. Ein ungeheurer Beifallssturm erhob sich. Jeder auf der Tribüne stand auf. Stühle klappten zurück, einige kippten um. Mr. Biswas erhob sich und klatschte mit den anderen. Was an Massen da war, war schon auf den Platz gelaufen; die Kricketspieler rannten weg, flirrende weiße Flecken. Die Torstäbe waren verschwunden; die Schiedsrichter, durch die Menge abgetrennt, gingen gelassen zum Pavillon. Das Spiel war vorbei. Mr. Biswas inspizierte das Feld nicht. Er ging hinaus, schloß sein Fahrrad auf und radelte nach Hause, die Büchse mit den Zigaretten in der Hand.
Sein einziger Anzug, der zum Sonnen auf Shamas Leine im Hinterhof hing, machte nicht viel her gegen Govinds fünf dreiteilige Anzüge auf Chintas Leine, die von zwei Gabelstangen gestützt werden mußte. Aber es war ein Anfang.

Nachdem Mr. Biswas die Interviews abgeschlossen hatte, war es seine Pflicht, die Information, die er gesammelt hatte, auszuwerten. Und hier geriet er in Bedrängnis. Zweihundert Haushalte hatte er untersucht, aber nie, egal nach welcher Klassifizierung, kam er beim Zusammenzählen auf zweihundert, und dann mußte er sämtliche Fragebogen noch einmal durchgehen. Er hatte es mit einer Gesellschaft zu tun, die keine Regeln und Muster hatte, und sie einzuteilen war eine chaotische Angelegenheit. Er bedeckte viele Blätter mit langen, sich schlängelnden Additionssummen, und auf dem Schlaraffia-Bett waren Fragebögen ausgebreitet. Er zwang Shama und die Kinder zu Dienstleistungen, verfluchte sie wegen ihrer Unfähigkeit, entließ sie und arbeitete bis spät in die Nacht, auf einem Stuhl vor dem Eßtisch hockend. Der Tisch war zu hoch; auf Kissen zu sitzen hatte sich als unbefriedigend erwiesen, also hockte er sich. Manchmal drohte er, die

Beine des Eßtischs halb abzusägen, und fluchte auf den Bedürftigen, der ihn gemacht hatte.

»Diese verdammte Sache macht mich krank«, schrie er, wenn Shama und Anand versuchten, ihn dazu zu bewegen, ins Bett zu gehen. »Macht mich krank, sag' ich euch. *Krank.* Ich weiß nicht, warum ich, verdammt noch mal, nicht bei meinen kleinen Bedürftigen geblieben bin.«

»Wo du auch hingehst, es ist überall dasselbe«, sagte Shama.

Von seinen tieferen Ängsten erzählte er ihr nichts. Das Amt war schon unter Beschuß geraten. Der Bürger, der Steuerzahler und Pro Bono Publico und andere hatten an die Zeitungen geschrieben, um zu fragen, was genau das Amt täte, und gegen die Verschwendung von Steuergeldern zu protestieren. Die Partei südlicher Geschäftsleute, der Shekkar angehörte, hatte eine Kampagne für die Abschaffung des Amtes gestartet; ein lange gesuchtes Anliegen, das sie von anderen unterschied, denn keine Partei hatte ein Programm, wenn auch alle dasselbe Ziel hatten: jeden in der Kolonie reich und gleich zu machen. Das war die erste Erfahrung Mr. Biswas' mit einem öffentlichen Angriff, und es tröstete ihn nicht, daß solche Briefe schon immer geschrieben worden waren, daß sämtliche Dienststellen der Regierung von allen Parteien der Insel ständig kritisiert wurden. Ihm graute davor, die Zeitung aufzuschlagen. Pro Bono Publico war besonders niederträchtig gewesen: sie hatten an alle drei Zeitungen denselben Brief geschrieben und zwischen dem ersten Erscheinen des Briefes und dem letzten lagen zwei Wochen. Es tröstete Mr. Biswas auch nicht, daß sonst niemand beunruhigt zu sein schien. Shama hielt die Regierung für unerschütterlich; aber sie war eben Shama. Miss Logie konnte immer dahin zurückgehen, von wo sie herkam. Die anderen Beamten waren von verschiedenen Regierungsdienststellen abgestellt, und sie konnte dahin zurückgehen, von

wo sie herkamen. Er konnte nur zum *Sentinel* und fünfzig Dollar im Monat weniger zurückgehen.
Er war froh, daß er einen sanftmütigen Kündigungsbrief geschrieben hatte. Und als Vorbereitung auf den Unglücksfall gewöhnte er sich an, in die Redaktion des *Sentinel* hereinzuschauen. Die Zeitungsatmosphäre hörte nie auf, ihn zu erregen, und das Willkommen, das man ihm bot, stillte seine Ängste: er wurde als jemand betrachtet, der entkommen war und es gut angetroffen hatte. Aber mit jeder Verbesserung seiner Umstände, jeder Ersparnis, fühlte er sich verletzlicher: es war zu schön, um von Dauer zu sein.
Mit der Zeit vervollständigte er seine Tabellen (um die Klassifizierungen deutlich zu veranschaulichen, klebte er drei große Doppelbogen Papier zusammen und legte eine fast anderthalb Meter lange Rolle vor, über die Miss Logie vor Lachen brüllte); und er schrieb seinen Bericht. Tabellen und Bericht wurden abgetippt und vervielfältigt und, wie man ihm sagte, in verschiedene Ecken der Welt geschickt. Dann war er endlich frei, um Dorfbewohner dazu zu bewegen, zu singen oder mit Heimindustrie anzufangen. Man gab ihm einen Bezirk. Und ein Merkblatt informierte ihn, daß er zu einem schmerzlosen Regierungskredit ein Auto bekommen sollte, damit er sich in seinem Bezirk frei bewegen könne.
Wieder wurden die Regeln des Hauses befolgt. Die Kinder wurden auf Geheimhaltung eingeschworen. Mr. Biswas brachte Hochglanzbroschüren nach Hause, die den aromatischen Geruch prächtigen Kunstpapiers hatten und den Geruch eines neuen Autos zu umschließen schienen. Heimlich nahm er Fahrstunden und machte den Führerschein. An einem ganz gewöhnlichen Samstagmorgen fuhr er dann in einem nagelneuen Prefect nach Hause, parkte ihn nachlässig vor dem Tor, nicht ganz parallel zum Bürgersteig und ging die Vordertreppe hoch, ohne die Aufregung, die ausgebrochen war, zur Kenntnis zu nehmen.

»Vidiadhar! Komm auf der Stelle zurück, wenn du nicht willst, daß ich dir Hand und Fuß breche.«

Als mittags Govind ankam, fand er seinen Parkplatz besetzt. Sein Chevrolet war größer, aber alt und ungewaschen; die Schutzbleche waren eingebeult, eingerissen, geschweißt; eine Tür war mit einer stumpfen Farbe gestrichen, die nicht genau paßte; da war das H — für Taxi — auf dem Nummernschild; und die Windschutzscheibe wurde durch verschiedene Aufkleber und eine kreisförmige Plakette verunstaltet, die Govinds Foto und seine Zulassung als Taxifahrer trug.

»Streichholzschachtel«, murmelte Govind. »Wer hat die Streichholzschachtel hier stehen gelassen?«

Weder beeindruckte er die Waisen noch verminderte er die Energie von Mr. Biswas' Kindern, die von dem Moment an, in dem Mr. Biswas das Auto so lässig geparkt hatte, Staub wegwischten und verärgert sagten, wie ein neues Auto doch Staub anzöge. Überall fanden sie Staub: auf der Karosserie, der Federung, der Innenseite der Schutzbleche. Sie rieben und polierten und entdeckten zu ihrer Bestürzung, daß sie Kratzer auf der Farbschicht hinterließen, ganz schwache, aber aus bestimmten Winkeln sichtbare. Myna meldete das Mr. Biswas.

Er lag, von vielen glänzenden Broschüren umgeben, auf dem Schlaraffia-Bett. Er fragte: »Hast du was gehört? Was sagen sie, na?«

»Govind sagt, es ist 'ne Streichholzschachtel.«

»Streichholzschachtel, so. Das ist ein englisches Auto, weißt du. Das hält Jahre und läuft noch, wenn sein Chevrolet schon auf dem Schrott ist.«

Er wandte sich wieder dem Studium einer kniffligen Zeichnung in Rot und Schwarz zu, die das Leitungssystem des Autos erklärte. Er konnte ihr nicht ganz folgen, aber er hatte die Gewohnheit, jedesmal, wenn er etwas Neues kaufte, alles mitgelieferte Schriftliche zu lesen, ob

das ein Paar Schuhe oder eine Flasche patentierter Medizin war.
Kamla kam ins Zimmer und sagte, die Waisen hätten das Auto betastet und den Glanz verschmiert.
Mr. Biswas kniete sich im Bett auf und rückte auf Knien zum vorderen Fenster. Er hob den Vorhang, schob einen mit einem Unterhemd bekleideten Oberkörper nach draußen und brüllte: »He du, Junge! Laß das Auto in Ruh! Oder denkst du, das ist 'n Taxi?«
Die Waisen zerstreuten sich.
»Ich bin schon unterwegs, um euch die Hände zu zerbrechen«, rief Basdai, die Witwe und Wächterin. Die Nachricht, daß sie näherrückte und anhielt, um eine Gerte von dem Paternosterbaum an der Seite des Hofes zu brechen, wurde mit Johlen, Rufen und Kichern weitergegeben. Ein paar Waisen, die es für unter ihrer Würde hielten, wegzulaufen, wurden auf dem Bürgersteig verprügelt. Es wurde geweint, und Basdai sagte:
»Nun, jetzt sind *einige* Leute zufrieden.«
Shama blieb unter dem Haus und ging nicht hinaus, um sich das Auto anzusehen. Und als Suniti, die nun mit einem Kind prallgefüllte Grimassenschneiderin, die auf ihrem Weg nach und von Shorthills nach Auseinandersetzungen und Versöhnungen mit ihrem Mann oft im Haus eine Pause machte und versuchte, alle zu schockieren, indem sie von Scheidung sprach und häßliche und unpassende Kittelkleider als Zeichen ihrer Modernität trug, zu Shama kam und sagte: »So, Tante, ihr habt's also geschafft und seid jetzt dicke drin. Mit Auto und allem, Mann!«, sagte Shama: »Ja, mein Kind«, als wäre das Auto ein weiterer von Mr. Biswas' peinlichen Exzessen. Sie hatte aber begonnen, noch einen Picknickkorb vorzubereiten.
Man brauchte Mr. Biswas nicht zu fragen, wohin sie fahren wollten. Sie alle wollten nach Balandra fahren, um diese begeisternde Erfahrung zu wiederholen: die Fahrt im Privatwagen, die Picknickkörbe, der Strand.

Sie fuhren nach Balandra, aber die Erfahrung war anders. Sie gaben nicht acht auf die Landschaft. Sie genossen den Geruch neuen Leders, den lieblichen Geruch eines neuen Autos. Sie lauschten auf den leisen, gleichmäßigen Takt des Motors und verglichen ihn mit dem Mahlen und Klopfen der Fahrzeuge, denen sie begegneten. Und besonders scharf hörten sie auf falsche Geräusche. Die geschlitzte Abdeckung eines Aschenbechers an einer Tür saß nicht richtig und klimperte peinigend; sie versuchten, das mit einem Streichholz abzustellen. Den Zündschlüssel hatte Mr. Biswas schon mit einer Kette versehen. Die Kette schlug gegen das Armaturenbrett. Das peinigte sie auch. Einen Augenblick lang sah es aus, als würde es regnen; ein paar Tropfen sprenkelten die Windschutzscheibe. Prompt machte Anand die Scheibenwischer an. »Du verkratzt das Glas!« schrie Mr. Biswas. Sie machten sich Sorgen darüber, die Schuhe auf die Bodenmatten zu stellen. Ständig befragten sie die Uhr am Armaturenbrett und verglichen sie mit denen, die sie an der Straße sahen. Sie staunten über das Funktionieren des Tachometers.

»Der Mann hat mir erzählt«, sagte Mr. Biswas, »daß diese Uhren im Prefect ganz schnell falsch gehen.«

Und sie beschlossen, bei Ajodha vorbeizuschauen.

Sie parkten das Auto auf der Straße und gingen ums Haus herum auf die hintere Veranda. Tara war in der Küche. Ajodha las den *Sunday Guardian*. Mr. Biswas sagte, sie führen zum Strand und seien nur auf eine Minute vorbeigekommen. Es entstand eine Pause, und jeder von ihnen fragte sich, ob sie es erzählen sollten.

Ajodha machte Bemerkungen darüber, wie kränklich sie alle seien, kniff Anand in den Arm und lachte, als der Junge zurückschreckte. Dann, wie um sie alle auf einmal zu heilen, hieß er sie, Gläser mit frischer Milch zu trinken und befahl dem Dienstmädchen, Orangen aus dem Sack in der Ecke der Veranda zu schälen.

Jagdat kam herein, seine Beerdigungskluft durch seine breite, bunte Krawatte aufgelockert, die nicht zugeknöpften Manschetten über behaarte Handgelenke zurückgeschlagen. Scherzhaft fragte er: »Ist das dein Auto da draußen, Mohun?«
Die Kinder betrachteten ihre Gläser mit Milch.
Mr. Biswas sagte sanft: »Ja, Mann.«
Jagdat röhrte wie über einen guten Witz. »Der alte Mohun, Mann!«
»Auto?«, sagte Ajodha, verwirrt, ausgelassen. »Mohun?«
»Ein kleiner Prefect«, sagte Mr. Biswas.
»Ein paar von diesen englischen Vorkriegsautos können sehr gut sein«, sagte Ajodha.
»Das ist ein neuer«, sagte Mr. Biswas. »Hab' ihn gestern gekriegt.«
»Pappe«, Ajodha drückte die Finger gegeneinander. »Der wird zermalmt wie Pappe.«
»Eine Probefahrt, Mann, Mohun«, sagte Jagdat.
Die Kinder, Shama, waren alarmiert. Sie sahen Mr. Biswas an, während Jagdat lächelte und sich die Hände rieb.
Mr. Biswas war sich ihrer Beunruhigung bewußt.
»Du hast recht, Mohun«, sagte Ajodha. »Er fährt es zu Bruch.«
»Das ist es nicht«, sagte Mr. Biswas.
»Die Küste.« Er sah auf seine Cyma-Uhr. Dann, als er bemerkte, daß Jagdat aufgehört hatte zu lächeln, fügte er hinzu: »Die Flut kommt, weißt du.«
»Ich bin in mehr Autos gefahren als du«, sagte Jagdat wütend, »größeren und besseren.«
»Er fährt es zu Bruch«, wiederholte Ajodha.
»Das ist es nicht«, sagte Mr. Bisas wieder.
»Hört ihn euch an«, sagte Jagdat. »Aber komm mir nicht damit, Mann. Hör zu, ich bin schon Auto gefahren, da hast du noch nicht mal gelernt, einen Eselskarren zu lenken. Sieh mich an. Denkst du etwa, ich geb' was drum, in

deiner Sardinenbüchse zu fahren? Glaubst du das?«
Den Kindern war es egal. Das Auto war sicher.
»Mohun? Glaubst du das?«
Bei Jagdats Schrei fuhren die Kinder auf.
»Jagdat«, sagte Tara.
Fluchend stiefelte er von der Veranda in den Hof.
»Ich weiß, wie es ist, Mohun«, sagte Ajodha. »Es ist immer dasselbe, wenn man das erste Mal ein Auto hat.« Er winkte über den Hof, die Grabstätte so vieler Fahrzeuge.
Er ging mit ihnen hinaus auf die Straße. Als er den Prefect sah, gröhlte er.
»Sechs PS?« sagte er. »Acht?«
»Zehn«, sagte Anand und wies auf die rote Plakette unter der Haube.
»Ach ja, zehn.« Er wandte sich zu Shama. »Na, Nichte, wohin fahrt ihr denn mit eurem neuen Auto?«
»Nach Balandra.«
»Ich hoffe, der Wind bläst nicht zu stark.«
»Wind, Onkel?«
»Sonst kommt ihr nie dahin. Pfff! Der bläst euch von der Straße, Mann.«
Eine Weile fuhren sie in trübsinniger Stimmung.
»Wollte der doch mein Auto fahren«, sagte Mr. Biswas. »Als wenn ich ihn gelassen hätte. Ich weiß doch, wie der Auto fährt. Fährt sie im Nu zu Bruch. Der würdigt sie nicht. Und wie der mich dahin drängen wollte, ich bitt' euch.«
»Ich hab' schon immer gesagt, du hast ein paar minderwertige Leute in der Familie«, sagte Shama.
»Ein anderer hätte so was erst gar nicht gefragt«, sagte Mr. Biswas. »Ich würde das nicht fragen. Spürt ihr, wie gut das Auto auf der Straße liegt? Spürst du's, Anand? Savi?«
»Ja, Pa.«
»Pfff! Bläst mich von der Straße. Von einem alten Mann würde man gar nicht erwarten, daß er neidisch ist, was? Aber genau das ist er, neidisch.«

Doch jedesmal, wenn sie einen anderen Prefect auf der Straße sahen, konnten sie nicht umhin festzustellen, wie klein und kümmerlich er aussah, und das war seltsam, denn ihr eigenes Auto umschloß sie sicher und ließ sie sich in keiner Weise beengt fühlen. Anand hielt die Kette am Zündschlüssel fest, damit sie nicht gegen das Armaturenbrett schlug. Als sie in Balandra hielten, vergewisserten sie sich, daß der Wagen weit weg von Kokospalmen geparkt war; und sie machten sich Sorgen um die Auswirkungen von Salz auf die Karosserie.
Das Unglück geschah, als sie abfuhren. Die Hinterräder versanken tief in dem heißen losen Sand. Sie sahen zu, wie die Räder sich zwecklos drehten und Sand hochschleuderten, und sie hatten das Gefühl, daß der Wagen nun irreparabel beschädigt sei. Sie schoben Kokospalmzweige und Kokosschalen und Treibholzstücke unter die Räder und bekamen schließlich das Auto heraus. Shama sagte, sie sei überzeugt, das Auto kippe nun zu einer Seite, das ganze Chassis, sagte sie, sei verzogen.
Am Montagmorgen radelte Anand auf dem Royal enfield zur Schule, und das Versprechen im *Collins' Clear-Type Shakespeare* war hiermit zum Teil erfüllt. Die Kriegsverhältnisse hatten es endlich zugelassen; in Wirklichkeit war der Krieg schon seit einiger Zeit vorbei.

Und die ganze Zeit über hatte W.C. Tuttle still gehalten. Er hatte nicht versucht, etwas auf Mr. Biswas' neue Anzüge, das Auto, die Ferien zu entgegnen; so daß es aussah, als wären diese Schlappen, die ihn eine nach der anderen ereilten, zu viel für ihn gewesen. Aber als der Nimbus des Prefect zu verblassen begann, als hingenommen wurde, daß Bodenmatten schmutzig wurden, als Autowaschen zum Haushaltstrott und von den Kindern an Shama delegiert wurde, als die Uhr am Armaturenbrett stehenblieb und niemand mehr das Klimpern des Aschenbecherdeckels bemerkte, wischte W. C. Tuttle mit einem Streich alle Vorteile von Mr. Biswas aus und beseitigte die Rivalität, indem er sich darüber erhob.

Durch Basdai, die Witwe, teilte er mit, daß der ein Haus in Woodbrook gekauft habe.

Mr. Biswas nahm die Nachricht schlecht auf. Shamas Tröstungen schätzte er gering und suchte Streit mit ihr. »Was dir bestimmt ist, ist dir bestimmt«, höhnte er. »Das also ist deine Philosophie, ja? Ich sag' dir, was deine Philosophie ist. Fang ihn. Heirate ihn. Wirf ihm eine Kohlentonne hin. Das ist die Philosophie deiner Familie.« Er wurde äußerst empfindlich gegenüber Kritik am Wohlfahrtsamt. Die Bücher über Sozialarbeit und Jugendkriminalität sammelten Staub auf dem Eßtisch, und er kehrte zu seinen Philosophen zurück. Das Grammophon der Tuttles spielte mit empörender Fröhlichkeit, und er trommelte auf die Zwischenwand und schrie: »Ein paar Leute wohnen noch hier, wißt ihr das?«

Weise versuchte er, auch die gute Seite zu sehen. Das Garagenproblem würde vereinfacht: mit drei Fahrzeugen war die Lage unmöglich geworden, und er hatte sein Auto oft auf der Straße stehen lassen müssen. Es gäbe kein Grammophon mehr. Und er könnte vielleicht sogar die Zimmer mieten, die die Tuttles freimachten.

Aber die Tage vergingen, und die Tuttles zogen nicht aus. »Warum zum Teufel nimmt er nicht sein Grammophon und die nackte Frau und haut ab?« fragte Mr. Biswas Shama. »*Wenn* er sein Haus hat.«

Basdai rückte mit neuen Informationen heraus. Das Haus war voller Mieter, und trotz seiner Gelassenheit war W.C. Tuttles im Augenblick mit umständlichen Rechtsstreitigkeiten beschäftigt, um sie herauszubekommen.

»Aha«, sagte Mr. Biswas, »*so* ein Haus ist das.« Er stellte sich eine dieser verfallenen Mietskasernen vor, die er besucht hatte, als er Erkundigungen über Bedürftige einzog. Und in einem Moment wünschte Mr. Biswas sich nun W.C. Tuttle augenblicklich aus dem Haus, und in einem anderen Moment wollte er, daß er mit seinem Prozeß nicht durchkäme. »Diese armen Leute rauszuwerfen. Wo sollen die leben, sag? Aber um so etwas macht sich deine Familie keine Gedanken.«

Eines Morgens sah Mr. Biswas W.C. Tuttle das Haus in Anzug, Krawatte und Hut verlassen. Und an dem Nachmittag meldete Basdai, daß der Prozeß verloren sei.

»Ich dachte, er wäre zu den Ace Studios gegangen, um noch ein Foto machen zu lassen«, sagte Mr. Biswas.

Von Freude überwältigt, tat er, wogegen er sich bisher gesträubt hatte: er fuhr hin, um sich das Haus anzusehen. Zu seiner Enttäuschung fand er heraus, daß es in einem guten Viertel lag, auf einer ganzen Parzelle: ein stabiles, altmodisches Holzgebäude, das nur einen neuen Anstrich brauchte.

Nicht lange danach berichtete Basdai, die Mieter zögen aus. W.C. Tuttle hatte den Stadtrat überzeugt, daß das Haus gefährlich sei und repariert, wenn nicht ganz abgerissen werden müsse.

»Dem ist jeder alte Trick recht, um die armen Leute rauszuwerfen«, sagte Mr. Biswas. »Obwohl ich vermute, daß kein Haus sicher sein kann, wenn zehn fette Tuttles darin herumspringen. Reparaturen, ja? Dann fährt er nur mal mit dem alten Lastwagen runter nach Shorthills und schlägt noch ein paar Bäume, vermute ich.«

»Genau das tut er«, sagte Shama, die das Piratenstückchen kränkte.

»Du willst wissen, warum ich hier nicht weiterkomme? Das ist der Grund.« Und sogar während er noch sprach, erkannte er, daß er seine Stimme genauso wie bei Bhandat in dem Zimmer mit den Betonwänden klang.

Die Tuttles zogen ohne Feierlichkeiten aus. Nur Mrs. Tuttle, die dem allgemeinen Widerstand trotzte, küßte ihre Schwestern und die Kinder, die ihr über den Weg liefen. Sie war traurig, aber fest, und ihr Benehmen ließ durchblicken, daß sie zwar nichts damit zu tun hatte, der Diebstahl ihres Mannes aber trotzdem gerechtfertigt und sie bereit sei, Ärger auf sich zu nehmen. Eingeschüchtert, konnten die Schwestern ihrerseits auch nur traurig sein, und der Abschied war so tränenreich, als hätte Mrs. Tuttle gerade geheiratet.

Mr. Biswas' Hoffnungen, die Räume, die die Tuttles freigemacht hatten, zu mieten, zerschlugen sich, als verkündet wurde, daß Mrs. Tulsi aus Shorthills käme, um sie zu übernehmen. Die Neuigkeit stürzte das ganze Haus in Schwermut. Ihre Töchter hatten mittlerweile akzeptiert, daß Mrs. Tulsis tätiges Leben vorüber sei und nur der Tod sie noch erwarte. Aber immer noch übte sie auf verschiedene Weise Kontrolle über sie alle aus, und ihre Launen mußten ertragen werden. Weil sie sich selbst elend fühlte, machte Basdai die Lesenden und Lernenden durch Drohungen unglücklich, was Mrs. Tulsi ihnen alles antäte.

Sie kam mit Sushila, der Krankenzimmer-Witwe, und Miss Blackie; und auf einmal wurde das Haus ruhiger. Die Lesenden und Lernenden waren bezwungen, aber Mrs. Tulis Gegenwart hatte ihnen auch einen unerwarteten Vorteil gebracht: sie wußten, daß ihnen das Prügeln erspart blieb, wenn sie vorher schon laut genug heulten.

Mrs. Tulsi hatte keine klar definierte Krankheit. Sie war einfach krank. Ihre Augen schmerzten; ihr Herz war schlecht; immer tat ihr der Kopf weh; ihr Magen war empfindlich; ihre Beine waren unzuverlässig und einen über den anderen Tag hatte sie Fieber. Ihr Kopf mußte andauernd mit Pimentrum genäßt werden; einmal am Tag mußte sie massiert werden; sie bedurfte Packungen verschiedener Art. In ihre Nasenlöcher wurden Pillen oder Wick-Vaporub gestopft; sie trug eine dunkle Brille; und selten war sie ohne Bandage um die Stirn. Sushila wurde den ganzen Tag in Trab gehalten. Im Hanuman-Haus hatte sie versucht, zu Macht zu kommen, indem sie Mrs. Tulsi pflegte; nun, da die Organisation des Hauses zusammengebrochen war, enthielt die Stellung keine Macht mehr, aber Sushila war daran gebunden, und sie hatte keine Kinder, die sie retten konnten.

Die Zeit verging langsam für Mrs. Tulsi. Sie las nicht. Das Radio erregte ihren Anstoß. Nie ging es ihr gut genug, um auszugehen. Sie bewegte sich nur zwischen ihrem Zimmer, der Toilette, der vorderen Veranda und ihrem Zimmer. Ihr einziger Trost waren Gespräche. Töchter standen immer zur Verfügung, aber mit ihnen zu reden, schien sie nur wütend zu machen; und je mehr ihr Körper verfiel, desto besser beherrschte sie Schmähreden und Obszönitäten. Meistens traf ihre Wut Sushila, die einmal in der Woche aus dem Haus geworfen wurde. Sie rief aus, daß ihre Töchter nur darauf warteten, daß sie stürbe, daß sie sie bis aufs letzte ausnutzten; sie sprach Flüche über sie und ihre Kinder und drohte, sie aus der Familie auszuschließen.

»Ich habe kein Glück mit meiner Familie«, sagte sie zu Miss Blackie. »Ich habe kein Glück mit meiner Rasse.«

Und es war Miss Blackie, die ihre Vertraulichkeiten genoß, Miss Blackie, die Bericht erstattete und tröstete. Und da war der jüdische Flüchtlingsarzt. Er kam einmal in der Woche und hörte zu. Für ihn wurde das Haus immer extra zurechtgemacht, und Mrs. Tulsi behandelte ihn liebevoll. Er ließ alles wieder aufleben, was von ihrer Weichherzigkeit und guten Laune übriggeblieben war. Wenn er wegging, sagte sie zu Miss Blackie: »Vertrau nie deiner Rasse, Black. Denen darfst du nie vertrauen.« Und Miss Blackie sagte: »Nein, Ma'am.« Regelmäßig wurden dem Arzt Früchte als Geschenk geschickt, und manchmal befahl Mrs. Tulsi plötzlich Basdai und Sushila, ein aufwendiges

Essen zu kochen, und zum Haus des Arztes zu bringen. Sie behandelte das wie eine dringende Angelegenheit, als befriedigte sie irgendwelche eigenen Gelüste.
Trotzdem kamen ihre Töchter ins Haus. Sie wußten, daß sie alle ein wenig Einfluß auf sie hatten: sie wußten, daß sie Angst vor dem Alleinsein hatte und sie nie so weit von sich stoßen wollte, daß sie sie nicht mehr erreichen konnte; sie wußten, daß sie sie verletzten konnten, wenn sie weg blieben. Wenn Miss Blackie meldete, daß eine Tochter sich besonders aufgeregt habe, dann machte Mrs. Tulsi Friedensangebote und Versprechungen. In solchen Stimmungen konnte sie ein Schmuckstück verschenken, sie konnte einen Ring oder ein Armband abziehen und weggeben. Also kamen die Töchter, und keine wollte Mrs. Tulsi mit einer anderen allein lassen. Den Besuchen von Mrs. Tuttle mißtraute man besonders. Sie ertrug Schmähungen mit unvergleichlicher Geduld und war fähig, am Ende vorzuschlagen, Mrs. Tulsi solle Pflanzen betrachten, denn Grün nähre die Augen und beruhige die Nerven.
Obwohl sie ihre Töchter beschimpfte, achtete sie darauf, nicht ihre Schwiegersöhne zu kränken. Sie grüßte Mr. Biswas kurz, aber höflich. Und nie versuchte sie, Govind Vorwürfe zu machen, der sich weiterhin benahm wie früher. Er schug Chinta, wenn die Stimmung ihn überkam, und sang aus dem *Ramayana*, ohne Bitten um Stille wegen Mrs. Tulsis Kopfschmerzen zur Kenntnis zu nehmen. Es blieb den Schwestern überlassen, Govinds Benehmen zu kommentieren.
Es gab Zeiten, in denen sie Kinder um sich haben wollte. Dann rief sie die Lesenden und Lernenden herbei, damit sie den Fußboden im Wohnzimmer schrubbten, oder sie ließ sie Hindi-Hymnen singen. Ihre Stimmung schlug ohne Warnung um, und die Lesenden und Lernenden waren immer auf der Hut, weil sie nie wußten, ob man von ihnen verlangte, ernsthaft oder amüsant zu sein. Manchmal

stellte sie sie in Reihen in ihrem Zimmer auf und ließ sie das Einmaleins aufsagen. Die, die Fehler machten, schlug sie mit so viel Nachdruck wie in ihren Armen steckte, schlaffen, unmuskulösen Armen, die zu den Achselhöhlen hin immer breiter und faltiger wurden und wie abgestorbenes Fleisch schwankten. Miss Blackie brach in glucksendes Lachen aus, wenn ein Kind einem dummen Fehler oder Mrs. Tulsi eine witzige Bemerkung machte; und Mrs. Tulsi, ihre Augen hinter dunklen Gläsern verborgen, zeigte dann ein erfreutes, falsches Lächeln. In unnachgiebigeren Augenblicken wurde auch Miss Blackie streng und bewegte schnell ihre Kiefer auf und ab, sagte »Mhm!« bei jedem Schlag, den Mrs. Tulsi austeilte.

Eine andere Prüfung für die Lesenden und Lernenden war Mrs. Tulsis Besorgnis um ihre Gesundheit. Jeden fünften Samstag oder so rief sie sie in ihr Zimmer und teilte Epsomer Bittersalz an sie aus; und zwischen diesen trübsinnigen, vergeudeten Wochenenden lauschte sie auf Husten und Niesen. Es gab kein Entkommen vor ihr. Sie hatte gelernt, jede Stimme, jedes Lachen, jeden Schritt, jeden Husten und fast jedes Niesen zu erkennen. An Anands pfeifendem Atmen und bellendem Husten hatte sie ein besonderes Interesse. Sie kaufte ihm giftig schmekkende Zigaretten; als diese keine Wirkung zeigten, verschrieb sie Branntwein und Wasser und gab ihm eine Flasche Branntwein. Anand haßte zwar den Branntwein mit Wasser, trank ihn aber wegen seiner literarischen Assoziationen: er hatte bei Dickens von der Mixtur gelesen.

Manchmal schickte sie nach alten Freunden aus Arwacas. Sie kamen und wurden für eine Woche oder so einquartiert und hörten Mrs. Tulsi zu. Erfrischt redete sie den ganzen Tag und bis spät in die Nacht, während die Freunde, die auf Bettzeug auf dem Fußboden lagerten, schläfrige mechanische Bestätigungen von sich gaben: »Ja, Mutter. Ja, Mutter.« Manche Besuche wurden wegen

Krankheit abgebrochen, andere durch sorgfältig belegte Träume mit schlechten Omen; diejenigen Besucher, die bis zum Ende blieben, reisten erschöpft, wie unter Drogen stehend, mit trüben Blicken ab.
Außerdem hatte sie regelmäßig *Pujas*, nüchterne, allein an Gott gerichtete Riten, ohne die Festlichkeit und Fröhlichkeit der Zeremonien im Hanuman-Haus. Der Pandit kam, und Mrs. Tulsi setzte sich vor ihn; er las aus den Schriften, nahm sein Geld in Empfang, zog sich im Badezimmer um und ging weg. Immer mehr Gebetsflaggen wurden im Hof aufgestellt, die roten und weißen Wimpel flatterten im Wind, bis sie zerfetzt waren und die Bambusstäbe gelb, braun, grau wurden. Für jede *Puja* probierte Mrs. Tulsi einen anderen Pandit aus, denn kein Pandit konnte es ihr so recht machen wie Hari. Und weil kein Pandit ihr gefiel, ließ ihr Glaube nach. Sie schickte Sushila, damit sie in der römisch-katholischen Kirche Kerzen anzündete; sie stellte in ihrem Zimmer ein Kruzifix auf, und zu Allerheiligen ließ sie Pandit Tulsis Grab in Ordnung bringen.
Je mehr man ihr empfahl, sich nicht anzustrengen, desto weniger konnte sie sich anstrengen, bis sie nur noch für ihre Krankheit zu leben schien. Der Verfall ihres Körpers wurde zu einer Zwangsvorstellung für sie und schließlich wollte sie, daß die Mädchen ihren Kopf nach Läusen absuchten. Keine Laus hätte das stündliche Durchtränken mit Pimentrum, das ihr Kopf empfing, überleben können, aber sie wurde wütend, wenn die Mädchen nichts fanden. Sie rief sie Lügnerinnen, kniff sie, zog sie an den Haaren. Manchmal war sie nur gekränkt, dann schlurfte sie auf die Veranda hinaus und blieb da sitzen, führte den Schleier an die Lippen und nährte ihre Augen mit Grün, wie Mrs. Tuttle empfohlen hatte. Sie sprach mit niemandem, weigerte sich zu essen, lehnte jede Fürsorge ab. Sie saß da und nährte ihre Augen mit Grün, und unter ihrer dunklen Brille liefen die Tränen über die schlaffen Wangen.

Von allen Händen mochte sie Mynas am liebsten. Sie wollte, daß Myna ihren Kopf nach Läusen absuchte, wollte, daß Myna sie tötete, wollte hören, wie sie zwischen Mynas Fingernägeln zerquetscht wurden. Diese Bevorzugung schuf ziemlich viel Neid, regte Myna auf, verärgerte Mr. Biswas.

»Geh nicht und klaube ihre verdammten Läuse heraus«, sagte Mr. Biswas.

»Kümmer dich nicht um deinen Vater», sagte Shama, die diesen unerwarteten Einfluß auf Mrs. Tulsi nicht verlieren wollte.

Und Myna ging und verbrachte Stunden in Mrs. Tulsis Zimmer, während derer ihre schlanken Finger jede Strähne von Mrs. Tulsis dünnem, grauem Haar, das nach Pimentrum roch, durchsuchten. Um Mrs. Tulsi zufriedenzustellen, schnippste Myna ab und zu mit ihre Fingernägeln, und Mrs. Tulsi schluckte und sagte: »Ah«, erfreut, daß eine ihrer Läuse gefangen worden war.

Das Haus wurde noch zusätzlich eingeschränkt, wenn Shekkar und seine Familie Mrs. Tulsi einen Besuch abstatteten. Wäre Shekkar alleine gekommen, wäre er von seinen Schwestern aufs herzlichste begrüßt worden. Aber die Zwietracht zwischen ihnen und Shekkars presbyterianischer Frau Dorothy hatte sich in dem Maße vertieft, wie Shekkar reicher und Dorothys Presbyterianertum bestimmter und ausschließlicher geworden war. Es war beinah zu einem offenen Streit gekommen, als Shekkar den Witwen, nachdem sie sich wegen eines Darlehns für die Eröffnung eines mobilen Restaurants an ihn gwandt hatten, statt dessen Jobs in seinen Kinos angeboten hatte. Sie betrachteten das als eine Beleidigung und hielten Dorothy für ihre Urheberin. Natürlich lehnten sie ab: sie legten keinen Wert darauf, bei Dorothy angestellt zu sein, und nie würden sie in einer öffentlichen Unterhaltungsstätte arbeiten.

Shekkar konnte nie mehr als Besucher erscheinen. Er kam in seinem Wagen, führte seine Frau und fünf eleganten Töchter nach oben, und lange Zeit hörte man nichts als gelegentliche Schritte und Mrs. Tulsis leise Stimme, die gleichmäßig immer weiter redete. Dann kam Shekkar allein die Treppe herunter, zurückweisend korrekt in weißem Sporthemd mit kurzen Ärmeln und weißen Hosen. Nachdem er seiner Mutter zugehört hatte, hörte er nun seinen Schwestern zu, starrte ihnen in die Augen und sagte: »Hm, hm«, wobei seine Oberlippe über die Unterlippe hing und sie beinah verbarg. Er sprach wenig, als hätte er keine Lust, seine Mundhaltung durcheinanderzubringen. Seine Worte kamen stoßweise heraus, sein Ausdruck änderte sich nie, und alles, was er sagte, schien eine Spitze zu enthalten. Wenn er versuchte, zu den Lesenden und Lernenden freundlich zu sein, erschreckte er sie bloß. Doch nie erschien er unfreundlich; nur anderweitig in Anspruch genommen.

Nach dem Mittagessen, das von Sushila und Badai gekocht und oben gegessen wurde, begaben Dorothy und ihre Töchter sich nach unten. Dorothy begrüßte alle polternd, ihre Töchter blieben nahe zusammen und sprachen mit leisen, fast unhörbaren Stimmen. Dann sah Dorothy auf die Uhr und sagte: »*Caramba! Ya son las tres. Dónde está tu Padre? Lena, va a llamarle. Vamos, Vamos. Es demasiado tarde.* Also, gut, Leute«, sagte sie, sich an die erzürnten Schwestern und staunenden Lesenden und Lernenden wendend, »wir müssen gehen.« Seit sie sich angewöhnt hatten, ihre Ferien in Venezuela und Kolumbien zu verbringen, benutzte Dorothy Spanisch, wenn sie in Gegenwart ihrer Schwägerinnen mit ihren Kindern oder Shekkar sprach. Später kamen die Schwestern überein, daß man Shekkar bemitleiden müsse; ihnen allen war aufgefallen, daß er unglücklich war.

Bevor sie abfuhren, sahen Dorothy und Shekkar immer bei

Mr. Biswas herein. An diesen Besuchen fand Mr. Biswas keinen Gefallen. Es war nicht nur, weil Shekkars Partei eine Kampagne gegen das Wohlfahrtsamt führte. Shekkar hatte nie vergessen, daß Mr. Biswas ein Clown war, und jedesmal, wenn sie sich trafen, versuchte er, ihn zu Possen herauszufordern. Er machte eine herabsetzende Bemerkung und erwartete von Mr. Biswas, daß er diese Bemerkung witzig und spielerisch ausbaute. Zu Mr. Biswas' Ärger hatte Dorothy auch diese Haltung angenommen; und aus dieser Beziehung gab es kein Entkommen, da Wut und Rachsucht als zum Spiel gehörig galten. Shekkar kam ins Vorderzimmer und fragte auf seine schroffe, humorlose Art: »Ist der Wohlfahrtsbeamte noch wohlgenährt?« Dann schwang er sich auf den Eßtisch des Bedürftigen und drohte Mr. Biswas mit der Auflösung seiner Dienststelle und Arbeitslosigkeit. Eine Zeitlang reagierte Mr. Biswas auf seine alte Art. Er erzählte Geschichten über Beamte, sprach von den Problemen, die er mit der Ausarbeitung, seiner Unkostenabrechung hatte, der Arbeit, die er mit der Suche nach Arbeit hatte. Aber bald machte er seine Verärgerung deutlich. »Du nimmst diese Dinge zu persönlich«, sagte Shekkar, immer noch das Spielchen spielend. »Unsere Differenzen sind doch nur politisch. Du mußt ein bißchen weltmännischer sein, Mann.« »Ein bißchen weltmännischer sein«, sagte Mr. Biswas, wenn Shekkar abfuhr. »Auf hungrigen Magen? Der alte Skorpion. Es wär' ihm scheißegal, wenn ich morgen meine Stelle verlöre.«

Seit einiger Zeit hatte es Gerüchte gegeben. Und nun wurde die Neuigkeit endlich mitgeteilt: Owad, Mrs. Tulsis nachgeborener Sohn, kehrte aus England zurück. Jedermann war aufgeregt. Schwestern kamen in ihren besten Kleidern aus Shorthills, um die Neuigkeit zu besprechen. Owad war der Abenteurer der Familie. Abwesenheit hatte ihn zu einer Legende gemacht, und sein

Ruhm wurde durch die Vielzahl der Studenten, die jede Woche die Kolonie verließen, um in England, Amerika, Kanada und Indien Medizin zu studieren, nicht gemindert. Was genau er erreicht hatte, war unbekannt, aber alle hatten das Gefühl, es sei außergewöhnlich und beinahe unbegreiflich. Er war Arzt, Akademiker, mit Buchstaben hinter seinem Namen! Und er gehörte zu ihnen! Auf Shekkar hatten sie keinen Anspruch mehr. Aber jede Schwester hatte eine Geschichte, die bewies, wie nahe sie Owad gestanden hatte und wie sehr er sie geschätzt hatte. Mr. Biswas war Owad gegenüber genauso besitzergreifend wie die Schwestern und teilte ihre Erregung. Aber ihm war unbehaglich zumute. Vor vielen Jahren hatte er schon einmal das Gefühl gehabt, das Hanuman-Haus verlassen zu müssen, ehe Owad und Mrs. Tulsi dahin zurückkehrten. Jetzt erfuhr er das gleiche Unbehagen: das gleiche Gefühl der Bedrohung, das gleiche Bedürfnis, wegzugehen, bevor es zu spät war. Immer wieder überprüfte er das Geld, das er gespart hatte, das Geld, das er noch sparen würde. Seine Additionen erschienen auf Zigarettenpakkungen, Zeitungsrändern, den Rückseiten lederfarbener Regierungsakten. Die Summe unterschied sich nie: er hatte sechshundertundzwanzig Dollar, gegen Ende des Jahres würde er siebenhundert haben. Es war eine niederschmetternde Summe, mehr als er je auf einmal besessen hatte. Aber man konnte kein Darlehen darauf aufnehmen, um ein Haus zu kaufen, abgesehen von diesen Mietskasernen aus Holz, die die Zwangsenteignung erwarteten. Für zweitausend Dollar oder so waren sie Schnäppchen, aber nur für Spekulanten, die mit den Mietern vor Gericht gehen, umbauen oder darauf warten konnten, daß der Wert des Grundstücks stieg. Als nun seine Unruhe mit der Aufregung um ihn herum stieg, überflog Mr. Biswas jeden Morgen die Listen der Makler und fuhr durch die Stadt, um sich Häuser anzusehen, die man mieten konnte.

Als der Stadtrat eine ganze Woche lang Zeitungsseiten kaufte, um nacheinander die Listen der Häuser zu veröffentlichen, die zur Versteigerung standen, weil ihre Raten nicht bezahlt worden waren, erschien Mr. Biswas mit sämtlichen Immobilienmaklern der Stadt im Rathaus; zu bieten, mangelte es ihm aber an Selbstvertrauen.
Er konnte Mrs. Tulsi nicht ausweichen, wenn er ins Haus zurückkam. Sie saß auf der Veranda, nährte ihre Augen mit Grün und betupfte ihre Lippen mit dem Schleier.
Und obwohl er sich für den Schlag gewappnet hatte, geriet er außer sich, als er kam.
Shama überbrachte die Botschaft.
»Das alte Miststück kann mich nicht einfach so rauswerfen«, sagte Mr. Biswas. »Ein paar Rechte habe ich noch. Sie muß mir eine gleichwertige Unterkunft zur Verfügung stellen.« Und: »Stirb, du Miststück!« zischte er in Richtung Veranda. »Stirb!«
»Mann!«
»Stirb! Nach der armen kleinen Myna schicken, damit sie ihr die Läuse runterpflückt. Das hat dir was genutzt, was? Denkst du denn, sie hätte den kleinen Gott einfach so rausgeworfen? Oh nein. Der Gott muß ein Zimmer für sich haben. Du und ich und meine Kinder können in Zuckersäcken schlafen. Der Tulsi-Schlafsack. Das Patent ist schon beantragt. Stirb, du altes Miststück!«
Sie hörten Mrs. Tulsi gelassen mit Sushila murmeln.
»Ich habe meine Rechte«, sagte Mr. Biswas. »Das ist nicht mehr wie in alten Zeiten. Man kann nicht mehr einfach ein Stück Papier an meine Tür kleben und mich rauswerfen. Gleichwertige Unterkunft, bitte schön.«
Aber Mrs. Tulsi hatte für gleichwertige Unterkunft gesorgt: ein Zimmer in einer der Mietskasernen, in denen Shama vor Jahren die Miete kassiert hatte. Die Holzwände waren nicht gestrichen, grauschwarz und verfaulend; bei jedem Schritt auf dem zusammengestoppelten,

wackligen Fußboden stäubte von Holzläusen ausgehöhlter Holzstaub nieder; es gab keine Decke, und das nackte Blechdach war von Ruß wie mit Flaum bedeckt; Strom gab es nicht. Wohin würden die Möbel kommen? Wo würden sie schlafen, kochen, waschen? Wo würden die Kinder lernen?

Er schwor sich, nie wieder mit Mrs. Tulsi zu reden; und als spürte sie seinen Entschluß, sprach sie auch nicht mit ihm. Morgen um Morgen ging er von Haus zu Haus, suchte bis zur Erschöpfung nach Zimmern zum Mieten, und Erschöpfung brannte seinen Zorn aus. Am Nachmittag fuhr er dann in seinen Bezirk, wo er bis zum Abend blieb.

Als er eines Abends spät ins Haus zurückkehrte, das ihm immer ordentlicher und geschützter vorkam, sah er Mrs. Tulsi im Dunkeln auf der Veranda sitzen. Sie summte leise eine Hymne, als wäre sie allein, der Welt entrückt. Er grüßte sie nicht und ging gerade an ihr vorbei in sein Zimmer, als sie sprach.

»Mohun?« Ihre Stimme war unsicher, liebenswürdig.

Er blieb stehen.

»Mohun?«

»Ja, Mutter.«

»Wie geht es Anand? Ich habe seinen Husten in den letzten paar Tagen nicht mehr gehört.«

»Es geht ihm gut.«

»Kinder, Kinder. Ärger, Ärger. Aber erinnerst du dich noch daran, wie Owad immer gearbeitet hat? Beim Essen gelesen. Im Laden geholfen und gelesen. Die Kasse geprüft und gelesen. Er hat bei allem und jedem geholfen und immer noch gelesen. Du erinnerst dich an das Hanuman-Haus, Mohun?«

Er erkannte ihre Stimmung und wollte sich nicht davon verführen lassen. »Es war ein großes Haus. Größer als das, in das wir jetzt ziehen.«

Sie war nicht zu erschüttern. »Hat man dir Owads Brief gezeigt?«
Diejenigen von Owads Briefen, die die Runde machten, handelten hauptsächlich von englischen Blumen und dem englischen Wetter. Sie waren halb literarisch und in einer großen Handschrift geschrieben, die viel Raum zwischen den Wörtern und breite Abstände zwischen den Zeilen ließ. »Endlich sind die Februarnebel verschwunden«, so schrieb Owad. »Auf jedem Fensterbrett haben sie eine dicke schwarze Schicht abgelagert. Die Schneeglöckchen sind gekommen und gegangen, aber bald werden die Osterglocken hier sein. Sechs Osterglocken habe ich in meinen winzigen Vorgarten gepflanzt. Fünf davon sind gewachsen. Die sechste scheint ein Mißerfolg zu sein. Meine einzige Hoffnung ist, daß sie nicht blütenlos herauskommen, wie letztes Jahr.«
»Als Junge hat er sich nie sehr für Blumen interessiert«, sagte Mrs. Tulsi.
»Ich vermute, er hat zu viel mit Lesen zu tun gehabt.«
»Dich hat er immer gemocht, Mohun. Ich denke, das war, weil du selbst so ein großer Leser warst. Ich weiß es nicht. Vielleicht hätte ich alle meine Töchter mit großen Lesern verheiraten sollen. Owad hat das immer gesagt. Aber Seth, du weißt —« Sie unterbrach sich; es war das erste Mal seit Jahren, daß er sie den Namen aussprechen hörte. »Die alten Sitten sind so schnell altmodisch geworden, Mohun. Ich höre, du suchst ein Haus.«
»Ich habe was im Auge.«
»Die Unbequemlichkeit tut mir leid. Aber wir müssen das Haus für Owad fertig machen. Es ist nicht sein Vaterhaus, Mohun. Wäre es nicht schön, wenn er in sein Vaterhaus zurückkehren könnte?«
»Sehr schön.«
»Der Geruch nach Farbe gefiele dir nicht. Und außerdem ist er gefährlich. Wir bringen ein paar Markisen und Glasjalousien hier und da an. Moderne Sachen.«

»Hört sich sehr hübsch an.«
»Für Owad eigentlich. Obwohl ich vermute, das wäre auch für euch schön, wenn ihr zurückkommt.«
»Zurückkommen?«
»Kommt ihr nicht zurück?«
»Aber doch«, sagte er und konnte die Beflissenheit nicht aus der Stimme halten. »Doch, natürlich. Glasjalousien wären sehr hübsch.«
Nach der Neuigkeit war Shama in gehobener Stimmung. »Ich habe nie geglaubt«, sagte sie, »daß Ma uns für immer weghaben wollte.« Sie sprach von Mrs. Tulsis Wohlwollen für Myna, ihrem Branntweingeschenk für Anand.
»Gott!« sagte Mr. Biswas, plötzlich beleidigt. »Da hast du also die Belohnung für das Läusesuchen. Du schickst also Myna zurück, um noch mal ein paar zu suchen, was? Gott! Gott! Katz und Maus! Katz und Maus!«
Es ekelte ihn an, daß er Mrs. Tulsi wieder in die Falle gegangen war und sich ihr dankbar gezeigt hatte. Sie hielt ihn wie ihre Töchter immer unter ihrem Einfluß. Und er stand in ihrer Macht, wie immer, seitdem er zum Geschäft der Tulsis gegangen war und Shama hinter der Theke gesehen hatte.
»Katz und Maus!«
In jedem Augenblick konnte sie ihre Meinung ändern. Selbst wenn sie es nicht tat, wohin wäre ihnen erlaubt zurückzukommen? In zwei Zimmer, in ein Zimmer oder nur zu einem Lagerplatz unter dem Haus? Sie hatte bewiesen, wie sie ihre Macht einsetzen konnte, nun mußte man ihr huldigen und sie besänftigen. Wenn sie sentimental war, mußte er ihre Sentimentalität teilen; wenn sie beleidigend war, mußte er es vergessen.
Um zu entkommen, hatte er nur sechshundert Dollar. Er gehörte zum Wohlfahrtsamt: er war kein abgesicherter Beamter. Sollte das Amt aufgelöst werden, wäre auch er ruiniert.

»Falle!« klagte er Shama an. »Falle!«
Er suchte Streit mit ihr und den Kindern.
»Ich verkaufe das verdammte Auto!« brüllte er. Und weil er wußte, daß das Shama demütigte, sagte er es unten, wo es von Schwestern und den Lesenden und Lernenden gehört wurde.
Er wurde bösartig, immer von Schmerzen geplagt. Er riß die Bilder herunter, die er gerahmt hatte, und zerbrach sie. Er warf ein Glas Milch nach Anand und brachte ihm eine Schnittwunde überm Auge bei. Er ohrfeigte Shama unten. So wurde er wie Govind für das Haus ein Gegenstand der Verachtung und Lächerlichkeit. Neben ihm, dem Beamten des Wohlfahrtsamtes, glänzte der abwesende Owad vor Tugend, Erfolg und der Hochachtung aller.

Sie zogen mit dem Glasschrank, Shamas Toilettentisch, Théophiles Bücherschrank, der Hutablage und dem Schlaraffia-Bett in die Mietskaserne. Das eiserne Himmelbett wurde auseinandergenommen und nach unten gebracht, zusammen mit dem Eßtisch des Bedürftigen und dem Schaukelstuhl, dessen Kufen auf dem rauhen, unebenen Beton splitterten. Das Leben bekam etwas Albtraumartiges, aufgeteilt zwischen dem Zimmer in der Mietskaserne und dem Raum unter dem Haus. Shama kochte weiterhin unter dem Haus. Die Kinder schliefen manchmal dort bei den Lesenden und Lernenden, manchmal schliefen sie bei Mr. Biswas in der Mietskaserne.
Und jeden Nachmittag fuhr Mr. Biswas in seinen Bezirk, um dort die Kenntnis von den vornehmeren Dingen des Lebens zu verbreiten. Er verteilte Broschüren; er hielt Vorträge; er bildete Organisationen und wurde in die komplizierte Politik kleiner Dörfer verwickelt; und spätabends fuhr er zurück nach Port-of-Spain in die Mietskaserne, die weit schlimmer war als irgendeins der Häuser, die er tagsüber besucht hatte. Der Prefect bekam eine

Staubschicht, die vom Regen verhärtet und gesprenkelt war; die Fußmatten wurden schmutzig; der Rücksitz war staubig und mit Akten und alten braunen Zeitungen bedeckt.

Dann führten seine Pflichten ihn nach Arwacas, wo er einen Kursus für »Führungskräfte« organisierte. Und um die lange und späte Fahrt nach Port-of-Spain zu vermeiden, um die Mietskaserne und seine Familie zu vermeiden, beschloß er, während der Zeit im Hanuman-Haus zu bleiben. Das Hinterhaus war schon seit einiger Zeit leer, und niemand lebte dort außer einer Witwe, die sich, um einer nicht bekanntgegebenen Geschäftsspekulation nachzugehen, aus Shorthills zurückgestohlen hatte. Sie vertraute darauf, so unwichtig zu sein, daß sie Seths Aufmerksamkeit entging. Sie hatte wenig zur Sorge. Eine Zeit nach dem Tod seiner Frau hatte Seth sich wie toll benommen. Er war wegen Körperverletzung und Beleidigung angeklagt worden und hatte viel von der Unterstützung des Dorfes verloren. Auch sein Geschick schien ihn verlassen zu haben. Er hatte versucht, einen seiner alten Lastwagen versichernundbrennen zu lassen, war erwischt und wegen Verschwörung angeklagt worden. Er war freigesprochen worden, aber das hatte viel Geld gekostet, und danach war er tatenlos geworden. Er kümmerte sich um seinen schäbigen Lebensmittelladen, schickte keine Drohungen mehr und sprach auch nicht mehr davon, das Hanuman-Haus für sich zu erwerben. Der Familienstreit, der nie in Tätlichkeiten ausbrach, war Geschichte geworden; weder Seth noch Mrs. Tulsi waren in Arwacas so wichtig, wie sie es einmal gewesen waren.

Im Geschäft hatte man den Namen der Tulsis durch den schottischen Namen einer Firma aus Port-of-Spain ersetzt, und diesen Namen sprach man nun schon so lange aus, daß er voll zugehörig geworden war und niemand sich einer Nichtübereinstimmung bewußt war. Unter der Statue von Hanuman hing eine große rote Reklame für Bata-Schuhe, und das Geschäft war hell und lebendig. Aber nach hinten hinaus war das Haus tot. Der Hof war mit Verpackungskartons, Stroh, großen Bögen steifen braunen Papiers und billigen unbehandelten Küchenmöbeln verstellt. Im Holzhaus hatte man die Tür zwischen Diele und Küche mit Brettern vernagelt und die Diele als Lagerraum für ungeschälten Reis benutzt, der seinen muffigen Geruch und warmen kitzelnden Staub überallhin aussandte. Die Empore zur einen Seite war so dunkel und vollgestellt wie früher. Der Tank stand noch im Hof, aber es waren keine Fische mehr darin; die schwarze Farbe hatte Blasen geworfen und war abgeblättert, und in dem brackigen Regenwasser mit schillernden Streifen auf der Oberfläche wie von Öl, wimmelte es von Moskitolarven. Der Mandelbaum war immer noch so spärlich beblättert, als hätte ihn ein Sturm in der Nacht entblättert; der Boden darunter war trocken und faserig. Im Garten war die Königin der Blumen zum Baum geworden; der Oleanderbaum war gewachsen, bis seine Kraft erschöpft war und er keine Blumen mehr trug; die Zinnien und Ringelblumen waren alle in Gebüsch verloren. Den ganzen Tag spielten die Sindhis, die das Geschäft nebenan übernommen hatten, trauervolle indische Filmmusik auf ihrem Grammophon, und ihr Essen verbreitete seltsame Gerüche. Und doch gab es Zeiten, in denen das Holzhaus eine Wiederbelebung zu erwarten schien: wenn an stillen heißen Nachmittagen von entfernten Höfen das nachdenkliche Gegacker von Hühnern, der Klang träger Tätigkeit kam; wenn abends die Öllampen angezündet wurden und man hörte, wie man sich unterhielt und lachte, ein Hund gerufen, ein Kind verprügelt wurde. Aber das Hanuman-Haus war still. Niemand blieb dort, wenn das Geschäft schloß; und die Sindhis nebenan gingen früh schlafen.

Die Witwe bewohnte das Bücherzimmer. Dieser große

Raum war schon immer kahl gewesen. Seiner Stapel mit bedruckten Blättern beraubt, von Leere und den gedämpften Geräuschen aus benachbarten Häusern umgeben und mit dem Reis, der sich unten in der Diele hoch erhob, schien es desolater denn je zu sein. In einer Ecke stand ein Feldbett, darum herum hingen tief unten an der Wand religiöse und erbauliche Bilder; daneben war eine kleine Truhe, in der die Witwe ihre Besitztümer aufbewahrte.
Die Witwe, die ihren Geschäften nachging und viele Besuche machte, war selten da. Mr. Biswas begrüßte das Schweigen, die Ruhe. Er forderte aus Regierungsbeständen einen Schreibtisch und einen Drehstuhl an (seltsam, solche Machtbeweise) und machte das lange Zimmer zum Büro. In diesem Raum, in dem immer noch der Lotus auf der Wand blühte, hatte er mit Shama gelebt. Durch das Fenster hatte er versucht, auf Owad zu spucken, und den Teller mit Essen auf ihn geschleudert. In diesem Raum war er von Govind verprügelt worden, hatte *Bell's Standard Elocutionist* mit dem Fuß weggeschleudert und ihm den Knick im Einband beigebracht. Hier hatte er, von niemandem beansprucht, über die Unwirklichkeit seines Lebens nachgedacht und als Beweis seiner Existenz ein Zeichen an die Wand machen wollen. Nun bedurfte er eines solchen Beweises nicht mehr. Beziehungen waren geschaffen worden, wo keine bestanden hatten; er stand in ihrem Mittelpunkt. Gerade in dieser Unwirklichkeit hatte Freiheit gelegen. Nun war er mit Familie belastet, und im Hanuman-Haus versuchte er, die Verpflichtungen zu vergessen: die Kinder, die verteilten Möbel, das dunkle Zimmer in der Mietskaserne und Shama, die genauso hilflos war wie er und nun, wonach er sich immer gesehnt hatte, von ihm abhängig.
Auf dem friesbezogenen Schreibtisch im langen Zimmer standen Gläser, von Macleans Magenpulver befleckt, lagen Löffel und Bündel von Papieren, die mit seinen

Pflichten als Beamter der Wohlfahrt zu tun hatten, und der lange, halb vollgeschriebene Block, in dem er seine Ausgaben für den Prefect, der auf dem Gerichtsgelände parkte, notierte.

Die Renovierung des Hauses in Port-of-Spain ging langsam voran. Von dem Preis erschreckt, hatte Mrs. Tulsi den Auftrag keinem Unternehmer erteilt. Sie beschäftigte statt dessen einzelne Arbeiter, die sie regelmäßig mißbrauchte und entließ. Sie hatte keine Erfahrung mit Arbeitsleuten in der Stadt und konnte nicht verstehen, weshalb die nicht bereit waren, für Essen und ein wenig Taschengeld zu arbeiten. Miss Blackie gab den Amerikanern die Schuld und sagte, daß Habgier einer der Fehler ihres Volkes sei. Selbst nachdem man über den Lohn übereingekommen war, wollte Mrs. Tulsi nie ganz bezahlen. Einmal verließ ein stämmiger Maurer das Haus in Tränen und drohte, zur Polizei zu gehen, nachdem er zwei Wochen lang gearbeitet hatte und von den beiden Frauen beschimpft worden war. »Mein Volk, Mum«, sagte Miss Blackie entschuldigend.

Es dauerte fast drei Monate, ehe die Arbeit getan war. Das Haus war oben und unten, innen und außen angestrichen. Gestreifte Markisen hingen über den Fenstern, und Glasjalousien, die in dem unförmigen, klobigen Haus zerbrechlich und fehl am Platz aussahen, verdunkelten die Verandas.

Und Mr. Biswas' Albtraum fand ein Ende. Er wurde aufgefordert aus der Mietskaserne zurückzukommen. Er kehrte nicht in zwei Zimmer zurück, sondern, wie er befürchtet hatte, in eins nach hinten heraus. Die Räume, die er abgetreten hatte, waren für Owad reserviert. Govind und Chinta zogen in Basdais Zimmer, und Basdai, die nun nur noch beköstigen konnte, zog mit ihrer Lesenden und Lernenden unters Haus. In das eine Zimmer stellte Mr. Biswas seine beiden Betten, Théophiles Bücherschrank und Shamas Toilettentisch. Der Eßtisch des Bedürftigen blieb unten. Für Shamas Glasschrank war kein Platz, aber Mrs. Tulsi bot an, ihn in ihrem Eßzimmer unterzustellen. Dort war er sicher und bot einen erfreulichen, modernen Anblick. Manchmal schliefen die Kinder in dem einen Raum, manchmal schliefen sie unten. Nichts war geregelt. Aber nach der Mietskaserne schien die neue Anordnung ordentlich und war eine Erleichterung.

Und nun begann Mr. Biswas, neue Berechnungen anzustellen. Wieder und wieder errechnete er die Anzahl der Jahre, die jedes seiner Kinder vom Erwachsensein trennten. Savi war in der Tat schon eine erwachsene Person. Weil er sich auf Anand konzentrierte, hatte er sie nicht aufmerksam beobachtet. Und sie selbst war zurückhaltend und ernst geworden; sie zankte sich nicht mehr mit ihren Vettern und Kusinen, obwohl sie immer noch spitz sein konnte; und sie weinte nie. Anand hatte schon mehr als die Hälfte des Colleges hinter sich gebracht. Bald, dachte Mr. Biswas, würde seine Verantwortung zu Ende sein. Die älteren würden sich um die jüngeren kümmern. Irgendwie, wie Mrs. Tulsi in der Diele vom Hanuman-Haus gesagt hatte, als Savi geboren wurde, würden sie überleben: man konnte sie nicht umbringen. Dann dachte er: »Ich habe ihre Kindheit verpaßt.«

6. *Die Revolution*

Ein Brief aus London. Eine Postkarte aus Vigo. Mrs. Tulsi hörte auf, krank und gereizt zu sein, und verbrachte den größten Teil des Tages auf der vorderen Veranda, wartend. Das Haus begann sich mit Schwestern, ihren Kindern und Enkelkindern zu füllen und wurde von Gezeter und Gepolter erfüllt. Im Hof wurde ein großes Zelt aufgeschlagen. Die Bambusstangen wurden mit Palmwedeln gesäumt, die zu Bögen geformt waren und von jedem Bogen hing eine Traube aus Früchten. Kochen und Singen dauerten bis spät in die Nacht, und jeder schlief, wo er einen Platz finden konnte. Es war wie ein Fest im alten Hanuman-Haus. So etwas hatte es nicht mehr gegeben, seit Owad weggegangen war.

Ein Telegramm aus Barbados brachte das Haus in Aufruhr. Mrs. Tulsi wurde fröhlich. »Ihr Herz, Mum«, sagte Miss Blackie. Aber Mrs. Tulsi konnte nicht still sitzen. Sie bestand darauf, unters Haus gebracht zu werden; sie inspizierte, sie scherzte; sie ging hoch und kam wieder herunter; ein dutzendmal ging sie in die für Owad reservierten Zimmer. Und in der Verwirrung schickte man einen Boten, um den Pandit zu bestellen, nachdem der Pandit, ein zurückhaltender Mann, der in Hemd und Hose in der wachsenden Menge unbemerkt untergegangen war, schon gekommen war.

Die Schwestern verkündeten ihren Vorsatz, die ganze Nacht wach zu bleiben. Es gäbe so viel zu kochen, sagten sie. Die Kinder schliefen ein. Die Gruppe Männer um den Pandit verlief sich: der Pandit schlief ein. Die Schwestern kochten und beschwerten sich freudig wegen Überarbeitung; sie sangen traurige Hochzeitslieder; sie kochten kannenweise Kaffee; sie spielten Karten. Einige Schwestern verschwanden für eine Stunde oder so, aber keine gab zu, schlafen gegangen zu sein, und Chinta prahlte damit, daß sie zweiundsiebzig Stunden lang wach bleiben könne, prahlte, als wäre Govind immer noch der ergebene Sohn der Familie, als wären seine Brutalitäten nicht geschehen, als wäre die Zeit nicht vergangen und als wären sie immer noch Schwestern in der Diele des Hanuman-Hauses.

Kurz bevor es dämmerte, wurden sie lethargisch, aber das Morgenlicht entfachte neue, überenergische Aktivität in ihnen. Kinder wurden gewaschen und gefüttert und angezogen, ehe die Straße erwachte; das Haus wurde gekehrt und geputzt. Mrs. Tulsi wurde von Sushila gebadet und angezogen; auf ihrer glatten Haut standen kleine Schweißperlen, obwohl die Sonne noch nicht aufgegangen war und sie selten schwitzte. Gleich danach trafen langsam die Besucher ein, viele von ihnen nur entfernt mit dem Haus verwandt und nicht wenige — wie zum Beispiel die Verwandten der Schwiegerfamilie eines Enkelkindes — unbekannt. Die Straße war mit Autos verstopft und leuchtete von den Kleidern der Frauen und Mädchen. Shekkar und Dorothy und ihre fünf Töchter kamen. Jeder war mit irgendwas hektisch beschäftigt: mit Kindern, Essen, Passierscheinen für den Landesteg, Transport. Ständig fuhren mit bedeutungsvollem Krach Autos ab. Ihre zurückkehrenden Fahrer zeigten Passierscheine vor und erzählten von Zusammenstößen mit verwirrten Hafenbeamten.

Für Mr. Biswas war es eine schwierige Nacht gewesen. Und der Morgen fing schlecht an. Als er Anand darum bat, ihm den *Guardian* zu bringen, berichtete Anand, die Zeitung sei vom Pandit in Besitz genommen worden und verschwunden. Dann wurde er aus dem Zimmer geworfen, während Shama und die Mädchen sich ankleideten. Unten herrschte Chaos. Er warf einen Blick ins Badezimmer und beschloß, es an dem Tag nicht zu benutzen. Als er ins Zimmer zurückging, war es mit dem schwachen, aber widerlichen Geruch von Gesichtspuder erfüllt, und überall lagen Kleider. Unglücklich zog er sich an. »Der Untergang der verfluchten Hesperos«, sagte er, während er mit einem Kamm seine Bürste von Frauenhaaren säuberte und die Nase rümpfte, als der Staub in dem Sonnenlicht, das schräg unter der gestreiften Markise einfiel, sichtbar aufstieg. Shama bemerkte seine Reizbarkeit, äußerte sich aber nicht dazu; das machte ihn noch wütender. Das Haus dröhnte oben und unten von ungeduldigen Schritten, Rufen und Schreien.

Die Kavalkade verließ das Haus in Gruppen. Mrs. Tulsi fuhr in Shekkars Auto. Mr. Biswas fuhr in seinem Prefect, aber seine Familie hatte sich aufgeteilt und war in anderen Autos mitgefahren, und er war verpflichtet, ein paar Leute mitzunehmen, die er nicht kannte.

Der Überseedampfer lag weiß und ruhevoll im Golf vor Anker. Ein Stuhl für Mrs. Tulsi wurde gefunden und gegen die stumpfe magentarote Wand des Zollschuppens gestellt. Sie war in Weiß gekleidet und hatte den Schleier über die Stirn gezogen. Von Zeit zu Zeit preßte sie die Lippen zusammen und zerknüllte ein Taschentuch in der Hand. Sie war von Miss Blackie, in Kirchgangskleidern und einem Strohhut mit rotem Band, und Sushila flankiert, die eine große Tasche mit einer Auswahl von Medikamenten trug.

Ein Schlepper hupte. Der Dampfer wurde hereingeschleppt. Ein paar der Kinder, die in der Schule gelernt hatten, daß ein Beweis für die Kugelgestalt der Erde die Art war, wie Schiffe hinter dem Horizont verschwanden, übertrieben die Entfernung zwischen Schiff und Pier. Viele sagten, das Schiff würde in zwei bis drei Stunden anlegen. Shivadhar, Chintas jüngerer Sohn, sagte, das würde es nicht bis zum Abend des nächsten Tages tun. Aber die Erwachsenen waren mit etwas anderem beschäftigt.

»Sagt es nicht Mai«, flüsterten die Schwestern.

Seth war auf dem Pier. Er stand zwei Zollschuppen weiter weg. Er trug einen billigen Anzug in einem grauenhaften Braun, und für jeden, der sich seiner in der Khakiuniform und den schweren Halbstiefeln erinnerte, sah er aus wie ein Arbeiter im Sonntagsanzug.

Mr. Biswas schielte nach Shekkar. Er und Dorothy starrten unverwandt auf das sich nähernde Schiff.

Seth war verlegen. Er war fahrig. Er nahm seine lange Zigarettenspitze aus der Brusttasche und steckte, ganz darauf konzentriert, eine Zigarette hinein. Mit diesem Anzug und den unsicheren Bewegungen war die Zigarettenspitze eine alberne Affektiertheit und kam den Kindern, die sich nicht an ihn erinnern konnten, auch so vor. Sowie er die Zigarette angezündet hatte, sprang ein Beamter in Khakiuniform hinzu und wies auf die großen weißen Warnungen auf englisch und französisch an den Zollschuppen. Seth zog die Zigarette heraus und zertrat sie mit der Sohle eines stumpfen braunen Schuhs. Er steckte die Spitze wieder in seine Brusttasche und verschränkte die Hände hinter dem Rücken.

Schnell, zu schnell für einige der Kinder, war das Schiff längsseits. Die Schlepper hupten und zogen ihre Taue ein. Vom Schiff wurden Taue auf das Pier geworfen, das nun im Schatten des weißen Rumpfes geschützt und beinah einem Zimmer ähnlich war.

Dann sahen sie ihn. Er trug einen weißen Anzug, den sie nie gekannt hatten, und er hatte einen Robert-Taylor-Schnurrbart. Sein Jackett hing offen, die Hände steckten in den Hosentaschen. Seine Schultern waren breiter geworden, und er war überhaupt fülliger geworden. Sein Gesicht war voller, beinah fett, mit enormen runden

Wangen; wenn er nicht groß gewesen wäre, hätte er massig ausgesehen.
»Das ist die Kälte in England«, sagte jemand zur Erklärung der Wangen.
Mrs. Tulsi, Miss Blackie, die Schwestern, Shekkar, Dorothy und jede Enkeltochter, die ein Kind geboren hatte, fingen leise an zu weinen.
Eine junge weiße Frau trat zu Owad an die Reling. Sie lachten und redeten.
»Are bap!« rief eine von Mrs. Tulsis Freundinnen unter Tränen.
Aber der Schrecken war nur vorübergehend.
Die Gangway wurde angelegt. Die Kinder gingen zum Rand des Kais und prüften die Vertäuung und versuchten, durch die erleuchteten Bullaugen zu sehen. Jemand fing eine Auseinandersetzung über Anker an.
Und dann war er unten. Seine Augen waren naß.
Mrs. Tulsi saß auf ihrem Stuhl und hob ihm, ganz ohne ihr sonstiges aufbrausendes Wesen, ihr Gesicht entgegen, als er sich niederbeugte, um sie zu küssen. Dann hielt sie seine Beine umklammert. Sushila, in Tränen gebadet, öffnete ihre Tasche und hielt eine hellblaue Flasche mit Riechsalz bereit. Miss Blackie weinte mit Mrs. Tulsi, und jedesmal, wenn Mrs. Tulsi schnüffelte, sagte Miss Blackie: »Hmmm. Hm. Mm.« Die Kinder, die unbegrüßt blieben, starrten. Die Brüder schüttelten sich mannhaft die Hände und lächelten. Dann waren die Schwestern an der Reihe. Sie wurden geküßt; sie brachen erneut in Tränen aus und versuchten fieberhaft, diejenigen ihrer Kinder vorzustellen, die in der Zwischenzeit geboren worden waren. Küssend und weinend ging Owad sie schnell durch. Dann kamen die acht überlebenden Ehemänner an die Reihe. Govind, der Owad gut gekannt hatte, war nicht da, dafür war W.C. Tuttle, der ihn kaum gekannt hatte, da. Lange brahmanische Haare sprossen aus seinen Ohren, und er

zog noch mehr Aufmerksamkeit auf sich, indem er, geschickt die Tränen wegschüttelnd, die Augen schloß, Owad eine Hand auf den Kopf legte und einen Hindi-Segen sprach. Als die Reihe an ihn kam, merkte Mr. Biswas, wie er schwach wurde, und als er seine Hand hinhielt, wollte er weinen. Aber obwohl Owad die Hand nahm, wurde er plötzlich reserviert.
Seth kam auf Owad zu. Mit Tränen in den Augen lächelte er und hob die Hände, während er näherkam.
In dem Augenblick war klar, daß Owad trotz seines Alters, trotz Shekkars, das neue Oberhaupt der Familie war. Jeder sah ihn an. Wenn er das Zeichen setzte, sollte es eine Versöhnung geben.
»Sohn, Sohn«, sagte Seth auf Hindi.
Der Klang seiner Stimme, die sie jahrelang nicht gehört hatten, erregte sie alle.
Owad hielt immer noch Mr. Biswas' Hand.
Mr. Biswas bemerkte Seths billiges, lose herunterhängendes braunes Jackett, die verfärbte Zigarettenspitze. Seth hielt die Hände ausgestreckt und berührte Owad fast.
Owad drehte sich um und sagte auf englisch: »Ich glaube, ich geh' besser mal und kümmere mich um das Gepäck.«
Er gab Mr. Biswas' Hand frei und ging forsch davon; sein Jackett flatterte hinter ihm her.
Seth stand still. Seine Tränen versiegten plötzlich. Das Lächeln aber blieb.
Die Tulsi-Menge geriet in Bewegung, ertränkte ihre Erleichterung in Lärm.
Er hätte sich vorher wegwenden können, dachte Mr. Biswas immer wieder. Er hätte sich vorher wegwenden können.
Seths Hände sanken langsam herab. Das Lächeln erstarb. Eine Hand fuhr hoch zur Zigarettenspitze, und er hielt den Kopf schräg, als wolle er etwas sagen. Aber er rückte nur die Zigarettenspitze zurecht, drehte sich um und ging

festen Schrittes zwischen zwei Zollschuppen durch zum Haupttor.

Owad kehrte zu der Gruppe zurück.

»Mit Mutter? Mit Bruder? Mit Vater? Oder mit allen von euch?« fragte jemand, und Mr. Biswas erkannte die höhnische Stimme des *Sentinel*-Fotografen.

Der Fotograf nickte und lächelte Mr. Biswas zu, als hätte er Mr. Biswas entdeckt.

»Er allein«, sagte Mrs. Tulsi. »Nur er allein.«

Owad warf die Schultern zurück und lachte. Seine Zähne kamen zum Vorschein; sein Schnurrbart verbreiterte sich; seine glänzenden und vollkommen runden Wangen hoben sich und drückten sich gegen seine Nase.

»Danke schön«, sagte der Fotograf.

Ein junger Reporter, den Mr. Biswas nicht kannte, trat mit Notizbuch und Bleistift an ihn heran, und an der Art, wie er mit diesen Werkzeugen umging, konnte Mr. Biswas erkennen, daß er unerfahren war, so unerfahren, wie er selbst gewesen war, als er den englischen Schriftsteller interviewt und versucht hatte, ihn dazu zu bringen, etwas Sensationelles über Port-of-Spain zu sagen.

Vielerlei Gefühle überkamen ihn, und ohne sich von jemandem zu verabschieden, verließ er die Menge, stieg in den Prefect, in dem es wegen der geschlossenen Fenster heiß wie in einem Ofen war, und fuhr in seinen Bezirk.

»Tulpen und Osterglocken!« murmelte er in Erinnerung an Owads gärtnerische Briefe, als er am Sumpfland, den verfallenden Hütten, den Reisfeldern vorbei über den Churchill-Roosevelt-Highway fuhr.

Als er nach Port-of-Spain zurückkam, war es kurz nach zehn. Das Haus war still und oben war alles dunkel: Owad war zu Bett gegangen. Aber unten und im Zelt war es hell erleuchtet. Nur die jüngeren Kinder schliefen; für alle anderen, einschließlich der morgendlichen Besucher, die beschlossen hatten, über Nacht zu bleiben, hielt die Erregung des Tages noch an. Einige aßen; einige spielten Karten; einige unterhielten sich im Flüsterton; und überraschend viele lasen Zeitung. Sobald sie ihn sahen, liefen Anand und Savi und Myna auf Mr. Biswas zu und begannen atemlos von Owads Abenteuern in England zu erzählen: von seiner Brandbekämpfung während des Krieges, den Rettungsaktionen, die er geleitet hatte, seinen knappen Entkommen; den Operationen, die in letzter Minute an berühmten Männern durchzuführen man ihn herbeigerufen hatte, den Stellen, die man ihm daraufhin angeboten hatte, dem Sitz im Parlament; von den herausragenden Männern, die er kennengelernt und manchmal in öffentlichen Debatten verteidigt hatte: Russell, Joad, Radhakrishnan, Laski, Menon: das waren schon alltägliche Begriffe geworden. Das Haus war in Owads Bann geraten, und überall im Zelt gingen kleine Gruppen Owads Geschichten durch. Chinta hatte schon große Antipathie gegen Krishna Menon entwickelt, den Owad besonders wenig mochte. Und innerhalb eines Nachmittags war die Ehrerbietung der Familie für Indien zerstört worden: Owad mochte keine Inder aus Indien. Sie wären eine Schande für die Inder aus Trinidad; sie wären arrogant, verschlagen und wollüstig; sie hätten eine seltsame englische Aussprache; sie wären langsam und dumm und bekämen ihre akademischen Abschlüsse nur aus Barmherzigkeit; in Geldsachen wären sie unzuverlässig; in England gäben sie sich mit Krankenschwestern und anderen sozial niedrig stehenden Frauen ab und wären andauernd in Skandale verwickelt; sie kochten kein gutes indisches Essen (die einzigen wirklich indischen Mahlzeiten, die Owad in England gehabt hätte, wären die gewesen, die er selbst gekocht hätte); ihr Hindi wäre seltsam. (Owad hätte sie wiederholt bei grammatischen Fehlern ertappt.) Ihre Rituale wären verkommen; in dem Augenblick, wo sie nach England kämen, äßen sie Fleisch und tränken sie, um ihre Modernität zu beweisen (ein brahmanischer Junge hätte Owad Rindfleisch-Curry zum Mittagessen angeboten); und unverständlicherweise sähen sie auf Inder aus den Kolonien herab. Die Schwestern sagten, sie hätten sich nie wirklich von Indern aus Indien hinters Licht führen lassen; sie sprachen über das Benehmen der Missionare, Kaufleute, Ärzte und Politiker, die sie kannten; und sie wurden ernst, als sie ihre Verantwortung als letzte Repräsentanten der Hindu-Kultur erkannten.

Der Pandit ruhte in Dhoti, Unterhemd, heiliger Schnur, Kastenabzeichen und Armbanduhr auf einer Decke, die man auf der gefegten und eingeebneten Erde ausgebreitet hatte. Er las eine Zeitung, die Mr. Biswas noch nie gesehen hatte. Und dann sah Mr. Biswas, daß die vielen anderen Zeitungen im Zelt die gleichen wie die des Pandits waren. Es war der *Soviet Weekly.*

Es war Mitternacht vorbei, als Mr. Biswas, der von Gruppe zu Gruppe zog, beschloß, er habe genug gehört; und als Anand versuchte, von Owads Begegnung mit Molotow, den Errungenschaften der Roten Armee und den Herrlichkeiten Rußlands zu erzählen, sagte Mr. Biswas, es sei Zeit für sie, schlafen zu gehen. Er ging hinauf in sein Zimmer und ließ Anand und Savi in der festlichen Atmosphäre unten. In seinem Kopf hallten die großen Namen wider, die die Kinder und die Schwestern so beiläufig ausgesprochen hatten. Zu denken, daß der Mann, der diese Leute kennengelernt hatte, unter demselben Dach schlief! Da, wo Owad gewesen war, war sicherlich der Ort, wo das Leben gefunden werden konnte.

Eine ganze Woche lang dauerte das Fest. Besucher fuhren ab, neue kamen an. Vollkommen Fremde — der Eismann, der Mann mit den gesalzenen Erdnüssen, der Briefträger, Bettler, Straßenfeger, viele streunende Kinder — wurden hereingerufen und gespeist. Die Nahrungsmittel wurden von Mrs. Tulsi bereitgestellt, und gekocht wurde gemeinsam, wie in den alten Zeiten, die mit Owad zurückgekehrt zu sein schienen. Die Früchte, die von den Bögen aus Palmwedeln im Zelt hingen, verschwanden; die Blätter wurden gelb. Aber immer noch folgten Owad bewundernde Augen, immer noch war es eine Ehre, von ihm angesprochen zu werden, und alles, was er sagte, mußte wiederholt werden. Zu jeder Zeit und bei jedem konnte Owad mit einer neuen Geschichte anfangen; augenblicklich sammelte sich dann eine Menge. Regelmäßig fanden abends im Wohnzimmer oder, wenn Owad müde war, in seinem Schlafzimmer Versammlungen statt. Mr. Biswas nahm so oft er konnte teil. Mrs. Tulsi, die ihre eigene Krankheit vergaß und statt dessen versessen aufs Pflegen war, hielt Owads Hand oder Kopf, während er sprach.

1945 war er Wahlhelfer für die Labour Partei gewesen, und Kingsley Martin hielt ihn für einen der Urheber des Labour-Siegs. Um die Wahrheit zu sagen, hatte Kingsley Martin ihn gedrängt, dem *New Statesman and Nation* beizutreten; er aber, der darüber wie über einen vertraulichen Scherz lachte, sagte, er habe Kingsley nein gesagt. Durch seine vernichtende Verurteilung von Winston Churchills Fulton-Rede hätte er sich den bitteren Haß der konservativen Partei zugezogen. Vernichtend war eins seiner Lieblingswörter, und die Person, die er am vernichtendsten abkanzelte, war Krishna Menon. Er sagte es nicht, aber aus dem, was er sagte, ging hervor, daß er auf einer öffentlichen Versammlung von Menon unverdient beleidigt worden war. Er hatte Gelder für Maurice Thorez gesammelt und in Frankreich über die Parteistrategie mit ihm diskutiert. Er sprach vertraut von russischen Generälen und ihren Schlachten. Die russischen Namen sprach er beeindruckend aus.

»Diese russischen Namen sind ja wahnsinnig häßlich«, wagte Mr. Biswas eines Abends zu sagen.

Die Schwestern sahen Mr. Biswas an, dann sahen sie Owad an. »Schönheit liegt im Auge des Betrachters«, sagte Owad. »Biswas ist ein komischer Name, wenn man ihn auf bestimmte Weise ausspricht.«
Die Schwestern sahen Mr. Biswas an.
»Rokossowski und Coca-cola-kowski«, sagte Mr. Biswas ein wenig verärgert. »Wahnsinnig häßlich.«
»Häßlich? Wjatscheslaw Molotow. Klingt das häßlich für dich, Ma?«
»Nein, mein Sohn.«
»Jossif Dschugaschwili«, sagte Owad.
»Genau den meinte ich«, sagte Mr. Biswas. »Sag bloß nicht, du findest *das* schön.«
Owad antwortete vernichtend: »*Ich* denke schon.«
Die Schwestern lächelten.
»Gugul«, sagte Owad, hob dabei sein Kinn (er lag im Bett) und gab einen Laut von sich, als würde er erdrosselt.
Mrs. Tulsi bewegte ihre Hand von seinem Kinn zu seinem Adamsapfel.
»Was war das?« fragte Mr. Biswas.
»Gogol«, sagte Owad. »Der größte humoristische Schriftsteller der Welt.«
»Es hat sich wie Gurgeln angehört.« Mr. Biswas wartete auf den Beifall, aber Shama sah ihn nur warnend an.
»Das könntest du in Rußland nicht sagen«, sagte Chinta.
Das brachte Owad von der Schönheit der russischen Namen auf die Schönheit Rußlands selbst. »Dort ist Arbeit für jeden, und jeder muß arbeiten. So steht es audrücklich in der Sowjetverfassung — Basdai, gib mir doch mal das kleine Buch da drüben —, wer nicht arbeitet, der soll auch nicht essen.«
»Das ist gerecht«, sagte Chinta, nahm das Exemplar der Sowjetverfassung von Owad entgegen, öffnete es, betrachtete die Titelseite, schloß es und gab es weiter. »Das ist genau das Gesetz, daß wir auf Trinidad brauchen.«

»Wer nicht arbeitet, soll auch nicht essen«, wiederholte Mrs. Tulsi langsam.
»Da wünsch' ich bloß, die könnten ein paar von *meinem* Volk nach Rußland schicken«, sagte Miss Blackie, schnalzte, schüttelte ihren Rock aus und rutschte in ihrem Stuhl hin und her, um die Verzweiflung auszudrücken, zu der ihr Volk sie trieb.
Mr. Biswas sagte: »Wie kann der, der nicht ißt, arbeiten?«
Owad achtete nicht darauf. »In Rußland, Ma« — es war seine Gewohnheit, viele seiner Sätze an sie zu richten —, »weißt du, da ziehen sie Baumwolle in verschiedenen Farben. Rote und blaue und grüne und weiße Baumwolle.«
»Das ziehen sie einfach so?« fragte Shama und machte Mr. Biswas' Respektlosigkeit wieder gut.
»Sie ziehen sie einfach so. Und du«, Owad wandte sich an eine Witwe, die in Shorthills erfolglos versucht hatte, einen Morgen Reis anzubauen, »du weißt ja, was für eine Mühe es ist, Reis zu pflanzen. Sich zu bücken, bis zu den Knien im schlammigen Wasser, unter brennender Sonne, tagein, tagaus.«
»Die Rückenschmerzen«, sagte die Witwe, wölbte den Rücken und legte die Hand an die schmerzende Stelle. »Das brauchst du mir nicht zu erzählen. Wenn ich nur diesen einen Morgen bearbeite, fühle ich mich so, daß ich am liebsten ins Krankenhaus ginge.«
»So was gibt's in Rußland nicht«, sagte Owad. »Keine Rückenschmerzen und kein Bücken. Wißt ihr, wie sie in Rußland Reis pflanzen?«
Sie schüttelte den Kopf.
»Sie schießen ihn aus einem Flugzeug. Sie schießen keine Kugeln. Sie schießen Reis.«
»Aus'm Flugzeug? fragte die reisanbauende Witwe.
»Aus einem Flugzeug. Du könntest dein Feld in ein paar Sekunden bepflanzen.«
»Paß auf, daß du nicht daneben zielst«, sagte Mr. Biswas.

»Und du«, sagte Owad zu Sushila, »du solltest eigentlich Ärztin sein. Du hast Anlage dazu.«
»Das habe ich ihr auch gesagt«, sagte Mrs. Tulsi.
Sushila, die genug davon hatte, Mrs. Tulsi zu pflegen, den Geruch von Medizin haßte und nicht mehr verlangte als ein ruhiges Haushaltswarengeschäft, das sie im Alter ernährte, pflichtete dem nichtsdestoweniger bei.
»In Rußland *wärst* du Ärztin. Kostenlos.«
»Arzt wie du?« fragte Sushila.
»Genau wie ich. Kein Unterschied zwischen den Geschlechtern. Da gibt es den Unsinn nicht, die Jungen auszubilden und die Mädchen zu übergehen.«
Chinta sagte: »Vidiadhar sagt mir immer, daß er Luftfahrtingenieur werden will.«
Das war eine Lüge. Vidiadhar kannte noch nicht einmal die Bedeutung des Wortes. Ihm gefiel einfach der Klang.
»Er würde Luftfahrtingenieur sein«, sagte Owad.
»Um die Reiskörner aus dem Flugzeugtank zu suchen«, sagte Mr. Biswas. »Aber was ist mit mir?«
»Du, Mohun Biswas, Wohlfahrtsbeamter. Nachdem sie das Leben der Leute zerschlagen, sie jeder Chance beraubt haben, schicken sie dich wie einen Straßenkehrer rund, um die Stücke einzusammeln. Ein typisch kapitalistischer Trick, Ma.«
»Ja, Sohn.«
»M-m-m-m.« Das war Miss Blackie, die schnurrte.
»Sie benutzen dich wie ein Werkzeug. Du hast uns fünfhundert Dollar Profit verschafft. Hier, wir geben dir für fünfhundert Dollar Mildtätigkeit.«
Die Schwestern nickten.
O Gott, dachte Mr. Biswas, noch ein Skorpion, der versucht, mich arbeitslos zu machen.
»Aber du bist nicht wirklich ein Kapitalistenknecht«, sagte Owad.
»Nicht wirklich«, sagte Mr. Biswas.

»Du bist nicht wirklich ein Bürokrat. Du bist ein Journalist, ein Schriftsteller, ein Gelehrter.«
»Ja, vermutlich. Ja, Mann.«
»In Rußland erkennt man, daß du Journalist und Schriftsteller bist, man gibt dir ein Haus, gibt dir Essen und Geld und sagt: ›Geh hin und schreibe.‹ «
»Wirklich, wirklich?« sagte Mr. Biswas. »Ein Haus, einfach so?«
»Schriftsteller bekommen so was immer. Eine Datscha, ein Haus auf dem Land.«
»Warum«, fragte Mrs. Tulsi, »gehen wir nicht alle nach Rußland?«
»Ah«, sagte Owad, »sie haben dafür gekämpft. Du solltest mal hören, was sie mit dem Zar gemacht haben.«
»M-m-m-m«, sagte Miss Blackie, und die Schwestern nickten ernst.
»Du«, sagte Mr. Biswas, nun voller Respekt, »bist du Mitglied der Kommunistischen Partei?«
Owad lächelte nur.
Und als Anand ihn fragte, wie er als Kommunist, der für die Revolution arbeitete, eine Stelle beim medizinischen Versorgungsdienst der Reigerung annehmen könne, war seine Reaktion gleichermaßen mysteriös. »Die Russen haben ein Sprichwort«, sagte Owad. »Eine Schildkröte kann den Kopf einziehen und durch eine Jauchegrube gehen und sauber bleiben.«
Gegen Ende der Woche war das Haus aufgeputscht. Jeder wartete auf die Revolution. Die Sowjetverfassung und der *Soviet Weekly* wurden gründlicher gelesen als der *Sentinel* oder der *Guardian.* Jede allgemein anerkannte Vorstellung war erschüttert. Die Lesenden und Lernenden, die sich glücklich vor Augen hielten, daß sie sich in einer Gesellschaft befanden, die bald vollkommen vernichtet würde, ließen mit ihren Bemühungen, zu lesen und zu lernen, nach und begannen, ihre Lehrer, die sie vorher

verehrt hatten, als schlecht informierte Handlanger zu verachten.
Und Owad war beschlagen auf jedem Gebiet. Er hatte nicht nur Ansichten über Politik und militärische Strategie; er kannte sich auch in Kricket und Fußball aus; er hob Gewichte, er schwamm, er ruderte; und er hatte strenge Meinungen über Künstler und Schriftsteller.
»Eliot«, sagte er zu Anand, »den hab' ich oft getroffen. Amerikaner, weißt du. *Das wüste Land. Alfred Prufrocks Liebesgesang.* Laß uns gehen nun, du und ich. Eliot ist jemand, den ich einfach verabscheue.«
Und in der Schule sagte Anand: »Eliot ist jemand, den ich einfach verabscheue«; und fügte hinzu: »Ich kenne einen, der ihn kennt.«

Während sie auf die Revolution warteten, mußte das Leben gelebt werden. Das Zelt wurde abgebaut. Schwestern und verheiratete Enkelinnen reisten ab. Besucher kamen nicht mehr in so großen Scharen. Owad trat seine Pflichten im Kolonialkrankenhaus an, und eine Weile mußte das Haus sich mit Geschichten von Operationen, die er durchgeführt hatte, zufriedengeben. Der Flüchtlingsarzt wurde entlassen, und Owad selbst sah nach Mrs. Tulsi. Ihr Zustand besserte sich sensationell. »Diese Ärzte haben vor zwanzig Jahren aufgehört zu lernen«, sagte Owad. »Die geben sich noch nicht mal die Mühe, sich durch das Lesen von Fachzeitschriften auf dem laufenden zu halten.« Er bekam mit fast jeder Post aus England Zeitschriften und Arzneiproben, die er stolz vorzeigte, wenn auch manchmal mit vernichtenden Kommentaren.
Das gemeinsame Kochen hatte aufgehört, das gemeinsame Leben aber dauerte an. Oft kamen Schwestern und Enkelinnen, um eine Nacht oder ein Wochenende da zu bleiben. Sie alle brachten ihre Krankheiten zu ihm, und er behandelte sie ohne Honorar, verteilte en gros Injektio-

nen mit Wunderpräparaten, die, wie er sagte, in der Kolonie noch unbekannt seien. Später rechneten die Schwestern aus, was sie bei einem anderen Arzt hätten bezahlen müssen, und es entstand eine unterschwellige Rivalität, wer mit der teuersten Behandlung beehrt worden war.

Und Owads Erfolg stieg noch. Lange hatte man im Haus das größte Gewicht auf Lesen und Lernen gelegt, das viele der Lesenden und Lernenden nicht gut beherrschten und nur zögernd angegangen waren. Nun sagte Owad, daß diese Gewichtung falsch sei. Jeder habe etwas zu bieten. Körperliche Kraft und handwerkliche Geschicklichkeit seien genauso wichtig wie akademischer Erfolg, und er erzählte von der Gleichheit der Bauern, Arbeiter und Intellektuellen in Rußland. Er organisierte Schwimmgemeinschaften, Bootsausflüge, Tischtennisturniere; und so groß war die Bewunderung und Hochachtung, die man für ihn empfand, daß sogar Feinde zusammenkamen. Anand und Vidiadhar spielten einige Tischtennissätze, und obwohl sie davor und danach kein Wort miteinander sprachen, waren sie während des Spiels peinlichst höflich, sagten: »Guter Schlag« oder »Pech!« bei der geringsten Gelegenheit. Vidiadhar, der sich zu einem sporttreibenden Rowdy entwickelt hatte, mehr eifrig als befähigt und im College nie für eine Mannschaft ausgewählt, tat sich bei diesen Familienspielen hervor und war der Champion des Hauses.

»Ich kann dir nicht sagen«, sagte Chinta zu Owad, »in was für Sorge Vidiadhar mich gestürzt hat. Der Junge schwitzt so viel. Man kann ihn nicht dazu bringen, mal mit einem ollen Buch in einer Ecke zu bleiben. Ständig trainiert er oder spielt irgendein wüstes Spiel oder so. Er hat sich schon eine Hand, einen Fuß und ein paar Rippen gebrochen. Andauernd versuche ich, ihn davon abzuhalten. Aber er hört nicht zu. Und er schwitzt so viel.«

»Kein Grund zur Beunruhigung«, sagte Owad, nun der Arzt. »Das ist ganz normal.«

»Du nimmst mir einen Stein vom Herzen«, sagte Chinta enttäuscht, denn sie glaubte, daß reichliches Schwitzen ein Zeichen außergewöhnlicher Männlichkeit sei, und hatte gehofft, das zu hören. »Er schwitzt *wirklich* stark.«
Regelmäßig kamen Shekkar, Dorothy und ihre fünf Töchter zum Haus, und diese Besuche waren den Schwestern eine süße Rache. Sie behandelten Shekkar mit dem Respekt, der ihm zustand, machten aber ihre Verachtung Dorothys deutlich. »Tut mir leid«, sagte Chinta eines Sonntags zu ihr, »ich kann dich nicht verstehen. Ich spreche nur spanisch.« Dorothy hatte seit Owads Ankunft nicht mehr spanisch gesprochen, und die Schwestern hatten das Gefühl, daß sie sie nun endlich fertigmachten. Aber ihr Betragen zeigte eine unerwartete Wirkung. Denn Owad, der den Wink seiner Schwestern verstand, sprach gutmütig spottend mit Dorothy; sie reagierte mit derbem Humor, und bald entstand eine Vertrautheit zwischen ihnen; und eines Sonntags kam Dorothy zum Schrecken der Schwestern mit ihrer Kusine, einer gutaussehenden jungen Frau, die die McGill Universität absolviert und die Eleganz des indischen Mädchens aus Südtrinidad hatte. Als sie weg waren, beschwichtigte Owad die Ängste der Schwestern, indem er den kanadischen akademischen Grad des Mädchens, ihren leicht kanadischen Akzent und ihre musikalische Begabung verhöhnte. »Sie ist den ganzen Weg nach Kanada gefahren, um Geige spielen zu lernen«, sagte er. »Ich hoffe, sie will mir nicht vorspielen. Ich werde den Bogen auf dem Kopf ihrer Eltern zerbrechen. Die Leute verhungern, weil sie auf Trinidad nicht genug zu essen kriegen, und sie spielt in Kanada Geige.«
Und obwohl er immer mehr Zeit mit seinen Freunden und Kollegen verbrachte und oft in den Süden zu Shekkar fuhr, und obwohl das Haus still sein mußte und die Schwestern und die Lesenden und Lernenden sich verstecken mußten, wenn seine Freunde zu Besuch kamen,

fühlten die Schwestern sich weiterhin sicher. Denn nach jeder Reise, jeder Begegnung erzählte Owad ihnen seine Erlebnisse. Sein Verlangen nach Gesprächen war unersättlich, seine dramatischen Fähigkeiten ließen ihn nie im Stich, und die Kommentare, die er zu den Leuten, die er getroffen hatte, abgab, waren unverändert vernichtend. Die Schwestern suchten nun einzeln oder in kleinen Gruppen Gehör bei ihm. Sie kamen zum Haus, lauerten ihm auf, und wenn er zurückkam, begannen sie unvermittelt zu reden, unter dem Haus, um Mrs. Tulsis Schlaf nicht zu stören. Mit der Zeit hatte jede Schwester das Gefühl, besonderen Einfluß auf ihn zu haben, und zog ihn ins Vertrauen, nachdem sie seine vertraulichen Mitteilungen empfangen hatte. Erst sprachen die Schwestern von ihren finanziellen Schwierigkeiten. Aber Owad war nicht bereit, der Revolution vorzugreifen. Dann beschwerten sich die Schwestern. Sie beschwerten sich über die Lehrer, die ihre Kinder in der Schule länger dabehielten; sie beschwerten sich über Dorothy, über Shekkar, ihre Ehemänner; sie beschwerten sich über abwesende Schwestern. Jeder Klatsch wurde durchgekaut, jeder unwichtige Streit, jeder Unmut. Und Owad hörte zu. Die Kinder hörten auch zu, wachgehalten von dem Raunen der Schwestern und ihrem ständigen Räuspern und Spucken (ein Zeichen der Vertraulichkeit: je inniger das Gefühl, desto geräuschvoller das Räuspern, desto länger die Zeitspanne, die man mit speichelgefülltem Mund sprach). Am Morgen waren die Schwestern, die bis spät in die Nacht geredet hatten, frisch und zu den Leuten, die sie kritisiert hatten, besonders freundlich, und Owad gegenüber besonders besitzergreifend.

Jeden Sonntag, wenn gemeinsam gekocht wurde, war das Haus voller Schwestern. Manchmal kam Shekkar alleine, und dann fanden vor dem Mittagessen Beratungen zwischen den Brüdern und Mrs. Tulsi statt. Die Schwestern fühlten sich von diesen Erörterungen nicht bedroht, wie sonst, wenn Shekkar und Dorothy und Mrs. Tulsi miteinander redeten. Sie fühlten sich nicht ausgeschlossen. Denn wenn Owad da war, waren diese Diskussionen wie die Familienräte im alten Hanuman-Haus.

Die Schwestern kochten also unter dem Haus und sangen und waren lustig. Sie waren sogar darauf bedacht, den Unterschied zwischen ihren Brüdern und sich selbst zu übertreiben. Es war, als erwiesen sie dadurch ihren Brüdern eine vorschriftsmäßige Ehrerweisung, eine Ehrerweisung, die die Schwestern tröstete und schützte, da sie ihnen wieder einen Platz zuwies. Sie sprachen nicht Hindi, sondern benutzten den vulgärsten englischen Jargon und wetteiferten miteinander darum, niedrige Arbeiten zu tun und sich dreckig zu machen. Auf diese Weise besiegelten sie für den Tag das Familienband.

An solchen Sonntagmorgen war es nach den Gesprächen und vor dem Mittagessen, das vor dem Ausflug ans Meer kam, für die Männer Brauch, Bridge zu spielen.

Und an einem solchen Morgen zeigte Shekkar trotz Anands Freude am Intellektualismus seine Abneigung gegen Owads Gerede von der Ausrottung der Kapitalisten und dem, was die Russen mit dem Zar gemacht hatten, und versuchte, dem Gespräch eine andere Wendung zu geben. Seltsamerweise wandte es sich moderner Kunst zu.

»Aus diesem Picasso werde ich nicht klug«, sagte Shekkar.

»Picasso ist jemand, den ich verabscheue«, sagte Owad.

»Aber ist er nicht ein Genosse?« fragte Anand.

Owad runzelte die Brauen. »Und was Chagall und Rouault und Braque angeht —«

»Was hältst du von Matisse?« fragte Shekkar, der einen Namen, den er aus *Life* hatte, in den Mund nahm, um dem Fluß von Namen, die er nicht kannte, ein Ende zu machen.

»*Der* ist in Ordnung«, sagte Owad. »Köstliche Farben.«

Das war für Shekkar eine unbekannte Sprache. Er sagte: »Da haben sie neulich einen netten Film gemacht. Ist wohl nicht sehr gut gelaufen. *Silbermond und Kupfermünze*. Mit George Sanders.«
Owad, der sich auf seine Karten konzentrierte, gab keine Antwort.
»Diese Künstler sind komische Typen«, sagte Shekkar.
Sie spielten um Streichhölzer. Anand verstreute sein Häufchen und sagte: »Porträt von Picasso.«
Alle lachten, außer Owad.
»Ich will das Buch schon lange lesen«, sagte Shekkar. »Ist es nicht von Somerset Mog-hum?«
Anand verstreute wieder seine Streichhölzer.
Owad sagte: »Warum siehst du nicht in den Spiegel, wenn du ein Porträt von Picasso sehen willst?«
Das war einwandfrei eine von Owads vernichtenden Bemerkungen. Shekkar lächelte und grunzte. Die Schwestern und ihre Kinder, die zusahen, brüllten vor Lachen. Owad erkannte ihren Beifall an, indem er in seine Karten lächelte.
Anand fühlte sich betrogen. Er hatte Owads Meinungen zu Politik und Kunst sämtlich angenommen; er hatte sich in der Schule als Kommunist bekannt gemacht, er hatte erklärt, daß Eliot ein Mann sei, den er verabscheue. Er war mit Ausgeben an der Reihe. In seiner Verwirrung gab er sich selbst zuerst. »Entschuldigung, Entschuldigung«, sagte er, blickte vor sich und versuchte, ein Lachen in seine Stimme zu bringen.
»Du brauchst dich dafür nicht zu entschuldigen«, sagte Owad streng. »Das ist einfach ein Zeichen für deine verstiegene Eigensucht und Ichbezogenheit.«
Die Zuschauer hielten den Atem an.
Jegliche Heiterkeit verschwand vom Tisch, Shekkar betrachtete seine Karten. Owad sah seine böse an. Sein Fuß klopfte auf den Betonboden. Es kamen noch mehr Zuschauer.

Anand merkte, wie seine Ohren brannten. Er sah angestrengt in seine Karten und spürte die Stille, die sich auf alle Winkel des Hauses ausgedehnt hatte. Er war sich bewußt, daß Zuschauer kamen, Savi, Myna, Kamla. Er war sich bewußt, daß Shama da war.
Owad atmete schwer und schluckte geräuschvoll.
Als Shekkar bot, war seine Stimme leise, als wolle er mit dem Kampf nichts zu tun haben. Vidiadhar, Shekkars Partner, bot mit einer vom Speichel gedämpften Stimme; aber die Stimme des freien, nicht anstößigen Mannes war zweifelsohne zu erkennen.
Anand reizte dumm.
Owad preßte seine Zähne tief unterhalb der Unterlippe zusammen, schüttelte langsam den Kopf, trommelte mit den Füßen und atmete noch lauter. Als er bot, deutete seine Stimme, mittlerweile voller Zorn, an, daß er versuchte, eine hoffnungslose Situation zu retten.
Das Spiel schleppte sich hin. Anand spielte immer schlechter. Shekkar sammelte wie gegen seinen Willen Stich um Stich ein.
Von Owads Atmen und Schlucken fühlte Anand sich gehemmt. Sein Rücken war kalt: sein Hemd war naß von Schweiß. Endlich war das Spiel zu Ende. Ordentlich und bedächtig notierte Shekkar den Spielstand. Sie warteten darauf, daß Owad etwas sagte. Während er die Karten mischte, obwohl er nicht an der Reihe war, sagte er schwer atmend: »Das haben wir nun von deiner Genialtität.«
Anand schossen die Tränen in die Augen. Er sprang auf, stieß seinen Stuhl zurück und brüllte: »Ich hab' dir doch nicht gesagt, ich wär' ein verdammtes Genie.«
Klatsch! Seine rechte Wange brannte, dann zitterte sie, selbst nachdem Owad seine Hand zurückgezogen hatte, als hätte die Wange warten müssen, bis sie den Schlag registrierte. Und Owad stand, und Shekkar bückte sich, um die Karten von dem staubigen Fußboden aufzuheben.

Und *klatsch!* brannte seine linke Wange und zitterte heftig. Er vergaß die Zuschauer und konzentrierte sich nur auf das Atmen, die weiße Hemdbrust vor ihm. Owads Stuhl war umgeworfen. Und Shekkar, dessen Stuhl zurückgeschoben war und der sich unbeholfen auf den Tisch stützte, betrachtete die Karten, während er sie von einer Hand in die andere fallen ließ, die Brauen gerunzelt, die Oberlippe über die untere gestülpt.
Der Tisch wurde beiseite gestoßen. Anand fand sich lächerlich aufrecht stehend, halb blind durch die beschämenden Tränen. Owad schritt energisch zur Vordertreppe. Und dann hatte Anand Zeit, die Erregung in sich aufzunehmen, die Befriedigung der Zuschauer, die Stille des Hauses, in dem irgendwo im Hintergrund Govind sang, der Lärm einiger Kinder auf der Straße, das Dröhnen eines Autos von der Hauptstraße.
Shekkar saß immer noch am Tisch und spielte mit den Karten.
Von den Zuschauern kam ein Murmeln.
»Ihr da!« Anand drehte sich zu ihnen um. »Wofür zum Teufel steht ihr alle da rum? Pss-pss, pss-pss die ganze verdammte Nacht, quassel-quassel-quassel.«
Die Wirkung war unerwartet und erniedrigend. Sie lachten. Selbst Shekkar hob den Kopf und gab mit den Schultern wackelnd sein grunzendes Lachen von sich.
Shama sah fast absurd aus, weil sie so ernst war.
Die Zuschauer liefen auseinander. Jeder ging zu seiner Aufgabe zurück. Eine an Frohsinn grenzende Heiterkeit verbreitete sich im Haus.
Shekkar stapelte die Karten ordentlich auf dem Tisch, stand auf, legte Anand die Hände auf die Schulter, seufzte und ging die Treppe hinauf.
Sie hörten Owad von Zimmer zu Zimmer gehen.
Anand fand Mr. Biswas in Unterhemd und Unterhose auf dem Bett hockend, mit dem Rücken zur Tür, Papiere auf

den hochgezogenen Knien. Ohne sich umzudrehen sagte er: »Bist du's, Junge? Hier, guck doch mal, ob du diese verdammten Reisekosten richtig ausrechnen kannst.« Er gab ihm den Block. »Was ist denn los, Junge?«
»Nichts, nichts.«
»Na gut, dann rechne mal die Zahlen aus. Alle anderen verdienen ein Vermögen mit ihren Autos. Ich verlier' bestimmt dran.«
»Pa.«
»Eine Sekunde, Junge. Null mal null ist null. Zwei mal fünf ist zehn. Null hin. Eins in den Sinn.« Mr. Biswas war entspannt und machte sogar Spaß: er wußte, daß seine Methode zu multiplizieren immer erheiterte.
»Pa. Wir müssen umziehen.«
Mr. Biswas drehte sich um.
»Wir müssen umziehen. Ich kann's nicht ertragen, hier noch einen Tag länger zu leben.«
Mr. Biswas hörte die Qual in Anands Stimme. Aber er hatte keine Lust, sie zu erforschen. »Umziehen? Alles zu seiner Zeit. Alles zu seiner Zeit. Ich warte bloß noch auf die Revolution und meine Datscha.«
Diese glücklichen Stimmungen seines Vaters wurden rar. Und Anand sagte nichts mehr.
Er löste die komplizierten Rechenaufgaben für die Reisekosten. Gleich danach hörte er den kalten, festen Klang des Pingpongballs, die Ausrufe von Owad und Vidiadhar und Shekkar und den anderen.
Er ging nicht hinunter zum Mittagessen, auf das er sich gefreut hatte; und als Shama es hochbrachte, konnte er weder essen noch trinken. Mr. Biswas, dessen Spaßmacherstimmung anhielt, hockte sich auf den Stuhl und gab vor, auf seinen Fuß zu spucken, um ihn vor Anands Gefräßigkeit zu retten. Er wußte, daß dieser Trick Anand wütend machte. Aber Anand reagierte nicht.
Unten machten die Männer sich fertig, um ans Meer zu

fahren. Söhne baten ihre Mütter um Handtücher, Mütter drängten ihre Söhne, vorsichtig zu sein.
»Gehst du nicht mit ihnen?«
Anand gab keine Antwort.
Mr. Biswas hatte sich von diesen Ausflügen zurückgezogen. Sie waren viel zu aktiv, und Owads Beispiel führte zu gefährlichen, wetteifernden Bravourstücken. Statt dessen ging er nach dem Mittagessen alleine spazieren und sah sich Häuser an. Gelegentlich zog er auch Erkundigungen ein, aber meistens guckte er einfach.
Die Lebhaftigkeit ihrer Tanten und Kusinen, ihre neue und ausschließende Kumpelhaftigkeit, trieb Savi und Kamla und Myna dazu, sich Anand in ihrem Zimmer anzuschließen, wo sie sich wegen der mangelnden Sitzgelegenheiten aufs Bett legten und eine befangene, zusammenhanglose Unterhaltung führten.
Anand schlürfte seinen Orangensaft. Das Eis war geschmolzen, der Saft schal und warm geworden. Die Mädchen gingen zu einem Spaziergang in den Botanischen Garten. Shama nahm ihr Bad: Anand hörte sie in dem Freiluft-Badezimmer singen und Kleider waschen. Als sie heraufkam, war ihr Haar naß und glatt, ihre Finger waren rifflig, doch ihre Unruhe war trotz all ihrer Lieder nicht verschwunden. Sie sagte auf Hindi: »Geh und entschuldige dich bei deinem Onkel.«
»Nein!« Das war das erste Wort, das er seit langer Zeit sagte.
Sie tätschelte ihn. »Um meinetwillen.«
»Die Revolution«, sagte er.
»Du vergibst dir doch nichts. Er ist älter als du. Und dein Onkel.«
»Er ist nicht mein Onkel. Reis aus Flugzeugen zu schießen!«
Shama begann leise zu singen. Sie warf ihr Haar nach vorne übers Gesicht und fing an, es mit einem ausgestreck-

ten Handtuch zu klopfen. Das Geräusch klang wie gedämpftes Niesen.
Die Mädchen kamen von ihrem Spaziergang zurück. Sie waren munterer und redeten ungezwungener.
Dann wurden sie still.
Die Männer waren zurückgekommen. Sie hörten ihr lautes Gespräch, ihre Schritte; Owads Stimme, die freundschaftlich erhoben war und in Lachen ausbrach; die sorglosen Erkundigungen der Tanten; Shekkars Verabschiedung, sein abfahrendes Auto.
Savi fragte Shama flüsternd: »Was ist passiert?«
»Nichts ist passiert«, sagte Shama schmeichelnd, nicht als Antwort für Savi, sondern als Wiederholung ihrer Bitte an Anand. »Er geht einfach hin und entschuldigt sich bei deinem Onkel, und das ist alles. Nicht der Rede wert.«
Die Mädchen wollten Anand nicht verlassen, und sie fürchteten sich hinunterzugehen.
»Denkt daran«, sagte Shama, »kein Wort zu eurem Vater. Ihr wißt doch, wie er ist.«
Sie ging aus dem Zimmer. Sie hörten sie ganz normal, sogar scherzend mit einer der Tantensprechen und bewunderten sie um ihren Mut. Dann gingen auch die Mädchen hinunter, um der Gerechtigkeit der Unverfolgten gegenüberzutreten.
Oben lief die Dusche. Owad war im Badezimmer und sang ein Lied aus einem alten indischen Film. Das war Teil seiner Tugendhaftigkeit: es zeigte, wie unbeeinträchtigt er von England geblieben war, und schmeichelte jedem. Denn die Tugendhaftigkeit, mit der ihn in seiner Abwesenheit jeder ausgestattet hatte, fand man nun in den kleinsten Dingen: Anand erinnerte sich daran, daß eine Schwester gesagt hatte, Owad habe aus England die Schuhe, Hemden und Unterwäsche wieder mitgebracht, die er von Trinidad mitgenommen hatte.
»Dieselben Schuhe nach acht Jahren«, murmelte Anand. »Verdammter Lügner.«

Im Badezimmer wurde es still.
Shama kam ins Zimmer. »Schnell. Ehe sie ins Theater gehen.«
Anand kannte die Sonntagsroutine, Bridge, Tischtennis, das Mittagessen, das Meer, die Dusche, Abendbrot, dann die Abendvorstellung.
Man konnte hören, wie die Vettern sich im Eßzimmer versammelten. Owads Stimme, durch ein Handtuch unterdrückt, kam aus seinem Schlafzimmer.
Anand ging die Hintertreppe hinunter und die Treppe zur hinteren Veranda hoch, zur selben Veranda, auf die er zurückgekehrt war, nachdem er in Docksite beinahe ertrunken wäre. Von der Veranda konnte er einen Blick ins Eßzimmer werfen, in dem er in Owads Anwesenheit den Stuhl unter seinem Vater weggezogen hatte.
Die Vettern sahen ihn. Ein paar Tanten sahen ihn. Die Unterhaltung brach ab. Gesichter blickten zu Boden, wenn die Tanten auch weiterhin ernsthaft und gekränkt und rechtdenkend aussahen. Dann brach wieder Unterhaltung aus. Die Vettern spielten träge mit Karten, während sie aufs Abendessen warteten. Vidiadhar, der Schwitzer, lächelte auf den Tisch hinab und leckte sich die Lippen.
Anand mußte eine Zeitlang auf der Veranda warten, bevor Owad aus dem Schlafzimmer kam. Er kam mit seinem üblichen schweren, forschen Schritt heraus. Sowie er Anand sah, wurde er streng. Und es herrschte Stille.
Anand ging hinein; die Hände hielt er hinterm Rücken.
»Ich entschuldige mich«, sagte Anand.
Owad sah weiter streng aus.
Endlich sagte er: »Schon gut.«
Anand wußte nicht, was er machen sollte. Er blieb, wo er war, so daß es aussah, als warte er auf eine Einladung zum Essen und fürs Theater. Aber es kam kein Wort. Er drehte sich um und ging langsam aus dem Zimmer, hinaus auf die

hintere Veranda. Als er die Treppe hinunterging, hörte er, wie die Unterhaltung anhob, hörte die gewissenhafte Betriebsamkeit der Tanten in der Küche.

Shama wartete auf ihn in ihrem Zimmer. Er wußte, daß ihr Schmerz so groß wie seiner, vielleicht noch größer war, und er wollte ihn nicht noch größer machen. Sie wartete darauf, daß er etwas tat oder etwas sagte, damit sie die Trostworte spenden konnte. Aber er sagte nichts.

»Ißt du denn jetzt etwas?«

Er schüttelte den Kopf. Wie lächerlich waren die Aufmerksamkeiten, die die Schwachen im Schatten der Starken einander schenkten.

Sie ging hinunter.

Als Owad und seine Vettern weggingen, kam sie zurück. Da wollte er etwas essen.

Kurz danach kam Mr. Biswas von seinem Spaziergang zurück. Seine Stimmung hatte sich geändert. Sein Gesicht war schmerzverzogen, und Anand mußte ihm etwas Magenpulver mischen. Er war müde nach seinem Spaziergang und wollte ins Bett gehen. Sonntags konnte er früh schlafen gehen; an anderen Abenden kam er spät aus seinem Bezirk.

Aus dem Eßzimmer kam Licht durch die hohen Lüftungslöcher am oberen Rand der Zwischenwand. Er rief Shama und sagte ihr: »Geh und bring sie dazu, das Licht auszuschalten.«

Das war eine unangenehme Bitte zur besten aller Zeiten, obwohl es Shama vor Owads Rückkehr manchmal gelungen war. Nun konnte sie nichts machen.

Mr. Biswas verlor die Geduld. Er befahl Shama und Anand, Kartonplatten zu besorgen, und indem er vom Bett aus bis zum Sims der Trennwand hochsprang, versuchte er, damit die Lücken oben in der Trennwand zu verschließen. Von den drei Stücken, die er aufstellte, fielen zwei beinah sofort wieder herunter.

»Onkel Podger«, sagte Savi.
Er war nahe daran, auch mit ihr die Geduld zu verlieren; aber wie als Reaktion auf das Durcheinander ging das Licht im Eßzimmer aus. Er legte sich im Dunkeln aufs Bett und war bald eingeschlafen, knirschte mit den Zähnen und machte mit dem Mund seltsame zufriedene Schmatzlaute.
Anand saß in der Dunkelheit. Shama kam ins Zimmer und ging in das Himmelbett. Hinuntergehen wollte Anand nicht. Er lag neben seinem Vater auf dem Bett und verhielt sich ganz still.
Er wurde von Schwatzen und schweren Schritten gestört und durch das Licht, das durch die zwei offenen Abschnitte über der Zwischenwand hereinkam, hellwach gemacht. Man konnte ein paar Tanten hören, die unter dem Haus gewartet hatten und sich nun in der Küche herumbewegten. Das Schwatzen und Lachen dauerte an. Mr. Biswas rührte sich und ächzte: »Guter *Gott*!«
Anand spürte, daß Shama wach und nervös war. Wenn man so darauf lauschte, war das Schwatzen so unerträglich wie ein tröpfelnder Wasserhahn.
»*Gott*!« schrie Mr. Biswas.
Im Eßzimmer trat für einen Augenblick Stille ein.
»Hier sind noch andere Leute im Haus«, rief Mr. Biswas. Man konnte hören, wie unten die Schwestern, die zu Besuch waren, und die Lesenden und Lernenden wach wurden.
Leise, als spräche er nur zu den Leuten bei ihm, sagte Owad: »Wissen wir das denn nicht alle, Alter?« Es wurde gekichert.
Das Kichern machte Mr. Biswas verrückt.
»Geht nach Frankreich!« schrie er.
»Und du kannst zur Hölle gehen.« Das war Mrs. Tulsi. Ihre Worte, gleichförmig aneinandergereiht, waren kalt und fest und klar.

»Ma!« sagte Owad.
Mr. Biswas wußte nicht, was er sagen sollte. Auf die Überraschung folgte Schreck, auf den Schrecken Zorn.
Shama stand aus dem Himmelbett auf und sagte: »Mann, Mann.«
»Laß ihn zur Hölle gehn«, sagte Mrs. Tulsi beinah in Konversationston. Ihrer Stimme folgte ein Ächzen, das Quietschen einer Bettfeder und Schlurfen auf dem Boden. Unten gingen Lampen an, erleuchteten den Hof und warfen ihren Widerschein durch die Tür mit heruntergelassenen Jalousien in Mr. Biswas' Zimmer.
»Zur Hölle gehen?«, sagte Mr. Biswas. »Zur Hölle gehn? Um dir den Weg zu bereiten? Und zu Gott zu beten, was? Das Grab des alten Herrn in Ordnung bringen.«
»Biswas, um Gottes willen«, rief Owad, »halt dein verdammtes Maul.«
»Erzähl du mir nichts von Gott. Rote und blaue Baumwolle! Reis aus Flugzeugen zu schießen!«
Die Mädchen kamen ins Zimmer.
Savi sagte: »Pa, sei nicht so blöd. Um Himmels willen, hör auf.«
Anand stand zwischen den beiden Betten. Der Raum war wie ein Käfig.
»Laß ihn zur Hölle gehen«, schluchzte Mrs. Tulsi. »Laßt ihn abhauen.«
»Nachbarin! Nachbarin!« rief schrill eine Frau von nebenan.
»Irgendwas nicht in Ordnung, Nachbarin?«
»Das kann ich nicht *aushalten*«, brüllte Owad. »Ich halt's nicht aus. Ich weiß nicht, wozu ich zurückgekommen bin.« Man hörte ihn durchs Wohnzimmer stampfen. Laut, wütend, undeutlich murmelte er vor sich hin.
»Sohn, Sohn«, sagte Mrs. Tulsi.
Sie hörten ihn die Treppe hinuntergehen, hörten, wie das Tor klappte und erzitterte.

Mrs. Tulsi begann zu jammern.
»Nachbarin! Nachbarin!«
In Mr. Biswas' Kopf formte sich ein wunderbarer Gedanke, und er sagte: »Kommunismus wie Nächstenliebe sollte zu Hause beginnen.«
Mr. Biswas' Tür wurde aufgestoßen, neues Licht und neue Schatten brachten das Muster auf der Wand durcheinander, und Govind kam ins Zimmer, seine Hose nicht zugegürtet, sein Hemd nicht zugeknöpft.
»Mohun!«
Seine Stimme war freundlich. Mr. Biswas war bis zu Tränen überwältigt. »Kommunismus wie Nächstenliebe«, sagte er zu Govind, »sollte zu Hause beginnen.«
»Wissen wir, wissen wir«, sagte Govind.
Sushila tröstete Mrs. Tulsi. Ihr Jammern löste sich in Schluchzen auf.
»Ich kündige dir«, schrie Mr. Biswas. »Ich verfluche den Tag, an dem ich in dein Haus getreten bin.«
»Mann, Mann.«
»Du verfluchst den Tag«, sagte Mrs. Tulsi, »wo du mit nicht mehr Kleidern, als du an einem Nagel aufhängen konntet, zu uns gekommen bist.«
Das verletzte Mr. Biswas. Er konnte nicht sofort etwas erwidern. »Ich kündige dir«, wiederholte er schließlich.
»Ich kündige *dir*«, sagte Mrs. Tulsi.
»Ich hab' dir zuerst gekündigt.«
Urplötzlich trat Stille ein. Dann ging im Wohnzimmer leises, amüsiertes Geschwätz los, und unten flüsterten die Lesenden und Lernenden, die sich bis dahin still verhalten hatten.
»Tsa!« sagte die Frau nebenan. »Wenn man sich um die Angelegenheiten anderer Leute kümmert.«
Govind klopfte Mr. Biswas auf die Schulter, stieß ein kleines Lachen aus und verließ das Zimmer.
Das Flüstern unten klang ab. Das Licht, das vom Hof

durch die Jalousien kam und das Zimmer streifte, wurde ausgemacht. Das Lachen im Wohnzimmer erstarb. Man räusperte sich mit leicht ironischer Betonung und lachte leise und vorsichtig in sich hinein. Man schlurfte über den Boden und flüsterte. Dann ging das Licht aus, und der Raum lag in Dunkelheit, und das Haus war absolut still. Entsetzt blieben sie im Zimmer zurück, wagten nicht, sich zu rühren, die Stille zu brechen, waren in der Dunkelheit und Stille nicht in der Lage, ganz zu begreifen, was gerade geschehen war.

Von ihrer Untätigkeit erschöpft, gingen die Kinder gleich danach nach unten.

Der Morgen würde die volle Entsetzlichkeit der letzten paar Minuten zeigen.

Sie erwachten mit einem Gefühl des Unwohlseins. Fast sofort erinnerten sie sich. Sie vermieden einander. Sie horchten über dem Räuspern und Spucken, den fließenden Hähnen, dem anhaltenden Schlurfen, dem Anfachen der Kohlenpfannen, dem metallischen Zischen der Toilettenspülung nach den Schritten und Stimmen von Mrs. Tulsi und Owad. Dann erfuhren sie, daß Owad frühmorgens für eine einwöchige Reise nach Tobago aufgebrochen sei. Ihr Instinkt sagte Mr. Biswas' Kindern, sofort wegzugehen, dem Haus zu entfliehen in die davon losgelöste Wirklichkeit der Straßen und der Schule.

Mr. Biswas' Wut war schal geworden: sie belastete ihn. Nun war auch Scham über sein Benehmen da, Scham über die ganze ordinäre Szene. Aber die Unsicherheit, die ihn immer begleitet hatte, seit er gehört hatte, daß Owad aus England zurückkehrte, war verschwunden. Er fand es einfach, seine Ängste zu ignorieren, und nachdem er sich gebadet hatte, fühlte er sich energisch und sogar leichtsinnig. Auch er war begierig, aus dem Haus zu kommen. Und als er es verließ, galt sein Mitgefühl Shama, die bleiben mußte.

Die Schwestern sahen geläutert aus. Unverfolgt, glaubten sie an ihre Rechtschaffenheit; und obwohl Owads Abreise, im Zorn, wie berichtet wurde, sie alle in seine Ungnade miteinbezog und sie bedrohte, war sich jede Schwester ihres Einflusses auf Owad sicher und nahm Shama gegenüber eine vorwurfsvolle und ablehnende Haltung ein.
»So, Tante«, sagte Suniti, die ehemalige Grimassenschneiderin, »ich habe gehört, ihr zieht in ein neues Haus. Mann!«
»Ja, meine Liebe«, sagte Shama.
In der Schule verteidigte Anand Eliot, Picasso, Braque, Chagall. Er, der im Leseraum Exemplare des *Soviet Weekly* zwischen den Seiten von *Punch* und *The Illustrated London News* liegengelassen hatte, verkündete nun, daß er den Kommunismus mißbillige. Den Ausdruck fand man seltsam, aber die Handlung selbst, die mit der weitverbreiteten Zurückweisung des Kommunismus durch herausragende Intellektuelle in Europa und Amerika zusammentraf, rief wenig Kommentar hervor.

Kurz nach seiner Einstellung beim *Sentinel* war Mr. Biswas eines späten Abends ins Stadtzentrum gegangen, um die Obdachlosen, unter denen sich ganze Familien befanden, die regelmäßig auf dem Marine Square schliefen, zu interviewen. »Diese Vexierfrage — die Wohnungsfrage« hatte er seinen Artikel begonnen; und obwohl Mr. Burnett die Worte ausgemerzt hatte, war Mr. Biswas von ihrem Rhythmus eingenommen und hatte sie nie vergessen. An dem Morgen wirbelten sie in seinem Kopf herum; verhalten sprach und sang er sie, und während der ganzen Montagskonferenz im Büro war er ausgesprochen lebhaft und gesprächig. Als die Konferenz zu Ende war, ging er die St. Vincent Street hinunter zu dem Café mit den fröhlichen Wandmalereien und setzte sich an die Theke, um auf Leute zu warten, die er kannte.

»Hab' die Mietkündigung gekriegt, Mann«, sagte er.
Er sprach leichthin, weil er Besorgtheit erwartete, aber seine Leichtfertigkeit traf auf Leichtfertigkeit.
»Ich rechne damit, mich Ihnen bald auf dem Marine Square anzuschließen«, sagte ein Reporter vom *Guardian*.
»Trotzdem 'n Wahnsinnsproblem. Verheiratet, mit vier Kindern und nichts, wohin man gehen kann. Wissen Sie was zu mieten?«
»Wenn ich das wüßte, wäre ich auf der Stelle da.«
»Ah, na gut. Ich vermute, es bleibt uns nur der Marine Square übrig.«
»Sieht so aus.«
Das Café, in der Nähe von Zeitungsredaktionen, Regierungsbüros und des Gerichts, wurde von Zeitungsleuten und Beamten besucht; von Leuten, die auf einen Drink hereinkamen, bevor ihr Fall aufgerufen wurde und sie verschwanden, manchmal für Monate; von Anwaltsgehilfen und Bürolehrlingen, die an den polierten Pulten im Vorraum des Hauptstandesamtes Tage voller Eintönigkeit damit verbrachten, nach Rechtstiteln zu forschen.
Es war ein Urkundenforscher, der sagte: »Wenn Billy noch hier wäre, würd' ich Ihnen sagen, Sie sollten mal gehn und Billy besuchen. Erinnert ihr euch noch an Billy?
Billy hat ihnen immer versprochen, daß er ihnen nicht nur ein Haus besorgt, sondern daß er ihnen außerdem den Umzug umsonst macht. Die Leute haben sich nur so überstürzt, um den kostenlosen Umzug zu kriegen — ihr kennt ja die Schwarzen —, und haben bei Billy eine Anzahlung gemacht. Als er so 'n paar schöne, dicke Anzahlungen eingesammelt hat, beschließt Billy, daß es Zeit ist, dieser Dummheit ein Ende zu machen und in die USA abzuhauen.
Aber paßt auf. Am Tag, eh' er abfährt, kommt Billys Plan raus. Aber Billy erfährt, daß der Plan rausgekommen ist. Am nächsten Tag — Billys Schiff liegt schon im Hafen —

mietet Billy 'nen Laster, zieht seine alten Khaki-Arbeitsklamotten an und geht bei allen Leuten vorbei, von denen er Geld genommen hat. Die sind alle so überrascht, daß sie ganz vergessen, daß sie sauer sind. Und sie alle erzählen Billy, daß sie die Polizei gerufen haben, und sie sagen: »Aber Billy, wir haben gehört, daß du heute abhaust.« Und Billy sagt: »Ich weiß nicht, wo ihr den Niggermist herhabt. Ich haue nicht ab. *Ihr* haut ab. Ich bin gekommen, um den Umzug für euch zu machen. Habt ihr alles eingepackt?« Keiner von ihnen hat irgendwas eingepackt, und Billy fängt an, sich in 'nen Wutanfall zu steigern und sagt, daß sie ihm die Zeit stehlen und daß er nicht übel Lust hat, überhaupt keinen Umzug zu machen. Und sie beruhigen ihn und sagen, daß sie, wenn er am Nachmittag noch mal vorbeikommt, alles eingepackt haben und für den Umzug fertig sind. Billy haut also ab, und die Leute packen und warten auf Billy. Die warten immer noch.«

Gelächter brach aus, aber Mr. Biswas konnte nicht darin einstimmen. Draußen war es dunkel geworden. Es gab ein blaues sekundenlanges Blitzen, dann ein Krachen und Donnergrollen. Der Gedanke, bei geschlossenen Fenstern in seinen Bezirk zu fahren, war nicht verlockend. Er hatte viel Lagerbier getrunken, und das hatte ihn allmählich auf einen Zustand des Schweigens und der Stille reduziert. Er wollte nicht aufs Land fahren, er wollte nicht in dem Café bleiben. Aber der Regen, der mittlerweile in schweren Tropfen fiel, die den Bürgersteig verdunkelten und ihn im Nu naß und zu einem fließenden Gewässer machten, ermutigten ihn zum Bleiben, schweigend und ohne zuzuhören auf einem hohen Hocker Bier trinkend, auf die grellen leuchtenden Wandgemälde starrend, der Düsterkeit ergeben.

Er spürte eine Hand auf seiner Schulter und drehte sich um, um einen sehr großen, dünnen Farbigen zu erblicken. Er hatte diesen Mann gelegentlich in der Nähe der St.

Vincent Street gesehen und wußte, daß er ein Anwaltsgehilfe war. In den vergangenen ein, zwei Jahren hatten sie einander zugenickt, aber nie zusammen gesprochen.
»Ist das wahr?« fragte der Mann.
Mr. Biswas fiel die Größe des Mannes, die Betroffenheit in seiner Stimme und seinem jung-alten Gesicht auf. »Ja, Mann.«
»Ihnen ist wirklich gekündigt worden?«
Auf dieses Mitgefühl reagierte Mr. Biswas, indem er die Lippen schürzte, auf sein Glas hinabsah und nickte.
»Wahnsinn. Wie lange?«
»Kündigungsfrist? Einen Monat, vermute ich.«
»Wahnsinn. Verheiratet? Kinder?«
»Vier.«
»Gott! Haben Sie's bei der Regierung versucht? Sie sind doch im Öffentlichen Dienst jetzt, oder nicht? Und haben die nicht irgendeine Art Kreditprogramm für Häuser?«
»Nur für Festangestellte.«
»Irgendwas Gutes zum Mieten kriegen Sie für den ganzen Tee Chinas nicht«, sagte der Mann. Er schob sich um Mr. Biswas herum und schnitt ihn von den Redenden ab, von denen einige an der Theke oder an Tischen zu essen begannen. »Eigentlich ist es viel leichter, ein Haus zu kaufen. Auf lange Sicht. Was trinken Sie? Lagerbier? Zwei Lager Fräulein. Wahnsinnssache, Mann.«
Das Lagerbier kam.
»Ich kenne das«, sagte der Mann. »Vor kurzem war ich in derselben Lage. Ich hatte nur meine Mutter. Aber selbst das war die Hölle, kann ich Ihnen sagen. Es ist, wie wenn man krank ist.«
»Krank?«
»Wenn man krank ist, vergißt man, was es heißt, sich wohl zu fühlen. Und wenn man sich wohl fühlt, weiß man nicht wirklich, was es heißt, krank zu sein. Genauso ist es, wenn man keinen Ort hat, an den man jeden Nachmittag zurückgehen kann.«

Im Café wurden die Lichter eingeschaltet. In jedem Türeingang standen schweigend Leute und sahen in den Regen hinaus. Von der dunklen Straße kam das Zischen nasser Reifen und das Trommeln des Regens, die das Kratzen von Messern und Gabeln auf Tellern, das Geplauder übertönten.

»Ich weiß nicht«, sagte der Mann. »Aber passen Sie auf. Was machen Sie jetzt?«

»Ich muß aufs Land fahren. Aber bei diesem Regen —«

»Wissen Sie was? Sie kommen besser und essen was mit mir. Nein, nicht hier.« Er sah sich im Café um, und in seinem Blick erkannte Mr. Biswas Tadel für die Gefühllosigkeit der Plaudernden.

Sie gingen hinaus und eilten durch den Regen, streiften im Vorbeigehen Leute, die enggedrückt an Mauern standen. Sie bogen in eine Seitenstraße ein und betraten den schmierig grünen Flur eines chinesischen Restaurants. Die Matte aus Kokosfasern war feucht und schwarz, der Boden naß. Sie gingen eine kahle Treppe hoch, und der Anwaltsgehilfe schien andauernd Leute zu treffen, die er kannte. Vor ihnen allen klopfte er Mr. Biswas auf die Schulter und sagte: »Wahnsinnsfall hier, Mann. Dem Mann ist gekündigt worden. Und er hat nichts, wo er hingehen kann.« Die Leute sahen Mr. Biswas an, gaben mitfühlende Laute von sich, und Mr. Biswas, vom Bier, den fremden Gesichtern und dem unerwarteten Interesse benebelt, wurde sehr tragisch.

Sie gingen in eine durch Celotexwände abgetrennte Zelle, und der Anwaltsgehilfe bestellte Essen.

»Ich weiß nicht«, sagte er. »Aber passen Sie mal auf. Meine Lage ist folgendermaßen. Ich wohne mit meiner Mutter in einem zweistöckigen Haus in St. James. Aber sie ist 'n bißchen alt jetzt, wissen Sie —«

»Meine Mutter ist tot«, sagte Mr. Biswas, der sich zu seiner Überraschung beim Essen fand. »Der verdammte

Doktor wollte ihr keinen Totenschein ausstellen. Dem hab' ich aber einen Brief geschrieben. Einen langen —«

»Wahnsinnssache, Mann. Aber die Lage ist die. Die alte Lady hat 'n bißchen Schwierigkeiten mit dem Herzen. Kann keine Treppen steigen und so was. Das strengt ja das Herz an, wissen Sie.« Der Anwaltsgehilfe legte eine Hand auf die Brust, und seine Schultern schwankten. »Und gerade im Moment hab' ich ein Angebot für ein Haus in Mucurapo, das für die alte Lady genau das richtige wäre. Das Problem ist, ich kann es nicht kaufen, solange keiner meins kauft.«

»Und Sie wollen, daß ich Ihres kaufe.«

»Gewissermaßen. Ich könnte Ihnen helfen, und Sie könnten mir helfen. Und der alten Lady.«

»Ein Haus mit einem Obergeschoß, sagen Sie.«

»Jeglicher moderner Komfort und sofort und ganz zum Besitz freizumachen.«

»Ich wünschte, ich hätte die Sorte Geld, Alter.«

»Warten Sie, bis Sie's gesehen haben.«

Und ehe die Mahlzeit beendet war, hatte Mr. Biswas eingewilligt, sich das Haus anzusehen. Er wußte, was er tat. Er wußte, daß er nicht mehr als achthundert Dollar hatte und nur die Zeit des Angestellten und seine eigene vergeudete. Aber die Höflichkeit verlangte nichts weniger.

»Sie würden mir einen Gefallen tun«, sagte der Anwaltsgehilfe. »Und Sie würden der alten Lady einen Gefallen tun.«

So fuhren sie im strömenden Regen, in dem der Scheibenwischer manchmal steckenblieb, über die St. Vincent Street und um den Marine Square und entlang der Wrightson Road — besiedelt von abgesicherten Menschen — und durch Woodbrook zur westlichen Hauptstraße, an dem riesigen Grundstück und der mit Regenbäumen gesäumten Auffahrt der Polizeikaserne vorbei und bogen in die Sikkim Street ein.

Es regnete immer noch, als das Auto vor dem Haus hielt. Der Zaun, halb aus Beton, mit Bleirohren zwischen quadratischen Betonpfeilern, war von Windenranken bedeckt, in denen wie Tupfen kleine rote Blüten saßen, die im Regen den Kopf hängen ließen. Die Höhe des Hauses, die cremefarbenen und grauen Wände, die weißen Tür- und Fensterrahmen, die roten Ziegelsteinmauern mit weißen Fugen: all das sah Mr. Biswas auf einen Blick und wußte, das Haus war nicht für ihn.

Als er, nachdem sie aus dem Regen ins Haus gestürzt waren, die alte Lady kennenlernte, die nicht so alt war, wie der Anwaltsgehilfe vorgegeben hatte, war er von ihrer Höflichkeit überwältigt. Mit seinem Anzug, der Krawatte, den glänzenden Schuhen und dem Prefect hatte er ständig das Gefühl, die Öffentlichkeit zu täuschen. Hier in diesem Haus in der Sikkim Street, das so erstrebenswert, so unerreichbar war, war die Täuschung besonders schmerzlich. Er versuchte, die Höflichkeit der alten Lady mit gleicher Artigkeit zu erwidern: er versuchte, nicht an sein überfülltes Zimmer, seine achthundert Dollar zu denken. Langsam und vorsichtig, sich nun des Biers bewußt, nippte er am Tee und rauchte eine Zigarette. Aus Furcht, eine freimütige Bewertung sähe rüde aus, erfaßte er nur zögernd die mit Leimfarbe gestrichenen Wände, die getünchte Celotexdecke mit den Holzbalken, die schokoladenfarben gestrichen waren und funkelnagelneu aussahen, Fenster aus mattiertem Glas und Türen aus mattiertem Glas mit weißen Holzrahmen, weißes Gitterwerk, einen gebohnerten Boden, eine polierte Morris-Garnitur. Und als der Anwaltsgehilfe, offen und vertrauensvoll, weil er von den achthundert Dollar nichts ahnte, darauf bestand, daß Mr. Biswas sich die Räume oben ansah, ging Mr. Biswas schnell herum, sah ein Badezimmer mit Toilettenschüssel und — Luxus! — einem Waschbecken aus Porzellan, zwei Schlafzimmer mit grünen Wänden, eine

Veranda, richtig kühl ohne Sonne, die Winden am Zaun unten, seinen Prefect auf der Straße und betrachtete einen Augenblick lang das Haus als sein eigenes. Und der Gedanke war so berauschend, daß er ihn sofort zurückwies und hinunter eilte.

Die alte Lady, der das Herz nicht erlaubte, die Treppe hochzusteigen, begrüßte ihn, als käme er von einer langen Reise zurück.

Er setzte sich in einen der Morris-Sessel und trank noch mehr Tee und nahm noch eine Zigarette.

Über den Preis war bisher kein Wort gesagt worden. Mr. Biswas hielt sich daran, ihn für sich als so hoch und unmöglich anzusetzen, daß er ihn sowohl der Verpflichtung als auch des Bedauerns enthob. Er dachte an achttausend, neuntausend. So nahe an der belebten Hauptstraße: eine ideale Lage für ein Geschäft. Und doch im Regen so ruhig!

»Nicht schlecht für sechstausend«, sagte der Anwaltsgehilfe.

Mr. Biswas rauchte und sagte gar nichts.

Die alte Lady kam mit einem Teller Kuchen aus der Küche. Der Anwaltsgehilfe bestand darauf, daß Mr. Biswas etwas davon probieren müsse. Die alte Lady habe sie selbst gemacht.

Mr. Biswas nahm einen Kuchen. Die alte Lady lächelte ihn an, und er lächelte zurück.

»Also, um aufrichtig zu sein. Wir wollen beide auf die Schnelle einen Handel machen. Sagen wir also fünf-fünf.«

Einst hatte Mr. Biswas die Geschichte eines französischen Schriftstellers von einer Frau gelesen, die zwanzig Jahre lang arbeitete, um die Schulden für eine imitierte Kette abzubezahlen. Nie hatte er verstanden, wieso man das für eine komische Geschichte hielt. Schulden waren etwas Furchterregendes, und mit ihren ganzen Wenn und Hätte-können-sein kam die Geschichte der Wahrheit nur zu nahe: Hoffnung, gefolgt von Vernichtung, das Verstreichen der Jahre, das Verstreichen des Lebens selbst, und dann die Offenbarung, daß alles vergeudet war: O, meine arme Matilda! Aber sie waren falsch. Als er nun in dem Morris-Sessel des Anwaltsgehilfen saß, wußte Mr. Biswas, daß er einer solchen Schuld, einer ähnlichen Vernichtung, einer ähnlichen Verschwendung nahe war: und wieder lag er nachts wach, hörte das Schnarchen des überfüllten Hauses und sah durch das Fenster den leeren Himmel, über den schweigende Scheinwerferstrahlen fegten.

»Fünf-fünf, und wir geben diese Morris-Garnitur dazu.«

Der Angestellte stieß ein kleines Lachen aus. »Ich hör' immer, daß Inder geriebene Händler sind, aber daß sie so gerieben sind, hab' ich bis jetzt nicht gewußt.«

Die alte Lady lächelte so gütig wie eh und je.

»Ich muß darüber nachdenken.«

Die alte Lady lächelte.

Auf dem Rückweg beschloß Mr. Biswas, aggressiv zu sein. »Wenn Sie so scharf darauf sind, das Haus zu verkaufen, versteh' ich nicht, weshalb Sie nicht zu einem Makler gehen.«

»Ich? Sie haben nicht gehört, was die Leute im Café gesagt haben. Diese Makler sind bloß ein Haufen Gauner, Mann.«

Er hatte das Gefühl, das Haus hätte er zum letzten Mal gesehen. Er wußte da noch nicht, daß ihn die Fahrt entlang der westlichen Hauptstraße, durch Woodbrook zur Wrightson Road und zum Südkai in den fünf Lebensjahren, die ihm noch blieben, vertraut und sogar langweilig werden sollte.

Wieder einmal allein, kehrten seine Niedergeschlagenheit, seine Panik zurück. Aber als er zum Haus zurückkam, nahm er ein selbstbewußtes und strenges Auftreten an und sagte laut zu Shama, die überrascht war, ihn so schnell wiederzusehen: »Bin heute nicht aufs Land gefahren. Hab' mir ein paar Besitztümer angesehen.«

Die bohrenden Kopfschmerzen, die er auf sein Unwohlsein zurückführte, stellte sich nun als die Alkoholkopfschmerzen heraus, die er immer bekam, wenn er tagsüber trank. Er ging aufs Zimmer hoch, zog sich bis auf Unterhose und Unterhemd aus, versuchte, Mark Aurel zu lesen, was ihm nicht gelang, und schlief bald ein, zum Erstaunen seiner Kinder, die sich fragten, wie ihr Vater in einer Krise, die sie alle betraf, so früh am Tag Zeit für Schlaf finden konnte.

Er hatte das Haus gesehen wie ein Gast, der seinem Gastgeber sehr verpflichtet ist. Hätte es nicht geregnet, wäre er vielleicht über den kleinen Hof gegangen und hätte die widersinnige Form des Hauses gesehen. Er hätte gesehen, wo das Celotex-Paneel an der Dachtraufe abgefallen war und den Fledermäusen aus der Nachbarschaft ungehindertes Eindringen ermöglichte. Er hätte die Treppe gesehen, die hinten am Haus klebte, offen, mit nur einer Geländerstange und durch ungestrichenes Wellblech geschützt. Er hätte sich durch den dicken Vorhang über dem Hintereingang im unteren Stockwerk keine Behaglichkeit vorgaukeln lassen. Er hätte gesehen, daß das Haus überhaupt keine Hintertür hatte. Hätte er nicht aus dem Regen wegstürzen müssen, hätte er vielleicht die Straßenlampe direkt vor dem Haus bemerkt; er hätte gewußt, daß eine Straßenlaterne, die so nahe bei der Hauptstraße stand, Müßiggänger anzog wie die Motten. Aber er sah nichts davon. Er hatte nur eine Vorstellung von einem gemütlichen Haus im Regen, mit einem gebohnerten Fußboden, und einer alten Dame, die in der Küche Kuchen backte.

Wäre er nicht verwirrt gewesen, hätte er den Eifer des Angestellten vielleicht unhöflicher in Frage gestellt. Aber die Ereignisse liefen zu schnell, zu glatt ab. In der Nacht ein Streit, sofort am nächsten Nachmittag das Angebot eines Hauses, das direkt in Besitz genommen werden konnte. Und noch vor Ende des Abends war die Summe von fünftausendfünfhundert Dollar weniger unerreichbar geworden.

»Da ist jemand für dich«, sagte Shama.
Er erwachte und war verwundert, als er merkte, daß schon Abend war.
»Noch so ein Bedürftiger?« Sein Ruhm hatte seinen Rücktritt vom *Sentinel* überdauert; und gelegentlich machten ihn immer noch Bedürftige ausfindig.
»Ich weiß nicht. Ich glaub' nicht.«
Mit brummendem Schädel zog er sich an, ging durch das Haus hinunter zur Vordertreppe und überraschte den Besucher, einen ehrbar angezogenen Neger der Handwerkerklasse, der oben auf der Treppe auf ihn wartete.
»Guten Abend«, sagte der Neger. Sein Akzent entlarvte ihn als illegalen Einwanderer von einer der kleineren Inseln. »Ich komm' wegen Ihrem Haus. Ich will es kaufen.«
Jedermann wollte damals Häuser kaufen oder verkaufen.
»Ich hab' noch nicht mal 'ne Anzahlung darauf geleistet«, sagte Mr. Biswas.
»Das Haus in Shorthills?«
»Ach, das. Das. Aber das kann ich nicht verkaufen. Das Land gehört nicht mir. Ich hab's noch nicht mal gepachtet.«
»Ich weiß. Wenn ich das Haus kaufe, würd' ich's wegbringen.«
Er redete weiter, um zu erklären. Er hatte in Petit Valley ein Grundstück gekauft. Er wollte sein Haus selbst bauen, aber Baumaterial war knapp und teuer, und er bot Mr. Biswas an, sein Haus nicht als Haus, sondern um des Materials willen zu kaufen. Er sagte, zu feilschen sei er nicht bereit. Er habe das Gebäude sorgfältig untersucht und sei bereit, vierhundert Dollar zu bieten.
Und als Mr. Biswas zurückging in das Zimmer mit den zerwühlten Betten, den unordentlich verteilten Möbeln, dem Chaos auf Shamas Toilettentisch, hatte er zwanzig Zwanzigdollarscheine in der Tasche.

»Du glaubst zwar nicht an Gott«, sagte er zu Anand, »aber guck mal hier.«

Zwischen achthundert Dollar und eintausendzweihundert Dollar ist ein großer Unterschied. Achthundert Dollar sind geringfügige Ersparnisse. Eintausendzweihundert Dollar stehen für richtiges Geld. Der Unterschied zwischen achthundert und fünftausend Dollar ist immens. Der Unterschied zwischen eintausendzweihundert und fünftausend ist überwindbar.

Eine Woche vorher hätte Mr. Biswas jeden Gedanken daran abgetan, ein Haus für fünftausend Dollar zu kaufen. Er wollte eins für dreitausend oder dreitausendfünfhundert; nie schaute er sich eins für über viertausend an. Das Seltsame war, daß es ihm nun, nachdem er seine Preisklasse höher angesetzt hatte, nicht einfiel, sich andere Fünftausend-Dollar-Häuser anzusehen.

Er suchte am nächsten Tag den Anwaltsgehilfen auf, zahlte ihm eine Anzahlung von einhundert Dollar und war gescheit genug, nach einer abgestempelten Quittung zu fragen.

»Das Geld brauch' ich, um auf der Stelle eine Anzahlung für das Haus zu machen, das ich kaufen will«, sagte der Anwaltsgehilfe. »Warten Sie mal, bis die alte Lady das hört. Die wird sich freuen.«

Als Shama es hörte, brach sie in Tränen aus.

»Aha!« sagte Mr. Biswas. »Sich aufblasen. Sauer sein. Du kannst wohl bloß glücklich sein, wenn wir immer weiter mit deiner Mutter und dem Rest deiner großen, glücklichen Familie zusammen wohnen, was?«

»Ich denke gar nichts. *Du* hast das Geld, *du* willst ein Haus kaufen, und *ich* habe nichts zu denken.«

Und das war, als Shama beim Verlassen des Zimmers auf Suniti traf, und Suniti sagte: »Ich hab' gehört, daß ihr jetzt Senkrechtstarter seid. Ein Haus kauft und so was.«

»Ja, Kind.«
»Shama!« rief Mr. Biswas. »Sag dem Mädchen, es soll zurückgehen und seinem nichtswürdigen Mann helfen, die Ziegen an der Haltestelle von Pokima zu hüten.«
Die Ziegen waren eine Erfindung von Mr. Biswas, die ihren Zweck, Suniti zu imitieren, immer erfüllte. »Ziegen«, sagte sie in den Hof und zog die Luft durch die Zähne. »Na ja, einige Leute haben wenigstens Ziegen. Das ist mehr, als man von einigen anderen sagen kann.«
Mr. Biswas hatte nur einen Teil von Shamas Beweggründen erahnt. Sie wußte, daß die Zeit für den Umzug gekommen war. Aber sie wollte nicht, daß das nach einem Streit und einer Demütigung geschah. Sie hoffte, daß die Entfremdung zwischen ihr und ihrer Mutter wieder vergehen würde; und sie hielt Mr. Biswas' Handlung für übereilt und provozierend.
Die ungeheuerlichen Einzelheiten enthüllte er eine nach der anderen.
»Fünftausendfünfhundert Dollar«, sagte er.
Er erzielte seine Wirkung.
»O Gott!« sagte Shama. »Du bist verrückt! Du bist verrückt! Du hängst mir einen Mühlstein um den Hals!«
»Eine Kette.«
Ihre Verzweiflung machte ihm Angst. Aber sie machte ihn starrköpfiger: er verleugnete sich, um ihr weh zu tun.
»Mensch, wir bezahlen immer noch für das Auto. Und du weißt nicht, wie lange dein Job bei der Regierung anhält.«
»Dein Bruder hofft, er hält überhaupt nicht. Sag mal was. Tief in deinem Herzen glaubst du wirklich, daß die Arbeit, die ich da tue, nichts ist, was? Tief drinnen glaubst du das wirklich. Na?«
»Wenn du das glaubst«, schrie sie und ging die Treppe hinunter in die Küche unterm Haus, zu den Lesenden und Lernenden und Schwestern und verheirateten Nichten, die im Licht der schwachen, fliegenverdreckten Glühbir-

nen arbeiteten und redeten. Sie war von Sicherheit umgeben; aber Unglück würde sie befallen, und sie war ganz allein.

Sie ging noch einmal ins Zimmer hoch.

»Wie willst du das Geld kriegen?«

»Mach dir darüber keine Sorgen.«

»Wenn du anfängst, dein Geld wegzuwerfen, kann ich dir immer helfen. Morgen gehe ich zu de Limas und kaufe die Brosche, von der du immer redest.«

Er schnaubte.

Sowie sie aus dem Zimmer ging, wurde er von Panik ergriffen. Er verließ das Haus und ging um die Savanne spazieren, entlang der breiten, ruhigen, grasgesäumten Straßen von St. Clair, wo offene Türen gedämpft erleuchtete, üppige, behäbige Inneneinrichtungen offenbarten. Nachdem er sich einmal verpflichtet hatte, fehlte ihm der Mut zurückzugehen, doch fand er die Energie voranzumachen. Shamas Trübsinn ermutigte ihn, und die Begeisterung der Kinder stärkte ihn. Er vermeid es, sich selbst Fragen zu stellen; und in der Angst vor Owads Rückkehr entwickelte er die Besorgnis, er könne letzten Endes für das Haus des Anwaltsgehilfen und der alten Lady, die Kuchen backte und sie mit solcher Anmut servierte, doch nicht gut genug sein.

Diese Besorgnis trieb ihn am Donnerstagnachmittag dazu, zu Ajodha zu fahren und sobald er sie sah, Tara zu sagen, daß er gekommen sei, um viertausend Dollar für einen Hauskauf zu leihen. Sie nahm es gut auf; sie sagte, sie sei froh, daß er endlich von den Tulsis frei sein würde. Und als Ajodha, der sich mit seinem Hut Luft zufächelte, hereinkam, war Mr. Biswas gleichermaßen offen, und Ajodha behandelte die Angelegenheit als unbedeutenden Geschäftsabschluß. Viertausendfünfhundert Dollar für acht Prozent, rückzahlbar in fünf Jahren.

Mr. Biswas blieb da, um mit ihnen zu essen, und war

weiterhin aufdringlich und laut und voller Schwung. Erst als er wegfuhr, verließ ihn seine Heiterkeit und er erkannte, daß er sich nicht nur in Schulden, sondern auch in Täuschungsmanöver gestürzt hatte. Ajodha wußte nicht, daß das Auto noch nicht abbezahlt war; Ajodha wußte nicht, daß er nur ein nicht abgesicherter Angestellter im Öffentlichen Dienst war. Und das Darlehen konnte nicht in fünf Jahren zurückgezahlt werden; die Zinsen allein beliefen sich auf dreißig Dollar im Monat.

Trotzdem gab es noch Gelegenheiten, wo er sich hätte zurückziehen können. Als sie zum Beispiel am Freitagabend zur Besichtigung des Hauses fuhren.

Darauf bedacht, sich als des Hauses würdig zu erweisen, bestand er darauf, daß die Kinder ihre besten Kleider anzogen, und drängte Shama, so wenig wie möglich zu sagen, wenn sie ankamen.

»Laß mich doch hier. Laß mich doch hier«, sagte Shama. »Für dich habe ich kein Schamgefühl, und vor deinem arroganten Hausverkäufer bereite ich dir bestimmt Schande.«

Die ganze Fahrt über hielt sie sich dran, und gerade bevor sie in die Sikkim Street einbogen, verlor Mr. Biswas die Geduld und sagte: »Jawohl, du wirst mir verdammt sicher Schande machen. Bleib doch da und leb weiter bei deiner Familie und laß mich in Ruhe. Ich will nicht, daß du mit mir reinkommst.«

Sie sah überrascht aus. Aber um den Streit auszutragen, war keine Zeit mehr. Sie waren in der Sikkim Street. Er fuhr mit dem Auto am Haus vorbei, parkte es ein Stück weiter weg, rief den Kindern zu, mit ihm zu kommen, wenn sie wollten, oder bei ihrer Mutter zu bleiben und weiter bei den Tulsis zu wohnen, wenn sie das wollten, knallte die Tür zu und ging weg. Die Kinder stiegen aus und folgten ihm.

So daß Shama auf das Haus, ehe es gekauft wurde, nur

einen einzigen Blick aus dem fahrenden Prefect warf. Sie sah Betonwände, die im Licht der Straßenlampe sanft getönt waren, und auf die die Bäume nebenan romantische Schatten warfen. Und sie, der die ungefüge Treppe, die gefährlich durchgebogenen Balken, die mangelnde Verarbeitung des Gitter- und Holzwerks vielleicht aufgefallen wäre, die vielleicht die fehlende Hintertür, das Fehlen hunderter kleiner, aber wichtiger Feinheiten bemerkt hätte, saß von Wut und Schrecken überwältigt im Auto.
Während die Kinder in ihrem besten Benehmen mit der alten Lady Konversation machten und über das Interesse, das sie an ihnen zeigte, und ihre Zustimmung zu fast allem, was sie sagten, erfreut waren. Sie sahen den gebohnerten Boden, die prächtigen Vorhänge, die Celotex-Decke, die Morris-Sitzgarnitur, und viel mehr wollten sie nicht sehen. Sie tranken Tee und aßen Kuchen, während Mr. Biswas, ganz und gar nicht unerfreut über den Erfolg seiner Kinder, Zigaretten rauchte und mit dem Anwaltsgehilfen Whisky trank. Als sie hochgingen, ging der Anwaltsgehilfe vor. Es war dunkel. Daß es auf der Treppe kein Licht gab, fiel ihnen nicht auf; die Dunkelheit verbarg, wie zusammengeschustert die Konstruktion war. Schon so lange an Behelfsmäßiges und Altmodisches gewöhnt und von dem Gesehenenen und ihrer Situation als Gäste benommen, hielten sie sich nicht damit auf, nachzufragen, und als sie einmal oben angekommen waren, hielten das Badezimmer und die grünen Schlafzimmer und die Veranda und das Drahtfunkgerät sie zu sehr gefangen.
»Ein Radio!« schrien sie. Sie hatten vergessen, was es für ein Gefühl war, eins zu haben.
»Ich lasse es hier, wenn Sie wollen«, sagte der Anwaltsgehilfe, als böte er an, die Leihgebühren für das Gerät zu bezahlen.
»Na, gefällt es euch?« fragte Mr. Biswas, als sie weggingen.

Daran bestand kein Zweifel. Etwas so Neues, so Sauberes, so Modernes, so Feines. Sie brannten darauf, Shama davon zu überzeugen, sie dazu zu bewegen, selbst zu gehen und es anzusehen. Aber angesichts von Mr. Biswas' Fröhlichkeit und Triumph blieb Shama standhaft. Sie sagte, sie habe nicht vor, Mr. Biswas oder seinen Kindern Schande zu machen.

Während der Woche war Mrs. Tulsi krank, aber friedfertig gewesen. Mit Owads Rückkehr wurde sie weinerlich. Den größten Teil des Tages verbrachte sie in ihrem Zimmer, verlangte, daß ihr Haar mit Pimentrum getränkt würde, und lauschte auf Owads Schritte. Sie versuchte, ihn zurückzugewinnen, indem sie von seiner Kindheit und Pandit Tulsi sprach. Sie beschimpfte keinen, wütete gegen keinen, und die Tränen flossen aus den Quellen, wie es schien, ihrer dunklen Brille. Sie spann eine weitschweifige Geschichte von Ungerechtigkeit, Vernachlässigung und Undankbarkeit. Die Töchter kamen, um zuzuhören. Sie kamen gebeugt und reumütig und respektierten das Schweigen ihres Bruders, indem sie sich selbst ernsthaft und korrekt zeigten. Sie sprachen Hindi; sie erniedrigten sich nicht selbst; sie alle versuchten, so auszusehen, als hätten sie etwas Unrechtes getan. Aber Owads Stimmung schlug nicht um. Er erzählte nichts von seinen Erlebnissen in Tobago; und die Schwestern richteten ihre stummen Anschuldigungen gegen Shama. Owad verbrachte mehr Zeit außerhalb des Hauses. Er verkehrte mit seinen ärztlichen Kollegen, eine neue Kaste außerhalb der Gesellschaft, aus der sie stammte. Er fuhr in den Süden zu Shekkar. Er spielte Tennis im Indischen Club. Und fast so plötzlich, wie es angefangen hatte, hörte das Gerede von der Revolution auf.

7. *Das Haus*

Der Anwaltsgehilfe hielt Wort, und sobald die Überschreibung vollzogen war, gaben er und die alte Lady das Haus übereilt auf. Am Montagabend traf Mr. Biswas seine endgültige Entscheidung. Am Donnerstag erwartete das Haus ihn.

Am späten Donnerstagnachmittag fuhren sie mit dem Prefect zur Sikkim Street. Die Sonne kam durch die offenen Fenster im Erdgeschoß und fiel auf die Küchenwand. Die Holzrahmen und das mattierte Glas fühlten sich heiß an. Die Innenseite der Ziegelwand war warm. Die Sonne ging durchs ganze Haus und legte blendende Streifen über die schutzlose Treppe. Nur die Küche entkam der Sonne; überall sonst stand die Luft trotz des Gitterwerks und der offenen Fenster — eine Verdichtung aus Hitze und Licht, die ihren Augen weh tat und sie in Schweiß ausbrechen ließ.

Ohne Vorhänge, bis auf die Morris-Sitzgarnitur leer und mit dem heißen Fußboden, der nicht länger glänzte und strahlte, und der Sonne, die nur Grus und Kratzer und staubige Fußabdrücke zeigte, wirkte das Haus kleiner, als die Kinder es in Erinnerung hatten, und hatte die Behaglichkeit verloren, die ihnen abends in dem warmen Licht und hinter den dicken Vorhängen, die die Welt ausschlossen, aufgefallen war. Nicht mit Vorhängen dekoriert, ließen die großen Flächen Gitterwerk das Haus offen für das Grün des Brotfruchtbaums nebenan, die dichten Ranken der blutenden Herzen über dem verfaulenden Zaun, die verfallende Elendsbehausung nach hinten hinaus, die Geräusche der Straße.

Sie entdeckten die Treppe: nicht von Vorhängen verdeckt, war sie zu unansehnlich. Mr. Biswas entdeckte das Fehlen einer Hintertür. Shama entdeckte, daß zwei der Holzpfosten, die das Treppengeländer stützten, verfault waren, zum Boden hin abgebröckelt und grün von Feuchtigkeit. Sie alle entdeckten, daß die Treppe gefährlich war. Bei jedem Schritt wackelte sie, und bei der leichtesten Brise hoben sich die schrägliegenden Wellblechplatten in der Mitte und knackten wie metallische Seufzer.

Shama beklagte sich nicht. Sie sagte nur: »Sieht so aus, als müßten wir ein paar Reparaturen vornehmen, ehe wir umziehen.«

In den folgenden Tagen machten sie noch mehr Entdeckungen. Die Geländerpfosten waren verfault, weil sie neben einem Wasserhahn standen, der aus der Rückwand des Hauses kam. Das Wasser aus dem Hahn lief einfach in die Erde. Shama sprach von der Möglichkeit, daß alles absackte. Dann entdeckten sie, daß der Hof überhaupt keine Dränage hatte. Wenn es regnete, floß das Wasser von dem Pyramidendach direkt auf die Erde, verwandelte den Hof in Schlamm und bespritzte Wände und Türen, deren Sockel mit nassem Ruß besprengt zu sein schien.

Sie entdeckten, daß keins der Fenster unten sich schließen ließ. Einige knirschten über das Betonsims, andere waren von der Sonne verzogen, daß ihre Riegel nicht mehr die Falle schließen konnten. Sie entdeckten, daß die Haustür, elegant mit weißem Holzrahmen und mattierten Scheiben und Gitterwerk im Fischgrätmuster, bei starkem Wind aufflog, selbst wenn sie verschlossen und verriegelt war. Die andere Wohnzimmertür konnte man überhaupt nicht aufmachen: sie war an die Wand gepreßt von zwei Fußbodendielen, die sich gehoben hatten, gegeneinander drückten und eine gleichförmige Bergkette en miniature formten.

»Bruchbudenbauer«, sagte Mr. Biswas.

Sie entdeckten, daß nichts geglättet war und das Gitterwerk überall uneben und an vielen Stellen durch Nägel geborsten war, die ihre großen Köpfe zeigten.
»Schlepper! Schwindler!«
Sie entdeckten, daß oben keine Tür der anderen in Form, Bauart, Farbe oder Aufhängung glich. Keine paßte. Eine hing wie die Schwingtür in einer Bar zehn Zentimeter über dem Boden.
»Nazi und verfluchter Kommunist!«
Der Fußboden oben neigte sich zur Mitte, und von unten bemerkten sie eine entsprechende Krümmung in den beiden Hauptbalken. Shama dachte, der Fußboden böge sich, weil die innere Verandawand, die ihn trug, aus Ziegel war.
»Wir reißen sie ab«, sagte Shama, »und bauen eine Zwischenwand aus Holz.«
»Abreißen!« sagte Mr. Biswas. »Paß bloß auf, daß du nicht das Haus abreißt. Denn soweit wir wissen, hält genau die Wand das ganze verdammte Ding aufrecht.«
Anand schlug einen Pfeiler vor, der vom Wohnzimmer aus die durchhängenden Balken stützen sollte.
Bald begannen sie, ihre Entdeckungen für sich zu behalten. Anand entdeckte, daß die quadratischen Pfeiler im vorderen Zaun, die so hübsch aussahen mit den Winden, aus hohlen Ziegeln gemacht worden waren, die auf keinerlei Fundament ruhten. Wenn man sie mit dem Finger anstieß, schaukelten die Pfeiler. Er sagte nichts und schlug nur vor, daß der Maurer sich vielleicht den Zaun anschauen könne, wenn er käme.
Der Maurer kam, um um das Haus einen Abfluß aus Beton und unter den Hahn hinten ein niedriges Ausgußbecken zu bauen. Er war ein gedrungener Neger mit einem Schnurrbart wie eine Katze, und er sang ständig:

Es war einmal ein Mann, Michael Finnegan,
dem wuchs ein Schnurrbart auf den Wa-han-gen.

Sein Frohsinn bedrückte sie alle.

Täglich bewegten sie sich zwischen dem feindlichen Tulsi-Haus und der Sikkim Street hin und her. Sie wurden reizbar. An der Morris-Sitzgarnitur oder dem Drahtfunkgerät hatten sie wenig Freude.

»Ich lasse das Drahtfunkgerät hier für Sie«, sagte Mr. Biswas, den Anwaltsgehilfen nachäffend. »Du alter Gauner. Wenn ich dich nicht in der Hölle schmoren sehe!«

Die Leihgebühr für das Drahtfunkgerät betrug zwei Dollar im Monat. Die Landpacht betrug zehn Dollar im Monat, sechs Dollar mehr, als er für sein Zimmer bezahlte. Anliegergebühren, die ihm immer so fern wie Nebel oder Schnee vorgekommen waren, hatten nun eine Bedeutung. Landpacht, Drahtfunkgerät, Anliegergebühren, Zinsen, Reparaturen, Schulden: Verpflichtungen entdeckte er fast so schnell, wie er das Haus entdeckt hatte.

Dann kamen die Anstreicher, zwei große, traurige Neger, die seit einiger Zeit arbeitslos und froh waren, für die überaus niedrigen Löhne, die Mr. Biswas sich leihen mußte, damit er sie bezahlen konnte, eine Arbeit zu bekommen. Sie kamen mit ihren Leitern und Planken und Eimern und Pinseln, und als Anand sie im oberen Stockwerk herumhüpfen hörte, wurde er unruhig und ging hinauf, um sich zu vergewissern, daß das Haus nicht einstürzte. Die Anstreicher teilten Anands Besorgnis nicht. Sie hüpften weiterhin von den Planken auf den Boden, und er schämte sich zu sehr, um ihnen etwas zu sagen. Er blieb da, um zuzusehen. Die frische Leimfarbe ließ den langen, verdächtigen Riß in der Verandawand klarer und noch verdächtiger hervortreten. Während das Drahtfunkgerät das heiße leere Haus mit leichter Musik und heiteren Werbesprüchen füllte, unterhielten die Anstreicher sich, manchmal über Frauen, meistens über Geld. Als in dem Drahtfunkgerät eine Frau von einer nahen, aber unerreichbaren Stadt aus Samt, Glas und Gold sang, wo alles hell und sicher und selbst Traurigkeit schön war:

Man sieht, wie Tag und Nacht
mir alles Freude macht,
doch keiner weiß, wie's um mich steht —

sagte ein Anstreicher: »Das bin ich, Junge. Außen lachend, innen weinend.« Doch er hatte nie gelacht oder gelächelt. Und für Anand waren die Lieder, die immer wieder aus dem Drahtfunkgerät in dem leeren, nach Leimfarbe riechenden Haus kamen, auf immer von Unsicherheit, Bedrohung und Leere durchdrungen, und ihre Worte nahmen einen leicht eingängigen Symbolismus an, der Alter und Geschmack überdauern würde: »Außen lachend«, »Jedem das Seine«, »Bis dann«, »Was wir in jenem Sommer taten«.

Und es sollten noch mehr Ausgaben kommen. In diesem Teil der Stadt war noch keine Kanalisation gelegt worden, und das Haus hatte eine Sickergrube. Ehe die Anstreicher fertig waren, war die Sickergrube überfüllt. Die Toilettenschüssel füllte sich und brodelte; der Hof blubberte; die Straße roch. Sanitärtechniker mußten gerufen und eine neue Sickergrube gebaut werden. Zu diesem Zeitpunkt war das Geld, das Mr. Biswas geliehen hatte, ganz und gar aufgebraucht, und Shama mußte zweihundert Dollar von Basdai, der Witwe, die Kostgänger aufnahm, borgen.

Aber schließlich konnten sie das Tulsi-Haus verlassen. Ein Lastwagen wurde gemietet — noch mehr Unkosten — und alle Möbel hinaufgepackt. Und es war erstaunlich, wie die Möbel, an die sie sich gewöhnt hatten, plötzlich auf der Ladefläche des Lastwagens draußen auf der Straße ausgestellt, unvertraut und schäbig und beschämend wurden. Zum letzten Mal sollten mit umziehen: alles, was sich in einem Lebensalter angesammelt hatte: der Küchenschrank (verkrustet mit Lack, einer Schicht über der anderen, und verschiedenen bunten Anstrichen, das Fliegengitter gebrochen und verklebt), der gelbe Küchentisch, die

Hutablage mit dem wertlosen Glas und den abgebrochenen Haken, der Schaukelstuhl, das Himmelbett (auseinandergenommen und nicht ins Auge fallend), Shamas Toilettentisch (der ohne Spiegel und Schubladen gegen das Führerhaus gelehnt stand und das ungebeizte, unpolierte Holz innen sehen ließ, das nach all den Jahren immer noch so roh, so neu war), der kombinierte Bücherschrank und Schreibtisch, Théophiles Bücherschrank, das Schlaraffia-Bett (die Kopflehne in einem intimen Rosé), der Eßtisch des Bedürftigen (der mit Seilen um die Beine auf der Platte lag und mit Schubladen und Kisten bepackt war), die Schreibmaschine (immer noch strahlend gelb, auf der Mr. Biswas Artikel für die englische und amerikanische Presse schreiben wollte und auf der er seine Artikel für die Ideale Schule, seinen Brief an den Arzt geschrieben hatte): alles, was sich in einem Lebensalter angesammelt hatte und so lange verstreut und sogar unbeachtet geblieben war, lag nun zusammen auf der Ladefläche eines Lastwagens. Shama und Anand fuhren mit dem Lastwagen. Mr. Biswas fuhr die Mädchen: sie trugen Kleider, die durch das Einpacken gelitten hätten.

Sie konnten erst abends auspacken. In der Küche wurde eine schlechte Mahlzeit bereitet, und sie aßen in dem unordentlichen Eßzimmer. Sie sprachen wenig. Nur Shama sprach und bewegte sich ungezwungen. Die Betten wurden oben aufgeschlagen. Anand schlief auf der Veranda. Er konnte spüren, wie der Boden unter ihm sich zu der Anstoß erregenden Ziegelmauer hinneigte. Er legte eine Hand auf die Wand, als könne ihm das eine Vorstellung ihres Gewichts vermitteln. Bei jedem Schritt, besonders Shamas, konnte er spüren, wie der Boden erzitterte. Wenn er die Augen schloß, hatte er das Gefühl, alles schwanke und drehe sich. Schnell machte er sie auf, um sich zu vergewissern, daß der Boden nicht weiter abgesackt war, daß das Haus noch stand.

Jeden Nachmittag hatten sie einen älteren Inder zufrieden auf der Veranda des Hauses nebenan schaukeln sehen. Er hatte ein viereckiges Gesicht mit schweren Lidern, das beinah chinesisch war; immer sah er teilnahmslos und schläfrig aus. Aber als Mr. Biswas, der die Taktik verfolgte, sich mit seinen Nachbarn gut zu stellen, ihn grüßte, wurde der Mann sofort lebhaft, setzte sich in seinem Schaukelstuhl auf und sagte: »Sie haben 'ne Menge Reparaturen gemacht.«

Mr. Biswas verstand die Worte als Einladung des Mannes, auf seine Veranda zu kommen. Das Haus war neu und gut gebaut; die Wände waren solide, der Fußbdoen eben und fest, das Holzwerk überall ordentlich und perfekt. Einen Zaun gab es nicht, und ein Schuppen aus rostigem Wellblech und grauschwarzen Brettern grenzte hinten an sein Haus an.

»Schönes Haus haben Sie da«, sagte Mr. Biswas.

»Mit der Hilfe Gottes und der Jungs haben wir's geschafft, das zu bauen. Müssen noch 'nen Zaun aufstellen und 'ne Küche bauen, wie Sie sehen. Aber das kann vorläufig warten. Sie mußten 'ne Menge Reparaturen machen.«

»Ein paar Sachen hier und da. Tut mir leid wegen der Sickergrube.«

»Das braucht Ihnen nicht leid zu tun. Ich hatte das schon viel früher erwartet. Er hat sie selbst gebaut.«

»Wer? Der Mann?«

»Und nicht nur das. Er hat das ganze Haus selbst gebaut. Hat samstags und sonntags und nachmittags gearbeitet. Das war wie 'n Hobby für ihn. Wenn er einen Zimmermann beschäftigt hat, dann hab' ich's nicht gesehen. Und ich war'n Sie besser mal. Er hat auch die ganzen Leitungen selbst gelegt. Der Typ war ein Witz, Mann. Ich weiß nicht, wieso der Stadtrat so ein Haus abnimmt. Der Mann hat alle möglichen Baumstämme und Baumäste angeschleppt, um die als Stützen und Balken zu verwenden.«

Er war ein alter Mann, froh, daß er nach einem Lebensalter mit Hilfe seiner Söhne ein solides, gutgemachtes Haus gebaut hatte. Die Vergangenheit lag in dem Schuppen hinter seinem Haus, in den kaputten Holzhäusern, die noch in der Straße standen. Er sprach nur aus dem Gefühl, es geschafft zu haben, ohne Bosheit.

»Trotzdem ein stabiles kleines Haus«, sagte Mr. Biswas, als er es von der Veranda des alten Mannes aus betrachtete. Und er sah, wie vorteilhaft der Brotfruchtbaum des alten Mannes das Haus rahmte; wie elegant das Gitterwerk, dessen mangelnde Verarbeitung auf die Entfernung unwichtig war, durch die flammenden Herzen aussah. Aber ihm fiel auf, wie deutlich der Riß hervortrat, der sich von der Ziegelmauer auf der Veranda ausbreitete. Und erst da bemerkte er, wie viele Celotex-Paneele an der Dachtraufe herausgefallen waren, und selbst als er hinsah, flogen Fledermäuse hinein und heraus. »Stabiles kleines Haus. Das ist die Hauptsache.«

Der alte Mann redete weiter, ohne eine Spur von Streitsucht in der Stimme. »Und die vier Eckpfeiler. Jeder andere hätte die aus Beton gemacht. Wissen Sie, woraus er die gemacht hat? Einfach aus diesen Tonziegeln. Hohl innen.«

Mr. Biswas konnte seinen Schrecken nicht verbergen, und der alte Mann lächelte gutmütig, erfreut zu sehen, daß seine Information solch eine Wirkung hatte.

»Der Typ war ein Witz, Mann«, fuhr er fort. »Wie ich schon sagte, für den war das wie 'n Hobby. Hat hier Fensterrahmen aufgegabelt und da, vom amerikanischen Stützpunkt, und was weiß ich. Hat hier 'ne Tür aufgegabelt und da noch eine und hat sie hergebracht. Ein richtiger Schandfleck. Ich weiß nicht, wieso der Stadtrat die Bude abgenommen hat.«

»Ich glaube nicht«, sagte Mr. Biswas, »daß der Stadtrat es abnehmen würde, wenn es *nicht* stabil wäre.«

Der alte Mann achtete nicht darauf. »Ein Spekulateur, das war er. Ein richtiger Spekulateur. Das ist nicht das erste Haus, das er so gebaut hat, wissen Sie. Er hat zwei, drei in Belmont, eins in Woodbrook, dieses hier, und im Augenblick baut er eins in Morvant. Baut es und wohnt gleichzeitig darin.«

Der alte Mann schaukelte und lachte in sich hinein. »Aber auf dem ist er sitzengeblieben.«

»Er hat lange drin gewohnt«, sagte Mr. Biswas.

»Hat keinen gekriegt, der es kaufen wollte. Ist 'n schönes kleines Grundstück, wohlgemerkt. Aber er hat zu viel verlangt. Vier-fünf.«

»Vier-fünf!«

»Stellen Sie sich das mal vor! Und sehen Sie. Seh'n Sie sich das kleine Haus da unten auf der Straße an. »Er deutete auf einen neuen hübschen Bungalow, dem Mr. Biswas mit seinem neu erworbenen Blick für Zimmermannsarbeit ansah, daß es gut geplant und ausgeführt war. »Klein, aber sehr schön. *Das* ist dieses Jahr für Vier-fünf verkauft worden.«

Eines Nachmittags kam unerwartet ein Tuttle-Junge, der Schreiber, ins Haus, erzählte von diesem und jenem und sagte dann beiläufig, als richte er eine Botschaft aus, die er vergessen hatte, daß seine Eltern an dem Abend vorbeikämen, weil Mrs. Tuttle Shama wegen irgend etwas um Rat fragen wollte.

Rasch machten sie alles fertig. Der Boden wurde gebohnert, und man durfte nicht mehr darüber laufen. Vorhänge wurden neu drapiert und die Morris-Sitzgarnitur und der Glasschrank und der Bücherschrank an neue Standorte geschoben. Die Vorhänge kaschierten die Treppe, der Glasschrank und der Bücherschrank verdeckten Teile des Gitterwerks, das auch mit Vorhängen drapiert wurde. Die Tür, die nicht schloß, wurde weit offen gehalten und über den Türbogen wurden Vorhänge gehängt. Die Tür, die man nicht aufmachen konnte, wurde zugelassen und auch darüber ein Vorhang gehängt. Und als die Tuttles kamen, wurden sie von einem eingehegten, glänzenden, gedämpft erleuchteten Haus begrüßt, in dem die Morris-Stühle und die kleine Palme in dem Messingtopf sich in dem gebohnerten Fußboden spiegelten. Shama plazierte sie auf die Morris-Stühle, ließ sie ungefähr eine Minute lang alles schweigend bestaunen und machte genauso heimelig wie die alte Lady selbst Tee in der Küche und bot ihn mit Keksen an.

Und die Tuttles fielen darauf herein! Shama merkte es, als sich Mrs. Tuttles Gesichtsausdruck voller Wut und Selbstmitleid verhärtete, als W.C. Tuttle, der in einer Mischung aus östlicher und westlicher Eleganz in seinem Morris-Sessel saß, nervös in sich hineinlachte und mit einer Hand über den Fußknöchel rieb, der auf seinem linken Knie ruhte, und mit der andren die langen Haare in seiner Nase zwirbelte.

Mrs. Tuttle sagte zu Myna, die den fackeltragenden Arm der Fackelträgerin amputiert hatte: »Hallo, Myna-Mädchen. Du vergißt deine Tante wohl zur Zeit. Ich vermute fast, du willst nach all dem hier nicht mehr in mein altes Haus kommen.«

Myna lächelte, als wäre Mrs. Tuttle auf eine peinliche Wahrheit gestoßen.

Zu Shama sagte Mrs. Tuttle auf Hindi: »Nun ja, es ist alt. Aber es hat viel Platz.« Sie drückte die Ellbogen an die Seite, um die Beengung zu zeigen, die sie in Shamas Haus empfand. »Und wir wollten uns nicht in Schulden stürzen oder so etwas.«

W.C. Tuttle spielte mit den Haaren in der Nase und lächelte.

»Ich will nichts Größeres«, sagte Shama. »Dies ist genau richtig für mich. Etwas Kleines und Feines.«

»Ja«, sagte W.C. Tuttle, »etwas Kleines und Feines.«
Und sie erlebten einen Augenblick voller Schrecken, als er aus seinem Sessel aufsprang, zu der Wand mit dem Gitterwerk ging und begann, sie abzumessen, indem er die Finger spreizte, sie wieder zusammenschloß und aufs neue spreizte. Aber nur die Länge der Wand, nicht die Qualität ihrer Ausführung interessierte ihn. Er maß, lachte kurz auf und sagte: »Vier mal fünf.«
»Fünf mal sechs«, sagte Shama.
»Klein und fein«, sagte W.C. Tuttle. »Genau darin liegt seine Schönheit für mich.«
Und Shama erlebte noch einen unbehaglichen Moment, als W.C. Tuttle bat, man möge ihm das obere Stockwerk zeigen. Aber es war Abend. Sie hatten die Treppe vom Geländer bis zum Dach mit Gitterwerk und vom Geländer bis zu den Stufen mit Holzlatten umschlossen und alles angestrichen. Eine schwache Glühbirne erleuchtete den Treppenabsatz, warf den Hof in Dunkelheit, und die anheimelnde Wirkung blieb erhalten.
Und wie schnell vergaßen sie die Unbequemlichkeiten des Hauses und sahen es mit den Augen der Besucher! An das, was nicht durch Bücherschrank, Glasschrank und Vorhänge verborgen werden konnte, paßten sie sich an. Sie flickten den Zaun und machten ein neues Tor. Sie stellten eine Garage auf. Sie kauften Rosenstöcke und legten einen Garten an. Sie begannen, Orchideen zu züchten, und Mr. Biswas hatte die aufregende Idee, sie an abgestorbenen Kokospalmstämmen zu befestigen, die im Boden vergraben wurden. Neben dem Haus hatten sie im Schatten des Brotfruchtbaums ein Beet mit Anthurien. Um die Lilien kühl zu halten, umgaben sie sie mit feuchtem, verfaulendem Immortellenholz, das sie aus Shorthills bekamen. Und bei einem Besuch in Shorthills sahen sie auch aus hohem Gebüsch auf dem Hügel, wo Mr. Biswas einmal ein Haus gebaut hatte, die Betonpfeiler ragen.

Bald kam es den Kindern vor, als hätten sie nie anderswo gelebt als in dem hohen quadratischen Haus in der Sikkim Street. Von jetzt an würde ihr Leben geordnet sein, ihre Erinnerung zusammenhängend. Das Gedächtnis ist, solange es gesund ist, barmherzig. Und schnell würden die Erinnerungen an das Hanuman-Haus, The Chase, Green Vale, Shorthills, das Tulsi-Haus in Port-of-Spain durcheinandergebracht und verwischt werden; Ereignisse würden ineinandergeschoben, viele vergessen werden. Gelegentlich wurde ein Erinnerungsnerv angerührt — eine Pfütze, die nach Regen den blauen Himmel widerspiegelte, ein abgegriffenes Kartenspiel, die Fummelei mit einem Schnürsenkel, der Geruch eines neuen Autos, das Geräusch einer steifen Brise, die durch Bäume strich, die Gerüche und Farben eines Spielwarenladens, der Geschmack von Milch und Trockenpflaumen —, und ein Fragment einer vergessenen Erfahrung tat sich auf, isoliert, verwirrend. In einem nördlichen Land, in einer Zeit neuer Trennungen und Sehnsüchte, in einer Bibliothek, die plötzlich dunkel wurde und an deren Fenster Hagelkörner schlugen, würde das marmorierte Vorsatzblatt eines staubigen, in Leder gebundenen Buches beunruhigen: und es würde wieder die heiße lärmende Woche vor Weihnachten im Tulsi-Geschäft sein: das marmorierte Muster eines altmodischen Luftballons, eingepudert mit einem elastischen Pulver in einer flachen weißen Schachtel, die nicht angerührt werden durfte. Später also und ganz langsam, in sicheren Zeiten mit anderen Belastungen, wenn die Erinnerungen die Macht, durch Freude oder Schmerz zu verletzten, verloren hatten, würden sie sich zusammenfügen und die Vergangenheit zurückgeben.

Obwohl Mr. Biswas sich im Geist viele Folterungen für den Anwaltsgehilfen ausgedacht hatte, hütete er sich doch, in das Café mit den fröhlichen Wandmalereien zu gehen. Und so war er dann überrascht und verlegen, als er eines Nachmittags, weniger als fünf Monate nach dem Umzug, zurückkam und den Anwaltsgehilfen vorfand, der mit einer Zigarette zwischen den Lippen systematisch das Grundstück neben seinem Haus abschritt.

Der Angestellte war ganz unverfroren: »Wie geht's, Mann? Wie geht's der Frau? Und den Kindern? Kommen sie noch gut mit dem Lernen voran?«

Anstatt zu antworten, was er empfand: »Hör auf, dich nach meinen Kindern und ihren Studien zu erkundigen, du nichtsnutziger, alter, betrügerischer kommunistischer Kundenschlepper!«, sagte Mr. Biswas, daß es ihnen allen gut ginge, und fragte: »Wie geht's der alten Lady?«

»So lala. Das alte Herz hält sie zum Narren.«

Die Nachbarparzelle war praktisch leer. Am entgegengesetzten Ende stand nur ein ordentliches Gebäude mit zwei Räumen, das Büro eines Arbeiterhilfsvereins, so daß Mr. Biswas auf einer Seite keine Nachbarn hatte. Die gespannte Aufmerksamkeit des Angestellten gefiel Mr. Biswas nicht. Aber er beschloß, kühlen Kopf zu bewahren.

»Sie sind glücklich in Mucurapo?« fragte er. »Hach, was sag' ich da? Morvant ist es, oder nicht?«

»Die alte Lady macht sich nichts aus dem Viertel. Feucht, wissen Sie.«

»Und die Moskitos. Ich kann's mir vorstellen. Ich hab' gehört, das ist auch schlecht für's Herz.«

»Trotzdem«, sagte der Angestellte. »Wir müssen es weiter versuchen.«

»Haben Sie das Haus in Morvant schon verkauft?«

»Noch nicht. Aber ich hab' 'ne Menge Angebote.«

»Und Sie denken daran, wieder hier zu bauen.«

»Will 'n kleines Haus wie Ihres hochziehen. Zwei Stockwerke.«

»Sie ziehen hier kein verdammtes zweistöckiges Haus hoch, Sie alter Bruchbudenbauer und Kundenschlepper!«

Der Angestellte hörte mit dem Abschreiten auf und kam zum Zaun, der von einer Bougainvillea, die Mr. Biswas gepflanzt hatte, purpurrot und grün war. Über die Bougainvillea wackelte er mit einem langen Finger vor Mr. Biswas' Gesicht und sagte: »Halten Sie Ihre Zunge im Zaum! Halten Sie ihre Zunge im Zaum! Sie haben schon genug gesagt, um 'ne hübsche Weile im Knast zu verbringen. Halten Sie Ihre Zunge im Zaum! Es sieht so aus, als kennten Sie das Gesetz nicht.«

»Der Stadtrat wird dieses Haus nicht abnehmen. Ich bezahle Anliegergebühren, und ich habe meine Rechte.«

»Sagen Sie nicht, ich hätte Sie nicht gewarnt. Halten Sie bloß Ihre Zunge im Zaum, hören Sie.«

Als der Anwaltsgehilfe wegging, lief Mr. Biswas über den Hof und versuchte, sich vorzustellen, wie zwei solch hohe Kästen nebeneinander in der Straße wirkten. Er ging und schaute und grübelte und schätzte. Dann, ehe die Sonne unterging, rief er: »Shama! Shama! Bring mal ein Lineal oder dein Metermaß.«

Shama brachte ein Lineal, und Mr. Biswas fing an, die Breite seiner Parzelle Meter um Meter abzumessen. Er fing bei der halbleeren Parzelle an und arbeitete sich bis zum Haus des alten Inders vor, der schaukelnd, sein chinesisches Gesicht vor Lachen in Fältchen gelegt, alles beobachtet hatte.

»Er ist gekommen, um noch eins zu bauen, was?« rief er aus, als Mr. Biswas nahe genug war. »Das überrascht mich überhaupt nicht.«

»Das baut er nur über meine Leiche«, rief Mr. Biswas zurück, während er abmaß.

Der alte Mann schaukelte, sehr amüsiert.

»Aha!« sagte Mr. Biswas, als er zum Ende der Parzelle kam. »Aha! Das habe ich doch immer vermutet.« Er bückte sich und begann, den Rückweg zu der halbleeren Parzelle zu vermessen, während der alte Mann schaukelte und kicherte.

»Shama!« rief Mr. Biswas, als er in die Küche stürzte. »Wo hast du den Vertrag vom Haus?«
»Im Schreibtisch.«
Sie ging hoch, um ihn zu holen. Sie brachte ihn herunter, und Mr. Biswas las.
»Aha! Der alte Schlepper! Shama, wir kriegen einen größeren Hof.«
Durch Zufall oder Absicht war der Zaun, den der Anwaltsgehilfe errichtet hatte, ganze vier Meter innerhalb der Grenze, die in der Urkunde eingetragen war.
»Hab' ich mir doch immer gedacht«, sagte Shama, »daß wir keine fünfzehn Meter Frontbreite hätten.«
»Frontbreite, so?« sagte Mr. Biswas. »Schönes Wort, Shama. Aber du schnappst auf deine alten Tage 'ne Menge schöner Wörter auf, weißt du das?«
Und der Anwaltsgehilfe erschien nie mehr in der Straße.
»Sie haben ihn also erwischt«, sagte der alte Mann. »Aber das müssen Sie ihm lassen. Er war ein gerissener Kerl.«
»Mich hat er nicht hinters Licht geführt«, sagte Mr. Biswas. Auf die zusätzliche Fläche pflanzte Mr. Biswas einen Goldregenbaum. Er wuchs rasch. Er verlieh dem Haus ein romantisches Aussehen, machte die hohe, unelegante Linienführung weicher und sorgte für etwas Schutz vor der Nachmittagssonne. Seine Blüten waren lieblich, und an den heißen, ruhigen Abenden erfüllte ihr Geruch das Haus.

Epilog

Noch vor Ende des Jahres verließ Owad Port-of-Spain. Nach seiner Heirat mit Dorothys Kusine, der presbyterianischen Geigerin, verließ er das Kolonialhospital und zog nach San Fernando, wo er eine Privatpraxis aufmachte. Und am Jahresende war auch das Wohlfahrtsamt abgeschafft. Nicht wegen Shekkars Partei; die hatte sich schon vorher aufgelöst, als alle vier ihrer Kandidaten bei der ersten allgemeinen Wahl der Kolonie eine Niederlage erlitten und Shekkar (»Der Freund des armen Mannes«, wie es auf seinen Plakaten hieß) darin bestärkt wurde, sich vom öffentlichen Leben zurückzuziehen und auf seine Kinos zu konzentrieren. Die Dienststelle wurde abgeschafft, weil sie veraltet war. Vor dreißig, zwanzig oder selbst zehn Jahren hätte es Leute gegeben, die sie unterstützt hätten. Aber der Krieg, die amerikanischen Stützpunkte, das sichere Bewußtsein von Amerika im Hintergrund, hatten jedem den Drang und vielen die Mittel zum selbständigen Weiterkommen gegeben. Die Ermutigung und Führung des Amtes wurden nicht benötigt. Und als die Dienststelle angegriffen wurde, wußte niemand, selbst die nicht, die Nutzen aus ihren »Führungskraftkursen« gezogen hatten, wie man es verteidigen konnte. Und wie Mr. Burnett ging auch Miss Logie.

Mr. Biswas entglitt seiner niedrigen Würde als Beamter und kehrte zum *Sentinel* zurück. Das Auto gehörte nun ihm, aber er bekam weniger als diejenigen, die bei der Zeitung geblieben waren. Er hatte fünfhundert Dollar von seiner Schuld getilgt, nun konnte er kaum die Zinsen bezahlen. Er wollte das Auto verkaufen, und eines Tages kam ein Engländer ins Haus, um es zu mustern, Shama war außerordentlich unhöflich, und der Engländer, der sich im Mittelpunkt eines Familienstreits fand, zog sich zurück. Mr. Biswas gab nach. Shama hatte ihm nie Vorwürfe wegen des Hauses gemacht, und er hatte angefangen, ihr große Urteilskraft zuzuschreiben. Immer wieder sagte sie, sie mache sich keine Sorgen, die Schuld würde sich von selbst erledigen, und obwohl Mr. Biswas das Gefühl hatte, ihre Worte seien oberflächlich, ließ er sich von ihnen trösten.

Aber die Schuld blieb. Nachts, wenn er durch die leicht verzogenen Fensterrahmen im oberen Stockwerk eine klare Sicht auf den Himmel hatte, spürte er, wie die Zeit verflog, die fünf Jahre auf vier, auf drei schrumpften, die Katastrophe näherkam und sein Leben verschlang. Am Morgen schien die Sonne durch das Gitterwerk auf dem Treppenabsatz und unter der Badezimmertür hindurch in sein Zimmer, und die Ruhe kehrte zurück. Die Kinder würden sich um die Schuld kümmern.

Aber die Schuld blieb. Viertausend Dollar. Wie ein Prellbock am Ende eines Schienenstrangs machten sie Energie und Ehrgeiz zunichte. Über den *Sentinel* hinaus gab es nichts. Und obwohl er die Zeitungsredaktion mit ihrem Zeitdruck, dem täglichen Wunder, das, was er geschrieben hatte, in kompakten Druck verwandelt zu sehen, der am nächsten Morgen von Tausenden gelesen wurde, stimulierend fand, ließ sein Enthusiasmus nach, weil er nicht von Ehrgeiz gestützt wurde. Sein Werk wurde zu gewissenhaft und mühsam; die Lebensfreude schwand aus seinen Artikeln wie aus ihm selbst. Er wurde langweilig, mürrisch und häßlich. Das Leben war immer Vorbereitung, Warten gewesen. Und so waren die Jahre vergangen; und nun gab es nichts mehr zu erwarten.

Außer den Kindern. Für sie öffnete die Welt sich plötzlich. Savi bekam ein Stipendium und ging ins Ausland.

Zwei Jahre später bekam Anand ein Stipendium und ging nach England. Die Aussichten, die Schuld zurückzuzahlen, schwanden. Aber Mr. Biswas hatte das Gefühl, er könne warten; nach Ablauf der fünf Jahre könne er andere Vorkehrungen treffen.
Er vermißte Anand und machte sich Sorgen um ihn. Anands Briefe, zuerst selten, wurden immer häufiger. Sie waren düster, voller Selbstmitleid; dann waren sie von einer Hysterie durchsetzt, die Mr. Biswas auf Anhieb verstand. Er schrieb Anand lange, humorvolle Briefe; er schrieb über den Garten; er gab religiösen Rat; unter großen Unkosten schickte er per Luftpost ein Buch von zwei amerikanischen Psychologinnen mit dem Titel *Unsere Nerven überlisten*. Anands Briefe wurden wieder selten. Mr. Biswas konnte nichts tun als warten. Warten auf Anand. Warten auf Savi. Warten auf das Ende der fünf Jahre. Warten. Warten.

Eines Nachmittags schickte man Shama eine Benachrichtigung, und sie packte Mr. Biswas' Schlafanzug ein und eilte ins Kolonialhospital. Er war in der *Sentinel*-Redaktion zusammengebrochen. Nicht der Magen war daran schuld, der Magen, von dem er so oft gesagt hatte, er schnitte ihn sich gern heraus und sähe ihn sich einmal gut an, um zu sehen, was genau da eigentlich verrückt spiele. Es war das Herz, über das er sich nie beklagt hatte.
Er verbrachte einen Monat im Krankenhaus. Als er nach Hause kam, sah er, daß Shama und Kamla und Myna die Wände unten mit Leimfarbe gestrichen hatten. Der Boden war frisch gebeizt und gebohnert worden. Der Garten blühte. Er war gerührt. Er schrieb an Anand, daß er bis dahin nicht erkannt hätte, was für ein schönes kleines Haus es sei. Aber wenn man an Anand schrieb, war es, als führe man einen Blinden an einen Aussichtspunkt.
Da ihm das Treppensteigen verboten war, lebte Mr. Bis-

was unten, und das war eine immer wiederkehrende Demütigung, denn die Toilette war oben. Die Nachmittagssonne machte es schwer, den ganzen Tag unten zu sein; selbst als Shama eine Markise über den Fenstern befestigte, blendete das Licht und die Hitze war zum Ersticken. Weil er wußte, daß sein Herz unzuverlässig war, hatte er Angst. Er hatte Angst um sein Herz. Er hatte Angst um Anand. Er hatte Angst vor dem Ende der fünf Jahre. Er schrieb weiterhin heitere Briefe an Anand. In großen Abständen kamen die Antworten, unpersönlich, kurz, nichtssagend, gezwungen.

Dann setzte der *Sentinel* Mr. Biswas auf halbes Gehalt. Innerhalb eines Monats ging er wieder arbeiten, kletterte die Treppe zur *Sentinel*-Redaktion hoch, kletterte die Treppe zu seinem Schlafzimmer hoch, fuhr in seinem Prefect, der mittlerweile alt war und Ärger machte, bei jedem Wetter in sämtliche Ecken der Insel; dann schwitzte er über seinen Artikeln, flocht wo er konnte, Fröhlichkeit in langweilige Themen. Diese Artikel schickte er Anand, aber sie wurden selten zur Kenntnis genommen, und als schämte er sich dafür, hörte er auf, sie zu schicken. Lethargie überkam ihn. Sein Gesicht wurde aufgedunsen. Seine Haut wurde dunkel; es war aber nicht die Dunkelheit einer von Natur dunklen Haut, nicht die Dunkelheit der Sonnenbräune, es war eine Dunkelheit, die von innen zu kommen schien, als wäre die Haut ein dichter, aber transparenter Film und das Fleisch darunter gequetscht und krank und als käme seine Verdorbenheit an die Oberfläche.

Dann bekam Shama eines Tages wieder eine Benachrichtigung, und als sie ins Krankenhaus ging, merkte sie, daß es viel ernster war. Auf seinem Gesicht lag ein Schmerz, den zu beobachten sie kaum ertragen konnte; er war nicht in der Lage zu sprechen.

Sie schrieb Anand und Savi. Savi antwortete nach ungefähr vierzehn Tagen. Sie käme so schnell wie möglich zurück. Anand schrieb einen seltsamen rührseligen unnützen Brief.

Nach sechs Wochen kam Mr. Biswas nach Hause. Wieder lebte er unten. Nun war jeder auf seinen Zustand eingestellt, und man hatte keine Vorbereitungen getroffen, um ihn wie vorher zu begrüßen. Die Leimfarbe war noch neu; die Vorhänge blieben unverändert. Er hatte ganz aufgehört zu rauchen, sein Appetit kam wieder, und er bildete sich ein, eine bedeutende Entdeckung gemacht zu haben. Er schrieb Anand, warnte ihn vor Zigaretten und redete weiter über den Garten, das Wachstum seines Schattenbaums, den sie alle seinen »Schatten« nannten. Sein Gesicht wurde aufgedunsener, sogar aufgeschwemmt, es wurde dunkler, und er begann zuzunehmen. Während er auf Savi wartete, auf Anand wartete, auf das Ende der fünf Jahre wartete, wurde er immer reizbarer.

Dann warf der *Sentinel* ihn hinaus. Er gab ihm drei Monate Kündigungsfrist. Und nun brauchte Mr. Biswas das Interesse und den Zorn seines Sohnes. Auf der ganzen Welt gab es sonst niemanden, bei dem er sich beschweren konnte. Und endlich vergaß er Anands eigenen Schmerz und schrieb auf der gelben Schreibmaschine einen hysterischen, jammernden, verzweifelten Brief, ohne den Schatten oder die Rosen oder die Orchideen oder die Anthurien zu erwähnen.

Als er nach drei Wochen noch keine Antwort von Anand bekommen hatte, schrieb er einen Brief an das Kolonialministerium. Das entlockte Anand einen Brief. Anand sagte, er wolle nach Hause kommen. Auf einmal wurden die Schulden, das Herz, der Rausschmiß, die fünf Jahre weniger wichtig. Er war bereit, einen weiteren Kredit aufzunehmen, um Anand nach Hause zu holen. Aber der Plan fiel ins Wasser; Anand änderte seine Meinung. Und nie wieder beklagte sich Mr. Biswas. In seinen Briefen wurde er wieder zum Tröster. Die Zeit für seine letzte Lohntüte vom *Sentinel* rückte näher und nicht lange danach das Ende der fünf Jahre.

Und genau zum Schluß schien sich alles aufzuklären. Savi kehrte zurück, und Mr. Biswas begrüßte sie, als sei sie Anand und sie selbst in einer Person. Savi bekam eine Stelle mit einem größeren Gehalt, als Mr. Biswas es je hätte bekommen können; und die Ereignisse fügten sich so gut, daß Savi anfing zu arbeiten, sobald Mr. Biswas aufhörte, bezahlt zu werden. Mr. Biswas schrieb Anand: »Wie kann man danach nicht an Gott glauben?« Es war ein Brief voller Freuden. Er genoß Savis Gesellschaft; sie hatte Fahren gelernt, und sie unternahmen kleine Ausflüge; es war wunderbar, wie klug sie geworden war. Er hatte eine Schmetterlingsorchidee bekommen. Der Schatten blühte wieder; war es nicht seltsam, daß ein Baum, der so schnell wuchs, Blüten mit solch süßem Duft hervorbringen konnte?

Eine der ersten Geschichte, die Mr. Biswas für den *Sentinel* geschrieben hatte, handelte von einem toten Forscher. Der *Sentinel* war damals eine bombastische Zeitung, und er hatte eine makabre Geschichte geschrieben, die er später oft bedauert hatte. Er hatte versucht, sein Schuldgefühl zu schmälern, indem er dachte, die Verwandten des Forschers läsen den *Sentinel* höchstwahrscheinlich nicht. Er hatte auch gesagt, wenn über seinen eigenen Tod berichtet würde, hätte er gern die Schlagzeile RASENDER REPORTER IM JENSEITS.

Aber der *Sentinel* hatte sich geändert, und die Schlagzeile, die er bekam, lautete JOURNALIST STIRBT PLÖTZLICH. Keine andere Zeitung verbreitete die Nachricht. Eine Mitteilung für die ganze Insel kam zweimal über den Drahtfunk. Aber die wurde bezahlt.

Die Schwestern ließen Shama nicht im Stich. Sie kamen

alle. Für sie war es eine Gelegenheit für eine Zusammenkunft, was nicht mehr so häufig vorkam, denn sie alle waren in ihre eigenen Häuser gezogen, einige in der Stadt, andere auf dem Land.
Unten wurden die Türen des Hauses geöffnet. Die Tür, die man nicht aufmachen konnte, war aufgezwungen und aus den Angeln gehoben worden. Die Möbel wurden an die Wand geschoben. Den ganzen Tag und Abend schritten gutgekleidete Trauernde, Männer, Frauen und Kinder, durch das Haus. Der gebohnerte Fußboden wurde verkratzt und verstaubt; die Treppe erzitterte ständig; das obere Stockwerk dröhnte von gleichmäßigem Geschlurfe. Und das Haus fiel nicht zusammen.
Die Einäscherung, eine der wenigen, die das Gesundheitsamt gestattete, wurde an den Ufern eines schlammigen Stromes durchgeführt und zog Zuschauer verschiedener Rassen an. Danach kehrten die Schwestern in ihre jeweiligen Heime zurück, und Shama und die Kinder fuhren im Prefect zurück in das leere Haus.

V. S. Naipaul
An der Biegung des großen Flusses

Roman. 384 Seiten. Gebunden.

V. S. Naipaul, als der bedeutendste Autor der »vierten Welt«, dieser Millionen von Exilierten der dritten Welt, seit Jahren nobelpreisverdächtig, erzählt die Geschichte Salims, eines indischen Kaufmannssohnes von der Ostküste Afrikas, der in eine innerafrikanische Stadt zieht und hier zu leben versucht. Mit subtilem Scharfblick und atmosphärischer Intensität verfolgt Naipaul die Nachwirkungen der politischen Unsicherheit bis in die menschlichen Beziehungen und die Psyche des Einzelnen hinein. Die Geschichte Salims wird zur Chronik eines Landes, das einmal bewohnbar war und nun zunehmend unbewohnbar wird.

»Es gibt heute kaum einen Autor, der V. S. Naipaul an wahrem Überfluß an Talent übertrifft. Was man auch von einem Romanautor erwartet, man findet es in seinen Büchern: eine fast Conrad'sche Gabe, einer Geschichte Spannung zu geben, eine ernsthafte Auseinandersetzung mit menschlischen Problemen, eine geschmeidige Sprache, einen scharfen Witz und eine persönliche Vision.« *Irving Howe, New York Times Book Review*

»Einer der besten Autoren, die es heute gibt.«
Walter Clemens, Newsweek

»Der Reichtum von Naipauls Imagination, das brillante fiktionale Konzept in dem sie sich ausdrückt, sind in meinen Augen ohne Vergleich heutzutage.«
Elizabeth Ardwick, New York Times Book Review

k&w Verlag Kiepenheuer & Witsch